山田美妙集

第七巻

小説（七）

臨川書店

第七巻　目次

小説七

目　次

小説 七

中川成美
福井辰彦
校訂

義軍の宣言（アギナルドオの演説）

緒言　顧みれば早一場の夢となツた事が有る。南洋の一群島フヒリッピンが西班牙国政府の苛政にくるしみ抜いた極、終に国を挙げて政府にむかツて叛旗をひるがへすことになり、つぶさに種々の苦辛を嘗めた。此時のフヒリッピン島民はひそかに例を米国の独立戦争に取り、七ころび八起きしても人民の自由を得やうと熱中し、血の河をも流し、骨の山をも築いた。はたせるかな、米国人からどこと無く声援の声も聞こえた。島民はいよ〳〵之に勇気を得て、死んでも志を遂げずにはと決心した。その内に米国の援護がはし無くも島民の上に加へられた。米国は即ち義のために西班牙の敵となツた。その極は両国が干戈の間に相見えるに至り、つひに西班牙の敗北に帰して、事件は終局となりかゝツた。

　何ぞはからん、米国の帝国主義はその実群島を併有するのがそも〳〵の本意であツた。西班牙を敗ツたその血のまゝの剣は直ちに島民の頭上に擬せられた。曰く、米国に従へ、米国の領地となれ。聞かぬか。さらば只この剣一つ。島民は憤慨した。憤慨の極は狂するものさへ有ツた。味方と思ツたのがやはり敵であツたと始めて知ツて島民の反抗の気焔は非常になツた。

　無論誰一人として米国政府の命を奉ずるものは無い。発布されるその法令は一切遵奉せず、口に冷笑、腰に剣、手に銃、挨拶は只これらであツた。米国政府は尋常一様の手段で島民に臨めぬのを知ツて、つひに茶碗に茶碗を投げる暴手段となり、武力をもツて島民を圧服しやうとした。

　結局は大衝突である。猛烈な戦争が島民と米人との間に開かれるに至ツた。そこで其首領と推されて、島民の組織した義軍をひきゐ、難を忍び、苦を嘗めて、米軍と戦ひ、更に屈せず、一意島民の自由を得やうとつとめた一人物が有る。年齢は今現に三十の上をすこし越えたばかり、少壮で血気もさかんであツた故でもあらうが、とにかく珍らしい勇気をそなへて、一方に於ては島民を鼓舞し、一方に於ては戦争の画策に余念なく、しきりに米軍と戦ツた。その間には敗を取ツた事も有る。

　しかし天成の戦士でもあツたらうか、それとも熱心のいたす所であツたらうか、その兵を用ゐる様子がなか〳〵巧みで、たびたび不思議な計をほどこして奇捷を制し、米軍をなやませること一とほりでなかツた。島民の元気は段々鼓舞された。一時は米国に屈服してしまはうと決心したものまでが更に反抗の気焔を高めるやうに為ツた。少壮の武人アギナルドオの名は雷の如く敵味方双方の中に鳴りひびく、米軍に取ツてはアギナルドオは何よりの邪魔ものとなツた。さりながら如何ともする事がならぬ。島民に取ツて何より困るのは武器の供給で、世界のいづれの国からも島民はそれを買ひ入れることがならぬ。さりとて島内にそれを製造する所は一つも無し、その儘戦争を永続させる内には終にその欠乏を告げて、しかも補ふ手段も無く、うらみを呑んでむざ〳〵米軍に降服するにきまツて居るのが島民の運命である。アギナルドオをはじめ島民の有志者は狂するばかりに煩悶した。時に一人が説を出した。すなはち援兵を東洋の旭日の国、日本へ頼めとの説、その説はアギナルドオの参謀会議に附せられたところ、満場の大可決を得た。一二年前日本に渡来したポンセ博士、その何の用むきで日本へ来たかを今云ふ必要も無し、博士は日本へ来て日本人の義侠心に訴へ、支那を膺懲《ようちよう》したほどの正義の国からは少なくも島民に同情を寄せる人士も出るであらうとしきりに諸方を奔走した。しかし、日本は顧みぬ。博士の遊説の苦辛は終に水の泡となツた。島民と米国兵士との戦争は日一日とはげしくなる。しかし、その日が一日と過ぎるだけ島民の運命はきはまるのである。折れた銃はふたゝびなほらぬ。打ツた玉はふたゝび帰らぬ。消費する物に限りあツて供給の路はまるで無望である。せめてはと心だのみにした日本は顧みぬ。はや島民は手をつかねておめ〳〵米国軍に降伏する事となツた。これで数ケ月が経過した。正義の、道理のといふ全世界そのいづれからも真の義気で島民の味方となるものは終に無い。島民はやぶれかぶれと為ツた。その結果はどうか。

首領たる青年の武人、成功すれば或は第二の華盛頓《ワシントン》とも云はれるべきアギナルドオは終にまづ米軍の手によツて縄目となり、事実上の「死」とも云ふべき生擒の身となツた。そして終に降参させられたとか云ふ。

降参させられたか、降参したか、吾々は今之を云ふに忍びぬ。権力の前に道理の無い世の中とつく〴〵観ずるより外は無い。今や一人のラ、ファイエットも居ぬ時代、筆をふるツて憤慨したとて何にもならぬ。沈黙を多言の極致として、われ〳〵はとても管々しく口説くまい。が、しかし、われ〳〵は前年この事について一小説を書いた。アギナルドオを主人公として其人物から戦争の状況に至るまで前後をまとめて終に一部の書物としての原稿は完備した。それがいつかと云へば一昨年である。さま〴〵の障碍が有ツてその小説が世に出ぬ内にアギナルドオは捕はれてしまツた。今これ〳〵は云ひ尽くせぬ無限の痛恨に殆ど蒸された。今これを云ひ出すのは所謂死児の齢をかぞへる流儀で、人の物わらひとなるに過ぎぬ事でもあらうが、取りわけて苦辛して書いた原稿だけにその公けにならなかツたのが実に惜しい、が、われ〳〵の力で如何ともならぬ。無念を忍んでその小説の出版を断念した。いはんやアギナルドオも既に捕へられ、義軍は大抵滅裂して世は殆ど米国のものとなツた今日、何と云ツても早六日の菖蒲である。

島民も志しを遂げなかツたのが恨めしからうが、われ〳〵も折角書いたのが世に出ぬのが実に恨めしい。恨めしいあまりの一念は終にふたゝび筆を取ツてこゝに此標題のやうな物の一節を書いて、せめてもの心やりとした。今となツては、島民に見せるつもりでも無く、人の同情を呼ぶ所存でも無し、みづから書いてみづから慰めるだけに過ぎぬ。それ故、無論原小説のと同じ文では無い。すべて、あらたに作りなしたのである。一つの小説に書いたものを二つに書くといふのは初めての事で、いつまでも〳〵云ひ―尽くしきれぬ痛憤は此めツたに無い事実だけ猶深い。

諺にいふ一寸さきは闇、今から行くさきの事を何とも云へぬが、今の此儘のありさまで云へば、アギナルドオの三年前の演説をほんの形ばかり思ひ出すさへ綿々たる恨みに堪へぬ。その演説の時のアギナルドオは立派な将軍であツた。たのもしい首領であツた。群島の自由をまもる天使であツた。

そして今はどうか。あはれ、彼はマニラに楚囚の身となツてしまツた。進退きはまり、策の施しやうも無く「星の旗」の下に跪くまでの屈辱を受けて、手から干戈をもぎ取られて、寒風にわなゝきふるへる羽ぬけ鳥となツてしまツた。英雄の末路が悲しむべきものと古来云ふ。しかし、アギナルドオはまだ〳〵英雄として成功しなかツた。はからざる一跌、身は前に敵とした国民の手にわたツて、身体の自由は無論、意志のそれも縛られてしまツた。

時は明治三十五年一月の夜、西北の風はげしく吹きすさんで、窓から利刀の寒さが洩れる頃、ひとり書窓に茫然として万感に胸を占められて居る間に、ふと思ひ出したのはアギナルドオの身の上であツた。彼れ希世の快男児、今は楚囚の身となツて、米国の如何なる牢獄に在るであらう。前年の雄略をその儘逞くして再挙を企てる勇気を今は既に失ツたかどうか。米国は彼れを優待するとか。優待されてうれしいと思ツて居るか。われの心かれにあらず、彼れの心われにあらずで、それはとても料り知られぬ。

うはさに伝へる所によれば、彼れは終に米人に迫られ、終に米国に抵抗せぬとの誓約を強ひられ、その誓約に宣誓するに至り、その極、彼アギナルドオの名をもツての諭達文が島民にむかツて発布されるにさへ至ツたと云ふ。

あはれ、一国を束縛の境遇から救ひ出さうと死力を尽くした勇者の一心は終に空に帰して、かれアギナルドオの是までは既に此世を去ツたのである。義軍の首領としてのアギナルドオは終に志しを遂げずに死んだ。今マニラに動いて居るその現身は魂の無い残骸たるに過ぎぬ。魂の無い残骸、それ故にもう無能である、無気力である。活動は世を隔てた夢である。あはれんでよからうか。それとも笑ツてよからうか。此二途の追ひわけ路にまよひ入れば云ひ尽くせぬ感のみがわく。暴力の圧制つひに曲げるべからざる心を曲げるに至ツたとすればアギナルドオの今日、なまじひ生きながらへて居る無念、実に〳〵思ひやられる。或ひは更に風雲を待つかの潜勢があるのか。それは吾々の知るところでも無し、察し得る所でも無い。

われ〳〵は逆境に陥ツたアギナルドオに対して徒らに冷罵をのみは浴びせかけまい。彼の今日及び今後の境遇についてはもう口を噤んで何事をも云ふまい。実は云ひたい。しかし、云ふ甲斐は無い。さても尽きぬ此うらみをば、未練らしいが、しばらくアギナルドオの往時にかへして、その頃のありさまを追懐し、此志しを得なかつた不幸な男子を一の非凡の人物であツたとして、せめて、せめて見るに止める。

＊　＊　＊　＊　＊　＊　＊　＊　＊

三年前のアギナルドオはフヒリッピンの独立軍から首領と推されて、声望実に一世を震駭した。日また日、たゝかひ又たゝかひ、義軍は心ばかりはやツて兵器弾薬の供給その目的のなさゝうなのを心細く感じて、士気何と無く衰へ気味になツたのを見てアギナルドオは身も世もあられぬ。さりとて隠しきれるものでもなし、つひに意を決して部下の士卒を本営の広場に招集した。将校相当の者は無論、下士卒に至るまでこと〴〵く点呼を以て招かれ、別に一隊から二三人づゝの代表者も命によツて択んで出された。

頭上から一直線に照りくだす太陽、けふも百度に近い暑さであツた。樅のたぐひの大樹の蔭に高く演壇をかまへて、白衣帯剣、その上に屹立した人、これすなはち義軍の統領アギナルドオであツた。席の周囲には参謀その他の将校が無慮二十人。いづれも武装の儘である。アギナルドオこそ何ともなツて居ぬ。警護する将校をはじめとして、聴衆となツた兵卒どもその多くは繃帯の目立つ身のみであツた。頭を巻いたもの、臂を釣ツたもの、人の肩にすがるもの、他に手を引かれるもの、それらが殆ど半数である。

是だけでも想ひやられる、戦争のいかほど彼等をくるしめたかを。交代も何も無い日夜の服務、負傷してもなか〳〵野戦病院に収容されるなどの贅沢は夢にも望めず、しかるべく軍医の丁寧な療治を受けられもせず、随分手づから薬をぬツて疵をつゝんだのもある。その方が多数である。こゝに出席した一同が大抵多少の白布を身のいづれかに着けぬものは無い、それ一つでも如何ほどのくるしみをして日夜これらの人たちが戦ひに従事するかも知れた。

しかし、彼等は元気であツた。傷だらけの身を持ツても誰一人としてぐた〳〵になツて居るものも無い。首領からつたへられた今日の招集、必らず一大事の訓示の有る事は、既に〳〵推知した。疵のいたみぐらゐ厭ふところでない。腰の利かぬぐらゐ問ふところでない。張ツてたゆまぬ梓弓の矢竹心を只一すぢの命として、さて首領は何事を云ひ出すかと粛然としてかたちを正した。

一同のやうやく静まるのを待ち着けてアギナルドオは軽く一つ会釈した。やゝ黒ずんだ赤ら顔、なめらかに剃り落とした鬚、涼やかに大きい眼、よこ長とも云ふべき顔だち、厚くしまツた唇、どこやら不敵の相好である。軽く会釈して微笑した所に如何にも年若の、前途さも〳〵多望といふべき気色が見えて、おのづから人も心服するにいたる。

「諸君、炎熱をも御いとひでなくようこそ御臨場くださいました。今日諸君をかう御招き申したのは別段の次第でも無く、やはり此フヒリッピン群島の安危にかゝはる一大事件に就いて、十分私も心腹を御打ち明け申し、諸君の御相談にもあづかり、成るべくは国家多年の大計のその元の方針を定めやうと考へましたからです。

アギナルドオ、その語気は早すでに迫ツて来た。彼は冒頭を置くとひとしく千万の感が胸につきのぼツて、われ知らず語調をさへ乱したのである。

「こゝに列席の諸君はいづれも最初から国のため身命を拋ツてもとの決心を御持ちになツたもの、つまりは群島の生死の権を双肩の上に負はれる方たち、すなはち極端に云ひつめれば群島がすなはち諸君、諸君が群島の血液脈絡、群島の事は実に諸君を他にして決して外に相談する所もありません。訥弁は恐れ入りますが、何とぞ傾け尽くす心血の意味だけを是から御酌み取り願ひます。

「諸君、今日の群島の状態は如何やうでしやうか。そも〳〵最初西班牙政府の苛政にくるしめられ、生命財産に対する一切の権利を奪はれ、泣いて訴へても聞かれず、欝憤がつひに凝りかたまツて、機を得てやがて爆裂し、幾らか敵をも驚かしたものの、悲しいかな、さて島民は実に微力で、猶まだ西班牙をして十分目のさめるまでに至らせられませんでした。

「幸ひに海を隔てた大陸の一国、すなはち亜米利加合衆国がはるかに吾々の苦しみを聞き知ツて、少なからぬ声援を添へ出しました。

「あはれ島民は義軍を起こした。あはれ島民は人間としての自由を完くするために暴虐な主権者に反対した。その衷情実にいたましい。況んやわが米国は嘗て一たび今日の群島が経るとほりの苦しみを経た。英国政府の、虎より恐ろしい苛政にくるしめられた、その無念の結局は反抗となる。すべて心を共にして英国に背いた。数十回の劇戦、兵器の乏しいのを忍び、糧食の足らぬのを我慢し、親の死骸を埋めもやらずに子も亦死に、夫の残骸を引き取りもせずに妻もたふれる、それ程の惨況に陥ツて、しかもカルセーヂュの籠城のむかしを手本としていやしくも屈せず、しかも稀代の豪傑華盛頓を首領にいたゞいて、千万の困苦その味はふべきは悉く味はツた。われ〳〵米人の祖先は皆これである。自由の如何に尊いか、如何にして自由を得、また守るべきかは総べてわれ〳〵米人が世界に向かツてこれを教へた。希くは自由のエンブレムとして神女の像をでも造り、天下後世にも模範として示したい。われ〳〵米人は皆これである。何んぞ知らん十九世紀の末、一歩で二十世紀にも近づかうといふ今日、おそろしい野蛮な暴虐沙汰を遠く千里のはてに聞かうとは。武すなはち暴、西班牙の武力は暴力である。暴力で、憐れむべきフヒリッピンの人民を非自由の牢獄に幽閉しやうとか。米国は其手で瞞着されぬ。米国の星の旗は嘗て自由の光輝を放ツて圧制暴虐の黒暗を照らした。その光りは今尚そのまゝである。むしろ照りまさるとも衰へぬ。何で今日フヒリッピン人の薄命を傍観するに忍ばう。これがために戦へば、その戦ひは義戦である。これがために兵を出せば、その兵は仁道の師である。立て、米国の快男児！むかしは吾々はラファイエットに鼓舞された。今われ〳〵はラファイエットとなる。立て、米国の快男児！愉快ではないか、われ〳〵が第二のラファイエットとなツて、マニラ市の一隅の公園に他日記念碑とでもなツて立つ。立て、米国の快男児！

「米国は一斉にかう唱へました。その声はそれから夫へと反響して全世界をも動かして、やがて幾艘かの戦艦が万里の長風に駕して寄せ来り、たちまち西班牙の艦隊と砲火を交へた、その結果は一も二もなく米軍の勝利となツたでしやう。諸君も嘸かしと私は思ひます、その時の諸君の心うれしさは。然り、私ども、嬉しさは只筆舌の外でした。今更ならぬ米人の義俠に感激して、いかさま米国は国人が皆ラファイエットである、いかさま自由の神である、と、実に〳〵讃歎しました。

「讃歎した、吁《ああ》、それを情無くも、われ〳〵の盲目であつた故と終に今日となツては云ひ直さずには居られぬではありませんか、実にわれ〳〵は盲目で観察して讃歎したのであツたと、そも〳〵此頃に至ツて始めて分ツたとは何事でしやうか。米人は為めにする所が有ツてわれ〳〵を助けたのでした。名を戦に借りてその実は私慾を充たさうとの心であツたのでした。他国の紛乱に乗じ、義俠を看板にして恩を売り、そのあがなひ得る品物としては他国そのものを鷲づかみにしやうと云ふ、只この心であツたのでした。牛を飼ふものは牛が可愛くて好い餌を与へるので無い、ふとらせて高く売らうとする、この慾から、すなはち其慾の元たるおのれの身が可愛い儘に好い餌を与へるのです。米国は牛の飼ひ主、われ〳〵はやがて売られる牛になツたのです。売られるために助けられました。その慾を充たすがために救はれました。思へば〳〵あゝ、実にわれ〳〵は一時敵に向かツて感謝したのです。あゝ、扨《さて》もわれ〳〵はさうまで盲目になツたでしやうか」。

「飼ひ主を殺せ〳〵」との絶叫がたちまち群集の中にわいた。

「諸君、すこし御静まりください。しかしわれ〳〵はどうあツても牛になれません。彼れの私慾のために餌をあてがはれ、ふとらせられたならば、それは恩と見做せません。われ〳〵は餌をあてがはれ、ふとらせられたゝめに、未来永久子々孫々の末までも甘んじて米国の奴隷となる理由を見ません。いやその理由は有りません。断じて、断じて、実に断言して。

「天はわれ〳〵に平等の自由を与へてあります。いはれ無く恩を売られたゝめに、身を奴隷におとせと命じはしません。これがために拒むのも正当のこばみ、これがために争ふのも自由の真理のための争ひです。

「“Give me liberty, or death”――「われに自由を与へよ、しからざれば死を」。

「諸君、この痛快な言葉は誰。何人が云ツた事でしやうか。呆れもされぬ、おどろきもされぬ、そも〳〵是が彼等米人の祖先、その末葉は恣に自由を蹂躙するそれらもの共の祖先、その一人の口から出た事であるとは！

「祖先はさう云ツて、その子孫はどうでしやう。おのれの欲せざる所を強ひてこれを他に施さうとする、そも〳〵呆れもされぬ、驚きもされぬとわれ〳〵が云ふのが無理でしやうか。"Do to another as you would have another do to you"——

「おのれの欲するところ、これを人に施せ」との言葉は誰が、どの国人が常に口にするでしやうか、誰が、何人が学校の教科書に此言葉を書き入れて児童に諭し教へるでしやうか。然り、これも米国の人です、他の自由を帝国主義とかいふ名目の下に蹂躙して、武力を権力と恃む米国の人、先祖の名言をおのれの国のみの専有として、それが世界共通の真理であるといふ事を知らぬ米国の人、慾のために恩を売ツた米国の人、利のためには終に道理を粉砕する米国の人、およそ是等の条件を十分そなへ切ツた米国の人が厚顔にこれを児童に教へたのです。

「われ〳〵とても先天的に米人と仇敵ではありません。国家および個人の大利害のためには生命を賭しても、その仇敵とすべきを仇敵と見なければなりません。無念ながら残念ながらわれ〳〵は今日米国の人をもツてわれ〳〵の仇敵悪魔と見なければ為らぬ迄の已むを得ぬ所にまで至りました。われ〳〵が正当の権利の保護のために利剣をひらめかせる、銃火を吐かせる、これ実に已むを得ぬ次第、しかし、さうしたとて俯仰天地に恥ぢぬと思ひます。もとより諸君はわれ〳〵と心を一つにして、ふるツて是から此仇敵を駆逐しやうと志されるかたゞ〳〵、敢てこの上不必要な、つまらぬ理窟を私もくど〳〵云ひますまい。云ふは只「必らず」との一言です。「かならず」目的を遂げなければやむまい。「かならず」死を期しても争ふ。かならず粉骨して子孫百年の大計を為す。希望とする所は只これだけです。

「今や世界中の各国そのいづれでもわれ〳〵島民に同情を表してくれるものはありません。正義の、道徳のといふのはまだ〳〵今日では机上の空論、書中の装飾です。「沐猴《もつこう》にして冠す」と支那の古人は言ひましたが、今の世界は「獣類でなほ人の衣服を着る」のです。不肖のアギナルドオ、何の取るところも無く、あやまツて諸君の推挙を被り、統領の大任を忝くした上は出来るだけの力を尽くして諸君の恩遇に背かぬやう、あつぱれ終に群島を独立国たる地位に進めやうと心に期します。われ〳〵は元より死を期して戦場から名誉ある車に乗ツて帰るか、さも無ければ担架に乗ツて帰るか、此二つの一つです。何ごとも天、いや、人の一念、只われ〳〵は是から一念を集注して只、只、只。飛び行く銃丸にもこめる一念。ほどばしる砲火にもこめる一念。きらめく利剣にもこめる一念。実に一念、一有ツて決して二はありません。をこがましいもの、此でも宣言、以上満腔の誠を尽くして述べて、いよ〳〵今後の諸君の御奮発を願ひます」。

政治小説　桃色絹　比律賓義戦史談のうち

（一）

「生きるとも死ぬとも偖どうにも仕様が無いとは何たる事か、ちツ。拾はれてしまツたかな、いよ〳〵全く。と、すれば、さ、どうしやうか」。

傍にもし人が居たならば明きらかに聞き取れるほどの高調子の早言《はやこと》、いかにも悶えぢれる様子で扱《こづ》くばかりに云ひなしたまゝ、はたと若者は足をとゞめた。

処はフヒリツピン群島の中《うち》の呂宋島《るそんたう》、そのプラカアン州の片田舎で、村の名とも里の名とも付かず、只オート、ダ、フエ（*Auto da fe*）と呼びなさ

れて、その一方はさして奥深くも無ささうな雑木山、また他の一方は七八町の間一面がらりと切り開いて見はなされる野原であツた。

「困ツた。こんなに弱ツた事は無い」と、若者は口の中《うち》でなほ続けた。「外のものならば兎もかくもだ。さ、命から二番目、では無い、命と釣りがへとも云ふあれを—いやさ、命よりいツそ大切なあれを—落とし…た…とも思はれないが、無いところを見ればやツぱり落としたらしいが—さ、落としたとすれば、何の事か。何の事かと云ツた丈で済むものならばそれでい丶。済まない、それどころでは無い。誰に拾はれたか拾はれるか知らないが、その相手次第では花が咲くか、火が噴くか、それさへも分からない。困ツた。われながら脱かりも脱《ぬ》かツた。大切なものを疎《おろそか》に…したつもりでは無いが、さて為たればこそ—もしも悪い相手にでも拾はれたなら—さ、さうなると、乃公《おれ》一人の難義ではなくなるて。」

見る〳〵その顔は蒼ざめる。また涙ぐみさへした。

「紙入れは惜しくない、中《なか》の金も惜しくない。惜しい惜しくないを通り越して、只、とても、どうしても人の手にわたす、人の目に触れさせる、と、云ふことの、迚も〳〵出来ない物が中に入ツて居るのだからな。」

思案には重《おも》る首。足もまた重くなる。やがてはいつか止まツてしまふ。若者は立ちすくみに為ツた。

「わるい奴に拾はれたらば、どうだらうか。一大事、さ、政府顛覆の陰謀がすぐ知れる。すると、同志は？　さ、粉《こ》だ、微塵だ。計画は大挫折、大破壊。思へば〳〵、ぬかツたな、済まない事をしたな。どうして乃公《おれ》はさうまで不注意で—されば、些《ちつ》とも不注意のつもりは無かツたのだのが、な。拾はれずに落ちて居てくれ丶ばい丶がな。此頃は此辺も淋しく人通りも余り無いが、もし又不運の神に祟られて居るものならば、たま〳〵通る一人《にん》の人にも拾はれるか知れないからな。もしも悪い奴に拾はれたとすれば、とても乃公がおめ〳〵と生きて居られる仕儀《しぎ》では無い。よしや同志の人たちがおれの罪を寛容してくれるとしても、それに甘んじては居られないて。あ丶困ツた」。

若ものは只思案に暮れた。もがいても、苦しんでも、失なツた物をさがし戻す望みが有ることならば、それは宜しい。が、その望みは無い。只の絶望のみである。只愚痴にもなる。

何の分別も無くて、頭《かしら》をあげて、また何を見るともなしにはるか向かふ、野の果ての方を見た、その目は端無《はしな》く人影にとらへられた。

野のはるか向かふに灌木のむら立ちが有る。そのむら立ちを後ろにして、草の上に双脚《もろあし》を投げ出して坐ツて、しきりに何をか、下向きすがたで見つめて居る少女が有ツた。人気《ひとけ》は無かつた野原、今や、目に入《い》る少女一人《にん》その姿さへはや珍らしい。珍らしい、それは只珍らしいといふのみでない。。。もしやとの念が直《たゞち》に出る。もしやその少女が拾ひは為《し》なかツたか。誰か拾ツたらうと思ツて血眼《ちまなこ》になツた矢さきへ、その誰であるにもせよ、誰、それ、その人らしいと思はれる、されば思はれるやうな者が目に止まれば、やはり気ははずまずには居ぬ。若者の胸は躍ツた。

われ知らず足をはやめる。目は突きとほすまでの注ぎ方で少女へと、いや、むしろ、少女の手元へと注ぎ付く。近よツて彼これ八九間近くまでになるまでは依然として目は其手元へ注ぐのをあやまらぬ、少女の顔、その方はまるで余所《よそ》にして。

またいかほどの熱心で、いかなる物を少女が見て居たのでもあらうか、若者が、今云ふ如く、八九間の近くまで来るまでは少女は人の来るのに些《すこ》しも心付かなかツたらしかツた。で、やうやく音を聞き付けた、若者が草を踏む、草にさはる、その音を聞き付けた。

きツと此方を少女は見る。

その顔を始めてとくと見た若者は顔色をかへて立ちどまツた。

少女は最初きツと若ものを見た、見ると同時、若ものが足をとめると同時、急に目を転じて他《わき》を見て、見る間、顔は真紅《まつか》になツた。

おどろくと云はうか何と云はうか、少女その手には何を？ 何でも無い、一大事、紙入れを持ツて居る。只持ツて居るのではない。中をあらためて、中の物を残らず見た証拠は一方の手に紙入れ、一方の手に中の物をさもしツかり持ツて居るのであツた。おどろくと云はうか、何と云はうか、若ものは麻痺《しびれ》るやうな心もちがした。

若者のひとり言で大かた紙入れの中味は知れた、それほど大事な、むしろ秘密にすべきものを拾ひ取ツて、さてそのやうに其《その》中味を取り出して、さて又そのやうに熱心に見て居た少女、そのものは何ものか。何ものと若ものは既に知ツて居るか。知ツて居るどころでは無い。

その少女はドロレス、ホセエと名を呼びなして、西班牙《スペイン》人の娘であツた。

その親たる西班牙人はと云へば、その名をレムウダと呼びなして、教徒《フライアル》にいゝ、手蔓《てづる》の有るところから、その手を経て賄賂で収税吏中の重職を買ひ、権力を何よりの武器として、絞れるだけ人民の血を絞り、その精分《せいぶん》をば一切おのれの腹に入れて、またゝく間に怖ろしいほどの富豪になつた者であツた。

その貪慾な富豪、フヒリツピン島民の悪魔たる西班牙官吏のレムウダは既に政府顛覆同志者の帳簿に、第一槍玉にあげるべきもとして書きしるされた、その写しは若者の、その、而《しか》もその人の娘に拾はれ、あらため見られた紙入れの中に在ツた。

　紙入れの中には他人に見られて危険なものがまだ〳〵有ツた。すなはち、新聞紙の切り抜きが二三枚、その新聞紙はいづれも皆ラ、ソリダリダツド（西班牙国政府に反対する主義の新聞紙で、フヒリツピン島の革命志士の手によツて編纂されたもの）で、無論政府からは厳しく発売を禁止され、もし隠して持ツて居るとの事がわかれば、一も二も無く国事犯の嫌疑者として捕縛され、結局は無法に責めさいなまれるのが通常である、それ程危険なものであツた。

　これら帳簿の写しと新聞紙の切り抜きと、その二種だけでその紙入れの持ち主がいかなる人であるか、いかな馬鹿でも想像するに難《かた》くない。それが、さて、人も有らうに、当の相手ともいふべき敵の、実の娘たる人の手に入ツた。縄は早若者の首にかゝツたと云ツてもよろしい。重刑はゝや大口を開いて食《くら》ひつきかけたと云ツても宜しい。

　さればこそ若者の身は麻痺した。足も俄に硬ばツた。只立ちすくみに立ツてしまツた、そこに又其処の奥も有ツて。

　陰謀の書類と新聞紙との外にまた一つ重大な物が有ツた。若者が加へられた打撃はむしろ其残る一つのものからであツた。陰謀の書類はもし敵手《てきしゆ》におさへられたならば、返報《へんぽう》は無論生命《せいめい》にも及ぶ。しかし残る今一つの物は生命に及ぶことの恐ろしさ程恐ろしくは無いやうな物ではあるが、さて今といふ今の刹那は生命についての恐ろしさより尚胸をゑぐる物のやうにしか思ひなされなかツた。

　その物は少女の写真であツた。

　少女、すなはち、今現に紙入れを拾ツて中をあらためて居たその少女の、いき〳〵とした写真も一枚紙入れの中に入ツて居た。陰謀の書類を入れたと云ふだけでも、いかほど其紙入れは若者に取ツて大切のものか分らぬ。その大切な物の中へ、大切な書類と共に入れた写真とすれば、また如何ほどそれが若者に取ツて大切か、殆どそれも料《はか》り知られぬ。

　しかし、その少女は島民が仇敵《きうてき》とする人の児《こ》ではないか。仇敵の児の、その親をばやがて程無く血祭りに供するとまで計画が付いて居て、その計画の書類をば命にも代へられぬと大事がツて居て、そしてその仇敵の片われたる少女の写真をそれほどまで大事にする、と、押し〳〵つめて見れば奇怪である。

　それは兎《と》もかくも、その写真の事を思ひ出すと共に、若者は又一つの、何と云ひやうも無いほど大袈裟な、むら〳〵とした思ひに五体を萎えさせられた。自分は写真の持ち主である。写真の裏に何と書いて置いたかとも知る。その書いて置いた文句を少女はいづれ見る、然り、見た。見たと同時、その胸に受ける一大打撃は是また、その必らず意外であるだけに、凄《すさ》ましく恐ろしいに違ひ無い。そして、さう深く驚かされて、さて少女は何を、どう、いかやうに思ふやうに為ツたであらうか。それは思ひ料るだけで只胸は一杯になる。

　無理も無かツた、若もの、足が地上に釘づけになツてしまツたのも。身はふるへもする。魂は或ひは身から抜け出しもする。われと我自身が写真の裏に書いた文句は決して一時の楽書きではなかツた。述べ尽くせず、晴らし切れぬ胸中懊悩の村雲《むらくも》を一片の丹心《たんしん》そのまゝ赤インキに写し出して、そして実は寝ても起きても肌身を放さぬとまでにして、扨《さて》こそ命と釣りがへとも云ふべき大切な書類と共に紙入れに秘して置いたのであツた。思ひ出しても直《すぐ》思ひ出し得る、口にしても直《たゞ》ちに暗誦し得る、その、写真の裏にしるした文句は斯うであツた。

「嗚呼、天上の名花ドロレス！
　　われのみの片恋ひの花！
　露は夜《よ》な夜な花にやどる。
　　花は首垂《うなだ》れて露を落とす。
うなだれるは露をあはれとてか、
うなだれるは露をにくいとてか。
あはれむな、あはれむな！
　只にくめ、にくんでよ！
暴虐の風をちからに
　心づよくふりおとせ！
さて、とても、只の一夜も
　そひとげる露でなし、
　そひとげる花でなし、
世を捲《ま》いて暴虐の風、
その風に露は露の
　露の命をやがては捨てる。
なまじひの仮りのちぎりは
　結ばぬをむすぶとして
さらば、いざ、天上の名花、
　その絵すがたをせめてもの
　おも影と見て死なう、
　　おも影と見て死なう。」

　いつはりも飾りも無く、これら一切の文句はその若者がその写真の人に対する情緒《じやうちよ》を思ひのまゝに列《つら》ねたものであツた。書きしるしたその若者の本心を知らぬ他人は只その文句を目に見たゞけではその意味の何となく哀れなのを認めるほか、その外の事の一切は推察し得ぬ。よしやその文句の的にされた少女その人としたところがまた。

さりながら心有ツてそれだけの意味を籠めてしるした本人の若者に取ツては人のたやすく料り知り得ぬ、奥ふかい意味をみづから確かに知るところで、今やそのみづから大秘密とした一切をあるひは少女に覚《さと》られてしまひはせぬかと只思ふそれだけ驚きは一方でない。驚きもおどろき、中にはいろいろの恐怖の心も交る、いろ〳〵の愛着の情もこもる、苦いと云はうか、甘いと云はうか、その味は扨《さて》云ひ尽くせぬ。

実にしばらく若者は何の思案にも暮れはてた。思案に暮れはてる、すなはち只たゝずむより外は無い。簑笠《みのかさ》を着たならば、案山子《かゝし》とも見える。そして、少女をきツと見つめる顔つきは寧ろ凄いといふ程であツた。

少女もたしかに幾らかは驚いたらしかツた。が、若者ほどでも無かツたか、とかくの思案もまづ付いたらしい。たち止まツた若者の様子のなみ〳〵でないのは明《あ》きらかにそれとも知られたと同時、つと身を起こす、小ばしりに走り出す。すはと見る間、若者のすぐ前まで駈け寄つた。

「おとし物を為《な》さいましてしやう。あの、これ」。

声と共に手に持ツたそれらを差し出した。そのくせ、中から出して見て居た物を元のごとく紙入れにをさめやうでもなく、只有りの儘で有りのまゝを差し出した。それからして既に普通でない。他人の紙入れ、それを拾ツて中をあらためたのも淑女《しゆくぢよ》の所業《しよげふ》として大きに恥づべきこと、しなければ為らぬ。すくなくとも恥づべき事とする心が有るものならば、体裁だけにも、そのいろ〳〵を入れた中へをさめて、然るのち何とか云ふべきである。それをさうせず、剝き出しにしてさも〳〵開けて見ましたと云はぬばかりにして、何のすこしも動ずるところの無いのは不作法でなければ厚かましいのであるとしか思はれぬ。

思はれぬ、その人はさて誰か。若者その身、自身が命までもと恋ひしたツた人である。只恋ひしたツたではない、今の今までも恋ひしたツて居る、その人である。と思ふと若もの、腹の中は云ふに云はれぬ不快をもよほした、で、なくとも前から恐怖の念も有る。それに不快が加はツた。返答は出道《でみち》をうしなツた。

「ね、あなた」と、はや少女は突き付けるばかりに紙入れをさし出した。

「あたしよく存じてをりますよ、これは貴君《あなた》が御おとしなさツた物と。でしやう、御落としなさツた物、ね。けれどもようございましたわ、外の人に拾はれず。さ、どうぞ。」

つと手さきへ突きつけた。はずみでもあツたが、少女の手さき、その柔かいやうな、生あたゝかいやうな、肌とも肉とも分別し切れぬ一種の味がたちまち若者の手に感じた。

つまり手と手と相触れる、同時若者はまた魔気《まき》に打たれた。さもなくても縮《すく》みさうな身体《からだ》が更に一段ぴり〳〵疼いて、乱鼓《らんこ》が胸にはだめき出す。

附き穂無い無言の継続！

すはや、これは又！　少女は涙ぐんだ。

少女は何をか云ひたさうである。が、最初の活発ないきほひには似げもなく、急におづ〳〵する体《てい》である、何事かのすさまじい物思ひは確かにもよほしたとしか見えず。

しかし、おいそれと二ツ返事で手を出してその紙入れを受け取ることさへ若者は尚躊躇した。躊躇しなければならぬ事情が有る。

その紙入れの持ち主は若者自分であると明きらかに確かめ云ツて、後難《こうなん》の無いものならば無論よろしい。が、十がほとんど十までは先あやふい。そのドロレスは敵人の片われである。おひろひ下さツたか、有りがたうございますと喜んで受けをさめる丈は受けをさめても、その持ち主は何如やうな企てを抱いて居るかといふ事は疾くにその中身を見て知られて居る。さすれば、よろこんで受け納めるのは手もなくおのれを政府に対しての反逆人と白状《はくじやう》し、名のりかけるやうなものである。

卑怯ではない、今いたづらに其やうな事をして一切の暴露を招く、それをどうにかして包まうとするのは、ひとりおのれの一身をのみ庇ふ卑怯で、それは、無い。すくなくも同志一味のためである。

只瞬間、その間に若ものが付けた思慮はそれだけであツた。その思慮が附くと同時、やすからぬ間にもなほ小安《せうあん》をも得たらしい。声がらもやゝ落ち付いた。が、しかし、挨拶は誠にまづい。

「何です、それは」と、わざとらしく紙入れを見て、「わたくしの物ですツて、それが?」

つたないが、まぎらすつもりであツた。

その顔をドロレスはぢツと見つめた。ドロレスの心に些しの恐れるところも無い。その見入りかたも、それ故、きツとした。その見入りかたで、するどく且久しく見入りつゞけられた日には、いきほい疵持つ足の相手はたぢろがずには居ぬ。

さうして、姑《しば》らく、やゝ姑らく、ドロレスは依然として若者を見つめたが、やがて言葉は急に直ちに若者の名へと及んだ。

「グレゴオリオ、デル、ピラアルさんで入らツしやいましやう、あなたは。」

声と共には微笑も見えた。その実は罪の無い微笑であツた、が、こちらには冷笑とも見えて。

無論はたと又返辞に窮した。ドロレスはいよ〳〵きツと見入る。しかし、今はや若者には最後の観念よりほか出なくなツた。さうでないと云へば、紙入れは取りかへせぬ。名をたしかに明かしたところで、或ひはその少女その人一《いツ》己《こ》の心に一切のおそるべき秘密を封じてもらふ事が、あるひは、出来ぬでもあるまいとも思はれる。只くるしい。

若ものの返事の無いのにその大抵の心中をはかり知ツたが、ドロレスは重ねての微笑と共にむしろ短兵急になツた。

「ピラアルさんで入らツしやいましやう、ね、入らツしやいますね、あなた」と、もはや断言まででした。

「ピ……ピラアル。はい、その、ピラアルはピラアルですが、しかし………」

「まアま、ようございましたこと、持ち主の方に此御紙入れが早速もどツて。あたくしは何うして御手元まで御返し申さうかと一図にその事にばかり屈托《くつたく》して、その癖何の思案も出ず、実は当惑してをりましたよ。さア、どうぞ」。いよ〳〵紙入れをさし付けた。片手には例の危険な書類その他なほその儘持ツた儘で。

「御わびを申さなければ為りませんの。あたくしは、実は、此中の物をこのとほり出して一切拝見いたしました。」

ピラアルは只さしうつむく。

さしうつむく其顔を覗き込んで、ドロレスは顔さし寄せて、何とも知れぬ溜め息をした。

「人さまの御紙入れの中の物をしらべる抔《など》と、それは如何にも失礼の至りと存じてはをります。しかし、御拾ひ申したとは云ふものゝ、御名前か御宿を知らなければ、御かへし申す事もならず、それ故是非なく中を拝見しました。いはれ無く、中を拝見したのでございません所をばどうぞ悪しからず思しめして。」

ゆるやかに挨拶されて、やう〳〵たしかに答へるべき心の余地を若者は見出だした。見出だしたと云ふよりも、むしろ見出ださせられたのである。

「まことに忝《かたじけな》う存じます。このやうな紙入れですが、わたくしに取ツては大切ですゆゑ、一かたならず有りがたく……」

「御大切どころではねえ……」と、云ツたまゝ、ドロレスは一寸語を切ツた。

薄気味《うすぎみ》のわるいドロレスの言葉ではある。落ち人は荻の風にも心を置く、邪推もする。ピラアルは一語を聞かされて一語ごとに縮《すく》んだ。

「まツたくあたくしは故《わざ》とらしく心有ツて中の物を拝見したのではございませんの。けれども拝見して実は驚きましたわ。御わびは御詫びとして申すだけ決してつくろひもしませんければ、又隠しだてもしません。只その、中の物を拝見したのも持ち主の御名《おな》をでも知らうと思ひましたばツかりそのためつひ残らずを調べることに為ツたといふ、そこだけ御察《おさつ》し願ひます。」

「御察し申しますとも、それはたしかに。中の物一切を御覧になツたのはそれは素《もと》よりやむを得んことです。その元はと云へば、遺失した私《わたくし》にこそもと〳〵過ちは有りますので。」

「さ、さう仰せられますと、何となく只御気の毒になりましてねえ。しかし、まづ好い塩梅でございましたわねえ。」

好い塩梅といふ、その語の真意がちよツと怪しい。単に好運であツたと云ふよりは寧ろ他人に拾はれなくてよかツたとの意味がどうしても語中《ごちゆう》に見えるやうな。

「まツたくです。只今も仰やツたとほり、いゝ加減の人に拾はれなくて宜しうございました。今さら何を御かくし申しても致し方有りませんゆゑ、何の弁疏《べんそ》がましい事をも申しませんが、御覧のごとく、紙入れの中には容易ならない書類が有ります、それをあなたは御覧になツた、と、して、それから何事かあなたに於いても御思ひ付きになツた事が御有りでしやう。」

ドロレスは眉をひそめた。

「思ひ付く？　何をでございましやう。」

「さ、さう正面から仰せられますと、御返辞にも一寸躊躇します。只、中の書類を御覧になツて嘸《さぞ》かし御おどろきになツた事が御有りであらうと――いゝや単純に、御おどろきになツたと云ふどころでは無く、さぞ御立腹になツたことが御有りであらうと存じましてな……」

ドロレスは無言であツた。

ピラアルもやゝしばらく無言であツた。

またしばらくしてドロレスは涙ぐんだ目をあげた。

「なるほど、驚きもしましたよ。しかし、又驚きもしませんよ。」

「どういふ事です、それは。」

「何ごとも皆当然なのですもの。」

「当然？」と、ピラアルは恐ろしく目を見張ツた。

「当然ですとも、それだけの謀叛――と、云へるならば、ですね、謀叛――が出来てもそれは仕方有りませんわ。」

「仕方が？　有りませんと？」と、刻み込む。

「有りませんとも。ですもの、当然でございましやう。さ、西班牙の民といふ身分のわたくしが斯ういふと、わが本国に仇《あだ》をするやうに、わからない人は云ひもしましやうが、人類の、ひろい道から云ツたならば、今この島々の人々がふるツて謀叛をしやうと為はじめたのは無理も無いことですわ。」

やゝ呆れてピラアルは只無言、只ドロレスの顔を見つめてばかり。

「わたくし共が何と云ツたとて歯の立つことではございませんが、全く本国の政治が圧制きはまるのですもの。つもりに積もツた鬱憤《うつぷん》、此国の人がとう〳〵怨みをかへすといふ所まで立ち至るやうに為ツたのは、それゆゑ、当たり前なのです。御察し申します、あなたがたの御心中を」

と、その声はやゝうるんだ。

ピラアルに取ツては意外といふも疎《おろ》かなやうなドロレスの言葉であツた。蛇の目と思ツたのが蛍であツたかと思ふ。只不思議なくらゐに驚かれる。それとも此方《こちら》の気を引き、口裏をあやつるのか。さもあらばあれ、最初は疑ひあやぶみもした位、さうと心づいたならば、運まかせ天まかせ、それはそれとして置いてよろしい。さらば唯一つの誠実、それにのみ只頼れ。

涙ぐまれてはさすがに感激して丈夫《ぢやうふ》！　また涙無くては居られぬ。ピラアルは目をしばたゝいた。

「ピラアル一言《ごん》もありません。恐縮ながら敬服のいたりに堪へません。味方身贔負《みびいき》とは云ふものゝ、われ〳〵が政府に対して反抗を試みやうと云ふのも、十分こちら此フヒリツピン島民に正当な理が有ると思へばこそです。しかし、その理の当否を今みだりにあなたに向かツて事々《ことごと》しく述べる必要もなし、また議論をあなたと闘はす必要もなし、只その事はその事の有りの儘にして、すなはちあなたの御かんがへにのみ任せることゝして、さてこゝに残る一つの問題、すなはちあなたがわれ〳〵の密謀《みつぼう》を料らずも御承知になツたとして、これからあなたは如何やうに為さるか、それを明白にうけたまはりたいのです。露骨にいへば、われ〳〵の密謀は私の不注意から端なく露顕《ろけん》の小口《こぐち》となツたのです。すなはち、私は厳重に法文に照らして国事犯罪人……でしよ。」

ドロレスは無言で首《うな》だれて居た。

「紙入れを落とすまでは無辜《むこ》の良民でした。いゝや、落としてあなたに拾はれるまでの私は西班牙国政府の統治の下に在る謹直《きんちよく》な被統治者でした。紙入れを落とし、その中の物をあなたに見られると共にこれまで謹直な被統治者であツたといふ、その、わたくしの仮面は剥げました。なるほど、あなたは法吏《はふり》でいらツしやらぬ。しかし、西班牙の臣民として、母国に対する義務から云へば、あなたは無論わたくしを告発すべき権利を御持ちになる、すなはち一の私人《しじん》、私人中の一の御婦人、それだけであツて、しかしその上いはゆる法吏の行ふだけの権利を今は御持ちになツたのです。しかるに何ぞはからん、われ〳〵の謀叛をもツて正当と御見なしになる、それについて私が腹臓なく申せば、私はその御言葉を非常に、非常に疑ふと共に、また非常に、非常に敬服してうけたまはるのです、もしも疑ふべき余地が無いとすれば、只敬服すべきです。」

ドロレスはきツとなツた。

「分かりました。御もつとも。しかし、それならば、つまり夫《それ》ゆゑ尚あなたは私《わたくし》に対して敬服なさるよりいツそ御疑ひになるのでしやう。」

「え、何ですツて。」

「いゝえね、あなたは私を御うたがひでしやう。」

「疑ふとは何ういふやうに。」

「いゝえね、どうも斯うもなく、只、謀叛の機密をこの女に知られた、この女は必らず告発する、と、まづ此やうに。」

ドロレスその云ひかたは厳重きはまツた。やさしかるべき処女の口吻としては又それも意外とも云ふべき程なので、ほとんどピラアルはぎよツとした。

「あなたが私を国事犯人として告発するであらうと私が疑ふであらうと御言葉ですな。」

「さやうです。」

一句一句つめ寄ツた、その腹の中で大かた是であらうと殆ど待ち受けたピラアルの返辞といふのは直ちに引きつゞく、そのピラアルの断乎として一言《ごん》に一たまりも無くゆらめいた。

すなはち、ピラアルは斯う云ツた。

「それは無論ですとも。」

「えツ？」

「うたがひます、無論々々。しかり、私から取れば、十分うたがはれる地位に、不幸、あなたが御立ちなのでしやう。」

しばらくはドロレス黙ツて居た。

「あなたがこの国の土人《どじん》ならばいざ知らず、」と、ピラアルは直ちにつゞけた。「現に西班牙国政府の官吏たるレムウダさんの令嬢でしやう。そして、今密謀の書類をのこらず御覧になツたでしやう。その書類に何と書いてあツたかと云へば、さ、申しにくうはございますがレムウダさんと御名《おな》も見えて居ましやう。謀叛の第一着手としてはレムウダさんを槍玉にあげろと手筈まで定まツて居ましやう。

「そのレムウダさんは貴女の親御、さらばその方の一大事、それを今令嬢のあなたが御知りになツたとすれば、見やすい普通の理によツてもあなたがそれら秘密を親御さんに御打ち明けになる訳でしやう——と、察してもちがひますまい。」

これだけでピラアルは黙ツて見た。が、ドロレスは尚答へもせぬ。

「さすれば、わたくしの地位としては如何《いか》やうにしたら宜しからうか、何と御かんがへに為ります、あなたは。」

言葉よりさきに瀧のやうに涙がドロレスの頬につたはツた。只唇を嚙みしめて居る。

「すべて打ち砕けて真実を申します。同志の友に対する義務上、また島民を暴虐の政治から救ひ出す大目的の方便上、只今の場合ひ、わたくしは、これより外取るものは有りません――これ？　何？　非常手段です！」その声はふるへた。

「非常手………！」

「御わかりでしやう、既にあなたには。非常手段、すなはちこゝで一思ひに……」

ドロレスその目は異様に光ツた。

「一おもひにあなたを……です。」

ドロレス顔は紅熱《こうねつ》した。

「一思ひにあなたを……さ、これです。」

同時つとさし出したピラアルの手つきで知れる、拳銃《ピストル》でとの意味であツた。

「これ！　さ、一発只《たゞ》！」

はやドロレスは蒼ざめた。

蒼ざめながらも気丈であツた。追ひつめられて勇気たちまち跳ねかへツて、

「御打ちなさる、では私を？」

「只、思ひ……切ツてゞす。」

「御もツともです、わかりました。」

「いえツ？」

「さうあるべき貴君《あなた》の地位です。」

「地位……さうあるべき？」

「私を御打ちなさる、さうあるべきあなたの地位です。」

「地位、と、御みとめですな、あなたは。」

「みとめます、たしかに。」

突如！　ピラアル声放ツて泣き出した。

「令……令嬢！」

刹那、取り出した、短銃《ぴすとる》を！　すは、おや、撃……たぬ。

うなるばかりの横なぐり短銃は風を切ツて横の方何間といふ処へ投げ飛ばされた。

飛ばされるその短銃を見おくツてドロレスは偖《さて》、たゞ、ただ茫然、同時ピラアルの身はその前にほとんど跪いた。

「令嬢、只わたくしは是《これ》です」とつゞけざまにピラアルは叩頭《こうとう》した。「捨てました、わたくしは短銃を。十分御わかりでしやう、意味はそれで。」

耳までドロレスは紅くなツた。

涙は依然としてドロレスの頰。

いつかピラアルの右の手はさし伸ばされた。さし伸ばされたと見る間、ドロレスの手へ……手を……

しかし、ドロレスは手を動かしもせぬ。

ピラアルの手はドロレスの手をぢツとおさへた。

「令嬢」、とばかり、ピラアルの呼吸《いき》は迫ツで、しばらくは言葉が咽元でつかへた。

「令嬢、おわかりが無ければ申します。いや、御わかりが有ツても一度は是非とも申します。ピラアルはあなたを射撃しません、いゝや、燃えるばかりの思ひに焼かれて射撃の腕ぶしは灰にしました。令嬢、御聞きくださるか、ピラアルが是から心の心の血をしぼツて、ほとんど末期《まつご》とのおもひで、是から、さ、唯今申し上げる一切を。」

「…………………」

「え、令嬢！」

「…………………」

「御聞きくださるか。」

「さ、泣……泣かせて下さいまし！」と堰《せ》きあけた。

「泣《な》？」

「御ねがひです、どうぞ泣かせてツ！　泣かせて、泣、泣き死ぬまで！」

ピラアルは死人色《しびといろ》になツた。

熊手でゑぐツたらば斯うなるかとさへ思はれる胸の心もち、殺気は目にさへ充ち〱て、

「令嬢、どうしても私はあなたを撃てなくなりました。なるほど同志一味の利害に代へられぬとのみ一図に思へば、ここでは是非ともあなたを射撃してしまはなければ為りません。しかしです、しかし事の元たる紙入れを拾ツてくださツたのは貴女、それは貴女の御心次第でそれから直ちにわれ〱一味の破滅となるかも知れませんが、まだ、あなたが其処まで事をおし進めなさらぬ内、運よく他人に拾はれなかツたと云ふ、しかも〱刹那、わたくしが請求もせぬ内すぐに紙入れを返さうとなされた立派な御心ざし、それ是に対しては全く私には撃つべき丸《たま》も無くなりました。」

意は嵩《かさ》んだ。情は迫《せま》ツた。語《ご》は出た。出た――完全な形ちを為さなかツた。自分にもわからぬやうな云ひかたと為ツた。ドロレスには分かツたか、よく。

「紙入れを落としたのは私の不覚その不覚をつぐなふがためあなたの密告をおそれ、拾はれた恩を仇にして、あなたを此処で射撃するといふ、それは元より訳も無い――が、無いが、さ、無いが、しかし、すくなくも完全な人間の理想として、そのやうな事が敢て、忍んで出来ましやう

か。魔になツたらば出来る。人である内は迚も〳〵。

「それ故、弾丸、あなたを撃つべきその弾丸をばこゝに私はその儘捨てるとして、他日大《おほい》に一揆となツた時、あらためて西班牙の軍旗に向かツて、十分死毒を籠めて撃つ、と、只この一つに決しました。既にさうして貴女を撃たぬとする――すれば、あなたに対しての疑念といふ疑念、それらも一切投げ捨てます。」

「捨て……疑念を?」と、ドロレスは殆んど睨んだ。

「まるで、のこらず。」

只ドロレスは堰きあげた。

「しかし、令嬢、私には猶あなたに御礼を為なければならぬ、その云はゞ、残る義務が有ります。な、令嬢、義務、のこる義務!」

同時、ひし〳〵ドロレスの手を握りつめた。

「御わかりになりませんかな、令嬢。」

「…………」

「日ならずして親御さんの御命が危いといふ一事、その事をたしかに〳〵極はめてたしかにあなたへ屹と御知らせ申すといふ事、それが私からあなたに尽くす義務であツて……」

咄嗟ドロレスは握られた手をふり放した。

その手は拝むかたちとなツた、すぐ。

「これですよ、ピラアルさん。これ、この、只拝むだけ。父をば、それでは……」

「御すくひ申します!」

「御助けくださる?」

「誓ツてゞす。」

ピラアルは前後とつかは見まはした。内懐《うちふところ》から取り出した鑑札一枚。

「令嬢、通行自由の鑑札です、まだ〴〵此鑑札の御入り用になることも有りますまいが、しかし万一の御用意に。とても斯くても親御さんは一日も早く御出奔に為《な》りませんければ……さ、それだけを御勧め申すのが寸志、御わかりに為りましたでしやう。」

とばかりで鑑札をつき付ける――のを宛《さ》も慌てゝ受け取ツた、匂ひこぼれる笑顔を見せた。

涙の雨を含んだ名花、うつくしさは各国各時代の詩人文士が述べ尽くしたそれ、その儘であツた。この場合ひ、云はゞ生死二ツの追ひ分けにほとんど煩悶して居る場合ひ、色も色には見えもせぬらしい場合ひ、それながら比《たと》へやうない一種の魔気《まき》がとろけるやうにピラアルを鎔《と》かした。骨も肉も只一ツか。骨も肉も……いや、それは己れの一つのみでない。おのれの骨もおのれの肉も己れのほかの他のものと互ひに鎔け合ツてしまツたやうな、然り、他の物、他すなはちそのドロレス！

暫時《ざんじ》、ピラアルは只恍惚。

ドロレスはさめ〲と泣く。

泣く、それが、しかし、よくピラアルには分からぬ。情のつよい婦人の普通とのみ解釈してしまへば、何のことも無ささうではある。が、さうとのみは迚も解釈されぬ。

何ゆゑドロレスは然《さ》ほどに泣くか。

父を死命から免《まぬ》かれさせてくれると云ふ、しかも保証の鑑札までくれた、その志しが身にしみて嬉しくて、さう泣くか。

しかし、さう泣くほどの事でもあるまい。

なるほど嬉しなみだ、その些しはうるませても宜しいであらう、が、堰き入るまで泣く、と、いふ事が、単純な原因だけで果たして実際有り得ることであらうか。

その点、ピラアルは何うしても合点が行かぬ。

「大層御泣きに……何もさほどの事では貴女《あなた》。何かまだ御不満足の事でも御有りに？」

無言でドロレスは手をふツた。

「では御有りでない？　はてな、これは。」

「御わかりは有りますまいツて、とても。しかし。今わたくしは……わたくしは一応またあなたに伺ふだけ伺つて、それから御はなし致さなければ為りませんことがまだ〲沢山……」

「沢山御有りなのですか。」

ドロレスは点頭《うなづい》だ。

（二）

「この場合ひ、令嬢、御はなし下さるといふ事はいづれ私の身にか、ツた事、でなければわれ〲の一大事、凡そそれら何れかであらうと存じますが、さ、いづれにもせよ、願はくば十分のところを宜しく、な。」

云ひながらピラアルは最前からの態度を変へて、どツかり草の上に坐《ざ》をおろした。真面《まとも》からのドロレスとの差しむかひ、聞かされる一言一句は決して仇に聞きのがすまいとさながら精を凝らしかためた。

ドロレスは涙おし拭ツた。

「今となツては私もまた相当の値段をもツて、あなたのいろ〲の御深切を御買ひ申さなければ為らなくなりました。なるほど私はあなたの御紙入れを拾ツてそれをその儘あなたへ御返しすること、為ツて、そこだけは貴君《あなた》から謝意をいただく丈のことは有ります。が、それながらです、あなたから私に下さる御謝意は実のところ多過ぎます。」

「多過ぎる？」と、眉を寄せて、「謝意が多過ぎると仰やいますか。」

「ですよ、本心で私は申します。」

「わかりませんな、わたくしには。」

「直《すぐ》に御わかりの為るやうな単純の事でもありませんものを。御尤もです、それは〳〵。」

「わかりませんな、いよ〳〵。」

「御わかりが無い、それ故、あなたの御命《おいのち》は風前の燈火《ともしび》です。」

「わたくしのが？」と、声はずむ。

「あなたばかりでなく……」

「私の外の人のもですが。」

「たしかに私は申しますよ。」

「へ、たしかに？」

「たしかに私は申しますよ。」

ドロレスは差し寄ツた。で、ほとんどピラアルの耳に口、

「御命のあやふいのは貴君《あなた》のほかの方のもまた——どちらと云へば、いツそ真先《まつさき》。その方は首領の方。」

「首領？」と、目は怒《いか》ツた。「首領？　アヒナルドオ氏ですか。」

ドロレスは点頭《うなづい》た——と、同時、あたりを見た。

「アヒナルドオさんを首領として、いよ〳〵謀叛を御起こしになるとの事はもう西班牙政府で知ツてをりますよ。あなたが実に立派な紳士として、一言《ごん》のいつはりも飾りも私に向かツて仰やいませんだけ、わたくしも亦あなたに対して、いはゆる秘密——悪意をもツての秘密——を守ることは出来ませんの。よろしうございますか、決して詐《いつは》りではございませんよ、アヒナルドオさんの御命の今あやふいのは。」

ピラアルに取ツては何さまと思ひあたられる所の有るドロレスの言葉であツた。それながら扨《さて》顔色も変へずには居られぬ。

「それですが、ピラアルさん、御聞きくださいませ、味方は味方をばかり見るとやらで、こちらで手くばりをさうして居ながら、さて又アヒナルドオさんの方で又真先にわたくしの父を殺さうと為さツて居るツしやるのをば西班牙人の誰一人《にん》として今日只今までは存じませんわ。」

「すると、今日誰か知りましたか。」ピラアルは稍《やゝ》あわてた。

「いえ、只一人。」

「只一人？」

「……のは私。」

「う、む、なるほど。」

「私だけ。私もわたくし、御紙入れを拾ツたばかりで、

始めてそれと知りましたので。」

「さうでしたな。」

「よしや御紙入れを御落としになツた御ぬかりは貴君の方に在るとしても、それを御落としになツたればこそ私も拾ツて中を見ることが出来、中を見ることが出来たればこそ父の命の危《あやふ》いといふ事も知れましたのでございましやう。自然とは云ひながら、御紙入れを御落とし下さツたあなたの偶然の御手《おて》あやまちに対して、わたくしは御礼を申さなければなりませんのでしやう。」

ピラアルは苦わらひした。

「ところが、申さなければ為らぬ私からの御礼よりさきに貴君の方から却ツて御ねんごろな御言葉でございましやう。あなたは然ほど深い思しめしが無くて仰やるのでもございましやうが、私に取ツては過分でしやう。」

見る〳〵ピラアルは又涙ぐんだ。たしかに感動されたのである。

「それゆゑ、父を御見のがしなさツていたゞくと云ふ重大な御恩に対して、何か又別にわたくしが私だけの志しで御礼をする処が無ければなりませんでしやう。さ、その御礼です、アヒナルドオさまたちの御命があやふいといふ事を思ひ……思ひ……思ひ切ツて」と、力と入れて、「今とう〳〵御打ち明け申しましたのは。誓ツてゞございますよ、これは。決して嘘いつはりではございませんの、これは。アヒナルドオさんに政府から附けて置く探偵は一と、ほりではございませんの。それは御承知でゞもございましやう。けれども、程無くアヒナルドオさんが逮捕されやうともまだ〳〵あなたはじめ……でございましやう、まだ御承知が無くて。」

「有りませんとも、それは全く。われ〳〵の方でも味方は味方をのみ見るです。おどろきましたな、実に。おどろくに付け、何処まで御行き届きになるかわからぬ貴女の御取りはからひ、それについて私は只感謝のほか有りません。感謝、しかし何で御礼をすることもならず、只この上はいよ〳〵誓ツて、親御さまだけの御安全をはかるやう、それだけをでも切《せ》めては切めて……」

「さ、何よりそれが私どもには有り難いのでございますよ。何と云ひましても、父は父、わたくしには親……」

と、まで云ひかけて、はたと黙ツた。

見る〳〵ドロレスは咽《む》せた。

「おや！　これは、令嬢。何ゆゑ、さう……何もわたくしの申した事が別に……」

「そのやうな事ではございませんの。今さら御恥かしいわたくしの身の上がつく〳〵思ひしみられまして。いえ、ね、父とは云ひながら私の父は、それは〳〵この国の人を随分虐待もいたしましたもの。それだけの怨みのかゝるのは当然ですとも。他人ならば私とて何で父の味方に為りましやうか。只、只、親子の間がら、人間の道理を是非なく、どうかすれば曲げてもして……そこには何と云ひましても親子の情愛、どうか助ける丈は父を助けたいと思ひまして。さ、それは些《すこ》し無理……では無くなか〳〵の無理……その無理なのを枉《ま》げて御ゆるし下さツて、通行自由の鑑札をさへ下さツて……」

と、その後は又絶ゑた。

ピラアルも何となく涙になる。

「いよ〳〵承はれば承るだけ敬服に堪へられん丈の純潔な御精神、真《しん》、真実このピラアルあなたをば仰ぎます、人間以上の方として。」

「わたくしは只気になります。」

「何がです。」

「さほどまで島の人が目がけた私の父をあなたの独断で御逃《おの》がしに為ツて、それでその委細がアヒナルドオさんに知られませんといふ事は、ね、無いでございましやう。」

「知れますとも」さも断乎として。

「で、御迷惑は？」

「わたくしのですか。もし私がそのため迷惑を受けたならばですか。」

「はい。」

「更に〳〵厭ひません。」又きツぱり。

ドロレスの目はすわツた。

「どう御迷惑なさツても？」

「義のために受ける迷惑ならば、その迷惑は名誉です。」

ドロレスの目は又うるんだ。

「そこまで貴君《あなた》は御決心くださツて？」

「おしとほしたいと思ひます、人間で。」

ドロレスやゝ蒼ざめた。

「では私をあはれと思しめして下さツて？　親子の情《じやう》を御思ひやツて下さツて、そこまでの御決心に？」

「いゝや、決して！」

ドロレスはぎよツとした。

「私はあはれと思しめしては下さいませんのですか。」むしろ詰め寄る語気。

「其処まではまだ〳〵です。」

「まだ？」

「ですよ、令嬢。この度、只今、親御さんを見逃がすのは親御さんを御可哀《おかあい》さうと思ツたのでもなし、かと云ツて、令嬢、あなたを悦《よろこ》ばせやうと思ツたのでもなし、あなたを悦ばせて一滴の涙をあなたから賜はらうと思ツたのでもなし、只、これ、受けたのに対する相当の報酬、只そのためにです。」

蒼かツたドロレスの顔はみる〳〵紅熱《こうねつ》した。

「では、あなたは私を愛する、と云ふ御心の有ツた、めでは無く、只道理に対して道理を用ゐて、それで?」

「いツかにも。」

「今の私が他の人であツても一切の境遇が今の私とおなじならばやはり私と同じやうに貴君は為さいますので、それならば?」

「いツかにも。」

「ちツ!」

ドロレスは咽《むせ》び入ツた。

「女です、くどうはございましやうが、さ、ピラアルさん、くどく又御聞き申します。さやうならば貴君は私を可《か》愛《はゆ》いと思ツた、めさう御深切にして下さるのではありませんのですか。」

「さやうです。」

「いえツ?」

「あなたを可愛いと思ツてさうしたのではありません。」

「では憎い?」

「では有りません。今はあなたを可愛いも、憎いもなく、只道理の尺に道理のペンを宛てたのです。」

「それでは、是までは?」

すはや凄まじい問ひ! それに答へるつらさ、切無さ!

ピラアル身はふるへた。

無理に冷やして氷《こほ》りとさせた水をばそれへの答へと共に還元させなければならぬ。生けみ殺しみはすべての意味において不仁《ふじん》であるが、その、不仁を今は是非なく行はなければならぬか。いつはりをさへ云へば何でもない。いつはりを云ツて一時の不仁を避けるか。いつはりを云はず不仁を行ふか。倫理! 道徳! この窮境をどう解くか!

しかし、いつはりは云へぬ。あなたを元から愛したのでない、と、もし云へば夫はいつはりである。死ぬまで恋ひこがれてさへ居たのが実であるものを。

さらば、いつはりで無くて真実を云はうか。それ将一種の不仁ならぬか??? 倫理! 道徳! この窮境をどう解くか。

しかし、いよ〳〵決心した、詐《いつは》りは云はぬと決心した。

「ピラアルは今死ぬやうな苦しみです。が、令嬢、その苦しみを冒して云ひます。いツにても私は……」

ぢり〳〵とドロレスの手を取りしめた。

「あなたを恋ひ、こがれ、したツて居ました。」

と、まで、は云ツた。その後《ご》の語はどうしても出ぬ。

ドロレスの顔は真紅! また涙も沸く。

真紅をかくすとてか、涙を見せまいとてか、さらば何れか、顔を両手に埋めてしまツた。

ピラアル息もせわしい。

「御覧でしたろツ、あなたの御写真……」

ドロレスびくともせぬ。

「あなたの御写真――紙入れの中にあツた、その……」

ドロレスびくともせぬ。

「御写真、裏に詩の書いてある……」

ドロレスの身はがた〳〵ぶるひした、そこで始めて。

「え、もし、御覧でしたろ。」

ドロレスは答へた。只何とか答へたやうにピラアルには聞こえた。が、その意味のわかるまでには聞こえなかツた。

只見るドロレスの俯向《うつむ》き切ツた顔。

只見るドロレスの真紅になりまさる顔。

何ものか衝《つ》きのぼるやうにピラアルの胸は踊ツた。われながらむしろ呆れる、出す声も低く低い。

「むしろ残酷です、御覧でしたらうと伺ふのは。でなくても私の胸ぐるしさを更にまた言葉を重ねてあなたにまで強ひ加へるには及びません。さ、伺ひますまい、もう、只私だけの事を申します。令嬢、ドロレスさん！」

その名の呼び声は気味わるく凄かツた。

「ピラアルも最期に、あるひは、近いでしやう。日ならずして謀叛となる、さすれば此身《このみ》はいづれ銃丸の目的《まと》でしやう。で、最後の言として心の中《うち》の掃除をします。令嬢、いかにも私はあなたを恋ひしたひました。事の元は何かと云へば、私の叔父ガスパアグ、それです。」

きツとドロレスは面《おもて》をもたげた。

「叔父ガスパアグは一徹者《フライアル》で政府の吏員に賄賂を行ひませんでしたらう。また教徒に冥加金を奉納しませんでしたらう。で、商業に失敗して、自暴《やけ》になり、人のさま〴〵戒めるのをも、聞かず、西班牙政府公認の富籤を買ツたでしやう。人の惰弱《だじやく》を奨励する博奕制度、富籤その他を公認する政府が何処に在りましやう――です、西班牙を除いては。政府は人をして怠惰にならせ、遊蕩にならせ、一定の産業もなくて一時の僥倖を空想させる魂のやうなぶら〳〵したものに為らせるため、すなはち人民を愚にするため富籤を公認したのでしやう。さもなくても熱帯地方に惰民《だみん》の多いのは真の事実であるところを、更にそれら僥倖を空想させる――のを、奨励する、人間の弱点が強力の掩護に発達し〳〵て、つひに甲も身代かぎりする乙も逃亡する、たま〳〵中《あ》たツたものは不時の大金に眩惑して、かならず無意味の酒色につかひはたしてしまふ、帰する所は人民一統の困厄《こんやく》でしやう、疲弊でしやう。で、罪悪はさま〴〵殖ゑる。すなはち刑は酷になる。同時に税は重くなる。人民は五分切りにして油鍋で炒られるのです。

「叔父ガスパアグも油鍋に入《い》ツた一人《にん》でした、で、炒られた一人でした。富籤で財産は烟《けむ》、引きつゞくのは自暴《やけ》酒《ざけ》、酒興《しゆきよう》が生む喧嘩、喧嘩が流させる血――結句《けつく》、殺人――すなはち遂に入牢《じゆろう》の身……」

云ひさして涙声にもなツた。

「ところで賄賂ならば放免される。しかし、もう無財産の身でしやう。金の目方だけの重みの責め苦は受けるのでしやう。誰から？

「西班牙の官吏から！

「足を縛ツて倒さに井戸の上へ吊るされもしました。誰に？　西班牙の官吏に。

「塩を口へ充たされて、半日猿轡を掛けられました。誰に？　西班牙の官吏に。

「眷族も糺問されました。私もその一人として糺問されました。誰に？　西班牙の官吏に。

「で、結局はどうでした。叔父は牢死の悲命です。実に責めころされたのでしやう。

「その時に只一人、たゞあなた――ドロレスさん、決して御世辞ではありません――あなた只一人があなたの親御さんレムウダさんを御いさめでしたろ。」

ドロレス顔の色を変へた。

「あら、ま、御存じ、そんな事を？」

「博愛の御精神はその通ずべきところに必らず通ぜずには終りません。」

「ですが、どうして。」

「忍んでゞす。」

ドロレスは目を見張ツたまゝ、いかにも不会得《ふゑとく》の顔つきであツた。

「忍んでゞす、あなたの御邸《おやしき》へ。御おぼえが有りましやう、棕櫚の花の香の、雨を帯びて腥くかをる曇り空の如法《によほふ》暗夜《あんや》、御邸の犬がはげしく吠えて、御家内中さわぎ出し、賊でも居はせぬかと御庭中御さがしになツた事が有りましたでしやう。」

「あら、本当《ほんと》！」

「でしよ、本当。」

「本当、本当、そんなら其とき……」

「その賊といふのは私でした。」

「あの、あなたが……」

「ですよ、捜されたその賊、犬に吠えられた忍びの者で。」

「まあ……どうも。」力を入れて、そのくせ長く〳〵ドロレスは調子を引き落とした。

「忍び入ツて御窓《おまど》の下であなた方の御はなしを伺ひまし

たので。さあ、ドロレスさん、何とその時あなたは親御さんに仰せられました。」

「あら、ま……はら、どうも。」

ドロレスたしかに答へるべき力は既に〳〵萎えさせられて居る。

「いよ〳〵御思ひ出しでしやう。」

薄さみしくにたりと笑ツてピラアルは相手の手をジイわりと握りしめた。

ドロレスの身は只々ふるへる。

「何ゆゑ私が不正当な手段、すなはち他人の権利内に忍び入るなど丶いふ、むしろ恥づべき事をしたのでしやう、それは外でもありません、御邸に叔父が禁錮されて居ると聞いた故です。」

「い丶え、決して……」

「でした、それは。それは偽りの噂でした。が、とにかく私は欺かれて、さう信じたのです。よし、尋常の手段で叔父をば救へぬ。さらば夜陰に乗じて、ぬすみ出せ。と、一図に思ひ込みました。で、短銃《ぴすとる》をふところにしてとう〳〵御邸へは忍び入ツた、が、一切は徒労なのでしやう。叔父は居ないと知れました。制し得ぬほどの無念心外、しかしどうすることも為らずそれながら心が丶りでもあり、忍びに忍んで遂にあなた方の御出でなさる室の、その窓外《まどそと》に至りました。

「聞けば中ではなし声。運よく窓の下半分が開けはらツてあツた丶め、その声はよく聞こえました。ガスパアグといふ声もする。すはやと轟く胸、引き立てる耳。で、何事が聞こえましたらう。」

ドロレスは目を見張ツた。

「御気にさはるか知りませんが、私は有りのま丶を申します。で、聞けば親御さんはどうしてもガスパアグを牢死させてしまはうと御主張なさるのです。何といふ人でしたか、何でも親御さんの下に付く官吏と思はれる人がむしろ親御さんを煽動するのです。でしやう。」

ドロレスは涙を拭く。

「ところでゞす、あなたがです、その場に御出でゞあツたあなたがです、その処へ口を御さしはさみでしたらう。十分の御議論でしたらう。罪不相応の刑の適用は道理にそむく、それほどの罪悪は他に無いと鋭く御論なさいましたでしやう。親御さんもその官吏も一向聞き入れず、獣類《じうるゐ》には獣類相当の刑を用ゐなければ懲戒の目的は遂げられぬ、開明人《かいめいじん》に加へるとほりの寛大な刑罰は決して野蛮人に苦痛を与へぬとの議論を根拠とし、西班牙人は欧州の開明人、フヒリツピン人は東洋の野蛮人と井戸の蛙《かはづ》の独断をはじめから下して掛かつて、それ故西班牙人に加へる寛大な刑罰をフヒリツピン人に加へたとても益は無し、それよりも野蛮人相当、即ち獣類にほとんど近いところの野蛮人相当……」

突如、ピラアル語は切れる。はら〳〵とはふり落ちる悲憤の涙、

拳をかためて腕を叩いた。

「すなはち島民には獣類の刑罰を加へよと、さ、誰が――誰でも無い――親御さまはじめその官吏も異口同音でしやう。」

ドロレス又も涙をぬぐふ。

「文明と誇り、開化と称しながら人種によツて偏頗をおこなひ、愛憎をことにするのが白人とか自称するものども、乃至《ないし》欧米人とか名のる輩《やから》の一般でしやう。例は遠くを見るまでもなし、近くは北の日本帝国、その開化はあれ程の程度まで発達して居るにも拘はらず、その文武の進歩はあれほどの処まで進歩して居るにも拘はらず、それらが黄《くわう》色人種《しよくじんしゆ》たる故をもつて欧米人には異種類の動物、野獣より些しは優ツた位に思はれて居るのではありませんか。欧米の大陸に、むやみにエルロオ、ペリル（黄色患《わうしよくくわん》）をとなへて、つまり弱い犬が大犬を只吠えるものと同一な態度を――ですよ、紳士として――取ツて、滔々たる俗意をむかへ、更に一歩を進めては卑怯きはまる移民の規則の鉄輪《かなは》をつくツて、かれら日本人を排斥しやうと全力を尽くすのさへ有りましやう。戦争に克《か》ツたといふ余勢の有る日本帝国でさへさうです。われ〳〵は其無念を忍ぶ日本人に同情を実に表する、が、われ〳〵の頭の蠅さへ逐へもせぬ内、いたづらに他のために発憤したとて何にもなりません。只、それゆゑ、多分は日本人の中にもわれ〳〵の境遇を同じく憐れんでくれるものが有るであらうと只、心ぼそくも、只、せめてもと心に信じて、われ〳〵の愍《あは》れむべき境遇をば彼等の――もし有らば――一滴同情の涙をもツての推察に只まかせやうと思ひます。

「ドロレスさん、つひ言葉が横へそれました。それら委細を忍んで聞く私の無念、腕はうなる、目は眩む、短銃《ぴすとる》を持ツた手が疼きに疼いて、見よや叔父をば奪ひもどしてくれるぞ、と、さ、立ちなほりました。足もや、。

「待て、しばし、奪へるが奪へぬか不確《ふたしか》である。

「成功は不確で、危険は確《たしか》である。確なるべき危険を冒して、不確なるべき成功を万一に希《こひねが》ひ、もしあやまつとしたらばどうか。

「是が揣《はや》るわたくしを引きとゞめた無形の綱でした。それは卑怯か、何か知らぬ。卑怯にもせよ、何にもせよ、尚大きい任務の有る私の、この身である――やがて政府に叛旗をひるがへして人民を非自由、暴虐、圧制の境遇から救

はうとする此身である——然り、われながら大事《だいじ》の身である。暴虐政府攻撃に尽瘁《じんすゐ》したラ、ソリダリダツド新聞、その新聞は島の志士が殆んど鮮血をしたゝらせ絞ツて、それをインキに代用して書いた、云はゞ火の燃え立つやうな紙、その紙を十歳の子供の時から何を目的として売りあるいた自分このピラアルであるか。只一意島民をして圧制に対して如何に反撥すべきかを知らせたいとのみの子供心の一念、捕縛々々とひしめく警吏の目をすりぬけ、かいくゞツて売ツたのでないか。それほどの一念、またそれ故、たつとい身体《からだ》、今こゝで不たしかなるべき成功にのみ揣るは決して男子の所業でない。

「と、それは頗る無理、その無理の下に無理に心をおしつけて、暴虎馮河《ばうこへうか》の軽挙をつゝしみ、さ、息を殺しく〵て聞く声を呑んで泣く……

「豈《あに》おもはんや、その時のあなた、ドロレスといふ令嬢、そのドロレスといふ令嬢が厳の厳、沈痛の沈痛、親御さんとその官吏とを相手にさかんに抗弁なさるのです。

「声、その声は実にわたくしの耳には神女《しんによ》のです。外では伏《ふし》をがむばかり、情は迫る、きはまる、はねかへる。ほどばしる不可言不可説《ふかげんふかぜい》の涙!」

ひしげるほどピラアルはドロレスの手を〆《し》めた。その眸《ひと》子《み》は真にすわツた。

ドロレスは只総毛立ツた。

「令嬢、そのときにあなたが抗弁の委細は今他人に向かツて云ふ場合ひでなし、あへてこゝに繰りかへしますまい。まこと、至誠は何をでもつらぬく。親御さんが遂には屈服、ガスパアグは放免、とまで。

「不幸、ガスパアグは責めくるしみで死にました。折角のあなたの御心づくしも殆んど空《くう》には為りました。為りました、それはガスパアグの肉体の生命に対しては。その霊魂の生命に対しては微塵に空には為らなかツた、それをば確かに此わたくしが只無言のうちに押しつゝんだ千、万滴の涙でもツて、つゝしんで受け、いたゞき感佩《かんぱい》して、爾来肝には銘じて居ります。

「その後、一日と過ぎ、一月と立ち、その立ち過ぎる丈何とは無し、只、只、只敬愛の至りに堪へられぬ情が、あへて、実に、あなたに対してもよほしました。」

溜め息と共に顔あからむ、其声も微動した。

ドロレスは?

耳から頸までまるで紅い。

「敬愛の、敬愛の情、天女聖母としか見えぬあなた、情か感か殖ゑかさみ行くに従ツて、敬愛は一変して火ならば燃える、水ならば沸く、只の愛慕となりました、されば実に無残にも。

「敢て私は無残と云ひます。その人の父はわれ〳〵の仇《あだ》、国民の敵、その仇たる敵たるもの丶子たるあなたを、その、其仇をやがては秋水一閃《しうするせん》の影と共に無きものにして了ふべきわれ〳〵の、その一人《にん》の、この『わたくし』が目にくらむまで愛慕しはじめたとは！

「人をいぢめ殺すのがそも〳〵恋愛の目的か。恋ひはわたくしには美味の死毒でした。死ぬべきものか、それを嘗めて。死ぬべからざるものか、それを嘗めずに。嘗めず、只死にたい、とまでの無理を希ひました。

「思ひあまツて、あなたが御写しになツた写真屋をさがし当て、種板をさがし出させ、苦痛の裡《うち》に御写真を買ひ取りました。

「なぜ苦痛？　苦痛でしたとも。

「御写真を買ツたのが生きたあなたを断然思ひ切る、その仕切りの付け所でした。生きたその人は此世に在るにも拘はらず、物も云はぬ画像をことさらそれと思ひなす、即ち死にわかれよりつらい生きわかれ、いや〳〵〳〵〳〵、只の生きわかれより猶々つらい生きわかれでしやう。」

ドロレスは声を放ツた。

声を放ツて泣きたふれた。何処へ？　無残、何処までの？　ピラアルの膝のうへに！

突きのけた。

ピラアルは突きのけた。わが膝へ泣きたふれたドロレスをピラアルは突きのけた。

ドロレスの身は動いて動かぬ！

ドロレスの身は突かれて、しなやかに揺《ゆら》れた。しかし、ゆれもどツた。ゆれもどツて吸ひ付くやうになツた。容易には動かぬ。揺れはする、動いては行かぬ。

咄嗟、ピラアルは身を退《すさ》る。ドロレスの身は膝の上にたふれた儘の形ちで草の上に打ちたふれた。

いぢるしくその肩に見える一高一低、あはれ、咽せかへり、堰きあげて居る。

「残酷！　令嬢！」ピラアルは絶叫した。「温《おん》の愛は人を慰める。熱の愛は人を殺す。あなたは私を御ころしですかツ」

「わかりませんよ、そんな事。」

「未練を私に殖ゑさせますか。」

「私をどこまで御泣かせなさるか。」

「なぜ無慈悲にしては下さらん……」

「あなたこそ〳〵。」

「ちえツ！」

力を入れて突きはなした。

二回ほどドロレス毬《まり》ところげた。飛びすさツて早ピラアルは四五間はなれた。

「済みません、令、令嬢。どうか。怨んで、にン憎んで。」

「うらみます、よろこんで。」

ピラアルは両手を顔。

「ちかひます、ピラアルさん、一切の御秘密はドロレスきツと守ります！。」

「又ツ、私をさう泣かせて……」

「どうぞ、もし」

同時、ドロレス手を合はせた、

「かげながら御無難で御勝利を……」――

ピラアルは歯をくひしばツた。

「さ、あなた、御目的の遂げるまでドロレスきツと生きてます。」

「えツ。」

「生きてます、きツと〱。」

跳ねられたかの如くピラアルは駈け出した。見る間数十歩ドロレスから遠ざかる。

しかし、足をとめずには居られなかツた。ふりむかずに居られなかツた。後ろにあたツて一声高いドロレスの泣き声！

見れば手を合はせて涙と共にふし拝んで居る。

＊　＊　＊　＊　＊　＊　＊

その伏しをがみは千万の感謝でか、億百の奨励でか、それとも双方を共に交ぜてか。

野の何処にか野牛の声。

野牛その声は牡を呼ぶ牝のであツた。と、ピラアルは心付く、同時胸はまたざわ立ツた。不図心づけば身は汗一杯、顔さへ水を浴びたやうであツた。何の気なしに拭ふ気になる。いつ持ツたか、手にはハンケチが――有る、よし拭けとばかり、只また何気なく汗をかい拭ツて、そこで始めて心付けば、おや、これは、柔かい、絹である。

持ツた覚えは無い絹ハンケチ、しかも桃色の艶きあまるもの、ピラアルはぞツとした。

「こら、どうしたのだろ、此ハンケチ！　あツ、おや、持ツて来たのか、ドロレス嬢のを。」

あわたゞしく両手にそれを拡げて見れば、果然《くわぜん》、いかにも嬢のであツた。

何よりも目につく縫ひ取りになツた文字、水浅黄の色糸でドロレスと隅の方に。

ハンケチの中央には宛《さ》も持ち主その人の、品位満々たる面影を見せるやうな、純潔さも雪を欺くやうな白百合の花が二輪、絹で浮き縫ひにしてあツた。

すはや偶然の推察どほり恋ひ人の物であツたかと、ほとんど愕然として思ひたしかめると共に、われながら扱いかなるはずみに其ハンケチを持ツて来たかは何うしても分からぬ。

「いつ、どうして是を取ツたかな。まるで〳〵覚えが無い。わが手にまで確《しか》と取ツた、持ツた、それであツて、今が今まで気が付かなかツたとは何うだらう。喪心もよツぽどだ。それ、それほどの喪心者に此乃公《おれ》が、でも、為ツた、為り切ツた？」

しばらくは溜め息ばかりで、取りまとめた思慮も無かツた。が、その取りまとまらぬ間にもいくらか些しは思ひ出す所も有ツた。

「なるほど、ドロレスは手にこれを持ツて居た。二三度これで口元を拭いても居た。思ひ出す〳〵、今いきかへツて目に見える、その口元を拭いて居た様子のうつくしさを。あの艶々しい顔色、あの水色の襟元、そこへ取り合はせての桃色の此のハンケチ、で、たしかに口元を拭いて居た。どうしてかな、それを此おれの手に。いや、思ひ出す〳〵、うム、それそれ、おれの膝の上に身をなげ掛けた時、つと己《おれ》が突き放す時、放すか放さぬかの刹那にその手をおれが取りにぎツた。にぎるより放すが早い。放す——つき放すが早い。ハンケチだけが手に残ツた——手、おれの手に。で、それだ、それが是。その時——さう〳〵いよ〳〵思ひ出す——ハンケチが己の手に残ツたと己はたしかに知ツて居た。どちらか、返さうとさへ思ツた。思ツたが、しかし——まツたくそれがしかしであツた。しかし、惜しい。かへすのが惜しい、いや返すのは惜しい。ハンケチとしては惜しくもない。その人のとしては実に惜しい。恋ひ人のとして離れともない。で、その儘。

「あ、写真にさへ精血《せいけつ》の色をその儘にして意中を寄せた。鏡花水月のほんの写真をさへまざ〳〵その人として見てこがれた。ましてやその人の手に持たれたハンケチ、その人の肌に触れたハンケチ、さ、何として返せる。未練、云ふまでも無い大々未練、妄想、たとへやうもない迷々妄想、が、既にその未練妄想の犬となりはてた此身であツた、さうだ、さういふ身であツたものを。」

ピラアルは我と我を庇護するかの如くかき口説いた。ひろげた上に、また透かして見たまゝ、さらに奇麗に畳んで見たり、やがては徐《おもむ》ろに唇におしあてゝ、見たり、果てはひツしと手の内に握りしめた。

もと来た方をふりかへツた。

「ゆるしてください、令嬢、あなたの御承諾も無いのに、故意でないとは云ひながら、とにかくあなたの所有の品を取り去ツて来て、そのまゝ此処で御かへしも致さぬのを。偶然のやうに手に入ツた此ハンケチを非常に意味の有るものと私《わたし》は認めて、今後これをも肌身《はだみ》にします……」

目の底にあり〳〵浮かぶドロレスの面影、あら嬌羞《けうしう》を含んだやうな。

しばらくはうツとりと為ツた。

何の声もせぬ野原にドロレスの声は聞こえる。何の花も無い野に白百合の色は見える。

いつか身は草の上に坐ツて居た。

と、気が付くと共に寒気がした――のに、又、頭が悩ましく痛くなツた。何となく胸もさわぐ。

暮色もやうやく催した。

（三）

ドロレスと別《わ》かれたピラアルはその夜《よ》首領アヒナルドオの許において軍議《ぐんぎ》を凝らす約束の有ツたのを知らぬでもなし、又忘れたでもなかツたが、千に万に畳みあがり、くづれ落ちる、さま〴〵の物思ひに胸をかき毟られて、あへて臨席する力もなかツた。いとしらしいドロレスの姿のみが目に浮かぶ、やさしげなドロレスの声のみが耳に響く、その姿を目に復活させ、その声を耳に再生させて居る内に時はいつか知らぬ間に立ツた、十一時の時計が鳴ツた。

「はツ、十一時！　さ、奇怪だな。もうか、もう十一時か。馬鹿、すゝみ過ぎて居る。」

口の内でかう呟いたが、又や、気にもかゝツた。机の抽斗から懐中時計を取り出して――見て、はツとおどろいた。何さま、いかにも十一時！

「十一時！　本当にか。十一時！　こりや事だ！」

ピラアルはやう〳〵気が付いたのであツた。すぐにも叛旗は揚げられかねぬ、この頃の切迫《せつぱ》の切迫、すはや臨席を怠ツてはならぬ。

身は椅子から弾かれあがツた。

「正十時からの集会なのを、何だ、一時間もおくれるとは、ても、さても、何うした事か。馬鹿、どうしたでは無い、原《はら》の夕がたの事を思ツて居たればこそ。」

あわたゞしく身仕度するにも室内を右へ左に無意味にせかせか歩きした。

戸口に何ものか音なふ声。

「もし、ちよツと、ピラアル氏！」

引ツ立てる聞き耳、それながら一寸用心して、直とは答へず……

「御留守ぢやないンでしやう、ピラアル氏。あまり御遅いゆゑ御むかへに……」と、外ではつゞけた。

何の用で誰それと外では名のらぬ。が、聞きおぼえの有る、その声はパテエナといふものであツた。

パテエナは同志の一人《にん》、では宜しいとピラアルも安堵した。

「パテエナ君か。」

「さやうです。」

「や、気の毒な。さうか、御むかへか。押したまへ。戸はすぐ開《あ》く。」

パテエナは答へをかへさぬ。只、戸を押して半身をあらはして、ぎろりとピラアルを鋭く見た。

わざとらしい笑ひ声、「いつも時を違へぬあなたが今夜に限ツて非常に遅いと云ふので、一同心配しましてな」と、云ひ云ひ何故かぢろ〳〵際立ツてピラアルを見た。

「うむ、つひ……」

「どうしたンです。」

「つひ用事で……」

「用事？　重大の？　今夜の時間におくれるほど重大の？」

ひり、とした否味《いやみ》の口上、ピラアルはや、勃然《むつ》とした
が、おのれに遅刻の失《しつ》も有るので、さりげ無い体《てい》して、妙に附き穂無く黙ツた。

その儘無言で外へ出る、と、さて、何の事か、尚五人の人が居た
「何だ、君、パテエナ君、あれは。」

「やはり御むかへ。」

「わざ〳〵僕をか。僕を、さうわざ〳〵何人も〳〵……」

「統領の命《めい》です。」

その語気が妙に厳《げん》であツた。ピラアルは何と無く迷宮に入《い》ツたやう。

「統領？　アヒナルドオ君の命？　こんな多人数《たにんず》で僕を只むかへるために？」

「知りません、その訳は。」

またその語気は厳であツた。何やらピラアルには只奇怪である。が、どうしてどう奇怪であるか、それは我身にも分からぬ。

会議の場所までは六町ばかり有る。芭蕉の双方に生ひしげツた間を行くこと、て微月《びげつ》は有ツたがきはめて暗い、その間一同は無言であツた。

形容すれば、鬼気人に迫るとでも云ふべきほどであツた。どうも、どうしても尋常の迎へではないらしい。とまで、邪推か、ちよツと思ツたピラアルの疑念もやがては如何にもと思はれるに至ツた。

会議所、すなはち密謀《みつぼう》の秘密室は一種奇妙な岩屋《いはや》やうの所であツた。日本ならば鎌倉あたりにあまた有る岩の横穴、それと大抵おなじやうな搆へで、只その穴の入り口から奥に行くまでの通路が「乙」字形に屈折して居た。その屈折したところを突き当たツた奥の広さは土窟《どくつ》とは云ひな

がら日本でいふ畳数にして十五六畳じきほどの大きさが有ツて、全体は穴の中でありながら、その奥の室の入り口は殊の外狭く、幅二尺高さわづかに四尺ほど、どうしても人一人づゝ出入りするより外出来ぬ。

その入り口には番士が居た。それは常から同じことである。が、気のせゐか、今夜は思ひのほかその番士の様子が薄気味わるいやうに見えた、社にかまへて短銃《ぴすとる》をさへ持ツて居ツたので。

奇怪の感はとう〳〵其処でピラアルをして進む足を止めさせた。

「パテエナ君、やはりいつものとほり搆はず奥へ入ツてもいゝのか、え、このまゝ。」

とばかりでピラアルはぢツとパテエナを見た。

「えゝ、よろしいので」とパテエナは応じたが、しかし全《まる》で下を向いて云ツたのであツた。

心得てピラアルは入り口の幔幕を絞り開けた。で、きツと中を見る、見るその一目にそれと知れた、なるほど毎《いつ》も寄る顔は中に揃ツて居《を》る。

「おツ、諸君、遅刻で失礼。」

何気ない挨拶、かろく又会釈してつか〳〵進み入ツたところで、一同は只目礼した。

誰も挨拶の語は出さぬ。それ将《はた》すでに奇怪である。奇怪と感ずると同時、さらにその奇怪の度を加へる事実さへ現れた。

首領アヒナルドオがつと座を立つと見ると同時、直ちにピラアルの傍へ来た。

「ピラアル君。」

その声は凛《りん》として、そしてさう云ツたばかりで姑《しば》らくは言葉を切ツた。

「失礼、遅刻しました。しかも意外な御むかへまで受けて……」と、ピラアルの語《ご》も苦々《にが〳〵》しい。ことさら断るやう、きは立たせるやう「意外な御むかへ」とまで形容を加へて述べた。

迎へをよこさずとも事なのを、それ故むかへを受けて意外に感じたと云ふ胸の中《うち》をそのまゝ短句にこめて云ツた位を他の者が察知せずには居ぬ。果然、席上の一同は大かた不快の色を示した。

ピラアルもなほ不快になる。

「統領」とアヒナルドオを呼びかけて、「今わたくしを御呼びでしたな。御用はいかやうな。」その顔いろは詰め寄るらしくも見えて来た。

「うむ、特別に君に対してゞす。」

アヒナルドオの言葉は是だけの短いものであツた。が、一語一語が一々手いたい意味を含んだ。「うむ」との挨拶はいつものアヒナルドオに似ず、や、不遜であツた。「特別に」の一語は非常に曰く有りさうであツた。

ピラアルます〳〵快くなくなツた。

「特別に?」と、ちとばかり冷笑をさへ浮かめて、「会議以外の事について特別にですか、この私《わたくし》について特別にですか。」

「もちろんです。」

アヒナルドオの此言葉の調子も判事の宣告の時のやうに、只何と無く威を含んだ。

「ふウむ、なるほど。御むかへはそれでわざ〳〵……」

「です。」

とばかりでアヒナルドオはピラアルの肩を叩いて、

「秘密に御はなし、たい事が有ります。どうぞ私と共に奥の室へ……」

「秘密に? は、ア、それ故『特別に』でしたな。」

「どうか、すぐ」

アヒナルドオは先に立ツた。ピラアルは引きつゞく。

奥といふのはその、今までの秘密の又一つさきの奥、これは日本の畳数にして六畳ばかりの、きはめて狭くるしいものであツた。土窟には似げなく、入り口には胡桃の厚板の大戸がきツかり〆まツたやうになツて居て、いかにも密談には持ツて来いであツた。

しかし導かれながらピラアルつや〳〵合点《がてん》が行かぬ。いよいよ出で、いよ〳〵奇怪な一味の挙動、その事情はいづれ込み入ツても居、深くもあらうとは察するが、さてそれ以上は何の察しやうもなく、すなはち疑惑と不快とは増すのみであツた。

やがて揃ツて二人《にん》はその室へと入《い》る、すぐアヒナルドオは自身戸を閉ぢて、おや! 隠袋《かくし》から鍵を取り出す、ぴんと一ひゞき、錠をばおろした。

ピラアルはツと思ツた。

疑念、加はるばかりの!

錠おろすや否やアヒナルドオは其鍵をからり音させて卓上に投げ出した。が、投げ出されて鍵の落ちた場所がさも気に入らぬとの様子で軽《かろ》く一寸舌うちして、手を伸べてその鍵をピラアルの方へさし寄せた。

ピラアルはその意を得ぬ

「念のため鍵をあづけて置きますよ、君」と、アヒナルドオは口を切ツた。

「ピラアル君、生命は第二、赤心が第一、その第一以上は吾々の年来渇望する自由の権、これら三つをあらかじめ私は云ひつらねて置いて、さて君に御はなししたい事が有るのです。」

ピラアルは猶その意を得ぬ。

アヒナルドオはや、しばらく息をやすめてゞも居る様子で、瞑目して居た。

「ピラアル君、はなはだ御はなししにくい事を御咄ししなければならず、アヒナルドオは実に中心《ちゆうしん》おもしろくありません。が、既に偖君《さて》から推されてこの度の運動の一大任務を托せられて居る以上《を》は女々しい私情は切り捨てなければならず、すなはち只々冷やかきはまる口上であへて是から御たづねしますがな……」これだけで一寸言葉をやめた。

「なるほど。何事ですか知らん。よし何事にもせよ、統領の直接の御はなし、つゝしんで承ります。」椅子と共と身を進めた。

「実は君について奇怪な噂を耳にしました私に取ツて何もいたづらにさう深く君を疑ふつもりも有りません。が、その噂に相当な事実らしいところが有るやうに聞きなされて、それでそれを打ち消す丈の事が十分まだ無いといふ段になツて見、又云へば、その噂を信ずるより外無いのです。御たづねしますがな、どうぞ確かに答へてください、君はな、君は、御存じですかな……」と、ぢツとピラアルの顔を見て、

「ドロレスといふ婦人を。」

さては其事でか！

ピラアル胸はとゞろいた、さすがに流石。

さすが顔は紅らんだ。

「知ツてをります。」

「ふム、御存じ。

改めて伺ひますが、どのやうな御関係ですかな、君とその婦人とは—さ、立ち入ツた事ですが。」

「非常に深い関係です。」

アヒナルドオにはむしろ案外な返事であツた。

「深い？」と顔の色もや、変はツて、「未来に夫婦とならうとでも？……」

「と、心に期して居ました。」

「心、誰の。」

「わたくしの。」

「なアるほど！」

むしろアヒナルドオは跳ねはぢかれたやうであツた。又しばらくは無言であツた。

「先方は？」

「ドロレスですか。」

「さやう。」

あらたまツて、ピラアルは屹とした。

「嬢、ドロレス嬢ですか。ドロレスは満腔の実意をわたくしに捧げやうとして居ます。」

アヒナルドオは稍呆れた。それながら怒気やゝ顔に燃えそめた。

「その実意に対して何か君はその人に報いてやるのですか。」

「当然の報酬は無論でしやう。」

「で、報いてやるのですか――報いてやツたのですか。」

「やりました。」

「やツた？　何をです。」

「ドロレスの父の安全をです。ドロレスの父レムウダの残殺を救ふため、出奔自由の保証を与へてやりました。」

「おもしろい事を云はれますな、君は」と、アヒナルドオの息はやゝはずんだ。

「如何なる地位に在る人の所為《しよゐ》として君はさういふ事を為たのですか。」

「むしろピラアル一個人としてゞす。」

「むしろとは何ういふ訳です。」

「一個人たるわたくしの私有物たる紙入れを一個人のドロレスが返してくれた、それに対して、一私人の報酬としてゞす。」

「一私人の報酬とした丈でそれで公けとの関係に対して、相《あひ》抵触するところが有るか無いか御考へなさらんでしたか。一私人としてあなたがドロレスの父を逃がすといふ事は公けのわれ〳〵一味の利益に抵触するところが無いでしやうか。」

「あるひは、それは、有るか知れません。」

「有るか知れぬ、といふ、その危険、しかも重大な危険、それを冒してもあなた丈の一個人の為すべきことを行へばそれでよろしいと云ふのですか。」

「よろしいと信じます。」

ピラアルその声は烈しかツた。進める余地もほとんど無いのに、さてさも進め〳〵る様子でわが椅子を二三度ゆすツた。

「承りましやう、その理由を。」

アヒナルドオも目は怒ツた。これも椅子をおし進めた。椅子をおし進めたのみでない――たちまち短銃《ぴすとる》を取り出した。隠袋《かくし》からか。

ピラアルの顔の色……も、すこし変はツた。

「うけたまはる前に、ピラアル君、短銃にまづ口を利いてもらひましやう。」

「何です……と。」

「容赦いやしくもせぬ此短銃に。」

「何が……なツぜです。」

「ま、御受け取りなさい、あなたの手に。」

「受け取れと、わたくしに？」

いかにもピラアルは心得かねた。この場合ひに短銃はいづれわれ、こなた、自分、即ちピラアルの「生命」といふものに対して擬せられたものとしか思へぬ——のを、何のことか、相手が却ツてそれを此方《こちら》へわたさうとする！

「わたくしが是を受け取ツて、どうします。」

「わかりませんか。」

「わかりません。」

「アヒナルドオがピラアル君にまづ命をさし出した証拠です。」

「なに故です。」

「明答を私に下さらんあなたの御決心ならば、御こたへの前にまづ射撃なさい。」

「誰をです。」

「わたくしをです。此エミリオ、アヒナルドオをです。」

同時《どうじ》、アヒナルドオは胸を叩いた。

電撃を食ツたとでも云ふ心もち、ピラアルは胸さきがひやりとした、きりゝと痛んだ。

さすが返事が出ぬ。むしろ只縮《すく》む。むしろ只四肢は硬《こは》ばる。

石像そのまゝとなツた、只。

いつかアヒナルドオの目には露が宿ツて居る。

「明答もなさらない。また射撃も為さらない。察しました、御胸中の煩悶《はんもん》を。」

更に調子は厳になツた。「この上あへて君を追究しますまい。わたくし一人《にん》の胸に委細を葬ります。よし、委細これから御はなしします。」

はやアヒナルドオは落涙となツた。

「今日君がレムウダの娘のドロレスと原の中でいろ〳〵の事をはなされた、それを一切わたくしは聞きました、前後こと〴〵く始めから終りまで皆、すべて、残さず、まツたく聞きました。」

ピラアル口元がわなゝいた、

「どうしてゞす。」

「聞くものが有ツてゞす。でなくて何で私の耳にそれが。それはとにかく、私が聞き知ツた事の違ふか違はぬかを一応云へば、君は思ひあたりなさるでしやう。紙入れを君は落としてドロレスに拾はれ、いかにも気高いドロレスの心底に感じて、其父を見のがしてやる事にされた、でしよ。さうなのでしやう。

「察します、くるしいその時の御心中を。それゆゑ同情を私は君へ十分さゝげます。が、しかし、すこしは疑ひもしました君を。誰とその名をば指せませんが、同志の人の多数も皆君をうたがふのです。曰く、よし紙入れを返された報酬としても、人も有らうに第一血まつりにすべきレムウダを逃がすやうにするとは心得ぬ、と。中には非常に激昂して、今夜君を帰りに於て要撃しやうとするらしいのも有るほどです。それが中々しづまらぬ。とにかく君の身の危険は間髪を容れずでもあり、すなはち上部《うはべ》は厳を主としてことさら仰山な迎へのものをさし出した、それをば君の護衛にでした。」

ピラアル胸の中《うち》はざわ立ツた。

「護衛にあれらの人々を……わたくしの安全のためあれらの人々を……あゝ、さうとは察しませんでした。さうでしたか、なるほど、さうでしたか。しかし――」首をひねツた。

「何か御不審?」

「只すこし。それにしては迎への人々の挙動が――いや、パテエナ君の様子がすこし奇怪でしたがな。」

「どう奇怪で。」

「護衛といふよりはむしろ護送と見えましたな、どこまでも冷やかでしたな。」

「その筈です」と、微笑して、「誰が真意をパテエナに明かしましやうか……」

「誰がとはあなたがですか。」

「わたくしがです。」

「真意を明かさぬと仰しやるのは?」

「とにかく君を捕縛せぬばかりにして連れて来るやうにと厳重に云ひ付けたのです。それは已むを得ませんでしやう、衆議がほとんど同一様に君をうたがふ事に於いて一致して居て、とてもたしかな証拠の有る打ち消しの力でどうかするので無い以上は、よし私が君をおのれだけの信用から庇護してもその甲斐は迚も〳〵無からうと思はれましたものを。」

「たしかな証拠の有る打ち消しの力、なるほどそれをばあなたが御持ちにならなかツた? なるほど〳〵」と、ピラアルは念押すやうに語をかさねた。

言ふだけは云ひ尽くした。生来アヒナルドオは口数のすくない男である。それだけ事実の論究説明が了ると共に、ほとんど附き穂無いばかりそのまゝ黙然《もくねん》となツてしまツた。

アヒナルドオのその黙然はピラアルをしてさま〳〵思ひをめぐらさせるには究竟《くつきやう》であツた。とさまかうさま、箇単なやうな複雑なやうな考へが競ひ立ツてピラアルを取りおさへた。なるほど説明を聞いて見れば、パテエナの挙動の不審なのも訳はわかツた。さてもいつドロレスとの咄しを聞かれたものか。他所《たしよ》ならばとにかく、殆《た》ど他に人気も無く、さしたる草むらなども無かツた野原での始末を、いかにして、又いかなる忍びの巧者《かうしや》に聞き取られたか。ほとんど聞き取られる丈の余地は無いとしか思へぬ。が、聞き取られたればこそである、鬼神のやうに洞看《どうかん》して云はれるのも。しかし、今はどうでもそれは可い。降ツてわいたやうな新らしい苦労、さらばそれをばどう処理するか。

アヒナルドオは短銃まで投げ出して秘密を明し、同時に身に引き受けても、衆議の迷想を排してピラアルおのれを助けてくれるとの意味を示した。もとより度胸の有る人とはかねてから此方も思ツた。今、錯節《さくせつ》に逢ツていよ〳〵その利器たるところも知れた。思へば、さても、それほど彼アヒナルドオはピラアル自分を見抜いてくれたか。思へば、さても、それほど彼アヒナルドオはピラアル自分を見抜くだけの明《めい》が有ツたか。

なるほど紙入れをドロレスに拾はれたところで、云はゞ敵人の片われとも見るべき彼《かれ》ドロレスが普通ではない大度量で、ちかツてその紙入れの中に在ツた一切の物の神聖についてまるで秘密にしてくれるとの事で、無論その人品に対してこちらも十分の信用を置き、そしてその恩に対する報酬として、其父たるレムウダの命を助けてやる事にした、それはどう心に考へても、すこしも疚しいところは無い。

レムウダを逸した丈で独立戦争の計画が一切頓挫するものならば、なるほどそれは、それを逃がす抔といふことは悪い。が、レムウダ一人《にん》を助けたゝめ戦争の計画は決して挫折せぬ。もとよりそれ丈の高をくゝツて逃がすといふ丈の決心をしたのである。なるほどレムウダは憎からう、あまたの島民を是まで泣かせ切ツた、その怨みをかへしたいあまりに、それを逃がしたのを且惜しみ且いきどほる者が有るか知らぬが、それは野蛮に近い復讐の偏頗心である。さもなくても島民は野蛮人のやうに世界の各国に心得られた。独立の義戦を起こす、と、名のりかけるならば名のりかける丈の事が有ツて、いはれ無い野蛮に近い、残忍な事は怪我にもつゝしむべきである。

それともドロレスが言葉を食《は》んで、おのれの承知した丈のことを逐一その父に打ち明けて、島民が事を挙げぬ前、すなはち斧を用ゐぬ内に二葉《ふたば》を刈り尽くしてしまはうと志しでもするか。が、それは万々《ばん〳〵》無い。有る位ならば一切打ち明けはせぬ。後に心がはりでもするか。心がはりまでする必要は有るまい。よしや戦争が起こツても、わが父は助かるとの保証をすでに得もしたものを、あへてその上、云はゞ、物数寄《ものずき》に他《た》の秘密を強ひて暴露することもあるまい。

しかも此断言をたしかめる事実も有る、すなはちドロレスの平素の心がけがそれで。

既にドロレスは富籤の犯罪者に十分の憐愍《れんびん》を有《いう》し、十分の同情を動かして、そのため父と争ツたことさへ有る、その事実はたしかにドロレスをして不法な悪意悪行に出《い》でしめる事の無いとの証拠になる。

ところで、こゝでアヒナルドオは自分ピラアルにも十分同情を表してくれた。委細をその胸一ツに葬ツてしまはうとさへ云ツた。で、しかし、その後である――その後、つまりピラアルその人をうたがひ、怪しみ、弾劾したそれら有志の諸人に対して、いかなる口実の下《もと》にピラアル宥免《いうめん》を報告するか。

ゆるしてくれる、有りがたいとばかり、只おのれ一人《にん》が免かれる丈で、他の人がいかほど迷惑するか、それには一向無頓着であるものならば、いかにもそれは利己一方としては宜しからう、いやしくも国のため義をさへ唱へやうとする、死んでも侠骨《けふこつ》が香ばしいと云はれやうとする身に取ツては、さう只、人はどうでも自分さへ好ければ、と、空にのみはして居られぬ。

と思ひ、と考へるだけアヒナルドオの身の上、その迷惑はいかほどかと坐《そゞ》ろにピラアルは心をいためずには居《を》られなかツた。何処までも義をば義でつらぬく、その間にはいかなる誤解をされやうと乃至《ないし》いかなる盲目の悪評を受けやうとも、決して〳〵厭ふまいとの、ある種類の人によツては馬鹿と云はれる、一ツの固い決心がしツかりと付いて来た。伴なツては知遇に対する感謝の念、それもまた一方ならずもよほした。おのれはよく〳〵アヒナルドオに知られたのである。よし一の手段にもせよ、短銃《ぴすとる》をまでさし付けて、我から他人の権力の内に身を投じてあへて他人を死地から救はうとするアヒナルドオの大勇のほど、したがツて又大仁のほどを思へば、さほどまでの知己を得た身、その身のうれしさ、はや言句の外となツた――外、それ以上をば只ある一つの物のみがあらはし示す、曰く、涙！　いはゆる感涙！

で、二人しばらく無言の比べ合ひであツたが、さすが最初にもどかしくなツたのはアヒナルドオの方であツた。

「それではなピラアル君、今御はなし、たとほりの次第で、何も一切わかツたとして、清くこゝで君に対する糺問、まづさうです糺問、を、終ることにしましやう。ついては改めての御わび、あるひは過言《くわごん》を呈したかも知れぬ、その辺の御容赦をばよろしくな。」

声の一高一低、それさへも極はめてやさしかツた。それ、またピラアルの胸には浸みた。や、すこしは涙になる。

「それは感謝に堪へません。が、しかし、私からは是非また伺はなければ為らぬことが……」

「あは、。ですか。」

何とも知れさうもない、のに、言葉なかばでびツしり潰して、アヒナルドオは前に屈んだ。

「かまひませんとも、そんな事。」

「そんな事とて、まだ御承知では……」

「大抵はわかツて居ます。同志の諸君に対して、いかやうに君の処置を付けたと私が云ふであらうといふ事、それ御尋ねなさるのでしやう。」

中《あ》てられてピラアルは苦笑した。

「さ、それも気に……」

「安心なさい、是でもエミリオ、アヒナルドオです。」

突如豹変、仰山にわが名を云ひ立てた。一寸思ふと尊大らしいアヒナルドオの一種のくせ、またそれだけ宛《さ》も立ちさうな万丈の気焔、云はゞ一時の屏息《へいそく》が決してあてにならぬ火山であツた。

「これでもエミリオ、アヒナルドオです。いたづらに他の盲聾を伝染させられて、いつまでもダアクネス（黒暗）に目を封せられては居《ゐ》ません」

ピラアルはよく〳〵その意を解せぬ。

「何とおツしやるのです。」

「ですからな御気がかりならば云ひましやう――君に対するわたくしの今日の処置に対しては同志の人一般に対して、私は只私の無上権《むじようけん》に口を利かせるのみの事、只これです。」

「無上権に口を利かせるとは?」

「専制的にです。」

ピラアルは目を見張つた。

「それでは何の説明も何もなさらんので……」

「さうです。」

断乎と云ひはなツたアヒナルドオ、その意気さながら「斗牛《とぎう》を呑む」であツた。虹も立つか、吐くその気焔に。いはゆる英雄の人を人ともせぬ流儀は口を突いて迸ツた。

「専制的にです。なるほど報告だけは私も為ましやうさ。斯う云ツて――『ピラアル君を糾問した。しかし、同志に背く事実は全く無かツた。アヒナルドオは諸君の信任を受ける主権者としてたしかにさう認めた。諸君も、それゆゑ、アヒナルドオの信任の結果をそのまゝ心に得られたがよろしい』と、只それだけです。」

時として木の葉の落ちたにも衆議に問ふかと思へば、時として山がくづれてもひとりでその土を片付けるのが、すなはちいはゆる「不可端倪《ふかたんげい》」がアヒナルドオの特質であツた。酷、圧制、武断、およそ是等の言葉で此場合ひのアヒナルドオを或ひは評すれば評し得られもしやう。が、その評はどうであるにもせよ、事実は只有りのまゝの裸では然うであツた。

「なるほど」とは云ツたが、ピラアルは不安に堪へぬらしい。「諸君が只それだけで服せば、それは結構ですが、しかし容易ならぬ犯罪の有ツたものと一時は見もし、また或ひは尚まだ見ても居《を》る私の事に対して只、おれが認めて不正は無いとした、いづれもそれ故一概にたヾさう思へ、と、斯うばかりでは誰も決して……」

「いヽや、聞きます。聞かなければ、さ、聞かせます。」

「理非をまるで説明せず?」

「そのやうな間だるい事をして居られる場合ひではないでしやうが。場合ひをよく〳〵思はなければ。もし又一言《ごん》咄嗟のわたくしの言葉をでも諸君が間だるこくその理由を聞くまでは認めぬ、聞きとめぬと云ふのならば、諸君がわたくしに寄せたといふその信用は何処にあります。創業と守成とは土台がちがふ。創業はその直との裏に破壊を含むと思ツて見て、さ、――暴論と云ふならば云へ、です――神変《しんぺん》の処置を取るべきです。天下が一定してならば、なるほど公儀にも与論にも、それは、問ふ。かため拵らへるそれ迄は一意只自我のみです。」

アヒナルドオは拳を握ツた。なるほど毎《いつ》もの一轍が始まツたとばかりでピラアルはやヽ烟《けむ》にまかれた。

「議会を」と、アヒナルドオその声は励を加へた。「議会を蹂躙したナポオレオンの意気、それは批評家の口にかヽツたならば何とでも云はれましやうさ。かまふものですか、それが何に。その意気は実は暴、あるひはそのための失敗も有らう、が、すべてその類の意気は、すべて旧を破壊して新を創造するもの、是非とも持たなければならぬのでしやう。何の何の失敗ぐらゐ、失敗を恐れて、あへてさう為し得ぬのは、一言《ごん》の評《ひやう》せる、怯人《きよじん》です。さ、アヒナルドオは名言と自負して〳〵かういふ事を云ひます、曰く『成功者多くは怯人である。不成功者多くは勇者である。』わたくしは窃かに此意気を持たうとする、又やしなひたいと思ふ、それを批評家が種々の色目鏡で評すれば、それは色々に云ひましやう。かまはん、云ふ奴は、それこそ、云へです。ピラアル君！」

さし寄ツた、ピラアルの手を取ツた。

「それゆゑ、私は君を衆人の攻撃の内から是非とも救ひます――救ひます、君の身を只わたくしの背に負ツて。そして、さ、諸君が聞かぬ、承知せぬ、と、したならば、どうしますか。どうするも無い、何でもない、君と共に仆《たふ》れる丈、あはは、只それ丈です。」手をふツて肩を揺《ゆ》ツた。

「な、ピラアル君、おのれも焼ける気でなければ火中の人は救へますまい。おのれも溺れる気でなければ、水中の人は助けられますまい。今の世界の一般はおのれを十分安全にして、さうして人を（もし救ふならば）救はうと云ふ、只それです。あるひは救へもしましやうさ。が、真の侠骨、真の同情といふものは夫では迚もまだ〳〵。こひねがはくば、無謀といひたいくらゐ、何人《なんびと》もアヒナルドオを無謀と云ひたまへ。無謀、その冷評をアヒナルドオは甘んじて、いや、よろこんで受けます。わかりましたか、ピラアル君。」

　語の末になツて声やゝふるへた。その筈、気焔それほどの男が、おや、いかにも涙一抔になツて居た。

（四）

つひにはフヒリツピン群島は血戦の巷となツた。

　今ピラアルだけの事を書き綴る場合ひ、われ〳〵は細かい事をば略して云はなければならぬ。

　とにかくアヒナルドオは西班牙政府に対して独立の旗をひるがへした。

　誰だ独立の旗をあげたのは、エミリオ、アヒナルドオといふ男ださうだ、とばかりその噂は電流より速《すみや》かに全島につたはツて、日一日、今日もこゝで相応ずるものが起こツた、明日もそこで郡衙を攻めたものが有ツたとの取り沙汰が波を打ツて聞こえ来り、また波を打ツて聞こえわたり、十日と立たぬ内、大抵のところは呼応を交換して連夜そこの山、かしこの峰に声援呼応のしるしの火焔が天を焦がすばかりに立ちのぼツた。

　西班牙政府は震駭した。兵は出した。アヒナルドオをはじめとして諸所に蜂起した志士の手にいづれも微塵にやぶられた。

　突然米国が双方の騒乱の渦中に飛び込んだ。結局米西の海戦となる、で、訳もなく米軍の勝利となツた。

　陸上の攻撃、堡塁の掃蕩には島民が米国の好意に感奮して従事して、一心は終《つひ》に西班牙の陸軍を支離滅裂ならしめた。米軍は実に島民を賛称した。又島民に感謝した。陸上の諸種の動作に米軍は一々島民の助けを得た。助けを得た、あゝ、米軍は助けを得た、島民をその実自殺させるだけの助けを得た！

　欺かれて島民は米軍に便利を給与して、いざと為《な》ツたと同時、手の裏をかへすばかりの米軍の態度の急変、前の笑顔は睨みに変へられて、飽くまでも馬鹿にされ、蹂《ふ》み付けにされ、それ見ろ智慮《ちりよ》の不足で無駄骨を他のために折ツたか、米人は皆よろしく申しますてや、と、云はれた。

　又、かうも云はれた。島民御前《おまへ》たちは蛮人である。人道の大義によツて開明なる米国はその独立の基礎の完全なるまで御前たちを世話してやる。故に一切の主権を米国は持つぞ、これから。有りがたく思ツて、島民一同は米国の星の旗の下に跪《ひざまづ》け！

又、かうも云はれた。島民はまだたしかに政府を建設し得る能が有るか無いか他で見れば安心ならぬ。島民は、云はゞ、身代《しんだい》をよく維持し得るかどうか分からぬ道楽息子である。米国は親の慈悲で、それゆゑ、世話をしてやるのよ。しツかりちやんとしたならば、一切の主権を返してやる……まい……もの……でも……ない……

帰するところ一句で尽きる、——

島民は欺かれて犬骨《いぬぼね》折らせられ、用が済んで鎖つなぎにされたのである。

思ふに基督《くりすと》教主義の、自由主義の、公明正大なる米国はこの所業を人道の正理《せいり》と見るのであらう。島民はさぞ喜ぶであらう、始めて○○によツて「人道」の、おもしろい解釈を拝聴したのを。なるほど「石が流れて木《こ》の葉が沈む」のである、と。

島民の憤慨は只狂するとの一語で尽きた。如何にも野蛮人たる島民は天賦の人類の自由を冷淡に見過ぐほど宏量の開明人ではない。詩人として小説家として一管の筆を取ツて最初フヒリツピン群島の独立思想を縦横に鼓舞し、つひに西班牙政府の毒々しい爪牙にかゝり、銃刑に処せられてしまツた、フヒリツピン島人リサアルは其自由思想を仰慕する点に於いて、常に英国の大詩人ジヨン、ミルトンを愛慕して措かなかツた位の野蛮人であツた！

「野蛮人にはダムダム弾丸を用ゐろ」、すなはち「人間をば羽で、しかし馬をば丸太で打て」、すべて、「心を圧服するには先《まづ》その体《たい》からして始めろ、」これが——少なく〳〵見つもツても——何ものかの主義である、自由の義戦をした華盛頓《わしんとん》はどのやうな人であツたか、それは忘却した何者かの主張である。人種によツて待遇を殊にし、異色の人間はほとんど人でないと……いや、もう云ふまい。

＊　＊　＊　＊　＊　＊

悲しいかな、島民は矢竹にはやツても武器弾薬の次第に尽きるのに悩まされた。そこで血の出るやうな金をこしらへ、ある人を使者とし。ある国へ渡らせ、援兵の請求かた〴〵、それら軍需品を買はせることにした。何ぞはからん、その金はこと〴〵く空に消えてしまツた。

どう消えたか、われ〳〵はそれを口にするのも不快である。とにかく只消えてしまツた。一挺の鉄砲も、一函の弾薬も義軍の手には入らなかツた。しかし、その使者たる人が消費したのではない。

島民はやむを得ず、山賊風の戦争するより外は無くなツた。森にひそみ、藪にかくれ、或ひは烟草畠を焼き、あるひは大雨の時期を利用し、手段の有らんかぎりを尽くして米軍をくるしめた。

しかし、将士は次第に戦死する、また米軍に降参するのも有る、何処へか脱走するのも有る、遂に千八百九十九年十二月は情《なさけ》無くも、悲しくも全義軍の統領たるアヒナルドオがわづかばかりの手勢を率ゐてパグエット地方から山深い方へと落ち退《の》く時となツた。

それも且戦ひ、且退くのであツた。海岸には米軍の艦隊が居て米の陸軍の掩護作用をした。手勢は米軍の何分の一といふほどでもなし、一敗事をあやまツたならば、せめてわづか残ツた義軍の命はまるで断えることゝなツた。この図を外すなとの米軍の意気込みである。つひにはいよいよアヒナルドオは険阻きはまる山中へ追ひつめられてしまふ事となツた。なるほど後《うしろ》へは逃げられもしやう。米軍の方へは一歩も進めぬ。

斥候のもたらして来た報告を材料として軍議、溜め息まじりのやうな軍議が野営の内に開かれた結果、本人の望みを快く、且十分の感謝をもつて迎へて、アヒナルドオは殿《しんがり》となるべき任務をピラアル一人の上に托した。

それでも陣中に三鞭酒《しやんぺんしゆ》は有ツた、ことさらピラアルの望むまゝ、多くも無い瓶の口を抜いて、明日は別かれといふ前夜アヒナルドオはピラアルとそれを酌みかはした。

さすがピラアルも些しは酔《ゑ》ツた。つゝしんで居た口数もその酔ツたまゝ多くもなる。しかも溢れるばかりの胸中無限の感慨、洋盃《こつぷ》を下に置いてピラアルは愁然とした。

彼はもはやアヒナルドオを大統領と呼んで居る。

「大統領閣下、今晩は一度有ツて二度無いと思ふほど快く御酒をいたゞきました。で、これから三四時間、暁《あけ》がたの四時となれば、わたくしは手兵を率ゐて御いとまを願ひます。が、その御いとま乞ひ、それ、それをば、実に私は殆んど十中九までの生きわかれ、閣下と此世において対顔する、その、最終の時と考へます。」

アヒナルドオは只憮然。

「閣下、われ〳〵の先輩と仰ぐべき殉難者リサアル君は志士中の小説家として詩人として、絶えず無形の教訓をわれわれに賜はツた、それをば閣下も御承知でしやう。が、リサアル君が旧日本の一武人小山田高家《をやまだたかいへ》といふ人の感ずべき事実を生前《しやうぜん》われ〳〵に咄《はな》してくれた事が有りましたが、それをば閣下は御承知ですか。」その調子から沈痛であツた。

アヒナルドオも端然とした。

「聞きません、まだ知りません。小山田高家?」

「さうです、小山田高家です、リサアル君は常に旭日の国日本帝国のきらびやかな光りを仰いで、つひに日本歴史をまで究められたのは、それは、閣下も御承知でしやう。」

「いかにも、それは。」

「で、リサアル君はその小山田高家の事を喜んで咄しました。史詩か小説に作らうとさへ云ツて居《を》られました。曰く、小山田高家の名は日本の史中には小さい。が、その心の清さたツとさはさながら生きた神である。つまらぬ罪名を負はせられて、高家があはや殺されさうに為ツたのを、たしかな、真面目の同情をもツて一心それを救ツたものは新田義貞といふ、日本屈指の武将でした。」

「新田義貞とは？」

「日本屈指の武将でした。武将も武将、権力に乗じて事をするのを知り一たび権力が失墜となると共に膝を屈めて屈服してしまふやうな、腸《はらわた》の無い男子ではなく、逆境に陥ツてもいやしくも屈せぬ、大きな器量を持ツた人物でした。」

と、云ふ、その人の心の内に早くすでに、その理想的の人物が目前に見えるやうにもなる。敬愛する、わがアヒナルドオもそれらしい。尚またおのれピラアルもそれらしい、いや、それである。

と、思ふ、恍惚ともなる。

「で、その人がどうしました。その人がその小山田とか云ふ人を救ツたのでしたか。」

「さうです。救ツてやツて、それで日本武士の生命より大事なものを安全にしてやりました。」

「生命より大事なもの。」

「武人としての名誉をです。」

アヒナルドオは涙さしぐませた。

「小山田の事は御わかりになりましたな。閣下、その小山田は義貞に救はれたその恩義に報いて、いはゆる日本の名誉の花たる武士道を完《まつた》うするための一念、ある時の戦ひ、義貞の身の危《あやふ》くなツた非常の時、こゝぞとばかり、みづから義貞に代はツて敵の大軍を引き受け、縦横に奮戦して、義貞の退却をつひに〳〵……」と、おろ〳〵と泣き出しもして、「安全ならしめて……」

たまらず遂に堰《せ》き上げた。

「おのれは遂に戦死です！」

いつか早ハンケチがアヒナルドオの双の眼《まなこ》を掩ツて居た。

二人《にん》暫時は只無言。

「閣下、アヒナルドオ将軍閣下、今日《こんにち》といふ今日は、ちツ、たしかに〳〵申します。ピラアルは……」

蹴るやうに椅子を離れて直立して、一拍《ひとう》ちはげしく卓を打ツて

「あるひは小山田高家です。ピ…ピラアルは閣下に対して、あるひは小山田高家となりますかも――戦死するかも知れません。」

とばかりで、むしろ、睨《ね》めた、涙一杯の両眼《りやうがん》で。

「何…何を君、君は。」

「多分は死です、戦死です。」

「戦死？」

「ドロレス一件についての御恩、只それに対してゞ。」

「恩？」アヒナルドオは顫《わな》いた。

「ピラアルは面倒、云ひます、有り体《てい》、只、云ひます」

と、小刻みに急《せ》き込んだ。

「ドロレス一件、わたくしは諸君の疑団の第一となツて、命もあるひは危《あやふ》かツた、その時、只、閣下、あなたといふ知己の有ツたばかりで、ピラアルは、ピラアルはいはれない恥辱も受けず、只潔白でとほせました。あの時の閣下は暗夜の一燈、さ、ピラアル骨は光ります。」

我をわすれて手をさし伸べてピラアルはアヒナルドオの手を取ツて砕けるほど握り〳〵しめた。

「かざりも無いところで、この度来襲する米軍は兎にかくその数が数、なみ〳〵の手段では安全な閣下の退却それ或ひは実に難《かた》いかと——さ、こゝ、ピラアルが御恩に対して今や百年の末を捨てゝ、閣下のため義貞の高家となる、真の時です。

「閣下、御とめくださるな、なまじひ未練がましく。この度のは必らず〳〵手ごはい敵、その敵を引き受けて、十分御危険無からしめるには不肖、さ、広言！ 只このピラアル一人《にん》です。人間のピラアルではなく、今から早身は半ば死んで居る、すなはち必死の勇のかぎりを出す一妖魔、血と硝煙とを泣いてよろこぶ一魔神のピラアルです。」

既に血色から言葉からピラアルは一の熱狂者となツたとしか見えぬ。むしろアヒナルドオは気を呑まれた。無い、かへす語も、はさむ言葉も。

「閣下、さてあまり諄《くど》くは私も云ひますまい。多弁は却ツて真情を鑢《やすり》で逆さおろしにします。云はぬ——のを只無言で御察しを……午前四時までには堡塁《はうるゐ》も出来るやう云ひ付けて置きました。防禦地点はカラパロ山の化物谷《ばけものだに》、千尺の絶壁に二千尺の谷九十六折りのうね〳〵路の、それも幅はわづか十五フヒイト、目に物を、米軍を、成らば、微塵に、ピラアルがです。石を打つ石は他の石をも砕くがおのれその石もあるひは砕ける。ピラアルは砕ける段においては其石たらんを心に期すると同時、また砕く段においてもその石たらんを心に期します。十を十までほとんど保証しても云ひます、明日《みやうにち》の御退却は誓ツてかならず御安全には為ます。しかし御安全が得れたと共に、どうぞ思ひ出し、また思ひやり、また思ひたしかめて下さい、曰く、ピラアルは戦死したのである、と。」

彼ピラアルは最早泣きもせぬ。燃える情火に乾かされて、涙その形跡も無い。

アヒナルドオは？　横を向いて瞑目した。なまじひ口をば利かぬ。実は出すべき語が無いのであツた。

＊　＊　＊　＊　＊　＊

あくる日は果たして劇戦、わづか四百の小勢をもツて米軍のメエヨア、マアチ氏の三千の兵にあたり、久しい間米軍をして一歩も進み入らしめず、十分アヒナルドオに逃走の余裕をあたへたのは実に青年二十三歳の義軍の一士官グレゴオリオ、デル、ピラアルであツた。

しかし、無情な銃丸はつひに此《この》年少俠男児の胸板《むないた》を貫いて、ピラアルは屍《かばね》となツた。

屍、それはどうなツて居たか。

あふむけに仆れて、胸板からしみ出す血を何ものでか押さへたまゝ死んで居た。血をおさへて居たその物は？

ドロレスの絹ハンケチ！

をはり

グレゴオリオ、ピラアルとドロレス、ホセエとの間は只前述べた丈で絶えたが、筆のついでゆゑ、書きしるして差しつかへ無い丈をドロレスの後談《ごだん》として書く。

さて可憐なるドロレスはその後どうしたらう。これが誰しも催す考へである。しかし、もとよりフヒリツピン群島に居る筈は無い。人の伝へるところによれば、今は西班牙に帰ツて居るとか。

ドロレスはその誠心《まごゝろ》で父レムウダはじめ一族の殺害される悲運を救ツた。ピラアルのさしづどほりにフヒリツピンを抜け出し、一旦香港に足をとゞめ、更に便船《びんせん》によツて無難に西班牙の故郷に帰着した。いかなる手段で貯へたにもせよ、とにかく父のレムウダは金財の中から首を出す身の上で、西班牙に帰ツても中以上の生計は只やす〳〵と立てられ得る。ドロレスの配偶にならうとするものは数へ切れぬほど有ツた。が、思ふところ有ツて、ドロレスはつやつやそれらには其耳をも貸さなかツた。

いじらしいまで、哀れなその娘気《むすめぎ》の一心は、別かれても別かれてもピラアルを忘れなかツた。只フヒリツピンの空にのみあくがれる。あはれ、わが未来の良人、少年の武将グレゴオリオピラアルが人にすぐれた、目ざましい功を挙げて、やがて共和政府の建ツたあかつきは、金色《こんじき》のひかり眩い勲章に胸を飾る姿となる、その時こそは此身われドロレスも更に、此処西班牙へ逃げて来た時とはまるで変はツた嬉しい心もちで、フヒリツピンへと帰るのである。片付いてくれ、はやく戦争。独立国となツてくれ、はやくフヒリツピン。

只このやうにのみ思ふ。戦況の詳細な新聞紙は西班牙には一枚も無い。それどころか、真事実《しんじつ》を報ずるものらしいのも無い。いろ／＼尋ねて見たところで、仏蘭西《ふらんす》で発刊するもののみが大分真実を伝へてあるらしく、そして又手にも入りやすい。それから後は父の目を忍んでは仏蘭西の新聞雑誌その他すべての発刊を手に任せて読んだ。ピラアルの名もちら／＼見える。やがてアヒナルドオの運動が着々功を奏して米人がつひに島民を助けるに至ツたと分かツた。海戦に西班牙が敗北したとも知れた、が。局面は一変して、恩を売ツた米国の不徳義はつひに島民と米国とのたゝかひになツたともわかツた。読めば読むほど仏蘭西人が島民に同情を寄せて居るのもわかる。いかにもラ、フアイエツトといふ義人の出た国である、他人の自由に対して如何ばかり仏蘭西人が義侠の情火を燃え立たせるか、さても嬉しいたのもしいと思ふ、その発刊物もまた肌身に着けて居たくさへなる。その矢さきも矢さき、一仏人の筆に成ツた一文章、それが扨思ひもがけぬ、わが意中の人たるグレゴオリオ、ピラアルに付いて書いたもので、端《はし》無くも目に触れた。

Gregorio《グレゴオリオ》 der《デル》 Pilar《ピラアル》と題した文字は射込むやうにドロレスの目にとほツた。胸はとゞろく。顔は火になる。さて、読めば——

「フヒリツピン少年士官の一人《にん》グレゴオリオ、デルピラアルと自分と久しく一所に居たこともあツたが、如何にも同人は勇猛おのづからの武人、まるで小説的の人物である。同人および同人の友人とわれ／＼との交際は決して短かくは無かツた、それだけ吾々はそれらの人物をよく知ると同時その死ぬまでも我国の自由のために戦はうとする、凛烈たる勇気は実に光芒となツて人を衝くばかりに認められる。武人としては古羅馬《ころうま》の武人を今日に見る如く、宛然コルネイユの詩中の豪傑が現存して活動するやうである。」

ドロレスの胸はいとゞ轟いた、はじめからの大々賛評、それが、しかし、余所の人のことでは無く、嗚呼他人のことではなかツた。

さらに、又つゞけて読めば、——

「かれら比律賓《フヒリツピン》の有志者が虐政に対して憤慨するありさま、もし事情にうとい人に見せたならば、あるひは狂人かと見える。しかしそれは彼等が求めずして自然にさうなツたので、つく／＼わが仏国の大革命当時の志士も亦そのやうであツたのかと自分は坐《そゞ》ろにその時代の事をも思ひ出す。米人は彼等を蛮人といふ。自分は決してさう認めぬ。只その或ひは狂人に近い態度をあらはす事も有る、それは精神の非常の憤慨からおのづから来たもの、もとより止むを得ぬ。

「此ピラアル氏についてはまたさながら小説のやうな艶話が有る。すなはち、同氏に一人《にん》の意中の人が有る。その名はわからぬ。が、いよ〳〵戦場へ出るとなツて、ピラアル氏はその美少女に対する纏綿《てんめん》の情に堪へず、つひ〳〵一死を決して訣別の辞をそれに述べやうとしたが、時を失して遂に逢ふことを得ず、長く同氏断腸の種となツたとか。」

読んでこゝに至ツて、ドロレスは顫《わなゝ》かずには居られなかツた。顔の色もまた変はる。目にピラアルその人の姿も見える。

そも〳〵その所謂意中の人とは自分ドロレスであるか、それとも他の、自分の知らぬ美少女であるか、そこまでは確《たしか》でないが、大抵心を虚しくして考へたところで、どうしても自分ドロレスであるらしく思はれる。かれピラアルが自分ドロレスを愛する、慕ふといふのは写真にしるしたその詩の句、原中で自分ドロレスに逢ツた時述べたその言葉、あらはしたその様子、それらで一切たしかである。かれを此方で未来の夫と思ふと同じく、かれは此方を未来の妻と思ひ込んで居《ゐ》るらしい。らしいでは無い、居るである。

と思ふと、その文の句がことの外心にかゝツた。「訣別の辞をそれに述べやうとしたが、時を失して遂に逢ふことを得ず、長く同氏断腸の種となツたとか、」さりとては〳〵読めば読むほど尽きぬ恨みの沸く上にもまた沸くやうな文。あるひは悲しいことの辻占《つじうら》になりはせぬかと、なるほど自分ながら愚痴か妄念かとも思ふもの、またそのやうにのみ只思ひなされる文、胸がつかへる心もちになツた。

あはれ此辻うらがなるほどたしかに中《あ》たツたのであツたが、それと差し迫ツた便りを聞くまでは尚只頼みにならぬ事をたのみにして、むしろ強ひて心で成功の側をのみ見、吉事の方を〔の〕み思ふ、他から只これを評すれば、只いぢらしいと云ふのみであツた。

又つゞけて読み行けば、書いてくれた仏人その人さへ坐ろにゆかしく思はれるのみの文、――

「ピラアル氏が国家の大事に当たツて一婦人に心をほとんど奪はれて居たのかとこれを冷笑の目で迎へる人がもし有ツたならば、その人は人間の、きはめて尊い人情といふもの、それを全く知らぬ残忍な性質の人である。かれピラアル氏はなるほど、婦人に情が厚かツた、それだけ国家にも情は厚かツたのである。かれピラアル氏は、婦人の神聖、美麗、純潔、温情を愛した。すなはち肉体以上の、真の、高尚な愛を理解した。その愛はそれをその儘国家に向ければ、正に志士の愛となる、仁者の愛となる、義人の愛となる、その美少女をさう深く思ツたとの事実はピラアル氏が国家に対する熱誠のいかにこまやかであるかを反映して示して余り有る。」

ドロレスの目は既に涙で幾度《いくたび》かうるんだ。

「ピラアル氏は他の志士とおなじく、国家一般の人道のためには身を殺して仁を為すのみと覚悟して居る。仁義のために愛情を思ひ断つ、世に此上の無残は有るか。ピラアル氏のみか、かれら島民の志士一同は戦場へ出るとなツて皆遺言として斯く云ひ残す。曰く、われ〳〵は博愛のために死ぬ。義俠のために死ぬ。人道のために死ぬ、自由のために死ぬ。さらば人間としての最大名誉ではないか。泣くな、それゆゑ、われ〳〵が死んでも妻子は。泣くどころか、祝ツてよろこべ、わが夫、もしくばわが父がさうして最大名誉を得たと。そして妻は夫の志しを子に継がせろ。子は父と名誉の同列にならうと志せ。これを只ひとつの念、その念ならば何事も成る。忘れるな、妻子、この遺言を、この心を。」

しばらくドロレスはさめ〴〵と泣き入ツた。

それからその文は斯うまでも云ふ、――

「自由独立の思想はこれほど深く比律賓島民の胸中に刻み込《こま》れてある。もし他の暴虐な、人道の悪魔たる政治家が妖魔を指揮して此島をつかみ取らうとするならば、自分は敢て云ふ、島の人類を全く絶滅してゞなければ決して出来ぬと。進んで問ふが、米人は果たして終《つひ》にさう為し得るか。よし、此問ひに答へやうとならば、只一の数字を見ればわかる。曰く『島民は一千万人の多数である』と。嗚呼、一千万人の生命そも〳〵米人は鏖殺《みなごろし》にしてしまふか、してしまふ気か、さて、する事が出来るか、する事ができる気か。」

文はこれで終ツた。その文からドロレスが心に受けた感動は文が終ると共に倍加の力で胸の中にむら立ツた。あゝこれほどまで、誰……されば、誰でもない……この、わが意中の人は……今は名もいかめしくグレゴオリオ、デル、ピラアル将軍と呼びなされるその人は、これほど迄、仏国人に云はれるか、と、今さらのやうな、又元からさうと知ツて居たやうな、又まるでさうでも無いやうな、云ふに云はれぬ思ひになツた。

ふと心付く、さても誰、仏蘭西の何といふ人が此うれしい文を書いてくれたのかとばかり、さながら、それほど好意をもツてわが意中の人を称揚してくれる、云はゞ、恩人とも云ふべき人を、その名をも知らず、また知らうともせずに過ぐすのはむしろ罪ふかい事、済まぬ仕業と思ひなされ、またさう思ひなされるその思ひにみづから己れを責められるかのやうにさへ思はれて、一時は逆上するまでになり、急に顔色まで変へて、その文の署名を見れば、Jean《ヂヤヌ》 Hess《エッス》とは記してあツて、そして、その文の記稿された時を見ればその年（一千八百九十九年）の六月であツた。

あゝ、ドロレスはまだ知らぬ。それからわづか半年《はんねん》の後《のち》、その、さほどまで仏人に称揚されたピラアルその人があはれ果敢《はか》ない最期を遂げやうとも。

只それから凡そ六ケ月間は、あはれ果敢無い運命をさながら頼みの有るやうなものに思ツて、ドロレスはむしろ心も勇んで居た。

勇んで居た、しかり、やがて泣き死ぬまで泣かされるために勇んで居た。

もとより只ではピラアル戦死の報を得やうもない。その報をドロレスが受けたのは、米人の発行に係るManila《マニラ》 Freedom《フリイドム》（マニラ自由新聞）、その新聞紙に因ツてゞあツた。その文に斯う、――

「デル、ピラアルはアヒナルドオを逃がしてのち手兵をもツて踏みとゞまり、メエジヨア、マアチ氏の兵を食《く》ひとめ、大胆に戦ツた。米軍が優勢であツたゝめ、見る〳〵ピラアルの軍隊の旗色はわるくなツた。数へ切れぬほどその手兵の死傷、只敗走するよりほか無く見えて来《き》た、それにも屈せず、ピラアルの抵抗は頑強をきはめた。彼は全く声を嗄《か》らすまでになツて一刻一刻立てつゞけの号令それで兵士をはげました。しかも、その身は誰よりもさきに立ツて居る。やがて脚部に負傷した、その疵は重かツたが、医療を受けやうともせぬ。そのうち第二の致命の弾を胸に受けた、もとより其場所は究所《きうしよ》いかに勇猛でもたまらぬ。只即死であツた。」

「あんら！」とドロレスは絶叫した。

只茫となる。只紙の上を見つめる。只見つめたのであツた、読むのでも何でもなかツた、しばらくは。その記事は猶下《なほしも》の如くにつゞけた。

「首領をうしなツた全軍は潰乱した。首領その人の死骸をまでも捨てゝ逃げた。ピラアルの引率した兵その総数は四百であツたが、命を全うして逃げたものは実に只八人であツたといふ、それだけの事実で戦ひのいかほど烈しかツたかは分かる。

「米兵はやかてピラアルの死骸を点検した。見れば、その手には美くしい絹ハンケチを持ち、それで胸の創口、生《なま》血《ち》のしたゝる処をおさへて居《を》ツた……」

絹ハンケチとあツた丈でドロレスの胸は轟いた。

その記事はなほ下《しも》の如くに進んだ。

「そのハンケチの端に縫ひ取りでドロレスの字が……」

あらツとまた一声、ドロレスは我知らずその新聞紙を手から離す。

さては其ハンケチ、自分ドロレスのであツたか。思ひあたる、いかにもピラアルがそれを持ツて居たかとは。さては扨《さて》、その末期《まつご》までも、戦場の最後までも、その、あの、自分ドロレスのハンケチを、ても、ピラアルは持ツて居《ゐ》たか。

持ツて居たか、あゝ、持ツて居たか。持ツて居て、あゝ、末期まで持ツて居て、その致命の疵口を、あゝ、それで押さへてくれたか。

沸きかへる涙の急潮、しやくり上げ咽せかへツた。

その記事が有ると思へば、新聞紙それさへ懐かしい。只その紙をわが肌へと抱き占めて、そして只泣き倒れた。

（をはり）

比律賓
独立戦話

あぎなるど

此書『あぎなるど』の著者　山田美妙

右著者は其かねて親交を仰ぐ山縣悌三郎氏に十分の敬、一心の愛、其両つながら共に表明して、謹しんで此書の原稿を捧げると共に、当然また尽くすべき礼として、いさゝか其心事を、進んでも、告白したく、そのため、こゝに斯う一篇の添へ状を。

山縣先生机下

今謹しんで此原稿を御手許まで捧げると為ッて、美妙は只非常に快く、それに付いては其胸中の幾分かを、せめては尚、むしろ打ちつけに、吐露したくなりました。

われ〳〵は比律賓問題をもッて決して等閑には見ず、未来の世紀に早晩必らず起こると吾々が信ずる人種偏頗の一大衝突、全世界を阿鼻地獄の毒瓦斯に包んでしまふ日の有るのを実に思ひ切ッて今から予言し、絶叫しやうと思ふにつけ、此頃の右比律賓問題もたしかに、その忌むべく、怖るべき魔界への入り口たる導火一閃の影たるに外ならざるべきを深くも〳〵感じ、さらに博愛平等はそれを口にする人からまづ破壊し蹂躙するを悲しむにつけ、多少は此辺の機微を知ッたらしい比律賓の小説家としてのリサアルが其筆の咎で刑場一弾の下に幽鬼となッてしまッた怨恨を想ひ〳〵やるにつけ、とにもかくにもアギナルドが前記未来の大問題に解釈を要すべき、そのためとも云ふやうな革命の反乱を企てたのについて大に推察すべき所の有るのを見るにつけ、又同じ人類と生まれながらわれ〳〵の南の隣友たる比律賓人が普通人以下の待遇を世界から（何のいはれが有るのでもなくて）無法に只受けるのを見るにつけ、またわれ〳〵の先祖の幾人かは随分その比律賓には骨を埋めて置いたとの事実を歴史に教へられて居るにつけ、又、又、われ〳〵の同胞とても、この現在、しかも随分、われ〳〵の本国以外では寧ろ虐待といふべき目に遇ッて居る事を頻々聞かせられるにつけ、海牙《ハーグ》で如何なる意味の平和会議をしたかよく分からぬにつけ、すべて道理はまだ〳〵武力に窒息されるのを思ふにつけ、やうやく萌し得た社会主義に対しての、空前の大迫害が天地を震撼するほどの魔力を逞ましくして生類を鉛の湯や鉄の鏽《さび》の中に烹鎔《にと》かす時代の必らずしも無からうとは断言のできぬにつけ、大抵の学者や宗教家は全く呑噬《どんぜい》の爪牙となることに汲々として、それに奪命の利器や、牽強附会の安心決定を供給することをのみ怠らなくなると云ふ事をまた予言するにつけ、商鞅《しょうおう》やマキヤベリイが特にその名を著しくさせられるであらうと考へられるにつけ、腕は只うづく、胸は只さわぐ、筆は只ふるへる、それを幾らか只洩らしたいばかり、比律賓問題について、其一着としてつひに此やうな書物を作る事と為ッたのです。

　しかも此書は最初先づ二百頁ほどの原稿につくられたもの、不慮の災で、それが只全滅となり、更に第二の新稿を試みたところで、忘れもせぬ去年九月、殆ど致命とも云ふべき急劇なる脳充血の、すさまじい手によッて卒倒昏迷の裡に全然この精神をつかみ去られ、ほとんど此身の断末魔となり、わが
山縣先生、その先生さへ親しくその時の病蓐に臨まれて、既にわれ〳〵一族のために後事を商量される迄に為られたと云ふまでとなり、そして、又何が天か、運が何か、此今なほ美妙とかみづから名乗ッて居る身体にどうやら気息も回復し、さらに稿の編成に着手することを得、苦心して、集めてさて散逸となッてしまッた稿の材料のいろ〳〵、其残兵とも云ふべきものを又も〳〵覚束なくも集め上げることを得、さて、さうした所でそれをどうする事もならず、

空しくその材料を取り出して只眺め、その頃（此年一月あたり）はまだ比律賓島パァシグ河畔、白ペンキ塗り蛇腹の戸の付いた二階の窓の下にバルセロォナ、シモンヴォラの両名と共に捕虜たる身として幽閉されて居たアギナルドの無念を今目前に見る如く只々おもひやり、煩悶となり、懊悩となり、つひに其感懐だけを兎にかく筆に迸らせるに至ッたのが即ち、先生の手を経て出版した『言文一致文例』中の義軍の宣言、即ちそれと為ッた抔、それや是れやいろ〳〵形や姿を変へ〳〵、つひに又此やうにまでかたまり上がッたと云ふ、その来歴だけでも実は手のかゝる物なのです。

しかし、その義軍の宣言を『言文一致文例』に加へたと云ふのは、その実此美妙に取ッては決して尋常一様の意味では、今こそ云ひますが、無かッたのです。

さらば、その真の意味は？

先生が比律賓に対して深い〳〵同情を有されると云ふ事を、実は蔭ながら聞いて居た故です。先生の令弟として山縣五十雄氏が、先生と志しを共にして、憐れむべき比律賓の本邦留学生に及ぶだけの助力を加へやうと為さるとの事をひそかに聞いて居た故です。

幸ひにその義軍の宣言はすこし読者たる日本人の義侠心を奨ましたらしく、反響らしい声がやゝわれ〳〵の耳にも聞こえる様子で、又、一旦銷沈しさうになッたわれ〳〵の意気も亦、小犬が指嗾《しそう》を受けてひとり強がる格とでも云ふべきものか、また引き立つ、さていよ〳〵又第三回の原稿起草の決心となる。即ちそれが此二月、すなはち比律賓の亡命志士が香港から今の米国の大統領ルウズベルト氏へ宛てし劇烈なる反抗状を贈ッた月とおなじ月なのです。

修飾の無いところで事情は右のとほり、すなはち此著述の完成は取りも直さず先生その人の無形の保護に由ッたのです。

敢て手きびしく美妙は右の如く断言して、決して事実をも良心をも欺かぬと信ずると共に、先生が比律賓に寄せらるゝ同情の労苦の負担、その幾分かをば美妙は此一枝の筆、この孤軍で分かち得たのを名誉とし、すなはちこゝに此度の第三回の起草原稿の全部を挙げて先生に捧げ、すなはち去年の九月既に此世を十中八九迄は去ッたらしかッた後の、その、この、今の、美妙の、残骸か、後身か、とにかく何か此肉体もまだ〳〵命の残るのを不思議なものとして、さらに今アギナルドのためにその端を此著述で開きかけた千万の感懐、それを今後の生涯において尽くし得る丈開き尽くさうと思ふのです。

以上心ばかり dedicate するに付いての言、どうぞ宜しく御聞き取りを——。

明治三十五年九月

山田美妙

まへおき

（アギナルド宛の書）

さて、君、フヒリッピン群島の大統領アギナルド君、今その本国故郷をば思ひもかけぬ幽囚の場所とされて、米人の武力の下、弾丸の堡塁の中、剣戟の墻壁の陰、籠の鳥の身となッた君！

一国を奴隷の地位、蛮人視される境遇から救ひ出さうとした君の半生の大志願は、料らざる米軍の策によッて捕縛と共に成功を妨げられてしまッた。

その志しを誰が継ぐか。

それとも君が盛りかへすか。

われ〳〵は君一個人に対する偏頗の念をもッて決して君を見ぬ。われ〳〵は君の長とともに短をもみとめる。今また決してその長を賞《ほ》め過ぎもせず、またその短を攻め過ぎも為まいと思ふ。その長は長、短は短としたところで、とにかく君が人道の一大問題の解釈、人間の非自由に対して、汗を尽くし、血を乾かせるまでにして、つひに無念を不成功に生み出させるまでの、実に、已むを得ぬところまでに至ッたのを実に惜しんで痛歎する。

火中の人を救ふにはおのれも焼ける気でなければ為らぬ。すでにわが身の焼けるのをさへ厭はぬ。焼ける、死ぬよりまだはるかに気楽な、境遇の逆転、世評の喧囂《けんごう》、月面の流雲、一時の恥辱、それ元より頓着するに及ぶまい。今、君は囚人である。日々の食膳は只その肉体の生命に油をさして只つゞかせて行く丈の機械の使用品だけである。生きて居る、君はそれで。アギナルドとか云ッた人の身体といふものは空気を吸ッて炭酸瓦斯を吐いて居る。しかし、その二三年前の意気は？　それは只未来の境遇次第に運命を託する麴である。未来の境遇が寒気酷烈に過ぎれば、麴その花はしぼんでしまふ。もし又その境遇が暖、温、その中以上ならば、麴その花は枯れてしまふ。又もしその境遇が暖、温、その中を得れば、麴その花はやうやく咲く。しぼんだり、枯れたりする末は無である、空である。只、その咲くといふところが即ち君の成功である。成功の見込みの有るところは、悲しいかな、三の中に一である。それだけ僅かな、微弱な目的を綱として、さりとて遂に成功するまでに、敢て問ふ、君は行けるか行けぬか。

われ〳〵は君に対しても、また米人に対しても一点偏頗の意見を持たぬ。聖人学者が仁とし愛として教へたところを謹しんで仁とし愛として仰ぐべきものと信ずる。それを杓子定規とする。それを杓子定規として、つら〳〵君が是まで志したこと、又行ッたことを批評し、また米人が行ひもし、又行ひもしやうとする事を観察し、いづれにも不公平な考へをもッてゞなく、もしわれ〳〵をして何れに左袒するかと云はせる事ならば、われ〳〵は断言する、たしかにわれ〳〵は憐れむべき君、否、君のみでなく、君の国全体、フヒリッピン群島の人に左袒する。

ひとり君および君の国人のみでない。南阿《なんあ》に対してもその国人の憐れむべき今日の運命を見るに及んでは、実に一片同情の至りに堪へぬ、涙一滴なくて居られぬ。かくまで世の中は弱肉強食のものか。学者は何をして居るか。宗教家は何処《どこ》へ目を付けて居るか。われながら斯う云ひ出すと、浅ましい譫言《うはこと》を云ふやうであるが、自分この身に武力が有ッたものならば、一気剣を取ッて起つ。修羅の世ならば、よしそれならば自分もまた修羅になる。修羅の比べあひをする。仁も義も博愛も蹂躙する。しかし幸か不幸か、われ〳〵にその武力が無い。希はくは、しかし已むを得ず、せめては筆で戦ッて見る。たしかに克てるとのみは思はぬ。況んや、筆に人間社会のやかましい、いろ〳〵な束縛もある。が、その荊棘をくゞり、岩の下を抜き、苔の間を抜け、滴一滴、したゝれや！　乞ふ、願はくは我一心の水の何千滴！　呼応する他の溜まり水も有らう。合同し来る、葉末の露も有らう。一尺ながれ、一間ながれ、一町となり、一里となり……さらば、それから洪大無辺、星も日も月も、乃至地球の大かたをも一口に飲み尽くす大洋の水となる日、その日の有るのを或ひはわれ〳〵の魂が全く肉体をはなれた未来のいつ頃か見ることも出来るであらう。

人事社会の恐ろしく、凄まじいのを見れば見るほど、一から直に億の結果に思想を飛ばせば、胸は只この思ひとなる。漢も亡びた。明も仆れた。希臘も死んだ。羅馬も腐った。安全らしくて是ほど危険なのは無いのは国の運命である。野蛮の残忍、優勝劣敗の大浪は、学問のぴか〳〵光る粉飾で百鬼夜行して道理を附け、捏《こ》ね、胡麻化し、つくろひ、滔々として濁流に千仞の渦を捲く。世は気楽なもの、鳥は今銃殺されるのも知らず仲間の食を奪ッて食ふ。国は今亡びるのも知らず、他の窮厄を余所《よそ》ごとにして笑ふ。すこし克てば直《すぐ》うぬ惚れる、うぬ惚れをわが利益に利用するため他は世辞を云ふ。『おかげさまで道の荊棘が取れました。御一所に是からは』と前の人を煽動して、いよ〳〵図に乗らせ、御同行、その実その困苦の後の利を収めやうとのみする世の中、またそれで嬉しよろこび、のほほんで居る世の中、フヒリッピンの運命が必らずしもフヒリッピンのみでないと云ふ事を――もしも、せめて、只すこしでも思ッたならば、決して他国の亡滅を、一場のパノラマとのみは見られぬものを。

以上、只われ〳〵の愚痴である。自白するが、たしかに愚痴である。が、敢て云ひ添へて置かなければならぬ事が有る。曰く、愚痴は真理の精である、と。

さらば、君、アギナルド君、君の今日の窮厄をわれ〳〵が余所《よそ》ごとならず思ふと云ふのは、おぼろげながら前に述べた、愚痴ものがたりで述べた、その、実に、故である。われ〳〵は君が成功したとて鐚《びた》一文貰はうとも思はぬ。いはんや、今日の君の境遇、下手《へた》に君の弁護もできぬ。な、それ、よく〳〵察したまへ。只心に思ッたこと、その儘包むこともならず、水のした〻りが苔をくゞるつもりで、君の国の事について書く。中には君を攻撃するところも有らう。是非もないさ、それは君。

とにかく吾々は二十世紀の今日でも武力がすなはち権力とのみなるのを悲しむ。悲しむと共に君および君の国人をも実にあはれむ。已むを得ずば君アギナルドも、つひに志しを遂げず、獄屋で死ね！　われ〳〵も同じことである、一生をこのやうな考へに尽くして、やがて終には死ぬのである。こゝに公にした何枚の原稿、人の同情を動かさなければそれ迄である。只しかし、われ〳〵は猶あまた或ひは書く、只根づよく。われ〳〵はまだ君ほどには拘束されぬ。

壱

や、趣味には乏しいが、まづエミリオ、アギナルドその家柄から云ふ。

アギナルドの祖父、すなはち母の父は清国人であッた。うはさに伝へる所によれば、祖父たるその人は清朝の貴族の末で、その祖先は名門であッたとか。とにかくアギナルドはフヒリッピン島で生まれた人で、父母とも加特力《カトリック》教徒であッたところから、アギナルドの生まれるに及んでChristmas Box の意をその国の、すなはちタガアログ（The Tagalog）語で命名してアギナルドとした。多分は、それゆゑ、アギナルドの誕生日はクリスマス即ち耶蘇降誕祭の日であッたらしいと云ふ［一千九百〇一年六月、米国ボストン府ロスロップ出版協会出版フヒリッピン島戦事通信員、北支那団匪事件通信員、米人、エドウォン、ワイルドマン著アギナルド伝（原名 Aguinaldo : A Narrative of Filipino Ambitions）」が、その説は当を得ぬらしい。昨明治三十四年八月発行の米国雑誌『エヴェリイボデース、マガズイン』にはアギナルドの自分の口からたしかに出たといふ物語りが『自分が捕虜となッた顛末』（The Story of my Capture）と題して載せて有ッて、そこに次ぎのやうにある。

"There had been a celebration in Palanan that day,

March 22d, on account of the anniversary of my birth, and the little village was in gala dress."

すなはち、是、十分信ずるに足るべき本人の口から出た言葉として、三月二十二日がその誕辰であるといふのは正当らしく、それ故此文にある如くパラナアンの人民がその祝祭を其日に行なッたとの仔細もわかる（序ながら云ふ、此日アギナルドは米軍のフォンストン将軍の詭謀によッて捕虜となッたのである）。

それで、その生まれた年はと云へば、一千八百六十九年、即ち明治二年で、ことし明治三十五年は、それゆゑ、その三十四歳となッた年である。三十四歳！　十分血気さかんなるべき年ごろである。さすれば、その独立の旗をまづ西班牙政府に向かッてひるがへしたのは今日から何年前かと云ふに、わづか只年代の数字を見たゞけで直ちにわかる、即ち一千八百九十六年で、さてそれから今年までは実に只数年である。

アギナルドの出生地は呂宋《ルソン》島のカビテ州で、その父は農夫で、家は富豪と云はれる方であッた。父は農を職としながらも、その主な産業は野菜類の売り買ひで、人をも多く召しつかひ、なか／＼繁昌して世をわたッた。それだけ早く、よくアギナルドに教育をも授けた。幸ひに本人のアギナルドは幼年から才気は非凡であッた。それだけ学事の進歩も早く、一を聞いて十を知るとまでは大かた評し得られる程であッたが、さて、それだけ学問をおろそかにする方でもあッた。いづれの国。いづれの時代でも、神童の才子のと云はれる者は、その脳髄の活動のきはめて鋭いだけなか／＼甘んじて師友の、むしろ機械的の、忠告、助言などに服従するものでない。アギナルドもその類であッた。彼は学問を馬鹿にした。入り口は六かしからうと思ッても居て、やがて些し趣味がわかッて来るに従ッて、会得といふよりはむしろ飛び越して、推察の方が逞ましく克つ。すなはち鹿爪らしく書物に書いてある事も、そも／＼その最初一頁か二頁を読む、それだけでつまりその原理精神を早く理解する、すなはち一般の普通人に会得させるやうに諄々丁寧に紙をかさねて説いてある事も間だるこく感ぜられる。飛び越し、はね飛ばしてずッと先を見るやうになる。ずッとさきを見るに及んで、もしその著書の結論が読者すなはちアギナルドその己れが読み来る間に大かた纏め附けるに至ッた意見と同じであればその時アギナルドは殆んど案外な思ひを感じた。すなはち斯う感ずる、曰く『自分の考へたとほり此著者は云ッて居る。』

しかし、その著者が、学者ならば学者として、名声の世に嘖々たるものであればあるほど、さう読者たるおのれの意見と著書との意見と前はやく一致するのは、少なくもその本人アギナルドをしていつ養ふとも無しおのづから自負の念を養ひ多からしめるやうにした。未来に対する青年の希望が烈火と燃え立つ時代、経験のまだ乏しい時代、進むのをむしろ多く知つて退くのを多く知らぬ頃、すべてに失敗よりは成功をのみ見る時期、それら書物を読むにあたり、又読みをはるに当たッてアギナルドの心中に如何なる思想が湧いたか。

『よし此著者はこのやうに論じ做す。なるほど、それならばいづれ此やうに推論する。帰するところは多分その辺であらう。』

　これがその都度、いつでものアギナルドの坐ろに動かした感じであッた。さらば、とばかり、次ぎの一頁をはねのけ、又その次ぎの一二頁をはねのけ、やがて又はねのけ、又はねのけ、たま〳〵是ぞと思はれる処に視線を注いでも、さして深く感ずるほどの事もなく、つひに又何頁何頁をはねのけ、飛び越して、やがていよ〳〵との結末、その頭脳とも云ふべき箇所まで終に到着して、さて待ちに待ちもどかしがッた、その著者の意見、もしくは議論の委細は如何やうなものかと始めてそこに眼光紙背に透れとの意気込みで進み当ッて一読して、これは如何に何ごとか、力負けさせられるやうに必らずなッた。

　さても〳〵何の事か。その著者の意見は、すなはち其書物の頭脳として見るべき意見は、大抵その読者、即ちアギナルド彼れ自分があらかじめ然《さ》うであらうと推察したとほりである。『さもさうず、さもありなん』と、その時の彼アギナルドは非常に満足する。非常の満足、これを云ひかへれば自負心の玉子である。

　著者の結論を見ぬ前、自分アギナルドは既に〳〵その結論のさうあるべきをば予想して、しかもよく察し得た。然らば自分このアギナルドこの身の脳はどうであらう。著者のと同一ではないか。まるで同一でないとして、殆んど著者のそれが働らくだけの範囲内に働らき得るのでは無いか。である、たしかに同様に働らき得るのである。働らき得なければ、決して予想し得る結果は無い。しかるに、その著者は如何なる人か。偉人として聞こえた人ではないか。敢て問ふ、その偉人が一を示して見せたゞけで、われ自分はその十を察した。さらば、われ此自分の脳力は偉人のと同じではないか。かれ、その人は既に偉人として世に聞こえる。さらば、われ此自分は自分は？　自分はではあるまい。自分もであらう。ある、たしかにもである。

　と思ふと眼中その偉人も無くなッた。何の、それ位で彼は偉人と云はれるか。しからば、自分この己《おれ》もである。彼が世評で偉人と云はれるか。さらばこの己も偉人である。

彼が才子と云はれるか。さらばこの己も才子である。

よし、天下！　世界！　宇宙！　八荒！　大抵は知れたものである！

これら渾沌迷濛たる勇猛一図の思想は無論姦雄と云はれ、奇才と称せられる者の先天的に必らず具備するところで、利刃と同じく、よく用ゐられゝばよし、わるく用ゐられれば非常に悪い――とにかく、薬でなければ毒、どの道どうしても極端に至るに決まッたものである。

すでに、さう自尊の念が強い、どうしても眼中一物も無くなる、血気あるひは実質に伴はなくなることも有る、謙遜であるやうな傲慢な品性ともなる、涙もろいやうな涙もろくないやうな、滔々たる世は一般におしなべてこれを『端倪すべからざるもの』との、つまり訳のわからぬ評を与へる一種奇怪なもの、もしこれを『怪物』と云ひ得べくんば、『怪物』となる。

アギナルドは此怪物である。

滔々たる今の米人は猶アギナルドを叙するに偏頗な意見をもッてかかる。なるほど米人に取ッてはアギナルドは大敵である。米人の慾望を槌撃いやしくも容赦せぬのが彼である。米人がまづその長所を見るよりは短所を見るのは無理は無い。多数の米人は云ふ、『アギナルドは詐欺師である』。しかり、詐欺師でもあらう、布衣一青年の身で蹶起して島民一千万人の輿望を背負ッて立つだけの人間、なるほど人心を籠絡するに詐欺の手段も有ッたであらう。米人は云ふ、『アギナルドはおのれの力をはからず、漫りに空中楼閣をのみ描かうとする無法者である。』いかにも無法者でもあらう、成功の前は何人も凡人である。受けたまへ、アギナルド、米人のそれらの評をば甘んじて。その評は取りも直さず『アギナルドは英雄である』との意味を婉曲に云ひなしたのみに過ぎぬ。米人は天晴れ婉曲に云ひなしてアギナルドを罵らうとして、その罵詈が却ッて裏の意味に於て、当人その人の大々賛評となッて居るのを知ッて居ぬほど寛大なる人である。

アギナルドは西班牙語をも学んだ。が、すべて外国語を学ぶものが第一に感ずる困難、すなはち外国語を習熟することの容易でないこと、それがやはりアギナルドをしてもまた十分西班牙語に通暁する迄に至らしめなかッた。西班牙語の文章をば解し得た。ちよッとした西班牙語の文章をば起草し得た。が、西班牙語を用ゐて自由自在に会話することは出来なかッた。規則立ッて教育を受けたのはその最初はカビテのタガァロツグの学校で、その時受けた教科の程度は高尚なものでなかッた。それからマニィラ府に至り、サンタ、トオマスの宗教学校に入学したが、前云ふとほりの気象ゆゑ、規則立ッた学校の課程を甘んじて践むことはできなかッた。それながら、学校に於てのその成績は決してわるい方でなく、その記憶観察の鋭さは、たしかに教師どもに於ても認めた。かて丶加へて群島内には完全な学校は一つも無かッた。完全といふどころか、完全にいくらか近いのさへ無かッた。島民に高等教育を与へるのはその時の政府、すなはち西班牙政府の最も好まぬところであッた。その点に於て西班牙は秦の始皇の主義方策を、むしろ、取ッたと云はれても、反駁はならぬ。その時西班牙は島民を智識無からしめるやうにと志した、愚物にするやうにと力めた――のは、島民に智識を与へるのはその人道にまるで背いた虐政の永続の危険と思ふからで。無論、その時人民に自由の権は認められず、与へられなかッた。たゞに与へられぬのみでなく、苟くも芽ざゝうとする自由主義の思想の見えた時は猿まなこで撲滅することにつとめた。一言でこれを尽くせば、西班牙は永久島民を非自由の牢獄に幽閉して、苟くも広い世界からの智識を受けさせぬやうにし、まるで奴隷として、若しくは今すこしきびしく云へば、下等動物と大に異ならぬものにして、絞れるだけその膏血を絞らうとしたので、それゆゑ、それら島民が欧洲文明の一寸した模倣から終に真の文明の吸入に至るところをまでも恐れて、島民をしては成るべく靴をはかせぬやう、又欧洲風の服装をさせぬやう、甚だしいのは襯衣《しやつ》までも着用させぬやうにと勉めて、それゆゑ自然また西班牙語の習練をもなるべく〳〵島民に許さぬやうにし、一方に於ては世界の他の国が、島民をば太古そのまゝ依然たる蛮人であると思ふやうに、ことさら、頭に鳥の毛をさしかざし、又は草の角をいたゞいた姿かたちのものを公衆、即ち一般文明人、それらの目にそなへ、更に一歩を進めては出版物にすべてそのやうな蛮人の姿を島民の真の状態として掲載してそれを世界に示し、世界をしておのづから西班牙の示すところを真として、島民はほとんど原人（プリミティヴ、マン）であるかのやうに推想させる、それほどの処まで念を入れた。

西班牙の此処置はこれを正理に照らして何と論断すべきものかは吾々が今云ふに及ばぬ。とにかくそれ故島内に於ての一切の教育制度はまるで取るところの無いものであッた。マニィラには、なるほど、マニィラ大学といふのが有る。が、おのづから自由独立の気運の熟して来たしるしか、島民ですこし目の有るものは甘んじてそのやうな大学に入るものは無かッた。よし入ッても、大抵は中途で廃学して多くは遠く万頃の波濤をわたッて西班牙は無論、仏、英などの諸国へ赴き、そこで学問を修めることとなッた。

それほどゆゑアギナルドもマニィラ大学をなか〳〵真面目に卒業するどころでなかッた。

今はわが日本に亡命して居るマリアノ、ポンセ君は、アギナルドの共和政府建設にあたッて有力であッた志士の一人で、去年二月『南洋の風雲』と題する書を公けにし、島民の惨状を大に日本人の義侠心に訴へやうとした。その書中アギナルドの伝を述べるところで、次ぎの如くにある。曰くエミリィオ、アギナルド将軍は、一千八百六十九年三月二十二日（明治二年）を以て呂宋島カヴィテ州カヴィツトに生まる。家世々地方の富豪として頗る勢力あり。これを以て将軍は幼より完全の教育を受け、稍々長じて馬尼刺大学に入りその業を終へたり」

われ〳〵はアギナルドの親友たるポンセ君の説を好んで否定するものでもないが、アギナルドがマニィラ大学で卒業したといふ事実だけは、吾々がそのとほりであッたかと直ちにうなづく丈のたしかな証拠にまだ吾々は接し得ぬのである。ポンセ君とても虚伝を真実として記載したのでもあるまい。が、只われ〳〵はアギナルドが必らずしも、腐敗し切ッた馬尼刺大学を卒業しなかッたとて、本人の不名誉とするに足らぬと考へるところから、むしろ卒業の真偽を深くきはめぬことにした。

やがて父の死後となッて、アギナルドはマニィラを去ッて故郷カビテへ立ち戻り、そのまゝ父の家を相続して、父のしたとほりの商業、すなはち、野菜を売ることに為ッた。錐は必らず包まれた袋からその尖《さき》をあらはす。家に帰ッたばかりの若年のアギナルドは忽ちカビテの名誉職に挙げられた。が、その挙げられたのも意味は有ッた。

彼の慷慨の気焔はそろ〳〵異光を放ち出した。かれら人民一同が奴隷の境遇にあることに付いての、痛憤の言論はアギナルドの口を衝いて、ともすれば人の耳に鳴りしみた。政府は早くこれを容易ならぬものとした。これ稀有の猛犬ではあるまいか、さらば馴致して政府のために尽くさせろとばかり、即ち青年の一書生に、実は身に過ぎたとしか思へぬ名誉職を与へて、つとめて政府の味方たらしめるやうにとした、これが即ち彼アギナルドがその重職に用ゐられた訳であッた。

しかし、猛犬、実はすこしも馴れぬ！　彼はいつしかカチプナアンといふものと気脈を通じた。

弐

カチプナアン（The Katipunan）又の名はカラアスタアセン、カカランガラング、カチプナアン（Kalaastaasen Kakalanggalang Katipunan）この日本人に取ッて、その語体さへ極めて耳あたらしく、即ち記憶するさへすこしは困難である名目のもの、それを何かと云へば、フヒリッピン島民によッて組織された一の政治的結社であッた。固より其はじめは秘密結社であッたが、次第に勢力の増大するにしたがッて、殆んど公然のものとなッた。

はじめは煙草の吹き殻が野の草に落ちた丈のものであッたが、それを助けるおのづからの風も有ッたところから、一点その蛍火のやうなものが瞬く間に野一面を焼くいきほひになり、一千八百九十六年、すなはちアギナルドが剣を提げて政府に背いて立つまでにその会員は三万を越えた。

その首魁とも云ふべきはカビテの学校の教員たるアンドレス、ボニファシオと云ふもので、その結社同盟の目的は第一、教徒《フライアル》、第二、西班牙の官吏、この二つの掃蕩殲滅であッた。

これら二つのものは掃蕩殲滅と目ざゝれた、其だけの原因を、実はそれらがおの〳〵みづから造りなしたのであッた。その委細をばしばらく略して、大要を云へば、フヒリッピン群島に於ける教徒の勢力は非常なるものであッた。その勢力は剣をも丸をも凌いだ。その勢力は島に対する西班牙の行政司法にまで一々立ち入ッた。官吏も教徒の鼻息を伺ふに汲々として、はじめておのが身の幸福を得る。官吏は賄賂によッて犯罪をいかやうにも断ずる。しかし、さう断ずる権をば教徒にゆるされてゞなければ得ぬ。そして、官吏はその得た権に対する手数料の気で、その得た賄賂を割いて無論教徒に贈る。教徒の懐中は肥えるばかりである。官吏のもつゞいて肥えるばかりである。痩せるのは憐れむべき人民のみである。

専恣、暴戻、此二つの忌まはしい語は、この二種類の動物の呼応結託の結果フヒリッピン群島を支配する無上権となッた。反抗の色もやゝもすれば島民の中にほのめく。それを一石の樽の水たゞちに線香一点の火を消せや斯うとの格で、暴の上に暴を加へる。教徒と官吏とつひに島民一千万の、あるひは命を取りやりしてもと云ふまでの怨府となッたのは是非も無い。

それゆゑボニファシオによッてカチプナアンの結社が唱へられると同時、島民は雀躍してこれを迎へた。いづれも先を争ッて入社して会員となる。それに励まされて、その他の小さな秘密結社もいろ〳〵出来る、麴はやうやく酒母《もと》となりはじめた、ぶつ〳〵泡が立ち始めた。いづれにしても其第一たるボニファシオ主唱の下のカチプナアンの勢力は侮りがたく見えて来たので、政府はもとより、教徒の震駭一とほりでない。帰するところは逮捕となる、拷問となる、追放となる。刑がさかんに行はれると共に反抗の熱度は倍加した。あるひは触れるものを焚き焦がしさうになる。政府と教徒とはいよ〳〵暴力を鎮圧の水として力かぎりに用ゐることになッた。

しかし、カチプナアンがさほどの勢力を逞しうするに至ッたのには又大きな原因が無ければならぬ。その第一の原因は無論政府に対しての島民の不平である。しかし、それを爆発させるまでに狂人的の煽動を加へたのは、即ちこのカチプナアンの一つの迷信的教示であッた。いづれの時代、いづれの国でも迷信に伴はれぬ叛乱はほとんどない。叛乱の多くは迷信が助ける。巧者は機を見て迷信を利用して叛乱の興奮剤たらしめる。カチプナアンの教へる迷信は主唱者たる大策士ボニファシオによッて巧み〳〵に計画された。しかも、その一切の方法が二三年前の北清の団匪事件と似て居るのも一奇である。

団匪は拳法を不可思議の勢力の有るものとして人民を迷信に連れ込んだ。カチプナアンの結社は団匪の拳法と同じやうなアンチング、アンチングといふ事を島民に向かッて煽動的に教へた。

アンチング、アンチングとはバアジン、メエリイと聖徒とを図にした護符やうのものである。それを持てば如何なる難にも逢はぬ、仏経で説く『火不能焚、水不能溺』のものであると、これがカチプナアンの所説であッた。

それだけを所説の本として更にカチプナアンはさま〴〵敷衍してそれを説いた。曰く、護符のその像の功力は、弾丸をもはねかへし、白刃をも受け付けぬ、と。曰く、それゆゑ、その護符を身に持てば如何なる旅行でも安全である、如何なる争闘にも危険は無い、と。その説きかた如何にも団匪の拳法と同一であッた。島民の多数はこれを信じた。島民の多数は風に靡く草となッてアンチング、アンチングに拝伏した。よしこれを利用して掛かれと、これがその時の一の策士エミリオ、アギナルドの、極めて鋭い着眼であッた。

彼は殆んど口から出まかせにアンチング、アンチングの功力の莫大なのを真面目になッて説いた。むしろ迎へて歓こんでそれを聞く島民がそれを信ぜぬいはれは無い。信ずる。それと共に必らず畏敬の念が生ずる。

アギナルドは現在それほど護符の加護を受けたか。さらばアギナルドはそれ程護符の加護を受けるだけの人か。かう思ふのは迷想にとらへられた人の必然である。祖師日蓮が龍の口で御難に逢ッた時、法華経の功力で悪人の刃は段々になッて折れた、雷火がひらめいて悪人は微塵にされた。日蓮はそれほど加護を受ける丈けの、えらい御人か。しかり、えらい御人であらう。然り、えらい人である、必らず。

日蓮が斯う思はれたと同じやうに、アギナルドもまた思はれた。すなはち殆んど人間以上に思はれた。曰く、『私（アギナルド）は射撃の名人、しかも一人ならず、六人までに一斉に胸板目がけて射撃された。が、その丸は皆中《あ》たらなかッた』。

　これを聞く者は皆これを信じた。すなはち、アギナルドは人間以上の或ひは殆んど、神にも見える。畏敬心は依頼心の導火である。島民がさうアギナルドを畏敬するのは、つまり依頼する始めであッた。なるほど、此人ならば島民を圧制の苦しみから必らず救ひ得させるであらう、と、只思ひなすに至ッた。訳もなくアギナルドはアンチング、アンチングをもッて、牛若の、僧正坊直伝の剣法流儀にした、義貞の海水退去の祈禱もどきにした。そこで、アギナルドの身から後光は差した。

　志士の中にはアギナルドの此口から出まかせの放言に微笑を禁じ得ぬのがいくらも有ッた。が、何れも、何でもあれ、釈迦の阿弥陀、孔子の文武周公を作らなければ、衆愚の統一は出来ぬと、さすが鋭く承知して居る。誰もあへて、アギナルドのその放言を無稽と説破するものは無い。しかも、それらは夫だけの法螺をまじ〳〵として吹くアギナルドの胆気の大に敬服しても居る。それとなく、アギナルドの言は真実であるやうに相鎚を打つ。打ッた槌のその音は一々たしかにした、か島民の鼓膜に波動を打ち寄せた。黴《かび》には必らず黴が生《は》える。噂にはきッと噂が変はり出る。しかし、その大もとの黴は依然たる黴で、只その附加物の黴で、いとゞ大袈裟に見えまさるのである。

アギナルドの出まかせは思ふ坪に的中した。蹶起してまだ旗を取らぬ前、島民が彼に対する嘱望は、一呼忽ちその足下に馳せ参ずるのを待ちこがれるまでになッた。過褒をやめて冷淡にわれ〳〵をして之を評せしめれば、われ〳〵は只斯ういふ『アギナルドは広告の名人、披露の巧者であッた』と。

　で、われ〳〵は彼を英雄と云ふか。いゝや、吾々は云ふ、アギナルドはたしかに英雄の天才たる条件の、其一つを持ッて居た、と。由比正雪がこのアギナルドだけの策略、宗教的の迷信を十分十分利用したならば、葵の旗に向かッての戦乱も、あるひは、その目的を遂げたか知れなかッた。

西班牙政府、取りわけて教徒の恐慌は甚しくなッた。愚者はおくればせの俄療治に却ッて〳〵大金をつかふ。政府と教徒とは喧囂して、その愚者となり、急に非常の探偵費用を抛ッて、アギナルドを始めその一味の動静を厳重に探偵させた。が、何の、是ぞと思はれる報告をも得ぬ。

　丁度このとき、フヒリッピン人中に一人の少女が有ッた。惜しいことにその名を聞き洩らしたが、とにかくその少女は少なからずアギナルドに恋慕して、それながら本人に意中を打ち明かすまでに至らず、忍ぶ恋ひに胸を焦がして居た。しかるところ、人事とかく不如意の世の中、思ふに思はれず思はぬに思はれるで、その少女は端無く、西班牙の一士官に心を寄せられた。士官その名はたしかセビレとか。少女は幾度かアギナルドに対して自分がアギナルドに心を寄せるとの様子をほのめかしたが、アギナルドは枯木寒巌、一向受け附けもせず、取り合ひもしなかッた。

　少女実は口惜《くや》しまぎれになッた。むら〳〵とした心の迷ひか、とても遂げぬ恋ひならば、いッそ面《つら》あてに西班牙の士官の方に身を任《まか》して、是見よがしに見せ付けてやらう、かとさへ思ふやうになッた折りも折り、少女は意外な事を聞き込んだ。

　少女の兄といふは疾くにアギナルドの同志の一人で、アギナルドが旗を挙げると共に直ちに出陣することに心をきめて居た。いろ〳〵な打ち合はせもそれ故有ッて、アギナルドもしげ〳〵その兄の許へ尋ねて来て密謀に時を移した。それを何心無く少女は立ち聞きして容易ならぬ計画に喫驚した。曰く、近々暴動とならう。曰く、何某は武器庫の武器を奪はう。曰く、何某は郡衙に放火しやう。曰く、何。曰く、何。少女は一々それらを手に取る如く聞き知ッた。顔色を変へて驚いた。驚くと共に怖ろしい思案が付いた。

『よし、セビレに密告してやれ、残らずを。』

凄まじい恋ひ路の妄執は一少女をして大堤を決潰させるまでの蟻の穴とならしめた。はや少女は夢中である。コッそり家を忍び出るや否や一目散セビレの許へと駈け付けた。

　案内も乞はず、つか〳〵セビレの室へ行くと、丁度セビレは只一人洋燈の前に兀座《こつざ》して、何事をか考へ込んで居る。

『今晩は、セビレさん、御さみしさうですね。』

云はれてセビレは殆ど愕然となッた。第一が少女その人が何の用か知らぬが、夜陰だしぬけに尋ねて来たと云ふのが余り意外であッたので。今まで幾度心を尽くして君を愛するとの由をセビレは少女にほのめかしたか分からぬ。その都度烈しくはね付けられて、立腹の顔つきをのみ見せられた。何ゆゑさう自分が嫌はれるか知らなかッたが、とにかく迚も望みは無いと今日此頃に至ッては殆どあきらめてさへしまッた。思ひも付かぬ、それが今夜に限ッて、いかなる風の吹きまはしか、自分只ひとりで尋ねて来た。しかも『御さみしさうですね』と、ても、扨も、さりとは優しい。セビレは只茫とした。

『セビレさん、私はね、大変な事を御知らせしに上がりましたの』と、前後を見まはして、『ようございますか、誰も居ませんか。』

　その様子の重々しいのにはセビレも目を見張らずには居

られなかッた。

『大変な事？　私に？　何……何を。』

身をすり寄せて、『一大事！　全く誰も聞いて居る人は居ませんか。』

『居ません、それは。で、一大事？』

少女は笑ひもせぬ。顔むしろ蒼ざめた。

『では言ひますが、あなた、暴動がすぐもう始まりますよ。』

『暴動？』

『え、、この国の人たちの。』

言ひかたが凛とした。さすがセビレも一少女が何を云ふかと聞き流しても居られなかッた。

『この国の人たちが？　暴動？』

『ですよ。たしかに。』

『はてな、それは。』首ひねッたが、セビレは熱心を顔へあらはした。『そんな事をあなた何処《どこ》から聞いたのです、たしかですか。』

『たしかですとも。』

『ふム、誰から。』

窮所まで詰められて、不思議、良心がひらめいた。さらば明かす――と、すれば、直ちにアギナルドの命となる。

アギナルドは今夜にも殺される、殺される――死んでしまふ――のは、ちと又惜しいやうな、残念なやうな、気の毒のやうな、いたはしいやうな……

真の愛の一滴は尚たしかに残ッて居た。いざと詰まッて、さて少女は逡巡した。

しかし、嘘のつきやうもない。有るか、それとも。い、や、無い。

無ければ明かすか。さ、惜しい。

今更打ち明けか、ッたのを後悔した。が、及ばぬ。さらば今後はどうするか。

打ち明けるより外は無い。奇麗に打ち明けて、それに対する褒美として、アギナルドだけを赦してもらふ、されば、それが上策である。

いかにも女気、少女は決しかねた結果さう決した。やはりまだアギナルドを殺させたくはない。

『それではね、すッかり御打ち明けいたしますがね、その御打ち明けすると云ふに対して、今から前もッて取りきめて置きたいことが有りますよ。』

何かわからぬにセビレはぞく〳〵した。

『なるほど、何をです。』

『いやだと仰しやるでしやう。』

『さァ』と、すこし躊躇した。

『いやと仰しやるでしやう、ね、あなた、云ッてしまッて、いやと仰しやられては詰まりませんわ。』

『さァ、しかし、それは物事に因りましやう。私の力でとても叶はない事ならば、いくら御約束ばかりよくしても……』

『い、のですよ、あなたの御力で叶はないどころではありませんの。』

『叶ふ……出来ると云ふのですか。』

『出来ますとも、』と、微笑した。

『はてな、しかし、仰しやい、早く。』

『では否やと仰しやいませんのね。ね、あなたの御力で御出来になる事ならば決していやとは仰しやいませんのですね。』

固く〳〵念を押すだけ、そのやがて云はうとする事が大抵重大なのであるらしいとセビレに於ても察しなければならぬ。

然り、多少さう察しもした。が、この時のセビレは早すでに恋に心が魅《み》せられて居る。大抵のことならば、いや強ひて云へば、どのやうな事でも少女の歓心を迎へることがそれで出来るならば、それは犠牲にしても苦しくないとまで殆んど思ひなしても居た。

『いやとは云ひません、決して〳〵。』

思へばあはれむべき宣誓――と、しかし、その時の、その人は知らなかッた。

『あたしが、ねえ、すッかりそれを御知らせ申した上は、それに対する丈の御褒美を私に下さいましやうね。』

『なるほど』と、一寸考へたが、『それは上げますとも。』

『きッとですね。』

『きッとです。』

そのま、少女は黙してしまッた。セビレの方が早もどかしい。

『それで、その褒美と云ふのは何ですかね。早く仰しやい。聞かない内は気が、りです。』

流し目に少女はセビレをぢろりと見やッた。

『くれ〴〵もあとになツてあなたは私を困らせては下さいませんのでしやうね。あなたは私を……私を可愛がると仰しやいましたのね。』

『さうですともさ。』セビレはたしかめた、熱心を籠めて〳〵。

『それなら頂戴する御礼からさきへ御咄し、ますがね、アギナルドですね、あのカビテの有志者とか云ふアギナルドですね、あの人の命をどうぞ助けて頂戴な。』

見る〳〵セビレの顔の色は変はツた。

「アギナルド？　あの、うッむ、それではアギナルドがやツぱり暴動の張本で？」

少女只無言、只セビレの顔を見つめた。

「アギナルドが暴動の張本ですな、それでは、思ひ当たる、なるほど〳〵うぅむ、なるほど、アギナルドが……」

『御承知？』

『さうらしいとの探偵の報告でした。』

『探偵が？』と少女またほとんど仰天して、『それではもう疾くにアギナルドさんの事を……』

セビレは些し冷笑した。

『怪しいと目星は疾くに付けましたよ。』

『付けて、それではどう為さるので。』

『もう直に逮捕です。』

少女二の句が継げなかッた、しばらくは。

『あら、ま、すッかり御承知なのですね。それでは暴動の事も？』

『わかッて居ますさ。』

『まァ、どうも。』

少女気の遠くなる心もちに為ッた。セビレその実暴動の起こることもその張本がアギナルドであることも、全たく知らなかッたのである。が、何を云ふにも相手は世なれぬ少女である。思ふ一図をたゞちに云ふ。それらの語気や様子から、セビレはその真実を察してしまッたのであッた。

真実を察すると共に、セビレは目さきにのみ眩む思案にのみ胸を占められた。なるほど、少女はアギナルドに心を寄せて居るか、よし、それゆゑ己《おれ》に従がはぬのであッた、しからば迚ても助からぬものとしてアギナルドを断念させる、それが何よりの、第一手段で、さて其つぎの第二手段は電火一閃、明朝はすぐと捕吏をアギナルドかたへ向け、捕縛するなり殺すなり、神速の処置をするに限る。

と、セビレもセビレ如何にもきはどく決心した。

せゝら笑ッて、

『で、アギナルドを助けるとは——それをあなたに対する私の御礼と仰しやるのですか。』

『はい。』

『それを御礼に？』

『はい。』

『いけませんな、駄目ですな。』

『あら、ま、あなたは！』と、少女その目の色も変はッた。

『今が今何と仰しやいました、もし、あなたはセビレさん、何でも私の云ふ事なら聞くとまで……』

『御待ちなさい、私の力で叶はぬ事は、しかし……』

『い、え〳〵、さう仰しやいますな、あなたの御力で叶はなくは有りません。暴動の張本がアギナルドさんと云ふ事は今私があなたへ御はなしゝたばかりでそれをあなたさへあなた一人の胸にをさめて下さいますれば、何のあぶない事もアギナルドさんの身に……』

『さうは行きませんよ、もし。』

『なぜです。』

『私ばかり知らん顔したからとて、疾くに政府の方で知ッて居るではありませんか。』

もとより是れは虚言であッた。が、前のセビレのいろ〳〵の口上と合はせ考へて見て、なるほど少女には虚言らしくも見えなかッた。

少女は黙した。

『でしやう、それゆゑ、私の力に叶はない、及ばないと云ふのです。』

『すると、政府の方はもう手をでも回しましたのですか、アギナルドさんを縛ると云ッて。』

『と思ひます。』

セビレは断乎と云ひ放ッた。云ひ放つと同時、さも〳〵得意げになッた。つと身を起こす。棚からブランデーの瓶を取りおろして来て、おそろしい程な大洋盃《おほこつぷ》になみ〳〵注《つ》いで、うまさうに舌つゞみを打ッた。

少女腹の中は只顛倒。

『驚きなさいましたか、あなた、駄目ですよ、もうアギナルドは。奴《やつ》はもう鍋にはいッた魚でッさ。しかし、な、それほどにしてあなたはアギナルド、さ反逆人として、もう明日は生命もあるひは無いアギナルドを助けやうとするのですか。いくら助けやうとしても駄目なものは迚も〳〵、綱の切れた、もう、凧《たこ》でさ』とばかり嘯いて顎《あご》を撫でた。

少女いよ〳〵身も世もあられぬ。さらば、すはや、いざやいざ、アギナルドの一大事！ 一大事、死ぬほど恋ひこがれた人その人の一大事！

男に対する女の実意、それを現はすのは今でないか、今、一刻過ぎれば取りかへしのならぬ今ではないか。にくいとは思はぬ、ふりつけられても〳〵。今日《けふ》、今夜、この一時間、二時間、いたづらに過ぐせば、さ、いとしいその人は死刑となる。

どうしやう。どうもならぬ。

破れかぶれ、いッそ今夜このセビレを盛りつぶして、寐首をかいてしまはうか。

いや、それは益が無い。セビレ一人を殺したからとて、政府からの逮捕のものを防ぎとめられはせぬ。

それよりはいッそ今夜早く兄のところへ駈けもどッて委細を告げる、さすれば兄もその気になる、アギナルドさんにも知らせる、何とか防ぎの法も付く。さう、さう、まッたくそれ、それ、それ。

咄嗟！　刹那！　迅速飛電の決心！

飛び立ッても帰りたい。

さうは行かぬ。さとられてはならぬ、心中を。吹き上がるか一心の湯気《ゆげ》！　無理におさへるか一心の蓋！　あがるのと押さへるのと、一度に、共に只一つの真の、真の一心から！

『大変ですことねえ、ではアギナルドさんは。もうぢき殺されるとは、ま、大変な。』

と、その息づかひは、しかし、はづんだ。

『あきらめなさい、だから死人は。』セビレはにッたりとした。

『いやですよ、もう』と、おや、なまめく。

セビレは目をすゑた。で、図に乗る――

『知らせてやりたまへ早く、今夜はやく。』

無言、少女は睨む真似。手をあげて打たうとする、その手をセビレは取りおさへた。

『美人、酌してくださらんか。』

『御いやでしやうが……』

『おやッ、美人！　いや？　金貨捨てるより勿体《もつたい》無い……』

『ほんと？　まづくなッてよ。』

引ッたくるやうに瓶を取ッて、あら〳〵しく注《つ》ぐ。酒はあまッてこぼれる。

『いやよ、勿体《もつたい》無いづくしで。ですもの、あたしは下手《へた》ですよ。』

『結構、その下手《へた》が。』

『知りませんよ。』

『ね、ね、結構。どうか、ね、始終かうして酌をしていたゞきたいもので。』

『御口ばかりでね。』

『あれ、畜生！』

『まづくなッてもようございますの？』

さし寄ッてなみ〳〵注《つ》いだ。

少女の様子の一変はその実鍍金《めつき》だけにしか過ぎぬ。ふざけても、笑ッても、その実のところは正味が無い、のを扨慾と恋ひとに本心の大きにくらんだセビレに於ては悟りやうもない。セビレは有頂天になッた。

『あゝ、うまい。人生これまでに無いブランデイの此味はひ、あゝ骨も解けますぞ。御酌していたゞいた丈でさへ此くらゐ嬉しいと思ふわたくし、敢て匿さず云ひますよ――何と御不愍ではありませんか――あなたをばそれ程深くわたくしが思ふのを。』

『よく、さううまく出ますことね。』

『うまく？ 何が。』

『分かッて居ながらにくらしい。』

『うはゝゝ、分かりませんや、何がです。』

『よく、ねえ、さううまく出ますこと、云ふのですよ。ね、よくうまく出ますこと、瓶の口からブランデイが。』

『こら、畜生！』

打つ真似か、手をあげる。その下を仰山らしく掻いくゞツて、身がろく後ろへ飛びのいた。

『それ、御覧なさい、さう邪慳。』

『邪慳、すなはち熱愛の結晶。』

くす〳〵と少女は吹き出した。

『ようございますよ、何とでも仰しやい。どうせ男のかたには叶ひませんもの。本当、冗談でなく、本当に今度は御酌をしましやう。』

『この前は？』

『否《やッ》ですよ。』

又もなみ〳〵注いだ。

あはれむべし、セビレは全く本心をとろかされた。恋ひと酒と、その二つの、あくまで恐ろしい魔力の下にまるで擒となッてしまツた。目前に見える美色の薔薇の花にいかばかりの刺《とげ》が有るか思はぬ。三杯が四杯五杯が六杯、一刻でも永く飲むが一刻でも永く少女と戯れて居られる事とのみ思ふ。口腹の慾に既に満足しても、なほなほ、云はば、無理酒とも云ふほどまでに飲む。果ては精神は昏迷した、身はまるで利かなくなツた。

あはれ、セビレは既に死骸となりかけたのであッた、死骸の、只、生きて居るといふ丈の見本を早すでに示しはじめたのであッた。

やがてうと〳〵と、見る間、すや〳〵と睡りかける、どうなるかと少女が故《こと》さらひッそりとして居る内には、早正体も無くなッてしまッた。

物すごい笑顔《ゑがほ》が少女の面《おもて》にほのめいた。おもむろに身づくろひした。抜き足になッた。少女は室の外へと出た。

廊下を伝はッて屋外へ出るや否や、一心の其身は飛鳥となッた。たゞ宙を飛ぶ。

兄の許へ立ちかへると兄はまだ臥床《ふしど》へも入らなかッた。又その筈でもあらう、日ならずして爆裂させる戦乱の計画に肝胆を砕く矢さき、なか〳〵眠るどころではなかッたものを。

『兄さん。』

兄を呼びかけた少女の声はわなゝいて居た。顔はさながら死人色《しびといろ》。

それだけで兄は只胸どきりとした。

『大変ですよ、兄さん。何でも私は知ッて居ますよ。かくして、後悔してはいけませんよ。ね、ね、兄さんはじめアギナルドさんもあぶないのですよ。

今風声鶴唳の身の兄、『あぶない』の一語に只何も聞かぬ内に胸どきりとして、

『あぶないとえ。だれ、えッ、このおれとアギナルド君と？』

『しづかに為さいよ、冗談ではない。アギナルドさんが大将で、兄さんもその一味で、もう程無く戦争をはじめると云ふ事が知れて、つかまりますとさ、兄さんもアギナルドさんも。』

一言実に兄には霹靂であッた。やゝしばらくは言句も出ぬ。

『ね、何から何まで云ひますよ、今あたしが。アギナルドさんと兄さんと戦争の打ち合はせをしたのをあたし聞いて、あたしびッくりして、つひ……うッかり……あの士官のセビレね、あの奴《やつ》に知らせましたらば、ね………』

『いえッ！』と、兄は絶叫した。

見る〳〵兄は憤怒《ふんぬ》の形相《ぎやうさう》、満面の朱。

『さ、御尤も、御腹の立つのは。が、聞いて頂戴よ、ともかくも。』

『いつだ、いつだ、知らせたのだ、いつ。』

『今ですよッ。御聞きなさい、まッ。』

『ちッく生《しやう》め！　ちえッ、貴さまはッ』

『まァさ、御聞きなさいよ、兄さん。知らせたらば、それより前むかふがよく知ツて居ますのよ、アギナルドさんの謀叛の事を。』

『虚《うそ》つけッ。』

『いゝえ〳〵虚ではないの。でも、さうと云ふ事が、あたしがそれを知らせたばッかりで、コッちにも知れたのでしよ。あたしが云ふ、セビレは疾くに承知して居て、平気で済まして……』

『平気で？　馬鹿！　手だ、手だ、それは先方《むかふ》の。手ぢやないか、それは。』

『御聞きなさいッてばね、まァ。そして、平気で済まして、口説《くど》くの、あたしを。駄目だ、夜が明けたらアギナルドは捕縛になると云ッて。』

『夜が？　明けたら？　夜とは？』

『今夜。』

『今夜、この？』

『ですよ、さうですよ。で、ね、あたしも仰天して、それから一生懸命気の付かれないやうにして、散々セビレを盛りつぶし……』

『酒で？』

『ブランデイで。するとセビレは盛りつぶされてぐッす

りとなッてしまひましたの。それからは只無我夢中、本当に一生懸命で、やう〱逃げ出して来たのですよ、本当に。』

『今だな、今だな、今だッたな。』

『たッた今。早く兄さんに知らせなければ大変と思ッて――さア、本当の事ですよ、もう朝まで何時間も――朝になるとあなたはじめアギナルドさんも駄目、駄目、駄目ですよ。さうしては居られませんよ、兄さん、どうにか早く、さア。』

『呑み込んだ。わかッた。うゝム、かたじけないぞ、これ。』

兄は飛び上がッて妹を拝んだ。

『くはしくは後《あと》で聞いてもわかる、それだけで沢山、礼だ、礼だ、かたじけない。セビレは何も知らないのだ。御前の口裏からきッと手繰《たぐ》り出したのだ、只。しかしセビレだけだ、セビレがお前から密謀を聞いて、きッと始めて知ッたのだ。よし、酔ッて寐て居るとな、ブランデイでだな、沢山か。』

『大洋盃《おほこッぷ》で七八杯。』

『大丈夫、ならば寐て居る。かうしては居られぬ、おれは。な、留守をよく頼んだぞ。』

『知らせるのですか、アギナルドさんへ。』

『早くだ、一刻も。』

『お、うれしい。』

お、うれしい、実に思ひやられる丈意味のこぼれる、少女の言葉、その誠は幸にして通ずることになる。

三

少女の兄、その名もまた生憎われ〱は聞き洩らしたゆゑ、かりにこゝでは西班牙語で命名してゲラアル、クチイロとする。

クチイロはほとんど飛ぶやうにしてアギナルドの許へ駈け付けた。夜は既に二時をさへ過ぎて居た。さすがアギナルドも今夜は既に臥床の人であらうとのみ思ッて居たクチイロも又いたく驚かされた。やはり一挙の評議でもあらう、八九人の一味と共に薄ぐらい洋燈を中心にしてアギナルドは何ごとをか咄して居た。

一座すべて一味、すこしも心づかひは入らぬ。クチイロは息《いき》はづませた。

『アギナルド君、いや諸君もどうぞ御聞きください、一大事、一大事――さ、諸君、ずッと此方《こちら》へ。アギナルド君、いや、も、一大事、露顕しましたよ、密謀が。』

『何《なに》ッ』と云ッたぎりアギナルドは只黙した。

一座しばらくは息《いき》を呑む。

『露顕しましたよ、何処《どこ》からか。たしかな証拠はわたくしの妹……妹が今持ッて来ました。』

それから一気立てつゞけ、息《いき》もつかず妹から聞いた委細を言葉みじかに述べ立て、、

『是非に及びません、もう今は。どの道、セビレが……さ、セビレをどうかしてしまはなければ――でしやう、アギナルド君、な、諸君。』

クチイロは身もだえした。

がや〳〵と衆口一途に誰が何を云ふのやら只声を沸き出させた。

しばらくアギナルドは沈思瞑目、やがて、やうやく見開く目は燃えるばかりに輝いた。

『クチイロ君、および諸君、よろしいですか、私が今只今専権をもッて専断を行なッても、そのセビレ、その男の上に付いて。』

『無論です。』

『異存皆無。』

異口同音、一同は相応じた。

『よし、感謝のいたり。さらば、な、諸君、奪ひましやうセビレの命を。』

一同は愕然とした。

今さら愕然とするでもあるまい。しかし、やはり愕然とした。此刹那一同の心もちは只無限の感懐に突如こみ上げられたのであッた。

手はじめにはいづれ何者かを血祭りにするのである。手はじめはいづれその内幾日かである。が、その『何もの』がセビレ、その時が今夜、と、今咄嗟、耳に衝きひゞかせられたとなると、意外のやうな気さへした。

『はやく此一大事をわれ〳〵に知らせて下さッたクチイロ君の大功績はクチイロ君の肉身の妹たる人が、はし無くセビレにわれ〳〵の密謀をさとらせるやうにした過ちの罪――と、もし云ひ得べくんば、罪を償ッた上になほ余りが有ります。それゆゑ、われ〳〵はその点に於て満腔の誠意を尽くして、まづもッてクチイロ君にこゝで謝します』。

かれアギナルド、そろ〳〵得意の弁をこゝろみ始めた。切り出しからわざとらしいほど重々しい。

『そこでセビレです。一個人としての彼れにわれ〳〵は秋毫の怨みも無い、が、只われ〳〵の命よりたッとい独立、自由、そのためには涙をふるッても、今日われ〳〵は彼れセビレの魂魄をしてその肉体から分離させなければ為りません。今の彼れセビレは火薬庫内の烟草の燃えさし、命を失ッてもと、志したわれ〳〵の一念は、今日、今夜の彼れセビレによッて粉砕されるのでしやう。一個人のセビ

レを殺すか、フヒリッピン国一千万人の自由を殺すか。むしろわれ〱は一場の惨劇と笑ッて見るとも、国家永年の惨劇に紅涙をしぼるまいと思ひます』。

『快男児、千古不磨!』何ものか、とりとまりも無く只かう叫んだ。

『さらば憐れむべきセビレ、温柔郷裡の夢さぞ暖いセビレ、その夢中に飛電一閃の剣光――その剣光がいよ〱われ〱同志の者が自由に向かッての門出する祝ひの火です。御異存有りませんな、諸君。』

『無論、無論。』

『時間は人を待たん。』

もろ声は催促とさへなッた。

さらば籤引きにしてとの発議が誰からともなく出て、五名の刺客がえらばれた。中に一人クチイロは名誉的に加へられた。

あゝ、セビレは何を夢みて居たか。

四

つまらぬのはセビレの身の上、あくる朝は早もう胸元を刺し貫かれたまゝ床の上に仆れた死骸となッた。セビレが殺された上はいかなる嫌疑の眼《まなこ》がいかほど鋭くなッて一味同心の粉砕になるか知れぬとの注意をアギナルドは一同に与へて、しばらく又旗をあげるのを扣《ひか》へて形勢を観望することに諭告した。はやり雄の面々は些し不服でもあッたがカチプナアンのボニファシオが第一その説で、一同もカチプナアンの大勢力をたよりとする所から、とにかくそれに服して、しばらく時を待つことになッた。

果然、セビレの変死は政府の国事探偵の目をいとゞ鋭くさせた。アギナルドと同志者との往復もやうやくその目に付いて、アギナルドの身には探偵吏が付きまつはッた。

付きまつはッて、急に手を下さなかッたのがまだ〱圧制政府の所業としては、不思議な位であッたもの、、扨《さて》いつまでもさうはさせぬ。

つひにアギナルドは逮捕された。

逮捕されたのも実に秘密の秘密で、同志者の誰も知らなかッた。そして拘禁されたとなッても、何のはかゞ〱しい取りしらべも無い、その緩漫、と云ふよりは寧ろ放擲は決して利益になる事でないとアギナルドも心づいた。是からとの大望を抱く身の上、同志者の落胆もおもひやられてとてもむざ〱取りしらべを待ッて居られなくなッた。『よし、叶はぬまでも逃げて見ろ。脱獄、出奔、志士には、云はゞ、附き物である。』

さて、どのやうにして逃げたかは誰も肝心の本人に聞かなかッた事とて分からぬ。が、とにかく美事に逃げ出した。逃げ出したもの丶、もう身を容れる所は無い。加ふるに政府に対する叛徒が有りはせぬかとの警戒がなか〳〵厳しく、アギナルドもわが家は云ふまでもなく、同志者の許へもうッかりとは身を寄せられなかッた。

只、しかし脱け出す前腹できめて居たことが有ッた。どうしても国には居られぬ。更に捕はれた上は死刑は無論である。逃げるに最も近いところは台湾である。台湾まで逃げて潜むか。それとも、それから香港へでもわたるか。さもなくば日本の本土へでもわたるか。近いのはいかにも台湾が近い。しかし、台湾は日本帝国の版図となッたばかりで身をかくすには宜しいが、同志者との通信聯絡に不便である。日本の本土、むしろ、東京が好ましい、単純に好ましいのではない。朝鮮問題が本で支那を辛い目に合はせながらも、一兵卒に至るまで悉く仁道の師、義戦の兵たる心得をもッて仁と武とに於て名声の世界に嘖々たるまでになッた日本、その首府たる東京、国家の人才の淵藪たる東京、そこへ此身を寄せたならば、あるひは及ぶだけの助力を日本がしてくれるかも知れぬ。現に朝鮮の金玉均や朴泳孝は亡命して日本に助けられさへした。

実は一時アギナルドは火のやうに此考へを胸に燃やした。が、ひるがへッて思へば、自分ばかりがさう思ッたとて、日本が果してよく容れてくれるかくれぬか分からぬ。西班牙で障碍されたゝめ、フㇶリッピンの開化の真相が日本人に十分知られて居ぬであらうとは流石アギナルドも思ッた。そのよくも知ッてくれられぬ所へ渡ッて、一切の説明から始めて助力を乞ふとしたところが無益らしいと、どうしても思はれた。すなはちアギナルドは日本その国をば慕ッた。敢てみづから渡来して、思い切ッて当たッて見るまでに心が決しなかッた。十九世紀の利器を用ゐて十九世紀の義戦を行なッた旭日の国として実に〳〵日本に焦がれた。革命軍を興した時にはこのやうな旗と徽章とを用ゐやうと其ころまでにアギナルドが心中に意匠を作ッて居た。

旗も徽章も日の丸を土台とした。日本帝国の聯隊旗を模して光線の発射する体にもした。

彼れアギナルドは如何なれば、これほど日本の国旗を種に取ッたか。はなしは些し後の事ともなるが、やがて他のフㇶリッピンの志士一同もいかなれば此旗をその国旗とすることに一致して、つひにそれをフㇶリッピン共和国の国旗と取りきめるに至ッたのか。

われ〳〵は多くその証を云はぬ。敢て多くその訳を云へぬ。嗚呼フㇶリッピン人がそのやうな旗を用ゐたのか、その旗が此頃は勇ましく飜ることも出来なくなッたのか。われ〳〵は此ために実に泣く。只一つの道、一つの情、この二つの点から泣く。道から云ふか。自由意思を強圧される不道理は無いものを。情から云はうか。われ〳〵の帝国の威を仰ぎ、われわれの天皇の徳を慕ひ、われ〳〵の国民の義をなつかしんで、われわれと同じ文明の歩調を取らうと渇望するものを。更に一歩を進めて云へば彼等フヒリッピン人が、一種不可言、不可説的の情愛をわれ〳〵に寄せやうとして居たものを。

　とにかくアギナルドは日本へ逃げ込まうと思ッたのが山々で、さて日本人がはたしてよく己れを容れてくれるかどうかが不たしかなのに些《ちと》ばかり逡巡し、心は十分日本に残しながら香港へ逃げることに取りきめた。誰でも知るとほり、香港は人種の博覧会場すなはち世界の人間の芥《ごみ》ためで、まッたく亡命者が隠れひそむにも、又そうして居て本国の同志者と連絡を通ずるにも一方ならぬ便宜もあッた。ましてやその生みの親からおのれも支那人の血を引いた。顔色から容貌まで支那人と見せ、日本人と見せる段においては何の不都合なところも無い。香港へわたると同時、身はまるで支那人の姿になッて、更に一きは身をくらませるため、他から見ては思ひも付かぬ、その土地の水上警察官となりおほせた。その警察官は英国政府の支配に属するもので、まづもッて一時身を忍ぶだけは出来た。しかしながら、心は一日も故国を忘れぬ。人の気はどうやら同じところへ目の付くもので、引きつゞいて、或ひはそれかと知り、或ひはそれかとも知らず、アギナルドの跡を追ふやうな、追はぬやうな工合で、本国の志士が次第〳〵に同じく香港へ逃げて来る、それらから最近の事実をも聞く、また政治結社も組み立てる、いよ〳〵香港が革命の軍議の会所となッた。

　フヒリッピン島に於てのカチプナアンの勢力は日一日と増大した。前に云ッたやうな結合についての一種の迷信が迚も人間の力でおさへ切れぬまでの、盲無法の暴勇の意気を島民一般に鼓舞奨励した。あたり前の人民もなか〳〵政府の云ふとほりに公然為らなかッた。果ては人民が隊を組んで途中を横行し、政府の警察官を見るや否や喧嘩を売る。政府の兵士に逢へば其懐中の烟草や時計を奪ひ取る。争闘は日一日回一回と烈しくなッた。

　しかも政府がまたいよ〳〵人民を激昂させるやうにした。これらの争闘から政府が人民を拘引した以上は酷烈な鞭撻、苛細な労役、およそ人間として忍ぶことの迚も出来ぬほどの事を罰として加へた。政府は只仁愛の無い武威をもって人民を罰んだ。人民はます〳〵反抗する。政府はます〳〵厳酷になる。はては拘留人の虐殺となッた。一旦拘引された以上は迚も生きては還れぬことゝなッた。血を流し合ふ魔界は日に〳〵迫り迫ッて来た。

五

一千八百九十六年（明治二十九年）八月上旬、香港に在るアギナルドは故国へ立ち帰ッて、いよ〳〵叛旗を揚げやうと決心した。

熟慮した上の決心であッたか、軽卒に行ッた決心であッたか、そこだけは分からなかッたが、とにかく香港に在る同志者に対してアギナルドがいよ〳〵との、その真意を打ち明けたのは実に晴天の霹靂であッた。同志者の面々もはじめ只その決心を聞かされた時は単に相談であらうとのみ考へた。今夜にもたゞちに身をひるがへして故郷へ飛ぶとやうやく告げ知らされて一同はほとんど仰天、今さら、やはり降ッて湧いたことのやうにさへ思ッたが、さてアギナルドの面《おもて》にもあらはれる其決心のいかにも固《かた》さうな様子には、流石つひに誰一人も引きとめる事は出来なくなッた。

翕翁《ナポレオン》がエルバ島を出奔して仏廷を震駭させた時、その時の早さ、またその時の意気に只アギナルドは血気をつかまれた。勇猛の突撃、なるほど逆櫓《さかろ》も有ッたものか。胆を奪へや、千丈のアルプスを逆おとしにした古英雄の快事で、そのまゝ。まこと香港からカビテへ立ちかへッたアギナルドは実に颪に、疾風に乗ッて来たのであッた、只その身は閃めいて帰り来ッたのであッた。

カビテへ帰る。密使がたちまち一味へと飛んだ。一味その多くはカチプナアン信者であッた。誰れもかれも肝をつぶす。が、催告の火急なだけ、思ふに戦争の十分の用意をすでにアギナルドは付けて来たものと皆思ッた。皆こをどりした、ペンも鍬も皆投げ出す。

しかし、只一人眉をひそめたものが有ッた。何ぞはからん、その者は肝心の、肝心の、カチプナアンの首領、例のボニファシオで催告に接すると共に仰天してアギナルドの許へ駈け附けた。

駈け附けるや否やボニファシオは殆んど息《いき》をもつかず、謀叛する事のまだ早いといふ事を述べ、血気の勇にのみはやるなとの旨を熱心に論じ、どうしてもそこで叛旗を揚げやうとするアギナルドを無理に引きとめやうとした。

結局は両人間に劇烈な議論が沸いた。アギナルドが一個の男子として胆力の大きかッたのか、無法であッたのか、厳重であッたのか、乱暴であッたのか、一言二言では迚も述べ尽くせぬところの、いはゆる英雄、もしくは姦雄、いはゆる才子、もしくは黠奴《かつど》の特色と云へば特色と云へる様子は明らかに此時の争論にあらはれた。その微妙不可思議の窮所をぎッちり押さへて書きあらはすのは、敢てわれ〳〵も白状するが、実に〳〵むづかしい。が、只アギナルドを一人物としてたしかに読者の目に映ぜしめるには是非とも此時の様子に力を尽くさなければならぬ。で、是から試みる。そして如何なる真の気性で彼れがあッたか、おぼろげにもせよ、髣髴にもせよ、読者の目にその幻燈が映じてくれるかどうか。

　ボニファシオの額からは油汗がにじみ出した。彼れは摑《つか》みつくばかりの態度でアギナルドに詰め寄ッた。心を籠め抜いてアギナルドを戒めたのをつや〳〵聞き入れる様子は塵ほどもアギナルドには無く、果ては冷笑を浮かべさへした。

『君、アギナルド君、どうしても君は僕がこれほど利害を説いて忠告を試みるのを全く採用せんといふのか。僕に他意無いと云ふのは君とても知ッて居るだらう。な、君、カチプナアンの信者を今日までの、な、三万人という大多数までも纒めあげる僕の辛労——と、僕は敢て言ふ——それは一とほりでは無いぜ、君。さて、それが何のためにか、何を目的にしてか。利慾でか。いゝや、僕は沢山も無いが、親からもらッた財産をまッたくそのために蕩尽した。決して利慾ではあるまい。只々一意この国の人民のため、自由を得るため、平等の権利を得るため、とばかりで只、只それで革命の時期来れかしと一日千秋のおもひで待ッて居る、と、君とても知ッてくれなければ実に僕は怨めしい。しかるに君はそれを悪く聞く。僕が卑怯で急速の騒乱を妨げるかのやうに思ふ。よく考へて見たまへ、今日なるほど些ばかりの戦争は出来もしやう。永久やがてたしかなるべき勝利が果して請け合へるか……』

『待ちたまへ』と、さえぎッてアギナルドは手をふッた。

『沢山だもう。さん〴〵聞いた。』

『わからんからさ、君が』と、ボニファシオその顔は紅熱した。

『云ひたくはない、僕は。云はなければ君が分からんでは無いか。』

せゝらッて『わかッた、大わかりに分かッた。時機を逸する人の言として分かッた。』

『何だと。』

『時機を失する人の言として、さ。持重も程が有る。もう君とは論弁しない、しても駄目だ。』

『時機を失する？　時機？　まだ来もせぬ時機を……それを失する？』

『さう思ッて居るさ、君は。』

『さう思ッて居るとは何のことだ。不深切な口上ではないか、それは』。

『何とでも解釈するさ。』

『取り合はんか、君は、僕に。』

『………』

『今烏合の衆民をのみ寄せて何のしッかりした戦争ができると思ふ。一度や二度は克つか知れん。とにかく欧洲の一国たる西班牙が相手だろ。兵器弾薬の供給はどうする。』

『また繰りかへしか。』

『どこまでも云ふ。』

『勝手に云ふさ。』

わな〳〵とボニファシオは身をふるはせた。

『咄しにならん、まるで。匹夫の勇にのみはやる。後ろ楯の一国をこしらへて置いて、万一の時は助けてもらふ丈の決心用意もせず盲《めくら》じあひに只戦はうといふ、それで克ッたらば不思議だ。』

『出来ないよ、凡人の目に不可思議の会得は。翕翁《ナポレオン》がアルプスを越えたのも凡人の目には不可思議だッた、予想できなかッた。猪突の勇――と、云ふならば云へだ――一呵して剣を手にして立つときに如何なる障碍をでも眼中に置かぬやうでなくて、如何なる真の勇が示し得られるか。君は、な、聞きたまへ、安全な戦争をのみ望む。問ひ屋はなか〳〵さうしないな』と、嘯いた。

『わからんにも程が有る。九分の失敗に抱かれて一分の成功を拾はうとする――馬鹿だ。』

『よし、その馬鹿におれは為《な》る。』

『なれ、勝手に。しかし、その馬鹿がなまじひ世を騒がした丈で却ッて敵の用意を周密ならしめ、いよ〳〵時機が熟すとなッたところで、一層の困難を感ずるやうにさせられるのは実にたまらん。失敗するのは君の勝手だ。その余波を残る真の有志が受けるのがいやだ。』

『ならば、どうする。』

『アギナルド！』睨みつけてボニファシオはふるへ〳〵拳を固めた。『もう何も云はぬ。よしか、ボニファシオは今日かぎり、絶交だ、君と。』

無言、アギナルドは只笑ッた。

『よしか、アギナルド、無謀無目的の戦争におれは、おれは断じて〳〵加入せん。』

『あへて望まんて。』

『カチプナァンの信徒も、それ故、君をば助けんぞ。』

アギナルドの血相は変はッた。

『待て、ボニファシオ！』

『何だ。』

『信徒がおれを助けんと？』

『助けさせんのだ、おれが。』

『よし、助けさせんと云ッたな。』

『云ッたがどうした。』

『ボニファシオ！』涙ぐんだ、アギナルドは。『さうしたなら、おれが手も足も出ぬと、なるほど、よく君はおれを見くびッたな、うンム、ボニファシオ、何のいくらアギナルドが騒ぐとも、カチプナアンの信徒はおれの手の自由だ、アギナルドがどうになると斯う君は見くびッたな。』

『無論だ。』

『忘れるな、その口上。一個人の感情から国家一般の浮沈を勝手にするといふ、その不深切はきッと覚えた。』

きり〳〵といふ歯がみの音が一座の耳にもたしかに聞こえた。しかし、一座は只気を呑まれて。

『ボニファシオ、今日までおれは君を敬愛した。カチプナアンの大勢力を統御する有力の助けとして推尊した。が、あらためて、今ことわる。』

『望むところだ。』

『ボニファシオ、只なら生かして帰さぬ。』

『ふゥム、おもしろいな。』

『只おれは君の身に悔悟の日のあるのを待つ。い、か、云ふところはそれ丈だ。嗚呼、帰するところは只死のみ――是非に及ばんさ、何ごとも。』

云ひをはつて冷やかに一笑して、そのまゝ椅子にもたれたなり、只瞑目してしまッた。

ボニファシオは稍力負けのした気味になッた。が、騎虎のいきほひ、もうどうも為らぬ。さて、誰一人として一座の人で取りなす人も無い。已むを得ぬ八つあたりとなる。日本ならば畳ざはりもあら〳〵しいといふところ、わが椅子を突き倒すばかりにこづき離して、つと立ち上がッた。

『ボニファシオ帰るのか』と、何思ッたかアギナルドが。

『不思議は有るまい。』

『いやさ、聞いて置くことが有る。』

目をいからしたまゝボニファシオは立ちどまッた。

『ことわッて置くが、念押すのだぞ、よしか。カチプナアンには助けさせせぬとの意見だな、われ〳〵の暴動を。』

『二言は無い。』

『一歩すゝめて、もう一つ聞く。カチプナアンには今助けさせまいと、われ〳〵を？ それは分かッたとして、それでは厳正中立か、乃至まるでの敵になるか。』

『侮辱するのか、おれを。』

『侮辱ではない、赤心でだ。』

『赤心ならば、なぜさう聞く。敵になるのとはどの口で聞く。敵になるに掛念が有るか。無ければ何でさう聞くいはれが有る。』

『よし、よくわかッた。分かッた、只々双方今日事をはじめる事の早い遅いについて、意見が相異なッたとの真意がよく分かッた。すなはち、君に他意無いのも分かッたボニファシオ、改めて云ふ、それでは実に是非に及ばぬ。君は君の思ふとほり、おれはおれの思ふとほり、と、これだけ了解し、承知したとの事を際立《きはた》て、こゝに君に言明する。』

『なるほど』と、ボニファシオも色はやゝ柔らいだ。

『しからば、カチプナアンの助けを敢て此上は借りやうとおれは云はん。よしか。』

『よし。』

これだけで暫時双方の語は絶えた。

何ごとが胸に突きのぼるか、アギナルドは全く〳〵涙ぐんだ、のを見る一座はその心中が分かッたやうな、分からぬやうな、霧中に迷ふ心もちがして、只ひッそりと水を打ッた。

『諸君、一座の諸君。』その声から先づあらためた。『のこらずを御聞きの諸君、今重ねて委細を申しません。何分にもボニファシオ君と異見の衝突、つひに悲しむべき絶交とは為りました。固より人の心の自由は他から曲げられるものでなし、たゞ私は已むを得ぬ、是非も無い、と、斯うのみ思ひあきらめます。しかしカチプナアンの味方を失ッたのは実に〳〵残念、しかし天意とあきらめます。それでも天意が真にわれ〳〵同志に厚いものならば、何のカチプナアンが有らうが無からうが……』と、流し目にボニファシオをぢろりと見て、

『運命はすべて運命の方から我に笑顔《ゑがほ》を示して来ましやう。冴えかへッた咄しのやうですが、敢て諸君に忠告します、ボニファシオと同意見のかたが若し此中に御有りならば、ついでゞす、敢て御引きとめ申しませんこの場ですぐ此席を御去りになッて、どうか〳〵、頂きたい。諸君、実に焦眉の急の場合ひ、即決を願ひます。』

しかし、咳の音一つも無い。

『諸君は躊躇なさるのですか。』その声は稍々甲《かん》ばしッた。なほ何の声も無い。

『御意見が有るのですか。』

また、なほ何の声も無い。

『さりとては意外千万、』その声は非常に激した。『一も二も無く即決の御出来になりさうな、このやうな一小事件に諸君は何を躊躇なさるか。』

あら胆を取りひしぐ『一小事件』の一語は一様に一同の顔に血を上がらせた。

ボニファシオは血をあげた、甚しくおのれが見くびり倒されたと手ひどく胸に感じたので。

他の一同は血をあげた、今が今までカチプナアンの大勢力を力にして居たアギナルドが、風雨飄転走月行雲泥わらぢを捨てるが如く快刀一閃、よくも〳〵思ひ切ッたと其大

胆に昏迷されて。

『まだ、まァだ御返事が無い。沈黙は承諾の意味と、認めましやうか、それならば。』

『承諾！ 然り、絶交の承諾！ われ〳〵もアギナルド君と共にボニファシオ君と絶交の承諾』と、誰か知らぬが大呼すると、『賛成！』の声が鳴りわたッた。

ボニファシオはその席に在るに堪へられぬらしかッた。と云ッて中座もなりかねたらしかッた。『賛成』の声がひゞくと共に万事休すと見とめも付いた。一座すべておのれに同情をば寄せぬ。さらば、もう去るより外はない。はや礼をもせぬ。足音もあら〳〵しい。殆んど身はひらめく。はや戸口から外へ出やうとする。

その姿を見るとひとしく一同の激昂は高まさりした。『賊！』と一声拳をにぎッて立ち上がッた四五人……

『こら、君!? どこへッ』アギナルドは大喝した。四五人は聞かぬふり、はや戸口へと……

アギナルドは追ひすがッた。二人ばかりを一度におさへて、「きッ……きみたち、何……どこへと云ふにッ!?」

『放しなさい』と、ふりほどく。

『いや放さぬ、聞かぬ内は。』

『放しなさい――なぜ、あなたッ……アギナルド君……あなた、あなた……禍の根を断たんでは――あなた、奴！密告します、陰謀を。』

『弱いことをッ……ちえッ君たち！』力かぎり突きもどす。目をいからして、はッたと睨んで、――

『弱いことを……卑怯なことを……ちえッ、君たち！ボニファシオを殺す気か。殺す気か、ちッ、君たち！』

知れ切ッた事をと云ふ様子で、むしろ四五人はまごついた。

『殺す気か、ボニファシオを。ちッ、なさけない卑怯なことを！ こらッ！』と、一人の肩さき烈しく扱《こつ》いて『そのやうな小胆で何の大事ができるか、こら。』

『小胆？』と、中の一人さも怨みに堪へぬ顔。『小胆？何が小胆、味方の大事を洩らすやつを仕留めるのが……』その息《いき》は火をも吹く。

『わからんか、まだ、まッだ。勝手にさせろ、密告するなら密告しろで。こゝは生かしてかへすが男子だ。懐《ふところ》の窮鳥をねぢころすのが大勇の、義兵を起こす人士の所業《しわざ》か。』

『背に腹は、しかし……』

『代へられるは！』

一同は目を見張ッた。

『君たちおれを信任せんか。密告してもかまはぬとアギナルドは平気で居る。已むを得ん、云ふ、聞け、よッく。

開戦の手はじめその手勢はアギナルドはもはや疾くに纒めて置いた。密告するか、おもしろい。向かッて来《こ》い、来《き》たくば討手！　目に物見せるだけの事だ。もすこし機敏ならばボニファシオが今日の前すでに異論を云ひ出す筈のところ、ボニファシオが不敏捷であッたかどうであッたか、それは云ふ場合ひでも、必要でもない。帰せ、にがせ、帰してやれ！』

一同のあら胆はさらに再び挫かれた。なァるほど、アギナルドはアギナルドで、それほどの用意をもう付けて居るか、討ッ手を引き受けてもさし支へないまでにしても、扨も、いつ、誰と相談をしてさう、迅速に運ばせたか、とばかり、只また言句も出ぬ。

戸口まで出かゝッたものゝ、ボニファシオも殆んど立ちすくみに為ッて居た。只は返さぬとの四五人の意気込みには云ふ迄もなく途胸《とむね》をついた。仕宜によッては切り死にする覚悟をさへ、いやおうなく、只付けた。刹那、意外なアギナルドの止《と》めだて、しかも殆んど予想外なとめだて、いきほひ身に迫る危険をそのまゝ目前に手付かずにして眺めながらも、その云ふところを聞かずに居られぬ。で、立ちすくみにもなッた。

そして聞けば思ひの外な、アギナルドは動じもせぬ。密告されるのを意にも介せぬ。十分用意もできたとさへ云ふ。討ッ手が来たらば手はじめに先づそれから腕だめしをするとさへ云ふ。

ボニファシオは躊躇した、なるほど、さう聞けば思ひあたる、その前からのアギナルドの気焔のすさまじかッたのを。凄まじかッた訳でもあらう、それ丈用意が出来て居たならば。さらば、それゆゑ、大事の上にも大事を取るボニファシオ、此自分の方策をも緩慢過ぎるとのみ云ひ消したか。

細かい他の考へもひらめいたが、帰するところは是だけが大もとで、その大もとはたしかにボニファシオの心に決した。決すると同時、やゝ恥かしい感じがその胸にもよほした。それほど深く行き届いて居るアギナルドとも知らず、自分は一図に議論がましく云ッたか。さらば、はしたないと思はれたか。あはてものと見られたか。

ボニファシオは只かう思ッたほどの、実は、正直者であッた。固より尊いと思ッて居た仏《ほとけ》のアギナルド、それに功力《くりき》が無さゝうに思はれたのが、又、有るやうに思はれるとなると、有りがたみは前に倍した。心は理より情にからんだ。アギナルドの大度量を今さらのやうに仰ぎ仰いだ。

ボニファシオの他の一同は前から無論、今また残るボニファシオも只アギナルドの気焔に魅せられてしまッた。さうなると、ボニファシオ憤怒の炎さへ下火になッた。

勿論帰ることは帰るのである。が、別れの挨拶をまさか述べずにも帰られなかッた。

『アギナルド、さらばと暇乞ひをする。』

負けをしみが些し手つだふ。なま殺しの此妙な口上を残すと共に戸口へ出る。

『帰るのか。うん、失敬。』アギナルドは只かう軽く。

ボニファシオは美事に機先をアギナルドに制せられたのである。いきほひよく帰らうとした前の時よりも様子が大に見すぼらしく、むしろそこ〳〵にして身は外へ出た。

一同は只寂然。

アギナルドは只さみしげに微笑した。その微笑は、しかし、何のゆゑか一同にまるで分からなかッた。

＊　＊　＊　＊　＊　＊　＊　＊

たゞし、翌日は珍事となッた！

ボニファシオは翌日にならぬその前夜、すなはちアギナルドと争論した夜、わが宿へ立ちかへッたまではたしかに生きた居たが……

しかし、翌日の朝は既に死体となッて居た！

死体、それは何ものにか刺しころされたのであッた。

下手人は？

それは只、花外の霞、霞外の花！　茫としたのが只茫としたものに只茫とつゝまれて居た。

アギナルドの一味さへ其下手人が誰か推察し得なかッた。が、只何となく、アギナルドその人が実に、その真の下手人であッたとひそ〳〵噂したものが有ッた。

しかし、アギナルドはとにかくまたこれで利益を得たのであッた。アギナルドは下手人でなく、下手人はその他のもの、或ひは一旦さしとめられた四五人の、その何れかであッたらうと推想する人は只一つそれら四五人の意気のさかんなのに感じ入り、また一つ、それら刺客たらうとする人を一旦全力を尽くして差止めたアギナルドの度量の大きさに深く〳〵敬服したのみであッた。更にまた、アギナルドその人が下手人であッたらうと推想する人は、それほどの事を行ふにも似ず、まるで味方残らずをまで五里霧中にさまよふやうにしてしまッたアギナルドの権変の巧者、すなはち、その智慧の逞ましさ、とても凡人でないと、これまた深く深く敬服したのみであッた。つまりアギナルドは火を吹いても、水を打ッても、両矛盾を同一に只敬服されたのであッた。思へば、この類の、変妙きはまる利得を秀吉も拾へば家康も手に入れた。

六

西班牙政府とても盲目ではなかッた。するどい爪牙も有る。アギナルドとボニファシオとの衝突の秘密も、また十分秘密の内を秘密にくゞッて政府の耳にも聞こえると同時、すはこそと政府部内は動揺した。アギナルドの帰ッて来たとの事実だけでも、やはりエルバから拿翁が逃げ出して来たかのやうに政府がたの者は感じた。が、しかしアギナルドに羽翼がまださほど成ッたとも思はぬ。

咄嗟、小隊の兵がさし向けられた。勿論、アギナルドを主として、その身近のもの数人を搦め取るつもりであッた。しかし、その兵の来襲の事は流石耳はやくアギナルドも聞き知ッた。

『なるほどいよ〳〵手はじめか。』

彼は笑ッてこの一語を洩らした。

高くあげた相図の烽火と共にアギナルドの親兵たるべく定められた、ほんの形代《かたしろ》ばかりの小勢が直ちにアギナルドの許に集まると共にすぐにアギナルドは三三五五それらを物かげに散点させ、おのれは八九人と共に一団となッて、敵兵いざと待ち受けた。

程もなく目前にあらはれた敵兵はもとより只アギナルドを侮ッて居た。一も二もなく手捕《てど》りにと突進した。突進した、伏兵を浴びるために！

芭蕉の密生した藪の中にアギナルドの従兄バルドメロ・アギナルドが潜んで居た。敵、すは、弾着距離、と、見る、一斉射撃となッた。

しかし、その射撃は敵一人にも中たらなかッたらしい。が、敵は紛擾した。人こそは殺傷しなかッたが、紛擾、すなはちその相手かたには、勝利の小口の見えはじめであッた。つるべかける二度三度の銃丸に敵中にはそろそろ死傷もはじまる出端《でばな》のまづさに敵は一時にひるみはじめた。

こゝぞとバルドメロは突撃した。

すでに臆病風の立ちそめた敵は殆んど一たまりも無く、見ぐるしくもはや敗走しはじめた。その辺の地理にアギナルドは熟して居るうへに、なほ其辺はアギナルドの権利範囲内であッた。エミリオ・アギナルドとバルドメロ・アギナルド両人は一気に力を合せて敵を追ッて、思ふさま打撃の上にも打撃をくはへる、敵は只何のこともなく逃げたといふだけで、軍器から弾薬まで皆捨て、置いてしまッた。

手はじめの一戦は斯うして美事にアギナルドの勝利となッて、敵の捨て去ッて行ッた軍需品は、まづもッて貴重な戦利品となツた。

燃え立ッた火気をアギナルドはその儘には消さなかッた。大抵のものならば、手はじめの勝利に、まづよしと祝ひでもしさうなところを、アギナルドはさうでなかッた。戦利品の点検が即座に済むと同時、直ちに点呼で兵数を数へ、命令とも付かず相談とも付かず、

『諸君！　物はじめの手際《てぎわ》のよさ、天の擁護と云ふべきです。只しかし、『明日《あす》のこともなるべく今日《けふ》』気を抜くのは何よりわるし、私は是からたゞちに呼吸《いき》も付かず、真《まっ》先《さき》にまづ怨みのある教徒《フライアル》に棒一本見舞ひます。御つかれの諸君は休息なさい。一所にと御こゝろざしのかたは御一所に……すぐです。』

語数は簡に、語勢は急に、人の気を刻みあげ、人の血を沸きさわがさせるやうに云ひ飛ばした。

『御一所にです……愉快……無論。』

反響は只これであッた。

『さらば！』

とばかり蹶起した。第一に目がける教徒の住宅。急流の奔騰するごとく打寄せる、乱入する、破壊する、放火する。

武力の無い教徒に対してとにかく武力をすでに備へたアギナルドの手勢である。その乱暴は元より面白半分である。手のあたり次第、足のさはり放題、暴れるかぎりの力を尽くして暴れた。

西班牙の敗兵が営所へ逃げかへッて、敗軍の報告をして居る頃、此乱暴は早はじまッた。数へ切れぬほどの炎焔が天に漲ッた。右往左往奔竄する人のこゝにも、あすこにも。吶喊の声、砲火の響。

西班牙本営の震駭たとへやうもない。

いつの間にかアギナルドは一味の数人に云ひ付けて、近傍八九里の辺まで、はり紙をあちこちに貼らせた。その貼り紙は手きびしい短文―

『圧制政府の顚覆。島民自由の義戦。義戦あへて問ふ罪悪か。よし、罪悪ならばその首魁エミリオ・アギナルドは喜んで道のために死ぬ。有志は呼応したまふか。アギナルドの首を斬りたまふか。

年　月　日　　　　エミリオ・アギナルド。』

このはり紙は一瞬の早さをもッて島民の意気をはじき上げた。出たか英雄が。あらはれたか、義兵が。やれ、それ、カビテはもう修羅場となッたか。

島民すべてをどりあがッた。

島民ことゞ〱くはねあがッた。

鉄砲だ、刀だ、竹槍だ、よし、兵糧を腰へ附けた。

只近火にでも飛び出すくらゐの意気、おそろしいとも怖《こ》はいとも思はず、農、商、工只一斉、山とも云はず、森とも云はず、手にまかせて放火した。

風も援助を吝まなかッたか、土を捲いて烈しく吹き出

す。火は這ひまはり舐めまはッた。八月二十三日から二十五日に至るまでの間、小高い処へのぼッて四方を見れば、夜はことさら目もさめるやうな四方八面あちこちの山は炎々と燃えさかッた、云ふまでもなく、呼応する各所の有志が合図に放火したので。

八月二十六日、日中！　天は全く黒けぶりで曇ッてしまッた。酷烈な暑気をおくる太陽は頭上只一団の火の玉に見えた。

いはんや猛風は怒号する。

島民の気は只立つ。

鷲のやうな大きな怪鳥が燃えて居るまゝの火を口にくはへて諸所飛びまはッては其火を落としてあるくと誰からともなく云ふ。

武装してアギナルドの許まで駈けつけた人数は今百人、今また百人今また二百人、見る間ほとんど千になッた。そして乱暴は殆んど諜じ合はせたやうにこゝかしこで始まッた。

いよ／＼それからアギナルドは竹を割り出した。

まづ手近のサンフランシスコ、デ、マラボン地方へ掩ひかゝッて二時間と立たぬうちに土地を占有し、即刻その勢ひに乗じて、ノベレェテ地方へ打ッたまゝの惰力打ちひゞかせ、撃ッて一うちに西班牙の守兵を走らせ、すぐに又長駆してシラン地方を奪ひ、更に羽翼を一撃してイムス市を突撃し、見る間また攻め落とした、それがまだ九月一日、旗あげからわづか週日であッたとは！

沿道は皆味方である。兵数は前に十倍する。所在の有志は風を望んで皆蜂起した。一書生から蹶起した青年武人の目ざした所はすべてその思ふやうになッた。

七

アギナルドは既に兵を挙げて西班牙政府に叛いた。所在の志士は皆呼応した。しかし、これ只アギナルドの名声のいたすところでか。それとも、おのづからの気運でか。

つとめて公平な見を持して試みにこれを云はうか。それはアギナルドの名声と策略とに由ッたのは云ふまでもない。が、それよりも其大本たるは熟して居た反乱の気運、実にこれであッた。

アギナルドは如何にもよく此気運に乗じた、そして乗じ得た。しかし気運がもしそれまでに熟さなかッたならば、いかにアギナルドでも決して乗じ得られなかッたのである。アギナルドにその気運を見やぶり得た慧眼はたしかに有る。さりながら、その気運、もしそれを作ッた人、すなはち革命の種を蒔いたものがもしもあッたとすれば、とにかく十九世紀の末年に於ての、フヒリッピンの革命はその人を先祖としなければならぬ。

その人は実に有ッた。しかもその人は武人でなかッた。云ふもほとんど意外である、それだけの革命の気運を作り出した人は、何ぞはからん、只これ一個文壇の才子であッた。医学者の文学者で、これをくはしく云へば、医学がその専門で、更にまた専門家と相ゆづらぬ文学の天才を有し、詩人となり、小説家となり、歴史家となり、政論家となり、それら多方面に於て全力を尽くして、島民に自由思想を鼓吹したリサアルといふ人、その人がつまりアギナルドの近い前に他の一人の文士と共に十分アギナルドの蹶起の準備を付けて置いてくれたのであッたとは！

『筆の力は剣よりするどい。』この諺は如何にもよくリサアルの一生によッて証拠立てられた。山陽の才筆がはるかに明治維新の革新を呼び起こしたものとすれば、リサアルの才藻も同じくフヒリッピンの動乱をつくり出した。リサアルその才思は非凡であッた、あふれるばかりの詩情を有した。見たところは楚々たる青年、むしろ云はゞ蒲柳の質、さりながら其詩文の才となッては鋒鋩のするどさ宛然たる利刃であッた。利刃も利刃、只の利刃ではなかッた。あたり前の片刃《かたは》だけの切れ味ではなく、正に諸刃《もろは》の切れ味で、切れるも切れるが突きとほるも又するどく突きとほッた

かれリサアルはその刃《やいば》を磨ぎすまし〳〵、妬刃《ねたば》合はせる上に妬刃《ねたば》合はせ、柄《つか》もとほれ岩もとほれと虐政の窮所々々に切れ味をこゝろみた。もとより一念の集注した諸作、その燃えるばかりの慷慨の熱情は、明かにその作中に光輝を発射して、奴隷の旧態をさして恥辱とも思はず、只無智識の黒闇に彷徨して居たのも多かッた島民の世界を、目のさめるやうに照らし射た。自由とは如何なるものか、人間の天賦の権利とはどのやうなものかを、苟しくも目の有る島民はたゞちにその諸作を手にしたところで豁然として悟り知り、目の無いのは更にその目の有るのから口授され云ひ聞かされて、如何にも成るほどと思ひ出した。リサアルの行ッた事業が如何なる影響を島民全般に与へたか、これを概言すれば凡そ右のとほりである。が、この偉人の事蹟についてはわれ〳〵も尚くはしく説かなければならぬ。

比律賓国、呂宋島、ラグウナ州、カラムバの里、むしろ僻地とも云ふべき所、そこで一千八百六十二年、すなはち帝国の文久二年六月八日はじめてその産ぶ声を洩らした男の子が、やがて未来は比律賓国第一流の哲学家となり、医学家となり、文学家となり、人民を警醒することに全力を尽くしつひに西班牙政府の暴吏の劇怒に触れ、国事犯人として逮捕され、教徒《フライアル》の讒言をしたゝか浴び、つぶさに鉄

窓の苦しみを味はひ、その末は終に青春の身をもッて、銃声一発、刑場の露となッた、博士ホーセ・リサアル、イ・メルカァドォ（Dr. Jose Rizal y Mercado）であッた。

リサアルは幼時からすでに緻密な思想を要することに巧者で、学事の成績も無論よく、十三の年にカラムバの市立学校を卒業し、やがて年がや丶長けて来るに従ッて、小成に安んぜぬ念がさかんになり、海外漫遊を思ひ立ッた。その頃フヒリッピンの書生の風儀は決して宜しくはなかッた。或ひは冒険に奇功を奏しやうと志すのでなければ、或ひは美服を着かざッて所謂悪洒落《わるじやれ》をする、つまり悪い意味に於ての高襟流《ハイカラ》、凡そは是等が多数であッた。

その少年から国事に憂憤して居たリサアルはこれを苦々しいことの限りに思ッた。人間として人民は自由をまるで失ひ、教徒と暴吏との鉄鎖に縛られ切ッて居る人民のみの国ならば、その国と云ふのは名のみ、その実は皆無である、空である、亡滅である、どうしたならば此鉄鎖が切れやうか。しかし、古人は既に例を示した。英国の暴政から米国は脱離した、ウィリアム・テルの偉業も既に歴史にあり〳〵と見えて居る。よし、君主国の例としても豪傑クロムウェル詩聖ミルトンの実例さへも有る。此鉄鎖切れぬことはあるまい。いはんや其鉄鎖たる、百練の鉄ではない。であッたか知らぬ、が、今は錆びて居る、朽ちて居る、腐ッて居る。暴慾の汚吏、貪乱な教徒、これら皆その錆を早め、腐れを促がすもの丶みである。元気が一たび之を打つ、これを引く——切れぬいはれは決して無い。

それを思はず島民は殆んど眠る。熱帯地の常、午睡にしたしみなれた島民は、自由を求める事業に対しても眠ッて居る。彼等は目を閉ぢ、足を伸ばして、椰子の蔭に半日以上を消す。しかし、それは肉体の睡眠である。覚めてその心霊が睡ッて居なかッたならば、固よりそれは喜ばしい。悲しいかな、事実はその反対を立証する。島民の多数、かれらは殆ど心霊に於ても睡る。甘んじて泥水に喩喁《げんぎやう》する小鮒で暮らす。さりながら、その心霊の惰眠は迚も攪破すべき見込みが無いか。その泥水の小鮒は迚も鯉までの大きさになれぬか。この疑問を自分このリサアルは『自由平等』、この理法の神女によッて解釈して教へられる。曰く『人は皆平等である』曰く『平等は必らず自由に伴なふ。』なさけなくも島民は此条件の一をも持たぬ。持たぬ——知らぬゆゑ、心づかぬゆゑ持ち得ぬのである。眠るのは覚めるの丶始めである、小鮒は鯉の大きさに（なれば）為り得る。これを捨て丶置くのが同胞の能か。この事に此身リサアルが心付いたのはリサアルこの身にその天職が有るのでは無いか。偉人の世に出るのは天意でないか。いざふれ、リサアルこの意気は剣も火も凌駕する。可憐生霊の一千万さらば覚ますぞ、乞ふ覚めてくれ。リサアルは元より一身は犠牲である。

リサアルの此意気を、われ〳〵は涙無しに草せられぬ。リサアルは元より人道のため『死』を眼中に置かなかッた。無論名誉は猶のことである。が、さう極端におしつめる迄の彼れの心の煩悶はどうか、どのくらゐかいかほどか。

あゝ、此不可言、不可説の心緒、そのいかばかり酷烈であるかを十分に察しやる人は扨あまり無い。リサアルは只ひとりで愁ひ、なぐさめられもせず、奨まされもせず、そして怨みを呑んだまゝで死んだ。なるほど、文明は斯うふものか。なるほど、佐倉宗五郎にも友は有る。

リサアルはそれゆゑ身をもッて島民の心霊を警醒することに尽くさうと志した。いはんや天才は十分有る。すはや、それが詩となる、小説となる、伝奇となる、論文となる。フヒリッピンの天地に殆んど空前とも云ふべきおそろしい程の怪星が輝き出した。

リサアルが国を去ッて、はるかに波をわたッて西班牙に至り、マズリイズ大学に入ッたのは一千八百八十二年、すなはち明治十五年であッた。それから心を学事にひそめ、程無く卒業し、医学に於てはドクトル、哲学と文学とに於てはリセンシヤァド（Li' cenciado）の学位を得、更にそのまゝ欧洲諸国を歴遊した。仏にも行き、独にも赴いた。その到るところで殊に強くリサアルの心を興奮させもし、また刺戟もしたのは、それら各国では一般人民の権利が十分広く大きく認められて、わが国とは比較にもならぬほど自由の天地に人民が安らかに身を置き得て居る事実、それまで自由平等を殆んど机上の空論のやうにのみ聞きなして居た自分の過去を坐ろに怪しむばかりになッた、生きた経験、それらであッた。

自由を渇望する熱情は盛んにその胸に燃え出した。しかしその自由は何ものに妨げられるのであらうかとつら〳〵考へれば、いきほひその妨害の本たる貪慾奸邪の教徒、それに向かッて攻撃の矢を射ずには居られなくなッた。そして、その矢は射そめられた。射そめられた其矢が遂に後になッてリサアルの身にはね返ッて、その致命の元とならうとはリサアルその人も知らなかッた。

その最初の一矢は小説でNoli《ノオリ》 me《メエ》 tangere《タンヘレエ》と題し、教徒《フライアル》の罪悪といふ罪、悪、亡状といふ亡状をきはめて鋭く穿ち描いて痛撃したもので宗教家たるべき教徒が、政治にまで容喙することの不法を詰り、政府は宜しく自治制を島民に布くがよろしいとの趣きをつよく〳〵論弁した。それの出版されたのは一千八百八十六年、すなはち明治十九年で、処女作とは云ひながら、非常な勢ひをもッて島民に歓迎された。それを読みまた聞く島民は、今さらのやうに教徒の亡状、圧制政府の爪牙とのみなるその不徳に対して、怨みの念をさかんに起こした。

　リサアルの放ッた此矢は力むしろ鋭過ぎた。リサアルの主意は教徒の勢力を全滅するに在ッた。が、その序として政府へ攻撃も向かッた。それに対して政府は一方ならぬ睨みを注いだ。

　とも、しかし、リサアルは知らぬ。やがて外国に居る必要も既に無くなッたところから、久しぶりて懐かしいわが故国に帰ると決心し、いよ〳〵マニィラに到着したところで、始めてそこで自分の身が政府及び教徒から怨恨の焼点になッて居ると心づいた。偵吏さへ身に付きまつはる様子である。教徒は目をそばだてゝ自分を見る工合ひである。暗やみを歩いて居るとき、二回までも何ものにか要撃された事さへ有ッた。勿論、運よく怪我一つもしなかッたが、その趣きを官に訴へたところで、官は只冷笑で迎へた。

　要撃の下手人と官辺との間にいかやうかの聯絡が有るらしいとリサアルは推知すると共に、無理に争ふことの益の無いのを知ッて、争ふの丈はあきらめた。その不平は更にその前からの不平にいとゞ刺戟を与へる種になる。はや筆をのみ持ッて居られぬ。口をもッて直ちに島民にそれら一切を絶叫せずには居られなくなッた。

　沈勇はその高度にのぼッた時はいつが際限か分からぬ。リサアルは沈勇の人であッた。劇烈な怨恨、非常な痛憤は、いよ〳〵殖ゑまさつて、つひに沈勇は日に〳〵その密度を増す、眼中何ものも恐ろしくなくなッた。

　アギナルドが眼中何ものをも恐れなかッたのと、かうなッたリサアルとは其結末は同一ながら、筋や道は相殊なッた。アギナルドは殆んど死を知らず思はずそれゆゑ怖れず、それゆゑ眼中何ものをも怖れなかッた。リサアルは『死』が或ひはおのれに掩ひかゝるとも心づかなくは無かッたが、よしそれが掩ひかゝるならば、掩ひかゝれと潔よくまた肝ふとく覚悟して、そして一歩もわが主義のためには引くまいとしたのである。いづれかと云へばアギナルドの勇はむしろ無法の勇に近く、リサアルのは真の大勇に近かッたらしい。彼れの情熱は最高度に達すると同時、一旦溶解して沸騰したのが、全く固形体になッて冷却した。政府や教徒から睨み付けられる迄のリサアルはまだ〳〵原始の炭素であッた。それがやがて迫害の酷熱を受けて金剛石《だいやもんど》となッた。完全な形ちを成して結晶の稜々たる角度から救世、済民、仁義、博愛の霊光を闇中においても発射するか、又、さもなければ、暴力の鉄鎚一撃の下、むしろ粉砕されてしまふか、只この二つのその一つとなッた。

　あゝ、リサアル君、人界の金剛石、身を殺すか仁を成すか、只二つのその一つ、あゝ、君の例は既に古来およそ道のために死んだものは示した。君もまたさうであッた、さう為ッた。しかも不幸、君はまだ事々しく世界の人にその大仁大勇を称せられもせぬ。

そこで、リサアルは折りさへ有れば人を集めて、人間の身の自由を説き聞かせた。圧制政府の支配の下にあることゝて、公然としては言論の自由を得ぬ。一方にさう押さへられた深遠な理想は巧妙な談話となッてリサアルの口を衝いて出た。その談話を聞かされる人はこと〴〵くその一種の魔力に酔はされるやうに為ッた。

教徒と政府とはこれに向かッていよ〳〵鵜の目鷹の目をそゝぐ。

リサアルの勇気はいとゞ昂騰した。しかし、さすがに身命の危険をも感じた。

この命、今捨てやうか、それとも今些し永く持たせやうか、と、これがリサアルの思案になッた。が、絶望するやうな怯者ではない。どこやらその内にも、その急流の逆《さか》まく中にも掻き抱く板子、すはなち心の平和が有る『待て、しばし、危い所にわざ〳〵身を置いてゞなくとも、人民を鼓舞する方法も有る。よし、今すこし広い天地間にこの身をおくれ。今すこし自由の空気の有るところに行け。』

かう心づくや否や、ふたゝび欧洲へ立ち去ッた。つまりは欧洲の自由の社会で十分自由の空気を吸ひ、十分自由の筆をふるはうとの考へなのであッた。が、さて欧洲へ渡航したところで、又心が動揺した……

また帰りたくなッた。

不決断な性質とこれを笑ふのは酷である。リサアルが造次顛沛も国を忘れぬ一念は故郷を去るに従ッてまた故郷の事が心がかりになり、苦労になる、つまりそれだけ愛国の情が厚かッたのである。修業のため子を手ばなして他へやる、それをやッたあとで、又苦労になる、或ひは呼び戻したくもなる、のが、親が子に対する真情である。リサアルの国に対する情はつまり此親のと同じであッた。

結局は異常な決心を生み出した。

只生死をほとんど眼中に置かず帰国することに決心した。

折りも折り本国、しかもわが生まれた故郷カラムバに擾乱が起こッたとの飛報が来た。

さてこそと思ふ。今さらのやうな、又今さらでないやうな尚一刻も躊躇しては居られなくなッた。飛ぶやうな心もちで香港へ駈け付け、そこには西班牙から派遣された比律賓総督デスプホオルが居るところから直ちに刺を通じて対面し、帰国の許可証を乞ひのぞんだ。

しかし、デスプホオルはやゝ怪しむ所の有るが如く、すぐ快く許可証を書かぬ。リサアルは只もどかしい。懇々と他意の無い旨を総督に述べ立てた。実に自分は是から反乱を鎮撫するために帰るのであると語り、それも一つは反乱が現在わが故郷たるカラムバであるとの事ゆゑ、他人が行くまでもなく、自分が進んでも帰り行ッて相当の穏かな手段を行ふべきであると告げた。

リサアルが真実の心をもッてデスプホオル総督に斯う誓言したのかどうか公平に云へば、われ〳〵には分からぬ。或ひは一時の権謀の誓言かと、疑へば扨、疑へもする。アギナルド一味の人は全くその赤心をもッてリサアルがさう誓言したと皆云ひつたへる。われ〳〵のが当たるか、それらの人のが当たるか、それは読者の判断一つである。

とにかく総督デスプホオルがリサアルの言ふ所に好意を表したのは事実であッた。では宜しく頼むと言葉をつがへ、更にリサアルの請求により、リサアルの身だけは特別の保護の下に置きその安全をば必らず保証するとの旨をさへ固く約した。

虫が知らせたか、香港に在るリサアルの同志者は総督の約束に信用をすこしも置かず、今いはれなく立ち帰るのは此上も無い危険の危険、死刑囚とみづから名のッて刑場へ飛び込むやうなものであると激論するまでになッて異議を唱へた。が、それまでの運命か、つや〳〵その忠告をリサアルは聞かなかッた。

その忠告はいはれ無いと見くびッてか。あはれ〳〵さうでは無かッた。重ねても〳〵われ〳〵は云ふ、はや、只生死を眼中に置かなかッたのである。

もはやリサアルは眼中はや『死』のうしろ姿を認めたのである。認めて、むしろ追ひ付かうとした、否、むしろ同行しやうとした。思へば、さぞ、さぞ、普通の自殺よりなほつらい思ひであッたらう。

すなはち一千八百九十三年、つひにマニィラへは帰着した、帰着した、やがて殺されるために！ 舟をはなれて埠頭にのぼり、税関の門をくゞッたばかりで、その荷物は偵吏にきッと押さへられた。

リサアルその身も官衙にそのまゝ拘引された。

拘引されるぐらゐ何でもないとまだその時リサアルは思ッて居たがやがて取調べを受けるとなッて驚いた、と、いふは外でもなく、内乱を起こす意味の文書がその荷物の中に在ッたと聞かされたので。

まッたくそのやうな事は身に覚えが無いと抗弁もしなくは無かッた。然らば、これはどうかと法官が二三の文書をリサアルの目前に突き付けた。

なるほど、不穏な文書である。が、やはりリサアルは自から認めて自己のものと出来なかッた。たしかに他人の偽作であッたその文書が、さて何としてわが荷物に紛れ込んで居たものか。リサアルはそも〳〵その文書がわが荷物中に在ッたといふ事をさへ信じ得ぬ。疑ひも已むを得ず出る政府が人を誣ひおとしいれるためにそのやうな物を拵へて、一つの狂言をしたのかとも。

しかし、証明を聞き分けるやうな耳は法官が持たなかッた。わけも無い即座の宣告、ミンダナオ島の東部ダピタアンといふ港に流刑にするとの結局！

リサアルは殆ど呆れた。

しかし、又も〳〵虫を殺して政府の為すまゝにした。甘んじて流刑に処せられるまでは処せられて、さていよ〳〵配所に身が落ち着くと共に、その腕におぼえの本職慈善医療を開業し、すべて無料で貧民に施療すると共に、また一方に於ては慈善学校をもこしらへて、子弟をあまた呼びあつめ、その段に於ては惜しいほどな、また勿体《もったい》無いほどな村夫子となり澄ました。要するにそれだけの深い思慮も有る。その施す徳の内に自由思想を封じ込めておのづから当たり障りなく、自然に人心に鼓吹しやうとの一念、只それが一図であッた。

八

ダピタアンの配所に在ッてのリサアルは其それからの境遇がまるで小説的になッた。その配所で暮らす間、はからずも一少女とリサアルとの間にやさしい情事が始まッた。

少女の名はジヨセフヒン、ブラッキン（Josephine Brackin）われ〳〵が今斯うして此文を書く今日なほある所に現存する。その父といふのは香港駐在の英国武官（アイルランド人）で、駐在の任を果して本国の英国へ帰らうとする時に当たッて、その妻に死なれ、男の手に女児のジヨセフヒンを残されて当惑、已むを得ず、遂に思ひ切ッてトオファア（Taufer）といふ米国人に養女にやッた。幸ひにトオファアは世にいはゆる子煩悩で、ジヨセフヒンを愛することさながら肉身の子のやうで教育をもよく授けた。

一千八百九十四年（明治二十七年）の事であッたが、養父トオファアが眼病にかゝッたところで、さて土地に是ぞと云ふべき医者も無く、大きに当惑して居た矢先、不図リサアルの名を聞き込んだ、とにかく学位をまでも持つて居る眼医者ならば、願ッても無い頼みの綱とばかり、直にダピタアンへ出向かうとしたが、さて又年ごろの娘ジヨセフヒン一人を家に残しても行けず、また介抱してもらふ便宜も有り、かたがた同伴することにした。

後に思へば、その同伴がそも〳〵ジヨセフヒンとリサアルとの間に赤縄の結び合ッた初めであッた。

乞ひに応じてリサアルはトオフアアの眼を診察すると、さして悪症の病ひでもなかッたが、とにかくゆッくり滞在させて、治療を授けなければならぬと知れたので、その向きを云ひ聞かせた。トオフアアはすこし躊躇した。が、不思議にジヨセフヒンが進み出て口を添へ、折角はる〴〵来たものを、滞在ぐらゐ厭ッては居られまいと熱心に父にすゝめた。

ジヨセフヒンが斯う熱心に滞在をすゝめたのは慧眼な人には直ちにその訳がわかる、ジヨセフヒンは一たびその人に面会した丈で早リサアルに心を寄せたのである。

しかし、なるほど面会はまだ一たび、すなはち其時が始めてゞあッた。がジヨセフヒンは既にその前からリサアルの著書に於て、実は深い、久しい馴染《なじみ》となッて居た。一風流才子として島民に喧伝されるリサアル、なるほど其詩才は世にめづらしいと認められるリサアル、その人が一方には又医者でもあるといふなどな多能、そしてその年齢はと云へばまだ〳〵青春の二十代と、つく〴〵探り知ッたところで、云ふやうもない、何とも知れぬ、一種の感にジヨセフヒンは打たれた。

この感がいはゆる恋ひでもあッたらう。が、それともジヨセフヒンは自分ながら知らぬ。只、なんとなくリサアルがゆかしい。父と同行してそれに逢ふのが何となく嬉しい。逢ッてその人に接して見れば、温さながら玉の如き美少年である。

島民の一人としては珍らしい色白、つや〳〵しい黒髪、花車《きやしや》な姿勢、やさしい口の利きかた、それら如何にも只優美もしくは嬌柔、と、のみ見なされるべき人その人が、さても又意外なやうな、一気筆を取るなれば、血を沸かせるばかりの章句を奔放自在に操縦する、慷慨苟くも死を辞せぬとの淋漓たる意気を発揮する、身を犠牲に供しても島民の未来の利益をはからうと宣言する、栄利は全くその眼中に無く、その著述毎編こと〴〵く皆その結末に『自分は種だけを蒔く。他人はどうかその実を刈り取ッてくれ』と哀れな一句をいつでも留める。いづれから見ても大勇者大義人とたしかに仰ぐべきその人は此リサアルを除いて他には無いと、ジヨセフヒンは只、只、只深く心に思ひしみる。

それゆゑ、はじめてリサアルに逢ッた時、只なんとなく恍惚となッた。

それゆゑ、リサアルの近くを離れたくなくなッた。

何か知らぬが、養父が眼病をわづらッたのが嬉しく忝いやうに思はれる。その眼病が、それ故、成るべく長引いてくれたらばよからう抔とさへ思はれもする。それは又自分でも馬鹿々々しいと思ひ消す、笑ひ消す。が只長くリサアルの傍に居たい。只、何がなし、それゆゑ滞在を勧める、むしろ喜んで。

　トオファアは勧められて遂に心を決して滞在した。云ふまでも無し、ジヨセフヒンはその間しげ〳〵リサアルを訪ひたづねる、その意中はリサアルにも通じた。一図の乙女心を思へばリサアルも心は動いて、さらば末は夫婦と云ひかはす迄になッた。しかし、国籍によッて縁を組むことの可否、それについて政府からやかましい干渉をする事も有る。一方は東洋の比律賓人、一方は西洋の英国人、さて、それに対して英国政府は如何やうにその婚礼を認めるかと遂にリサアルは心を決して、ジヨセフヒンと熟談のうへ、両名の正式の連署で英国政府へ二人の婚礼の許可を出願した。

　むづかしからうと元々あやぶみ思ッたのが不幸つひに中たッて、英国政府からの許可は下らず、願書は只却下された。

　たとへやうもない両人の失望。

　しかし、その失望はいとゞしく、リサアルをして国事に尽瘁する念を燃え立たせるまでにした。願書が却下された日の夕がた、リサアルはジヨセフヒンと共に村はづれの田舎道を散歩した末、とある木の蔭に一まづ休んで、そこで意中を十分尽くした。

『ジヨセフヒンさん、あなたの御口から、此たびのわれ〳〵の縁組みの不調に終るのは譬へやうも無い無念であると只今のやうに承はりますのは、な、リサアルこの私に取ッては何と感謝の語を列ねてよろしいかそれさへも分からぬ程です』と、リサアルその語調は陰気きはまッた。

　ジヨセフヒンは首低《うなだ》れたのみであッた。

『しかし、ジヨセフヒンさん、なるほど政府からはわれ〳〵両人の縁組みは許されませんでした。たしかに、為らぬと鉄壁を築かれました。しかし、その鉄壁をばです、その鉄壁をば、さらば、是から私が盟ッてゞす、盟ッて私が必らず微塵に突き、くだき、やぶります。』

　その声は異様にふるへた。愕然となッた様子でジヨセフヒンはきッとリサアルの顔を見上げた。

　その顔は高《かう》じあげた憤懣に殆んど血の気《け》は無くなッて居た。

『只、さうばかり云ッても実はあまりはした無い事ですが、此度のわれわれの結婚を否定されたと云ふのも、全く人種によッて愛情を殊にする、滔々たる、今日の、白人種の、一般の偏頗きはまる、その議論によッてゞしやう。さ、あなたは既に人種によッて愛憎をことにするやうな偏見を御持ちにならなかッたればこそ不肖この私のやうなもの、あなた方白人種からは異人種なる私のやうなものに真情を表して下さッたのでしやう。が、よく御開きください。今日の白人種は実に唯我独尊ですからな。すべて人間の最高、最美、最真とすべきものは彼等の専有のやうに考へて居ますからな。西班牙政府がわれ〳〵此国の同胞を殆んど禽獣のやうに酷遇するのも此故でしやう。現に米国の如き濠洲の如きは支那及び日本の人を殆んど迫害せぬばかりに排斥するのも此故でしやう。彼等は平等の愛を説く、天賦の自由を云ふ、博愛を述べる、慈善をとなへる、焉んぞ知らん、それらは十の九までの自家の光明の面、すなはち、暗黒の面の反対の部分、そこだけを飾るだけの、讃美歌の文句だけの、実にニス塗り、ペンキ塗りだけの手間仕《てまし》事《ごと》でしやう。いかにも彼等の中に具眼者も有る。が、その声は衆俗の耳を貫くには足りませんでしやう。われ〳〵は敢て今から予言するのです、いくらか開明人とか持てはやされる日本といへども、やがて今後久しからぬ内、やはり支那人と同じ運命、すなはち、ある意味に於ての迫害、それを必らず、したゝか彼等白人から受けて、権利の程度を体裁よく制限され、或ひは結局過酷の法律を定められて、拒絶排斥といふ苦い味を十分経験する日が是非とも有ると。御はなしは些し横にそれますが、われ〳〵の朋友で既に忍び〳〵に日本に渡ッて、その一般の人民がやがて来るべき人種思想の迫害について予じめ警戒して居るものが有るかと調べたものも有ります。その結果は如何でしやう、彼等日本人とてもまた殆んどまだ其人種思想の大問題には殆んど皆無頓着なのです。われ〳〵は、さう聞いて非常に心細く感じました。なるほど、最近の未来に其やうな危機もまだ有りますまい。永久の未来には？ さ、断じて無いとの保証は、さて悲しくも、できません。われ〳〵も已むを得ず、さう思ふ。その、さう思はせる元は何。かれら白人から求めるのでしやうが。白人を無上の人種とする、非理不法の論が元で遂にさうなるのでしやうが。さりながら、われ〳〵は平等無差別たる天意をつゝしんで奉戴しやうとのみ思ふ。白人がよし偏見でわれ〳〵に対するとも、われ〳〵は彼等に対して徳をもッて酬いやうと思ふ、です、これがわれ〳〵否おしつめて云へば私の理想です。飽くまでもわれ〳〵は人種無差別主義を執る。それにもし妨害を加へるものが有ッたなら、そのものは平等の天意を蹂躙する、これ、只、一の怪獣、われ〳〵は所謂人道のため献身の勇気を興さなければなりません。

『御聞きください、意味をよく推察して。此大問題に思ひ至るごとに、われ〳〵は――されば、さうして口に述べやうとする毎に無念で舌がこはばります。云ふ語句もそれ故乱雑、御察しください、それはよく。

『な、ところでジヨセフヒン嬢、われ〳〵は人種相異の迫害を図らずもあなたとの婚儀一条で十分よく加へられました。しッかり御聞きください、あなたと私との愛情、されば百年の愛情は人種偏頗の邪説によッて、無理に、圧制的に、強圧的に打撃、滅裂、破壊、粉砕……』

涙たちまちリサアルの目から！

ジヨセフヒンは？

たまらず是も泣かされた！

『御聞きください、ジヨセフヒン嬢、まだ〳〵暴力が道理より勝つ世の中です。苟くも力、よし暴力とまで行かずとも、まづ云はゞ武力、その保護を受けぬ以上は、まだ道理が十分その勢力と光輝とをあらはす事が出来ますまい。北隣の日本の地位がいくらか前より高められたのも、実その武力に由ッたばかりです、道理一つにのみ由ッたのではありますまい。われ〳〵は実に此修羅世界を悲しむ。帰するところは平和主義、すなはち、道理主義を取る。が、只、今は行はれぬのです。』

リサアルはちよッと黙ッて、やゝしばらく溜め息であッた。

『ジヨセフヒン嬢、われ〳〵は世界に此平和主義を普及せしめるのを理想とするにつけても、それから直ちに引きつゞくは勢ひ手近なわが国から一切の改善を施こしたいとの考へでしやう。すなはち、第一は非自由の奴隷の境界から脱離することを得る、それをそも〳〵の一着手、つまりはあなたの御養父たる米国の人、その人の御先祖がいさましくも成し遂げられたとほりの事実を現実にして見たいのです。その大願、それを遂げるためには成るほど血をしたゝらしても仕方有りますまい、あるひは刑場の露と消えても仕方ありますまい。とにかく私は今御はなしゝた所を私の理想とする、しかもその理想の、只ならば、或ひは冷やかに落ち付いてもあるか知れぬ所を、結婚不認可の妨害といふ一大打撃で烈しく激励されましたでしやう。で、已むを得ず枉げて、心、されば、おのれの自由たるべきおのれの心を非理の魔力の下に枉屈して、とにかくあなたに対する私の縁組みの事は断然今日をもッて取り消しとします。』

。。

断然から終りまでは際立ッて力を入れた。その目はうるみ切ッて居る。

ジヨセフヒンは胸迫ッた。共なみだは元より分かつ。

『では、あの、私との縁組みを御断念……まッたく』

その声はわなゝいた、身と共に。

『已むを得ませんのです。』

うらめしげに〳〵やゝしばらくジヨセフヒンは無言でリサアルを見つめて居た。

『リサアルさん！』その声はきッとした。

『はい。』

『神聖な、夫婦の情愛、又それからしての夫婦のかためはその位の人間の制裁、さ、妨害だけでかろ〳〵しく壊《こは》されるものですか。』

その眼《まなこ》は怨みに燃えた。

『こはされる理は有りません。』

『有りません？　で、なぜ、あなたは甘んじて、こはされる儘に、他の自由に……』

『決して為《な》る気はありません。が、無念、それゆゑにこそ無念、こはされぬやうにする丈の能力を、われ〳〵は実は持つ、の、を、さうと、まだ他からわれ〳〵此律賓人は認められないではありませんか。』

『………』

『それゆゑ、憤慨もするのです。で、奮ふだけは奮はうとするのです。血をした、らせてもと云ふのです。御わかりに為りましたか。あなたに対する私の愛情は大洋の水です、何里行ッても際涯は無い、それ丈を御みとめ下さらば、くるしい私の真意もそれ或ひは御わかりになることでしやう。手短かく之を云へば、結婚を楽しみにして、御待ちください、その日まで』。

ジヨセフヒンは目を見張ッた。

『敢て力の叶ふかぎり、いよ〳〵是から必死になッて島民の人権の完全になり得るやう私は奮戦します。そして、幸にして好果を得、島民も一個それだけの権利の有る人間として、狭く云へば、親交の各国、広く云へば世界の各国、それから確かに認め得られる事となッたならば、その時こそは実にです、実にわれ〳〵が改めていさましく同等の権利の有る人類として夫婦になる事ができるのでしやう、さ、その地位まで行かなければ――さ、その地位を得なければ――しかし、それとても只一心、島民全体の同情をも呼び起こし、はづませ、ふるはせれば決して〳〵成らぬことは有るべき訳は無いのです。御わかりに為りましたか、ジヨセフヒン嬢。私はあなたに対して消すべからざる愛情を捧げる、その愛情は同じ熱度で、一の人道問題として、白人外のわれ〳〵の同胞即ち、日本、支那などの上にも或ひは余波はほどばしり向かひます。御わかりになりましたか。ならばどうぞ悪しからず、な。さいはひにしてあなたが私ごときものに御寄せ下さる愛情が真に厚くとのおぼしめしならば、已むを得ず無念を忍ぶ此くるしい心中を、御察しくださッて、私をして十分人道のために働くことの出来るやう、どうかこゝで御ゆるし下さい。』

且、暗涙、且激語、且哀訴、且悲哀、はり裂けるばかりの胸を強ひておさへて、諄々として掻きくどいた。

つく〴〵聞けば道理の言である。人間の自由をわれ〳〵米人の祖先も実に持たなかッたその極はつひに破裂して独立戦争となッた。その頃の志士の痛憤はすでに歴史がくはしく書き残して居る。ジヨセフヒン此身とても当代の志士パトリック、ヘンリイが義憤に叫んだ慷慨な演説をも書物で読み、その時聴衆の一人、たしかトオマス・ジエッファルソンであッたが、その演説に鼓舞されて、我を忘れて狂するばかりになり、『謀叛！　謀叛！　(Treason! Treason!)』と絶叫したと云ふ、その、只聞いた丈でも魂の動くやうな事蹟をたしかに脳にきざみ込んで居る。

ジヨセフヒンの先づ感じたのはこれらであッた。しかも言辞の間に欝勃となッて居るリサアルの慷慨の意気、一の蒲柳弱質の人の言ふところとは迚も只は思へぬとのみ見なされるところで、敬慕の念はいとゞ増す、それと共にいはゆる乙女かたぎの、いはれなく只あどけなく、むしろ頑是なく、一も二も無く聞き分けぬ抔といふ事は如何にも恥かしくて示されもしなくなる、帰するところ承諾の外は無い。なるほど其は如何にもつらい。が、そのつらい思ひをどうでも押へ付けなければならぬ。

ジヨセフヒンは遂に聞き分けた、聞きわけるその挨拶は只万斛の涙をもッて示すかぎり只示して、

あはれ、しかし、それながらも、さう聞き分けたと云ひながらも、さてそれならばと云ッてジヨセフヒンにはリサアルの許を立ち去ることが尚却ッて出来なくなッたのである。

情熱は噴出の口をふさがれて其度を高からしめるのみであッた。すなはち、その儘ジヨセフヒンはダピタアンの地を動かず、心は早リサアルをわが夫として只かしづく、このまゝで月日の立つのは早いもので、いつか正味二年と四ケ月が夢の間に経過した。

その間リサアルが土地の人に施した功徳は莫大であッた。まづ本職とて病院をこしらへて一般の人民の病気を引き受け、貧困のものには元より施療を吝まず、さらに学校をこしらへて土人の子弟を慈善的に教育した。ジヨセフヒンも甲斐々々しくリサアルの労を分かッて、病院で看護婦の務めに服すると共に、一方また学校では教員だけの事をした。

突如、天涯から飛報はフヒリッピンにも伝はッた。玖馬《グウバ》が政府に背いて立ッて独立軍をおこしたとの取り沙汰。実のところ島民一般の血はその噂で直ちに沸いた。

さてこそ玖馬も圧制政府に背いて、独立の義戦をはじめたか、虐政に対する人民の反抗、いかにもそれが現在の例であると、島民のうちの心有るもの共は決して玖馬の動乱を対岸の火災とのみ聞き流さなかッた。

いざふれ！　玖馬の様子をしばらく観望して、時期さへもし熟したならば、われら此比律賓島民もあるひは玖馬の例にならッて、旗を揚げて立つぞとばかり、日は一日と殺気はみなぎり、人の気は立ッて来た。

カチプナアンの勢力は既に人民を一種の迷信の裡に殆んど十分引き入れてある。はや此ころアギナルドはそろ〳〵その鋭い目を凝らしすゑて、風雲の乗ずべき潮合ひを熱心に観望しても居る。

何となくリサアルの耳には奇怪な噂が伝はッた。つまりリサアルは陰に政府を顚覆する志しを抱いて居て、カチプナアンの暴徒と気脈を通じて居るとの噂、これが誰いふとなく本人のリサアルに聞こえた。

なるほど一応は道理も有る噂である。カチプナアンは殆どアギナルドに飜弄されて、その鋭利なる器械として使用されるばかりに為ッて居た、それにリサアルが決して干与したのでは無かッたが、只リサアルがそれまで血を絞り、精を尽くして島民を警醒せしめやうとて著述したあまたの書籍は、事実の結果として、リサアルはカチプナアンとは同臭味、むしろ云はゞ、陰にリサアルはカチプナアンを煽動して居るとの疑ひを十分たしからしくリサアルの上に掛からせた。その段に於てはアギナルドの方がリサアルより僥倖を得た。アギナルドは多く人心を支配する力を持ち、また早く多くの人に名を知られる便を有する著述といふものをしなかッた、それがアギナルドをしてともかくリサアルのやうに早く反対者から睨みつけられるものと為らしめなかッた。リサアルはこれに反した。革命戦争の起こる段にさし迫ッて、第一に目ざゝれるのはリサアルで、アギナルドはむしろリサアルを風よけにした。リサアルが島民を警醒せしめやうとして書いたあまたの著作はリサアルをして風にまづ折られる喬木とならしめた。はなはだしく名の有るところに甚しく憎みの伴なふのは当然である。リサアルの筆でしたゝか突かれて、殆んど死にかゝッて居る教徒は折りさへ有ッたならばリサアルに対して復讐をと殆ど臥薪嘗胆であッた。

政府すなはち迚も解けぬほどの嫌疑をリサアルの身のうへにふりかぶせた。

その烟りを見てその火の有るのをリサアルは察し知ッた、むしろ、その臭気を齅いだ丈でその烟りの有ッたのをリサアルは推し知ッた。さて、そこを暴虎馮河の血気に任せて、只いはれなく押し進むほどの無謀の者でもなかッた。時に取ッての苦肉の策は、とにかく嫌疑の剣さきを避け、おもむろに大事を取ッて形勢を観望するのであると心づいて、直ちに西班牙政府に請願書を出し、軍医となッて玖馬の戦地へ出張したいとの旨を述べた。

が、惜しいかな、すでに遅い。政府は既にリサアルに対して一分一厘の油断もせず、その、さしたる意味を持ッて云ッたのでないことをも重大な意味の有ッたやうに邪推して、一たまりも無くリサアルの請願をしりぞけた。リサアルの方に取ッて考へれば、この際まるで国を去ッて玖馬へ出向いた方が却ッて政府をして安心させること、しか思はれぬ。まッたく政府の真意を知るのに苦しみさへする。で、重ねて請願した。何事か、政府の邪推は請願の重なると共に濃くなッた。また請願を却下する。リサアルの心の不審もまた共に濃くなると共に憤懣不平の念も高まさりする。また請願した。が、その請願は、いきほひ、むしろ詰問的、拒絶の理由の説明請求的となッた。

しかし、はや政府は無神経になッた。

願書を却下する間はなほ政府が請願人に対する返答の義務を認めて居たので、まだ〳〵脈は有ッたのである。それが遂には返答無し、すなはち願書を取り上げた切りになッたのは、要するに政府は最早返答の義務を果たす心を無くなしてしまッたのである。すでにその義務の念が無い、すなはち一切の破裂より外はない。

果然政府部内にはリサアルについて秘密会議が開かれ〳〵した結果、卑怯にも政府は詭謀をもッてリサアルを逮捕することに決したとは！

＊　＊　＊　＊　＊　＊

ジヨセフヒンがマニィラに居た時であッたが、ふとバレンスエラといふ男が尋ねて来た。その男は元より比律賓人で、医者であッた。ジヨセフヒンに向かッて云ふには、自分のところへ眼病患者が来て診察を望んだが、自分は眼科のことは全く知らず、それゆゑ、リサアル氏に頼めと云ッたところ、それならば紹介かた〴〵御苦労でも同行して頼んでくれとの、折り入ッての頼みゆゑ、さて一概にはことわりかね、それであなたまで御相談に上がッたのであるとの趣きであッた。さすがジヨセフヒンそのバレンスエラにいかなる悪だくみが有ッたか心づく訳もなく、何げなく承知して、すぐに支度して、バレンスエラと外両名、その両名が患者とのことであッたが、それら三人を案内してリサアルの所へ連れて行ッた。

もとよりリサアルも疑はぬ。

仔細を聞いて承知して、やがてリサアルはその患者といふ二人の眼を診察したところ、これは如何、その患者二人は眼病者でも何でもない。

リサアル胸はどきりとした。

さすが素早く心づいた、その患者は犬である、国事犯の嫌疑をもッて偵察に来た政府もしくは教徒からの廻し者の犬であると。

叱るやうにして追ひかへした。が、帰しても、気になッてならぬ。とつおいつ思案に暮れて居る、其夜バレンスエラが尋ねて来て、さて何を云ふかと思へば、患者の事は最早一言も云はず、談話は、只政治の事にのみ向けた。後に思へばさうしてリサアルの口占《くちうら》を引くのであッた。いくらかリサアルも用心する。なるたけ相手にならぬやうにとする。それでもバレンスエラは政治談をおし進めて結局はとう〳〵切り出した、『どうです、こゝで兵を挙げては』とまで。

なほしかし、リサアルはその手に乗らず、殆んど、冷笑のみで応じた。そして他のことはもう云はぬ。

『兵を挙げる抔と、それは夢にも思ひ付けない。なぜと云ふまでもない、島民に何がたしかに出来る。蛮人とさへ世に云はれる。まッたくのところわが家一つすら島民には治められぬではないか。まして況んや一国を。兵を挙げたとて、乱をなしたとて、そして西班牙政府に叛いたとて、その後の始末を島民にどう出来る。』

リサアルの挨拶は只これだけであッた。しかし、その実その云ふところは平素その著作で絶叫したのと比べたところで、まるで源氏がする平家の口ぶりである。臭みの無いものならば、その云ふところの平素のと違ふ訳をむしろ詰ッても問ふのである。が、来たものは全く只のものでない。敢てその上深く問はぬ。その深く問はぬのは、リサアルが虚言を吐く、その虚言は取りもなほさずリサアルが陰謀をめぐらして居る事実のたしかな反証であると、反対にするどく見やぶッた故で。

リサアルは早最期の縛《ばく》の縄に、それは目にこそ見えぬが、掛かッたのである。

いかにも何げ無い様子で、バレンスエラは立ち去ッた、が、無論帰ッてわが見込どほりを政府に報告したのであッた。数日を経たところで、マニィラから汽船が来て、その船がもたらしたとのおもむきで、知事のリカルドオ、カルニセロといふ者からリサアルに比律賓総督ブランコ将軍の命令をつたへた。すなはち、それまで再三再四リサアルが請願した玖馬の戦地へ軍医として出張する件、それがやうやく、許可に為ッたとのおもむき、つまりはリサアルの思ふ坪の許可であッた。

思ふ坪、それゆゑリサアルは満足した。満足した、それ故疑念の余地を持たなかッた。満足した、取りかへしのならぬ厄運にやがてむんづり引ッつかまれやうとて満足した。

やがてリサアルは海上たゞちにマニィラ港へ到着して、いざ上陸しやうとすると、『待て！　ならぬ！』と、とめられた。

船中の人その言葉つきからもう変はッた。

ジヨセフヒンはと問へば、もはや一足さきに舟を立ち去ッて上陸したとの答へ。

リサアルはぎよッとした。

ぎよッとした丈の事はたしかに有ッた、死滅の縛《ばく》の縄は早いよ〳〵きびしくその咽喉をしめて来たので。

その舟の名はイスラ、デ、パナアイ、そのイスラ、デ、パナアイはリサアル一人に対しては一切の無言で、汽笛もリサアル以外の人にのみ出港を知らせて、おもむろに波を蹴開いて——どこへ。

西班牙をさして出かけた。

はや政府は叛徒をもッてリサアルを目したので、ジヨセフヒンが家に帰ると同時、厳重な家宅捜索が行はれ、リサアルの親友も手あたり次第法衙に召喚されて、やかましく調べられた。只それだけ、云はゞ政府の方からまづ騒ぎ出した、それが、なまじひ陰謀を真にいだくアギナルド及びカチプナアンの一味をして自から厳重に戒心するやうにならしめた早く云へば、政府の処置が寧ろ叛徒にまづ其智慧を付けたのである。

やがて、リサアルは西班牙国バルセロオナに送られ、その罪の性質が領地内に於ての国事犯であるとの点から、西班牙国政府の陸軍大臣及び拓殖務大臣の審問を受けることになッた。

西班牙国政府の比律賓総督ブランコ将軍はさすがリサアルを重刑に処することの不当なのを知り、重刑に処した後の反動の必らず恐ろしいのを察し、其旨をつぶさに政府に具申したが、さて情無くも道理を鑑別する政府の能力は、全く教徒に欺罔されて居た。

云ふまでもなく教徒はリサアルの小説、その他の著述で攻撃された怨恨を決して忘れぬ。カチプナアンの勢力が増大して教徒のがおとろへたのも、全くリサアルの筆によッての打撃に本づくと信じて、すなはち専心リサアルに対して復讐しやうと志し、ブランコ将軍の温和な具申をば力を極めて反駁するのみとなッた。

西班牙の弊風として教徒は政治の何事にも口を出す、出すのみか、教徒が一旦これはと云ひ出した事は、是非とも、理が非でも、その云ふとほりにしなければならぬ習慣になッて居る。なさけなくも、悲しくも、その恐ろしい魔力は、今やリサアルの全身を拘束した。とても斯くてもリサアルをこの世のもので無くしなければ教徒の執念は晴れぬのである。

政府は、あゝ、つひに教徒の主張をとほさせた。

ブランコ将軍の義心はつひに通じなかッた。

その年十月六日、リサアルはモンジユイック城内の囚人となッた。その日の午後二時であッたが、檻内から呼び出されて、さて何人の前に出るのかと思へば、思ひもかけぬ、相手はデスプホォル将軍であッた。

　将軍は前にも云ッたとほり、リサアルの一身の安全を保証さへしながら、大丈夫として食言して、その時、その有りさまにリサアルを陥れた人である。

　一目その顔を見ると同時、云ひ尽くせぬ、無限の感慨、云ひ尽くせぬ、無窮の怨恨、リサアルの顔色は殆んど変はるばかりになッた。

　この時両人の間に如何やうの応答が有ッたか、それは吾々にも推察だけは付くが、固よりその一切が秘密に付せられてある事とて、われ〳〵も今敢て委細を述べぬ。只要するに、リサアルはいよ〳〵その身が死刑に処せられるとの事をたしかに、実に此時に知ッた。

　しかし、わるびれなかッた！

只、その顔が蒼ざめ切ッて、只、その唇がまるで黒ずんで居た。

只、しかし、足のふみかたも身のこなしかたも泰然として乱れなかッた。

　午后五時の時計の音と共に警察吏が一人リサアルの所へ来て、はやその語気から権柄づけて行くさきも何も告げず、『立て！　来い！』と引き立てた。

　そして警察吏はコロオン町といふ所までリサアルを護送して、その波止場からマニィラへ向けて出発させ、やがて行き着かせた先はサンチヤゴ、一も二もなく、その獄へと投げ込んだ。

九

　まるで無証拠的の臆測裁判でリサアルを死刑とまできめてしまッた西班牙政府はそれだけで、如何に島民の人権を無視するかとの活きた事実を、実に其島に於ての己れの主権の最後として、明白にあらはした。

　はやアギナルドは政府にそむいて立ッて、破竹の勢ひで諸方を奪略しはじめた。

　政府はもはや行きがゝり上、一日でも長くリサアルを生かしては置けず、いはゆる罪の上に罪を塗る流儀で、断乎として死刑を宣告した。

　無論おいそれとリサアルに於ても服さなかッた。

　何故政府はおのれリサアルを国事犯人と認めたか、リサアルは如何なる著述に於て政府顚覆のことを鼓吹したか、リサアルは政治および社会の制度と組織との緊急事件として教徒全滅をば説いたが、その説は如何なる点に於て政府に危害を加へる、もしくは加へやうとの事実になるか、願はくは明白にそれを立証してくれと争ッた。が、政府は耳をも貸さぬ。圧制政府は心にもとめぬ。教徒の毒液にうみくづれた暴虐政府は返答もせぬ。

　此世に在るべきリサアルの望みは全く絶えた。

　アギナルドの義兵は迅雷の勢ひで荒れまはッたが、リサアルを救ひ出すとて、その幽閉された、鬼気人に迫るとも云ふべき土窟にまだ近よることはならなかッた。

　あはれ、此惨澹たる風雨晦冥の間に一輪たゞ咲き匂ッた花が有ッて、いとゞ人をして断腸の念に堪へられぬほどにした。

　ほかでもない、彼の美人ジヨセフヒン、それが此荒涼たる風物の間にはさまッた。

　リサアルの入獄と聞くとひとしくジヨセフヒンは只ひとり、甲斐々々しい姿になッて、見舞に来、リサアルの好物といふ好物を差し入れた。

　つら〳〵見れば涙である、リサアルの獄はまツたくの土の牢であッた。屈んで出入りするほど狭い入り口で、中は光線もよくは通らず、只うす暗く、その上やう〳〵膝を容れるだけの広さしかなく、壮健なものでも病気になるには極まッて居る。しみ〴〵と話しをしたい。が、目を怒らして番兵が付いて居る。それでもまだ日々見舞に来て顔だけでも見て帰るのならばまだ宜しい。結局はリサアルは死刑の宣告、もう顔を見るのも暫時である。

　宣告の席、ジヨセフヒンは傍聴して居たが、いよ〳〵死刑と聞いた時、われを忘れて声放ッて泣き立てた。やかましい、引き出せと廷丁が立ちかゝる、その手を振りはなッて、床に坐ッて、声をかぎりに絶叫した、――

『御志しをば継ぎますよ、リサアルさん、ジヨセフヒンが、此ジヨセフヒンが必らずあなたの御志しを。そして又怨みをも、きッと、かならず西班牙へ……』

『だまらぬか！』

　廷丁が叱咤する。その声ともろともにリサアルは身もだえした。『よし殺せ、無理にも殺せ。甘んじて死ぬ、リサアルは。其代はりには、聞け、遺言！　十年と立たぬ内、必らず比律賓全島は西班牙のもので無くなるぞ！』

『わかりました』と、ジヨセフヒンが。『きッと、きッとリサアルさん、その御志しはいつか一度……』

『やかましいッ！』と、するどい一声。廷丁はジヨセフヒンを突き飛ばす。

　なほ他の二三人がばら〳〵と駈け寄ッた。はや泣きくるふジヨセフヒンを手取り足どり、いはんや二三人の男の力、戸の外へとおし出した。

　その時のリサアルの顔の色！

＊　＊　＊　＊　＊　＊　＊

リサアルの怨みの顔色とジヨセフヒンのめづらしい勇気とは、さすが敵人の心をも動かしたのであッた。敢てその上、ジヨセフヒンに何の咎めを与へることもなくそのまゝ放免したさへあるに、なほその夜、すなはち死刑に処せられる前夜、リサアルの乞ひを容れて、永のわかれを告げるためジヨセフヒンを獄屋まで呼び寄せたのが、云はゞ敵人の、それでもそれが情《なさけ》であッた。

その時から死刑になるまでの状況をばある人がさき頃したしくジヨセフヒンと会談して、十分くはしく聞き取ッた。前にも云ッたが、ジヨセフヒンは今まだ年若の身、この世に現存の人である。われ〳〵は其ある人が直接聞いたとほりを其儘今こゝに書きしるす事もできなくは無い。さらば、これからそのつもりで書いて見る。他の文体も此一章、これからさきは些し変はる。

＊　＊　＊　＊　＊　＊

そのある人に対してジヨセフヒンは斯う述べた。

『いよ〳〵明日は死刑といふ前夜、最後のわかれを告げたいゆゑ、どうぞ来てとの、リサアルの使ひの口上で、私も只うれしく、只悲しく、夢のやうで獄屋へ行ッて見ますと、リサアルは机の前にすわッて、早、私を待ッて居ました。いちじるしく目に立ッたのは面やつれのした事でしたが、もう気が立ッて居ると見えて、目ざしなどは凄いほど鋭くなッて居ました。

『私の姿を見ても扨笑ひもしませんでした。むしろ厳重な顔つきで一言まづ斯う云ひました。

『嗚呼永のわかれのための暫しの対面。

『只さう、それも如何にも薄さみしく云ふのです。その時私が涙をおさへ切れなかッたとか、何とか、そのやうな事は面倒でもあり、分かり切ッても居る事ゆゑ、あらためては今申しますまい、とにかく、先づそれだけ云ッて、それからいろ〳〵細かい事に移りました。』

『わたくしに向かッて云ひますには、なまじい末遂げられもせぬのに夫婦の縁を結ばうと約束までした、その実に罪の深い仕業は已むを得ぬこと、思ッてゆるしてくれ、また国のため、正義のためとは云ひながら、志しをも遂げずに死んでしまッて、およそ歎きといふ歎きをしたゝか掛ける、その、またなほ罪の一しほ深い仕業もどうぞ是非も無いことと思ッて堪忍してくれと、只、その詫び言は詫び言と云ふよりはいッそ私を只泣かせるといふためだけの口上でした。そして又声をひそめてある密書をある機械の中にかくして置いたとの事を私に明かし、なほ何か云はうとする内、はやもう番兵に差し止められてしまひました。

『その時がリサアルと私との口の利きをさめ、したしい人として此世での対面の、実に、最後なのでした。

『で、あすはいよ〳〵死刑！　せめてはその死刑の一刹那までの間にアギナルドの手勢でも攻めて来て、リサアルを奪ッてはくれまいものか抔と空だのめを只そらだのめとして居る内に、いよ〳〵あす、その日となりました。

『派手な着物を着るのもいやです。私は喪服の心でその朝起きるや否や黒の着物を着ました。』

しばらく、この時ジヨセフヒンは嗚咽した。

『朝の食事も咽喉へは通りません。そのまゝ私は出かけました、ルウネエタへ、ルウネェタ――死刑の場所の。

『にくらしい兵士がもう周囲を取りかこんで、他には心無い見物人があまた群がッて居るのでしやう。

『私は其中を掻き分けて、群集の真先へもぐり出て、見ると、さア、はや、リサアルは向ふ正面に立たせられて居るのでしやう。

『と云ッて声もかけられませんでしやう。

『が、リサアルが！　リサアルが目ざとく私を見つけました、私がそこへあらはれると、すぐ。

『と云ッて、また、リサアルも口は利けないのでしやう。

『わたくしを見るとすぐ手をあげて動かして見せました。さ、それは何の意味であッたか、よく私には今もッて分かりません。私の身が危いゆゑ立ち去れと云ふのでしたか、今が永のわかれぞよと云ふのでしたか、それとも死にざまを見てくれるなと云ふのでしたか、それとも又其外の意味で云ふのでしたか、それは今もッて分かりません。

博士ホセー、リサァルの処刑

『さうかうする内、銃卒が二三人リサアルの傍へ行きました、何か云ふのかと思ッてよく聞くと、

『どこを射撃しましやうか』

『と、斯うリサアルに聞くのです。するとリサアルは

きッとなッて、大きな声で云ひました、斯う――

『胸板だ。』

しかし、銃手は承知しません。

『いけません。あなたは反逆人、胸板を撃つなどの、そのやうな、名誉の撃ち方には迚も……』

と、聞くや否や、リサアルは冷笑しました。

『撃て、そんなら背中でも！　背中を撃たれるのが臆病者には相当だ！』

『どの位怨みの心が籠もツて居た言葉でしたか、これが。

『問答はなまじい喧嘩を交換するやうなものであると銃卒は考へたのでしやう、それだけで無言となりました。が、あら、さッ！　銃でねらひを……もう。

『と、見る間、音《おと》……烟《けふり》……リサアルはばッたり仆れました。と、見る間《ま》また一発……』と、顔をしかめて『仆れたものへ又も一発。』その『も』には力がはいッた。

『しかし、弾丸《たま》はのこらずで九発、そのうち一発は今の最後のでした。さ、それまでは私もこらへにこらへ、忍び泣きに泣き、只ふるへて見て居ましたが、死……死骸ともうなッた……仆れた――その姿を見てはもうたまらず、全く我を忘れました。声が出てから自分でも気が付きました、あッ、きやァと私は云ッたと。われ知らず飛び立ちました。飛び立ッて死骸のそばへと――やッならぬ！と押しのけられる、いえ、突き飛ばされる、もうはや寄れなくなりました。

『とうとう斯うしてその十二月三十日がリサアルの命日となッてしまひました。さて、私の身に取ッては思ひ切らうとしても、どうして〳〵思ひ切れず、それからは只死骸の処置に絶えず心を付けました。』

ジヨセフヒンが或る人に語ッたリサアルの身の上はこゝまでが一段落であッた。はやそれからさきとなッては追懐の情に胸のみ迫ッて、さすが気丈な婦人ながらも、なかば只むせ返ッて言葉も殆んど秩序をなさなくなる、それをば如何に写実を望めばとて、はやわれ〳〵は有り体に書くに忍びぬ。有り体に書いたのをばまづ是までに、それゆゑ、する。さうするのも吾々が節に死したリサアル君及びその愛婦に対しての云ふに云はれぬ、一片の志しに外ならぬ。

われながら扨も埒の無い、嗚呼、只筆を取ッたといふ丈で、われ〳〵までも斯うまでいろ〳〵筆の立て所が迷ふ。迷ふ、これからがジヨセフヒンの真相を示す、肝心の場と思ふので。

＊　＊　＊　＊　＊

思ひに堪へかね、それからやがてジヨセフヒンは涙のうちに草花を折り取ッてリサアルの墓場へとおもむいた。何ごとか、そも〳〵如何ほどの亡状か、犯罪は死罪の極刑によッて消滅すると政府はまだ〳〵認めもせぬらしく、墓には厳重に番兵を立たせて置いた。

それにはかまはず、ジヨセフヒンは墓前に近づかうとするのを番兵はさへぎッた。

『こら！　ならん！　何処《どこ》へ行く。』

知れた事をと云ふ顔つきで、ジヨセフヒンは只冷やかに、

『リサアルさんの御墓へです。』

『リサアルの墓へ？　ならん！　ならん！』

はや今にも押しもどしさうな態度、番兵はつか〳〵ジヨセフヒンにさし寄ッた。

『御墓まゐりしてはわるいのですか。』

『知らんか、リサアルは国賊なのを。』

『知りません、知りません。政府は、なるほど、手前勝手から国賊といふのでしやう。私に於ては――わたくし、リサアルの妻たる約束のあッた私には分厘もリサアルを国賊とは……』

『やかましい事を、何ぐづ〳〵。政府の命でわれ〳〵はこゝを守る。命令を聞かんならば処分する、只それだけと知らんのか。婦人と思へばこそわれ〳〵も容赦する。是非とも聞かずに入ると云ふか。』

『はいりますとも、是非とも！』ジヨセフヒンその顔は烈火となッた。『墓まゐりするが何の法律に触れますか。死罪後の近親になほ祟りを及ぼすといふ、野蛮きはまる法律を西班牙政府はおこなふのですか。』

番兵は目を見張ッて黙ッて居た。

『で、もし、私が押し切ッて墓まゐりをしたならば、さ、どう、いかなる、何の法律によッて、如何やうに私を御罰しなさる。』

番兵またやはり無言であッた。

『圧制政府の処置としては私を銃殺するぐらゐ大かたかまはぬと云ふでしやう』と、ちとばかり冷笑して、

『さ、銃殺なさるなら為さい、すぐ。墓まゐりに来ただけのかよわい一婦人を銃殺する、ね、名誉でしやうよ、西班牙政府の。』

番兵は苦笑した。

もう改めての許可を請求せぬ。つか〳〵とジヨセフヒンは進み入ッた。が、気を呑まれたか番兵は只そのまゝ眺めて居る。

あたり前ならば墓前に進めば、涙がさき立つところであッた。が、入り口ではからず起こした一波瀾でジヨセフヒンその気は立ち切ッて居た。

もはや涙も出ぬ。

が、出るより胸はくるしい。泣ければまだ〳〵くるしく

ない。敢て泣けぬだけなほ苦しい。只、くるしい、只只、実にくるしい。涙は情熱で沸き立ッて乾き切ッた、すりむくやうなその苦しさを、扨如何なる筆で写し切れるか。

目に見るその墓の土饅頭に目に見たリサアルの最後の姿が影のごとくあらはれる。と、只、心でおもふ。と、只心で泣く。肉体のその目は土饅頭を只睨めた！

睨めた、それは憎くなくての睨みである。睨めた、それは情が迫り切ッての睨みである。睨めた、それは情に迫られ切ッての睨みである。睨まれる人その人に取ッては、睨まれて只うれしい、他にたぐひのない睨みである。

草花を……植ゑるではなくて、突きさした、土饅頭の、まだ、やはらかい土に。

がた〳〵と身はふるへてリサアルの絶命の詩の句をその草花から思ひ出しもする。

絶命の詩全体は頗る長い。長いが、只ジヨセフヒンは何となく、その詩全体の凄絶きはまる趣きを閃めくかの如く思ひ出したのであッた。ついでゆゑ、こゝに訳してその全体を挙げて見る。

題　わが末期《まつご》のおもひ

ひさかたの
天《あめ》のめぐみのいとあつき　あゝわがみくに、此みくに、
さてもいつくし東海の　かゞやく真珠、イイデンの
花のみそのに比《たぐ》ふべき　そを今われはあとに見て
死ぬをうれしと云ふ迄に　なりぬる身かな、なりし哉。
いきのかぎりはゆく末を　守らんものと思ひしを。

いで見よかしな、はらからの　我国人《くにびと》のますらをは
修羅のちまたに勇み行く。　世のため国のためならば
もとより何をいとふべき。　つみ着るべきか、よし着なん
野辺のこやしか、よしならん。

物すごかりし夜は消えて　旭日まばゆくのぼる頃
我はこの世を去る身ぞよ。　いで天晴れの思ひ出に
其しのゝめのそらのいろ　此精血をしぼり取り、
色あざやかに染めてもよ。

やがては見なん、さて見よや、　汝《なれ》わが国も虐政に
絞りし袖のつひに乾《ひ》て、　眉うちのべて東海の
美玉のひかり世のなかに　輝かすべき日有らんを、
我はその日を見め、待ため。　さて見め、待ため、見め、
待ため、
今より死にて見め、待ため、　無漏《むろ》の夢ぢに見め、待ため。
年若けれどこのわれの、　血気有れども此われの

今は最期の夢うつゝ、
其うつゝにて見め、待ため。

死にゆく我を汝《なれ》や国、
見るかそもとも思ひやり、
さて泣きなせそ、悲しむな。
汝に自由得させんと
汝をおほふ大そらの
わがなき魂《たま》はとこしへに
離れず残るそれを只

やがてむぐらの我墓に
死にし比身のたましひの
その唇をすへよかし。
眠るこの身に触れよかし。
静にいこふ月しろを
雲晴らしゆく朝日影
おたけびの声吹く風の
鳥もこよかし、わが墓に
平和をうたふ儘にせよ。

暑さに雲と立ちのぼる

そのうつゝにて見め、待た
め。

さても哀と見るかそも。
思ひつめつめ思へども……
汝のために死ぬ身なり。
思ふばかりに死ぬ身なり。
下はなれ得で死ぬ身なり。
汝の土にのこりてん、
死に行く胸のたのしみに。

一輪の花さきもせば、
こもると見てよ、汝、国、
思ひはとほれ、こけのした
墓にそのまゝ宿せかし。
かゞやく儘に照らさせよ。
只荒れすさぶ儘にせよ。
とまらばとまる儘にせよ。

雨のしづくよ、かぎりなき

怨みをつれて大そらに
年若しくて死ぬわれを
あゝいつくしき我国よ、
拝むと見なば国もまた
わがため祈れ、いさぎよく。

我はいのらん人のため
うきに苦しみもがく人
とりことなりしをのこども、
うきめを見たる人のため
祈りてん、また、国のため、
つぐなひかへす時を得て、

墓所《むしよ》おし包むよるの色、
亡者《まうじや》は寐《い》ねでさむるかな。
さて静まれる万象《ばんしやう》に
それいつくしのわが国の

よし我墓は荒れはてゝ
只その儘に為せよかし。
腐りはせじな、わが国の
只わが国を肥やしてん。

伴なひかへる儘にせよ。
友のかなしむ儘にせよ。
此世の人のわがうへを
わが安らけき終焉を

快楽《けらく》を知らで死にし人、
子を失ひてなげく母、
何れ劣らぬ世の中の
我は祈らん、祈りてん。
ありし昔の罪は今
今や、代はる国のため。

すごきが中にたゞひとり
その静けさな騒がせそ。
やがては琴の音もせん。
いはひの歌と聞け、それを。

よし鋤鍬のかゝるとも、
うつせみの身はいたづらに
草に交はり、塵に入り、
そも〳〵国は国のため、

死にゆくわれを忘るゝか。　忘るゝ事も有るべきか。
よし忘れてもいとはじを。　我はいとはず、忘るとも。
只わが霊《たま》は国を恋ふ。　国の中有《ちゆうう》に立ちまよふ。
迷ひて去らず、行きかへり、　やがて楽しき天楽に
おもひを変へて、くに民の　耳に入れてん、くりかへし、
くり返し、又くりかへし、　死ぬまで張りし我むねの
矢竹ごゝろの一すぢを　くりかへし、又くりかへし。

さていつくしき我国よ、　さて懐かしきはらからよ、
むごき限りの臨終の　わがくり言を聞けよかし。
さらば別れぞ、この土に　血筋のものといとをしき
思ひを残し、われは行く。　さて行くさきは奴婢《ぬひ》も無し、
獄卒もなし、暴君も、　汚吏も無し〳〵、神のみぞ
只おはします、「大道《だいだう》」の　いと安らけきすみかなる
たのしあの世にいざ行かん。
さらばぞさらば、懐かしき　親よ、はらから、子よ、友よ、
くるしみを経て今はしも　我は楽土に出でぞ立つ。
さらばぞ聞きね、魂は　やさし、楽しき温柔の
さとの快楽《けらく》を受くるなり。　さらばよさらば、いざさらば、
死は休息と思へかし。』

ジヨセフヒンは只この詩をおもひ出す。思ひ出すと共にその詩にこもッたリサアルの一心、あはれにも勇ましくもある趣きが魔力をふるッて胸を衝く。只何と分別もなく、殆んど身は冥濛の間に置かれたかと思ふや否や、それまで溜りに溜まり切ッて居た涙が弾かれたかの如くほどばしッた。

物めづらしげに立ちかゝッた儘番兵どもは只、さて、笑ひもせず見つめて居た。と、心づけば又見せものか何かのやうに曝し物になッてさう見て居られるのも不快である。思ひ切ッて、そのまゝ宿所へは立ち帰ッた、無論番兵には暇も告げず。

立ち帰ッたところで、もうリサアルは居ぬのである。身は寡婦になッたやうな境遇でもある。両三日はとつおいつの思案に日を暮らした。どうしても、一身の処置をどうにかしなければならぬが、又誰を頼りとすべきものか、心当りも殆どない。その気立てから云ッてもジヨセフヒンは女丈夫と云ッて恥かしくない。が、その当時のやうな境遇では大丈夫でも或ひは困る。かよわい身の女性としては一時まッたく思案に暮れた。

しかし、結局は一六勝負の決心をした、ほかでも無く、アギナルドの許へ投じやうと。

重ねても云ふ如く、アギナルドは既に旗をあげ、当たるに任せて薙ぎ立て、切り立て、足の向かふ所は席捲してしまはなければやまぬとの勢ひを示した。その名声の盛んな

のを聞くジヨセフㇶンの心うれしさ、寄るべ無い一孤身を託すのは只アギナルドとのみ思ひ込む。いはんやリサアル、手に剣を取ッてこそ起たなかッたが、人民をして剣を取るまでに為らしめたそも〳〵の功績から云へば、無論志士の首位とも云ふべきもの、その寡婦とも云ふべき、ジヨセフㇶン、おのれに対しては云ふまでも無くアギナルドが同情を表してくれるにちがひ無いと、さて心細い中に心づよく心をさだめて、ほとんど即決、いかにも婦人のわざとしては驚くほど素ばやくもあッた。一月の三日といふ日、喪服もどきの黒の衣服、なるたけ人目に立たぬやうにして、徒歩でマニィラを出奔した。

婦人の身の一人旅、また戦争の殺気のみなぎる場合ひ、それであッて何の恐れげも無く、只一心、野を過ぎ、山を越えてあるいた。最愛の夫にわかれて、ほとんど此世の楽しみも無くなッた、云はゞ絶望の地位、その地位と境遇とは何を以てしても威すことも、おさへることも迚もなりかねるまでの、むしろ、無法の勇気を鼓動させた。

行き暮れても一夜を明かすべき旅宿も無い。旅宿、その建て物は残ッて居た。住む人は居ぬ。住む人は家業を捨てゝアギナルドの部下に馳せあつまッたもののみで、その家の老人婦女子の不能力者はことゞ〳〵く何れへか奔竄し、只ところゞ〳〵全く一二の人家に住民がむしろまご〳〵して居るばかりで、さすがジヨセフㇶン幾日間か食事をもせぬほどであッた。やうやくの事で人家を見付け、いや、人家のみではまだ安心もならぬ。人家に人の居るのを見付けるとすぐその家にはいッて、わが身の素生を述べ、一夜の宿もしくは一飯の食事を頼んで見て、ジヨセフㇶンその度ごとに驚いた。と、云ふのは外でもなく、さう名乗りかけて頼んだところで、望みを快く承知してくれぬものは全く無く、なか〳〵最初は婦人と侮られはせぬかと苦労もした、それさへ杞憂に過ぎたと思ひなされる計りであッた、その思ひのほかな事実、それであッた。

かほどまで人民は政府に対して反抗の心がつよく、政府反対のものと云へば、かほどまで同情を有するものかと、一時はジヨセフㇶンも只単純にさうのみ思ッた。が、やがて心づいた。ジヨセフㇶン自分はリサアルと夫婦約束までしたものであるとジヨセフㇶン其人の口から聞かされては始めてさも〳〵驚いて、その前にはやゝ不待遇であッたのが俄に一変して親切を尽くす人々が、これもかれも殆んど同じである様子に、さすがジヨセフㇶンもふと心づいた。

不思議とそれとなし問ひこゝろみて、今更の如くひッしと思ひ当たられたのは、嗚呼、何と、これ、思ひも設けぬリサアルの遺徳であッた。

それら庶民はジヨセフㇶンを見たのみでは元よりリサア

ルと夫婦の契約までした人とも知らなかッた。さりながら、リサアルの名声は既にさながらの救世主の如く人民の耳にしみて居た。その人の未来の令夫人それが哀れ節義大道のためとは云ひながら、最愛の夫たるべき人を失ッて孤身たゞ流浪の痛苦を今かくの如くするのであるかと、殆んど仰天する、と、共に人情ジヨセフヒンをいたはらずには居られなくなッたのであッた。

誰もかれも異口同音、ジヨセフヒンに向かッて、リサアルの悼ましい最期を心からの痛憤、涙まじりにかきくどいた。掻きくどかれるどころでは実は無い。かきくどかれる身が、それより前、かきくどかずには居られぬばかりの身の上ではあッた。それを相手にまづ云はれる、胸またゐぐられる。ゐぐられる――くるしい。くるしいが、その苦しみは嬉しい苦しみであッた。くるしいが、その苦しみは忝いくるしみであッた。くるしいがその苦しみは聞くこちらの気慨のおのづから高まる苦しみであッた。

嗚呼、さほどまでリサアル、わが未来の良人と頼んだリサアルは衆人の脳裏にその愛国慷慨の意気をゐぐり込みきざみ込んだか。

嗚呼、さほどまでリサアルの一心の感化は衆人の心に勢力を及ぼしたか。

鳴呼、その只一枝の筆の力が斯くまでに衆人の心を震撼させて、なるほど革命の血戦をまで呼びおこす所に至らせたのか。

と、只、ジヨセフヒンは思ふ。うれしい、肩身の広いやうな。悲しい、それほどの人に成功を見せなかッたのが。つらい、その人に人心のそれほど傾いたのを知らせなかッたのが。

ジヨセフヒンその胸はほとんど沸騰した。

さ、一般の人民にたしかにそれだけの感化を与へたリサアル、たしかに一般の先登となツたリサアル、たしかに新政府創立の主勲者たるリサアル、その人は、なるほど身は銃丸で蜂の巣にされて、一片の詩を遺稿として此世を去ッたとしても、されば皮相の痛苦は有ッたらう、心の満足は必らず有ッた、それ思へばやがての未来、フヒリッピン島民の自由が得られて虐政から脱離し得ることのできた暁には盛りかへす身後の栄誉、咲きにほふべき永久の花、かゞやくべき不断のひかり、嗚呼、実にわが意中の人リサアルは一の稀有の哲学者として、小説家として、詩人として、鳴呼さほどまで、たふとい地位にのぼッたか。年ごろから云へば三十代の早世も、思へば悲しむに及ばなかッたか。

と、またジヨセフヒンはつく〴〵思ふ。さらば涙は?

いぢらしくも、鳴呼、涙はをさまらぬ。山は離れていよ〳〵美はしく、水は遠くに見えていよ〳〵清らかに、リサアルその人の形骸は土をかぶッていよ〳〵照りまさるやうに覚えられた。照りまさるやうに覚えられた時、その時、その人は早居ぬのである。

こゝに至ッてわれ〳〵は此敬慕の至りに堪へぬリサアルの生涯にすこし、又立ち戻らずには、実に居られぬ。こひねがはくは只読者同情の涙！

リサアルは文学に於て天才と云ッて宜しいのは、前に挙げた絶命の詩その一篇を見た丈でもわかる。残念ながら、その詩の燃えるばかりの気焔を思ふさま満足するほど飜訳するのは実にわれ〳〵に出来ぬ。もとより筆を取ッて、いやしくも此とほり訳したと人に見せる以上、よし謙遜にもせよ、そのやうな云ひ訳がましい、或ひは読者の憐愍酌量をむしろ料り求めるやうな口上を述べるのはむしろ卑劣と云ふべきである。が、さう自白して置いて、なほその訳文が思ふやうに行かなかッたと、むしろ煩らはしいまでにこゝで読者にくど〳〵しく断わるのは只リサアルの全く燃えるばかりの胸中を実にその訳詩で写し出せなかッた故である。写し出せず、そしてリサアルの天才は此くらゐのものかと読者に手早く合点させて、あたら此偉人の大作の光明をいくらか殺減させるに忍びぬゆゑである。文筆を取る身として同じ身の上の人に対する一片の寸志、リサアル君、乞ひねがはくは此心だけを酌み取ッてよ、読者また、乞ひねがはくは酌み取ッてよ。

それほどの天才、しかし、それだけの素養が無ければならぬ。すこし枝に走るのはゆるしたまへ。ちとばかり云ひたい。

リサアルは数ケ国の国語に通じた。その数ケ国の国語に通じたと云ふ事実をわれ〳〵は冷やかに見過ぐし得ぬ。

文学者として各国の語に通ずるのは悪くもあるまい、しかし、必らず各国の語に通ずるのが必らず文豪たるべき要素でない、と、この思想は扨も〳〵妙なもので、いづれの国、いづれの時代でも、多数の人士の大かた抱くところ、取りわけて肝心の文学者そのものが多くは皆そのやうに云ふ。われ〳〵は今文学論をこゝで云ふ場合ひとは思はぬ。それゆゑ、此事について深くは云はぬ。乃至、また日本の諸学者、ことに文学者が此点について何と考へ、何と云ッて居たかも云はぬ、乃至また日本の文学者の今日の多数が如何やうに思ッて居るかも云はぬ。が、敢てリサアルは文学者として各国語に通じ、またつとめて通じやうと励精したと云ふ事実だけを殊に殊に声を大にして云ふ。その各国の語を学んで、直接原書について各国の文学をあさり、いかなる巧妙なる反訳でも迚も認められぬそれら文学中の思想の精、花、光りを直ちに心に会得したと云ふ事実だけを殊に〳〵際立だせて云ふ。

彼れリサアルには天性として語学の才は有ッた。われ〳〵が此書の前の方に其名を出したポンセ君はリサアルの（特に文学上の交友として）友人であッたが、リサアルに語学の才が天性として有ッたのは同君も云はれた。リサアルの学んだ国語は其生国のタガアログ語を第一として、西班牙、希臘、拉丁、希伯利にもわたり、さらに又日本語にも及んだ。いかやうの考へをもッてリサアルが日本語にその研究の手を及ぼしたか。それを云ふべき人は既に死んだ。よし、如何やうの考へであッてもよろしい。が歴史家としてリサアルはその国フヒリッピンと日本帝国と古来の因縁の浅くなかッたのを知ッて居た。

永正以後、すなはち足利氏の末の頃、さながら火を吹くばかり、意気きはめて凄まじかッた豪胆な男児は日本の国内に混戦した。金剛石《だいあもんど》ばかりでは質のいかほど堅いかわからぬ。豪族の乱戦にはなか〳〵の者でも直ちに雄を称するのは難かッた。その不得意は渺々たる一小日本、何のかへりみるに足らぬとの意気に破裂し変はッて、全身こと〴〵く胆、麁末きはまる船、満帆万里の風、一気たゞちに南洋に向かッてその大鵬の羽を打ち出した武人があまた有ッた。

なかんづく伊予の海辺の豪族、久留島、大島などゝ称へるやからは、海辺で育ッたといふ其育ちが育ちだけ海事に熟し、航海を物の数ともせず、男児覇業を成す豈ひとり日本のみならんやとの意気、そも〳〵手はじめは凄まじい海賊として海外を奪掠しはじめた。西方無論南支那をも犯して、遠くは印度近くまでも行き、到るところ散々荒らした。しかし、日本の東には行く国も有らうとは思はれなかッた。おし走れ、さらば南へと、即ち、フヒリッピン、ボルネオなどもその鵬翼を逞しくして、奪掠を思ひのまゝにする所となッた。しかも日本のそれらの冒険者の武力の絶倫、殆んど到るところ防ぐこともならなかッた。もし此時それらをして海賊たらしめるに止まらしめず、日本国将軍の十分の後援を加へさせたなら、南洋の群島は実に三百年の前から日本の所有となッたのである。

とにかく斯うして日本人は、フヒリッピンをも攻めた。駐在の西班牙総督はいつでも敗走した。しかし、その攻撃を加へる都度、そのまゝフヒリッピンに永住する気になッてしまッた日本人は実に〳〵多数で、すなはちそれらが早く日本の一切の趣味を群島に移しつたへた。今のフヒリッピン人、それゆゑ、日本人の末葉、日本武士の血を承け継いだものは実に多い島民の慓悍敏捷、いかにもそれら侵入者から伝へられた血液のこゝに交ッて居もする、それも其一つの故である。

かれリサアルは実に此一点に深くも心をうごかされた。

かれリサアルは島民がさほどに重く見なかったフヒリッピンの古史を研究して、その脈絡の大に日本人民と関連する所を感得し、少なからぬ同情を日本に表して、明治維新以後の日本の一飛躍の仔細を究め、つく〴〵それをまたフヒリッピンの当時の状況に思ひ寄せて、興国の念はいとゞ励まされた。リサアルその肉体の足は日本帝国を踏まなかッた。しかし、精神の足はたしかに日本の古史伝の上にあまねくなッた。それから思へば、その日本語を修めた心も大かた分かる。もし今日までも生きて此世に在らしめたならば、しかし、嗚呼、其人は無い。

日本の古武士はいつも〳〵フヒリッピンに取ッては、悪魔仇敵とたしかに云ひ得る種類であッた。しかし、仇敵のその血は多く士人のと交ッてしまッた。日本の元亀天正の乱の頃は早フヒリッピンの各所に豪族たる門戸を張り、僕婢の多数をやしなひ得る身となッた日本人は多数となッたらしい程である。リサアルは日本人に侵掠された旧怨を思ふよりはその侵掠と共に日本固有の（すべての意味に於ての）開化文明を移し植ゑられていはゆる慓悍堅忍のフヒリッピン気質《かたぎ》の出来るに至ッた、それを徳としてつく〴〵日本人にしたしむ心をやしなッた。リサアルは文明と誇る欧洲の一大国たる西班牙が野蛮とあなどられる日本の小国の、しかも政府者でもない、即ち海賊に過ぎぬものとフヒリッピン島およびその近海に干戈を交へて、しば〳〵日本人に破られた事実を——読者、願はくはゆるしたまへ、吾々は思ひ切ッて苦言として云ふ——実にそれら事実を肝心の日本人よりくはしく知ッて、今の日本人はフヒリッピンを何のものとも思はなかッた最近、この数年前、早くその国と日本とは特殊の関係有るものと考へた。

そも〳〵斯ほどまでリサアルの心を動かした、その比隣の日本、その国に住む日本人は、リサアルが先づそれほどこちらを思ッてくれた好意に対して、いかなる好意をもッて之に酬いたか。

あゝ、何をも酬いなかッた。

のみか、リサアル其人の名をさへ知らなかッた、否、今でも殆んど知らぬ。リサアルの友人ポンセ君は日本に流寓して赤心フヒリッピンの事を日本人に知らせやうと試みた。が、多くの日本人は、其をどう聞いて居たか。ポンセ君の声に対する反響は殆んど無い。ポンセ君が血を吐く思ひで大呼した叫喚は只、日本とフヒリッピンとの古来から深い因縁の有ッた事実を殆んど知らずに居る日本人に取ッては宛然蟻のさゝやくやうにしか思はれなかッた。嗚呼神国！　嗚呼日本人！　同情有り、仁義有り、血有り涙有りと、たしか云はれるやうな日本人の多数は、只、しかし、実にこれである。こゝに至ッてつく〴〵ラファイエットを偉人として思ひ出されもする。ラファイエットは貧乏書生でもなし、一か八かの山師流儀を試みて、或ひは好運を引ッつかまうとする、きはどい、冒険を行ふ必要も無い身分であッた。しかし、米国が英国にそむいて独立の義戦を興すと聞くや否や、蹶起して米国に同情を表し、専心米国に声援を与へた。義の義、一点の慾も無かッた。侠の侠、只博愛をのみ知ッた。われ〱は云ふ、男らしく武士らしい国民思想の代表者の有る国としての仏国は決してシヤァルマンヌ帝を誇るに及ばず、ナポレオンを云ひ立てるに及ばず、只一人のラファイエットを示せば足りる。むしろ云はゞ殆んど世界に類の少いほどの義人の標本として仏国はラファイエットの名をその国史に専有する、光栄ある名誉を有するのである。獣類呑噬の時代、しかし、それほどのラファイエットさへ人名辞書中その名の下に頁数を費される長さが武力暴力悪魔の化身、野心の怪物たるナポレオンの、それの何分の一にも及ばぬのである。武力は今なほ何ものをも支配する。武力有ッてこそ勲章といふものは光りを放ッて出るのみの今日である。ダルウヰンの手から勲章が、もし出されたとしても、その勲章は社会の多数に一顧もされぬ。ひとりダルウヰンなどからのみでない。もしソクラテスが今日居てもさうである。孔子が居てもさうである。釈迦が居ても、基督が居てもさうである。墓を叩いて、ビスマルクに問へ。基督が名誉の勲章をくれる、皇帝が有用の金財をたまはる、好男児、君ビスマルク、君はそも〱いづれを取るか、と。

思ッてこゝに至ると只をかしくなる。ラファイエットがその身後の社会から、殆んど事々しく見られぬのもそれ故今日のところでは当然である、今日、文明といふ美麗きはまる形容をわるごすく見付け出して、わるごすく巧みに、勝手なところへ濫用され慣らされて居る今日に於ては、当然である。ポンセ君の血を吐くおもひもこれと同じ待遇を只受けたのである。ラファイエットが只ひやゝかに見られるのと同じである。こゝに至ッて英の大詩人バイロンが自由の義戦に進んで加はッて、それがため最期を遂げて、そして後世から殆んど只の物ずき、いはゆる御さきもの、剽《へう》軽《きん》ものと見られる丈に過ぎなくなッたのも、なるほど、無理は無いと思はれる。

拾

リサアルに対しての、多くの繰り言でわれ〱はいくらかの紙をつひやしたゆゑ、一まづ繰り言は切り上げて、直ちにそれからのジヨセフヒンの身の上に移れば、前云ふごとく、野に臥し山に寐るまでの艱苦を経た末、ジヨセフヒンは最初志した如く遂にアギナルドの本陣まで尋ねて行ッた。行ッた、それからの事実は殆んど小説のやうである。ジヨセフヒンはアギナルドに許しを受けて、一方の女将軍としてつひに戦場へまで出た。

むかしの時代ならばいざ知らず、今日柔性の身として、剣を手にして硝烟の中より立つといふ事はほとんど嘘らしいが、まッたくジヨセフヒンは出陣した。形容をいろ〳〵加へてその事実を書きしるせば、いかにも珍らしい伝記にもなるであらう。

とにかくアギナルドはジヨセフヒンの来訪に対して非常の敬意を表して迎接した。自分が義兵を起こした、その主脳の活力はたしかにリサアルの文学の力によッて養はれたのであるとアギナルドは知ッても居た。リサアルの遺勲だけでも義軍一同はジヨセフヒンに尽くせる丈の款待を尽くすべきである。しかるを、またその上に、一時はアギナルドもおどろいた、願はくは一隊の兵を貸せ、婦人ながらもリサアルのとむらひ合戦のつもりで出陣したいとジヨセフヒンに云ひ出されて。

一時はそれをアギナルドも聞き入れなかッた。むしろ、辞した。むしろ、いさめた。が、ジヨセフヒンは聞かぬ。アギナルドも争ひかねた。

やがてアギナルドに許された小隊の兵を率ゐて、ジヨセフヒンは、さながらのジヤンダルク、日本で云へば巴御前か、ザポォテといふ所に居た敵兵すなはち西班牙兵に対して一撃をこゝろみた。柔性の、しかも初陣の手際としてはとにかくジヨセフヒン自身兵の先頭に立ッて、敵兵の士官を狙撃して美事それを斃し、その隊をたちまち潰散させたといふ真事実を云ッた丈で、いかにも奇捷を制し得たと云ッてもよろしかッた。

しかし、此日の戦争はアギナルドに取ッて不利なのであッた。一旦アギナルドの手に占領されたイムス市が更に西班牙兵の手に取りかへされ、勝ちに乗じて掩ひかゝる西班牙兵の鋒鋩は如何にもするどかッた。その、わが向かッた一隊の敵をやぶッてジヨセフヒンがその事を知らせるため、本隊のアギナルドの所に行ッた時、丁度アギナルドは部下のものと僅少の金銭の事について口論して居た。口論になッた委細はジヨセフヒンも知らぬ。われ〳〵も究める必要を有せぬ。とにかく、そこへ西班牙兵は吶喊して攻めかけて来た。

つとめてわれ〳〵は公平に云ふ、この時アギナルドは敗走した、ジヨセフヒンも共に。

そして二人ともサンフランシスコ、デ、マラボンといふ所へ退却し、そのかはり其地をば死守することにアギナルドは令を下した。

しかし、西班牙兵はいかにも多数で、義軍のと比べたところで精鋭なる武器に富んでも居た。アギナルドの部下の兵士も十分よく命令を守ッて、いかにも死を期して戦かッたが、形勢はどうしてもまづかッた。結局如何につとめても支へ切れず、つひにいつも勝ち気のアギナルドが退却の令をくだすまでになッてしまッた。

で、ジヨセフヒンもアギナルドと共に逃げた。逃げも逃げた、いく度か踏みこたへ、踏みとゞまらうと勉めて、そして失敗した結果、三十二哩と云ふほどの里程を走らせられた。アギナルドが戦争にたづさはッてからのこれがそも〳〵手はじめの大敗北で、のち〳〵までもアギナルドは深く此日の苦戦を覚えて居る。

『逃げるものは路をえらまぬ』とか、全く此時のアギナルド一派のものは此諺のとほりであッた。道も無いところを踏みわけて逃げたが、いづれも島民はその段においては敏捷をきはめた。島民の普通として、木へのぼる早さは猿もおよばぬ位、他の国の人は肝をつぶすほど長い間水にもぐッて居られるくらゐ、大抵の谷川は平気で飛び越すくらゐ、また飛び越せぬほど広い流れならば、弾力の有りさうな岸の木を見立てゝ、その木に登り、その枝をしなはせ、もしくは反《は》ねさせて、身は弾かれたやうになッて対岸へ飛ぶくらゐ、つまり此時のアギナルドの手兵残らずも亦此流儀で逃げた。

なみ〳〵の婦人ならば、とてもジヨセフヒンがそれと一所に逃げられたものでなかッた。が、しかし、ジヨセフヒンは水をもよく泳ぎ得た！

橋の無い谷川をあながち飛び越さうともせぬ。その都度水けぶりを立て、飛びこんで、水鳥のやうに泳いで越した。

その谷川がもとより一筋や二筋ではなかッた。が、すこしも騒がず、男どもと、とにかく一所に逃げた。同行の勇士ども只々おどろいて舌を捲く、それに付けてもまた此やうな婦人と肝胆相ゆるしたリサアルの人柄も嘸なみ〳〵では無かッたらうとまたゆかしくたふとくさへ思はれるのみで。

とは云ひながら、何と云ッても婦人の身である、ジヨセフヒンの受けた苦痛は尋常一様ではなかッた。まして其旅行は敗走である。全軍に一人前の糧食も無い、皆飢ゑながら逃げる。さりとて敵の追撃のおそれも無論有るので、なか〳〵休息なども叶はぬ。一刻の休息どころか、夜も休まぬ。ひたばしりに只走る。

さすがジヨセフヒン精根ほとんど尽きた。つひには意地にも我慢にもアギナルドたちと同行することも出来なくなッたが、堅忍いやしくも屈せぬ性質とて、自分から哀れをうッたへては、或ひはアギナルドたちの敗走、よく云へば、背進をなまじひ足手まとひになッて鈍らしめやうと考へて、中途で隙を見はからッて覚悟してつひにおくれてしまッた。

で、マニィラに立ち戻るよりほかの手段は無いとしか思はれぬ。何のことは無く、一切が無駄になッてしまッたのである。

おくれて逃げて来るアギナルドの部下も有ッた。途中はたとそれに行き逢ふ、おやと見る間もなく、その敗兵の中から声かけられた。

『ジヨセフヒン、どうしたのだ。』

自分に声をかける人の有らうとは夢にも……で、殆んど愕然。

『あぶないぞ、どうしたのだ、女の身で。』

云ひながら衆中からあらはれたのは義兄にあたるポンシエントォといふのであッた。

驚くもおどろく、喜ぶもよろこぶ。

問はれるまゝに仔細を話す、ポンシエントォは舌を捲く、然らば、これからマニィラへ帰るのかと聞かれて、いかにもそれより外の方策も無いゆゑ、さうすると答へたところ、ポンシエントォはかぶりをふッて切にその不可を説いた。何はともあれ、一婦人の身で実に危い、マニィラまでは皆戦乱の巷となッて居るものを、取りかへしのならぬ侮辱を受けるか、殺されるか、十が十まで安全は迚も望めぬとの趣意、いかさま尤もなところは有ッた。

気が立ッて居たとでも云ふが、ジヨセフヒンはそれでも聞かなかッた。殺されるは元よりいとはぬ。既に最愛のリサアルに別かれて、又かたみの児とても無い身の上、惜しめば惜しまれる、惜しまなければ惜しまれもせぬ命であるものを、いかに冒険であらうとも、決していとひはせぬとばかり何と云ッても聞かなかッた。『侮辱をもし受けるやうならば死ぬばかり』とのみ、只そこまでおし据ゑてしまッた心を、さすがポンシエントォもひるがへさせられなかッた。

ジヨセフヒンはかうしてやうやく心強くもポンシエントォと袂をわかッたのがその四月八日の事で、それから又ひた走りにマニィラへと走ッた。

なるほど、通るところは皆荒れはてゝ居る。片付けもせぬ死骸、捨て置かれたまゝの怪我人、そも〳〵それらを見ても早すこしも気味わるくない。しかし途中で島民に遇はなくもない。が、こゝろみのつもりでリサアルの未亡人であると名乗ッて見る都度、案の如く何処でも快く取り扱ッていたはッてくれた。さすがその時は涙、リサアルの遺徳がしみ〴〵身にしみて。

アギナルドを追撃して来た西班牙の捜索隊にも二三回は捕へられたが、金で咄しが何でもわかッた。ちとばかりの金子をやる、よろこんで直ちに釈放してくれる、その軍紀の腐敗、ジヨセフヒン其身に取ッては全く好都合であッたが、さて敵の事ながらもつく〴〵また愛想が尽きる、またをかしくもなる、いよ〳〵死んだリサアルの一心がつひに透ツて、かならず西班牙の敗北になるのであらうと、腹ですでに占はれさへした。

とかくして無難にマニィラに帰着した。そこでわが国籍は米国に在るところから、直ちに亜米利加合衆国の領事館に至り、保護のことを請求すると、何ごとかはなはだしく疑はれた。

一時はジヨセフヒンほとんど絶望するまで憤慨した。いかに真実を述べても領事は全く猜疑の耳で聞いた。注意すべきは此時の米国領事の態度である。此時まだ島民と米人との不和は始まらなかッたのである。島民はやがてマニィラの総攻撃に全力を尽くして米軍を助けて西班牙兵を挫いたなどの実状、この時米人に対して何の他意も有るべきでない。しかるを米国の領事は只ジヨセフヒンをおかしく疑ッた。そもそも問ひたいのは何の必要でさうまで疑ッたかとの点である。リサアルの名声をもとより米人は知る。その夫人たるべきジヨセフヒン、しからばそれには油断がならぬと思ッたのでなければ、疑ひを立てる道理は無い。そのリサアルは島民の独立をこそ称へた、なるほど米国に降服せよとは云はなかッた、しかし米国を敵視せよとも云はなかッた。

で、何ゆゑ、米国領事はジヨセフヒンに対して戒心したか。

のみならず、領事が単に只うたがッてジヨセフヒンの言ふ事を信じなかつたと云ふ丈ではなく、ジヨセフヒンが領事の許を辞し去ると共に、領事はいかにも手ばしこくジヨセフヒンの身に偵吏をあまた附きまつはらせた。

ジヨセフヒンもそれに心づく、はなはだしく不快になる。元より柔弱に萎縮して居る性質ではない。領事に面会を求めて殆んど詰斥した。そのいきほひに辟易の気味で領事も遂に他意ないことを誓言し、それながら此土地に居るのは危険でもあらうとの注意を与へ、どうか斯うか香港に退去するやうに勧め込んで、とにかく承諾させ、何と付かずジヨセフヒンに二百弗の正金を贈ッた。局外者から考へれば、何が何やら一向訳のわからぬ領事の処置で、おし切ッて云へば、いろ〳〵云ふところは有るものゝ、しばらく吾々はここでは省く。只むしろジヨセフヒンは烟に捲かれたやうなものになッて、そのまゝ云はれたとほり香港へ退去したが、その二百弗はいつのまにか雑費で烟となる、どうもならなくなッた。さりながら香港には比律賓の亡命者が沢山居るので、是非なくそれにたよるのは頼ッて見たもの丶、さてその亡命者とても元々天涯に落魄して居る身の上、心のみ矢竹に思ッてもジヨセフㇶンをのみどうする事もならず、云はゞ只気の毒なほど、ぐづ〳〵に日を送るのみであッた。

迫りせまッて遂にジヨセフㇶンは餓死するよりほか無くなッた。さりとて独立政府がいつ出来るか雲を目的で、結局是非なく、ある病院の看護婦とう〳〵さういふものになりさへした。

以上ジヨセフㇶンの半生は終る。そして今は看護婦をやめ、マニィラに住居を定めて静かな生活、女教師となり、児童教養の任に当ッて居る。

後編

拾一

リサアルの処刑は少なからず島民を激昂させた。さもなくてもアギナルドが咄嗟騒乱を爆裂させ、その火花を閃めかし〳〵八方に散らしはじめた矢さきである。リサアルといふ愛国の志士をおのれやれ政府と教徒《フライアル》とはむざ〳〵刑に処しをつたか、思ひ知れ、復讐は瞬間ぞとばかり、カチプナアンといふカチプナアンは一斉に蜂起した。

前に見えたリサアルの義兄ポンシェントォとアギナルドとは弔ひ合戦の意気すさまじく、リサアルの生地カラムバに奔波のごとくおほひかゝッた。一心をこめた大打撃、即座守兵を走らせて兵器弾薬残す隈無く分捕ッた。

アギナルドがポンシェントォと協力の運動に出でたのはさすが機智の有る方法であッた。前々からの叙事で大かた明白になッた事であるが、志士として島民中に名の聞こえた段に於てはアギナルドよりもリサアルの方が一段の上にあッた。そのリサアルが非命の死を遂げさせられたといふ事実は少なからぬ哀痛の情を島民に起こさせた、その激した感情をそのまゝ容易にわが方へ吸ひ取るのは、それほどの衆望を受けたリサアルその人の、少なくも肉身にあたる人とアギナルドその身と極めて親しく繋ぎ寄せるに限る、此呼吸をたしかにアギナルドは知ッた。ポンシェントォと相逢ふや否や、手を握ッて同志一体を誓ひ、名誉ある一方面の戦争、その一部分をポンシェントォに許しさへした。ポンシェントォも感激する。アギナルドの部下はまたアギナルドがおのれの功をのみ専らにするのでない様子にまた〳〵深く敬服した。

部下までが是ゆゑ、アギナルドの軍勢の切ッさきの鋭さはたとへやうもない。守備兵のすこしばかりの所は、早腰を抜かして崩潰した。

政府の思案も分別もはや昏迷する。国事犯の嫌疑者として拘留して置いたものどもを訳もなく虐殺しはじめた。此無法はいとゞ烈火に油を加へるのみである。アギナルドの部下にはその虐殺者の肉身朋友も居る。それら皆怒髪冠を衝いた。

実に数日間でパンパンガ地方あたりまでは悉くアギナルドの勢力範囲内となッてしまふ。その評判がまた各地に伝はる。アギナルドは、ます〳〵又真実より一入誇大になッて奔馳する。アギナルドは、ます〳〵救世主のやうに伝へられる、一躍して神人、のやうではなく、たしかに神人と伝へられる。崩れかゝッた岸のこゝかしこに滲み込んだ水、水に浸されてくづれる支度一方の土壌、その土壌は一つがくづれて、つぎには二つ、つぎには四つ、つぎには八つ、ほとんど幾何級数で崩潰する。そして落ちて一つに集まる、只寄りかたまる。その固まッた、その原子はどろ〳〵したのでもあらう、ゆるいのでもあらうが、一つの、その泥の一団、その一団を遠目に見て、とにかく同一色、同一体のものに見えて来た。

復讎は取りわけ教徒に向かッて甚しい。虐殺は無論であッた。殺せるのは殺す、奪へるのは奪ふ、打ちこはせるのは打ちこはす、焼けるのは焼く、呂宋全島只、はや阿鼻、焦熱。

西班牙政府も阿鼻焦熱の比べ合ひをする。はや非戦闘員までの残害となッた。島民と見さへすれば、老人無論殺す、婦人また殺す、小児また殺す――只、殺す。殺す、反抗の気焔を高めるために只殺す。

石の壁に生きながら小児が叩きつけられて脳蓋が砕けて、肩の肉が剥げ、そのまゝ石の壁に体熱の力で身の吸ひついてしまッたのさへ有る。

時候は平気で済ましたもので、その内に土地で有名の雨期となッた。雨期はモンスウン風によッておのづから限ッたやうに定められたもので、毎年四月中旬から十月中旬まで猛烈な雨が降りつゞく時期のとなへで、その頃島内の大地は湖水になる、坂道などは宛然たる瀧川になる。

島民以外の国人はすべて大に此雨期には苦しむ。政府も活発な運動を取るのには躊躇した。また策のよろしいのをも思ひ付かぬ、何の事はなく只将軍を取りかへ、只一つぶしにして鎮圧してしまはうとのみである。幾月幾日も立たぬ内に将軍を取り代へるといふことは、只反対の敵に対してわが弱点を自から曝露するに過ぎぬ。すなはち政府が其将軍を信任せぬ、すなはち其将軍は無能である、といふ丈の推測を只、アギナルドの方にたしかめさせるのみであッた。すでに手はじめで景気がよろしい。その上に此推定を得る。義軍の元気は只高まさりするのみであッた。

切りちゞめて云へば、西班牙国政府の比律賓総督ド、ロォマン、ブランコ、エレナス将軍は寧ろ叛徒に対して懐柔策を取らうとしたとて喜ばれず、解職となり、後任は、ドン、カミィロ、パラベイハ将軍に託されたが、将軍の健康はすぐれず、つひに召還され、やがて又ドン、フェルナンド、プリィモ、リヴェラ将軍があらたに征討総督となッた抔、ほとんど無秩序としか思はれぬ。勿論リヴェラ将軍の鋒鋩はすこぶる強く、アギナルドも思ふやうに志しをのみは得ず、戦争の度も劇烈をきはめて、つひにアギナルドはビアック、ナバトォといふ山中に根城をかため、そこに死守することにさへ為りは為ッた。

しかし、リヴェラ将軍もまた失策をした。

リヴェラ将軍はフヒリッピンに軍政を布いて、厳重に人民を拘束しやうと決した。しかも、その軍政も帰するところは金財に傾くものであッた。すなはち戦乱地の人民は政府の軍隊から下附になッた証券を持たずに旅行してはならぬと云ふ事、もとより只それだけでは何の事も無かッたが、その証券は無代で請求することのできぬとの事であッた。人民の自由をある程度まで束縛するのは治安のためであらう、証券は何のために下附するつもりか、いはんや何のためそれと引き換へに料金を徴するものか、いかなる阿呆がそのやうな規定をこしらへたか、と始めは人民も鼻であしらッたが、将軍からの督促となる、訳もなく只、それまで我慢したものまでが堪忍ぶくろの緒を切ッた。

証券に払ふ金が有るならば義軍へいッそ寄附する。よし、アギナルドはそのやうな証券などを出さぬ。アギナルドはそのやうな証券で金を取らぬ。誰がそれを西班牙将軍に出す。

人民は只この声、実に藪蛇、なほ相そろッて義軍へ投じた。

西班牙の形勢はいよ〳〵非になッた。

穿つがごとき鋭い目を凝らして、その形勢をアギナルドは熟視した。すはや、こゝ、おもしろくも又鵬翼、その一撃を要するところ、とばかり檄文発布となッた。

曰く、——

『比律賓国同胞諸君! 虐政府に対して率先して叛旗をひるがへしたエミリオ、アギナルドは既に蔭ながら同志たる旨を表せられる諸君の知られる如く、一つは諸君の声援により、毎戦つねに勝利を制し、かれら西班牙兵を国外に駆逐するか、国内で鏖殺するか、二つに一つそれも久しからぬ事との認めを今はや十分得るまでに至りました。実にこれら愉快なる成績、また愉快なるべき結果は、全くアギナルドの微衷を諒とされた愛国の諸君の勇敢なる呼応の致すところとアギナルドがひとり心に感佩すると共に、またそれら諸君に当然尽くすべきアギナルドの義務として、アギナルドの今後の方針についての要点をこゝに公然発表し、愛国熱誠の諸君の御同意を願はうと考へます。

『諸君は此頃の玖馬《グウバ》の状況を御聞き及びのこと、玖馬はあのやうにして暴虐政府に背き、あのやうにして圧制政府を敗り、つひにあのやうな自由を得ました。

『玖馬の此先例はわれ〳〵に取ッての最上の模範、玖馬人の為し遂げた快事はわれ〳〵比律賓人に於ても一念の指示するところ、何の〳〵学ぶことのできぬ訳が――断じて無いと、われ〳〵は思ふ、と、共に、諸君に於ても嘸御同感とわれ〳〵は信じます。

『従前の西班牙国総督パラベイハ将軍は何のために転職されたか、諸君の多数は多分御承知、そも〳〵西班牙政府が無能力である、それ故にです。

『将軍はわれ〳〵義軍を鎮定するために二万人の軍隊を必要とし、その派遣を政府に乞ひ望んだところ、西班牙の財政その他一切の信用は今日世界に於て皆無で、政府も将軍の請求に応ずることがならなかッた故です。

『金財と云ひません、干戈と云ひません、その双方共に全く世界からの信用の無いのが今日の西班牙の現状です。誰、どの国が西班牙に兵を貸しますか、われ〳〵を鎮定するために。だれ、どの政府が西班牙に金財を貸しますか、われ〳〵の自由を妨害するために。

『未来の形勢もそれゆゑ明白に分かる、われ〳〵同志が自由を得やうとして血を流すまでになッた一念もそれゆゑたしかに貫ける。実にこれです。

『さらばその結果として、われ〳〵は如何なるものを望むでしやうか。今はや其希望を開陳しても決して早くはありますまい。

『第一条、教徒《フライアル》をこと〴〵く放逐し、それらが押領した、われ〳〵の土地をこと〴〵く取り戻すこと。

『第二条、代議政治を実施すること。

『第三条、出版の自由を許されること。

『第四条、納税の金額において島民は西班牙人と同一の程度たること。

『第五条、島民に対する追放の刑を全廃すること。

『第六条、民事刑事ともに法律上同等の権利を島民に賦与されること。

『以上われ〳〵が死を期して渇望する条項一々右の

通り、よろしく諸君の御同意くださるのを、われ〳〵は只願ふばかりです。』

以上檄文とは云ひながら、ことさら鼓舞煽動的の文字をば並べず、つとめて温和な体裁にしたものであッたといふ丈は一読して誰にもわかる。

しかも又此文を一読したところで、かならず認められる島民の――よし、島民全体と云はなければ云はぬとしても――アギナルドの本心がわかる。

右の文には一言たりとも半句たりとも西班牙政府に背くとの意見は見えぬ、すなはちその後永久島民が西班牙国政府の支配を受けまいとの決心は見えぬ。

只、島民も個人として完全の権利を政府からも認められたいといふだけであッた。

右の文に示した要求の条項は一々不当のものでないのは、苟しくも常識の有るものならば、たしかに理解し得べきである。何ごとか、しかし、此檄文は出来るかぎりの力の範囲に於て、政府の手によッてさし押さへられ、没収されたらしく、義軍の手から四方にむかッて発送された総紙数の何十分の一も思ふやうに行きわたらなかッた、それだけ、実に今日に於てさへ、世界にひろく此文意は知られぬ。只何かの不平、何かの慾望などから島民は暴動を起こしたやうに云ひつたへられるのは無論の事、尚島民は無法に西班牙国政府を憎むのあまり、おのれに自治の能力の有る無いのをまるで知らず、只騒ぎ出したのみのやうに云ひつたへられる。われ〳〵はさう云ふのがいづれの国であるかを今云はぬ。

いづれにしても右の檄文は狂するが如き熱心をもッて全島の人民に受け取られた。さもなくてもアギナルドの声望に大かた聳動されて居たところ、殆んど島民の過半はその檄文に対するおのれらの返事は只その生命をさし出して答へ示すのみとのみ思ふに至ッた。

アギナルドの軍気はます〳〵振ふ、兵はます〳〵加はる。最初は何の彼れアギナルドごとき青年の一書生がと見くびッた者までが、やうやく心を動かして来た。西班牙軍も只何となし萎縮する。はか〴〵しい戦争も却ッて多くなくなッた。

そこでアギナルドは根城をかためる必要を感じた。

すべて事を興すにはむしろ猪勇のそしりは有るとも突進の勇気を第一とし、それで些しでも余裕が出来たならば、その余裕を苟くも仇に費さず、わが新らしい勇気を成るべく養ふやうにとする、およそ、この条がアギナルドのその心裡に深くやしなはれた考へであッた。かれは旗あげといふ最初の事業、その迅雷疾風とも云ふべき快捷の運動、云はゞ突撃、それで、それだけの功を収めた。その次ぎは余裕を徒費せぬのであると、思ッた。開店には品がすこし位劣ッてもやすくて景物を附けて人の耳目を聳動させ、やがてその品をよくすると共に価をも些しぐらゐは高からしめるといふ、それがアギナルドの意中であッた。

根拠地をかためる必要もすなはち感ぜられた。

ブラカァン地方から山深く分け入ッたところ、マニィラから六十哩《マイル》離れたビアックナバトォといふ所に、遂に、アギナルドは山寨を固めた。ほとんど無人の境ともいふべき山の中、いざと云ふ時しッかり楯こもるには最も屈竟《くつきやう》なところで、とにかくアギナルドが巧みに巧み、択みに択んでそのやうな所を見立てたのは、楠正成が千早を見立て、金剛山をえらんだのと正によく似て居た。ビアックナバトォの山寨は交通があまり不便であらうとアギナルドに異議を述べ立てた幕下の一二名も有ッたが、その都度アギナルドはせゝら笑ッて、『交通が誰に取ッて不便なのか』と尋ねた。『誰無論味方にです』との答へが出ると、又せゝら笑ッて『あはゝ、味方に不便ならば敵にも不便だ』とばかり、その後は只空うそぶいた事が有る。支那の古代にも此やうなのはあり、『今日は凶日ゆゑ戦争すれば負ける』と諌める部下に対して、『味方に凶日ならば敵にも凶日ではないか』と云ひなじッた将軍、また日本にも同じやうな、義経が梶原へつらあて半分逆櫓問題に強情を張りとほした類、アギナルドの山寨もこれらであッた。つむじまがりと強情とは姦雄の一要素である。アギナルドは時として、つむじまがりで強情なのがむしろ極度を示した。

さうして、其山寨へ籠もッたところで、更に檄を移してカチプナアンといふカチプナアンをば殆んど全力を注いで煽動した。消し炭に蛍のやうな始めから火を起こすとして、いよ〳〵その大本たる火がたしかに、よし小さくとも、しッかり火になッたところでは、更に全力を尽くして四方へ移り及ぼさせるやうにと煽ぐ、もしくは吹く、さうして煽いだ甲斐、吹いた甲斐は必らず倍加の力を加へてあらはれる、そこを真の窮所と鋭くも着目した。はや政府は如何ともならなくなった。

帰するところは講和である。

対等の間がらとしても、負けて講和を申し込むのはいかにも容易でない。ましてや西班牙では比律賓、その土地をば属地と見なし、その人民をば蛮族と見なし来ッた末の事である、おのれから膝を屈し、辞を卑うして講和を請求しはじめるつらさ、口惜しさ、忌々しさは元より筆舌の外であッた、が、無力たる事実は感情の高ぶるまゝにどうしても許さぬ。遂にリベラ将軍も匙を投げ、ペドロ、アレハンドロ、パテルノといふ人を委員に命じて、講和談判としてビアックナバトォへ遣はした。

此パテルノは元よりの比律賓人であッた。文学と政治学との心得もあり、その英雄的の性質であッたところは正真の比律賓気質の好標本で、これに加ふるに商略に長けた才を有したところは支那人気質を加味して居た。いろ〳〵な関係から西班牙国政府に信用されても居たので、遂にその任務を引き受けることになり、すなはち全権を身に帯びて、ビアックナバトォに至ツた。

で、アギナルドとの会見となる。談判となる。固より容易には決しなかッた。しかし、よく〳〵の、西班牙政府に取ッての譲歩となッた。条約もつひに定まる、結局次ぎのやうな文書が交換された。

すなはち、次ぎに挙げた条約文はアギナルドが公表した"True Version of the Philippine Revolution"『比律賓革命の真相』といふものに見えた。それで、例のポンセ君は其大意を日本人にも示した。われ〳〵は今茲に正確を保するため、その大意を示すに止めず、其全文を更にくはしくこゝに挙げて、ポンセ君のを補はうとする。

右アギナルドが公表した文は、一千八百九十九年九月二十三日、タルラックで発表されたもので、アギナルドの言として、次ぎの如くに在る。

『ドン、ペドロ、アレハンドロ、パテルノは講和議定のためしば〳〵ビアックナバトォに来た。しかし、五ケ月間はそのまゝ過ぐされたところで、遂に一千八百九十七年十二月十四日、われ〳〵は次ぎの如くに議決して調印を終ッた。

第一条　自分（アギナルドを指す。以下も亦）は同志と共に自由に国外生活をなすことを得ること。同志も、若し好むならば自分と同行なし得ること。

香港（自分が住居しやうと決した土地）に於て西班牙政府は墨西哥《メキシコ》銀で八十万弗《ドル》を代償金として自分に対し三回に支払ふこと。

その第一回は四十万弗、右はビアックナバトォに在ッた軍器が一切西班牙政府の官吏に引き渡された時、第二回は二十万弗、右は八百挺の軍器が引き渡された時、第三回は二十万弗、右は一千挺の軍器が引き渡され、且感謝祝賀として、マニィラ中央会堂に於てテデウム（Te Deum 讃美歌）が奏された時とすること。

軍器の悉皆の引き渡しは、一千八百九十八年二月末二週日間（十六日以後二十八日まで）を期限とすること。

第二条　代償金は西班牙政府から直接自分に渡すこと。そして自分は、その金について、同志一味の干渉を受けぬこと。

第三条　義軍一味がビアックナバトォを明け渡して引き払ふ前にドン、プリィモ、デ、リベラ将軍は西班牙国士官二名を人質として自分方へ遣はすこと。

但し此人質は自分および同志一味が香港に到着して、代償金四十万弗を受け取るまで自分の手に留置すること。

第四条　比律賓国内の天主教徒を厳重に処決し、自治制度を島民に設けさせ、一切の行政整理を行ふこと。

但し此条件はリベラ将軍の認諾する所となッたのであるが、此条件をまで議定書に記入するのは西班牙国の体面を甚しく低下せしむる事ゆゑ、願はくは文中には記載せぬやうにされたく、その代はり将軍は一個の紳士として堅く其言を守るべき旨、将軍からの懇願により、これだけは徳義として口約のみに止めたこと。』

すなはち右のとほりであッた。しかし、又これと大同小異の文で米国のグリィン将軍が北米合衆国政府に報告書を呈した。その報告書はアギナルドとリベラ将軍との間に議定されたといふ条件をしるしたもので、つまり下に示すやうに為ッて居る。すなはち、――

『第一条　天主教僧徒を追放するか、さもなければ少なくともそれに拘束をほどこし、政治に容喙させせぬやうにすること。

第二条　西班牙国議会に比律賓群島の代表者として代議士を出すこと。

第三条　比律賓群島に於ては西班牙人と同等の権利を比律賓人にも許可し、真正の司法制度を全島に行ふこと。又、群島全体に対して行ふ法律は、必らず西班牙本国のと同一であるべきこと。又、比律賓群島の普通裁判所には必らず比律賓人の司法官をも雇ひ入れること。

第四条　比律賓人民に対する課税標準程度を制定し、教会の財産に相当の制限を置くこと。

第五条　比律賓人民の個人の権利を十分公認し、且人民に出版および政治的の結社自由を許すこと。

第六条　西班牙国政府はアギナルドから兵器、弾薬、武庫および堡塁の引き渡しを受け、又アギナルド以下諸将校が休戦中群島を去ッて外国に行き万般を整理するための補償として賠償金を支払ふこと。

第七条　比律賓総督ドン、フェルナンド、プリィモ、デ、リベラ将軍は休戦の間、弊政改革のため其職に留まること。

第八条　ひろく特赦を行ふこと。』

右われ〳〵が前に示めした通りと幾らか違ふ所も有るが、その大体に於ては殆んど同一であると云ッても差支へぬ。とにかく、双方そのいづれにもせよ、多年島民が望みに望んだ物事が、やうやくの思ひで獲取し得られる事になッたので、屍を戦場にあまた曝した甲斐もさすが有り、またリサアルが怨みを呑んで獄裡の鬼となッた一念も始めてそこで貫けたらしい。

島民は一斉に小をどりして、いとゞ又アギナルドをば神か仏のやうに思ッた。しかし右挙げた丈の条件とてたしかに履行されてこそ、その証書も光ッて来る。随分詐欺にひとしい手段でそれまで幾度も島民に臨んだ事の有る西班牙政府の此約定を、それが出来たと云ふのみで、はやく既に狂するばかり喜ぶといふこと、それを心有る者の目から見れば、早まり過ぎた、むしろ愚に近いとも思はれるもの丶、さて又餓ゑたものがたま〳〵有り付けば麁食にさへも舌鼓を打つ、それと同じ心根かと思ひやれば、いかにもいぢらしく哀れであッた。

そも〳〵アギナルドをはじめ其幕僚に至るまで殆んど十分この条約に重い信用をば置かなかッた。条約を正面どほり、文字どほり人民には示して、ひそかに万一の用心をとは云ふまでもなく、志した。が、さすが西班牙がさうも手早く条約をまるで破らうとも思はなかッた。

香港に着したるアギナルドの一行

マリアノ・ポンセ

(1)アギナルド (2)グレゴォリオ・デル・ピラァル (3)マリアノ・ラネェオス (7)ピトォ・ベラルミィノ (8)アントニオ・モンテネグロ

とにかく、その年十二月、アギナルドは部下を率ゐて約束どほり香港へ出発した。随員の重なる人々はグレゴォリオ、デル、ピラアル（一）、ビトォ、ベラルミイノ（二）、マリアノ、ラネェロス（三）、アントニィオ、モンテネグロ（四）でその他にも同志の武人が数名、従者一切を合算したところですべて四十二名、これらが打ちそろッてビアックナバトォの山寨を出、カルムピットといふところからスアルといふまで行き、それから西班牙の汽船に移されて、香港へとは赴いた。

なさけなくも、さうして香港へおもむいた甲斐は只すこしも無かッたのであッた。

われ〳〵は今われ〳〵の口からこれを述べず、アギナルドその人の口から此事について出たところを其儘こゝに紹介すれば、つまり下のやうであッた。

アギナルドは斯う云ッた。

『プリィモ、デ、リベラ将軍は西班牙国の士官が人質としてわれ〳〵の手にまだ在ッた間は、第一回の支払ひの金即ち四十万弗を支払ひました。しかし、われ〳〵の方では無論かたく条約を守り、兵器をも段々取りそろへて西班牙の手へ渡し、やがて一千挺まではたしかに渡し切りました。その始末はマニィラの諸新聞紙にそのとほり、何よりの証拠、たしかに出て居ます。然るにリベラ将軍の方はどうかと云ふに、その後は一切条約を履行しませんのです。残金の支払ひは云ふに及ばず、教徒に対する相当の取締り及び其他諸般の改革、それらをば全く決行しませんのです。われ〳〵は条約によッて正直にテ、デウム（前にも見えたとほり讃美歌のとなへ）をも歌ひました。が、依然として不決行です。私は無論、私の同志は実に此背徳を悲しく思ひました。が、その悲しみも忽ち一切の絶望とまで変はり行きました。と云ふのは意外も意外、右リベラ将軍の甥でまた将軍の秘書官をも勤めて居るドン、ミゲェル、プリィモといふ中佐から一通の手紙が来たので、さてその手紙に何事が書いてあるかと思へば斯うです。われ〳〵一同、即ち義軍の一味一同は、未来永久故国マニィラの土を踏んでは決してならぬと、斯ういふ厳命です。』

是では平和をど［う持］ちつゞけやうとした所で迚も出来るものでは無い。一旦まざ〳〵島民を欺いて置いて、更に西班牙は無法の喧嘩を売るのであッた。それもその筈、西班牙の首府マズリイズ（いはゆるマドリッド）に於て例の教徒が一心うらみをかへす意気組みで、一切に口を出し、政府の意志をも妨げたのであッた。相変はらず政治界に及ぼす教徒の威力は巨大である。政府はそのために萎縮し遅疑し逡巡した。一雷が鳴り裂けて二雷三雷が応ずる。マニィラで発行される義軍の機関新聞紙マニィラ日報（Diario de Manila）は政府の手で差し押へられると同時、政府の兵士は武装で、武力で、武断的の所業をしはじめた。島民を逮捕する、銃殺する。あはれむべし、その島民は既に武力の無い者である。あはれむべし、島民はアギナルドによッて代表されて、欺かれ、その武力の本たる兵器をむざ〳〵与。

へ。（たとは云へぬ）奪はれた末の、はや無能力である。そのかよわい卵を目がけて鉄鎚が下ッた、大石が落ちた。

島民の激昂は倍加三倍加した。

咄嗟、香港に居る一味同心は愛国協会（Junta Patriotica）といふものを組織して、あらためての、回復のための非常手段について謀議を凝らし出した。

見る〳〵マニィラがまづ残虐の土地となッた。政府がたの者と見れば打ちなやまさずに置かなくなッたと云ふのは一二日の間で、打つ、蹴る、はては只一おもひに殺す。殺戮は縦横に始まッた。島民の大不平は地に埋められた火薬そのまゝであッた。口火が一つ、火はすぐ四方八面へ伝播する。忽ち五千の人数となる。まッさきにセェブ町の攻撃となる――其町の陥落となる。『自由を得るか、それとも死ぬか』と此声は一斉に山河を動揺させた。呂宋《ルソン》地方はまるで晦冥の天地となる。

大叫喚と共に鉄道は破壊された。汽車と車輛とは粉韲された。

電線はこと〴〵く切られた。

燈台は皆くづされた。

ひるがへッて西班牙の武力はと問へば、はや斯うなッては島民の、それの比較にならぬ。平和回復といふので、多くの兵は本国へ帰還されて残し留め置かれたのは素より少数、とても手負ひ猪ともいふべき島民の面前に立ち得るものでない。さうして西班牙兵としても戦はなくはなかッた、しかし連戦連敗である。この時の西班牙兵は勝たんがために戦ふのではなく負けんがために死傷するのであッた。日に〳〵、どし〳〵、見る〳〵、あちこち、教徒は殺戮される。それを防ぐどころの兵力ではなかッた。

西班牙の本国では震駭した。帰するところはリベラ将軍の不首尾となる。将軍が呼び帰される。後任としてパシリィオ、アウグスチ将軍が来る――来る、どうせ不成功の戦ひをするために。どうせ兵力と金力とを無益に費すといふために。

故国の風雲はこのとほりになッたが、なほしかし、アギナルドは気を長くして見た。第二回の支払ひたるべき償金、まづそれをと西班牙政府へ催促しては見た。が、政府は返事もせぬ。

拾弐

是から事実はなか〳〵込み入る。叙事もそれゆゑ相ともなツて殆んど右ひだりに旋転するやうになる。

その（一千八百九十八年）三月のことであッたが、アギナルドの香港の流寓所に一人の米国紳士がたづねて来た。

さし出した名刺によッて身分も知れたが、その紳士は北米合衆国政府の軍艦ペトレル号の艦長で、提督デユウヰからの秘密の命令を帯び、使者になッて来訪したとの趣きを述べ、そして是非ともアギナルドに面会の上、きはめて秘密に相談をしたい事が有ると云ひ添へた。

　あたり前の場合ひならばアギナルドはまだ一面識も無いその来訪者に逢はなかッたのである。

　しかし、その時のはづみはアギナルドをして『あたり前の場合ひ』とのみ一概に思ひながしてしまはせなかッた。アギナルドおのれは亡命落魄の身のうへ、暗殺に遇はぬとも決してたしかには限られぬと、それは、いつも〳〵絶えず心に思ひもする。草にも木にも無論心を置く。それほどゆゑ、なか〳〵、まだ一面の識も無い訪問者にたやすく逢ふどころの沙汰ではなかッた。

　その矢先、まだ見も知らぬ、知らぬどころかその名をもまだ聞かぬ米国の一軍人が何人からの紹介を経たといふのでもなく、突然只来訪したのである。

　いはんやその用向は秘密の相談であるといふ。秘密の相談をでもしやうと云ふ人が前からの知り人でもなく、また誰に紹介されたのでもないと云ふのは頗る奇怪と思はれる。そも〳〵何の用向きでか。

　あれか是かとその推察をばさながら電火のやうに胸中にひらめかした。ひらめかしたと共に思ひあたるところも何となく有るやうである。咄嗟、急に対面したくなる。すぐわが室へ招き入れた。

　その咄嗟の時間に於ての、しかし、千万ほとんど無量のアギナルドの胸中をば、よし筆数はすこし多くなッても、十分尽くすだけ尽くさなければ為らぬ。なぜと云ふに、この刹那、この対面が即ちそも〳〵比律賓の未来――すなはち、その日から今明治三十五年五月に至るまで――の、実に運命のさだまッた実に〳〵はじめなのであッたものを。運命、実に、今明治三十五年五月に至るまでは全く只、自由を望んで遂げず、ほとんど絶望となッた比律賓人に思ふさま泣かせるのをのみ目的とするかとしか思はれぬ、きはめて悲しく、なさけ無い運命、其運命の冷やかな手さきにそも〳〵摑みそめられた、その、なさけ無さに記憶すべき真の時は即ち此、アギナルドとペトレル艦長との初対面のそれであッた。

　これについて、われ〳〵は只これよりほか云へぬ、曰く『嗚呼！』

　さらば、その時アギナルドはペトレル艦長の来訪と共にそも〳〵何を思ひあたッたか。

　ほかでもなし、すこし心あたりが有ッた。今云ふのも実に涙、――無念の涙、痛憤の涙、――すこしと云ふよりは大いにであッた。

其時アギナルドは只米国を買ひかぶッて居た、米人の揚言を真実として欺かれて居た、米人はどこまでも義侠であると迷ッて居た。この点に於てアギナルドは目さきの利かぬ人であッた。

聞きたまへ、アギナルド君、われ〳〵は君をくはしく斯うして武勇任侠なるわれ〳〵の同胞四千万の日本人に、此書に於て紹介するに当たりながら、『涙をふるッて馬稷を斬る』流儀で、この、君が米人にまづ迷ッた一点をもッて、たしかにその時の君は目さきの利かぬ人であッたと、実にのゝしり、のゝしり抜かなければならぬ。智者にも千慮の一失とか、その只の一箇条を土台として決して君の全体をこと〴〵く目さきの利かぬものとは云はぬ。が、その時に際しての君はたしかにわれ〳〵の今云ふ評言に十分当たり得るのである。つく〴〵よく思ッても見たまへ、その時君が米人の甘言に迷はされたればこそ比律賓全国今日のやうな悲しいありさま、今も鉄血馬蹄にさいなまれて、しかも、文明世界とかいふ世に殆んど有りさうにも思はれぬ虐殺などの憂き目に一般の人民は無残にも逢はされて居るのではないか。つく〴〵、よく思ッても見たまへ、其時君が米人の甘言に迷はされたればこそ殆ど米人のために君はじめ君の同胞が犬骨を折り、君その自身は巧妙な米人の策に陥ッて、つひに捕縛、そして入檻、といふ事になッたのでないか。

しかしながらわれ〳〵は、只さうのみ云ッて君を責めぬ、また事実を曲げて君を庇《かば》はぬ。君の捕縛はむしろ君の不注意の致すところ、みづから招いたものと、やゝ酷ながらまづさう見なして、それゆゑ君が非自由の身になッたのも実に只已むを得ぬ事、君一人の贖罪であると、斯う一先づ見切りを——気の毒ながら、また涙ながら、——或ひは、付けもしやう。可憐、さて君の同胞、それらをばどうするか。

可憐、かれらは今なほ血を浴びて居る。

君の就縛後わづかに残兵を集合して総指揮官となり、鼓舞し、奨励し叱咤して殊勝にも尺寸の城を死守して抵抗いやしくも屈せなかッた、マルヴァル将軍も、終にまた城を陥られ、米軍に降伏させられたと云ふ。忘られぬ、われ〳〵局外者に取ッても、無量の残念、ことに、それ故、他日の思ひ出、こゝに繰り言としてその日をしるしつければ、その日は此、ことしの四月十六日、此稿を草し此文を書く五月廿七日から僅かに一ケ月前である。嗚呼四月十六日、その日がつひにまた此勇敢なる硬骨男子をして節を屈せしめる日となッたか。何ぞ思はん、それから僅か二ケ月前はまだ〳〵マルヴァルの燃えのこる一道の活気が四方に奔竄した志士一同に命の力とされたのであッたものを。香港に亡命して居る志士一同から一篇の慷慨沈痛なる陳情文を今の米国の大統領ルウズベルト氏へ宛て、差し出した、その署名人はいづれも志士中の錚々たるもの、即ち、アパシィブレ。リエェゴォ。イルストレ。セレスチィノ、ロドグェズの四氏で、そして其文には如何に米国が野獣にひとしい武力で島民を征服しやうと思ッても、それは〳〵必らず無効に帰するが最後の結果で、島民はよしや数を尽くして鏖殺されるとも、さうされるまでは奮ッて只戦ふのであるとの凛乎たる決心を述べ、つゞいて、右この頃捕へられたマルヴァル将軍が去年（明治三十四年）七月発布した宣言の文意をも引用した。かれらアパシィブレ氏たちがそのやうに其文を起草して、前記米国の大統領ルウズベルト氏へ差し出したは、去年の十月十日、その文を其儘別に印刷して（香港で）一小冊子として更にまた各国の同志抔にも配布したところで、それが山縣氏の手に入ッたのが同じく十一月、しかも天長節の当日であッた。今から思へばそれもまた恨みの種となる。嗚呼、かれらアパシィブレ氏等はその時、その十月、その文を配布する時、まだ〳〵夢にも、やがて六ケ月の後頼みに思ふマルヴァル将軍が米軍に捕獲されやうとも知らなかッたればこそ、その文にも、さも〳〵頼みにするやうな口調でマルヴァル将軍の事を引用したのでもあらうのに。ともかくも吾々は差し支へ無いかぎりの所を抜萃して、その文のおもかげをこゝに示すことにする。

その文、すなはち

Without necessarily seeking for recognition of our authority we consider it proper to state, very briefly, by what authority we act :

In an official communication dated 3lst of July, 1901, General Miguel Malvar, in supreme command of the Filipino forces, confirms the power previously held by this Committe and supplements it ; declaring us to be the body legally representing those in arms and recoguizing in us the fullest powers.

Finally, in the hope and with the earnest prayer that this appeal may meet with a favorable response, we respectfully represent that no way can be found of putting adequate assurance : to our people of some form of ultimate national life. We ask in all sincerity : is not this aspiration both legitimate and laudable? And if so, what other course would you have a self-respecting people adapt? What greater proof of our sincerity and devotion could there be than the prolongation of resistance even after the complete supremacy of American arms has been established? The armies of America can march unresisted from end to end of our country, but wherever they are not present our people unite, drawn together by a common desire. The American armies can defeat our troops but they cannot defeat or destroy this desire, unless by the destruction of those who hold it—and such an act as this we can never believe the American people would knowingly authorize.

And if it prove that yours should be the hand to liberate our people, a name, honored in your country, will be beloved and ever memorable in ours.

右その文中の一節で、われ〳〵はことさら其文を原文のまゝ右のとほりに引いた。さても〳〵いかばかり彼等亡命者が、その文で見ても、わづかに残る一縷の望みをマルヴァル将軍につないで居たか。さても〳〵いかばかりまた彼等の、とても屈撓されぬ意気が、その文で見ても、烈火のごとく燃えて居たか。いづれもたゞ想像するに余りある。が、さて、どうか。此明治三十五年の今日までも尚かれら志士をして、それほどの煩悶をおのづから発表するまでにするのを禁じ得ざらしめるに至ッた、その、そも〳〵の元はと云へば、――さらば、その元たるものは何か、誰か、と云ひ及ぼして来れば、繰りかへし出さずにも、また居られぬ。その元は、と云へば実にアギナルドその人である。何、すなはちアギナルドである。誰、つまりアギナルドであッた。まづ米人を買ひかぶッたアギナルドその人であッた。

さらば如何やうな子細からアギナルドは米人を買ひかぶッたのであるか。

おのが身についてのその事の子細をばアギナルドその人只ひとり知る。しかし、その人に今は既に口も無い、手も無い、足も無い、筆も無い。パァシッグ河畔の幽居、武装した米国兵に守護されて、厳重に監禁されて居る今日のアギナルドに今その子細を述べてよと云ふことをもならぬ。さらば、われ〳〵が即ち代はッてこゝにそれをば述べる。述べても今はもうかまはぬ時代である。述べてもかまはぬわれ〳〵である。アギナルドは監禁の身となッて、はや言句をもいやしくもせず、十分米国に心服した様子を示してさへ居る今日、今その子細を示すにあたッてそれを彼れの口から出たものとして、いたづらに彼れの責任をのみ重くさせ、彼れが米人から受ける憎みを多からしめるのは吾々の好まぬところである。際立てゝ、それゆゑ、われ〳〵は読者に向かッてもアギナルドが米人に欺かれた子細の是からの記事は、今只われ〳〵が、むしろわれ〳〵の推測で得たところである、と、こゝに責任をばわれ〳〵一個の上に引き受けて。ここに確言する。嗚呼思ひやる、雲水万里、そのはるかの所で楚囚の身となッて居るその人は、われ〳〵

の此文をいかなる心もちで読むであらうか。

　重ねて云ふが、アギナルドは米国を尊崇するあまりに買ひかぶッて居た。ペトレルの艦長に対面する頃のアギナルドは実に米国をもッてわが理想的模範たるべき国とした。其頃のアギナルドはいはゆる国といふ国、たしかに文明の軌道を蹈み、一般の自由をそなへたものは世界に唯一つ、すなはち大洋を隔てゝ西半球のうちに在る北米合衆国、只それのみとのみ思ッた。

　思ふ、それゆゑ、ひそかに其国を仰いだ、慕ッた、たふとんだ、うらやんだ。

　もとより北米合衆国の歴史をアギナルドも知ッて居る。そも〳〵その国の独立を得るはじめの歴史の何枚かは正義人道のためにしたゝらせた鮮血で印刷されてあると十分よく知ッて居る。

　つら〳〵思へば、米国そのむかしは英国政府の暴政にくるしめられて居た、とのおもむきはアギナルド、そのおのれも知ッて居る。そして、おのれの、その国の今はどうか。暴政にくるしむ有りさまは其むかしの米国と変はらぬ、今、現在の今。そして、米国の其むかしは仏国革命の刺戟を少なからず受けた、とのおもむきも亦アギナルドその己れも知ッて居る。そして、おのれのその国の今はどうか。他国の革命の刺戟玖馬《グウバ》の動乱が明らかに大きな感動をフヒリッピン島へも与へてくれた、今、現在の今。そして米国のそのむかしは遂に人民の全勝となり、政府は兜を脱ぎ、自由は十分米人の手に得られたとのおもむきも亦アギナルドその己れも知ッて居る、そして、おのれのその国の今はどうか。

　思ひを次第に進めては是非ともそこまで到着する。さて、さうしたところで、いざと云ふそこに為ッたところで、悲しくもまだ何の答へもならぬ。

　なるほど、政府に対しての反抗となッた、それ迄のところは如何にも米国のそのむかしとアギナルドこの己れのフヒリッピンと一様である。しかし、そのやがて得るべき結果は？

　それはまだ手の届かぬ先に在る。

　一念の手、脂をしぼり血をしたゝらせて伸ばし〳〵〳〵したならば、なるほど届かせられもしやう。が、それは是からである。前途只遼遠である。父母の土地もわが墳墓の里もなほ魔気の闇蒸すばかりな、濛々たる中に包まれて居る。境遇がその本に於ては同一で、そしてその終りに於ては猶まだ不確定でもあり、同一でもないか知れぬと思へば、いきほひ早く成功してしまッた他がうらやましく、いたづらに煩悶し、おのづから落魄し、むなしく蹉跎し、空に大息する自我一切の運命が只なさけなくのみ思はれる。

その矢先きも矢さきである、敬慕するその理想的模範の国から何やらやさしさうな言葉を今は直接に掛けてくれるらしくなッたとは。まこと、同病は相あはれむ。非自由のくるしみを味はひ飽きるほど味はッた米国は、よし人は変はッて子孫の土地と為ッたにしても、なほ自由のためには、おのづから勇みもする、自由のためには同情をよく〳〵他に寄せもする。であればこそその国から少なからぬ声援の声がするのであらう。彼ら米人の祖先は、しかもラファイエットの義に勇んだ奨励を受けた、そのいにしへのことを今またつく〴〵思ひ出し思ひしみて、さてこそわれ〳〵比律賓人にも一方ならぬ同情を表してくれるか、そして第二のラファイエットと為らうとしてくれるのか。

と、アギナルドは一図に思ッた。

まこと『餓ゑたものは食をえらまぬ』である。なるほど世界に人は多い。なるほど世界に国は多い。さりながら誰一人として、どれ一国として、義のために奮ッて起ち、人道のために絶叫し、島民の死ぬよりつらいくるしみを救ッてくれやうとするものは殆んど無い世の中である。比律賓は、今、たとへば、縋るべき板子も無い漂流の境遇、岸への到着よりさきに泡沫と消えるか知れぬ場合ひ、板子らしいものと見えたが最期、あるひは藁束をでも引ッつかむか知れぬところ、そこへ如何なことか、そも〳〵また殆ど意外な、やさしくも、やさしくも、さて実にやさしくも同情一片の言葉を——よし掛けられぬまでも——それとなく云ひ述べられたとなッては只何が無し涙のみさしぐむ。

わが身を抓ッて人の痛さを知り得られる。抓ッたおぼえの無いものには其察しは殆ど出来ぬ。米国は曾てそのくるしみを経た、経てよく味はひ知ッた。推察の心にも、それゆゑ、富む、きッと必らず云ふまでもなく。それ故にこそ鼓舞してくれるのであらう、奨励してくれるのであらう。もし或ひは、万一の時、泣いて救援を米国に訴へたならば、思ふにそれら米人の侠骨、それを容れてくれぬとは、必らず有るまい、とまた思ひ進めて思ふ。思ひすゝめて、さて思ひつゞけて居る。その矢先も矢さきである。デュウヰ将軍からのその使者であッた。

まッたく渡りに舟と思はれた。いはれなく将軍が北米合衆国将軍たる地位の人として、云はゞ亡命客たるに過ぎぬ我このアギナルドに面会を求める道理は無く、必らず少なくも島民の叛乱問題について、何事か協議しやうと思ふのであらうとは推察した。

もしや、そのやうならば、場合ひにより或ひは救援を頼んだところで、聞かれぬことも無さゝうとも思はれた。いはんや玖馬の例も有るものを。

何の疑ひも無く、只一図にアギナルドはその面会の請求を承諾する気になッた、むしろ小をどりするばかりになッて。

嗚呼、今日になッて思へば、そも〳〵まづ此時アギナルドは米人に欺かれたのであッた。

あはれにも神ならぬ身の彼れはそれと悟らなかッた。然り、われ〳〵は心から実に悲しむ、こゝに至ッて声を大にし、語に力を入れてかれら比律賓人がアギナルドをその代表者としてまざ〳〵米人の甘言に乗せられ、いかにも巧みに欺かれたのであると思ひ切ッて公言することの、実に実に已むを得ぬところまで立ち至るのを。

われ〳〵はこゝに赤心で云ふ。寛大なる米国の諸君子、こひねがはくは吾々の赤心をだけ聞きたまへ。われ〳〵は維新このかた今日に至るまで、有形に無形に北米合衆国の政府および人民の実にすくなからぬ庇護を受けた。その庇護に対するわれ〳〵の感謝はわれ〳〵は子孫の末に遺言しても決して忘却させせまいと思ふ。太平洋を隔てた隣近の強大博愛なる国としてわれ〳〵は深く米国を仰ぐ。何の怨みが有ツてこゝに筆をすり切るまでにして米国そのものゝ非理を攻撃したからうか只それ一個人道のためである。米国が比律賓を領有しやうとする事実が、もし真に米人一般の意見ならば実に米国は好んで求めてモンルウ主義を捨て、いはれなく鉄血政略、帝国主義に一二の政治家の野心を逞ましくさせ、折角華盛頓《ワシントン》その他の偉人によッて得るに至ッた赫々たる名誉を汚辱して、千秋の下までも拭ふべからざる悪魔の名を求めやうとするのである。比律賓を領有する抔といふ無法のことは、必らず、米国人中の有識なる士君子の意見でないとは、吾々の堅く信ずる所ではあるものゝ、如何せんアギナルドとペトレル艦長との会見から始まッた局面の転一転、変一変は、つひに今日の如く悲しむべく、また忌むべき評言を、吾々が米国に向かッて加へなければならぬ所にまで立ち至るやうにならしめたのが事実である。敢て事実を是からいよ〳〵有りのまゝに解剖して書きわけ、天下世界をしていづれが是、いづれが非であるかを判断させやうとするわれ〳〵の自由、またさうして或ひは幸ひに米国の賢明なる猛省を得て、星の旗の光明が、未来に一入照りまさるやうに米国の諸君子が、幸に一二の野心家の指嗾とならず、あはれむべき彼等比律賓人を独立の人民たらしめるに至る事を許されるそれをこひ願はうとするわれ〳〵の微衷、また或る意味に於ては米国及び比律賓に対しての老婆心切、その入り込み取りみだれたわれ〳〵の心中を、実に、こひねがはくは、人道に重きを置かれる米国の、むしろ云はゞ世界の諸君子よろしく察したまへ。

で、われ〳〵は公言する、これからの筆行きはむしろ暴いと云ふまでに只事実を事実として述べる。われ〱の筆はまだ折れぬ、まだ曲がらぬ。われ〱の身はまだ楚囚とならぬ。われ〱はまだ引率して戦ふべき孤軍、著書といふ一隊をわれ〱の指揮の下に儼として持つ。鉄鎚を鶏卵に打ちおろすやうな武力、すなはち暴力、すなはち蛮力が、もしわれ〱の上にふりかゝるものならば、それは只はや暗黒の時代、悪魔が正義ををくらひ尽くすのであると冷やかにあきらめて、従容只その運命に任せるだけの事である。

＊　＊　＊　＊

＊　＊　＊　＊

ペトレル号の艦長にアギナルドが対面してしたしく物がたりをし合ッたのは、実にその年（一千八百九十八年）三月十六日および四月六日の両日で、艦長の云ッた大要はおよそ次ぎにしるす通りであッた。

『比律賓の今日の不幸に対してはわれ〱北米合衆国の人民はことごとく厚い同情を有して居るのです。すでに玖馬の例に徴しても御承知の事と存じますが、米国は自由の大義のため、おほやけの人道のため、飽くまで玖馬を助けますでしやう。博愛のその眼《まなこ》は比律賓に対しても相違するところは決して有りません。小官が今日将軍のあなたに拝顔を遂げて、名誉余りある委細の御はなしをするのは甚だ心によろこぶ事で、どうぞ、それゆゑ、十分心腹を御うち明けになッて御はなしを願ひたう存じます。』

艦長の言葉の切り出しは是であッた。これに対して答へはじめたアギナルドは実に只何となく心うれしかッた。

『御言葉の趣きは快く承知しました。然し、十分腹心を打ち明けてとは如何やうな事、また如何やうな為めにですか。』

はじめて応接した言葉はまた是であッた。

『外でもありません』と艦長が。『西班牙国政府へ対して反旗を御あげになッた、その真の御心底をまづ十分明白に承はらうと存じて。』

『私の発した檄文宣言は御覧でしたか。』

『拝見しました。』

『しからば、それに記してあッたのと些しも変はらぬと御考へになれば宜しいのです。』

『成るほど分かりました。然る上は改めて御はなし致すことが有ります。』

艦長は椅子を進めた。また何となくあたりを見まはして、声の調子をも低くした。

『秘密に御はなしすることゆゑ、どうぞ一切その御つもりに願ひます。今うけたまはッた所に由れば、是から又時期さへあれば御帰国にもなり、また何処までも御国の自由を得るまでは政府へ対して御反抗なさるとの御決心のやうですが。』

『如何にも仰せのとほりです。』

『ところで、さう申しては失礼ながら、何を申しても御引率なさるのは何れ烏合の勢、表裏もまづ恃めるやうな恃めぬやうなものと見て差し支へは有りますまい。』

アギナルドは黙して居た。

『と、しかし、失礼な事を申すのも敢て決してあなたを侮辱しやうとの心ではありません。打ち明けて申せば、明白に苦言を進めて、米国は出来るだけの御助けをしやうと思ふのです。』

『助けを？』アギナルドは屹とした。

『米国人一切の友情です。真に将軍、あなたが一身を犠牲に供しても島民に自由を得させやうとの思し召しならば、北米合衆国は、実に、大義公道により、たしかに正義の味方となり、あなたの御助けをする丈は決して躊躇するのでありません。御承知の如く米国は自由主義で立ッた国、自由の真理は国民の生命です。』

アギナルド胸只をどッた。

アギナルド瞑目した。

瞑目、その皮裏には涙がいつか宿ッて来た。

『われ〳〵米国人のそれまでの心、を、将軍、あなたには、いくらか御察しくださいますか』と艦長は刻みかけた。

アギナルドは大息した。

『感謝の至りに堪へません。かりそめにも世に同情のその御言葉を決して仇には………』

『かりそめ、とな、将軍！　是はしたり、決してかりそめなど………』

『いや、それは分かりました。只感謝いたすのです。』

『御助けをさせましやうか、将軍、米国政府をして比律賓の自由のために何処《どこ》までも？』

しかし、アギナルドは無言であッた。

『将軍、いかゞです。それについての将軍、あなたの御考へを是非どうか承はりたいもので。』

なほアギナルドは無言であッた、その意中をさすが聡く見て取ッて、

『御躊躇なさるか、将軍、いや、御無理の無いこと、小官に於てもまた十分御察しゝます。さらば改めてたしかに北米合衆国政府および人民の本心を申します。御聞きください、どうか。』

読者諸君、乞ひねがはくは、是からの艦長の責任ある言葉を——一丈夫児としての艦長の確言を——しかり、よく聞きたまへ。艦長は丈夫たる一武人として、実に次ぎのや

うにアギナルドに述べた。

『北米合衆国は御承知の如く他に隔絶した一大陸に在ッて、すべての国際上の利害の関係は無論他の一切の邦国と同一ではありません。只おのれを守ッてそれで立つ、さうさへ［す］れば十分です……』

乞ふ読者諸君、艦長の此立派な語に注意したまへ。

さらに艦長は次ぎのやうに続けた。

『北米合衆国はまだ〳〵未開拓の土地にも富み、まだ〳〵人口の過剰をも告げず、むしろ歓んで世界の人を容れるとも、みづから費用を抛ッて領土を拡張するやうな必要は決して無い、これは云ふまでもなく一目して推察し得ることでしやう。』

嗚呼、また見たまへ、読者諸君、『一目して推察し得る』といふ事が、二目しても三目しても、千思また万考しても、全く何の故とも理解し得ぬまで反対の現象を今日ではあらはすやうに為ッたといふ事を。見たまへ、領土の拡張を必要とせぬと云ッたその国が、今は他国の自由を蹂躙しても帝国主義の呑噬を逞ましくするらしくなッたといふ事を。

さらに艦長は次ぎのやうにつゞけた。

『それゆゑ、北米合衆国政府は人類の大道にもとづき、その祖先の遺訓にもとづき、決して慾からでなく、一片人道のため、もし島民が好むならば、島民の助けを行ッても決して厭はぬとの意見を決し、在野の政党も拍手してこれを迎へ、即ちその報告がデュウヰ提督にも達せられ、つひに斯う小官の拝趨となッた次第です。モンルウ主義の米国とは将軍あなたに於ても嘸かし御承知、小官は只今の小官の申し出を将軍におかせられても信実の耳をもッて御聞きくださるのを実に心から望むのです。』

アギナルドいよ〳〵胸は鼓動した。はや疑ふところでなくなッた、ほとんど、大抵。

が、いぢらしくも、尚念を押さうとする丈まだ〳〵大事を取ッて居たのであッた。

『御言葉のおもむき一々敬服もし、また感謝もします。然る上は敢てまた立ち入ッて伺ひますが、今仰せられた一切はあなた一個人の御言葉でなく、デュウヰ将軍の御言葉で、それをあなたが代表して私へまで御伝へになッた事と見る、と、して、御差し支へは有りませんか。』

船長は一寸沈思した。

『差支へありません。』

『なるほど、然らば、今の御はなしを口頭のみに止めず、正式の文書にして御調印を願へましやうか。』

『今のはなしとは？』

『要するにあなたがデュウヰ将軍の正式の代理人として

御出でになり正式に将軍の伝言をつたへられたと認めて、その趣きを法律上相当の式によッて御認めを乞ひ、証印を願ふ、と、このやうに。』

艦長はまた沈思した。

『私の証印をですか。』

『あなたも無論です。私からの希望を申せば、北米合衆国政府の将軍たるデュウヰ提督その人からの、その、たしかな証書をいたゞきたい、と、いふ一条です。』

『なるほど……』と、何か考へて居る。

『無論、それは頂けましやうが。』

『さやう』と、また考へて居る。

そのまゝ、アギナルドも黙した。無言たちまち五六分時間は過ぎた。

『将軍』と、艦長が重ねて、『その御返事は独断で私には出来ませんが……』

『なるほど。』

『一応デュウヰ提督に伺ひませんではな……』

『なるほど。』

とは云ッたが、アギナルドは少なからず気を抜かされたやうな気味であッた。

『将軍、それでは小官は是から帰艦しまして、今の御はなしの趣きを速に提督へ伝へる事に致しましやう。折りかへし提督の命令を承はッて又いづれとも正確な御答へをいたします。』

『さう願へれば重畳です。』

此応答を十分虚心になッて観察したらば、どうか。どうしても艦長の前後の様子は無責任に過ぎはせぬかと思はれはせぬか。つもッても知れる艦長のアギナルドを訪問した用事は、実に一国の安危の分かれる本、鮮血を流し生命を失ふ未来を是非とも包含して居る問題、それほど重大な事であるにも拘はらず、いざと為ッた場合ひ、即ち証書をよこすかどうかといふ際になッては、艦長その独断ではどうも為らぬとは何の事か。

それだけの結果の注意を前もッて付けて来なかッたとすれば、艦長がアギナルドに対しての応対の一切は軽卒である、無責任である、むしろ相手を侮辱することである。

と、これは、それをよく、善意をもッて、解釈した丈で既にさうなのである。よし悪意でなくとも、只善意を以てせず、むしろ坦懐になッて解釈してもはや一切の艦長の挙動は無責任のかぎりを尽くして居た事なので、更に邪推(と、もし云へるならば)を押し進めれば、はや此時艦長に如何なる野心が有ッたか知れぬ、と、斯う推断を下しても、その推断は、道理上是非とも立つ。

嗚呼、なにゆゑ、此時アギナルドが艦長の底意を怪しいと見なかッたのか！

嗚呼、この時アギナルドが艦長の底意を怪しいと心づいたものならば！……

いぢらしくも、なさけなくも、口惜しくも、その時アギナルドは前云ふとほり溺死に瀕した人であッた。食をえらまぬ餓人であッた。理を攻めて迷はぬよりは情に眩んですなはち溺れた。甚だしく怪しみの念を起こさなかッた。それと云ふのがもと〳〵米国を渇仰して居た先入の考へが有ッた故であッた。

只わづか、前云ふやうな、気の抜けたやうに感じた。しかし押し切ッて、気の抜け切るまでには感じなかッた。呼吸は繊微きはまる間、しかし千万の差を成すところ、はじめ、本、種であッた。

＊　＊　＊　＊　＊　＊　＊　＊

艦長の言葉をば、さすがアギナルドも半信半疑にも感じて、一両日待ッて見たが、艦長から何と云ッても来ぬ所から心やうやく面白くなくなッて直ちにそのまゝ其事は思ひ抛ッて新嘉坡《シンガポール》へとは赴いた。

新嘉坡にその足をおろすと同時、その地の米国総領事スペンサァ、ブラットといふ人からアギナルドへ使者が来た。その口上を聞くに、デュウヰ提督からブラット領事のところへ電報が来て、アギナルドが新嘉坡におもむいたゆゑ、領事には至急同人に面会のうへ、万事いろ〳〵相談してくれとの趣きが命ぜられたのであるとの旨であッた。

気を抜いたかと思ふとまた気を入れるやうな変妙なデュウヰ提督のはからひであると、一時やゝをかしくアギナルドは感じた。が、あはれ、まだ〳〵米国に未練が有る。惜しいかな、又もまたブラット領事と会見する気になッた。その（一千八百九十八年）四月二十二日、午前九時から十二時までの三時間であッたが、その間つひにアギナルドは又領事館にブラットを訪問した。

訪問するや、否やブラットが口を開いてまづ切り出した言葉に仰天するほど驚かされた。

『将軍、旅行中で嘸まだ御承知もありますまいが、われ〳〵の北米合衆国政府は、早既に昨四月二十一日をもッて宣戦を西班牙国政府に対して公布しました。』

『何と仰しやる、宣戦を北米合衆国政府が西班牙国政府に？』

『昨日です。電報もこの領事館へ来ました。』

実に〳〵心得がたい、むしろ、出しぬけの処置であると、只アギナルドは茫とした。

『将軍』と領事は語をつゞけた、『全く北米合衆国政府は西班牙の非義無道に対してその罪を問ふため干戈相見える決心にまで為ッたのです。西班牙国政府がビアックナバトォ条約を履行せぬと云ふのが、全く徳義といふものを蹂躙した仕打ち、即ち、あなたがた比律賓人は更に干戈を取ッて立つに十分正当な理を御持ちです。そも〳〵将軍の御決心はいかゞ。もし兵をまた御うごかしになるとの御見込みならば、北米合衆国は喜んでその有形と無形とに拘はらず、一切の助力を吝みません。それらについての全権はデュウヰ提督がたしかにマッキンレイ大統領から委任されて居ます。とにかく焦眉の急、至急の御決答を願ひます。』

ブラット領事の云ふところはさながら疾風が枯葉を吹き捲くかのやうである。アギナルドに取ッては意外である、殆んど意外でないやうな意外である。しかし、嬉しくもある。

一切の疑惑はむしろ喜悦に圧倒された。只、承知の旨を述べる。只、感謝の意を告げる。しかし、一応黙考させてくれとも望む。

そのまゝ辞し去ッた。

翌二十二日また会見、午前十時から十二時までの間に。

領事は顔色欣然、意気昂然、もう何となく浮き立ッて居た。

『将軍と昨日会見の委細を小官はデュウヰ提督へ打電しました、すぐ返電が来ました。返電は証言を列ねたもので、即ち、斯うです、――

『北米合衆国政府は北米合衆国政府艦隊の保護の下に於て少くとも比律賓の独立を承認する、それに関しては故さら形式に拘泥して文書で約束する必要も無い。

『北米合衆国提督および領事の言は厳格なる質言と認めてよろしく、決して西班牙人のと同一性質のものでない。

『北米合衆国政府は誠実を旨とし、正義を尊び、強大なる国家として立つ。』

領事が提督の公式を蹈んだ返電としてアギナルドに告げたのは実に〳〵こゝに挙げたとほりである。しかり、たしかに一政府の代表者としての、彼れブラットの公言したのはこゝに挙げたとほりである。

筆は些し末に飛ぶが、右のやうな立派な質言を呈した領事を官吏に用ゐて居た国、北米合衆国政府がその此頃あたりの後日に至ッての態度一切が、全然この質言に反するとは何のことか。われ〳〵はその真意を知ることのならぬのを悲しむ。悲しむと共に、聞き捨てにならぬ今日の米国の言論のその一を磨滅すべからざる記念として、わざとここに引用する。しかもまだ新らしい発刊、この四月米国に於て出版されたボストン、アドヴァタイザァ新聞の所論、しかもその新聞は政府党の機関新聞である。曰く、――

『比律賓戦争は今や三年も過ぎ四年となッた。それで島民が尚まだわれ〳〵米人に極めて強い敵意を有するのは現然たる事実で、われ〳〵は殆んど今絶望の地位に在る……』

われ〳〵は云ふ、誰が米人をしてそのやうな絶望の地位に立たしめたか。米人そのものがみづから求めた事ではないかと。

曰く『比律賓はわれ〳〵米人に取ッて通商の利益を有せず、また支那に通ずべき門戸でなし、それも今日ならばまだ兎もかくも、ニカラグァ運河がやがて開通したあかつきには、全く無用の長物となるのみである……』

われ〳〵は云ふ比律賓が通商の利を米人に与へる与へぬのは別問題として、それが支那に通ずべき門戸であるか無いか、ニカラグァ運河のやがて開通するかせぬかは米人の疾くに常識の有る以上は――承知してあるべき筈である。世界の地図を今日はじめて米人が見たのでもあるまい。

曰く、『それゆゑ、よし戦争は平定されたとしても、われ〳〵は比律賓から経済上の負担をおびたゞしく被らなければならず、思へば比律賓はむしろ全然放棄してしまッた方がわれ〳〵米人に取ッては、利益である……』

われ〳〵は云ふ、いかにも至当なアドヴァタイザァ記者の着目である。その着目がすでにある。なぜ、その着目の主とするところを事実として行はぬか。放棄して現在利益の有るべきものを、何を苦しんでその利益をまでも犠牲に供して、しかも他人種の自由の意志を無理に枉《ま》げるといふ非人道の所業を継続するか。

曰く『さりながら、吾々は一度政策を決して、比律賓を領土とする事にした以上は、軽卒にこれを放棄することはできぬ。』

吾々は云ふ、云ふに落ちず語るに落ちるとは記者のことである。記者の此公言、政府党記者の此公言、さても恐ろしい事を云へば扨云ふものである。『一度政策を決して比律賓を領土にすることにした以上』！敢て問ふ、如何なる鉄面で記者は今さう云ふか。米国はそも〳〵比律賓と協同して西班牙と戦ふとき、何と云ッたか。その時の米国の公言、いかにも立派な丈夫児国の公言としての公言は、われ〳〵は既に前に示した。それらはつまり虚言であッたか。一時他を欺くための巧言であッたか。しかり、堂々たる基督教国の○○

〇〇〇〇〇〇〇〇〇〇〇〇〇〇〇〇〇〇〇〇〇〇〇〇〇
〇〇〇〇〇〇〇〇〇〇〇〇〇〇〇〇〇〇〇〇〇

曰く『飽くまで比律賓人民を圧服し、経済上の利益ある事実を認めてはじめて満足するのみである。』

われ〳〵は云ふ『こゝに至ッて吾々は殆んど此言論をもッて悪魔の怒号と評することの実に已むを得ざる所に至ッたのを真に米国のために悲しむのである。今こゝに他の似た例を挙げて見る。

仮定したまへ、こゝに継母（西班牙）の残酷なる待遇に拘束されて、辱かしく口惜しいつとめをして世をわたる少女（比律賓人民）が有ると。継母は飽くまで少女の血をすゝらなければ已まぬ。少女は忍び得るだけ柔順の美徳を守ッたが、もはや守り切れなくなッた。その上、守れば死ぬより外は無い。少女は継母に哀訴して、今すこし拘束をゆるめ、自由の愉快を与へてくれと望んだが、さう望めば望むほど待遇は苛酷になる、少女もつひに堪忍袋の緒を切ッて継母に反抗するに至ッた（アギナルド等の反乱）。

しかるに、遠くからそれを見て居る少年（米国）が有ッた。少女を讃歎し、奨励した（島民に対する米国の最初の同情）。少女は頼り無い身の、いとゞそれを力に思ッて嬉しく思ッた。少女の意は、さりとて、継母を捨てやうというのではもと〳〵無く、只もすこし自由にしてくれと願ふのみであッた。が少年（米国）がそれを煽動して、助けてやるとさへ云ッたので、少女もその気になり、つひに全く継母に勝ッて親子の縁切りとなッた。やれ嬉しやと少女は思ふ。何ぞはからんその少年は、最初甘言で少女を欺き、実は少女をわが食ひ物にして、おのれが獣慾を満足させやうと思ッて居たのである。少女は戦慄した、憤慨した、号泣した。少年は野獣の本性をあらはして少女に臨んで、その独立の貞操を汚さうとした。少女は狂死するばかりになッた。はねかへし蹴かへして、おそろしい爪から免かれやうとした。助けてくれとも叫んだ。誰も助けぬ。少年、むしろ、云はゞ悪魔は、少女をおさへつけた。少女は死なうとした。おさへ付けられて居るゆゑ死ぬにも死ねぬ。殆んど発狂する。少年はその慾をどうしても遂げなければ承知せぬと大言さへした（アドヴァタイザァの所説）と、これまで吾々は実に我慢して斯う比較対照して書いて、もう敢てこのうへ書くには忍びなくなる。公平なる世界の諸君子、諸君子は、此少年に対してそも〳〵如何やうの宣告を下されるか。

おもふに諸君子は、この少年をば〇〇〇〇〇と直ちに断定されるであらう。

もし然らば、これまでの米国は？

敢て問ふ、諸君子はこれに対してそも〳〵何と御こたへになるかと。

敢て問ふ、法律や道徳は何のためか、基督は何を世界にをしへたかと。

ボストン、アドヴァタイザァの所論はいよ〳〵進んでいよ〳〵烈しい。曰く、

『ルウズベルトは此政策を持論として居るゆゑ、少なくともその今後三年の在職期中は、その政策を変ずることは有るまい……』

われ〳〵は云ふ、右の文にいふ『此政策』とは比律賓併呑政略を指すので、さらば、嗚呼、現大統領ルウズベルト氏閣下までも、その政策を持論として居られるのか。われ〳〵は隣近の、英邁なる大統領としてはるかにルウズベルト氏を仰ぐ、此新聞の云ふところを実は虚伝であれかしと思ふ。此新聞の所説は卑怯な罪人が無理に誣ひて他人をもわが連累のやうに云ひ立てる、それと同じたぐひであらうと思ふ、また必らずさうであれかしと願ふ。如何せん、ルウズベルト大統領閣下が此新聞の所論を打ち消す丈の事実をたしかに示されぬ以上は、その新聞が政府党の機関であるだけなほ、われ〳〵もまたその新聞の所説を如何にも真として、即ちその新聞は明白にあやまり無くルウズベルト大統領の意見を紹介したものと見なければならぬといふ、実は心につらく、又御気の毒に堪へぬほどの苦しい地位に立たなければならぬ。

曰く『さりながら、此政策を実行するとなれば、恐らくは独立の宣言に背くともし、また不徳きはまるともされて、米国は他からの批難を受けると共に、莫大な費用の損をすることであらう。』

われ〳〵は云ふ、いかにも記者の云はれるとほりである。記者は実に道理を道理としては知る。

曰く『しかし、われ〳〵は必ず目的どほり断行しなければならぬ』

われ〳〵は云ふ、記者の言はいよ〳〵魔道の怒号となッた。

曰く『他日あるひは吾々の今日の処置が罪悪で比律賓の抵抗不屈が真理であッたと、われ〳〵が思ふに至るかも知れぬ。』

われ〳〵は云ふ、なさけ無いまでに記者は詐欺の言論をかうまでも弄したいか、米人の今日の比律賓政策がいかなるものであるかと記者その人からまづ承知して居ればこそ『他日あるひは』とか何とか、云ひ濁すのでなくてそも〳〵何か。かれ記者はみづから述べて人を欺くのみか、おのれをも欺かぬやうにとして欺く、いやしくも常識が有るものならば、他日を待たずとも、今日の米国の対比律賓政策はどうで、比律賓の抵抗不屈がどうであるかとは分かる

べき筈である。

曰く『またわれ〳〵は道理上の不正を行ッたと他日悟ることになるかも知れぬ……』

われ〳〵は云ふ、いよ〳〵出で、いよ〳〵情け無い放言、このやうな言論を弄するもの、有るのを、われ〳〵は親愛する米国のために実に悲しむ。

曰く『しかしながら、今日の場合ひ、われ〳〵は是非とも決心を曲げず、よし年月は重なるとも、よし労力は多くなるとも、比律賓人民をどうしても征服しなければならぬ。』

われ〳〵は云ふ、これで右ボストン、アドヴァタイザァの論はおそるべき無道の怒号を東洋のわれ〳〵にまでしたゝか響かせて終ッたと。なるほど、此くらゐ無道の怒号を敢てする人士ならば、人種についての偏頗論を、よしそれらが絶叫しても、嗚呼、あへて異とするに足らぬ。

＊　＊　＊　＊

＊　＊　＊　＊

アギナルドはプラット領事の云ふところを堂々たる北米合衆国の名誉ある外交官の言として、却ッて法律くさい証書より堅いものと認め、すなはち領事の言を口約に止める丈で十分とし、そして確答をも与へた。すなはち領事の義心、北米合衆国人の同情それら二つながら十分会得した故、直ちに自分アギナルドは帰国して戦争をはじめる事にするがそれについて、何より必要なのは軍器ゆゑ、それを米国政府の手で調達していたゞきたい、と頼んだところ、領事は一も二も無く快く承諾した。

こゝに至ッて、すこし挿み筆になるが、一応公平に弁明を与へなければ為らぬ事が有る。

比律賓問題について、その米国で新聞に、雑誌に、書籍に、いろ〳〵な報道が世に出、また是からも出る事になッて居るが、その既に出たものは、いづれも此アギナルドとプラット領事との会見の成り立ちの一小事件についてさへ虚偽の報道を載せて居る。一小事件ではあるが、米人がそのやうに虚偽の報道をする心事が疑はしい。われ〳〵は忌憚無く、やはり事実は事実として、正確に立証して説破しなければならぬ。

前にも一寸引用したが、アギナルドに対しての、米国の最近有力の出版エドウィン、ワイルドマン氏著アギナルド伝に斯う書いてある、――

"While this drama was being enacted, Aguinaldo was not idle in Singapore. He secured an interview with Consul General Pratt, and requested permission to accompany Dewey to Manila. Mr. Pratt cabled Mr. Wildman, who conferred with Admiral Dewey, and Aguinaldo was requested to come to

Hongkong as soon as possible."

しかるに、肝心の本人、プラット領事が職務上作成した官文書、すなはち領事とアギナルドとの会見の報告書は、最も信憑すべき米国元老院公文集に出て居るが、文勢は前のとよほど違ッて居る。

すなはち、右公文集に出た文をばポンセ君もその『南洋之風雲』に引用した。われ〳〵も兎にかくまた訳して見る。曰く——

『本月二十三日（土曜日）本官は信用すべき英国の紳士エチ、ダブルュウ、ブレイ氏から比律賓叛徒の統領エミリオ、アギナルド将軍が微行して当地に着した趣きを秘密に告げ知らされました。右ブレイ氏は農業兼商業に従事する人で、十五年間比律賓に住居し、西班牙の失政によッて是非なく財産を捨て、同島を退去した人、よく島内の事情に通ずるため、本官は右比律賓群島の各所に在る城砦、貯炭場などについて、特にデュウヰ提督の参考として有益なる事実をあまた得ました。アギナルド将軍が、比律賓の叛徒全体に対して絶大なる勢力を有する段に於て、他の一方の領袖の一人として比肩するもの丶無い、その事実をば本官も承知するま丶直ちに同将軍に面会を遂げやうと志し、すなはち本官の請求により、翌二十四日（日曜日）の朝、同将軍と秘密会見を遂げました。同席者は将軍の外にその股肱両三名、その他にはブレイ氏で、ブレイ氏は通訳となりました。（以下はアギナルドとプラットと相助け合ふとの契約的談話……）これによッて本官は即日香港駐在北米合衆国総領事を経由してデュウヰ提督へ宛て次ぎの電報を発しました。即ち、——

『叛徒ノ首領アギナルド当地ニ居ル。提督御望ミナラバ同氏ハ香港ニ行キ、在マニィラノ同志トノ連合運動ニツキ、提督ト協議スルトノコト。ヘンマツ。』

右に対してデュウヰ提督の返電、——

『スグ来ルヤウアギナルドへ伝ヘヨ。』

『右に接して本官は、夜中ながら直ちにこれをアギナルドへ通知しました。そこで将軍は伝令官と秘書官とを従へ、一行変名で、二十六日（火曜日）当地出帆の英船マラッカ号に乗り組み、当地を出発しました。

一千八百九十八年八月二十八日、新嘉坡に於て

新嘉坡駐在北米合衆国総領事

イイ、スペンサァ、プラット』

以上感のま丶、筆のま丶書き進み来ッた所に至ッて、さて吾々は突如躊躇し、且狐疑し、且逡巡し、且昏迷しなければ為らぬ境遇に陥ッた。

以上の記事は此明治三十五年五月下旬までの間にわれ〳〵が草したもので、その辺の時日は既に前の文中にも見

えた。そして前の如く序を開いて置き、更に一歩を進めて、なほ深く米国其もの丶不義不徳、ほとんど比律賓人に対して人間たる人間の神聖を微塵一点も顧みぬ形跡の有る所を飽くまでも暴露しやうと思ッて居たところへ、何事か、思ひも掛けぬ意味の電報が米国辺からわれ〳〵の耳にも伝はッた。それら電報の大意を云へば、米国は比律賓の永久領有を望まず、これを所有して居れば却ッて負担にくるしむ（アドヴァタイザァの言外の意味、参考）それゆゑ、いつそ放棄するのを得策とするのであるが、しかし、今迄費用の掛かッたものでもあり、それを損してもと云ふ訳には行かず、このところ寧ろ大負けに負けて、商人で云へば、元価に見切ッて、どうか他の国へ体裁よく全島を売らうとの意見で、是が盛んに米国の人士の胸にもよほして、手も無く当惑と後悔とがあり〳〵其新計画の発表と共に明白になッたとの事であッた。

米国がさう思ふやうになる日の有るのをば、吾々も予想したればこそ、一つは此書に筆を動かす事ともなッたので、アドヴァタイザァの議論のやうに、なほ頑迷に只根づよく極端なる帝国主義を鼓吹するもの丶みが必らず米人一般であらうとは素よりわれ〳〵とても考へぬのである。況んや個人の交際として、随分親密なる間がらの米国紳士、しかもその本国合衆国に居る人たちを、われ〳〵とても友人に持た無くは無い。此書物を起草するとなッて、前もッて云ひおくッてもやッた。曰く、是非に及ばぬゆゑ、一私人の交際は交際として、われ〳〵は気の毒ながら比律賓に対する貴国の処置について、自分では飽くまでも公平至当と信ずるところを標準として思ふさま書いて見るが、それをおの〳〵方は何と御覧なさるであらうか。と、此やうに。また斯うも云ひおくッてやッた、曰く、人の自由を思ふがためにバイロンは非業の死を遂げた。人の冤罪を拯ふがためにゾォラは殆んど迫害とも云ふ目に遇ッた。ひとりバイロンやゾォラのみでない。現に〳〵手近いところで云へば、比律賓革命の導火線たり、且火薬たるリサアルその人も、亦同胞に成りかはッて、命を刑場一弾の烟と消えさせた。一旦これと志しを立て、目を付けて筆を執り出した以上、決して徒らに止む決心では無く、まづこゝにアギナルドを主人公としての一篇をその主脳、つまり中堅本陣とも云ふべき意気で書くと共に、さらば頼む、願ふ、おのれやれ動け、筆——筆の穂先のつゞく限りは筆をわが孤軍の兵士として、別にまた他の稿をも起草し、同時、もしくは引き続き、つるべかけ、呼吸の隙も無く他の、その稿をも世に出す、即ち中堅に応じての左翼か右翼、さもなくば遊撃隊か、よし何でもよし、一斉に渦を巻き砂けぶりを吹き立て丶無二無三に出す、と、此やうに。その計画は——自分で云ふとをかしいが――手ばしこく付いた。その実行もまた殆んど手ばしこかッた。先鋒とも、突騎とも云ふべき、一部小説体のもの『桃色ぎぬ』は既に印刷に着手しはじめさせた。何ぞ思はん、風雨は妙に飜転する。前回を書き終ッて更に次回の刪潤に取りかゝらうとする頃となッては、即ち前云ふとほり、どうやら米国の意思が変妙になッて来た。ルウズベルト大統領は暗々裡、黙々裡に比律賓を独立させる意見に稍傾き出した。その近頃の演説を残す隈無くわれ〳〵が読み、読み、味ッたところで、前にルウズベルト閣下がマッキンレイ故大統領の部下として比律賓問題にいろ〳〵画策した施政方針とは全然変ッたとも云ふべき、同氏この頃の様子である。しからば、米国の新聞紙はどうか。一例として吾々が前に示したボストン、アドヴァタイザァは前に見えるとほりの語気、むしろ乱暴な見脈である。その他は？　されば、その他は一言で云へる、曰く、只曖昧。権謀には虚勢も、アイロニイも有るのは無論である。それに釣られゝば只迷ふより外は無い。実にそれゆゑ、しかと云ふ、われ〳〵は迷ッた。四方に奔竄した比律賓亡命者もまた迷ひ出した。迷ふ、それらの濛々たる暗霧の中に包まれて、それ故、われ〳〵の筆も躊躇した、形勢を見る事にする。と思ふ程もなく、なほ意外な電報はまた驚くべき事を伝へて来た。曰く、

アキナルドが釈放された、との事！

釈放されたか、嗚呼、さては釈放されたか。如何にも成る程とうなづく――うなづく、微笑まじりにうなづかれる事も有る。さても〳〵何の事か、書きかけた此原稿をどうしやうか。

しふねくも又われ〳〵は昏迷の魔神に飜弄されはじめた。原稿それを書き進める、即ち、米国の非を此うへ鳴らす、それは果たしてわれ〳〵の道であらうか。

もしそれ『旧悪を尤めず』を博愛の精神の第一義とすれば、こゝに今はや米国が既に先非を悔悟しはじめて――よし大抵の条件を附帯させたにもせよ――首領たるアギナルドを釈放したと云ふ一事実は、とにかく驚くべく猛省の美徳に彼等米人が富んで居るのを示したと云ッても些しも無理でなさゝうである。よし、一時の権謀でさうしたとしても、それでも宜しい、姑《しば》らく吾々は欺かれやう。心の真偽は未来がたしかに表明するのである。で、只、われ〳〵は寧ろわれ〳〵の早合点（と、もし云へるならば）をもッてみづから好んで満足する事として、即ちそのやうな満足は、われ〳〵が友愛なる米人に対する一片友情の、只、致すところとして、前云ふごとく、姑らくは、欺かれるならば欺かれて見る事として、こゝに故さら死骸に向かッて鞭を加へる、むしろ、偏執的の筆誅を、この上米国に加へる

のを、吾々が今は又断念しなければ為らなくなッた。で、此原稿の継続をも一時は止めて見なければならぬ、抜きかけた刀をしばらく鞘へをさめなければ為らぬ。ましてや是から、即ちプラット領事とアギナルド将軍との会見以後の是までの真の事実を思ふさま暴露した日には、少なくも、拭ふべからざる、米国永世の汚辱であるものを。われ〳〵は米人を親友と見る。只いたづらに人さわがせに友人の非を云ひたくはない。しかも、況んや先非を大に悔悟する形跡が大分米人全体にあらはれたのであるものを。

米国に対しての、主としての攻撃は、それ故、是からと云ふ処であるが一まづこゝでは材料を只そのまゝ吾々の書斎に封じ切りにする事にして、戦争の状況も（他日、歴史として書く時はまた格別）今はその上叙説せず、只結末として趣味有る物がたり、それを茲にしるす事にする。

同情と推察とに富まれる読者、われ〳〵の今日現在の筆は此儘としても、しかも是だけの事は、流石たしかに御推察も、また御会得も付かうと吾々は心で思ふ、即ち、米国は人道のため義侠のために比律賓を助けると宣言したのであッたが、中ごろ、妙な態度を示して、また此ごろ、妙な、しかし、正義らしい態度を執るやうになッたといふ事！

手短く云へばアギナルドは遂にデュウヰ提督の請求を容れ、米軍と共に西班牙政府の権力を破壊することに決し、陸戦に於ては全く全力を尽くして全体の勝利をつかんだ。なるほど海戦は米国の骨をりであッた。順序の整理上プラット及びデュウヰ両氏の請求を容れた以後のアギナルドの運動、および全体の戦況、それらをば一応是から略説する必要も有る。

拾参

打ち合はせが万端付いたところで、アギナルドは改めてまたカヴヒテに帰着した。頃は一千八百九十八年、即ち明治三十一年の五月、その廿一日附けで、カヴヒテに於てアギナルドは回状を旧部下の将士に発し、その月三十一日の正午の号砲を合ひ図としてカヴヒテに来会すべき旨を伝へた。もとより髀肉の歎に堪へられなかッた将士の事である。わが首領の本心も大かた了解されても居る。皆小をどりした。二十一日から三十一日までわづか十日ほどしか無い短い日数が全く千年の心もちでもあッた。その日を待ちわびるばかりにして、いよ〳〵その日となる、誰一人として午前四時を過ぐしてやうやく出かけたものは無い。東の白むのを待ち設けるやうにして思ひ〳〵にカヴヒテへと志して、さて到着して見てまた更に驚いた、はや既に詰めかけて来て居るものが過半である。前夜どころか、両三日このかた殆ど寝るものさへ無かッたほどで、皆只たまりかね、こらへかねて、二十一日の午砲はおろか、されば二十一日の午前六時の鐘はおろか、されば又、暁の鳥の声はおろか、待ちかねて、もどかしがッて前夜からもう来集したのである。

集まッたのはアギナルドの旧部下の将士のみではなかッた。西班牙総督アウグスティン将軍が米軍と対抗させるために組織した民兵の将士たち、それらまでも亦であッた。それら皆西班牙総督の麾下を脱して、一斉にカヴヒテへ集まり来ッたといふほどの有様である。

此時のアギナルドの一身の多忙は名状のほかであッた。云ふまでもなく大事業に於ける咄嗟の成功には必らず万倍の多忙が附随するのが当然で、それを、よし一身只ひとつでも、美事に整理し、切り揃へ、いはゆる快刀で乱麻を断たなければ、たしかな功は収められぬのである。アギナルドは流石こゝを切ッて抜けた、美事に電火の奔流を示した。

五月二十一日、前記のやうな回状を発する、それから二十二日まで（然し、正味は殆んど一日）ほとんど徹夜、議論、案文、添削、清書、――そして、それほどの咄嗟の間に順序をとゝのへて、さて何を発表したか。

政府建設の宣言

である。

すなはち比律賓政府は一日で出来た。実に出来た。わづか二十四時間内に！

すなはち五月二十三日は、いよ〳〵宣言書の発表となッた。曰く、

『強大なる北米合衆国国民は吾人の独立自由に公明正大なる保護を与へると公言して来島するのである。諸君によッて組織される全軍は神聖且高尚なる将来の希望で奮ひ立つ、それらを、幸ひにして統御することを得るために、吾人は今や本島に帰着したのである。これによッて即決、まづ独裁政治を布き、自分全身の責任と諸名士の輔佐とを本として、法令を制し、又行ひ、統治を整定し、更に共和国議会を組織し、大統領の選挙、内閣の編成を行はしめ、更に群島の全権を挙げて其大統領に一任する。』

羽檄《うげき》として此宣言は四方へ飛ばされる。引きつゞいて、軍隊の編制を定める。又、引きつゞいて、もしくは殆んど同時、他の生命財産を傷害した罪に対する制裁、その他焦眉の急とすべき一切の緊急法令を矢の如く発射した。たとへて云へば、その発射は宛然後光とも見える、人は殆ど目

が眩む。

宣言はいよ〳〵伝はッていよ〳〵量の大きくなる雪崩であッた。全島は沸騰した。百で数へるばかりの多数が呼応する、むら立つ、奔馳する。

西班牙総督は殆んど呆れた。

しかし、苦肉の窮策、諛辞、甘言がさながら無尽蔵の見切り売りのやうに島民に浴びせかけられた。曰く、『島民は母国たる西班牙を助けよ、他人の国たる米を頼むな。』で、それが只一日！　つぎの日はその意味が増大された。曰く、『米国は慾で只島民を助けるのである、西班牙を群島から駆逐してしまッたその後は必らず只全島を鷲づかみにする。』で、それが殆んど半日！　つぎの半日はその意味が比較を加へられた、形容を添へられた、巧妙なる修辞法を用ゐられた。曰く、『かれら米人は親友と一時布哇国人に油を掛けて〇〇〇希くはわが同胞の比律賓人、それら前車の轍を蹈むな。』

その時西班牙が米国を攻撃した言句は如何なる真理が有ッたかどうか、今敢てわれ〳〵は云はぬ。が、それらの甘言は、早既に遅かッた。アギナルドを始めとして、島民の一同は只冷笑をもッて之を迎へた。

五月二十八日のことであッた、西班牙の軍曹ガマティオが先づ一分隊の兵士を率ゐてアナボォ地方へと出発した、それを狙ッてアギナルドが下した一撃は、比へやうも無い利き目を示した。ガマァティオは無論死ぬ。兵士も大抵死ぬ。余はまるで捕虜となッて、さて辛うじて逃げのびたのは唯一人の兵士であッた。

此一撃は直ちにカヴヒテをしてアギナルドの有とならしめた。しかも又其報告が凄ましい速力をもッて全島に伝播すると共に、また他の一吉報は狂するばかりに島民を喜ばせた。すなはち海戦に於ての米国の勝利。米国の艦隊と西班牙の艦隊とがマニィラ近海で相衝突して、つひに米国の、目ざましい勝利となッたこと、それは如何にも、全く米国の独力で成し遂げた一つの偉業であッたに相違無かッた。

ガマティオの一分隊を破ッて無類の勝利を得たのはアギナルドの一将サキラヤァンといふ人であッた。サキラヤァンは手はじめの勝利の惰力をその力のかぎり息もつかずしたゝか響かせた。ガマティオ軍隊の全滅にあたり、九死に一生を拾ッて敗報をイイムスの西班牙軍司令官に齎らし帰ッた一人の兵士、その陳述を聞いて西班牙の武人は顔色を失ひ、とかくの思慮もまだ付かぬ間、それを附け込んでサキラヤァンは手勢を蒔き散らして進撃をはじめた。

アギナルドの命令で、サキラヤァンがさうしたのであッたが、とにかく此際、大胆と云へば実に大胆な手段をサキラヤァンは取ッたのである。前文、われ〳〵は『手勢を』サキラヤァンが蒔き散らしてと叙説したが、全くさうしたのであッた。サキラヤァンの手兵はいかほども無い、のを、むしろ蒔き散らして、ほとんど一斉にとも云ふべきほどにイイムス、ノヴェレェタ、サンフランシスコ、マラボォンの諸市に転戦をこころみるばかり騒がした。右を衝く左りをゐぐる、縦を打つ、横を刺す。

はや何のゆる〳〵した工夫も無く、咄磋西班牙の軍政総督ペェニア将軍はパァソスといふ少佐に兵三百を与へ、サキラヤァンの兵を逆撃させた。

が、云ふもほとんど張り合ひが無、西班牙軍は大敗した。蝶の加くわが兵を自由に飜転させるサキラヤァンは一戦してパァソス少佐の兵を破る、――のみか、少佐その人は無論、なお多数の兵士をまで捕虜とした。これが五月二十八日、宣言の発布後まだ一週にも足らぬ間。

はや西班牙軍は守勢を取ることゝなッた。二十九日、アギナルドの部下の一将ノリエエルはパコオル市を攻め翌日になッて之を抜いたかと思へば、アギナルドの部下の猛将の一人たるガルシアは掩撃してイイムス市を奪ひ、しかも四門の大砲と千余挺の小銃とを得た、それも亦二十九日の翌三十日のことであッた。

アギナルドの奇兵の用ゐかたはいよ〳〵出でゝいよ〳〵奇であッた。此日、即ち前の三十日、他の方面に於ても亦こゝそこ、あちこち活火を八面に燃え上がらせた。部下の一将、ロサァリオはカヴㇶツト市を撃つ。おなじくサンミゲェルはノヴェレェタ市を撃つ。おなじくハシントブリィトはタンサ市を撃つ。おなじくカイリエエスはサリイムス市を撃つ。打撃また打撃、土崩また瓦解、それらの諸市は一斉に陥落した。

一方に於ては又アギナルドの部下の一将リカルテ等が敵の本営たるマラボォンに掛かる、掛かッたのが三十日、そして次ぎの三十一日には早マラボォン市は没落の最後の火焔と黒けぶりとを吹いて、叫喊の声裡に落ちてしまッた。

マラボォンには西班牙の文武官ともにあまた居た、それらは総べて捕虜となッたのみならず、頭脳たる総督ペェニア将軍もおなじく縄目の身となッた。しからば、その次ぎの日は?

次ぎの日は六月一日、あゝ六月一日のその日は既にアギナルドが国内の西班牙の権力を滅しをはッて、その主権者となッた、実に、真の、その日でそしてカヴㇶテ上陸から数へて只わづか十三日目であッた。

しかも、米人はすこしもこれら陸戦に於てアギナルド等を助けなかッたのである。しかも、米人の血は一滴もこれら陸戦に於て島民のために義侠的に濺がれなかッたのである。しかも、米人の弾丸は一粒もこれら陸戦に於て島民のために、博愛的に発射されなかッたのである。

アギナルドが斯うしてひらめかした勝利の光彩は、他の各地に潜んで居た同志をまた弾き上げた。

やうやく丁年に満ちたばかりで、勇猛さながら鬼のやうなグレゴォリオ、デル、ピラァルはブラカァン州に旗を揚げた。

パンパンガ州が相応じて旗を挙げた。

ラグゥナ州が相応じて旗を挙げた。

所在みな革命の軍旗がひらめいた。

まだ〳〵有る、――

ミゲェル、マルヴァルはパタンガス全州を奔馬の速力で征服し、ルックパァンは南呂宋を席巻し、マニュエル、チィニオは北呂宋を踏み萎やし、それらおの〳〵アルバイ港、アバアリ港までも手に入れた。

呂宋全島は、や斯うなッては革命軍、云ひ換へれば、アギナルドの掌裡に落ちた。勢ひに乗じ惰力を徒費せぬのがアギナルドの長所、特色とも云ふべきところである。呂宋の平定と共に彼は矢張り逆艫で突進した源九郎と同一様の手段を取ッた。譬へ得られぬほどの速力で、すぐと四方へ

革命政府の大統領としてアギナルドの披露式

兵をおくッて、新政府創立のこと、および西班牙の治下を脱して共和政治を布くこと、それらを徇《(ふ)》れ知らせて、瞬く間に呂宋南部の諸島からザァマル　タァブラスさては又わづかに一帯の海流を日本帝国の台湾と隔てるだけのバブヤァネス、バタァネスを其宣言の下に靡かせた、服させた、従へた、そして、小をどりさせた。おの〲一斉に地方庁が建つ。

　重ねても云ふが、以上は六月一日あたり迄だけの事である。そして、それから凡そ一週日、すなはち六月九日にはサン、ミゲェル大佐が先づマニィラ州のマンダロォンを奪ふと共に、ピオ、デル、ピラァル少将（グレゴォリオ、デル、ピラァルとは異人物）はサン、ペェドロ附近を、またノリエル少将はパラニァケを占領し、やがて十二日となッては別将プリァアノ、パチェエケはタムボォボン、カロォカァン地方までを掃蕩した。すなはち、マニィラ市は包囲に陥ッたのである。

　六月二十三日、アギナルドは従前の臨時独裁政府を廃して革命政府建設の旨を発表し、七月四日に至り、革命改府の官報、エル、エラルド、デ、ラ、レヴォレ　シオォン、フヰリピイナの発行を命じ、同十五日国務大臣を、同十八日大臣以下の官吏を、それ〲任命し、こゝに一新政府の組織は成り上がッた。

　さて、しかし、比律賓革命政府の本部をカヴヒテに置くことは、一朝外国軍でも襲来する時は、その地位からして極めて不利益であるとの説が衆議になッて、すべて異存のものも無い所から、急にアギナルド等は、政府本部の移転に志した。

　と、只云へばそれだけである、が、裏が有る。

　米軍の態度が何となく心得がたくなッたのが、実にそも〲義軍の一同をしてそのやうな決心、すなはち、成るべく秘密が米軍に悟られぬやうな地位に本部を移したいとの考へ、それを起こさせる種であッた。

拾四

　デュウヰ提督が海戦で西班牙の艦隊を破ッた一事実は、少なくも北米合衆国の人民の一部をして帝国主義的の狂熱を沸かせた。なるほど水戦に於ては米国は建国以来一頁分もしくは半頁分でも水戦についての名誉有る歴史を持たぬ。水戦に於けるヤンキイの手際は寧ろ戦ッて見せぬ間が花であらうとは、抑もヤンキイその人民の母国たるジヨンブル即ちアルマダを殲滅し、トラファルガァで拿翁《ナポレオン》の傲骨を取り挫いだほど名誉赫々たる水戦の歴史を所有するジヨンブルが常にヤンキイに下す冷評である。多年その冷評を下されたまゝで反証を示す機会を持たなかッたヤンキイは、デュウヰ提督が西班牙の艦隊を破ッたと云ふ空前の事実に接して、目も冴える、溜飲も下がる、魂も飛ぶ――すなはち若猫が始めて鼠を取ッておさへて頼豪阿闍梨、うふ、ふゥム、何の己れと云ふばかりの気焔を吐き出した。吐き出した、しかし、口からのみでない、全身の気孔から皆噴き出した、その気焔を。全身の気孔から、然り、全身は気焔で燃えた。

　帝国主義！　帝国主義！　嗚呼、領土拡張なるかな！　嗚呼、星の旗！　その星は人道の闇を照らすといふのみであるほど最早優柔であるにも及ばぬわい！　かゞやかせ、星、今は錬鉄の、ひやりとした光芒を！

　要するに是等の、忌まはしい思想が急に米国に高ぶッた。心からさうでは無いものゝ、おのが選挙区民の歓心を求め、おのが政党の便利を求める手段として、しきりに帝国主義を唱導する人士も全く米人中に多くなッた。あへて際立てゝわれ〳〵は『多くなッた』と云ふ。しかし、敢て吾々は米人全体が悉くそれとは云はぬ。一方に於て斯の如く米国を攻撃する吾々の徳義として、また義務として、こゝでは序にまたわれ〳〵も其処に反対の声をあげた人の美名を書きとめて置かなければならぬ。

　すなはち、その第一は米国の、現在の元老院議員ホオアァ氏である。彼れホオアァ氏は政府と同一政党に属する人、すなはち鏘々たる共和党である。それであッて、さて潔くも正義人道のためにはマッキンレイの政策に反対し、いやしくも容赦しなかッた。彼れは北米合衆国、マッサチュセット州のウスタル会議の席上で実に次ぎのやうに演説した。こひねがはくは石は石、玉は玉と見分ける鑑識に長ぜられる読者諸君、われ〳〵が特に此処に摘要を試みるその演説およびその他の叙事を単に岐路の叙説とのみ見捨てられず、さすが米国に斯くの如き義人（と、われ〳〵は同氏を評する）も無くは無いといふ事だけを深く〳〵注意あれ！

ホオアァ氏の演説

　老年七十すこし上、北米合衆国の紳士、共和党《レパブリカン》中の屈指、マッキンレイ政府の輔佐たるホオアァ氏は慷慨の声調、沈痛の語気をもッて、マッサチュセット州のウスタル会議で左の如く演説した。

　『敢てわれ〳〵は諸君に問ひますが、一たびわが米国々旗を立てた以上、其土地は決して米国の手から離すなとの、その、極めて堅いとかいふ意見を抱かれる諸君、嘗ては人道博愛のためと云ッて西班牙を強迫して比律賓に於ける其主権を抛たせる迄の事をされた諸君、その諸君に問ひますが、諸君は本心からわれ〳〵

の北米合衆国が果してよく、真にそこまで、即ち永久比律賓を領土と為し得る所まで至り得られるものとの御考へですか、如何。若しも為し得られるとの御考へならば、さても無残や、米国は世界に向かッてすべての戦争は侵略主義の表現に外ならぬと云ふ、換言すれば、悪魔の所業であるといふ事を恬然表白し、証明し、或は又奨励するのです。成るほど吾々の敬愛するデュウヰ将軍はわれ〳〵の合衆国史には空前の海戦の大勝利、また世界にも比類のすくない水上の大奏功、それらを鮮かにあらはし示された、それは如何にもわれ〳〵同胞合衆国民の十分感謝して措かざる所でありますが、しかし、それはそれ、是は是、直ちにその戦勝の余威をほどばしらせ、建国以来の国是たるモンルウ主義を抛擲し、帝国主義とかいふ新政策を執らうともし、するならば、吾々は少なからず悲しみを心に感ずるのです。敢てわれ〳〵は広く一般の合衆国人民の諸君に御尋ねするのです、な、『果してわれ〳〵合衆国人民は、今後従前の十倍大の比例に海軍を拡張し、すべて或る他の二強大国を相手とするに足りる丈の海軍を――即ち、英国の如くにですな――それを吾々は所有しやうと思ふのでしやうか。察するに、また、合衆国民は少なくも十万以上の常備軍を養ひたくはへやうと思ふのでしやうか。さうして合衆国民は過大なる国債に食傷させられて、すこしも苦痛を感ぜぬでしやうか、さうして又合衆国民は苛重なる租税を負担せられ、個人の富力を減殺されやうとするのでしやうか。されば、さうして、又又、又、嗚呼、合衆国は、あゝ、この無邪気なる合衆国民は、強ひて欧洲諸国の鉄血火烟をそのまゝ学んで、合衆国の童児をして生れながら必然の、天命的の、強迫圧制的の義務の鉄鎖にその身を縛らせ、好もしからぬ兵士とならしめるか、又は、その双肩に必らず保証金の五百弗を荷はせるか、いづれさうさせたいとするのでしやうか。』と、あらためて吾々はひろく御尋ねしたいです。」

以上ホオアァ氏の演説の趣意であッた。彼は七十有余の老年をもちながら、此演説には声を涸らし、実に、身をふるはせて意中を吐露した。

嗚呼、しかし、是ぞといふ同意見の反響はその時その席上に出なかッたのである！

ホオアァ氏は実にこのやうに滔々たる普通の政治家中にひとり群を抜いて緑中の紅となッた。その紅は真理の書冊のペエジにのみは匂ふであらう。米国の、その時の、議席に於ては一顧をも受けなかッた。

勇者か何か、ホオアァ氏は絶望せぬ。彼れは己れに逆らふ俗世を睨めて、しばらくその儘無言の声を人知れず旻天にむかッて囁いて居た。が、その欝勃はおさへられぬ。はては此、ことし、五月二十二日、又も〳〵上院に於て絶叫を鳴りひゞかせた。せめて其演説の趣意だけでも、われ〳〵は書き伝へて置かずには済まされぬ。

彼れホオアァ氏は比律賓問題の小歴史を摘要して述べて、冒頭をたしかに置き、更にいよ〳〵本旨に入ッて左のとほりに、――

『嗚呼、彼等帝国主義に心酔する人、彼等武断政策を渇仰する人、またそれらの主義政策の、行雲流水的、片時一刻間の虚栄に眩らまされる諸人、およそそれらの人々に取ッてはわれ〳〵の畏敬する祖先がそも〳〵此亜米利加合衆国建設の際、われ〳〵子孫に訓戒として遺し賜はッた金言も、乃至歴代の先覚者、指導者、大哲人が、われ〳〵のためにとて留め置いた宣言も、乃至また過去一世紀間燦たる光栄有るわれ〳〵の歴史も、悉く皆眼前一時の片雲となッてしまッた。それら訓戒や何かを、われ〳〵は今こゝに繰り返す必要も無い。が、只、未練ながら、いや、むしろ執念くである、われ〳〵は茲に二つの主義につき、その是非は孰れかとの点に関して猶少し言はうと思ふ。

『二つの主義、その一つは金銭をもッて主権を買ふとか、又は武力をもッて主権を奪ひ取るとかいふので、すなはち此主義を諸君は実に比律賓に応用し、実施された。他の一つは金銭や主権によッての強奪でなく、すなはち貴重なる独立の宣言（デクラレエシオン、オヴ、インデペンデンス）それに言明されたのを云ふので、即ちその主義を諸君は玖馬に応用し、実施された。十分な熱心をもッて敢て問ふ、諸君は右の二者その何れを是とし、何れを非とされるか。また敢て問ふ、諸君は戦争の費用と平和の費用とその何れが多く、いづれが少ないと思はれるか。またも又敢て問ふ、帝国主義の費用と、平民主義の費用と、しかり、非理の費用と正義の費用と、その何れが多く、いづれが少ない、と諸君は思はれるか。また敢て〳〵押し進んで問ふ、神聖同盟の費用と独立宣言の費用と、その何れが多く、いづれが少ない、と諸君は思はれるか。見たまへ、諸君はその得失を明かに考察し得べき地位に立つ方々ではないか。われ〳〵の最も畏敬する先輩アダムスやリンコルンの政策を諸君は何と思はれるか。願はくは承はりたい。許したまへ、諸君、諸君の云はれる、平生の言葉をそのまゝ、吾々が仮用するのを。で、それを仮用すれば、つまり斯う、曰く『感情と理想とに支配されず、只実益主義のもの、すなはち現実的の政策を執れ！』と、是は諸君が口にされる、異口で同音に、常に、絶えず、むしろ云はゞ動もすれば。さりながら飜ッて、願はくは見たまへ、諸君の云はれる実益的、現実的政策とやらも其実、それを裏面から見れば、只これやはり一つの感情、もしくは一つの理想の明白に表現されたのに外ならぬではないか。理想と感情とを全然解脱して、知らず諸君は如何なる超自然の大威力をふるひ起こして事実を活動させ得られるか。然り、能はぬ――諸君、たしかに『ぬ』である、『Not』である、『Can not』である。諸君はやはり理想を本とする、に因る、に遵拠する、決して〳〵、を解脱してゞない、決して〳〵、に反いてゞない、決して〳〵、に分離してゞない。しからば、諸君の理想は何か、感情は何か。

『悲しいかな、われ〳〵は諸君とおなじ感情と理想とを持たぬ。いいや、敢て〳〵持つに忍びぬのである。

『見たまへ、諸君が諸君だけに持つ、諸君のみに持つそれら感情や理想は、われ〳〵の祖先、彼の華盛頓等が理想とし、感情としたのとは全く正反対なる、即ち十九世紀の今日の蛮勇時代の、諸君だけの感情と理想とである。云ひ換へやうか。華盛頓は諸君の如き感情と理想とを持たなかッた！

『われ〳〵の祖先の貴重なる独立宣言の時から、近いところでリンコルン、サムナル時代に至るまでの米国の理想はそも〳〵何か。をこがましいが云はなければならぬ。その理想は権利に於て人類が悉く同一平等であると教へたのである。人民によッての政府、即ち人民有ッての政府、人民の承諾によッての始めての政府の権力、と、教へたのである。人民の平等均一を維持保全するがために政府は建てられるものである、と即ちまた教へたのである。すなはち、是等の理想を頭脳として、他の幾多の実際的政策をば、是までの合衆国人民は実行したのである。四十五ケ国が今日の如く一国家の配下に団結一致してユウナイテッド、ステエツと為ッたのも是からである。南米に若干の共和国を生育させて、彼の欧羅巴の擅制主義は其最微の影響感化をもわれ〳〵に加へる事を得なくなッたのも此故である。そして、われ〳〵の国旗は今や無上の美を発揮した。嗚呼われわれの国旗、美にして且威ある国旗、このわれ〳〵の華厳万全円満の国旗！ それを愛するか。花の如くうるはしい国旗！ それを怖れるか。剣の如く凄い国旗！ その国旗は今や翩飜として世界いづれの国にもひらめく。友国はこれを平和の旗章とまでも見る。見る、そして歓迎する。その、しかし、本は何か。理想、われ〳〵の祖先以来の神聖なる理想が本、即ちそれでないか。

『何ごとか、さて、諸君の理想は帝国主義の諸君、その理想はどうか。一たび海外の風に翩飜たらしめた以上、その国旗は誓ッても決して捲くな、と、諸君は云はれる。すべて黄金は主権を買ひ得る、と、諸君は云はれる。すべて武力は主権を奪ひ得る、と、諸君は云はれる。諸君の理想は是等である。

『諸君の声は大きかッた。諸君の理想は実現された、実行された。更に借問す、その結果は如何。

『六億弗の比律賓戦争費、これを諸君は費された！

『合衆国民一千名の壮丁、之を諸君は戦場の幽鬼とならしめた！

『比律賓島民、千、二千、殆ど無数の烝民、これを諸君は怨魂とならしめた！

『しかし、ひとり万事休すとのみでない。

『諸君によッて戦地へ逐ひやられて、幸にして生きて帰る将士は大抵病者と変はッてしまッて殆ど担架に乗ッて来る。諸君は即ちそれらを半死の廃人とならしめたのである。

『われ〳〵の合衆国の星の旗、その自由の光明を放つその旗をば無辜の比律賓人の家屋を焚焼し、無辜の比律賓人を肉刑の水責めにする時の第一の目じるし、無二の記章とならしめた、実に、それをば諸君がさうさせたのである。

『華盛頓やリンコルンの仁義、平等、博愛主義、それをば全く空談と聞きながして、却ッて野蛮と云はれる西班牙人慣用の、残酷なる拷問を更にまた恬然として襲用した、実に、それをば諸君がさうさせたのである。

『つく〴〵思へば真に、真に涙である。今から五年前はどうか。五年前の比律賓人民はわれ〳〵米国人をもッて救世主のやうに思ひなしたのである。五年前の比律賓人民はわれ〳〵米人をもッて慈母とも厳父とも仰ぎしたしみ、米人の身のまはりに唇を寄せて、したゝらす愛情万滴の露、舐めても吸ッてもとさへ思ひなしたのである。さらば五年後の今日の彼等はどうか。

『今、彼等は終世の仇敵、只それとのみ一図にわれ〳〵米人を睨みつける。知らず彼等が無理か。われ〳〵が無理か。敢て問ふ……い、や、問ふまでもない……断じ得る断言し得る、これ皆こと〴〵く諸君が彼等比律賓人民を駆逐して、さう吾々を怨みにくませるやうに只至らしめたのである。ウォルヅヴォルスは何と云ッたか。米国軍隊が比律賓に於ての残忍なる、野獣の所業はそも〳〵何に比較し得るか。

『願はくは自分に猶いくらかの言葉を許せ。アギナルドを米軍が捕縛した、それについての猶、猶、猶の言葉を。（著者云ふ、米軍が如何なる卑劣な手段でアギナルドを捕縛したか、それは千秋磨滅すべからざる記録ものである。われ〳〵は此次項に挙げたとほり、力を籠め、筆を練ッてその子細をば書いた。が、空妄をでは無い。某がアギナルドの幽獄で本人に面会し、直接本人の口から聞いた、それを其儘われ〳〵が書いたのである）。

『米軍がアギナルドを捕縛した方法に付いては、此議場に於てもしきりに回護弁疏するもの丶みで、遂にそれら捕縛の任に当たッた軍人は官等をさへ進められた。自分は只心得かねる。

『敵人の捕縛に関しては戦時公法として二種類が有る。一はわが合衆国で軍隊紀律として設けられたもので、元より諸君は御承知でもあらうが、リイバル博士が起草したもの、一は先年の海牙万国平和会議で決定されたもの、これらである。然るに米軍が彼れアギナルドを捕縛した方法はどうか。正しく円規丈尺を戦時公法に当て丶その実際を鑑定したらば、いかに、米軍が敵将を捕縛した方法は何と批評すべきものであらうか。諸君！　おもふに諸君は常識にのみ只因ッた丈でもその批評をば当て得られる事であらう。心を虚しくして、平らかにして、光風霽月の胸襟をもッて、その捕縛の方法を堅く質問するが、諸君、諸君は明白に天下、世界……否、否、否、現時は無論、千万年の未来の論客の鋭利なる鑑定、文豪の怖るべき解剖に供託して決して心に苦労するところは無いか、怖れるところは無いか、逡巡するところは無いか、いかに、諸公！　言句も有らば答へたまへ。

『しかし、曲解したまふな諸君、斯う云へばとて吾々は決して彼の戦時公法の所謂リタリエェシヨンを細論するのでない。可《よ》し、また、戦時に普通に行はれ易い、尋常の、単純なる暴行を論ずるのでない。否、否、否！　米軍が島民に加へた、実に言ふに忍びぬほどの、故意の、一切の呵責について云ふのである。御わかりになられたか。諸君！　さらば今些し明白に云ふ事とするか。一を例すれば、水責めの拷問などそも〳〵アングロサクソン人種の恥辱ではないか。なるほど愛爾蘭《アイルランド》ではそれを行なッたとか云ふ。其他には今日まで其やうな残忍きはまる栲問を行なッたアングロサクソン人の有ッたと云ふことを吾々は聞かぬ。成るほど西班牙人には其類もある、豈思はんや、米人がまたさうしたとは！　人権を重んずる――のを貴重する――と公言する所のわれ〳〵の同胞たる軍人が、それら残虐の限りをも行なッたとは情け無い。いざ、それは真か、偽か、実話か、それとも訛伝か。われ〳〵は実に悲しむ、こゝに寂然として一の弁駁も無く、われ〳〵の云ふ不快なる言辞が批難攻撃に跳梁を極はめて、斯く極はめる儘になるのみなるを！

『諸君、諸君は鉄と鉛とをもッて表面だけ比律賓を平定し得もしやう。諸君は比律賓の畑を焼き森を枯らして、全島を茫たり漠たる荒廃に帰せしめて、乃ち平和と謳歌し得もしやう。諸君は島民の苦辛の末なる城邑都市を全滅し得もしやう。諸君はヘロデが以色列《イスラエル》人を殺戮したのと同じやうに、いやしくも十歳以上の比律賓人とさへ見れば直と血けふり、斬りたふし得もしやう。忘れたまふな、さりながら、諸君！　そこには噴火山のまだ潜んで居るのが有ると云ふことを！

『如何にして是等の問題を諸君は解釈し得られるとするか、諸君実に、実に承はりたい。解釈は何か。言はうか。正義、只それのみである。いやしくも正義の鍵をとッて此問題の錠を開かぬ以上は、諸君が縦ひ百年の寿命を重ねても、諸君は解釈し得られぬのである。よし千年を経てもである！　華盛頓と云ふ、ジエッフヮルスンと云ふ、アダムスと云ふ、リンコルンと云ふ、それら偉人、それら仁者の遺訓は馬耳東風と聞き流して、さて彼の陸軍省などの血腥い報告を諸君が嬉々として傾聴して居られる間は、御気の毒ながら、保証する、諸君はその問題を解釈し得ぬのである。

『見たまへ、英国マコォレイが其縦横の筆を動かし、又バルクやシエリダンが其鋭利なる弁をふるッてヘエスティングスを攻撃した事実を。彼れヘエスティングスは、印度に於て宛がら妖魔の如く蛮勇を逞しうした、それを彼のマコォレイは鋭利鉄壁をも貫くべき筆を督して仔細に描写して、殆んど死命を制するまでに突きとほし、バルクやシエリダンは又迅雷烈風の雄弁を鼓して、是またヘエスティングスをして活きながらの死人とならしめて、殆んど人をしてぞつともさせた。それであッて扨ヘエスティングスといふ一の野獣的人物はいかなる運命をもッて迎へられたか、と云へば、政府が紆余曲折の繝縫を尽くした結局、無罪の宣告を受けた、のみか、名誉ある勲章を（然り、野獣が）受けた、のみか、多額の資産を得た。非義が正義をくらまし得る社会一時の分秒間は、成るほどそれで済むか、済むは済む。只しかし、思はなければ為らぬ、ヘエスティングスが真に無罪で政府がそれを放免したのでないと云ふことを。記憶したまへ、盗賊は盗みするわが児を叱り得ぬ。不義の行為のもと〳〵有る英国政府、人道を蔑視して蛮勇をもと〳〵逞しうする英国政府が、何としておのれの下蔭に棲息する野獣を有罪と宣告し得られやうか。有罪人たる。ヘエスティングスが無罪人として放免されたのは、有罪人たる英国政府の獅子の腹の下にヘエスティングスがつくばッて居た故である否、それが勲章を受けたのも、一銭の金でも多く奪ひ得た兇賊が、賊中では尊崇されるのと同一なのである。ヘエスティングスの政略的の無罪が、何として道徳的の無罪にならう。熟慮したまへ諸君、また敢て明答を乞ふ、満堂の諸君！　われ〳〵は金銭、もしくは暴力をもッて、他の人民の自由意思の如何をかへりみず、其領土、若しくは主権を強奪し、強ひてその人民が承知せぬ憲法を其人民に遵守せしめる権利それを所有し得るか、所有し得ぬか』此一問題である。

『かへりみれば吾々の先輩は幾度も過去に於て、此問題に答へ得たのである。一千七百七十六年、華盛頓等が此共和国を建てた時、彼等はすなはち答へ得たのである。アダムスは勿論の事、モンルウも亦である、其有名なるモンルウ主義を唱へた時、すなはち答へたのである。リンコルンも亦である、其被治者の承諾を論じた時、すなはち答へ得たのである。

『改めて云はうか。諸君はどうか。

『諸君もであッた、も亦であッた、玖馬の人民の独立宣言を正式に認めた時に於て。

『しかしながら、悲しいかな、それは只玖馬の一例たる過去だけである。比律賓たる現在に於ては諸君はもでない、亦でないすなはちひとり比律賓にのみ、ばかり酷である、無情である、ノオ、シムパシイである。苟くも常識を公明正大の軌道に沿ッて進めたならば、諸君は又更に比律賓に対しても、名誉ある過去の徳行を繰り返して、すなはち、此問題を解決しなければならぬ。無意味の拍手喝采が何になる。無意味の踏舞が何になる。只其やうな拍手喝采若しくは踏舞、すなはち、人々がその頭をもッて考へることを知らず、只足をもッて考へるやうな集会の席に於ては、決して此大問題は解釈されるものではない。約言すれば、浮華的、虚飾的の脳をもッては決して解決されるものではない。その脳は冷静なるべきである。冷静なる脳をもッて学校、教会、乃至、大学の講座、若しくは一千五百万のわが合衆国の諸人のホオム（家庭）に於て、水準によッて解決されるべきものである。』

以上、さすがホオアァは議場を水打ッたやうにした。

拾五

叙事は是から岐路に別れて本道へと戻る。さうしてアギナルドは何となく米軍の態度が心得がたくなッたまゝ、前云ふ如くその本部をガヴヒテからバコオオルに移したが、それから以後、一日が一日と過ぎるまゝに米軍の態度は義軍に対してます〳〵よそ〳〵しくなッて、義軍の兵士など動もすれば米軍の哨兵線内を侵したとかで捕縛されるやうな事が有ッた。とかくする内、八月十三日（一千八百九十九年）となッた。その前日、即ち十二日、合衆国と西班牙との間に休戦条約が成り立ッたのである。でありながら、米軍は翌十三日マニィラ市を攻撃することにした。一旦休戦を約して、その墨汁もまだ乾かぬに更に主動となッて戦闘を開始することこれを公法に照らしたならば、何と云ふべきものか、われ〳〵が改めて批評するにも及ばぬ。

とにかく米軍は忍び〳〵に戦線を進め〳〵十二日には既にマニィラ市に肉薄するばかりになッて、それでもなか〳〵義軍へはその趣きを通じなかッた。義軍の方でもその意中を料り知ッて一かたならず憤慨したが首領がとにかく慎しんで〳〵と押さへ〳〵するので、虫を殺して居るところへ、やう〳〵電報をもッて、明十三日の昧爽マニィラ市の総攻撃を行はうと伝へて来た。

しかし、マニィラは既にアキナルドの部下リカルテが指揮を主ッて重囲の裡に陥れてあッたのである。米軍の通知を受けて、リカルテは頗る怒ッた。が、目前には一大事が有る。よし、然らば其つもりでやれとの決心、十三日を待ちわびて、その午前や、四時となるかならぬの間、真先にリカルテの軍隊が攻撃を開始した。

リカルテはピラァル（ピオ、デル）、サンミゲェル、及びカイリエェスの三部将をしてまづ猛烈な砲撃を行はせた。敵はサン、ミゲェルの隊を逆撃した、それが戦争の真の幕あきで、城塁からの砲撃もさすが中々手づよかッたが、咄嗟、ピラァルの隊が突貫して、市の一部面サンタ、アァナを抜き、一転してバァコを占めた。

米軍はやうやく此時あたりから活動し始めたのである。米軍は最初サン、アレトオニオ、アバァ方面を攻撃したが、さて思ふやうに為らぬ内、ピラァルがサンタ、アァナを抜いたと見るや否や、わが最初の攻撃点をばそのまゝにして、ピラァル軍隊の跡を逐ひ、ピラァル軍隊が先登のしるしとて立てゝ置いた義軍の旗を撤去して、そのかはり赤十字旗を立てた。

　ある仏人であッたが、此事実をば冷笑しながら評したことがある。曰く『米軍が赤十字旗を立てたのは智慮に富む。米国々旗を嶣立てたかッたであらうのに、それを故さら赤十字旗にしたのは先づもッて先登の功を必らずしも貪ッたのでは無いのである、との訳を、万一の時に示さうとした故であらう。そして、もしよく先登の真実が分からなかッたとした時には、既に赤十字旗を立てたので米軍の先登が分かるであらう、と妙なところから妙に証明して、その妙な証明を正しい証明と居どころ変はりにさせるのであらう。赤十字旗を立てたのは宜しい……ともしやう。何ゆゑ、義軍の旗を撤去したか、敢て問ふ』と。

　とにかく夫からの運動一切も、実に義軍によッて遂げられたのみであッた。それら米軍が、それにも拘はらず、マニィラ攻撃勝利の全体の名誉を、如何にして米軍の物のみであるかのやうに糊で貼り色で塗らうとしたかは、此うへわれ〳〵が敢て云ふのをさへ屑とせぬのである。それ故、そこらは只読者の推察に、むしろ、任せるのみとして、われ〳〵は此以後をば、さして長くもない語句で云ひ尽くす事を得る。曰く、――

　西班牙の屈伏となッて、比律賓は独立国たる地位の、その入り口までやうやく到り着いた。ところで、米人の態度が明かに全く変はッた。『合衆国は西班牙に対する勝利の報酬として比律賓群島をば其従前の主権国たる西班牙から正式の認可を得て割譲されたのである、』との公言がその責任有る局部から発せられたのである！

　嗚呼、最初プラット領事がアギナルドに約束した言葉の責任、および其価値は、茲に至ッてどこを尋ねたならば見出だし得られるものであらうか。

＊　＊　＊　＊　＊　＊　＊

　アギナルド一味の憤慨は固より形容し尽くせぬ。アギナルドから抗議の詰責文が米の当局者に発送された。これに対する米の返辞は、只武力の圧迫であッた。

＊　＊　＊　＊　＊　＊　＊

　アギナルドが米国へ贈ッた抗議の種々の文書、また双方の談判の顛末アギナルドと米人と開戦になッてから後の顛末、その他、軍事のいろ〳〵の機密は、こゝに聊さか思ふ所が有ッて、われ〳〵はまだ洩らさぬことにする。とにかくアギナルドの種々の苦辛も、武器の不足で次第に苦戦となるのみであッた。くるしまぎれに応援を○○○○○○へも頼んだ、しかし、○○は横に耳を反らせた。日本から武器を買はうとした。その金は或る日本人におほかた取られてしまッた。彼等一切ほとんど絶望した。

結局はアギナルドが少数の兵を率ゐて、山中へ逃げ込むことゝなッてしまッた。


われ〱は是から如何やうにして米軍がアギナルドを捕縛したかを叙述する。材料とする所はアギナルド其人の口から出たとほりを其儘筆記したもので、しかも、米人其ものも亦一応それに目をとほしたもの、其事実に秋毫の偏頗も無いのは、特に公言して大声に、まづ以て読者の耳に入れて置く。

心を虚しうして読者が是からの此文を熟読された暁には、米軍の処置が如何なる評言に値ひするものであらうか、それを戦時公法に照らして如何やうに判決すべきものであらうか、読者の明亮なる頭脳は、直ちにその評語をくだし得ることゝ、われ〱は赤心信じ信ずるのである。

拾　六

北呂宋のイサベラ地方、海岸からは六哩《マイル》そこにパラナァンといふ土地が有る。おなじ名、パラナァン河に沿ッたところで、人烟稀少とたしかに云へる極めて寂寞たる場所で、即ちアギナルドが潜伏した村である。

義軍の形勢が日に〱わるくなッて、勇将猛卒も次第に戦死してしまひ、迚も花々しい戦争は出来ぬところから、無念を忍んでアギナルドはしばらく其村に潜みかくれる事にした。

そのパラナァンは全く外部と隔絶した処で、他所への交通はすさましく嶮岨な山路、殆んど鳥路熊径とも云ふべきところを経なければ為らず、成るほど潜伏には究竟で、人気も甚だしく質朴で、山をはなれて外へ出た全島にさて如何やうな騒乱が有るものやら、それさへ心にもとめず、承知しても居ぬのが多いほどであッた。土民の数は千二百ばかり、只まづ武陵桃源とも云ふべきもの、只心安くその日を送るのみであッた。

アギナルドが其山家へ潜んだのは、今から云へば前々年、即ち一千九百年（明治三十三年）九月のことで、附随したのはサンチアゴ、バルセロォナ博士と部将シモン、ヴィラの二名、それに兵士十七名只それだけの数であッた。

しかし、住民は極めてよく迎へてくれ、手を尽くして歓待してくれた。それも何も西班牙の是までの秕政の束縛からそれら住民をも救ひ出してくれた、それらアギナルド等と思ひ、仰ぎ、うやまへばこそで、潜伏する身に取ッてもいかにも快い。寒村の事とて何の娯楽も殆んど無いが、あらはれ溢れる住民の真情が何よりのたのしみで、彼等いつでも、土曜日と日曜日と云ふと、必らず幾人か隊を組んで、アギナルド等の潜伏所の前へ来て、鄙ぶりの歌をうたひ、音を聞かせ、踊りを見せる抔、いかにもその献芹のこゝろざし愛らしいといふより外は無かッた。このまゝで十一月となッた。十一月もやがて事なく十五日となり二十日となり、やがて二十三日と為ッた所で、ぎよッとするやうな便りが伝はッた。

米軍がアギナルドの所在を偵知して、すでに五十名の選抜兵がパラナァンを指して来るとの事で、無論それを防禦する力は持たぬ。はやと一同総がゝりでいろ〳〵の秘密書類を一まとめにして、ひそかに人目に立たぬやうな所へ匿し、即座に隠れ家から蟬脱して、なほ山深くへと匿れた。

そして、心して様子を探ッたところで、さすがの米兵も遂にたづねあぐんでしまッて、失望してすご〳〵引き返したといふ事が分かッた。何分にも淋しい山深くの隠れ家はあまりに不自由過ぎて、我慢もなりかねた所から、更に一同はそろ〳〵パラナァンへ立ち戻ッて、ふたたび閑日月をおくることになッた。そのうち又程も無く、部下の一将ナサリオ、アルハムブラから幸ひに四十名の兵士を万一の護衛にもとて送ッてよこしたので、まづは又一安心した。思へばその安心も暫時の夢で。閑居の間、マニィラから日々の新聞紙もどうやら斯うやら到着はした。それを見れば、またをかしくもある。いろ〳〵の自分アギナルドについての記事が載ッて居て、あるひは人知れず戦歿したともしるし、或ひは危く虎口を逃れたとも書いてあり、まづ大抵、そのやうな一決せぬ噂がはびこッて居る以上は、隠れ家を嗅ぎ付けられる掛念も幾分か少ない訳とやゝ安心の所も有ッた。

やがてその年も空しく暮れて、翌年（一千九百〇一年＝明治三十四年）の一月となると、そろ〳〵シモン、ヴヰラは無聊にくるしみ、髀肉の歎を洩らしはじめて、願はくは目ざましの戦争をして見たいと云ひ出した。それも一理は有ッた。然らばとアギナルドはバルセロォナとも評議のうへ、中部呂宋に楯籠もッて居る味方へ通牒して、その中から四百の兵だけを抜き出し、それをシモン、ヴヰラに授け、カガヤン地方、イサベラ地方ヌエバヴヰスカァヤ地方あたりを巡らせる事に決し、同時にまた相手のテオドロ、サンヂィコ将軍に書面を書き、とにかくパラナァンまで来るやうにと云ひやる事にした。

そこで一月十五日アギナルドはセシル、セヒスムンドといふものが中部呂宋の地理にくはしい所から、抜き出して使者とし、派遣先に居る味方の士官たちへ贈る書状を委託した。その書状の中にはサンヂイコ将軍に宛てたのも有り、またアギナルドの従兄弟バルドメロ、アギナルドに宛てたのも有り、殊にバルドメロ宛ての手紙には、何とぞ中部呂宋を堅く〳〵守ッてくれるやう、又、部将ラサァロ、マカガパルに二百の兵を与へてイサベラ地方まで出張させてくれるやうにとの旨を伝へることにした。シモン、ヴヰラは又シモン、ヴヰラで、注意深く旅行安全人物保証券を使者のシヒスムンドに渡し、警戒線内の通行の自由をと取りはからッた。

委細承知してシヒスムンドは出掛けたが、奇怪にも梨の礫となッてしまッた。

二月一日となる。音沙汰は無い。

三月一日となる。おなじく空々である。

アギナルド等は眉をひそめ、胸を悩まし、額を集めたが、何のしかとした推察も付かぬ。使者の身に不慮の事でも有ッたかとも思ふ。しかし、それとても臆測なので……否、臆測ではなかッたのである、後に思へば！

いよ〳〵三月廿日とは為ッたが、その日思ひも掛けず、パラナァンの南方凡そ五十哩ほど離れたカシガァンといふ所から密書持参の使者が来た

見たのみで密書らしく、いかにもその書状は密封を加へてあッた。開封して見ると、書面は二通で、その一は部将ウルバァノ、ラクウナ、他の一通は部将イラァリオ、タル、プラシイドォからのものであッた。ラクウナの書面を見ると、曰く、『一月十二日附の御書面の趣き委細承知、就いては早速命に従ひ、イラァリオ、タル、プラシイドォ及びラサァロォ、セホオヴヰアの二士官に精兵を与へ、即時引率して参向させる』と書いてあり、またタル、プラシイドォの文を見ると、これは些し長い文で、左の意味がしるしてあッた。曰く、――『只今ポンタバンガン（小都邑の名）進軍中、料らず十名の米国兵が地図を実写し居るところを見付け、直ちに襲撃を試み、小戦闘となり、敵の五名だけを死傷せしめ、五名だけを捕虜としました。右捕虜は是から同道して御目に掛けるつもり。然る所、此際味方の糧食が皆無の次第、一両日休息かた〴〵糧食を徴発し、然る上参向の決心、右然るべく御含みを…』

一寸好都合のやうに思はれた文意であッた。成るほど米兵が忍んで来て、地図などを作成して居たことも万が一無いとは云へぬ、既に近傍に五十名の米兵が数週の前には出没したとさへ云ふものを。それを殺傷若しくは捕獲したとすれば、むしろ天幸とも思はれる。

と、一時は一図にアギナルドも愉快に感じたが、さすがいつもの機敏の思慮がきらりと胸にひらめいた。

即時即決シモン、ヴヰラに命じて返書を書かしめた。斯う、『――御書面委細了解。さりながら捕虜の同伴は此辺

の機密を知られる掛念が有り万一遁走ともならば悔いて及ばぬ。故に其捕虜は左の順序によッて此命令の如く処置すべきこと。

一、下士に十一名の兵を附し、ヂヌンヅンガン（パラナァンから五哩）まで捕虜を護送せしむべき事。

二、右下士及び十一名の兵は暗夜を待ッて、更に捕虜をイサベラ地方、イラガンへ護送すべきこと。

三、右下士及び十一名の兵はイラガンへ捕虜を護送し終ると共に直ちに、一斉にその捕虜を釈放すべきこと。』

さて実にその時アギナルドは斯くまで毛のやうな細かい注意をもッて命令を伝へたので、その宛てた相手といふのは即ち、タル、プラシイドォであッた。思へば、これほどの注意が尚その裏を米軍にゐぐられたのであッた。

さて二十二日の夕方であッた、再度の密書がタル、プラシイドォから来た。その文面によれば『前日の命令承知のうへ、今ヂパカル（パラナァンから六哩）まで来たが、長途の疲労と空腹、而も全二十四時間絶食の次第、どうぞ若干の米の給与に預りたく、然る上は明朝速に出発し得る』との旨で、さて如何にも尤らしく、些しも疑念をさしはさむ余地も無かッたので、十分信用を置き、すなはち若干の米を人夫に持たせてヂパカルへとおくりやッた。捕縛の運命はその実刻一刻迫ッて来たので。

次ぎの日は三月二十二日、そも〳〵アギナルドその人の誕生日であると云ふところから、土民の、それも、志しで、村中でさまざまの催ほしをした。アーチ抔も出来る。不自由な山里で出来るだけ精一杯の趣向も凝らされる。五十哩も離れたカシグラン地方から祝賀を述べに来る一隊の有志者も有る。競馬、をどり、素人芝居、それは〳〵種々のもよほしと為ッた。それも一つはやがては一隊の兵士も来ると云ふ、その心だのみ、心うれしさが大きに催ほしに景気を添へたので。

さていよ〳〵あくる日は二十三日、その午前六時、アギナルドはシモン、ヴヰラに一命令を下した。すなはち、アギナルドの親兵十一名をヂヌンヅンガンへ派遣すること、つまり、タル、プラシイドォを出迎へて、早くその米兵の捕虜の引き渡しを受けてやり、タル、プラシイドォ等の長途の疲労を切めて些しでも減らしてやれとの事であッた。

同時にまたシモン、ヴヰラは屯営の一部に命を下して、そこを明けて置くやうにと知らせた、つまり新来の兵士を差し支へ無く直ちに入れ得るやうにとの方寸で。それと、また殆んど、同時であッた、シモン、ヴヰラはイサベラの軍務長官へ宛て、不日一隊の援兵を送るゆゑ、出来るだけ多く米穀を集めて置けとの命、それをも手紙にした、め た。

此日即ち二十二日の午後三時にはカシグランの婦人連がアギナルドの誕辰祝賀のため、パラナァンに来集し、赤十字婦人会を開く予定なので午前は殆んどその準備に費されたのであッた。

さていよ〳〵二時ごろ、さていよ〳〵活劇の始まり！

アギナルドの居間の窓からは前にも云ッたパラナァン河の流れが見える。何ごゝろなく、さて河を見やると、一むれの兵士がうごめいて居た。アギナルドは尚よく見た。

その服装でもたしかに知れる、その兵士は比律賓軍隊のであッた。さらばタル、プラシイドォが早くも兵士を連れて来たかと一図にアギナルドは合点する、――

『シモン、ヴヰラ君』とアギナルドはヴヰラを呼んだ。『見たまへ、タル、プラシイドォの兵が来た。マグサリイロに命じてください、出迎へて然るべく挨拶を述べるやうに。』

『成るほど、いかにも』とヴヰラもうなづいた、『承知しました。では、しかし私も部下をして祝砲を放させることに……』

『あッ、さうして下さい。』

あはれむべし、その兵も敵なのであッたのを！

後には精密の数もわかッて、その兵は八十五名とも知れたが、その時は只何がなしに百名前後と見受けられた。それら兵士は如何にも厳重に粛々として、こちらへと近づいて来て、やがてアギナルドの構へ内へと入ッて、すぐそこの広場へと靡き進む、その前面には早既にヴヰラの命によッて本陣の手兵二十名が列を正して佇立して、銃で敬意を表して居た。時は丁度午後三時。

アギナルドは尚諦視した。

新来の兵はおの〳〵モオゼル、若しくはレミントン、中に一二名はクラッグ、凡そ夫等を携へて居た。

アギナルドは尚よく見て居る。

兵の靡きが一声の号令と共にぴッたり止まると共に、列を離れて士官が二名、こちら、即ち家の方へと歩み来ッた。なるほど、その二名はタル、プラシイドォ及びセホオヴヒアであッたが、さて此セホオヴヒアは其実西班牙の人であッたのを、後に至ッて早及ばぬ迄に悔いることになッたのである。

二人は直ちに家の中へと許し入れられる。と見、と思ッて居る間も無く二人はアギナルドの室へ入ッて来た。

席に居合はせたのは前云ふとほり、シモン、ヴヰラ、それに又今一人、すなはちバルセロォナ、この二人であッた。

しかし、入り来ッた、タル、プラシイドォ等二人の様子は、よくも〳〵落ち着いたもので、微塵も変はッたところも見えず、極めて静粛に。一とほりの礼をアギナルド等に施した。

『道中、いかにも御苦労でしたらう。別に変はッた事も有りませんでしたか。』

斯うアギナルドが切り出すと、すぐと挨拶を引き受けたのは、セホオヴㇶアであッた。説明の参考として、叙事中一寸一言をさしはさめば、此セホオヴㇶアと、アギナルドとはまだ初対面なのであッた。

『道中は非常に困難をきはめました』と、そのセホオヴㇶアが。

『われ〲がヌエヴァエレハを発足しましたのが二月の二十四日、殆ど今日あたり迄で一ケ月になりますが、その間に二十四時間だけの休息もできませんでした。』

是が対話のはじまりで、それからセホオヴㇶアがおのが身の上の説明やうの事を述べ出した。セホオヴㇶア己れはもと西班牙のラネェラ将軍の部下のもので、以前アギナルドを見たことも有ッた抔と物がたッた。極めて機敏に心を付けた日には、セホオヴㇶアの此自己の説明、云はゞ必要も無い所に試みる説明三昧、それ早うたがはしく考へなければ為らぬのである。些しぬかッた、アギナルドは。更にそこ迄の疑ひをその刹那は起こさなかッた。

これからタル、プラシイドォも対話を分担して、三人凡そ十五分乃至二十分間は雑談となッたところで、ふとアギナルドは心付いた、新来の兵士に休息を与へやうと思ひ出した。敵にはそも〲それが待ち設けた機会であッたので。

『とにかく、遠路の疲れも有りましやう、御つれになッた兵士に早く休息を与へた方が……』

なかばアギナルドが云ッたばかりで、セホオヴㇶアは椅子を離れた。『御もっとも。承知しました。伝へましやう、わたくしが、さう。』

セホオヴㇶアの語気は稍々斯うせき込んだのであッた。セホオヴㇶアの息づかひは頗るはずんだのであッた。

嗚呼、なぜ、そこでアギナルドは怪しいと目星を付けなかッたのか。

兵に休息を与へろとの命令をアギナルドが下したのはそれで宜しい。セホオヴㇶアが命を畏みうけたまはッたのも成るほど宜しい。しかし、その向きを伝へに行けとアギナルドはまだセホオヴㇶアに命令したのでは無い。細事も命令によッて動くのが軍律である。セホオヴㇶアはセホオヴㇶア己れが行けとアギナルドから己れに命ぜられてゞなければ動かぬのが軍律の当然である。彼れは、しかし、さうでなかッた。それほどの命令がまだ己れに下りもせぬ内に、はや私がと早く飲み込んで椅子をさへ離れた。軽卒である。軍律に背いたと見るべきものである。悪意の軽卒で無いとするか。しかし、やはり軍律違犯は争はれぬ。悪意でか。さらば、その罪多言するまでもない。

惜しいかな、アギナルドは此時微塵もさう心付かなかッた。いつもは干渉し過ぎるほど干渉する事も間々有る人で、この時に限ッて、天命か、只すこしうッかりした。

猶、まだアギナルドのぬかりは有ッた。

セホオヴㇶアが椅子を離れたのを見て、まづ制し止めもしなかッた。セホオヴㇶアが咄嗟戸口に出たのを見て、又なほ制し止めもしなかッた。

アギナルドは此時一旦呼びとゞめ、更に改めて命令を下し、しかる後行かせるならば、行かせるとする、それ丈の当然の、実に慎重なるべき注意を不思議にも落とした。成るほど、その時既に敵に囲まれては居たのでもある。が、其時でもまだ〳〵細微の注意が鋭く逞ましかッたならば、必らずしも捕縛されるとも限らなかッたのである。況んやセホオヴㇶアの挙動に十分心がとがめてそは〳〵落ち付かぬところさへ有ッたものを、敬愛するアギナルド君、此書の著者は実に深く此時の一刹那を惜しみ惜しみ、口惜しく、つひに腹臓を吐いて、敢て今斯くの如く君を責める。

何の他意が有らうか、次ぎの一言をよく味ひたまへ、曰く

『君とてもまだ壮年、前途多望の人である故……』

セホオヴㇶアが戸口を出るや否や、さすがのアギナルドも我知らず身を起こし気味であッた。セホオヴㇶアは刹那、下の広場へ到り着いた……でもあッたらう。突如、絶叫した！

絶叫！ その意味はわからぬ。が、只セホオヴㇶアの絶叫とは分かッた。

尚まだアギナルドは椅子の上にあッた。

轟……爆……爆然、銃声がその広場で。

此銃声は早セホオヴㇶアが令を下して、兵をして実弾を発射させた、それであッた。が。まだアギナルドは夢にも！

それを空砲の音と思ッたアギナルドは。おのれの誕辰の祝日、その祝砲を村の人が、と、思ッた。

身を起こして、つと窓まで馳せ寄ッたアギナルドは、其やかましい音をたゞ止めさせやうとのみ単純に思ッた。

『よせ、よせッ！ やかましい！ よせッ！』

命ずる此声……の間、無数の音が乱発した。で、継続した。もう、さながら豆を熬る！

瞬間！ すはやッ！ 搏撃《はくげき》が広場に始まッた！

また瞬間！ 我が！ アギナルドが顔出した窓……を、目がけて、敵か扨は、銃を向けて！ もはや撃つ。

ピユッと飛丸がアギナルドの頭上を掠めた。

はッと思ふ。又もピユッ又もピユッ、五六発！

しまッた、敵か！

気が附いた、さて始めて！

われか、人か、アギナルドは身が己れか、何か知らぬが、身は閃めいて、逃げ込んだ、室内へ。

横の壁土がゑみ破《わ》れて、げッそりと崩れ落ちた。弾はそこへも潜ッて来たので。

身は左右一両回室内で旋転した。

次ぎの間へと飛び込んだ。

さ、どうかして逃げる方法！　見まはす、考へる、否、思ふ、駈けまはる。

一方の窓から外を……見る、それにも敵が！

もとの室へ飛び戻ッた。

取り上げた、ピストルを。

此上は武力まかせ、只ピストルより外無いとのみ……

『御待ちなさッ！』

声が先か、手が先か、アギナルドを抱きすくめたバルセロォナの声、またその手！

何となく二人捩ぢ合ッた。

声ふるはせてバルセロォナが、――

『無いッ、死ぬ時ぢやッ、あなたの。いのち！　大事……あなたのッ！』

はッと思ふ、アギナルドが。

ピストルを、もうバルセロォナは奪ッた。

無言、シモン、ヴヰラは、転げるやうに階段へ下りた、兵を呼び集める気で。

下りた階段の下……には敵が早来たのであッた。

それとばかりつるべかけてヴヰラは射撃の的《まと》となッた。

頸をすくめて、地を這ッた。

身は、しかし、弾丸を食ッた。

米兵は武者ぶりついた。

はね返して組み撃ち……と、なるか為らぬ間、ぎし〳〵押しに押しつけられ……と云ふ間、身は縄に！

犬の一人タル、プラシイドォは早く身を床にたふして、姑らく弾丸を避けて居たが、バルセロォナがアギナルドの短銃を奪ッたと見ると同時、はね起きた。

『駄目！　米兵は四百、もう、すぐ！』

同時、階段に乱入の靴の音、米兵が込み入ッた。しかも Hurrah の声さへ揃へて。しかも〳〵踊躍して。

取り巻いた、アギナルドとバルセロォナとを。

兵、その一人が進み出た。

『どッちだ、アギナルドは。』

とばかり、すぐ二人の手を寄ッてたかッて引きおさへて、手近の一室、その中へと只やみくもに押し込んだ。

只、儘になッた儘で只、二人は只。

嗚呼、もはや捕虜の身の上である。

あとは米兵の、厳密の家宅捜索。

はやアギナルド等の三名は身動きもならなくさせられた所で、事のそれまでに運ぶに至ッた一切の計画は、米国のフォンストン将軍の胸から出たので、つまり中途で密書を奪ひ取ッたのを奇貨として、将軍が巧みに巧みを尽くした偽書を作成し、つひにうま〳〵流石の相手を欺きおほせたのであると知れた。

アギナルドもバルセロォナもシモン、ヴァキラも只観念してしまふより外無かッたが、あはれ友をおもふバルセロォナの一念は、其しほらしさを此時にあらはした。

バルセロォナはフォンストン将軍の許可を得て、シモン、ヴァキラの傷を手の届くだけ療治した。あ、、書いてこ、まで来て、療治するその人の千万無量の胸中を察すれば、われ〳〵も亦筆の立て方にさへ迷ふ。

さいはひにシモン、ヴァキラは軽傷であッた。

＊　＊　＊　＊　＊　＊

フォンストン将軍の謀計があまりに余り意外であッたので、アギナルドの護衛兵も只荒肝を挫がれてしまッて、つひにむざ〳〵敵の自由に踏み躙られてしまッたのである。

＊　＊　＊　＊　＊　＊

此他の細事は云ふもや、不快でもあり、今はしばらく書かぬとしてさてアギナルド等は、それから捕虜として舟へ積まれ、マニィラへ護送され、二十八日からパァシッグ河畔の幽居、護衛兵を付けられて、自由を失ふ身となッて、そして回天の志望は挫折した。

比律賓群島には米国が主権者となッた。

＊　＊　＊　＊　＊　＊

それから米人は島民を服従させるとかで、種々のリンチング（私刑）、その極めて、残酷なのを島民に行ふとか云ふ。その如何に残酷であるか、われ〳〵は委しくそれを説くのは易い。只、ホォアァ氏のやうな義人のまだ無くは無い米国と思ふま、、今しばらくそれらを書斎の中に秘して、一切においての、米国の猛省の有るのを待つ。われ〳〵は米人の親友である。われ〳〵からの移民を米人がどのやうにするかに就いても、まだまだ吾々は慎重な態度を執ッて、これを機会として序でに米国を責める抔のはした無い事をしたくは無い。いはんや同情に富み、仁慈に厚いとの令名の有る大統領ルウズヴェルト君閣下が、頭脳となッて世に臨む北米合衆国の今日である。こひねがはくは平和円満、只自由、只非圧制、そして又希くはルウズヴェルト大統領の絶大の義心が、可憐比律賓一千万の亟《きよく》民の上に甘露の恩恵を滴らせて、亡リサアルが云った『東海の珠』の国に君、大統領君閣下千秋不磨の令名が北米合衆国その国の旗じるしたる星もろとも、美はしく、永く――云はゞ、Eternity 只さう光り輝かれる事を。

おくがき

本文にもその時日の大かたは出て居るが、此原稿起草着手のころはアギナルドがまだ幽囚の身であッた故、すなはち此書の前おきのやうな文意もある。もッとも七月になッてアギナルドは釈されたが、原稿の末の方はなほ其以後即ち八月ごろの作成ゆゑ、却ッて前おきを其まゝにして置いた。さしたる事でもないが、とにかく添へことばとして、右。

明治三十五年九月　美妙

附録

比律賓の殉難志士

その一人

グレゴーリオ、デル、ピラール将軍伝

名も高き一の谷嫩軍記を読む者は無官太夫の最後を見て誰か可憐の涙に鳴咽せざらんや。史記を読んで項羽の勇を知る者は誰か其末路の悲惨を憐まざらんや。情あり韻ある一部伝奇的歴史は人をして無限の感に堪へざらしむ。比律賓の革命史を説いてピラール将軍の事に及べば、宛然嫩軍記と項羽本紀とを併観するの想あり、覚えず涕泗横流す。

将軍はブラカーン州の人、父は比国政治家として有名なるマルセーロ、デル、ピラール (Marcelo del Pilar) 氏なり。将軍は襁褓の時より其家庭に於て自由主義の空気を呼吸せしを以て、少より自国の圧抑を蒙るを憤慨し、常に力を国事に致さんことを誓へり。是を以て年僅に十歳の比より敢て他の遊戯に耽らず、比島志士の手に成れるラ、ソリダリダッド新聞を携へ、之を其交遊間に配布するを以て楽とせり。当時西班牙政府は大に該新聞を嫌悪し、其発行を禁止し、其購読者を見ても尚直ちに目するに反逆者を以てするに至れり。然るに当時氏は僅に十歳の小童なりしを以

て西班牙官吏の注目する所とならざるを幸に、窃に禁止せられたる新紙の謄写を友人間に配布し、自から西国警察の炯眼を嗤笑せり。

長じて馬尼剌大学に入り法学を学び、千八百九十六年第一革命に際し書を抛ッて起ち、故郷に帰り諸交遊を糾合し、最も有力なる一の革命党団体を組織し、馬尼剌及びカヴィーテ二州の革命党に有力の援助を与へたり。氏の組織せる軍隊は実に比軍中に於て最も隊伍整然たりと称せらる。蓋し氏は敢為の気象に富み、豪胆にして品行亦頗る方正なりしを以て、夙に郷党の敬慕する所となり、又能く人心を収攬せるを以て、貧者は喜んで氏の配下に投じ、富者は競うて軍資を供し、氏の壮挙を助けたるに因る。かゝる敢為有望なる将軍の、年未だ二十に達せずと云ふに至りては豈驚嘆すべきにあらずや。氏は初め赤手にして軍を起し、ビアク、ナバトー講和条約の当時に於てはライフル銃千五百挺を有せり。是れ皆敵軍より分捕せるものに係る。アギナルド将軍の香港に退去するや、氏も亦其一行中に在り。（本書に挿入したるアギナルド一行写真中の2号は即ち将軍なり）アギナルド将軍が新嘉坡に於て米国総領事プラット氏と秘密会見を為すに当り、氏は実に伴はれて其席に列れり。

アギナルド将軍が第二独立戦争の為めに香港よりカヴイーテ州に帰着するや、氏も亦従ひ帰り、ブラカーン州に於て旧部下の兵に将として各処に転戦して功を奏せしこと多し。

探険家として有名なる仏人ジヤン、エッス（Jean Hess）は能く此島の事情に通ずと称せらる。其のピラール氏に就き説く所を見るに、

余は此島少年将軍の一人たるグレゴーリオ、デル、ピラール氏と久しく起居を共にせり。其猛勇なる気禀、実に人をして一部の伝奇的の感を為さしむ。余は氏及び少壮なる氏の友人と交を訂し、能く是等人々の性格を詳にし、其血気の勇を鼓して自国の独立のために奮戦する状を目撃せしに、熱誠の情寔に感嘆に堪ふべからざるものあり。彼等の意気精神は実に古武士の風あり。彼等の夢想する所は其所信の如く高且大に、彼等の言動風姿の蕭颯たるは、恰も大詩人コルネーユ詩中の英雄の如く、他人若し俄に其状を見ば殆ど狂するかと笑ふべし。然れども彼等に在ては毫も然か思はず。余は彼等と言を交へ、彼等の風采を目撃して、初めて我仏国大革命当時の兵士の狂乱の状を了解することを得たり。是等比律賓人は米人の唱ふる如く決して野蛮粗暴卑野の人民に非ず。唯其思想高潔誠実にして勇気満々たるため、時に激越の情抑ゆべからざるものあるのみ。嗚呼是れ豈古英雄の遺風を伝ふるものにあらずや。ピラール氏に就き尚一事の記す

べきものあり。氏は米国のオーチス将軍及び米国政府より派遣せらるゝ使節中に加はらんことを熱望せり。………蓋し氏に可憐なる意中の人あり。氏は死を決して戦場に赴くに当り、尚一度之を見て別を叙せんと欲したり。然れども之を聞いて直ちに氏の未練を嗤笑するを止めよ。氏は実に意中の人を思ふと共に一死国に報ゆるの情亦切なりしなり。是れ決して溢美に非ず。羅馬の古英雄と比肩すべき比島の将校等は、屈辱せる自国の独立を実行せんとせば、家人の愁嘆はさることながら、花の盛りの幾多少年の血を流さゞるべからざる所以を能く覚悟せり。是を以て彼等の死を見ること恰も帰するが如し。彼等は米軍の砲火のために宝刀を挫折せられたるを見るときは、残存せる家婦に遺言して之を激励し、能く幼者を守護生育し、之に先人の奇功偉績を伝へ、子孫をして世々独立のために心血を注がしめんことを希望す。独立を得んとする思想は、実に深く比律賓人種の胸中に印刻せらる。故に若し比島を掩有せんと欲せば、其人種を絶滅するに非ざれば能はざるべし。米人は余に向ひて実に余の見る所の如しと云へり。然れども是れ果して能くすべきか。是の問を解釈せんとせば一の数字を示して足れり。曰く『比律賓人は一千万の民衆なり』と。嗚呼一千万の民衆豈容易に絶滅し得べけんや。

エッス氏が之を記せしは実に千八百九十九年六月の事なり。而して同年十二月アギナルド将軍の北部イロロス地方に退却するに当り、ピラール将軍は手兵僅に四百を以て殿軍となり、一大艦隊の掩護を恃める米軍の三千人を支へ、縦横奮戦遂にアギナルド将軍をして退却を全うするを得しめたり。然れども此の役やピラール将軍は遂に名誉の死を遂げたり。将軍勇戦の状は決して過褒するに及ばず、米人の発行に係るマニラ、自由（Manila Freedom）と云へる一新聞に当時の状を記して曰く、

此の役や、デル、ピラール将軍は、メーヨア、マー氏の兵を支へ、縦横奮戦したるに、味方の軍は死傷算なく、前後左右死屍累積せるも毫も意とせず、益々勇を鼓して防戦し、自ら陣頭に立ちて兵士を叱咤し、身既に重傷を負ひしも敢て屈せず、濠を隔て兵を指揮せる中、不幸にも一丸飛び来りて将軍の胸部を貫き、遂に果敢なき最後を遂げたり。此の激戦に於て比兵の生きて逃るゝも四百人中僅に八人なりと云ふ。米軍は勝に乗じて進み、ピラール将軍の殞命の場所に至り、其屍の尚ほ地上に横はるを発見したり。其顔容、凛乎たる精神を表し、無限の感慨を湛えたるものゝ如し。一手に美麗なる絹手巾を持ちて胸部の創所を掩ふ。之を検するに流血淋漓たり。手巾の一端に Dolores《ドロレス》 Fose《ホセー》 と云へる二字を縫箔にて現はせ

り。蓋し将軍が意中の人ならん。

　ピラール将軍が最後に至るまで健闘せしことは将軍の携へたる日記によりて之を証すべし。該日記には将軍がタルラツクの退却以来幾回か防戦せしことを詳記し、其最後の記事は十二月三日の日附にして、其酣戦中に記せしものなること明なり。其記事に依れば、将軍は戦死する数分時前、既に覚悟を極めて記せしものゝ如く、次の数語あり。

『噫、天、余と余の勇敢なる士卒とに幸せず、然れども、余は最愛の本国のために戦死するを喜ぶ。』

エッス氏が将軍を評して『意中の人を愛するが如く死を愛す』と云ひしもの誠に真なるかな。将軍将に死せんとするや、Dolores《ドロレス》の名を唱へつゝ、瞑せしと云ふ。嗚呼、虞兮を歌ふ者は項羽、江東の子弟八千人唯一人の生還者なし、垓下の一敗豈戦の罪と云ふべけんや。

　将軍死するとき年二十三。

　　可憐無定河辺骨、尚是春閨夢裡人、

《南洋之風雲》

比律賓の亡命志士

その一人　マリアアノ、ポンセ氏

比律賓志士の一人、今此大日本帝国に亡命客たるマリアァノ、ポンセ君、

　われ〳〵は吾々文士当然の義務、むしろ云はゞ天職、と、実に心から奮ひ立ツて、偉人リサアルをわが大日本帝国の同胞にくはしく紹介して涙の分配をわれ〳〵の同胞にも求めた。

　しかり、なほ深くまた考へれば、こゝは云ふべき場でも時でもあり、リサアルを叙説すると共に当然また思ひ出す君ポンセ君、其君をも亦問題外の一人物として此書物から洩らすことはならなくなッた。

　いはんや又断腸に堪へられぬばかりの君今日の境遇、われ〳〵は君が百年の寿を保たうとも、かならずしも、受け合ふことを扨敢て為し得ぬにつけ、この憂国の志士に対するわれ〳〵文士の、また、当然の義務として、こゝに君がために此書の紙の幾枚かを割いて、一応それを君の目に触れしめ、少なくも一片同情の慰藉を天涯淪落の身の君に与へ、よしや此まゝやがて君が志しを遂げず、恨みを飲

み〳〵、異郷の地に骨を埋めること、為ツたとしても、その骨、然り、その俠骨が死しても猶かんばしくあるやうにとの、今のわれ〳〵の寸志、願はくはいくらか酌みたまへ、ポンセ君！

あゝ、君の手はリサアルと意見を共にして相取りかはし、共に死を誓ツた、その手である。

而もまた、嗚呼、今日の君の膝はいかに呼ばれても招かれても勧められても、敵国には屈せぬとの膝である。

その膝を屈するのは良心を辱かしめること、君は見る。リサアルの死友として虐政に反抗した君、アギナルドの一味として米国と対戦した君、その君の是までのあツぱれ美玉を此上とも汚すまいと君は固く心に誓ふ。

何の心で天はさうまで無情か、君をして君の本国に居たゝまれぬやうにした。君の家は兵火に焼けた。君の資産は灰土となツた。君は血族朋友等と生別また死別をかさねた。宇宙五大洲、そして今はや君が一身を置くべきは此、只、日本帝国のみとなツた。それだけでさへ泣いても足りぬ。

加ふるにまた何の事か、君の痼疾たる肺病は次第に其毒々しい魔力を逞ましくして、さもなくても悲しいこの頃の秋雨を、天涯の日本の客舎の枕のあたりで物さびしく只聞きなさせる。われ〳〵は思ひやるにも、殆ど忍びぬ。われ〳〵は切めて只われ〳〵の力の叶ふ丈のところで君を慰めたいと思ふ――思ふ、それよりほか如何ともならぬ。すなはちこゝに君の名を特筆して、それをわれ〳〵の義俠なる同胞に知らせるのである。われ〳〵は先づ氏の素性から云ふ。

彼れポンセ氏は一千八百六十七年、即ちわが慶応三年その三月二十三日、比律賓国、呂宋島、プラカァン州、パリワッグに生まれた。年ごろから云へば、それゆゑ、ことして三十五歳、アギナルドから云へば二つ目の兄である。

その十九歳のときであツた、ポンセ氏はFolk Lore Bulakeno（ブラカァン俗話）と題する書を著はし、ブラカァン州の人情風俗から始めて其地古来の信仰、伝説など、他地方の人の全く知らぬもの一切をしるし集めなほそれを諸外国の同様なものと比較して示した。その着目に鋭利なところも有り、その観察に周到なところも有り、欧羅巴の人類学者もその書に対しては賛評を吝まず、十九歳の一青年の一著述が遂には人類学研究の好材料、その一とさへされた。

彼れポンセ氏は一旦マニィラ大学を卒業したもの、、もとより小成に安んずる念は無し、やがて一千八百八十六年（明治十九年）五月、西班牙に赴き、そのバルセロォナ大学に入り、またマズリィズ大学に移り、つひにそこで卒業した。

歴史家としてポンセ氏の名の学者間に聞えるに至ツたのは其の著 Efemerides Filipinas（比律賓史考）で、比律賓群島が西班牙の領土となツた以後、いかほどの圧制を政府から受けたか、又それに対して人民がいかほどの怨恨を含んで居るか、それらは悉く此書において明白にされた。少なくも此一著述はポンセ氏の著述中の白眉であツたので、同気すなはち相求めて、十分親密な交際はポンセ氏とリサアルとの間に成り立つに至ツた。

一千八百九十四年（明治二十七年）ポンセ氏は又「比律賓上古文明考」と題する一論文を起草して西班牙のマズリィズ学芸公評会から優等賞を受けたが、しかし右は出版にはならなかツた。

が、それよりもポンセ氏をして革命のために有力ならしめるべく働らかせたのは実にラ、ソリダリダッド（La Solidaridad）の発刊がその本であツた。ラ、ソリダリダッドは比律賓の志士によツて、マズリィズにおいて発刊された雑誌で、その題名を訳せばすなはち「連帯責任」の義、その社長はマルセエロ、イラァリォ、デル、ピラァルで、リサアルは無論、アントォニオ、ルゥナといふ志士も編輯の任にあたり、さてポンセ氏はその編輯長となツて居た。

われ〳〵が全力を尽くして賛美したリサアル、そのリサアルを実にポンセ氏は同僚として居たのであツた。そして、それら志士の一斉の筆鋒はつまり、虐政に対する攻撃であツた。

ラ、ソリダリダッドは一千八百八十九年（明治二十二年）を初刊の年として、一千八百九十六年（明治二十九年）即ち叛乱の起こる年まで継続し、やがて発行停止となり、社長ピラァルも死に、つゞいて又リサアルも死にポンセ氏は只辛うじて逮捕を免れて仏国へ逃げ、さらに香港まで落ちのび、そこで「比律賓革命期成会」(Junta Revolucionaris de Filipinas）を起こし盛んにアギナルドに声援を与へた。

やがてビアック、ナ、バトォ条約の訂結となる、アギナルドは香港へ渡航する、香港の志士が比律賓委員会（Comit Filipino）を組織する。そしてアギナルドは其会長にポンセ氏は其書記長になツた、と思ふ間も無くまた比律賓と米国との開戦となツた。ポンセ氏は乃ちアギナルドから命ぜられた任務、それを使者として果たすため、つひに此われ〳〵の帝国へも来た、それが一千八百九十八年、すなはち明治三十一年八月。

しかし、それから後の比律賓の形勢はます〳〵非、はやその後をばこゝに云ふ迄でもない。以上ポンセ君についての有りの儘である。リサアルが人民を警醒したのは主としてその小説に因ツたのであツた。しかし純然たる歴史の戦線においては実にポンセ氏がその一部面に将として、奴隷の暗霧を切りやぶツたのであツた。前に見えた「比律賓史考」それが実にポンセ氏のそれだけの殊勲を永久不滅ならしめる、全くたしかな、何よりの証拠である。われ〳〵は明らかにNoli me tangere《ノオリ メエ タンヘレエ》をもツてリサアルの不朽の作とするにつけ、それと相呼応して最も有力なる援軍となツたのは実にポンセ君の右「比律賓史考」であるとの事を躊躇せず断言する。

聞きたまへ、ポンセ君、この中心一点の疚しさも無くて、われ〳〵は声高く右のやうに君がために述べることを得るのを此上も無い愉快とし、あはせて又君に対して、われ〳〵の満腔の誠実を捧げ、さいはひに君が必らず〳〵絶望せず、君が国家のため大切な君の身を自重して、飽くまでも人道のために尽瘁される、のを実に〳〵祈るのみである、もしそれ運命が今後の君に無情でゞもあるか。よし、然らば君の侠骨をばわれ〳〵が拾ツて、少なくも君の名を位牌のつもりで擁護する。

こゝに擱筆をさしおくとなツて、われ〳〵は朱舜水をおもひ出し、同時にその亡命客たる舜水そのものを保護してやツた水戸の賢君の偉績をも思ひ出す。嗚呼朱舜水その人は居る。敢て問ふ、水戸公その人は居るか。武士道の精華に永久の薫陶を受け来ツた、わが此帝国の人士中に、われ〳〵は思ふ、祖先の侠気は尚まだ残るであらうと。

あはせて又、こゝに擱筆するにあたり、つゝしんで他の各志士の健全を祈る。われ〳〵は飽くまでも著書この孤城を死守して屈せぬ。書き残した、諸志士の侠名をばやがて又われ〳〵が世に紹介する。

蚕に寄せて 比律賓の志士へ

美妙

一

人のため、身は烹られ、
ひかり有る糸となる。
あゝかひこ、あゝかひこ。

二

絹のもの見るたびに
さしぐむはなみだかな。
あゝかひこ、あゝかひこ。

三

その絹を人はきる。
　そのむしは土となる。
　　あゝかひこ、あゝかひこ。

四

土となれ、その土は
　とこしへに世を肥やす。
　　あゝかひこ、あゝかひこ。

五

人はいざそのきぬを
　いたづらに着し人は。
　　あゝかひこ、あゝかひこ。

旗か命か

（一）

まへおき

些《すこ》しばかり此小話《このせうわ》を書くとなりて、又些し計《ばか》り読者諸君に御迷惑ながら前口上を申すと云《い》ふのは外でも無し、此小話の大体の事実を少々読者に於《お》かせられても御承知になつた上、さて本文《ほんもん》を御読みになつた方が多少作中の人物の意気もよく御飲み込みに為《な》る事であらうと思はれる次第なので。

委細は此二三ケ月前《ぜん》出版になつた拙著比律賓《ヒリツピン》独立戦話『あぎなるど』にある通り、西班牙《スペイン》の暴政に背いて同国の志士アギナルド等《ら》が反旗を掲げ、其うち何やら優しい事を云つて米国がアギナルド等を助け、ア氏の同志者《どうししや》も小《こ》をどりし、遂《つひ》に米軍と一所《いつしよ》にマニィラ城を攻めた時、如何《いか》なる訳か米軍が奇怪な所業をした、その始末の一寸《ちよつと》した所を今は茲《こゝ》に書くのです。書く――決して議論がましくは書かぬつもり、よし云《い》ひたい事は山々《やま〳〵》有るとしても。只《たゞ》有りの儘《まゝ》を有りの儘にかくのみ。只それら志士の意気の凄《すさ》まじさ、其《その》如何ほど国のために必死を期《き》して居《を》るかと云ふ事を、その今日は既《すで》に亡き人と為《な》つてしまつた其志士に対する吾々の寸志として、ことさら此日出国《やまと》新聞への筆はじめとして、極《ごく》短く書くのです。と書いた丈《だけ》で筆も顫《わなゝ》く、さらば、是《これ》から少々。

●○　○●　●○　○●　●○

ア氏等の必死の突撃、ア氏の部将《ぶしやう》ピデピラ（ピオ、デル、ピラアル）が先逸早《まづいちはや》く馬尼剌《マニイラ》城の一角を奪ふ。

濛《もう》と立ち昇る砂烟《すなけぶり》、ピデピラが突撃したあたりは遠目《とほめ》にも其混乱の様子が砂烟そのものでもよく分かる、と、見る間《ま》、その砂烟の間《あひだ》を凌《しの》いて一旒《りう》の旗がつツと揚がつた。

旗、噫偖《あゝさて》は、ピデピラのであつた、到底《つまり》義軍即《すなは》ち比律賓兵のであつた、その旗を見る寄せ手の一同胸の中《うち》は騒立《さわぎた》つた。義軍の味方は讙呼《くわんこ》した。米兵も讙呼した。一角は素破《すは》砕けた、よし乗り込めと一同其血は沸く、刹那《せつな》、一隊の米兵が横合ひから直《たゞ》ちに其旗の立つた辺《へん》をと目掛けて奔《ほん》波《ぱ》の如く突進した。

それら米兵は他《た》の一方面（サン、アレトオニア、アバア）へ元々掛かつて居た兵なのであつた。が、実に敵（西班牙兵）に撃退されて大《おほい》に怯《ひる》み、更《さら》に立て直さうか盛り返さうか何《ど》うしやうかと躊躇《ちうちよ》した矢先《やさき》、城の一角が先ピデピラに破られたと見た儘に、是幸ひと乃《すなは》ち其方へとり掛かる事と為《な》り、攻めかけた一方を□ば捨てゝ、仕舞《しま》つて、さてこそ然《さ》うピデピラの後を追つたのである。

そして米兵は吶喊《とつかん》さながら力の限りで、勢ひ只凄まじく、見る間《ま》烟塵漠々《ばく〳〵》たる間《あひだ》を潜《くゞ》り走つて、例の前に義軍が立つた旗の辺まで到り着くと、早《はや》其辺は人少《ひとすく》なになつて居た。外でも無し、ピデピラは先登《せんとう》の証拠として既に旗をも立てた事とて実は安心をもし、又一つには夫《それ》から尚《なほ》先には目に余る大敵が本丸にしがみ附いて居《を》る事ゆゑ図《づ》を抜かさず、一気に其本丸をも一捩《ねぢ》りにと思ひ立ちもし、旁《かた〳〵》いつ迄《まで》も旗を立てた所にぐづ〳〵して居《を》るでも無いと考へた所から、直ちに又息をも吐《つ》かず、隊を纏《まと》めて尚奥深くへ切り込んで行つたのであつた。

しかし、旗の直《すぐ》この下には全く兵を残さぬでも無かつた。すべて二人《にん》、即ち正有《マザアル》、為三此《タメエサ》二人、この二人も元より望む、ピデピラも亦《また》承知する、二人既に重傷者、夫故《それゆゑ》追撃の数に加はるのを見切つた、その代はり旗下《はたした》に止《とゞ》まつて、厳重に旗を守護して居やうとの請求、それ尤《もつと》もとピデピラも快諾して、即ち其乞ひをも許し、其儘残り留まらせる事としたのである。

嗚呼《あゝ》当たり前の兵士ならば、既に重傷をさへ負つて居て何《なん》として又重大な任務に服し得られやうか、又々何《なん》として其任務の担任を請求まで為《し》やうか。只その兵士の意気一つ、只それのみが既に死に掛かつて居《を》る其現身《げんしん》を尚まだ活《くわつ》火《くわ》の燃え立つものと為《な》らしめたのである。旗を護《まも》れと云ひ附けられると共に血だらけの其顔に形容し得ぬ笑顔を見せた。

「畏《かしこ》まつた、屹度《きつと》守ります、軍旗の神聖を決して〳〵汚《けが》さんやうに——守ります、大丈夫。歩かずに居ても出来る事」

其筈《はず》、あはれ、腰車《こしぐるま》を打ち抜かれて居たのであつた。腰は利かぬ、それ故歩けぬ。歩けぬが、それでも軍旗は守り得るとの意気、その勇ましく又いぢらしい壮烈きはまる一言《ごん》を聞くと均しく隊長のピデピラは突《つ》と涙さしぐませた。

（二）

「頼むぞ」との声を残して其儘ピデピラは隊を纒めて先へと突進して行つた。後に残つた二兵士の胸は何《ど》うか。

否《いや》、決して悲しくはない。旗を守るのが只嬉しい。味方先登の名誉の旗の下蔭《したかげ》に、そも〳〵又劈頭《へきとう》第一番、血をも浴び、硝烟《せうえん》をも嗅《か》いで、利かぬ其身を胴骨《どうぼね》からして投げ出して掛かつて、静かに砲火の音を聞く、其壮快の口にも云へぬ、只この流石《さすが》の疵《きず》の痛みも忘れてしまふのみであつた。

これを聞く人は是を狂と見《み》るでもあらう。狂、如何にも狂である。人並《ひとなみ》に感ずべき苦悩をば至高至清の快楽に消されて、血に悶《もだ》える五体の何処《どこ》かに満足の快楽といふ、非常なものを持つて居《を》つた。

云ひ合はせこそ為《せ》ぬが、正有も為三も心持ちは同じであつた。所は熱帯地、踏み立てられて漠々と渦を巻く砂烟りの中に後影《うしろかげ》を隠現《いんげん》させて、吶喊の声只勇ましく突進して行く味方を只見るともなし又只見やつて浮き立つか、狂ふか、踊るか、舞ふか、跳ねるか、飛ぶか、扠《さて》、その〳〵胸の中《うち》！ 怒号する狂風に旗は平板《ひらいた》を拍《う》つやうな音をはためかせて、見よや物始《はじ》めの好《よ》さを是此旗が早くも是斯《か》う空高くあらはすぞ示すぞやツと宛《さな》がら絶叫でもするかの風情、只二人只嬉しさに、実に狂した。

がや〳〵と云ふ人の諸声《もろごゑ》、二人は屹《きつ》となつて振りかへる目前、潮《うしほ》の如く寄せて来たのは即ち一方の攻撃にまづ仕損じて、道を一転し、其処《そこ》即ち正有等が居たところへ掩《おほ》ひかゝつて来た米兵であつた。

云ふ迄《まで》も無し米兵は味方、正有等はむしろ喜んだ。只喜んだのでは無い。見てくれ此先登旗《ばた》をと、只早《はや》自慢もしたいばかり其故《それ》の喜びなのであつた。

二人は米兵に対して笑ひ掛けた——二人如何にも重傷者なる二人は其重傷にも関はらず。

米兵は答礼をしたらしくもなかつた。

咄嗟《とつあゝ》、おや珍事、米兵は其例の先登旗《ばた》、其本《もと》まで四五人がばら〳〵と駈《か》け寄ると見るや、やツうウんの掛け声、旗をば根から抜かうとした。

正有は仰天《ぎやうてん》した。

「こら、諸君、何する諸君は。われ〳〵の其旗を何《なん》として諸君は。」くるしい呼吸《いき》づかひ、それながら斯う。

米兵は尚無言。その旗は稍《やゝ》ゆらつく。はや抜かれ掛けた。

正有は身悶えする。

「うンむ、奇怪至極。君等はわれ〳〵の先登旗《ばた》を撤去する？　やツ、おい、不届きな。廃《よ》さんか已《おの》れ。」

身悶えと共に躙《にじ》り出る。為三、是は口は利けぬ。が、意《こゝろ》は同一であつた。是もまた躙り出る。見る〳〵二人は躙り〳〵、這《は》ひ、のたうち、身の後ろへ血を引き摺《ず》つて、旗の本まで遂にいそ〳〵。

あはれ、一念は其旗をして能《よ》く倒《たふ》れぬ先に扨も扨も保たせ得られなかつたのである。旗の本まで這ひ寄る刹那は旗の倒れる刹那であつた。這ひ寄つたのは偖立つて居る旗の本へでは無くて、立つて居たのが仆《ね》てしまつた其側《そば》へであつた。

旗へとはしがみ附く。

息は猛火を吹く。

「無礼《ぶれい》、なぜ倒したか。味方のではないか比律賓軍の此旗は。怪しからん倒すとは。立てろ、やいツ、立てろ、こら。」

しがみ附いて旗竿ゆすぶる、其手元《さき》を押し退《の》けて、米兵は冷笑した。

「血迷ふな〳〵。助けるためだ、君たちを。」

「おれ達を？」

「助けるためだ。見んか、それ。赤十字旗を立てるのだ。」

なる程、赤十字旗、なる程その旗はいつの間にか最《も》う立つた。いつの間にか比律賓国旗とは居どころ変《が》はりに、赤十字旗がもう立つた。

「助けるためだ、君たちを。負傷したぢやないか、君たちは。敵弾は、こら、此とほり降る。危い！　故にこそ赤十字旗、敵弾を止《とゞ》めるためだ。」

「おれたちを助けるためと？」為三が。

「米軍の友情でだ。」

「いやだツ〳〵、断るぞ」と為三は身ぶるひした。

(三)

語を続けて為三、「ことわる真平《まつぴら》だ。敵弾を止めるための赤十字旗より、おりや敵弾の的《まと》になるわい軍旗が恋ひしやいツ」と、而《しか》も泣き声で。

正有是また踠《もが》いた。苦しさに踠いたのでは無かつた。よし、よく利かぬ身でも力の限り働らかせて、天晴《あつぱれ》その旗を今一度旧《もと》のとほり立てやうとのみ。

悲しいかな、身は利かぬ。

畜生《ちくしやう》、一念は岩をも徹《とほ》すとさへ云ふに、それを身で身が自由に為《な》らぬとは何《なん》たる様《ざま》か。とばかり急迫《あせ》る。無念の口惜し涙となる。魂は悩乱した。吾とわが脳天拳《こぶし》を固めてしたゝか打つた。

冷笑《あざわら》ふのか、興がるのか、米兵は只笑つた――笑ふも笑ふ、手をさへ拍つて。

「馬鹿、気ちがひに為《な》つたか、こら。何の真似だ、その様《ざま》は。分からん?。米軍の博愛の精神を。よしか、博愛。よしか、真勇でだぞ、ツルウ、ヒイロイズムでだぞ。」

正有怨みの目を見張つた。

「博愛とな、真勇とな、人《ひと》、馬鹿に……ふざけるな」と、高く叫ぶ泣き声で、「無念、身体《からだ》が利かんわやいツ。動けんわやいツ、この五体が。やい、為三、死なんか、まだ貴様は。」

「死ねるかツ」と為三は其やゝ倒れた身を屹と起こした。

「是非に及ばん。ならば、口だけで云ふ、聞け、ヤンキイ(外人が米人を呼ぶ冷評の語)。上官の命令の下、おれ共が此軍旗を守護するのを、何故に貴さま達□……」

「待て」と米軍の一曹長が通訳もろとも突《つ》と差し出た。

「赤十字旗は見えんのか貴様の目に負傷者たる貴様たちではないか、敵弾をこの旗で避けて、そして貴様たちの身をば安全にといふ……」

「黙れ、口がしこいツ」と正有が。「御為《ため》ごかしを聞く耳を持たんわい。博愛の精神でわれ〳〵の身を保護するとの精神で、それで赤十字を立てたと云ふのか。」

「無論だ。」

「聞くぞ、そんなら。さツ、なぜ、然《しか》らばわれ〳〵の先登旗《き》をば撤去したか。」

「立てるためにだ、赤十字旗を。」

「此奴《こやつ》が〳〵……負傷者を救ふがために先登の証拠物たる第一の軍旗を撤去するのがそも〳〵同盟軍隊の作法か、こら。」

「無礼《しつれい》云ふな。」

「何が無礼《ぶれい》だ。」

「米軍は米国旗をば立てんぞ、こら、只比律賓旗を取つたのだ、米国旗を立てたのならば夫れ或《ある》ひは成る程悪からう、公明なる赤十字旗を立てたのに於《おい》て何《なん》の不都合な事が……」

「悪魔、口叩《た》くな。」

「何が悪魔だ。」

「悪魔だ、けだものだ、作法を知らん野蛮人、おのれ強盗。博愛の精神、なるほど分かつた。分かつたとして、さアどうだ、なぜ然らば比律賓軍旗と共に、やい聞け、赤十字旗をば立てんのか。あはて丶、急いで、われ〳〵の軍旗を倒して、只その赤十字旗だけを立てるといふ法が如何なる道理に因《よ》つて有るとするか。こら、」

正有は摑《しが》みつく許《ばか》りになつた。

しかし、曹長は答へなくなつた。嗚呼、曹長は寧《むし》ろ平気で済まし出した。

正有、為三、二人血は狂沸《きやうふつ》する。身をもがいた。身をねぢつた。身を転がした。身をうねらせた。

無念、米軍旗へその手は届かぬ。

「畜生、その旗、何《なん》で立て丶置くものか」と分歯《はがみ》して。

二人その身は飜転《ほんてん》した。

一念は怖《おそ》ろしい。

二人は米軍旗へと手を掛けた。

ゆすぶる。〔無〕心の旗は揺《ゆら》めいた。傾いた。倒れか丶る。二人は必死、只這ひ、只のたうつて、旗を引き倒さうと……

米兵は夫《それ》ツとばかり、むら〳〵と四方から二人を取り囲んだ、引き放さうとする。動かぬ。

搏撃《はくげき》となつた。

が、それは刹那、搏撃はたちまち終る。何《ど》うして終つたか。二人が押さへ附けでもされたか。

否《いや》。

二人は呼吸《いき》絶えてしまつたのである。

重傷の上に一念凝り固まつての搏撃、いはゆる気のために二人は死んだのであつた。壮烈のその意気、嗚呼、斯《か》くて斯《か》う筆をも取らせて吾々を泣かせるために二人は人間としての名誉の最期を遂げたのであつた。

● ○ ● ○ ● ○ ● ○ ● ○ ●

人は知るまいと思つて米軍は此事実を秘した。しかし、此真事実は或る人の口から吾々の耳に伝はつたのでもある、証人には実地を目撃した仏人も居《を》る。今、しかし、吾々はその仏人の名をこ丶に出す必要も無い。

○ ● ○ ● ○ ● ○ ● ○ ● ○

此《この》以後比律賓に対する米国の処置は吾々が『あぎなるど』に書いたとをりである。

今や米国はアギナルドを捕虜から一旦赦《たんゆる》して、やがて米国へ呼び迎へてしまはうとして居《を》る。

比律賓義兵の残党の意気は今なほ屈せぬ。彼等は何処までも米国には自国の独立を得る迄は敵とならうとする。嗚呼。

（をはる）

首持参のアギナルド

（上）

茲《こゝ》に些しばかり書きしるす物語りの事実の梗概については茲に記すアギナルドの股肱ポンセ君によつて二三年前《ぜん》既に日本にも伝へられた。今些しくはしく書いて見る。一言《ごん》で尽くせば、こゝに記す事実は実によくアギナルドその人の冒険気質《かたぎ》を示すのである、冒険、それを云ひ変へれば無法である。ある意味においての破落戸《ごろつき》流儀である。アギナルドは公平に云つたところで全く破落戸流儀なのであつた。気をもつて人を圧服するのを英雄の一要素とすれば、なるほどアギナルドは其傾向はたしかに有つたのであつた。

彼が西班牙《すぺいん》政府に向かつて反旗を飜《ひるがへ》して、やうやく猖獗《せうけつ》を極はめると為つて、政府は卑劣の限りの手段を取る事と為つた。堂々たる表向きの戦争でアギナルドを殺すなり捕獲《ほくわく》するなりする事は出来ぬと断念した。政府側の新聞紙などはさうでも無いやうに伝へたやうに見受けられますが、しかし、とにかく泰西人が東洋流儀抔と称《とな》へて、ともすれば喋々《てふ〳〵》しく云ひけなす手段を政府は恬《てん》として他《た》の批判をも思はず執つたのであつた、政府、と若し云ふ事が不当ならば、政府から軍務の全権を委任された将軍アウグスチンが執つたのであつた。すなはち懸賞をもつてアギナルドの首級を買ひ上げやうとの布告、それを恥かしげも無く戦地の各所に掲出《けいしゆつ》したのであつた。

　掲出を見て大抵の人は冷笑した。正気と見えて将軍は得意であつた。金を求めるためには道理を思はぬ野蛮の比律賓人《ひりつぴんじん》の事ゆゑ一も二も無く懸賞の大金に目が眩んでアギナルドの部下の内あたりから統領その人の寝首を掻いて、やがて金と引き替へに持参する者も有らう、否、たしかに有るとの天晴れの目算であつた。

　すると、翌日に為つてアギナルドその、而も、本人が自身将軍の営所へ来て、面会を請求し、得意の巧弁でしやべり付け、つひにその金だけを物の美事に（得たとは云へぬ）奪ひ取つたのであつた。将軍が一泡吹かせられたものか、乃至《ないし》二泡《ふたあわ》三泡《みあわ》吹かせられたものか、下手な言葉で形容するまででも無い。

　その時のアギナルドは加特力教徒《かとりつくけうと》の装束になつて居た。銃剣をいかめしく構へて営前に佇立した番兵に向かつて小腰を屈め、掲示文の趣意によつて将軍に謁見を求めるとの趣意であつた。

　来たその人物が教徒と云ふ丈で将軍は安心して、むしろ只信じた。教徒は云ふ迄も無く政府の一味同心である。その教徒が来たと云ふので面会をも許した。営所の一室へと請じ入れる。アギナルドは悠々と導かれて入つたのであつた。その時の様子を目撃した兵士の言葉によれば、どう見てもその時のアギナルドの態度が虎の尾を踏んで虎の穴の中を行くものとは嘘にも見えなかつたとの事であつた。

　そしてアギナルドは将軍の前の椅子に腰を掛けて、まづ何も云はず微笑した。

　いかに迂闊でも将軍においてあらかじめ手許に取り寄せてあつたアギナルド其人の写真の面影を茲で思ひ出さぬ訳は無い。

　まつたくの事、将軍も「はてな」と思つた。

　どうやら見たやうな顔の教徒と思ふと共に、おやアギナルドに似て居《を》るぞとの考へが不図閃めかずには居なかつた。しかし、只、真逆《まさか》と思ふ。しかし、只、よもやと思ふ。まさか、よもや、当人たるアギナルドが自らおのれの身を挺して、まさか、よもや、敵中も敵中、兵士に包まれて居る将軍の面前に立ち現れる訳は決して〳〵怪我にも有るまいとのみ思ふ。無理も無い、それも。ましてや最初一図に只教徒とのみ思ひ做す。その疑ひは疑ひを疑ひとしたまでで只空に、妙に、馬鹿々々しく、有耶無耶のうちに消えたやうに為つた。只、しかし不思議でもある、ぱつかりと口を開かぬばかりにして、将軍は只教徒の顔を穴の明《あ》くほど。

「御掲示の文によつて、御よろこびと為るやうにと只今持参いたしました」。

　アギナルドは只斯う云つた。何をとは云はず、只持参したとのみ云つた、しかもその末はその歯ならびの美くしいところをあらはして小首を曲げて微笑した。

（中）

「御持参とは何をです。何を御持参なさつたので」と将軍は一入心得かねた顔。

「御掲示に従つて」とアギナルドは又微笑した。微笑、実にそれが彼の特色なのではあつた。「微笑といふものゝ柔かい庇被《おほひ》の下には滔天の妙計がすべて籠もる」と、是が彼アギナルドの平素の持論なのであつた。

「懸賞の御掲示ですな、アギナルドの首を持参したものへは莫大の賞金、それを生擒して連れて来たものへは猶多額の賞金、どうやらさう云ふ御掲示ですが、右はたしかに然うなのですかな。」

　その云ひ方、その語気は慇懃でもあつた。が、語意はあまり礼に叶つても居なかつた。「右はたしか。。。に然うなのですかな」と訝《をか》しく念を押す言外には、云ふまでも無く、むしろ相手を侮辱するばかりの不信用がまざまざと籠つて居た。さすが将軍、それ故、どうかと云へば勃如《むつ》ともした。

「長老」と将軍はアギナルドを教徒たる地位の人として呼び掛けた。「念押しなさるのかな、長老は。」

「念は押します、如何にも。」

「さらば西班牙国政府の将軍たる拙者の掲示の意味の神聖を長老は怪しまれるのかな」。

「そこですな。」

とばかりでアギナルドは又例の如く微笑した。

「将軍御自身は将軍の言責の神聖を或ひは他人に怪しまれはせぬかとの御心配が然ういふ口の下から将軍に御有りなのですかな。」

「何ですと。」

「いゝや将軍、乃公《ないこう》の一言《げん》がたしかに信用の有るべきものと将軍が十分なる自信を御持ちになるものならば、今のやうな奇妙な御言葉を将軍が御出しになると云ふ訳が決して有るまいと思はれますな」。

　うねり曲《くね》り切つた云ひ方、婉曲と云へば婉曲、意地のわるいと云へば意地わるい、ともかく「皮肉」この一言で十分尽くし得る云ひまはしでもあつた。

しかしながら全く此たぐひが所謂教徒《フライアル》の特色で、又あたかも可し、アギナルドの特色でもあつたのである。教徒はその身は宗教界に在りながら比律賓においては無上権を専有し、政府の文武官は悉く教徒の鼻息を伺ふもの丶みで、それ故教徒には随分皮肉の弁者も居る、そこへ持つて来て又その教徒に化けたその時のアギナルドが亦適《はま》り役とも云ふべき、そのやうな皮肉なる云ひまはし方には巧者な人間でさへあつたのである。

真実のところアギナルドは先天的に教徒には化け易い質《たち》であつたのでもある。

（下の一）

「将軍」とアギナルドはまた重ねた。「とにかく拙僧は将軍と揚げ足の取《と》りツ競《くら》に参つたのではありません。一も二も無し、実物を持つて来て、正〔金〕を頂きさへすればそれで可し、いかヾ将軍、賞金は必らず即時払ひでしやうがな。」

「無論です。」

「しからば、金を御列べくください。」

「金を列べろとな?」と将軍むしろ怪訝顔。

「左様、御列べ下さい只今。」

「妙な事を長老は云はれるな。金を列べろ〳〵と云はれたとて、何より第一たる物、すなはちアギナルドの生首を長老はまだ持参もせず……」

半ば云はせず遮つて「これは為たり、奇怪な事を将軍は仰せられる。首持参したかせぬか御存じありますまいが、まだ将軍には。」

「長老がそれを見せられんのは何うい訳です。」

「御目には掛けます。それと同時に金をば頂きたい。宜しいでしやう。」

将軍は無言であつた。

「首を出すと同時に金を頂かせ得ると云ふ事を真実将軍が思し召しの事ならば今かうして居る目前に正金を御列べになる位訳も無い事、また至当な事でもありましやうが。」

「なるほど」と云つたが将軍は云ふ方無く、不快の色を浮べた。

「やはり、長老は夫程までわれ〳〵武人を疑ふのですな、武人、神聖なる西班牙国政府の武人たる吾々を。」

聞くと均しくアギナルドは冷笑した。

「将軍」と声あらく宛がら釘でも打つが如く先一喝して、直に砕けて小声になつて、「いけませんな、さう白を切り抜いては。西班牙政府の武人ゆゑ、一言《ごん》の信用も金城鉄壁たしかだと仰しやるのですな。よろしい、御口だけでは夫で。事実を奈何せんやですな」と、又も冷笑した。

「われ〳〵に信用が無いと云《いは》れるのか。」

「敢て断言しますな」。

「無いと?」

「宗教家たる教徒《フライアル》としてわれ〳〵は然う断言しますな。」

「それは奇怪な……」

「いゝや、われ〳〵教徒にその繕ひは御無用〳〵。われ〳〵教徒とあなた方官吏とは元々土民に対して一つ穴の貉《むじな》でしやうが将軍、あなた方将軍の武力はわれ〳〵教徒の法力に絶えず助けられて居るでしやうが将軍。」

「御尤もですさ、それは。」

「それは御尤も――然らば何が御尤もでないのですかな。と、さ、又議論がましくなりましたのは御免、いゝ加減としますて先。われ〳〵は特に今教徒の側からのみでなく、人民の側からも見て云ふのですがな、土台是まで政府者が自己以外に対して為した契約は多くは皆空《くう》でしたからな。契約も契約、ことに金銭の契約と為つては猶の事な」と、又冷笑。

将軍只は苦わらひした。

「それ故にこそ御念を押すのです。もともと死地に入るまでの苦辛を経なければ、あのやうな手に合はぬアギナルドを如何ともする事は為らぬ、即ち一身を賭しての事でしやうが。」

「御もつとも〳〵」と将軍は急き込み気味になつた。「云はれる事は分かりましたがな、然らば長老はアギナルドをどう為さつたと云ふのです。」

「嘘ではありませんぞ将軍、その生首は持参しました。」

「どこに。」

「さればそれ故に賞金をこゝへ。」

様子を見た丈でも真実らしい。それ以上疑ひ深く邪推めかして四の五の云ふのもなまじひ教徒の悪意を招く訳と扨も扨心弱くも将軍は心只妙に動揺した。是までの政府者が甘言をもつて随分人民を欺いた事の有つたのをば将軍も知つて居る、それ丈云はば飼ひ犬に腕を噬まれて、味方たる教徒にすら猶ほ究所となつて危まれるのでもあるかと、怯者は只みづから己れを怯者にして、相手の云ふ処に十分の同情をさへ寄せた。

(下の二)

将軍とも云《いは》れる身分が斯程まで劣弱な心志《しんし》を持つものであらうかと只これらの事実を聞いた丈ではむしろ人は怪しく思ふほどでもあらう。が、比律賓に於ける教徒《フライアル》の勢力に対しては全く武将も一の木偶《ぼくぐう》に過ぎぬのであつた。

教徒に白眼《はくがん》をもつて睨まれた日には地位を落される位何

でもない、比律賓に於いての文武諸官僚の地位の安全不安全は一に繋《か》つて教徒の権内にある。つまりは教徒の白眼はたしかにその憎むものに命中する一の恐ろしい毒弾であつた。その中《あ》たるのも正確である。中《あ》たつた以上、又とても死命から免かれ得られるものでない」。

それらの機微をよく知る将軍アウグスチンは其機微の指《さし》示《しめ》す所に反いて故さら自己を危くするほど世わたりの道に掛けて下手な人でも無かつた。いかにも処世には上手である、本職の軍事にかけては何うも急には保証もできぬが。まして又威力の有るところに実力も必らず随伴するものと将軍は承知して居た。教徒ほどの威力が有つてこそアギナルド如き食へぬ代物を首にするほどの実力も、なるほど、有るであらうと考へもする。さうも思へば、又、一概にその目前にあらはれた教徒の云ひ草を侮る事もならなくなつた。

要するに将軍は早すでに教徒に化けた相手のアギナルドにその気を呑まれて仕舞つたのである。

「分かりました、疑ひますまい」と将軍はいかにも〱捌けた。「外ならぬ長老たるあなた方に対して、疑念は微塵も挿みますまい。只、しかし、その首ですな、その首は今御持参なのですか、それとも亦是からどうとか云ふ……」

「是からどうとか云ふ丈の事ならば、掲示文だけを見て居た丈で沢山です。何もかならずしも足を運んで、将軍に面会を乞ふ抔の手数には及びません」と、又やゝ憎々しく云ひなぐつた。

鼻づらを蹴られて、将軍は只黙した。

如何に鈍い牛でも斯うまで針で突かれては皮を動かす丈位でも居《を》られぬ。重くても胴ぐらゐは揺ぶつて、立ち上がらずにも居られまい。呼子《よぶこ》を吹いて士官を呼んだ。

年老つた一士官がすぐ現れると、「アギナルドの首に対する懸賞金額だけの手形を書いて来い」と云ひつけた、それ聞くと均しくアギナルドは割り込んだ。

「将軍、手形は御免かうむります。」

「いけませんか。」

「御冗談では困ります。一身を賭しての労に対して手形とは驚きます。首をわたしてしまふ、手形が不渡りとなる、斯う為《や》られては一大事です。又、とにかく将軍、是ほどの一大功に対して身形《てがた》とは、余りといへば余り、いや、今といふ今驚き入りました。よろしいです、手形は頂きますまい。帰ります、此儘。」

咄嗟、立ち上がる。将軍は慌てた。

「御待ちなさい、長老、手形はいかんといふのですか。」

「訳をわれ〱から御聞きに為らなければ御分かりに為

らんのですか。」

アギナルドは斯う云つて、はたと相手を睨め〱付けたのである。

「分かりました〱。」

とばかりで手を広げて将軍はアギナルドを遮つて、「よく分かりました、十分今。」

「十分今御わかりになつたと？　あツは、度々よく御わかりに為られる事ですな、御わかりに為つたなら、さ、早いが宜しい、御列べなさい、正金で。」

「わかりました」と又も〱将軍は御分かりに為られたのである。

（下の三）

士官が将軍から意味を伝へられると共に即座卓子《てーぶる》の上には懸賞の金額丈の金貨が一塊り、封ぜられた延べ棒になつた儘、持ち出されて列べられたのである。

「御覧の如く、然らば長老、われ〱の方では赤心を表して茲に斯う金貨を出しました。よろしいでしやう、是御覧になつた以上は。引き換へましやう、今は首と。」

（飛影申す、筆がはずんで長くなりました、あと最《も》う少々《せう〱》。）


その金貨をアギナルドは尻目に掛けた。

「なるほど、然らば一応あらためますが宜しいでしやうな。」

「改めるとは金額をですか」と将軍が。

「不足が有るといけません故。」

さりとは何処まで図太いか。図太いとまでは思はなかつたが、将軍はむしろ焦燥《いらだ》つた。

「大丈夫です、封印さへ付いて居ますもの。」

「当てにならんではありませんか、此頃こゝら戦場では夫が些しも。」

構はず声もろとも封の一部を千切り取つて、手早く繰り算《かぞ》へて懐中《ふところ》から新聞紙を取り出して金貨をば包み、やゝ肝を抜かれて茫然《ぼんやり》と見て居る将軍の面前、委細何の頓著も無く、包みをば懐中にしてしまつた。

すはや、是からが愈々《いよ〱》といふ切所《せつしよ》である。今や首を出すかと将軍は窃かに胸を躍らせる矢先、何を云ふかと思へば又も意外な。

「受け取りを書きましやう。」

いかにも将軍やうやく珍しく微笑した。紙を出す。インキを出す。ペンを出す。

前後見まはしてアギナルドは身づくろひしたのである。

さら〱とペンを走らせて、受け取り書といふのを書いて立ち上がつた。

電《いなづま》のごとく目をきらめかして又も前後を見かへつて、突《つ》と椅子を離れると共に、

「見ろ、その受け取りを」と一喝した。

その様子の奇怪な声を流石心付いても来た将軍は此最後の一喝に只何と無くぎよツとした。

それでも、その受け取りをば屹《きつ》と見る。見て一目、すはや仰天。

「首代……正金……本人アギナルドが受け取つた事！」

受け取りの文面は是であつた。

驚いたとも化転したとも云ひ尽くせぬのは此時の将軍の胸であつた。胸のみか、身もまた共にであつた。脳《なう》が脳《なう》乱《らん》、身がみりみり、目は迷朦……と思ふその目前、アギナルドは肉薄して、咄嗟、剃刀めいた短刀抜きそばめて、今突くとばかり突き付た。

将軍は動きも得ぬ。

「将軍、無礼ゆるしたまへ。アギナルドが一つ芝居演《し》た。しかし、将軍をば斬《きら》ぬ。そのかはり営所外へ出るまでは徳義として僕を追ひたまふな。えツ将軍、しかと御願申しました。」

飽く迄も飜弄して、此度は高わらひの一声、つとその座を去る。営外へと出ると共に一目散、衛兵は銃を手にしながらも扨《さて》如何《いかん》ともなし得なかつた

（をはり）

比律賓《ひりつぴん》の亡命青年

（上）

比律賓の今日の事に就いて、その中を些《すこ》し絞り抜いて一つ書く。

統領アギナルドは只番兵銃剣の護衛のいかめしい所から只赦されたと云丈である。彼の身には隠し目付けが数多く付けられてある。曰く、アギナルドの一身の危険、彼れ或ひは米人に屈従したと云つて、もとの同志者たる志士に暗殺されるかも知れぬ、その危険を防《ふさ》いでやるため○○の好意をもつてその隠し目付けは付けられるのであると其○○は皆云ふ。なるほど好意を以てと云へば夫までゞある。死刑囚たる罪人を保釈して、其の罪人が法律によつて殺される迄の間は護衛兵を好意で付けてやると云へばそれ迄である、否《いな》、その護衛はその名義こそ護衛である、その実監視に過ぎぬものだ（もし疑ひを挿んで見れば）、あゝ、やはり夫迄である。

彼の従僕の一人某といふ、ことし二十一の男がアギナルドと共に捕縛される所を免れて、比律賓以外の或る国へ亡命した。彼はアギナルドが米国に降服したと聞いて涙を流し、また其他日の飛躍を待つ迄の一時の蟄伏《ちつぷく》かと頼みになるやうな、らぬやうな事を只心の頼みとした。彼はどうしても英語を修める必要を感じた。その英語も英人と対話したり、英国の書籍を読んだりする目的のためでは無く、米人と対話し米国の書籍を読んだりするためにとの英語であつた。

その亡命して居《を》る国のある人が其志しを憐れんで、彼に隙《ひま》さへ有れば英語を教授しはじめた、彼は感激、夜を日に継ぐ。はかどりも早い。程なく程度の低いリイダアをば一二冊終ツてしまツて、やがて此度《こんど》は是を読めと、その師たる人から授けられたのはサンダアス、ユニオン読本の第四、すなはち亜米利加版のそれであつた。

亜米利加版と見た丈で彼は一寸不快な顔さへした。

その読本《とくほん》の開巻にある文章は扨《さて》何であつたらうか。その読本を知る日本人も嘸《さぞ》多いこと、今こゝで其題目を云へば、直ちに然うであつたと点頭《うなづか》れるも嘸多いことでもあらう、その題目、すなはちツルウ、ヒイロイズム、訳して云へば即ち「真勇」是であつた。

筆の序《ついで》ゆゑ、あるひは蛇足かも知れぬがその題目の下《もと》に載せられた文章の大意をも茲に添へるとすれば、ハアトレイといふ少年が哀れなる、不能力の寡婦のため殆ど献身の勇気を鼓し、その生計に資するため、そのために其牝牛を日々牧場へ送り返へしてやつたのを、校友が見てその大俠大勇を知らず、ビンセントといふ腕白を頭《かしら》として非常に嘲り笑つたと云ふ、いさましい物語り、すなはち夫なので、彼れその比律賓書生はその大体の意訳を師の口から聞くと均しく、やうやう涙さしぐませたのであつた。

(下)

「米人が斯ういふ読本を生徒に与へてその教科書とするのですかな」と彼は溜め息交りである。

一言《げん》でその師たる人にも其真意は推《すゐ》し知られたのである。しかも其涙を見るに及んでは胸迫る心もちも亦為れた。

「然様、義俠と博愛と。それを人間は精神としなければ為らぬと此読本では諭し示してあるのです。」

それと対して彼れその比律賓青年は無言であつた。只無言であつたのでは無い。口か舌か、何か知らぬが、只その物を云ふ辺が只硬ばつたのである。

「何か不審な処も有るのですか。有るなら何なりと聞きなさい。」

しかし、彼は下向いたのみであつた。目立つものは其涙で。

「いや御尋ねすべき不審が有るのではありません。殆ど絶望の境遇たる今日《こんにち》のわれわれ比律賓人の身を以てつく〴〵此文章を味へば、只断腸に堪へられんのでしてな。義俠と博愛と、それを生徒に書物では教へ聞かせる米人が今日のわれ〳〵に対する態度は偖《さて》も〳〵如何《いかゞ》でしやうか。」

その調子は沈んだ。声からは重々しく、殆ど引き擦るやうでもある。生憎や、その時、その夜は極はめて寒い。木枯らしさへ吹き荒れて、窓も寒さに顫《わなゝ》くが如く絶えず音した。

教へる人、これ又おいそれと爽に応ずべき言葉をも殆ど思ひ付《つか》なかつたのである。しばらくは只憮然。

「先生」と比律賓少年その語勢はや、屹とした。「彼等徳義有る基督教国民と名のる国民が思ふさま吾々同胞に煮え湯を呑ませて、以後只羽がひ締にしやうとする、猿轡を嵌めやうとする、すべての自由を奪はうとする、金財の魔力で他からの一切の正義の干渉を妨げて、そしてその口で曰く義俠曰く博愛、曰くワシントン、曰くラファイエツト――義俠の博愛のと教科書によッて教へられたそれら国民が嗚呼実にわれわれ可憐の比律賓人に対してその偏頗偏愛を只思ふさまに行ふと云ふ、それらが抑《そもそ》もそれら教科書の精神でしたらうか。いはゆる其モンルウ主義に対しての奇妙極まる解釈むしろ云はゞ附会の説さへ今日は書籍にまた雑誌に於いて恥かしげも無く発表されてそして世界は寂《せき》として只一言《ごん》もそれに対して駁撃をさへ試みませんのです。いゝや何他国は兎もかくも茲に此書物においてビンセントをいやしめ、ハアトレイを褒めた人民、その一時代前は今と然《さ》うまで変はつて居たかと思ふにつけて、先生吾々は未練ながら、云ひ尽くせぬ余りの涙只それになるのみです。」

同時彼は手でその眼を搔《か》い拭つた。亡国となつて異郷に亡命して、このやうな涙を溢《こぼ》す青年が必らずしも一人《にん》のみで無いといふ事を、嗚呼、せめてはハアトレー其人にも知らせたいのである。

（をはり）

虐政治下の比律賓

小説　羽ぬけ鳥

まへおき

去年内外出版協会から出した「あぎなるど」及び不日また同じ所から発行する「血の涙」といふリサアル博士の小説の飜訳、凡そ夫等で既に幾度も書いたが、全く西班牙《すぺいん》の治下に在つた時の比律賓国は加特力《かとりつく》の教徒《フライアル》に専権をのみ恣《ほしいま》まにされた、云ふも無惨な境遇なのであつた。その暴戾と専横とはひとり島民の肉体に痛苦をした、か味はせたのみで無く、実にその精神の上にも絶大な苦悩を与へた事なので、只聞いても酸鼻に堪へぬ。されば乃ち是から書く。書くが、素より、比律賓の話しである。さりながら又その話しの筋を手繰つて見るとすれば、或ひは又随分よく似たと思はれる事が他の何処かの国にありはせぬか。吁《あゝ》、思ひ当たられる方も、思ふに、読者のうちには有る。

第一

「仮病つかやがるか、此畜生！　小僧の癖に、いけヅ太い。神の御罰《ごばち》が中《あ》たるといふのを考へないか、やい畜生！」

斯う口ぎたなく罵つた男の口上、もし陰から聞いたとすれば、田夫野人、まづ破落戸《ごろつき》、凡そその辺を外れたと云つてもあまり多くは外れまいとしか思へぬ、それが、しかし、さうで無く、何の事か、その人は仮り初めにも僧と名乗る、俗以上の身柄の者であつた。名は婆羅若《バラニヤ》と云つて、加特力《かとりつく》教徒の一人《にん》で、人からは何が何でも長老さまと云はれる丈の格式が有りながら、言葉つきからまづ斯う下品であるといふ、それで大抵御里は知れた。

畜生の、小僧の、太いの、罰が中たるのとその婆羅若長老に云はれた子供といふのは十一二の、目の大きい、色黒々とした丈夫さうな、もつとも身装《みなり》の随分麁末《そまつ》な、そして何処やらきりゝとした締まりの有る顔つきの、末頼もしげな男の子であつたが、今や長老の足の下《もと》、乾き切つた砂一杯の土の上に倒れて、大抵涙ぐんで居た。

足はといへば跣足《はだし》である。時候と云へば九月の中ほど、随分暑い。九月で暑いと云ふとなるほど温帯居住のわれ〳〵日本人に取つては些し奇怪に聞こえもする。しかし、そこは熱帯地なのである。比律賓国の一部バグンバヤンといふ所で、茄子が枯れずに大木になツて、今年は去年より五寸高くなつた一尺高くなつた、烟草の幹の切れッ端から杯の繰り物が十個《とを》出来たと、まづ斯ういふ工合ひの土地柄で、それ故九月と云つても中々暑い。九十度を越して百度に近づくといふのは日に些しも珍らしく無いといふ程なのが、殊にその日、即ち某子供が長老に何だかたしなめられて居たその日などは取りわけて暑気が甚しく、日中二時頃とは云ひながら百度は既に越して居た。

いくら熱地の草であつても、其頃の其照りには凋まずには皆居《を》られぬ。その小僧の倒れたところは石勝ちの地面であつたが、其石の間から勢《いきほひ》よく雑生して居たらしい蛇苺、それさへ葉から蔓からほとんどぐたぐたに為つて居た。如何にも葉や蔓はぐたぐたには為つたがしかし又その実の、それ丈はさしもの日の照りにびくともせず、朝よりいとゞ目の醒めるやうな鮮かな紅色を今や真最中と煥発してさながら、天上の赫たる日輪のその姿をわれ斯く摸した寵児ぞよと云はぬばかりの体《てい》である。

それ見た丈でも大抵暑い。暑い上にその男の子は転がツた。石は温石のやうになつて居た。天が太陽といふ大きな火の玉でぢり〳〵十時間余も掛かつて焼かせ抜いたその石である。唾《つばき》をしてもすぐ乾くほどであつた。汗か？　なるほど、誰からもしたゝる。滴つて其石へ落ちれば、ちゆツとも云はず乾てしまふ。その時刻はと云へば、前《ぜん》既に示した如く二時頃である。日によつては随分時を極《き》めたやうに大抵その頃、熱帯特有の大夕立ちが盆を覆すことであるがその日は又生憎なもので、晴空《せいくう》に一点の雲の支度も無く、それからまだ夕方まで数時間、さう照るが上にも照り込まれては随分たまらぬものである。なるほど、其子供は土地の者、暑いのには慣れても居たらう。跣足でさへ現在歩いたらしいほどである。夫にしろ、其石の上へころげて、疝気でも無いに凄まじい温石を宛てられて、我慢がいつまで出来やうか、否、さうで無い。我慢しなければならぬ。立つて逃げ出せば引き戻されて、又殴《ぶ》たれるのは知れて居た。焦獄《せうごく》の地獄である。

第二

その子も初めこそ大声立て、烈しく泣いた。が、やがて泣かなくなつて仕舞つた。否《いな》、声出しては泣かなくなつた。

初めはその婆羅若《バラニヤ》長老に蹴られ、こづかれ、又打たれた。その都度ひツひツと泣いた。泣いて、その涙声であやまり口上のやうな、片意地の籠もつた云ひわけ口上のやうなものを口から出任せといふやうに巻くし掛けたが、それでも一向聞き入れぬ相手のしつツこいのに、子供ながらも業を湧かせた、窮すれば鼠さへ猫を嚙む、迚《とて》も逃がさぬといふ様子で其婆羅若長老に押さへ付けられて仕舞つて、もう何うした所がどうも為らぬと、即ち万事絶望といふ破滅に迫り切つたと為つては、絶望のあまりの盲目的勇気、まづさういふものが身を煽つた。押し詰めた、切りつめた、煎じつめた。されば、情熱で涙さへ稍乾いた。忌々しい、口惜《くや》しい、腹立ちの一念が最高度まで沸騰した。さうなると最《も》う仕儀によつて、たとひわが歯は折れやうとも、或ひは石へでも喰《くら》ひ付く、と、斯ういふ事は誰も為《す》る。熱は高じて身はふるへた。只、そして涙ぐんだのみとなつた。

「やい畜生！」と長老は再び又取つて返した。「これ、いゝ心がけだ。よくも強情をさう迄張る。腹が痛いはいつでも貴様たちの御きまりだ。これ、教会の塔の鐘、神聖な物だ、これ。その神聖な塔の鐘…」

「知つてらいツ、そンな事！」と子供は中途で嚙みつぶした。

「こいつが」と手は上げたが、流石その時は打ちおろさず、「口ばかりがそれ然うだ。それだから行末が案じられると云ふのだ、これ」。

「貴さまの子ぢや無いやい、馬鹿！」

「おれの子で無くとも神の子だろ」。

「おら、馬の子だ、馬児の子だ。」

「馬児の子にしろ、神の子に為らうと云ふ気が無くちゃなるまいだろ。え、神の子に、神の子に！」

「亀の子の方がおら好いや。」

「こいつが！」と只一声。長老は最う堪へかねた。鉄拳《かなこぶし》振りあげた。振り上げたものゝ、その振り上げ方には幾分か威しの意味も有ツたか知れぬ。とにかく振り上げた。振り上げた其下を掻いくゞつて其男の児がとにかく逃げたならば論は無かつた。ところが逃げぬ。それとも逃げる気の出合ひがしらの機会《はづみ》でゞもあつたか知れぬが、ぐツとその男の児が頭を上へ突き上げた拍子も拍子、鉄拳はまた颪を切つて唸るかと思はれる程の鋭さで、ぐわんといふ程脳天へ一打ちした、か打ち当たつた。さア、珍事！　男の児はうんと云つた、その儘ぷツと泡を吹いて、目を見張つて仰《のけ》反《ぞ》つた。

　是にはさすがの長老もびツくりしたらしい。仰反つたその子の頭すぐわが顔をさし寄せた。もう凄い目つきである。その凄い目つきで屹《きつ》と見た。手も早い。両手は魔が差したやうに烈しく且するどく、その児の頭蓋を撫でまはして、すぐその儘鼻の孔へと辷り来つて、同時に長老の顔が同じその鼻の辺《へん》へさし寄つた。

「ぷツ、死んだ！」独語ではあつたが、斯う叫んだ。叫ぶと同時に凄い目付きが一入の凄味を増加して、あわてゝ身のまはり前後左右飛電の如く見まはした。身近、すぐ後ろの芭蕉の葉の間から差し覗いて居た人の有つたのを、而も現在目はその辺をも通過したが慌てた事とて認めもせぬ。認めぬと咄嗟ながら安心する。安心すると又咄嗟、「ぶちころしたか」と絶叫した。

　人が聞くかと疑つてまだ居た時は「死んだか」とのみ云つてそして聞く人は無いと安心したとなると共に「ぶち殺したか」と搆はず云つた。人前を兼ねる時は自動詞で、兼ねぬとなると他動詞か？　人間は場合《ばあ》ひ次第で、何でもこんなものである。

第三

『ぶち殺したか』と婆羅若《バラニヤ》が絶叫した時、実に只その時だけは真底から其婆羅若も驚いたので、思ひの外飛んでも無い事をしたとばかり、如何にも途胸《とむね》を突いたのである。早く云へば、そこ迄は其婆羅若も善人なのであつた。否、人間らしいのであつた。さりながら、それからと為つてが、いや、どうも怖ろしい。

　仕方が無い、どうなるものかと直《すぐ》腹を決めて仕舞つた。

途胸を突いた、その胸の動悸がまだ名残を打つて居る間に、儘よ、どうなるものかと独りではや諦らめて仕舞つた。「えゝ、死んだか、くたばつたか。訳の無《ね》え餓鬼だ。寿命が一打ちで云ふ事を然《さ》うよく聞くやうに、初めツから人の云ふ事をよく聞きや何の事も無えんだ、おい。さうだろ。え、さうぢや無えか。馬鹿な餓鬼だ。え、おい、命知らず！　さ、高《たか》が手の一打ちだ。きゆツと息が止まつた丈なんだろ。水でも吹つ掛けて手当てでもしたら、息を吹《ふ》ツ返《かへ》さねえ事もあるめえけれど、面倒《めんど》くせえからな。是だつて人間一疋だ。ぶち殺したと云つちや只は済まねえ。大骨折つて生きかへらせた揚げ句、有りがてえとも思はれず、さア坊主よく己《おれ》を殺しやがつたなと逆もどりに食つて掛かられた所が始まらず……いゝや、それ所か、それこそ事《こと》だ。それにや又こんな餓鬼だ。欧羅巴人《ようろつぱ》の子ぢやねえ、高が白人種で無え、こんな比律賓土人の餓鬼だ。支那人や日本人や朝鮮人と同じやうな人種の餓鬼だ。かまふもんか殺したつて。コツそり口さへ拭いて居りや、誰が咎め立てするもんか。好い塩梅《あんばい》、誰も見て居ねえや、斯うやつてそつくり其儘にして、おら兎も角も退散が好からうぜ、よし、然うだ。

恐ろしい欧羅巴人も有れば有る、否、凄まじい宗教家も有れば有る。打ち殺して置いて、その儘にすると決めた。誰も見ぬ故と安心した。欧羅巴人で無い故、かまはぬと済ました。見る者が有ると知らぬ。

殺して置いた癖に舌打ち迄もした。身のまはりの埃など払つた。さすが絞るやうな汗である。手巾《はんけち》が無いのか。それともまだ狼狼して居《を》るのか、双の平手で顔の汗をぬるりつるりと押し拭つた。

一二歩運び出した。運び出す其足も同時に横の方の草むら陰からすツと人の頭が出た。見るから怖ろしい顔である。下唇を歯で噛みメめて、目の間に八の字寄せ、食ひ付きもしさうな顔である。見たところ、どうしても飛び付きもしかねぬとしか思はれぬ。それながら案外急《せ》きもしなかつた。急かず、すツと頭を差し出して、婆羅若のやゝ歩き出した後姿を睨《ね》め殺すほど睨まへた。

もとより婆羅若はそれとも知らぬ。一二歩が三歩となる、四歩となる、五歩となる、やゝ六歩七歩となつた頃、今を時機ぞと決した様子、ぬツと其頭は草を差し抜け、「もし、おい」と刻み言葉で如何にも烈しく呼びとめた。驚いたの、驚かぬのと、全く話しのやうである、婆羅若は実に戦慄した。弾かれたやうに振り向いた。顔色は最《も》う変はつた。

身をひらめかして草の中から声のその人は飛び出した。三十一二の男である。逞ましい男である。飛び出すや否や追つ駈けて、すぐ婆羅若へと追ひ附いた、「待ちなさい、もし、長老」。長老の声はふるへた、「何《なん》…何…何…」と尻上がりに。

「どこへ行きなさる、え、長老」。「どこへとな？」「聞くンだ、それを」。「何処…何処へもわしや行《ゆ》きや…」「馬鹿云ひなさるな、もし、長老。打ち殺して置いて逃げやうとしたツて、天といふものが、是見てる」と我と我目を指さして、「ふツてエな、おい長老」。「うむ、何…何を打ち殺し…」「ふざけるな！」と腕を叩いた。

第四

叩いた腕を更にその男は扱《しご》いた。「おい長老、おれが見て居たとは真逆《まさか》知らなかつたろ。天罰だな。思ひ知つたかな。草の中からたしかに透見《すきみ》をした此おれに最う何を隠したツて始まらない。と云つた所で、今こゝで御前を取ツ占《とち》めて居たからつて死んだものが帰りやしない。それよりは差し当たつては此子の手当てだ。さ、そこの陰におれの帽子が有る。それでも可い、早く探して持つて行つて、水酌んで持つて来い。すぐ其所に流れが有る。知つてるだろ。早くしろ。早く〳〵」と急き立てた。されば困つたと婆羅《バラ》若《ニャ》はその実途胸を突いた。逃げるにも逃げられず、さりとて水で手当てをして呼吸《いき》が吹き返すとなつた日には打ち殺した一条が冴え返つて面倒に絡んで来るか又知れぬ。いゝや、活き返らせた手柄で面倒が帳消しになつては呉れまいか。いゝや、活き返らせた手柄とはやはり云へぬか知ら。実は馬鹿々々しい、又虫が好い、が、只とつおいつ斯《か》う迷つた。さりとて、争へぬ。又もとより何と返事の為様《しやう》が無い。仕方無く、無言で流れの方へと向く。「それ帽子」と心付けられて引ツ返す。なるほど草の中に帽子は有つた。取り出して小脇に抱へて、流れの方へと駈け出した。

「畜生め！　悪党め！」とその男は舌うち鋭く、すぐ早その子供へと差し寄つた。「うむ、可哀《かあい》さうに…口惜《くや》しかろ。けれど手当てが先《まつ》早いぞ。生きかへれ〳〵」と刻み刻み呟いて、口は暴いが手はやさしく、柔かにその児の身を掻き抱いて、静かに草の上へ寝かして、逆《さか》にその子の手足を撫で上げ〳〵、やがて振りかへる面前へ、なるほど一生懸命か、婆羅若は水を持つて来た。疎編《あらあ》みのパナマ帽子である。水は随分洩る。持つて来る間に半分余も洩つた。残りでも是れ命の水である。つなぎ留めるか留めぬかの生死の分け目の霊液である。「やれ可哀さうな…さア掛けるぞ。見ず知らずの他人だが、見受けたが最後助ける気だ。掛けるぞ。浸みろ！　浸みとほれ！　真にこたへろ！　手で呼《い》吸《き》も入れるぞ、これ」一心籠《こめ》た。必死である。精を尽くした。力を入れた。嗚呼、さすが甲斐有つた。もとより時間も経《たゝ》なかつた。一心は透《とほ》つた。子は呻《うな》つた。手足を急に動かした。

「これ、お、い、しつかりしろ！　これ、子供…あツと、何だか名は分からない…何でも可い、これ子供…打《ぶ》ち殺された、おい、子供…い、や今生き返つた運の好い児！」いたはり方の熱心、他人とは実に思へぬ。骨肉も及ばぬ一心、次第々々に浸みる一念！　子は目を開《あ》いた。「よし、占《し》めた。うむ、可《よ》かつた。聞け、御前は死んだンだ。今、そして、生きたンだ、静かにしてろ。もう大丈夫だ、打たれやしない、もう大丈夫だ。目を開いたな。よく開いた。うむ、目の色も大丈夫だ。茫《ぼつ》とするな、静かにしろ。しつかりしろ、気をたしかに、な、な、な。」

さて其所《どこ》で婆羅若はどうして居た？　全く只ぼんやりした丈である。無言で只つツ立つたぎり、身動きもせず、口も利かぬ。驚きのあまり、意外のあまり、身が麻痺《まひ》したとは是であらうと其男も見て取つた。

「さ、長老、いやさ己《おの》の方では長老の名までも知つてるが、婆羅若長老、さア何と思ひなさる。え、此子は生き返つた。生き却つたと云ふ丈で、只それで宜しいか。なるほど、此子の寿命が有つたればこそ幸ひに此おれも来合はせた。来合はせたればこそ拾ひもの、命といふものを此子は取り留めた。己《おれ》が来なかつたなら、どうする、さア。長老、冗談ぢや無い。しつかりした返事を、な、いつもの説教口調で可い、頼むぜ、おい」と男はやうやく目を怒《いか》らせて、ぢり〳〵詰め寄つた。

第五

詰め寄《よせ》られずとも当り前ならば、七重の膝を八重に折つても詫び丈の趣意を付けなければ為らぬのが知れ切つた事であるものをさりとては、長老の落ち着き方、その殆ど一刻前とは最う早まるで変はり果てた。わざとらしい笑ひ方、鉄板も噛めさうな丈夫さうな歯をづらりと示して、咳のやうなものを二つ三つ、憎らしいほど徐《しづ》かである。

「ふむ、何と思ふとは何ういふ事かな、助かつて好《よ》い塩梅とまづ思はん訳は有るまいが、それ共お前は外は何か……」「おツと、これ、冗談云ツちやいけないよ、助かつて好い塩梅？　ヘン、そりやどの方でいふ口だそれをお前におりや聞かない。さア、お前が此子を酷い目に逢はせて、とう〳〵打《ぶ》ち殺し……」「あいや、只さう云はれては私《わし》困る。」「ぢや何ういふンだな」「いはれ無しに打つものか」。

「うむ、その所以《いはれ》聞かうかな。いやさ、聞く迄も無い事だろ。長老、只御前がいつもの伝で此の子を教会へ引つ張つて行つて、今夜十時まで塔の上へ追ひ上げて鐘を鳴らさせやうと云ふのを、此子が腹が痛いと云つて聞かない。それを畜生太い奴だとすぐ其所で暴療治《あられうぢ》を出したと云ふ、是丈だろ。」

「さうだが些し訳が有る。」

「ふむ、其訳は？」

「此奴《こいつ》がいつも嘘つきの強情の、それはそれは一筋縄で行《ゆ》くンぢや無い。母親が病気だと云ふから、さうかと思つて返してやれば、途中で鶏の蹴合《けあ》ひを見て居るといふ、さういふのが毎度なンだ」。

「それで今度のも嘘だと云ふのか。」

「仮病だ、たしかに」。

「それ故、打ち殺してもいゝンだな？」

「いや、真逆《まさか》さうぢや無い。あれは時のはずみなンだ。」

「篦棒《べらぼう》な、時のはずみで、おい、済むか。おい、長老、たとへば仮病だとしてもだ、鐘を鳴らさせるのは賃銭を払つての上の事なのか。さうぢやあるまい。義務でだろ。賦役でだろ。何しろ御前たち教徒《フライアル》で無けりや夜も日も明けないといふ此国で、そりや長い物には巻かれろだ、教会へ御奉公も仕方が無いとしてもだ、以前の規約を思つて見な。十五歳以下の子供に鳴らさせる時には兎に角些しでも小遣ひを呉れてやると、斯ういふ事ぢや無かつたか。その小遣ひをどうだ御前は此子にいつも遣るか。」

「そりや此頃どこでも遣らん事になつたンだ。」

「為《な》つたとは誰が為らせた。御前たちだろ。義務で鐘を鳴らすのが功徳だとか何とか好《よ》い加減な手前勝手をこじ附けて、とうとう人の骨を只づかひ、さうだろ。それ見ろ、返事が出来まい。さ、それ程であるものを、云ふ事を聞かないからつて打ち殺す――おい、さう云ふ功徳が何処に有る。恐ろしいな、こはい話しだ。代《か》へ人《びと》を鐘鳴らしに出すとすれば、もう金を御前たちはせしめ取る。それで無くても税や賄賂で痩せ切つた民百姓一切だ。一とほり甚しい話しぢや無い、そこへ飽くまでも猶取らうと…いや、おい、それぢや罪だらうぜ。骨限りの悪をするために、吁、御前たち加特力《かとりつく》教徒といふものは西班牙から此国へ派遣されたとだな。これ、聞きな。比律賓人がいつまでも黙つちや居ないぞ、おい。」

「あゝ、もし分かつた、よし分かつた」と是は又どうした事、さりとては又意外な、強情で片意地と通りものゝやうに為つて居るその教徒、その而も中《うち》での指折とでもなつて居る其、其、実に婆羅若《バラニヤ》長老が俄かに折れた口を噤んで、又例の気味のはるい笑顔を示して、右手《めて》をしきりに掉《ふ》り出した。

第　六

「分かつたとは何が分かつた」と男は突つ掛かるやうな語気、刺々しくすぐ応じた。「おれの云ふのが尤もだと斯う分かつたと云ふのか。仕方が無いンでさう云ふンだ。機《しほ》合《あ》ひを見る段には鼠よりはしつこいお前達だ。やい、さうだろ。だが、長老、まだまだ云ひたい事は有る。有るが実は今の所なか〳〵何うしてそれ所じや無い。此子が気になる。呼吸《いき》を吹《ふ》つ返《かへ》した、おい可《よ》しで、どうして此儘捨てゝ置ける。手当てを直為《すぐ》てやらなかつた日にや取り返しが為らなくなるか知れやしない。宜しいわ、別れとしやう。な、長老、何でもいゝさ、お前達はお前達でバイブルの中に有る、なア、人は憐れむな、慾は突つ張れ、嘘は吐《つ》け、人の夫婦は勝手に盗めといふ十戒をいつ迄も御丁寧に聞いて居《を》るさ、なア、長老、お前には頼まない。此子は是から己《おれ》が連れて親の所へ送り届けて、手当てしてやるンだ。な、大きに有り難う。御かげで親どもが嘸《さぞ》泣きの涙になるだらうよ。然様なら」と云ひ切つた。

その子に向かつて、「しつかりしな。御前の名を己知《おら》ないが、椰子の挽物《ひきもの》細工をしてる戎馬《ジヨンバ》さんの家《うち》の子だろ、え、御前は。いつでも己が見ては居る。連れて行つてやる。負《おぶ》さりな」と背《せな》を出して、「そつちぢや無いや、肩はこつちだ。え、見当も付かないか、目が眩んだのか、やれ〳〵。いゝや、堪忍しろ、こづいたつもりぢや無いが、つひ力を入れた、ゆすぶつた。よし、しつかりしろ、え、可いかな。さア、斯う云つて見ると、うんとかすんとか何とか挨拶の一つ位は云つて貰ひたい気もするが、又、どうして〳〵此様《こん》な脳振盪の怪我人だ、口を利かせる所の沙汰ぢや無い。おつと、さうだつけ、是を被るさ」。

路傍《みちばた》の棕櫚の葉を取つて手早く纏めて帽子のやうなものにして、更に又そこらから御祭草をむしり取り紐として巧みにその児の頭《かしら》へとくゝし付けて、うんと力を入れて立ち上がつたが、しかし最うその頃となつてはいつの間にか一足下がり二足下がりずる〳〵段々身を退けて早既に婆羅若《バラニヤ》長老は十五六間も遠ざかつた、否《いや》、逃げ支度を十分為た。

「様《ざま》ア見ろ」と男は云つた。えへんぷッと故意《わざ》とらしく、長老の方へ向かつて声ばかり大袈裟な、その実は正味の無い唾を為た。

子供は背中でうと〳〵となつた丈であるその暑さに蒼ざめてさへ居るのである。蒼ざめた其人間を背負《しよ》つた人間は二人前の熱を一人《にん》で背負《しよ》つて、火のやうな顔である。玉の汗、思へば一滴何ほどゝいふ義《ぎ》気の香ばしさの馥郁《ふくいく》たる汗でもある。

五町ほどの道を只急いで。その児の家をば知つて居る。

門口へ迷ひもせず近付くと、丁度その児の母である、家の前の用水で瓜の皮を晒して居たのが目早くそれと認めると同時、訳は聞かぬが仰天した。瓜の皮、それを手に持ツた儘、あわて丶駈けて迎へに来た。もとより其男の背の人間を我児とは十分知る――認めた。でも、それでも事事しく却つて改めて先《まづ》問ひ聞く。

「あら、ま、私《わたし》ンとこの崎坊《さきばう》だわ。あつ、さつ、崎ですね、ねつあなた。崎、どうしたんです――まつ、蒼い…」

「大声出しちや、お神さん」と男は急にさし止めた。「大声出しちや大変だ。」

「大声出しちや大変だ?」と鸚鵡《あふむ》返しの矢張り大声。

「しづかにつてば、気の付かない。打ち殺されたンだ、死んだンだ。」

「死ン……」と其儘硬ばつた。

「あわてるな、御前の子だな?」と是も先へ聞くのを後で云ふ。随分あわて切つて居た。

第七

「あたしの児だよ」と応じたま丶、殆ど声と同時である、その母親は手をひろげて、掩《おほ》ひ掛かるやうな身構へで、その男の背《せな》の方へ寄らうとした、

「おつと、これさ、待てと云ふに」と男は目に稜《かど》、「待《まて》…待てと云ふに。訳も聞かず慌てるも大概に…これさ、お神さん、乱暴しちや大変だ。云つたらうが、目エ回した児だつてさ。やうやく息だけ吹《ふ》つ返《かへ》した、まだ海とも川とも付かないンだ。乱暴に只取つて掛かつて、ちツ、後悔する事と為つたら何うするい!」

とにかく見脈《けんまく》も恐ろしい。流石母親も気を呑まれた。躊《ちう》躇《ちよ》した。左右《さう》無《な》く寄れなかつた。無言で目を見張つた。

「案内してくれ、御前の家《うち》へ。ともかくそつと下へ寝かしてから一切何から何まで咄す。それ迄は騒いちや困る。さ、此処だな、この家《うち》だな。入るぞ構はず、おれから先」。

母親は返事もせぬ。その癖承知したのである。返事する余地の無い迄心が取り詰めたのである。そして其儘やはり無言で男の後から駈け抜けて、身を閃めかせて家《うち》の中へ飛び込んだ。毛布《けつと》を取り出すためである。斯う迫ると、女といふもの、思案は早い。

その毛布の上に背《せな》からおろして漸く男はその児を寝かした。もちろん母親が手を添へた。まだ手を添へる必要も無い程の前、即ちやうやく男が入り口に来たほどの時、もう母親の方では毛布のみか、手をさへひろげて待ちせがんだ。いよ〳〵といふ時となつては、それ故、添へ余るほど手を添へた。嗚呼、産ぶ声の聞き初めから十一二年の今日

其頃まで添へ通しの其手か、な！

その子をぢツと姑《しば》らく見入つて、「さ、御神さん、御待ち遠だつた。全くは斯ういふ訳」と更にそれから言葉短かに、而も要領をばよく尽くして、筋道を説き聞かせた。聞く内でも母親は紅くなる、蒼くなる、涙ぐむ、歯ぎしりする、其話しの一波一瀾に一波一瀾毎の変化を示して、見る目にも目が迷ふ。

「さ、死んだといふ程でも無いンだな。全くは此とほり暑さも暑し、打たれたいきほひで、なンぼ子供でも只一寸ぼツと為つたンだな。それには手当ても早かつたさ。大袈裟に云やア脳振盪…でも、それだから先《まづ》助かつた。な、大して苦労する事も有るまいと、医者では無いが己《おれ》は思ふが、しかし、後の手当て万端は最う御神さんの方の役、おれの関係した事では無いさ。大事にするさ。気を付けるさ。可哀《かあい》さうに飛んでも無い。ともかく夫なら己は帰る。もう別に用は無い」と身支度をしはじめた。

立ち掛けるその身支度を今ややうやく見ると為つて、俄かにそこで母親の心には千万の感謝の念が泉の如く吹き立つた。夫までは満腔の感謝さへ口にも殆ど出せなかつた。なるほど夫は胸に充ちた、然り、代はし切れぬほど実は支《つか》へた。が、些しばかりでもの安心、それをまだ得ぬ内とあつては仮令《たとひ》その感謝が身動きならぬ程つかへても、乃至《ないし》出やうと犇《ひし》めいても、なか〳〵出る所の沙汰では無かツた。些しばかりの安心が即ち実は口火であつた。はツ、そんなら一段落が付いてその崎坊《さきばう》を助けてくれた人は、はツ、そんなら帰るのかとむら〳〵となると共に、さア最うその儘で居られたものでは決して無い。感謝すなはち涙と吹いた。涙は全く嘘でも無い、弾かれたやうに吹き出した出たの、流れたの、濺《そゝ》いだの、乃至さしぐんだのと凡そ只そのやうな通り一遍の言葉だけでは迚も云ひ尽くせぬほどの勢ひで実に〳〵吹き出した。

「まツ、御待ち下さいまし。あの、まだ些し……もし、あなた……あの些し……さ、あなた。」支へながら混み上げた。

「待てツて何も……」

「いえ、まだ〳〵。あツあ、あなたは〳〵、まア」咽《む》せ返ツて手を合はせた。「命の親で、ちツ、あなたは！親子の神！」と後刻《あときざ》んだ。「ま、御礼も申さず帰せますか。御名前も聞かず帰せますか。」下を平手でぴしやりと叩いた。正に是れ、情の極端、嬉しいあまりは喧嘩じみる。

第八

「ふン、そんなら礼云うとな」と男はきつと向き直つた。

「お名前も聞かずには何うしてあなた帰せます」と母親はむしろ睨《ね》め付けた。

「名ぐらゐ夫は云つても可い。礼も何もさうかと云つて貰ふ気であるのぢや無い。此辺をばよく通る隣り村の人間だ。綾夫《あやを》といふ煙草屋だ。」

「あ、綾夫さんとはあなたの事で、そんなら、あのございましたか、もし。あ、予ねてからお名前はよく人から聞いて居りました。私《わたく》し共はつい此程余所から越して参つたばかりで何《なん》にもよく存じませんけれども、綾夫さんといふ大変俠気《おとこぎ》な煙草屋さんが隣り村にお出でだと度々もう聞きましてございます。まア、何たる仕合はせか、人も有らうに、そのあなたに此子が、まア、助けて頂きましたとは、御覧のとほり貧乏人、それには良人《やど》も居りませんし、お恥かしい仕儀ですが、命のお礼をもそりや致す事は出来ませんけれども……」

「いやさ、お礼の何のと素よりそれを求めるとて、また前から助けやうとて、いづれとも斯うした訳じや無いからな。しかしだ、御亭主が居ないとは?」

「牢へ入つてをりますよ。」

「それは又一通りの話しぢや無い。どうしてね。」

「賭事《かけごと》で。」

「賭事か。はやり物だ。賭事で牢へ入らないのは比律賓人ぢや無いやうだ。」

「全くでございますよ」と最早溜息とまで為つた。「あたくしは礼那《れな》と申しまして、そう申しちや何でございますけれど、まづ馬尼剌《まにら》でどうにか斯うにかして居た商人の娘でございました。今の良人《やど》と夫婦になりました故は良人も堅《かた》人《じん》で少しは資産のやうなものを持つて居りましたが、どうも其病まひといふのは賭事でございまして、その賭事も賭事、例の、それ、鶏の蹴合《けあひ》でしよ。」

「鶏の蹴合ひとな?」と綾夫は膝を進ませた。勿論同時に眉をひそめた。「うむ、大変なものが好きだ。いや、それは〱堪らない。尤も比律賓人といふ比律賓人、年が年中、鶏の蹴合ひで暮らしてる奴も降るほど有る事は有るけれど……」

「ところで馬鹿に好きなんです。」

「で、お前さんに苦労もさせたと云ふ…」

「一通りぢや無いんです。」

「サン、ヂエホオへでも行《ゆ》くのかな。」

「あら御存じですか、サンヂエホオを。」

「知つてるさ、聞いてるさ。」

「御覧なすつて?」

「見やしない。」

「そのサン、ヂエホオ通ひです。堪つた訳ぢやありますまい。」

「大きにだ。」

されど、そのサン、ヂエホオとは何か。全く其名は日本人には始めてに違ひ無ひ。説明も、それ故、要る。筆少し横路に入《い》るか知れぬが、序《ついで》ゆゑ説くとする。

日曜の午後の時間、あと比律賓の怠情《なまけ》者、道楽者、厄作《やくかい》息子《むすこ》、慾張爺《よくばりおやじ》、赤螺親父《あかほらおやじ》跡《あと》は野となれ山となれ主義啣《くは》へ楊枝のふところ手流《でりう》、凡そ夫等の塵《ごみ》どもは悉く皆打ち揃つた否《いな》、むしろ先を争つて、サン、ヂエホオへと行くのである。行く、何が楽しみで？　鶏の蹴合ひ只それで。

もとより只蹴合ひを見るので無い。勿論賭けをするのである。西班牙で彼《か》の血みどろな、野蛮きはまる闘牛がいつまでも衰へぬのと同じことで、比律賓の鶏の蹴合ひも今から百年ほど前やはり西班牙から伝わつたまゝ依然盛んに流行し、随分人民を気ちがひにならしめて、破産もさせれば殺傷もさせる、罪悪の屈指の誘惑物では美事彼《か》のいはゆる馬尼剌の富籤と双々共に相列んで各引けを取らなかつた。それには支度から凄まじい。立派な会場さえ有つた。何処に即ちサンヂエホオに！

第九

馬尼剌《マニイラ》富籤も比律賓人を怠情者《なまけもの》にし、道楽者にし、財産をもはたかせたが、鶏の蹴合ひの賭事も全く比律賓人の多数を駆つて僥倖を万一に希望する無頼の輩とならしめた。金が無ければ無いで、やはり其蹴合ひで賭けをのみ只為たがる。有れば有るで、猶為たがる。強くなれ〳〵と鶏を仕立てる入費の方が却つて銘々の子弟の教育費よりどうかすると多くなると、吁《あゝ》、そも〳〵何事か。

政府がそれを奨励する、富籤もさうであるが、蹴合ひも政府が奨励した。何んでもかんでも割り増し附きといふのを呼び物に美事政府は人民をして僥倖の空漠たる現《うつゝ》の夢に呻つて居る半死の民とならしめた。交際も鶏の蹴合ひ見物を相共に為ぬ以上は暖かにならぬといふほどである。一所に醜業婦を弄んで、一所に酒を飲み合はなければ、友情は出て来ぬといふ、何処かの人民と同じである。

そこで、其サン、ヂエホオの鶏の蹴合ひ場《ば》へ入場しやうと思ふ者は先《まづ》サピンツ（入場料）を払つて入場券を買ふのである。入場のその代金、それが何になるかと云ふに、大抵政府の金庫の中へそのまゝ入つて仕舞ふので、さて其金をそうして取つて、それを政府はどうすると云ふに、その行《ゆ》き方はよく分からぬ――何しろ、何だか訳の分からぬ政府の収入となるのである、しかも一年の額は恐ろしい。数《す》百万円《まんゑん》にいつでも届く。届くその中からちび〳〵出して、政府はやがて官立の学校入費にする、道路開修費にする、橋梁架設入費にする、更にそれから一歩進んで、相変はらずの慣用手段、何事にも用ゐる懸賞方法、その金にも向けるのである。人民の罪悪たる賭事の上りの不潔な金が万事神聖な費途《ひと》になると云ふ、有り難い国も有れば有る。それで素より残余は有る。数百万円皆はつかはぬ。その残りはどうなると又云えば、もう早その先は猶分からぬ。機密費といふものに大抵化ける。

入場券売場からいよ〳〵中の方へ入ると、めかし込んだ奇麗な娘が煙草や菓子を売つて居る。売るが、その売る時の口の達者、どうせ只の女で無い。そして其あたりに、毎《いつ》でも〳〵子供があまた寄りたがる。——皆親や叔父に連れて来られて、よろしく其子供の内から結構な真似を見習ふやうにされて居る、幸福なる身の上で。

その娘達の前を過ぎて、更に第二の内部に入ると、もう罪悪は曝してある。無数の鶏がそこに居る。賭をする連中が思ひ思ひにその鶏をいぢツて見ては、値踏みで一切夢中である。足の蹴爪の鋭いか鋭くないかを、好い年をした七十親父が目鏡《めがね》まで掛けてしらべて居る。馬鹿が要目《かなめ》の抜けた扇子を持ち扱ふやうな工合ひでその鶏の羽をひろげて見て、利きが好さゝうか何うかを考へて居る男も有る。さうして居るかと思ふと又一方からは最う怒気満々、又は涙流さぬばかりに為つて鶏を持つて出て来る者も有る。即ちそれらは我賭けにした鶏が美事負けて仕舞つたので、戦争で云へば負傷した、もうそれこそ半死の兵士、さういう格になつた其鶏なのを僅かに只の紀念《かたみ》として、つまり然うして持つて出て来たので、最初とは既に打つて変はつて、最初は大事さう可愛《かあい》々々と抱いてさへ行つたその鶏をば今はもう容赦も無くむんづり其足を引ツつかんで、羽の捲れ、血みどろになつて居るのをその儘口惜《くや》しさうに持つて来るのである、結局《つまり》はそれから推《すゐ》しても知れるが、鶏のその後の運命はどうせ烹て食はれるか、肉羔《すうぷ》にされて飲まれるか、凡そ其辺なのである。

大体がサン、ヂエホオは斯ういふ酷い場所なので、されば其男の子其いはゆる崎坊の父親《おやぢ》、即ち其礼那には其いはゆる良人《やど》、その人が身上をこすつたのもまた同じく其処なのであつた。

第　十

話しは前々第八回へ繋がるが、さて其崎坊《さきぼう》の母親礼那《れな》の口上と只その端ざけ一寸聞いた丈で綾夫《あやを》には直《すぐ》一切の会得《えとく》が付いた。まことに情無い仕儀である、比律賓人はこと〴〵く皆この鶏の蹴合ひのような、政府公認の博奕《ばくち》めいた事で身代も何も水の泡と消して行《ゆ》くと云ふ、それを今始めて聞く綾夫でも無かつたが、而も一寸しても眼前にさういふ類《るい》を聞くと為つては、今更のやうに胸は迫つて、掻き捲りたいやうな気さへした。

「そうか。今更些〻しも珍らしくは無い咄しだ。しかし、聞けば只聞く度に胸のふさがる丈の咄しだ。さうすると斯うなのか、御神さん、御前の御亭主だな、御亭主は其蹴合ひに凝りかたまつて、やつぱり世間並みに身上を潰したと云ふ、斯ふなのか」と綾夫は更に聞き直した。

「御察しの通りでございます」と礼那は又もや涙である。家蔵も抵当流れ、こりや御定まりなンです。処で当人もびツくりしましたさ、けれど、猶深味でしよ。」

「損を取り返さうと思つてか。」

「さうなンです。毎日あたしとは喧嘩づら、さアどうでしよ、金に飽かせて高い鶏《とり》を買ひ込むンでしよ。」

「強いのをか。」

「さうですよ。やれ此蹴爪の斯ういふのは敵の胸倉を斯ううまく拍《はた》けるとか、やれ斯う頸の羽の逆立つのは敵をよく威せるとか、買つて来てはいつでも〴〵鶏の講釈でしよ。」とさすがにこりと笑ひを含めば、綾夫も共に微笑した。

「講釈ばかりで駄目なンでしよ。大層な御披露の有るその鶏がいざと云ふ大きな勝負となると、苦も無く負《まけ》て仕舞ふンです。ね、大きく張つた其時の金は一はたきで取られて仕舞ふンです。」

「あたり前の咄しだ、さ。」

「そンな事を人が云ひますが…」

「素人で何で克てるものか、勝たうといふのが間ちがひだ、総督府の連中と教徒《フライアル》の奴等とが素より共謀《ぐる》になつて居る。蹴合ひに出して合はせると為ると、ちやんと手筈を極めて置いて、素人の鶏は勝てないやうにしてあるンだ。馬鹿々しい、そんなら御前の御亭主も御坊ちやんにされたンだな官吏と御用商人とあのとほりよく結托する上に教徒までが手伝ふといふ、そんな恐ろしい国に生まれて居て、土台からそンな蹴合ひになんか引つ掛るのが馬鹿げて居る。」

「それをあたしも云ふンです。」

「聞かないか。」

「怒るンです。」

「それから身上が左り前か。」

「まア、それが順でしやう。」

「おツと、そンなら夫からは足掻いて今度は富籤か。」

「あら、ま、御察しのとほりです。」

「路は誰もおんなしだ。それから次ぎは逐電か。」

「いやですよ、本当にまア。当たりますこと、全くです。教会への御奉公は御金出した上為る事に為つてましよ。その此処へ流れて来たンです。すると又此辺《こゝら》は醜いンです。教方《かた》で追つ付かないといふ上に良人《やど》は、あなた、どうでしよ、大酒呑みになりましたろ。また駈け落ち者の支那人に教はつて一八《ちいはあ》をも買ふのでしよ、御はづかしうはございますが、仕舞ひには詐欺までして、それから牢と、斯うなンです。」

口は如何にも早くまはつた。その目は、しかし、猶うるんだ。

第十一

「大抵同じやうださ」と綾夫《あやを》は再び溜め息した。「それで御前さんの御亭主の戎馬《ジヨンバ》さんは入獄と云ふ身になつた、其以来御前さんが只身一つで此の児を育て、居ると云ふ、斯ういふやうな訳なのかね。」

「まア然うなンでございます」と礼那《れな》の調子は沈み切る。「仕方が有りませんものを、来年は良人《やど》も出て来ると云ふ、夫迄の所をどうかして斯うやつて居やうと思ふ丈で、全くのこと、御覧のとほり、追ひ付かないだらけの身分でしよ。子供を出したくはありませんが、御金がそれ丈出せません故、此児この崎《さき》をもです、教会の鐘撞きに、まア、出す仕儀でございます。今でこそさうでもありません。淋しがつて嫌がるのを無理に出してやつた切無《せつな》さは一とほりぢやありませんでした…」

その後が有りさうで、それなり礼那はぴたり黙つた。はてなと暫時《しばし》綾夫も待つた。見れば言葉を出すどころか、礼那の唇は顫《ふる》いた。

「ふむ、それから。」

「御免下さいまし」と涙を拭いた。「生まれ附き虫持ちの子でございます。虫持ちの児は怜悧《りこう》で、量見が好いと人さまが仰やるのを嬉しいやうな、つらいやうな心持ちで毎《いつ》でも親は聞きますの。御笑ひ下すツても宜しいのでございますよ、旦那さま、親馬鹿と御覧なすつても下さいまし。虫持ちなのも吁《あゝ》それでか知ら、なるほど然う云はれて見ると怜悧なこの児だ、また容量《きりやう》も並み俊れた、と、親馬鹿吁親馬鹿、好く云はれたのか悪るく云はれたのかさつぱり分かりもしない言葉を手前勝手に一図只好い気に聞き取つて、又《ま》たなほ可愛《かあい》くなるのでしよ。さうすると猶教会へ鐘撞きにやるその強面《つら》さ。二十尺余も有るあの塔でしよ。夕六時から九時半までたツた一人で詰め切りにさせるのでしよ。帰つた顔を見ると蒼いでしよ。『こわかつたかへ』と斯う聞くでしよ。いへ、ね、聞かない方が可《い》いンです。こわかつたかと聞けば聞くほど猶付けずとも智恵を付けて、わざ〳〵怖がらせる種蒔くやうなものなんでしよ。と、後ぢや気も付きますさ。その時やそンな気の付くどころか、一図只吁嘸こわかつたらうと思ふ儘、うつかり然うも聞くンでしよ。すると、その前から顔さへ蒼ざめてる位でしよ。何にも云はず、子供ながら最う胸が一杯になるンでしよ、いきなりあたしへ抱き付いて、『おつかちやんや』と咽せるのでしよ。『どうしたンだよ、何泣くの。御前が泣くとおつかちやん迄何だか悲しくなるはねへ』と、斯うまづ叱るのでしよ。叱ると云つても泣いてゞしよ――さア、泣くのを叱る親がもうその口で涙なンでございましよ。『嬉しくつて泣くンだよ』とあたしの頬へその顔をぴつたり又押し付るンでございましよ。そのはずみに湯かと思ふやうな崎《さき》の涙があたしにも頬ですぐ知れるのでございましよ。『うれしくつて泣くの？』『あゝ、うれしくつて、家《うち》へ帰れば塔ぢや無い、闇で無い。長老は居ない、おつかちやんが居てくれる。うれちいの』と泣くのです。あゝ、代はりの御金さへ出せるもンなら、此子にこンな思ひを迄させる訳ぢや無いンだがと、さア又良人《やど》が憎くなる、可愛《かあ》いのと憎いのとちやんぽんの…その内に眠くもなる――と云つた所で、このとほり碌な寝道具もありますまい、転寝《ごろね》でしよ。椰子の葉の敷き物に此毛布《けつと》が精々でしよ。虫が有るので寝唸りする、うなされる。おびへて火の付くやうに泣く、あくる朝は目の色さへ変はるやうに為るンでしよ。まア、それでも御覧なさい、安心をしたンです、此とほりそこは子供、今はこんな大鼾声《おほいびき》で、あつ、まアよく寝ます事」と礼那《れな》その話しぶりさへ世話しない、耳を鼻へ付けるやうな、取りとめも無く胸の血吐いた、わが子の寝顔をぢつと見た。

第十二

「安心した訳でもあらうが、しかし」と綾夫《あやを》も崎《さき》の顔のぞいた。

「しかし、本当に子供は子供、斯う、ま、罪が無いンだな。どうだろ、ま、高鼾声。あ、神だ、神さまだ、実に〳〵神さまだ。」

辻占になるやうな不思議な言葉をみづから我身の上に云ふと、吁、その綾夫は露知らぬ。神さまだの、罪が無いのと幾度か繰り返した言葉、その言葉が費したといふ丈の時間、その只わづか許りのやうな時間の内に、そも〳〵また、吁如何なる毒悪なる運命がその身をその魔力の下に引ツ摑んで仕舞ふ事に為つたものかを、それこそ神ならぬ凡夫の身のつや〳〵思《おもひ》も掛《かけ》なかつた。

「臭《くさ》ござんす」といふ声が俄かに礼那《れな》の口から出た。えツと問ひ返すまでも無く、なるほど何処かきな臭いと綾夫も急に気が附いた。思へば其きな臭いが中々一とほりの意味で無い、そのきな臭いと云ふ丈の小さな事から結局《つまり》は恐ろしい運命が忍び寄つて改めて来るのであつたと、吁、その時は知らなかつた。

「何だ、おかしい、火事か知ら。」

「あら、ま、烟《けぶ》が」と礼那は叫んだ。

「烟?」と、只云つた。何さま如何にも烟である。ふり返る後ろの方《かた》、表口の方からして濛《もう》たる烟《けむり》が渦巻いた。

「表の方だ。やれ、是は?　表の家《うち》は、な、何だ。」

綾夫は更に斯う叫んだが、敢て礼那の挨拶を是非とも聞かうとするでも無い。声の末を後に残して、身は表口へと閃いた。

どうして最う目も明かぬ。而も咽《む》せ〳〵〳〵返る。「烟草の烟《けぶ》だ」と絶叫したが、それも断続してゞある。烟は何さま表の前、正面の大きな烟草の納屋、その中から吹き出した。

「大変だ。烟草が燃える。やれ、ま、誰が悪戯《いたづら》を……い、や、麁忽《そゝう》をした事か」と綾夫はしばらく煩悶した。きツと心をも定めた。よし、助ける丈は助けてやれ、捨て置くのは男で無いと持ち前の侠気《おとこぎ》が早むらむらと込み上げた。何でも礼那も絶叫したその声を耳にも入れぬ。またその方も顧みぬ。一散に其納屋の前、駈け付けてきツと見れば、是《こ》は如何《いかに》、通常の燃え方では素より無かつた、国柄とて烟草の火事は幾度も見馴れて居る。その見馴れた綾夫の目で見たところで、烟草は何さま燃えるには相違無いが、只燃えるといふので無くて、ケロシイン油でも注ぎ掛けて然る後火を付けたと何うしても思はれる臭気がした。

「放火だ!」と重ねて絶叫した。

「駄目だ、救へぬ」とまた重ねた。

駈け付けて来たのは礼那である。「駄目ですえツ?」次団太踏ンで、「駄目、駄目、駄目!　この匂ひ、ケロシイン!　一人や二人の手の水でどうして!　駄目だ。」

「あら、ま、駄目!」絞るが如き礼那の声。「どうしたら、ま…あツ、災難どうしたら、あ…あ、ー…。」

「災難と?、御前のか?　御前の家《うち》の烟草か、おい。」

真逆《まさか》さうではあるまいがと振りかへる綾夫の面前、礼那はその身を投げ倒す、「あづかり物です、人のです、あたしの処の預りです。あたしの処で番する役……」

「事だ、そンなら。」

「えゝも、まア」と礼那は泣き声ふり絞つた。

第十三

片田舎の悲しさでもあらうが、消防も間に合はぬ。まして火も早い。訳無く烟草納屋は一団の灰になつた。烟草の灰になつた丈ならばまだ宜しい。悲惨といふ悲惨はここにそれ等関係者の上に向かつて、逃《の》がさぬぞ洩らすまいと大手をひろげて被さつた

いぢらしくも折角助けられた甲斐も無く折角すこし落付いたばかりの所で、火事騒ぎに驚かされて、礼那《れな》の子、このいはゆる崎坊《さきばう》は其儘息が絶へて仕舞つた。思へば綾夫の苦しみも烟《けむ》、いや、烟や火で水の泡はかないとも口惜《くや》しいとも全く口にも云ひ尽くせぬ。悲惨は是が一つである。

その烟草納屋がいはれ無く発火する訳は無いとは其筋の者の認定で、これには其原因は必らず放火で、この放火犯人は然らば又その現場に誰よりも真先に居合はせた証拠の有る者。即ちそれは誰でも無い、第一が、吁、その綾夫、第二が、吁、その礼那その二人に大抵極まつたと訳無く認定されて仕舞つた。悲惨は是が二つである。

そこで綾夫と礼那とは其場から拘引された。夢に夢見るとはこれである。呆れても追ひ付かぬ。礼那、なるほど、拘引された事は拘引されたが、まだしかし肝心の我子の崎坊がその際息を引き取つて仕舞つたとは素より知るべき道理も無い。拘引されながらも、それ故、只わが子の事ばかり云ひ立てゝ、泣きわめく、足ずりする、牢へ打ち込まれる頃と為つては殆ど大抵気も狂つた。

綾夫は流石男である。そう只狂ひばかりも為なかつた。さりながら余りの馬鹿々々しさ、理も非も一切無いと云ふ無茶苦茶の警吏の手加減には是又いつまでも見果てぬ夢をしたゝか見させられて居るやうで、業《ごふ》も湧く、血も騒ぐ、やはり牢へも投げ込まれて、その投げ込まれた当座一両日は全《まる》で只茫とした。

礼那は郡衙《ぐんが》の監禁室、薄暗い中へ打ち込まれて、泣き暮らすばかりである。床とても張つて無い室《しつ》である。而も土はぢく〳〵湿気を含んで、薄臭い、いやな臭気がする上、草鞋虫《わらじむし》の巣なのである。足へ這ひ上がる。衿へ這ひ込む。掻きはらひ、はらひ落とすさへ最う逆上《のぼ》せて仕舞ふほどであつたが、慣《なれ》れば、しかし、恐ろしい。わづか半日ほどで夫程のうるさいのが既に早慣れて仕舞つて、さほどゝも思はぬやうにさへ為つた。

否、まるで思はぬのでは決して無《なか》つた。うるさく煩らはしくは素より思つた。さりながら其煩らしいのを気に掛けて居る程の心の余裕が其時と為つては無いのである。

どうして、そンな事どころで無い。それより何より只訳も無く牢へ入れられて仕舞つたと云ふ、其只口惜《くや》しいと云

つても追ひ付きさうも無い、その忌々しさ無念さに五体は割れるか裂けるかと思ふほど腹の中《うち》から只煮へ立つて、それゆゑ取りとめた考がへといふものも亦全《まる》で無くなつて仕舞つた丈、草鞋虫をうるさいの煩らはしいのと云ふ所までなか〳〵考へたつても及ばなかつた。只逆上《のぼ》せた。只くやし涙に咽《むせ》んだ、さてどうしたらば可からうか。斯ういふ時、頼みにするのは誰であらう。妻といふ身から云へば良人《をつと》よりほか相手は無い。その良人はと云へば、何の事、また同じ牢の身に、而も前から、疾くに為つてさへ居るのである。牢へ前に入つて居る良人を救はうとしてならば、なるほど、罪をも妻も犯せ。救ふためにもならぬ事で、残つたその妻が同じやうに同じ憂き身を見るとは何の事か。ましてや相談の仕手も無い。くよ〳〵独りで案じはづらふ外は無い。それ丈でさへ身には余る。余るその上に子の事がまた〳〵有る。されば子はどうしたらう。崎坊はどうしたらう。早く云へば大病人、傍に夜の目も寝ずに居て、看病をして居てさへ身も心も不足かと思はれる程なのを、それをば何うしたか分からぬ事に為せられて、生きたとも死んだとも分からぬやうに只苦労ばかり為せられる。

此方《こちら》を斯うと思へば如彼《あゝ》、彼方《あちら》を然うと思へば斯う、是をつかまへて考へるかと思へばすぐ彼《あ》れ右を此方かと思つて考へれば左、只いつ迄も限りが無い。是で気が狂《ちが》はぬか。狂《ちが》ふであらうと占ふ身が既にその狂つた中《うち》から狂はぬ丈の推察だけは却つて狂はずに付きさへする。げら〳〵笑ひする狂人、それこそ悲惨の極である。狂つてたしかに考へる、是こそ悲惨の極である。狂不狂の追ひ分けに片足づゝ下ろし迷はせた礼那は段々それらいろ〳〵の考へが込み入るに従つて、却つて泣《なき》もしなくなつた。見れば獄屋の窓からして、吁、しかも月が射す。

第十四

その月を見て礼那《れな》は笑つた。薄淋しい笑顔である。笑はれてそれこそ若し月に心が有らば、総毛立つてもまだ足らぬ。

「あゝ、い、月だ。崎坊《さきばう》の顔見たやうな奇麗な月だ。御月さまや、御聞きなさい。崎はあなたを大好きでした。小さい時からあなたを見ると、いつでも泣くのをさへ止めました。人にも、それゆゑか、あなたを見せたがる。おゝ、さう〳〵、あたしが目を煩らつた時でした。いろ〳〵手当てして漸くいくらか物が、いえ、まず明るいものが幾らか茫《ぼつ》となりと見えるやうに為りました時、しかも御月さまあなたが今のやうに御出なすつて居た夜《よ》でした、崎坊が『あら、おつかちやん、好い御月さま！　おつかちやんに見えるの?』と、忘れもせぬ、あたしの顔を覗きました。茫とは見える。よくは見えない。けれども又子に心配させるでも無いと『あゝ、見える』と云ひましたら、『あゝ、嬉しい、そんなら可い。おつかちやん、私《あたし》が今に大きくなつたら、あの御月様のやうになる。おつかちやんを夜の闇でも淋しがらせないやうにして上げる。そん時おつかさん泣きやしまい。泣けばいくら私《あた》しが雲の上の高い所に居るやうな身体《からだ》になつても、目が曇つて見えないもの。ね、ね、あたしが大きく為つたらばね、御月さまのやうな人になつて、暗闇《やみ》の此国を明かるくして、一年中目の曇つた人の無いやうに為やうねえ』と、而もその時その儘その額を此胸に当てました。あなた御月さま、今でも斯うして見るとすぐ、それ故、崎坊の顔があなたに為る…いゝえ、あなたが崎坊の顔になる。いゝえ、その崎坊も今頃やつぱり斯うして此あなた御月さまを家《うち》で見て居ましやうか知ら。」

それ所で無いと知らぬ。それどころか、その崎坊が既に此世を離れて仕舞つた天上の身となつたと知らぬ。知らぬが、虫が知らせたのか、乃至《ないし》おのづからの辻占か、なまじひ其やうに思ひ做《な》して月を眺めて、却つて又後になつてはいとゞ悲しみの種となるやうな、如何にも一々よくひし〳〵云ひ中《あ》てたやうな事を訳も無く只心に浮かばせて、それでも只その間は礼那も心を慰めた。いぢらしい慰めとは全く実に是である。

「お神さん」といふ一声《せい》、おや、誰か外に居る。透かして見たがよく分からぬ、誰かそこには立つて居たが、月を後ろに負《しよ》つて居た。「お神さん〳〵、出られるよ、おい、御前も。明日の朝は出られるよ」とその人は小声ながら、はつきり云ひ〳〵身を寄せた。寄られたところでよく見れば、すはや是は、綾夫《あやを》である。

「あら、ま。」

「まず出られるのだけは喜ぶさ。」

「ま、ま、あなたは…お、あなたが——あの、出られるとは此牢を?」

「うむ。さア、己《おれ》はとな、己は今夜出られるんだ。」

「あなたが今夜、あの、出られる? 何処へです、何処をです。」慌てゝ聞く丈いぢらしいと綾夫は胸まづ痛ませた。

「何処つて知れた事だろが。牢より外は有るまいが。」

「牢を? あ、まツ、そんなら今夜。」

「うむ。此通り斯うして己がお前の処へ来られたろ。」

透かし眺めて、「お一人で?」

「もう看守も付いて居まい。」

「あら、ま、吃驚《びつく》りしましたのね。そんなら今夜何事も無く、あの、出られると云ふ事に。お、嬉しい、そんなら安心。あたしは只崎の事が気に為りますばかりでね、どうしやうかと只思つて居ましたのを、それぢや今夜は顔も見られぬ…」

「さ、中途で折角の話しの腰を折るのはな、情に於て大《おほい》に忍びんがな…」とその儘暫時《しばし》躊躇した。「さ、大に忍びん所が有るんだがな、しかし、それ故にこそ又わざわざ御前さんの所へも斯うして一寸立ち寄つた。立ち寄つたに付いては一応とつくりお前さんの耳へも入れて置かうと思ふ事が有るんでな…」

又もその儘語は絶えた。さりとては奥歯に何物かゞ掛《から》まつて居るやうな。

第十五

綾夫《あやを》の口上、如何にも奥歯に物の挟まつたらしいといふ、それは其筈《そのはず》なのであツた。崎坊《さきばう》の死んだと云ふ事を肝心の礼那《れな》は知らなかつたが、綾夫だけは既に早承知さへしたのである。それを綾夫ばかりが承知したといふのみでなく、更に又その上一歩を進めて、その夜《よ》その綾夫だけは先《まつ》早く而もその牢から出る事が叶ふとさへ、いつの間にかなつたのである。もとより暇乞ひをする丈の心、また相談しやうと思ふ丈の深切、凡そ夫や是やも有つたればこそその通り綾夫がわざ〳〵礼那の牢の前まで尋ねてさへ来たのであつた。さりながら、いざと為つて、さらばと委しく有り体《てい》を話すとなると、如何に何でもどうも忍びぬ、思ひ切つては云ひ出せぬ、躊躇したのもそれ故で。

相も変はらぬ暴虐政府の治下《ちか》に在る人民の味はひ熟《な》れた無残な弊風、牢番へ贈る賄賂の高で身の自由が得られるも得られぬも何うにでも為るのであつた。そのやうに聞いて居た事を今や実地みづから試みる運命に際会して、初めは然うしやうとも心を決せなかつたもの丶、又どうして然うで無い、長い物には巻かれろだと綾夫も心付いた儘実は牢番を橋わたしとして宜しく典獄の方への歓心を結んだのである。然《さ》らばそれは何うしてか。事々しく云ふ迄《な》も無は。賄賂即ちそれであつた。綾夫の家には金も有る。それを典獄も知つて居た。相場にして凡そ五百円、それ丈をば無事放免の礼金として忠実に綾夫から典獄に出すものならば、一旦放免する丈は為るとの、虫の好い典獄の答へであつた。咄嗟《とつさ》それを綾夫は承知した。承知したが、しかし、その金の耳を揃へる代はり、序《ついで》に綾夫自分のみで無く、可《か》哀《あい》さうな礼那をも一所に出牢させて呉れと頼んだ事は如何にも頼んだ。しかし、この段をば典獄は聞き入れぬ。聞き入れぬ筈、早くも綾夫の足許を付け込んだ気味なのであつたものを、金を出して己《おの》れの身の安全を図るといふ丈の事は人情些しも怪しむべくも無いものゝ、猶其上に他人をまで救ひ出さうとするのは当り前、いや、並々の事では無いと典獄は考へた。どこまでも慾より外何をも見ぬ己れ丈を標準としての浅ましい観察なのである。それ故承知せぬ。それでもと若し綾夫の方で乗り掛かる気が有るものならば、五百円の所を又せめて二三百円位上に競り上げても、話しは大抵付くことであらうと、即ち、それが足許を付け込んだといふ次第なのであつた。酔興に誰が人助けをしたい？　気に入つた物件を買はうと云ふのでも無いものを、その上またさう迄足許を付け込むといふ、其吏僚《りれう》共の浅ましい心術《しんじゆつ》を又も〳〵今更の如く思ひ当たると共に、又綾夫は、根からの侠気《をとこぎ》、ある意味から云へば一種の情に脆い人間、乗り地《ぢ》になつた。宜しいと引き更《う》けた。典獄と押問答した。結局また五百円の上に二百円、合はせて二口で七百円、それ丈耳を揃へると共に礼那その人をも亦放免して呉れやうと、遂に典獄も承知した。されば其相談が附いた所で、何の訳も無く手数も無く、もうすぐ綾夫は身の自由を許されて、放免だか何だか正式の手続きも無く、その儘更換の翌日を約束した丈で、釈放される事になつて、半分は呆れて半分は嬉しく、その足で直《すぐ》その礼那の処へ寄つて、とにかく仔細を一寸でも咄して、些しでも安心させてやらうとの、即ち、それが抑も其立ち寄りと為つた大体の訳なのであつた。

それで扨いざとなつた。綾夫も礼那と一二語をば交へて、そして察し遣れば、なる程、自分その綾夫は典獄の口からして既に其崎坊の死んで仕舞つたのを聞《きい》たものゝ、礼那は夢にもそれと知らぬのである。はや、云ひ尽くせぬ程いぢらしい。一時は実に思案に暮れた。云ひ出さうか、出すまいかと、なに様、それ故、云ふ言葉それにさへ奥歯に物もはさまつた。さりとて然うのみして居られぬ。妙なもので又気も急《せ》く。崎坊の事は第二として、兎に角放免の次第だけを飲み込ませやうと決意した。

第十六

「前以て断わつて置くがな」と綾夫《あやを》の声はやゝ震へた。「御神さん、とにかく己《お》れは最う放免同様の身になつたので、こゝで御前さんに話しでも何でも出来る特別自由を得た訳だ。さうと先《まづ》よく呑み込んでとつくり聞いてくれ。何、そりやいくら話しを為たからつて、決して己《おれ》は麼《それ》ほども恩がましく御前に云ふ気では無いんだと、またそれも断つて先置くとする。さア、御前さんにもよくまだ分かるまいともさ。分からなさゝうな顔つきだ。早い咄しが斯うなんだ。賄賂で放免して貰ふやうに典獄を叩き附けたんだ」。

礼那はその身を入り込ませた。

「賄賂ですツて?」

「をかしかろ？　嘘らしかろ。」

「全くなので?」

「さアどうだ。思ひ当たる所が有りますと云はない計りの口上だな。よし尤もだ、如何にもだ。おれの此身体《からだ》からは、それ故、今もう金《きん》の光りがきら〳〵射す。在監の囚人同様の御前さんとさへ斯うして誰一人の監督者も傍《そば》へ置かないで、もう自由に話しさへ出来るンだ。」

「まア」と礼那は只呆れた。「御金で何の事も分かるとは聞きましたが、まア此今のやうな場合ひでも然う迄勝手に為るものとは真逆《まさか》思ひもしませんわ。して見るとあたしは到底《つまり》、あなたの同類、と云ふやうな訳で此処へ入れられたンでしやう。それで今さう貴君《あなた》が赦して出されると云ふ、そンならやつぱり私《あたし》もまた、あの出されるンでございましよ。ね、さうでしよ。まア可《よ》かつた。ま、あなたが先御出なさると云ふ——さうすりや最うその次ぎは云ふまでも無く此あたしが……」

「御待ち〳〵、まア御待ち！　些し〳〵待ちなさい。その事、そこに咄しが有る。」

「おや、をかしい。咄しです?」

「さうだ、咄しが有ると云ふンだ。さ、御前さんをもだ、只では出されないと云ふンだよ。」

「只とは?」

「只さ、一文も出さないでは赦されないと奴等が云ふ。」

「あなたが夫でもお金を出して、それで赦されるんでございますよ、それで何うして…」

「さうぢや無い御前のは御前ので別に出さないぢや赦さないと、どうだ是だ驚いたろ。」

「あたしの分は別ですつて?」

「さうさ。己《おれ》のは己の丈だ。」

「あら、ま、夫ぢや此あたしは……」

と迄実に礼那は云ツたが、その儘後の語は続かぬ。湧き上がる一図の無念、また湧き返る一時の涙、きツと綾夫を睨まへた。

「尤もだ。御神さん。十分推察するともさ。しかし乍らだ、よく聞くさ。その御前の分の金をもだよ、その金をも此おれが実は出してやる気ださ。え、こら、聞こえないか。分からないか。出してやるよ、御前の分まで。よろしいか、出してやる。な、何事も縁づくだ。人間いづれも兄弟だ。おれ計り、なる程、金を出して赦された所が当然だらうが、それでは己の気が済まぬ。資力が無ければ是非も無い、しかし、その三百だけ位の金はまだ〳〵調達も出来るんだ。さすれば何も人一人《にん》、な、可哀《かあい》さうに何も知らず我児の事も……いやさ、何も知らぬ人《ひと》一人《にん》を助けられるものならば助けるのが人間の道だろて。典獄たちにも相談した。已つた転んだと押し問答もそこで為た。結局《つまり》まづ是から己が家《うち》へ帰つて、金だけを調達して持つて来るといふ事にする訳だ。な、積つても分かるだろ。現金で納めないで、一旦己《お》れを家へ帰しても、それでも何でも兎に角五百の所が七百に殖ゑさへする事ならば、政府の威厳も何も頓着無いと云ふ呆れ返つた連中なんだ。分かつたか。さう云ふ訳だ、気が急くんで我ながら、斯う云ふ現在この己の云ひ方さへ後先まことに大分まづい。しかし、分かつて呉れ。分かつたろ。分かつたなら最う宜しい早く行《ゆ》くな、待つてるさ。あれさ、何うした、何を泣く。泣いちや、これ、分かるまい。泣く事か。喜んで居る所だ。」

　こぼれるとも何とも云《いひ》やうの無い深切、吁それ丈却つて言葉付きは叱るが如く暴々《あら〳〵》しい。永居をするのは、而も、その実綾夫には強面《つら》い。きつとなつて歩き掛けて、ふり返れば礼那は急《せ》き入つた。綾夫も目には涙である。

第十七

礼那《れな》の泣き入る姿を深く目の底に浸み付かせて、その儘綾夫《あやを》は足を早めて、門の方へと駈け出した。駈け出したとは云ふものの、其心持ちは云ふに云はれぬ、その場所は何処である？　獄屋である。その門は何処のである？　獄屋のである。そして、其辺《そこら》を駈け足で歩く身は何である？囚徒である否、真の囚徒ではあるまいが、とにかく一旦臭い飯を食はせられた、あまり芳ばしくも無い身なのである。どう考へて見たところが、その臭いやうな身が駈け足で仰山に獄屋の搆へ内を跳ね回ると云ふ事が殆ど有り得べき筋のものとは思はれぬ。が、事実は然うである。然り、威張りくさつて、最早歩ける。歩けるどころか、跳ねまはられる。不相応とも何とも斯とも実のところ然う駈けて歩き得る身からまづ考へて考へさへ付けられぬ。地を這ふ蟻でも獄屋ならば神妙にしさうである。枝に鳴く鳥でさへも獄屋の庭ならば大声は出しさうも無い、既に囚徒とされ、縄を打たれ、神妙にしろの剣突《けんつく》で一旦獄屋の門を入つたが最期、天なるほど高からうが背ぐゝまり、地なるほど厚からうが抜き足して、咳一つするにも偸《ぬす》んで吐き、欠伸一つ出すにも掠めて洩らし只びく〳〵只おづ〳〵で油汗の冷たい味をしたゝか味はうと云ふのが、凡そ夫等万人の万人まで一様であるべきものと、どうしても思ひ〳〵思はれる計りなのが、さりとては扨何の事か、自分その綾夫の今其時の境遇だけは全く只さうで無いのである。威張つて〳〵跳ねて〳〵、門狭しと云ふばかりに大手を倍にも大きく振つて、そして立ち出《いづ》るといふのである。異様といふ物事が世の中にいくら有つたからと云つて、凡そ是ほどの異様な事は又も二つとは有ると思へぬ。思へぬにつけて又思ふし吁、それも金である。まつたく金の御蔭である。金ゆゑにこそ早く分かつた。よし、なるほど、典獄と約定して、賄賂よろしい如何にも出します、五百円宜しい如何にも出します、外に二百円よろしい、如何にも出しますと仰せ次第御無理御尤《ごむりごもつと》もで持ち切つて、横に掉《ふ》れる頸も横には掉らず、訳無しに引き受けた其利き目とは云ふものゝ、さりとては夢でも見たやうな。追つ放すとなつて何の附き添ひをさへ添へぬ、約束を嘘と見なかつたのでもあらうが、よろしいは出してやるから家へ帰つてその金持つて来いと、ても扨も割り前の巾着銭でも忘れて来た者を扱ふやうな工合ひとは扨どうか！　思へば馬鹿々々しいと云つて可からうか。乱脈きはまると云つて可からうか、寛大と云つて可からうか、有り難い忝いと云つて可からうか、それとも様《ざま》ア見ろと云つて可からうかその云ひ分さへ且分《わ》からぬ。勿論凡そ世に云ふ「寛大」その覆面した一面は「無法」である「勿論また凡そ世に云ふ「寛大」、その一歩を隔てた境界の一方は「無法」である。寛大からも「無法」に行《ゆ》き得《う》れば「無法」からも「寛大」へ辷り込む事も出来る。「無法」を体《てい》よく云へば「寛大」となり。「寛大」を悪しざまに云へば「無法」となるのが何さま世の中の常とは云ひながら、扨この自分綾夫の身に受けた無法の寛大は世が広く時が多いと云ふ此空間《スーヘス》此時間《タイマ》、その双方の中から探し出しても中々探し当《あて》たる類は無い、と、思ふ儘いよ〳〵夢のやうな心地になつた、されば又さう無法に近い寛大だけ、それに実は凄味が有ると、その時綾夫は思ひもせぬ、無法がさう訳も無く寛大と居所変はりの出来るだけ又それだけ寛大も又居所がはりに無法になると、吁、その時は思はなかつた、落ちて居る旨さうな柿の実には虫が付いて居るといふ事を、吁、その時は思はなかつた。身は浮く。足も浮くいよ〳〵門を出るとなつて、見ると、吁また妙！　門番の苦虫めが、おや、にこりと一礼した。

第十八

門番に一礼されて、綾夫《あやを》は妙にぞツとした。ほツ、なるほど咎められては為らぬと、つと其前へ馳せ寄つた。

「いや、是は失敬！　よろしいんですよ、直《すぐ》出ても、な、この、この私《あたし》が。な、出ても可《い》いとなつたんで。」

たしかに云つた積りであつたが、声柄は顫《ふる》いた。其顫いたのを押し隠すつもりでも無いやうな、又あるやうな、とにかく身体《からだ》までも妙にふら〳〵して、足もまた宙へ浮いた。

「えツ、もう」と門番は立ち上がる。「宜しいンです、放免に御なりです。もう承知してをりますとも。」

おや成るほど、、其時〳〵、実にやうやく其刹那、今更の如く綾夫は、思つた。

「御承知ですとな？」

「え、、も、疾くに。御めでたうございます、何より先《まづ》。今其旨知らせが有りました。」

疾くにと云ひながら今と云ふ。云ひ草も随分無法である。無法ずくめの獄屋とは、天下此やうなのも珍らしい。

「御承知ですな？」

「あつは、御心配なさらんでも大丈夫です。綾夫さんは無罪として放免になる、別段引き渡し状も要せぬと斯う伝へられましたものを。」

「なるほど、さう御承知？」

「あつは、大分それでも御心配。いや御尤もは御尤も、出来があまり好過ぎますからな。取られましたろ、大分沢山？」

「何をです。」

「然るべき物をです」と門番はぺろりと舌。

吁、怯気《おぢけ》が附いて居る。綾夫は又もぞツとした。

「然るべき物をとな？　何です、それは？」

「聞くんですさ、わたしの方から。それ、しこたま御取られなすつたかと。」

又々綾夫はぞツとした。はにかんだやうに莞爾《にこり》とした。

「金を取られたかと云ふんですか。」

「極《きま》つた事でさ。ねえ、投げ込まれて、どうして五日や六日で大手振つて附き添ひも無く誰がさう〳〵出されるもんですか。典獄がしこたま儲けたと夫だからわたしが云ふんです。けれど事ですぜ。一生是から附いて回ります。」

「附いて回るとは？」

「典獄があなたへです。一生是からあなたん所へ典獄が無心に行《ゆ》きますから、ねえ、よく前以て用心して御出でなさい。腹が痛い。薬を飲むと云つちやあなたん所へ回つて行く。博奕《ばくち》に負けたと云つちやあなたん所へ回つて行く。頭痛がすると云つちやあなたん所へ回つて行く。回つて行くそのたんび、何《いづ》れ取られなけりや為りませんからね。その図星が有ればこそ当金こゝえ何程か払ひ込ませた処で、あなたといふ活きて居る元金をあなたの御内《おうち》へ無期限あづけにしたつてへ奴でさ。旨いね」と又も舌！

さりとては吁扨も！　全く綾夫も驚いた。咄しにはそのやうな事も聞いた。実地は始めてゞある。さりながら、どれも是も咄しで聞いた通りより烈しければと云つて烈しく無いのは殆ど無い事実のみで埋り切つたその獄屋あたりの様子から考へれば、どうして〳〵其門番の云ふ所を疑ふ所の余地は無い。なる程と合点した。合点したと共に又その門番が、どうせ又只でそのやうな秘密を打ち明かして呉れたのでも無からうと推しもする。よし、然らば是にも又いくらかと早くも高は括り出した。

第十九

「そりや何しろ好い事を聞いたもンだ」とそれ故綾夫は身をも入れた。「全くさういふ慣習《ならはし》ならば、用心もして居なけりや為《な》るまいな。馬鹿な顔して居た日には強請《ゆす》られれどほし強請られる、と、斯う為らなけりや為るまいな」。

「あつは、まアづ然うでしよね」と門番は事も無げである。

「有り難うよ、おい、門番さん。折角の忠告と御前さんの今の言葉をわたしは忝《かたじけな》く聞きました。其つもりで帰つて万事に支度する。されば又、さう申すと些し変だが、忠告の価として、いづれ帰つた上、また幾らか御前さんにも上げましやうさ、な、些しは上げますよ」。

「うふツ、わたしにもか?」と冷笑した。

「冗談では決して無い。」

「ま、そりやそン時さ。」

「全くさ、冗談では……」

「さうなりや、門番も浮かびます。けれど門番の方となつちや何うしても役が悪いンでね。ま、何でもようがすよ、早く〳〵御帰ンなさい、赦されたばかりだ、こンな所は早く御出なすつた方がいゝ。さ、さ、さ」と促した。

　些し妙だと綾夫は思つた。おつと来た、おれにも礼だとよくその門番が不思議にも手を出して掛からなかつたと、流石不思議に綾夫も思つた。神ならぬ身ゆゑ、実は、さうも思つたのでもある。高をくゝり、先を見て、結局《つまり》は何うとその門番が疾くにもう知つて居て、なか〳〵乗つて掛からなかつたと、吁、又も又その時も綾夫は心付かなかつた。

　その儘やがて門を出た。いや、生き返つた気持ちである。

　天地凡そ何が嬉しいと云つて、人間といふ人間、その身の非自由の境遇から一転して俄かに自由を得た時の心もちほど恐らくは嬉しいものは又と無い。勿論思ひ掛けぬ幸ひを得たのも嬉しいか知れぬ。何が無く我身の事を人に褒められたのも嬉しいか知れぬ。さりながら夫等の嬉しさを是等その非自由から自由に転じ得たその嬉しさと比べたものならば、全く比較にも当りはせぬ。尊くも旻天《びんてん》は人間に兎角自由を多く給る。それだけ万一の非自由の境遇に陥つた場合ひの如何ほどの程度まで苦痛であるかを誰人でも前以てまづ想像せぬ。それでいざ然う非自由に陥つたと為つて、たとへば牢ならば牢へ入れられたと為つて、始めて自由の境遇の如何ほど羨ましく懐かしく恋しいかをしみ〴〵と思ひ当たるのみである今。只その時の其綾夫は夫だけの凡夫の身であつた。それ丈また今更のやうに出獄の快さの云ふに云はれぬ計りの味をしみ〴〵思ひ味はつた。どうも天が広く見える。どうも其広々とした天がどうも〳〵蒼々と見えまする。どうも地が堅く踏まれる。どうも其堅々しい地がどう踏んでもめり込みさうでも無い。思へば、一日《じつ》の前、否、実に一刻の前までは其蒼々とした？下に頭は支へはせぬかとおづ〳〵したのである。また思へば、一時間の前、否、実に一刹那の前までは其堅々しい？表面が足を食ひ挿みはせぬかとびく〳〵したのである。それらが早皆違ふ。天も地も目の前にゑみ割れて、にこにこと笑ふやうである。足も浮く。身も浮いた。まして心に励みも有る。赦されて自分は家へ戻つて、更に出直して一人《にん》の可憐なる婦人その礼那《れな》といふ同胞を、さればされば、吁、是から、此、誰でも無い、この綾夫といふ一男児が天晴れ又救ひ出す事になるのかと、更に又その、義に勇む満足の一念が一の尊い喜悦となつて上になり下になり其心中に跳ねまはツて、即ち風に靡く草を見てさへその風情が我その綾夫に媚びるのかとしか思はれぬ。

第二十

全く一寸先も見えぬ。道傍の草の様子ぐらゐを見た丈で、わが身綾夫《あやを》のそれでも無事に出獄したのを其草が喜んで然うも風の吹くまゝ舞ひ踊つて居たかのやうに其綾夫がひとりみづから思ひ做したと云ふ、それが、何事、夢である。いよ〳〵綾夫は家路へと指した。いつも、素より、淋しい道である。人にも逢はぬ。逢はぬのが可かつたか知れぬ。逢へば或ひは其人にわが家の事を是々であると若し夫れ教へられたものならば、仰反《のけぞ》りも亦為しかねまい。何が為し、何事も知らぬが仏の身であつた。只々それ故いそ〳〵とのみ為続けた。末の事、先の事、その運命の笑ひ顔する一方只その半面をのみ銀か、金か、兎も角「立派な楯」と見た。

さていよ〳〵我家の棟が、いつもならば見える辺までやがて綾夫は進んで来た。住み馴れた辺である。闇でも見当《みあて》はもとより付く。それが偖《さて》、おや何うした？　その我家の棟が其日に限つて見えもせぬ。

おやと思つた。道を違へる方《ほう》は無いしと、素より承知しながらも、しかし不思議だ、面妖だと、我知らず綾夫は足さへ止《とゞ》めた。見直した——心して見直した。いや、違はぬ。見馴れた樟《くす》の大樹が目前その些し左りの方へ寄つて、以前のとほり立つて居る。それで只どうした事か、家の棟だけはまだ見えぬ。留守中に誰かこはして仕舞つたか。真《ま》逆《さか》そんな事！　をかしい、いよ〳〵奇怪である。目の前の一帯は人の身の埋《うづま》りさうな甘蔗の畠で、もとよりその畠を一面から横に回らなければ我屋へは到り得ぬ。もう然うなると殆ど気が急き出した。突つ切れるものならば其砂糖畠を突つ切つてもと、只その心は足にも及んで、小刻の急ぎ方、曲がり角までやうやく行つた。そこからは一直線、真向かふが我家である。

されば何うした？　家は無い！

跡方も無い！

有つたその跡形と云ふのは土である、黒土である、焼け落ちた名残りも見える土である。

見たのみで足は縮《すく》んだ、胴ぶるひした。日本の浦島の昔話しも是ほどの馬鹿々々しさには及びも付かぬ。弾かれたやうに一散走り、身を閃めかして其焼け土へと——吁、掛けるその足の下のあたりから焼け残りの余烟がぷす〳〵情《すげ》無《な》く鼻を穿ツて、斯う焼けましたぞよと云はぬばかりの——吁、是れ何の夢である？　弾かれたやうな身が忽ち急に又すくむ。腰のあたりが解《ほぐ》れる気もち、はツ、あツ、むンと絶叫した、その儘どツと尻餅突いた。

「あツ、旦那さま〳〵！」

食《くら》ひ付くやうな凄い声。おやと綾夫が振りかへる面前、声もろとも駈け寄つた、うん、老爺《おやぢ》！

「おツ、宮須《みやす》。」

「旦那さま。」

「おツ宮須！」

「旦那さま！」

「宮…宮…宮須！」

「旦那ツさま！」

是だけである。ヨリ多くは二人《にん》ともいやいや全《まる》で口から出ぬ、出ぬ。その儘、双方から双方が只睨み詰めて、詰めて〳〵ぢりぢり寄つて、「これ、宮須」といふ声もろとも綾夫は老爺の手を取つた。それと同時に、わツとばかり、老爺は俄かに身をふるはせて、而も取られた手を払つて、その儘わが手をば我顔、ひツひツと咽せ入つた。

第二十一

「どうしたんだ、あ、宮須《みやす》——家《うち》はこりや……さ、御前は……いやさ、どうしたつて事なんだ？」

綾夫《あやを》は更にすつと立つた。一念はどちらも恐ろしい。尻餅を突いたほどなのが俄かに魔力もまた復活。

「あ、もう御顔を見たら何にも云へなく……是ですよ〳〵是ですよ旦那さま、こんな事になりましたツ。是見たら、さ、涙が、わたしどころか、嘸《さぞ》あなたが……」と焼け跡を指さした。

「焼けたと云ふのか」

「えゝも、御承知、あなたは、無い！」

「知るどころか今来て見る迄と云ふものは全《まる》で只以前のとほりと計り。うむ、可哀《かあい》さうに桃の木も焼けたかな。十何年といふ間、おれが育てた木だつたが、けれど火事はどうしてだ？　可哀さうは可哀さうだが、桃の木などまづ第二だ。御前も火事の時居合はせたんだな。委しく咄しは出来るだろ、何処へ、あの、何は逃げたんだ？　え、花江《はなえ》は？」花江といふのは妻である。

「滅茶々々です、何から何まで。火事ですか、火事はどうして出ましたか。」

「誰の麁忽《そこつ》だ？」

「誰の麁忽でも無いんです。」

「麁忽で無くて、何で出る？」

「不思議に只出たんです。出て、そして燃えたんです。燃えて、見る〳〵斯うなんです。けれど、さア、旦那さま、それどころぢやありません。それ所なら可いんです。」

「何がいゝんだ？」

「何がぢやありませんからさ」と云ひ掛けたが、はたと止めて又も宮須は急き入つた。

「泣き虫だな、しつかりしろ。肝心の咄しが分からない。云へば云ふ程只気になる。ぢれつたいや、早く云へ。何がそれどころだと云ふんだ、おい？」

「大抵此焼け跡を見たばつかりで吃驚《びつくり》なすつた事と思ひまさ。その上、どうして思ひ切つて、すぐ素直に云へますか。もう蒼ざめてさへ居らつしやる、それ、そのあなたの御顔色……」

「ふむ、なるほど」

「その上猶びつくり御させ申したなら、あなたゞつて気が遠く……」

「いゝやさ、詰まらない枝葉は云はずと可ひ。気が遠くなるもんか。なつたにしろ搆ふもんか。どうしたんだよ、さア、花江は？」

「死にさうで……」

「死ん……」

「さ、死にさうで！」

「死にさうとは、あの〳〵、おい、宮須！」と、やれ〳〵、刹那と云ふものは其言葉の意味さへ飲み込めぬ。

「死にさうとは何がだよ。死ぬとは呼吸《いき》の無い事か。呼吸の無い、その事か?」

「さ、有る事は有りますさ。」

「何が?」

「呼吸が!」

「何云ふんだ。ちよツ、ぢれつたい、しつかりしろ。」

「ですからしつかり御聞きなさい」と宮須は綾夫の手を取る〳〵砕けるばかり握りつめ、「死にさうな大怪我です。花江、うんにや、御神さんがです、火傷《やけど》です、大火傷、もう形《かた》ア無いんです。斯うなんです、御聞きなさい」とあたふた前後見まはした。

第二十二

宮須《みやす》は殆ど呼吸《いき》も吐《つ》かぬ。

「何しろ不思議な火事なんです。而も三日の晩でした。夜、二時すこし前なんです。火事と云ふ、はツと思ふ、納屋がもう火でしよ。寝入り端でもある、天気つゞきで水も無い、台湾風の烈しい奴が吹き暴れる時でもある、まるで出火《はなび》の仕掛けのやうに納屋から家《うち》から燃えるんです。御神さんはあなたの事を苦労にして泣いてばかりゐらしつて而も寝て御出での時、下女下男共は只敗亡《はいまう》すると云ふ、どれから手エ附けるてへ事も無いんです。ようござんすか、大体を云ひますよ。御神さん煙《けぶ》に巻かれた。燃え落ちた柱へおさへられました、夢中でわたしが助けました。助けてやうやく中庭の方へと出《だ》したといふ時、不思議でしよ、もう兵隊が来てゐました。」

「兵隊が?」と綾夫は殆どわなゝいた。何故わなゝいた? 哀れや其先は最う聞かずとも分かるので。

「思ひ当つた! ちツ、畜生!」

「叶ひますまいよ、もうあなた」と宮須は泣き声振り絞つた。「さ、泣くのがもし旦那さま無…無…無理でございますかよ、もし。附けられたんでしよ、全く其火は。」

「長老の指し金だツ。」

「それ〳〵〳〵でつす、旦那さま!」宮須その目は憤怒に燃えた。涙は有るが怨みは燃えた。涙、その熱液に無念の炎《ほむら》がひらめいた。

「あなたは戎馬《ジヨンバ》の煙草納屋の、それも怪しい火事、それで牢! 留守に御家《おうち》もまた火焔! 兵隊が来て、おツ取り囲んで、誰をでも寄せ附けず、手当たり次第に分捕《ぶんどり》です。斯うです、『主人の綾夫に嫌疑が有る。財産は差し押さへ、家宅捜索、没収、徴発…』、好きな、まア、野譫言《のだはこと》です。そりやもうわたしの其口惜《くや》しさ! 珍らしくも無い遣り口だが、さりとては〳〵と武者ぶりつきも為たかつた。出来ない! 鉄砲をこれ此処へ」と宮須は胸を叩き叩いた、

「二三人で差し付けた。拒むと撃つぞ、老耄《おひぼれ》めと、それこそ寄りも付かせない。兵隊にさう睨まれた日、此比律賓では命が十有らうが二十有らうが、追ひ式の続くもンぢや無いと、さア、何ぼ是でも死にたくもありませんやね、もし！」ひツと泣き入つた。すぐ又重ねた。「我慢した。それには御神さんの事が気に為る。あツ、己《おれ》が争へば御神さんを誰が世話する。御神さんの唸る声が、それ、又胸へ浸みるでしよ。あツ、御神さんや、宮須ですと抱き上る私の此手はぬるりと辷る。なぜ？　血でゞす、裂けた御神さんの背中から吹き上《あげ》る血に此腕が！」腕をまくつた。「これ、まだ血の痕！　斯うこびり付いてましよ。まだ、はたし、拭《ふき》もせぬ。御神さんを引ツ立つた。ぐづついて居て、又わたし達迄縛られた日にや事だと御神さんを引ツ立てたよしてくれ、死なせて呉れと御神さんは身を踠《もが》いて、わたしを突ツ放さうとする。またわたしと御神さんとの組み打ちだ―喧嘩見たやうな云ひ合ひだ、御亭主が牢から出もせぬ内御前さん迄何の事《こツ》た、怪我は治る死んだら生きない、どうせ満足に死ねない此処でも、せめて御亭主が出て来る迄は大切な命ぢや無いかと、まるで捩ぢ付ける騒ぎでさ。捻ぢ付けて、やうやく飲み込ませて、見ると最う兵隊は大抵引き上げる支度でさ。番兵が配つてある。そいつらがわたし達を立て逐ひです。箸も持たない乞児《こじき》とまづよくも一夜で変《か》はれました、生きて此わたし達そン時動いて居たと云ふよりは冥土へ片足踏み込んで、娑婆と修羅《しうら》とで片足づゝ油いために為つたと云ふのが先々《まづ〴〵》たしかな口上です。」要は括《くゝ》つた。それでも長い一段切つてほツと呼吸《いき》。

第二十三

語る宮須老爺《みやすおやぢ》の二の腕を引ツ摑んだまゝ綾夫《あやを》は放さぬ。宮須も振り解《ほど》かうとするでも無い。爪は腕へ食ひ込んだ。また食ひ込ませる儘にした。

「花江《はなえ》は、そンなら死んだか、おい。？、」ぶつけるやうに綾夫は叫んだ。

「死んだとは云ひません」と宮須は目口《めくち》を皺にした。「死んだとは云ひません。死にさうだと今も今。」

「はツやれ夫は、むム、死なぬ？　どこだそンなら何処に居る。」

「片所庵《ヘンシヨアム》の家《うち》にです」。

「生きてか？」

「ですよ」。

「死なずにか？」

「ですツてば。」

「達者でか？」

衝《つ》き上がつた胸さきに踏みにじり合ふ苦労の一念、問ひと為つて口から迸るにさへ前後混乱の一上《じやう》一下《か》、混雑と重傷とが其処でも組んづほぐれつした。

片所庵と云ふのは小作男《こさくをとこ》の一人で、その家といふのは土堤《どて》一つそこから下へ降りさへすれば直《すぐ》行き得る程の近さである。

「よし、好い所で好い事聞いた。宮須、よく早く知らせて呉れた。是からすぐ行く。一所に行くか。」

「行きますともさ。御案内さへする気です。」

「そンなら行かう。」が、夢だなとばかり殆ど我を忘れて、始めて綾夫は涙となつた。湧きかへる逆境の観念、もしそれ口にして話すとすれば、一気に舌を爛《たゞ》らかしても追ひ付くべくも思はれぬほどな立て続けなる悪魔の翻弄、一人《にん》の崎坊《さきばう》に対する人助けの一図が却つて仇《あだ》で、逆運は車を坂道で突ツ放したかの勢ひ、転げて更に〳〵〳〵と夫から夫降り掛かつて来る其無残は愈只はげしいものとのみ為ると云ふ、それが人間を此世に生まれさせた丈の慈悲有る天といふものか、何《ど》の方からどう解釈して宜しいか知れぬ、その、慈悲と云ふものか？　宮須は何やら掻き口説きながら息を切り〳〵後から尾《つ》いた。その何を云つたかは耳へ入つて脳には届かず、耳から耳へと行き抜けた。土堤を下れば、吁、はや、片所庵の家《うち》は見える、すはや彼所《あすこ》にわが妻花江は居るか。居るか、而も血みどろで居るか？　居るか、しかも呻吟して居るか？　居るか、而も息も絶え〴〵に為つて居るか？　まづ思ふのは斯うである、片所庵の家へ怪我人たるわが妻花江の死にさうな身体《からだ》を托さうとは吁思はなかつたと、故《こと》さら其前思はなかつた所をさへ想像し出して思ひ料《はか》つて、我と我身で悩乱《のうらん》の種を〳〵と蒔き蒔いた。

思ふにその身は宙を飛んだのである、土堤を飛び下りたのでもある、咄嗟、その家の前へと下りた。宮須ははるか後《おく》れた。それ、しかし、綾夫は振りかへらうでも無かつた。身を閃かして、敷居を跨……ぐ其目前、茶の間たる広間の、左《さだ》りの方、蒲席《がまむしろ》の上に横はつて居たのは、吁、死なかつたかまだ夫でも、やれ、わが妻の花江である。

「花江！」云《いふ》つたつもりで声は出ぬ。咽喉に何かゞ塡塞《てんそく》した。同じ思ひか、倍か、二倍か、花江は良人《をつと》の顔をきつと見た。見たぎり、目ばたきもせぬ、無論、涙もまだ〳〵何うして！　只、見た、否、見つめた。

第二十四

飛ぶが如く綾夫《あやを》は花江《はなえ》の傍、「うむ、やれ、ま、飛んでも無い。これ、さ、何《ど》うした、え、花江！　己《おれ》はと云へば今度の仕儀だ。くはしくは又話すが、見るに見かねて人助けをと思つたのが不運のはじめで、その助けた児の家の傍《そば》からやつぱり火事、放火したのは此おれとその児の母親とだとの云ひがゝりで、一も二も無く牢へと遣《や》られて、さア今日まで。夢にも知らなかつたよ、御前迄がこんな事に為らうとは。大体は宮須《みやす》から聞いた。聞いた丈では御前は死んだかとも思つた。ま、生きて居て、吁、よかつた。牢から出て来た甲斐が有る。」

花江の手をば綾夫は取つた。が、同時である、弾《ひ》き出すやうな涙である。声さへひツと加はつた。何で只ならば泣く。むしろ嬉しがる所、勇むところである。取つたその花江の手、吁、それ見て泣かずに居られるか！

骨と皮と、それ丈である。つひ数日前《すじつぜん》までは水々したその手であつた。むしろ桃色の絖《ぬめ》を縫ひかぶせて、艶《つや》を何かでうるませたやうな其手であつた。

今、その跡形も無い。脂《ひ》も乾た。肉も去つた。筋のみが死人色に盛り上がつて、皮は骨へと吸ひ附いた。是で血が通ふか知ら。嗚呼而も冷えて居る。冷さながら鉄である。

その手を一旦は取つたものゝ、我知らず綾夫は振りはなした。振りはなしても我手に残る冷えが有る。殆ど全身寒気がした。

泣かぬ—却つて花江は泣きもせぬ。出た涙の名残りはその目瞼《まぶた》のあたりに見えて居るが、手を取られたと共に前出たその涙ははたと止まつた。心気昂騰《しんきこうとう》したのである。涙が出るといふ所を心持ちは最う飛び越したのである。

綾夫には案外な花江の落ち着き方には綾夫もさすが興奮された。感《かん》乗込んだ。

更にそれから何うして出獄したかと大要話した。聞く間花江は殆ど呼吸《いき》もせぬ。聞く〳〵又問ひを掛けもせぬ、否、問ひ直すやうな事もせぬ。聞いて了解するよりは聞く前に耳が早く会得した。情《じやう》の極致は理解が早い。

「しかし、花江や、もう駄目だ」と綾夫は切歯《はがみ》するらしい。「典獄にさう約束した、それ迄が今から思ふと却つて楽しい夢だつた。出て来れば家は此様《このざま》、最愛の妻はまた此様、怪我人抱いてそして箸持たぬ乞食となつて、金策の法も無く、さすれば何うだ、先は知れた。拳をかためて我とわが膝力まかせに撃一撃。「また己《おれ》は逮捕の身だ。監禁だ。御陀仏だ。結局は幽霊だ。さ、さうと知つたなら、吁、出て来るぢや無かつたぞ。出ぬなら出ぬで口惜《くや》しく無い。家の焼けたも妻の怪我したも極楽で知《しり》もせぬ。なまじひ出《で》たればこそ何ものも見て知《しつ》て、そして無念さ残念さが倍二倍三倍して、千本針で肌突かれる。無念がつた牢屋の方が今ではいツそ懐かしい。出て来て可愛い妻《かあ》に逢つたが今、今、いツそ怨めしい。ちえツ、いツそ一思ひに牢屋の柱へ此頭でも叩き附け、死《しん》だ方が増《まし》だつたか。思へば〳〵娑婆の人間、なつかしい妻に逢つたのが嬉しくなくて怨めしくて、つらい牢屋でいツそ死ぬのが思《おも》ひ切《きり》よく有りがたいと、斯う反対《あべこべ》に思ふ者が天地の何処に二人と居る。天も、神も、道理も無い。万事休す！」と絶叫した。

「あ、もし、あなた」と、きツと為つた花江の様子は思ひの外厳《ほかげん》である。「あなたの不断にも御似《おに》なさらぬ、あの、そりや自暴《やけ》といふだけの……」

「自暴？　無論よ！　無論とも！」

「いけません！」と叱咤《しつた》した。

第二十五

「なぜ自暴《やけ》がいけないとな？」と綾夫《あやを》はさも怨めしげ、きつとなつて切り込んだ。

「いけません〳〵。全く〳〵いけません」と怪家人《けがにん》にも似ぬ調子である。花江《はなえ》の音《おん》は跳ね〳〵た。「ま、御聞きなさいまし、よく伺うか。折角さういふ所まで咄しが旨く付いたのでしよ。あなたの分が五百円、それからその女の分が二百円、それ丈が出せたなら、天地どこでも最う大ビラと折角決まつたのでしよ」。

「もとよりさ」と身を震はせて、綾夫は中を遮つた。「此仕儀でそれが、さア何うなる」。

「為りましたなら？」

「何だとえ？」

「さア、どうにか為つたら何うなさる」。

すこし呆れた。「おい〳〵〳〵、吁、さうとては吁花江、御前は然りとては熱にでも浮かされたか。此とほり箸も持たない乞食となつて、どう今こゝでその金が……」

「有りますのよ！」と儼《げん》とした。

綾夫は殆ど言句《ごんく》も出ぬ。

「さ、あなたは嘘と思し召すか。嘘か嘘で無いかをば、こゝ見てどうぞ下さいまし」。

身は動かぬ。顎でしやくる。目で教へる。見て、さてはと其教へた様子で察すれば、胴巻きを探り出せと扨わが花江は云ふのである。

「懐中にか？」と目を怒《いか》つた。

そのまゝ点頭《うなづ》く花江の様子に綾夫の胸は轟いた、七分怪しんで三分信じた。さりとて念晴らしといふ事も有る。胴巻をさらば探ぐる事とするかと即坐綾夫は手を伸ばして花江の肌に触れると同時、花江はふたゝび咽せ入つた。その実重大なる意味有つての、その時の咽せ入りなのであつたと、まだ〳〵しかし綾夫は知らぬ。そして探ぐつた。何さま有る。胴巻は手に触れた。

「是か。是をか。いゝか、此儘引き出して」

また咽せながらうなづいた。手でまたも〳〵探つて、解きほぐして引き出せば、何さま物は脹れて居た。胸一入《ひとしほ》八入《やしほ》とゞろいた。まだ中味は引き出さぬ。花江の顔と胴巻きとを我知らず等分に見くらべ〳〵、綾夫は又も涙ぐむ。涙ぐむその間も無い、物は中から引き出された。うむ、紙の包みである。一刻は一刻より胸の鼓動の度を強めた。

　さらば包みの中は何か？　公債証書であつた。千円券而も一枚、吁是もまた夢か！

　綾夫はふるへた。又しばらくは花江とそれと彼是幾度か見くらべた。

「是……是かよ、おい？」

うなづいた。

「是でと、それで、御前は泣く？　うむ、その泣く、その訳は？」とその券を我知らず綾夫は更に逆戻しに花江の手へと突き付けた。振りはらふ。又突き付ける。又も花江は振り払ふ。

「さ、それ丈なら好いンでしよ？」

「好いンでしよとは？　足りるかとか？」

「二人分だけ」。

「足りる所か些しは余る」。

「まツ、吁、嬉しいこと。もうあたし、死んでも惜しかございませんのよ、もし。どうせ〳〵死ぬ身体《からだ》……あゝ死に際に吉《よ》い事を……あら嬉しうございますのよ、もし」と又咽せ入り咽せ入つた。

第二十六

「縁起でも無い、死ぬなンぞと」と綾夫《あやを》は花江《はなえ》の背を撫で〳〵、「死ぬなンぞと決してそンな……」

「あれ、又、さうばかり只仰やる。どうぞ、さ、あたしの云ふのをゆつくり御聞き下さいまし、ね、あなた、どうぞ若し」、云ふさへ苦しさうである。言葉こそは断続せず、むしろ滑らかにつながツた。否、只つながつたのみで無く、言葉筋さへ些しも乱れず、秩序を成して口から出た。それほど泰然として居るのにも似ず、その云ひ方の苦しさうであつたと云つたらば無い。然りその声は苦しげで、その語は極めて平和である、手も無く、肉体は苦しい上に苦しみを味はへばこそ其やうに声が苦しさうなので、そして精神は只超然、肉体の苦痛以外に立つて、微塵も苦しみを味はゝなければこそ、又さう落ち着き得たのである。もしも是を末期《まつご》とすれば、天晴れな勇士の末期実《げ》に是より外云へぬ。

　と、腹で綾夫は只思ふ。猶聞けば猶おどろく程の訳が有ると、さて深くは思はなかつたもの丶、只々深く感じはじめた。改まつたやうな心もち、思はず我身を固くした。

　しばらく花江は肩で呼吸《いき》した。

「張りつめた気が有ればこそ斯うして口は利けるのです。迚《とて》も迚も此身体《しんだい》が治つてよくなる訳は無いと、あたしは承知してをります。ま、ま、何も仰やらず、どうぞ御聞き下さる丈御聞きなすつて下さいまし。根が病身の私でしよ」と流石また声ふるへた「一年中薬三昧の身体《からだ》でしよ。勿体無いとは知りながら、浮々した顔といふものをあなたにさへ御目に掛けない平素《ふだん》でしよ。やがて死ぬものと素より覚悟して居るやうな此の身体《からだ》の肋膜炎なンでしよ。やうやう此の頃一寸すこし気分が好くなつたとか云ふ丈の所《とこ》ろで、此の大怪我なンでございましよ。医者にもう聞く迄もありますまい。なるほど、そりや金に飽かせ、手に飽かせて、下へも置かないやうにして居ましたなら、いくらか持つ丈は持《もつ》か知れますまい。と云つた所が、いづれ其内、さア五十六十とならない前で、大抵目をねぶる身体《からだ》でしよ。先は見えましよ。」その声は沈《しん》とした。

　しびれるやうな心もちが綾夫の身には被さつた。急かずには扱居られぬ。身を入れた。

「だから何うだと御前は云ふ。」

「ですもの、こ丶の此千円…」とばかりで又目を見張る、その目も涙は張り切つた。「此千円を只あたしが斯う抱いて居ましたところが、何の役になるもンでもありますまい。」

「馬鹿な！」と綾夫は妨げた。「何の役？　何として？　立たないどころの沙汰か、これ。」

「つかつて光らない御金でしよ。向け変《かは》つた使ひ道に因つては人の命がまだ買へます。入れ仏事のあたしの今、いえ、たとへ今で無くとも目をねぶつた上としても、葬式なンぞに掛ける金は、さア、こ丶に兎も角千円だけ有ればあなたも、いえ、その女の人までも助かると云ふ事になるのでしよ。御願ひといふのは実に是、あたし一生の御願ひです。御縁は飽きも飽れもせず、笑つて、そして只是まで。そして同じ死ぬとしても、功徳をば残して行《ゆ》く、あたしは夫が嬉しいのです。ね、斯う云ふのも、吁、くるしい！　幾度も繰りかへさせて、苦しませて下さるな。いつも通り可愛《かあ》いと思つて下さるなら、どうぞ只御承知を…」と流石その身もわなゝいた。

第二十七

綾夫《あやを》は強面《つら》い。殆ど聞くに堪へられぬ。

「吁、見上げた心根た」と声か涙か只うるんだ。「どこまで清い心根か。おりや是れだ」と髄から絞る身の挙動《こなし》、いよ〳〵涙で低頭した。

「一つ舟の乗り合ひ仲間、難船となつたが最後、それこそ赤児の板子《いたご》をでもだ、三四十の大の男がふんだくりも為かねぬと云ふ、それが世の中の大抵だ。それを何と、吁尊《たふと》い、有る其金を身につかはずその儘人を、人も人、良人《をつと》ばかりか他人の女、手も無く云へば見ず知らずのやうな田舎女をまで其儘一所に助けやうと、さア何たる奇麗な心根か。神だ、神だ、神さまだ。気高いとも立派とも、あツ、もう実に」と手を合《あ》［は］せた。

泣かれゝば只嬉しい。花江《はなえ》は、されば、苦も覚えぬ。献身の慈善の通ずる嬉しさ、今はや悲しい涙で無くて、真の〳〵満足の其一念の余の涙である。痛みを含む涙で無くて、笑みを鎔《とろ》かした涙である。

淋しく笑つた。「あゝもう嬉しうございます。さう只一言でも外の人で無いあなたの口から仰やつてさへ頂けば、いよ〳〵最うあたし悦《よろこ》んで只死ねますわ。死に際に笑つて死ぬ、それこそ人が生きながら神さまに為るのだと説教でも聞きました。ね、それぢや何うか其つもりで。」

胴巻きは宙に迷つて、右へも付かず左へも寄らず、二人の膝の前に在る。痩せ細つた例のその手で花江は更にそれを取つて、つと綾夫へと差し寄せた。

寄せたが、しかし、綾夫は受けぬ。身ぶるひ共に振りはらツた。くツ〳〵と胸さきに込み上げた。まち切れて涙は又も迸る。

「あ、待つてくれ〳〵、いやも、御前は……吁、御前は」とばかり姑らく花江を見つめた、されば宛然睨《さながらね》める如く、眉間《びかん》に皺をさへ刻んだ。「どこまで己《おれ》を泣かせるかよ胸を、何処まで、おれのを抉《ねぐ》る？　志しはよく分かつた。有り難いとも嬉しいとも、そりや云へぬおれとあの女との身の代で、千の此金が、そこで幾ら残るとする。療治代にも足りまいが。え、こら、聞けよ、よく聞けよ。わが子に三度の飯を吝《おし》んで隣りの犬に餅をやる、それなら到底《つまり》偽善だろ、おのれが人に不義理して、進物に見得を飾り立てる、それなら到底罪悪だろ、戎馬《じよんば》の礼那《れな》は他人で無いか。それもだ、御前がそのやうな場合ひで無ければ兎もかくもだ、背に腹は代へられぬ。人助けよりまづ我身の上と、是が至当《したう》の道だろが、たとへば御前が何う云はうとも、うむ然うか宜しいと、そンなら御前の療治代など何うでも可い、どうせ死ぬ事と見とめが付いた上は掛ける丈が金の損になると、功利一図に世を見切つて、さア慈善だ人助けだと、吁此綾夫には云へぬ……」

「そンなら」と花江はきつとした「背に腹は代へられぬと、そンならあなたは一言《ごん》で云ひ切つた、さア、その女の人との約束いづれ今に助けてやるとのその約束をば、反古にして仕舞つてもそれでも可いと仰やるか。」

綾夫は又も総毛立つ。

「破つて破れぬ契約は其破つたのが恥でしやう、破れぬものを破つたなら何事もまづ名誉でしよ。その女の人との約束をたとへどう御破りなさらうとも、なるほど、その女の人からあなたへは何と取つて掛かる事も出来ますまい。それ丈またそれを破るのは此上も無い無慈悲でしよ、罪でしよ、恥かしい事なンでしよ」と、いよ〳〵凄い気焔である。

第二十八

「あたしは貴下を自分の良人《をつと》として、どうぞ〳〵耻かしくない方であつて頂くやうにと心から只思ひます」と花江《はなえ》は猶も語を進めた。「自分より力の劣つた者がたとへ如何やうの耻を自分に掻かせるとも、その自分が若し男子ならば其相手の力の劣つたのを憐れんで、その憎い奴を憎むどころか、却つて心を平らにして動かず騒がず怯まずおそれず、我慢して行くと云ふ、是が此比律賓での田舎気質でございますよ。あなたが其やうな女との約束位破つても訳は無いと云ふ、それ丈それをお破りになるのは到底《つまり》あなたの耻になる、それを如何に自分が助かりたいからとて、妻のあたしが好い気になつて、搆はずあなたに然うお為せ申すと云ふ、そンな浅ましい事があたしに〳〵出来ますか。」

綾夫《あやを》は無言で咽せかへつた。

「あなたが人との約束は反古にしても、このお金であたしの療治をと、さう仰やつて下さつた只それ丈のお言葉一つで、もうあたし斯《か》うなンです。」声を放つて堰き上げた。

「泣くンです、只うれしくつて泣くンです。なるほど、貴下《あなた》の方になつては、うんさうかと仰やるのも夫は如何にもお強面《つら》いでしよ。けれど、迚も治らない怪我なンでしよ。千のお金が二千有らうが三千有らうが、どの道是が本で死ぬ—もう先は見えますの。その治らないといふのを未練臭く、死ぬまでも人には遣はせない、自分だけが遣つて死なう抔とは、そりや、あたし嫌でございます。云はゞ、生き物の寿命は天からの下され物、急病だが医者が間に合つたと云ふのは夫だけまだ此世の中で呼吸《いき》をして居る丈の福分がその身に有つたといふ丈の訳、あたしの身に有る丈注ぎ込んで、治りもせず、やつぱり死んで、しかもまた其後へは手振編笠《てふりあみがさ》といふ貴君《あなた》を残す、それが妻の道ですか。そりや無慈悲です、残酷です、思ひやうか無いのです、自分さへ好ければ流儀《りうぎ》です。同じ死ぬにしても、とても死ぬ運ならば、百年生きる所を二十で死ぬとして、残りの八十年を切めては自分の懐かしい親しいと思ふ人の其寿命の分にまで継ぎ足したいと斯う思ふ、夫婦はそこが情なのでしよ。自分が水へ落ちたものを、救つてくれるその人をも一所にと引ずり込むのが夫婦の情でございましやうか。」

「待て！　己ならば一所に飛び込む」。思はず綾夫は斯う叫んだ。叫んだが、それぎりで、その後、舌は硬ばツた。

花江は噴くやうな涙である。

「そこを又留めるのが先へ死ぬ者の道でしよ。自分と共に人にも狗死《いぬじに》、それを可いわ面白いわなら、自分はつまり人ごろしの心が有る訳なンでしよ。恥かしうございますわ、もし。また夫丈の妻の心をまるで御察しも下さらず、快よくなく、気を残させて、いえ、残念と思はせて、そのまゝ妻を死なせるのが、さ、本当に妻を可愛がつて下さるといふ、その、あなたの御本心なンですか。」

利いた！　ぴしりと胸に利いた！　利いて、いよ〳〵堰き〳〵上げた。なるほど花江は気こそ張り切つて居る。今只その気が張ツて居る丈で、一種の興奮作用が烈しく、凄まじい気焰をこそは閃めかす。反動は必ず有る。消えかゝる残燈《ざんとう》は一旦あやしく明るくなる。落ちかゝる夕陽は暫時一眼の紅を射る。半死《はんし》の病人の短い言句《げんく》は既にそれが早辞世の、自然の秀句なのである。吁、さらば斯うまで心気《しんき》興奮したか。吁、さらば早わが花江は求めずして大悟《たいご》の末期の域に着して、現身が既に神、肉体のその口から洩れるそれらの言葉が神託とさへなツたのか。と只綾夫は思ふ。威《る》霊《れい》に全身戦慄した。それで最う返すべき語も絶へた。胸只迫つた。そして花江の顔見つめた。おや、変りはじめた色、様子、吁、啻ならぬ。「これ、花江、おい、花江！」返事は無い。目は明いた儘ながら、目に活気も見えぬやうな。

第二十九

それから花江《はなえ》は全く様子が変はり出した。大怪我をした神経の高ぶツたものが更に泣いたり笑ツたり輪に輪を掛けてその神経を鼓舞、否むしろ聳動《せうどう》されて、而もその平素から肋膜炎といふ痼疾まで持つて居たものが迚も耐《たま》るべきものでも無い。弱り切つて、大かた朽ちて、小指のさきで触られてもぽツきりと為るやうな枯れ枝が更に嵐にこづかれて、もはやいよ〳〵最後となつた。されば、様子が怪しくなつた。見る見る目の色がどんよりした。堰きあげる呼吸《いき》づかひも亦をかしい。

只、どうする方角も無く、神気只悩乱してどんよりとして綾夫《あやを》が見《みつ》めて居る所へ、「御免下さい」と際疾《きはど》い声、けたゝましく足音させて駈け込んで来たのは宮須《みやす》であツた。

「大変ですよ、旦那さま、まア天と地とひツくり返つたからツてこんな事ばかり有りますか。御神さんも御存じ無い。こゝの亭主の片所庵《へんしよあん》が又今縛られたンですよ。」

「縛られた？　片所庵？」と綾夫は殆ど怯《ふる》え立ツた。

「ですよ。わたしが今、今聞きました。御供で外に待ツてましたが、向かふの畠の間から縄付きが行《ゆ》くンです。兵隊が三人で取り囲んで行くんです。見ると、縄付きは誰でも無い、こゝの片所庵なンです。片所庵ばかりぢや無い、その嬶《かゝあ》も一所にです。夫婦で畑へでも出て居た所を捕まつたンだと見えましたな。さア、御聞きなさい。聞きました、わたしも、その訳を。いゝえ、片所庵とは口も利けないンです、その兵隊に聞きました。けれども訳は分かりませんや。只罪が有るンで縛ツたんだと、是つきりなンです。」

まくし立て勢ひ込めて、呼吸《いき》も付かず述べ立てゝ、言葉の切れ目もほとんど無かつた。されば綾夫も聞くとも無しにそれをば聞いた。落ち着いて聞くとも無し、うかうか聞いた。百忙中不任意の一閑地とは是等である。実はそれどころの沙汰では無い。

「聞く、それは、おい、後で」と漸く中途で割り込ンで、「そンな話しは今は第二だ。見ないか、是を、この花江を」。叱るが如く身をもだえた。

「是をとは？」と花江を見て、宮須は「いえツ！」と絶叫した。「こりや、あら、御神さんは何う為すツ……」飛び寄つた。花江の顔に手を当てた。ぷツと一息はげしく吹いた。綾夫の顔を凄く見た。どつかりと又尻餅！　思へば世間このやうな混雑は又と無い。一方の咄しがまだ終らず、一方の騒ぎがすぐ湧き立つ。雷と嵐が一所である。

「どうも無い、死…死ぬんだ」。綾夫の声は突ツ砕《くだ》けた。

「死ぬ？」とばかりで宮須は跳ねた。跳ねたが又すぐ花江へと差し寄つた。差し寄つて又手を花江の顔へと宛てた。宛てゝ、離す、離して宛てる、暫時《しばし》それより外は無い。慌てたとも、まごついたとも、評の下し様も無い様な其場の宮須の様子であつた、それも素より無理は無い。だしぬけに然う駭《せ》かされたと云ふ訳でも無いその綾夫その人はじめ殆ど何うする思案も無い。

「宮須！」と声は只ふるへた。「駄目だ、撫でやうが、さすらうが。運否天賦《うんぷてんぷ》の今日この仕儀だ。只まづ貴様に云ふ丈云ふ。一刻をあらそふンだ。な、花江は斯う死んだ。怪我が本《もと》でだ―火事が本でだ。金がそれでも有つたンだ。礼《れ》那《な》をも救へと感心なンだ。其とほり己は為《す》るンだ。後を頼むよ。すぐ己行く」。

宮須には些しも分からぬ。

第三十

「御待ちなさい、旦那さま」と宮須《みやす》は又も一跳ね跳ねて、慌てゝ綾夫《あやを》を引き留めた「些しもあなたの仰やる事が私には分かりません。どうしたンです。もう一度！　此死んだてへ御神さんを、さア此儘にあなたは為《す》る——為《し》て、その儘誰とかを助けるとか……」

　言葉の力も重かつたが、宮須の攫み付き方も酷かつた。綾夫の腕をみつちり攫んだ、その力の入れ方までが骨まで砕けそうである。扱《こづ》いた。そして、ゆらめかした、綾夫の身体《からだ》を右左りに！

　なるほど、まるで飲み込ませずでは素よりの一図に正直者が承知するものでも無い気は急《せ》くが是非に及ばぬ。一応云ふ丈然らば云ふか。と、気が些し緩むとなる。同時に綾夫は腰砕けた。我に我身がどうすると云ふ思案も無く、又どつかりと尻餅突いた。

「宮須、貴様も傍で聞いて居た事と己《おれ》は只思つて居た。すると、己ばかりが真先《まつさき》に此処へ来て、花江に逢つた訳だつた。貴様はその間何為《なにし》て居た。いゝや〳〵、そンな事は何うでもいゝ。只是だ。」

　それから絞つて訳を咄した。迚も助からぬ怪我ゆゑ、金を療治には向けず、一人《にん》を殺しても、二人《にん》の命を生かすやうにとの、如何にも健気《けなげ》な花江の言葉と大体を説き聞かせた。

　宮須は声を放つて泣く。

「それ故だ」と綾夫も流石息切つた。「おれは是から片時《へんじ》も早く折角の死人の志しを無にせぬやう是からすぐ牢へ駈け付ける。さうして礼那《れな》をも救つてこそ金も光る、花江の骨も光りかゞやき輝き抜く。もう折角の志しを無にし、気を抜き、取りかへし為らなくした日には頭を岩で叩ッ砕いてくたばつた所が己は済まぬ。後の事は貴様に頼む。よろしいか、始末して！」

　足を直した。行き掛けた。それで又躊躇した。二三度空《くう》にぐる〳〵回りした。

「何、これ、手間は取れまいさ。是から行つて典獄に此金を渡しさへすりやそれで可い。もちろん礼那を受け取れる。そして礼那を連れて来て、せめては葬式の所へでも立ち合はせて花でも手向けさせたなら、死人もそこで喜ぶンだ。よしか。行くぞ！」

　いざと決した。語気は烈しい。目からは、しかし、滂沱たる涙である——涙に洗ふ頬である。宮須は急《せ》き上げ〴〵た。毬の如く身を倒した。片手をば花江の背《せな》に、そして片手をば綾夫に向けて、何か知らぬが、只拝んだ。

一寸先も見えぬとは、吁、何処まで云へる言葉か知ら。闇はいよ〳〵濃くなると、又、吁、綾夫も宮須も知らぬ。涙で云つた綾夫の言葉を涙で受けて宮須は分かつて、「行…行ツてらツしやいまし」とばかり血を絞るやうな声である。

　その声も綾夫の耳にはずんと浸みた。思へば聞く声も〳〵耳に胸に浸み込むばかりの、吁、何とした日であらう、否、身の上であらう。声であらう、道を行くのも歩くのでは無い――踠《もが》いて〳〵泳ぐのである、泳ぐ――血の涙の渦巻く中に！

　宙《ちう》を飛ばせて綾夫は牢へと馳せ向かつた。いつそ不正直に出て、それ丈の金を持つたまゝ、何処へか逃亡したものならば、結句幸福の運命を辷らせて仕舞はなかつたか知れぬ。が、運を巧みに引ツ、つかむほど処世に妙を得た正直者でも、吁、無かツた。身外皆敵の中に立つて、まだ〳〵人を友と見た。半分は勇む心もち、半分は歎きの心もち、浮き世にどうしても〳〵二つと無い味を嘗め〳〵てやがて牢屋へと行つた、牢、その中には又恐ろしい風雲が既に孕み来《きた》つて居た。ものを！

第三十一

「流石えらいは、感心だ。さうと思へばこそ人をも付けず出しもした。よく帰つて来なすつたな。」

　云ふのは例の牢の門番、いつもながら口は軽い。軽いその口の下から、目は綾夫の手許と懐中《ふところ》と、凡そ其辺《そこら》を掛け持ちにしてもはや測量しはじめた。帰つて来た以上、只では無い。然るべく門番たる此花坊殿下《はなぼうでんか》にも、それ、何か御座らうて、と。

　思ひの外綾夫《あやを》の顔に笑みも無い。苦り切つた。否、涙ぐんでも居さへする。不思議である。

　忽ち眉をすこし顰めて、「話しはうまく行きますか。勿論いづれ正直にさう御前さんが帰つた所を見ると、悪い沙汰でも無いかと思ふが」と、その実、人より自分である。

「い、や、ともかくも戻りました。好いも悪いも無いンです」と綾夫は一つ舌打ちした。「しかし、金は持つて来ました。金では無いが、証券で。有り体《てい》に云ひますさ、千円丈は持つて来ました。それですが、取り換へなければな、――取り換へた上に於《おい》て又あなたには上げますよ。」

「ほンむ、はア、なる程なア。」切り口上でわざとらしく、改まつて、笑みを潰して「どの位そンなら此わしへは？」

「百ぐらゐは何うしても。」

あまり嬉しい。涙含《なみだぐ》む。「たしかに？」

「大丈夫！　何を嘘！」

「ほンむ、はア、なる程なア」と言葉癖が面白い。「今夜そンなら相違無く？」

「受け合つてゞす」と語を強めた。

「よし、是から飲み出すだ。ね、君、いいやさ、綾夫君、待ち切つて居たですぜ。恋ひ人だ、今の君は。此頃博奕《ばくち》のテラは取れず、罪人はとんと死刑ばかりで、命の身受けの跳ね銭も取れず、酒にも少々見限られの気味なンです。大丈夫ですな、今夜の今夜。すると今夜は是から飲む。何、もう事の打ち合はせは酒屋へ既に為て置いた。救世主、いや万歳！」と何うやら既に酔つて居る。

腹も立つが不愍《ふびん》でもある。それ所かと蹴《け》たいのを湧くやうな胸で辛く押さへて、さよならと計《ばか》り身をひらめかして、受け付けへと駈け付けると、おや、もう受け付けが椅子を離れて手招きをして笑ツて居た。

「待つてます、典獄が。もうあなたが来るだらう〴〵と。それから又婆羅若長《バラニヤちやう》…」…老と云ひ掛けたが、はたとやめて、「万事、あはゝゝ、御目出度い。」

婆羅若といふ音調はづんと耳に浸みとほつた。聞き咎めやうと綾夫も思つた。が、今そのやうな場合ひで無いと、只何が無し、思ひ直して、わづかに会釈する間も無く、「こちらへ」とばかり先へ立つて其受け付けが案内した。階子段《はしごだん》をうねつて登つて、右へ折れた角の一室に、なるほど、典獄が？　うむ、如何にも、見ちがへるほどにこにこ笑つて、卓前《たくぜん》に控へて居た。

見れば、それも酔つて居た。やれ、是も前祝ひか！

「綾夫君か、いや万歳！　持つて来ましたか」と頭から。

「是です」と取り出した。

受け取つて見て、にツと笑つて、「ふむ、なるほど千円券、差し引いたところで百は残る。残りは何うします」。

余計な事を慾張りめが。

第三十二

「残りの百だけは差し引いて御返しを願ひたいのです」と綾夫《あやを》は流石不快な顔。「有り余る身の上でも無し、融通も最も利かなくなつた身体《からだ》です。どうぞ今すぐ頂戴してもう〳〵早く牢の中から奇麗に出て仕舞ひたいのです。いや、しかし、それは夫として、念のため伺ひますがな、さうすると、是だけ差し出せば、私の身の自由は無論、あの礼那《れな》といふ女の自由も今日今すぐ得られると云ふ訳ですな。」

「勿論です」ときツぱり云つたが、更に典獄は「しかし」と続けた。「しかし、その礼那ですな、出す事は出しますが、しかし、今夜一晩だけはまだ何うも一寸、な……」

をかしな事を今更云ふと怱ち綾夫は急き込んだ。

「おや、是は奇妙な事を。今夜がどうだと云ふんです。」

「実は、その、すこし病気でな……」

「病気でとは、礼那がですか。」

「礼那が、さうです、病気で、な。」どうも、しどろな口である。胸さわぎ、綾夫は、為《し》た。

「はて又是は思ひも附かぬ。病気とは、吁、今始めて——聞くが全く始めてゞす。そして病気は何病気で？」

「血の道か、癪《しやく》ですか」と、いよ〳〵しどろな口である。「気絶などしましてな、けれど正気に為りましたさ。些しは妙な事をも云ふが、まづ正気には為りました。」

さりとては馬鹿々々しい。些しは妙な事を云ふが、それで正気になつたとは、さう云ふ其者の口上から却つて正気で無いらしい。

「何なんです」と急き込んだ。

「ですからさ、気違《きづか》ひ見たやうなんです。とにかく捨てゝも置かれぬ故、医者にも掛けたんです。その結果今夜だけは療治して泊めて置いて、然る後明日出す事にしろと斯う医者も云ふんです。今夜とにかく安眠させて、明日然るべく手当をして、それから出すといふ事にすれば宜しいと、斯う云ふ事に為つたんです」と、真《まこと》に事も無げである。

事も無げである丈に手も附けられぬやうな言葉である。一理有るとも無いとも云へる、如何にも奇妙な言葉である。さうすると対面も叶はぬといふ事か。

「いけませんか、そんなら一寸《ちよいと》逢ふ訳には？」と綾夫は詰め寄り気味である。「何なら一寸《ちよいと》逢ふ丈でも逢つて、見舞ひでも云ひ、気の奨《はげ》ましでも説き聞かせたいと、斯《か》うわたくしは思ひますが。」

「………、夫を控へなければと云ふとです。」

「いけませんかな、どうしても？」

「到底《つまり》本人の為めでしやう。土台が精神の興奮し切つた場合ひの婦人でしよ。医者も、それ故、万一の無いやうにと先《まづ》注意するのです」。

何《いか》さま医術を台に出して医者がと云ふ段で立て切られては綾夫も素人《しろと》の事である、それでもとは云ひかねた。さり乍ら何うも腑には落ちぬ。金に有附いた所為か知らぬが、さりとは急に打つて変はつて罪人の身のためをまで思ふ連中と為つたもの、と、只思ふ丈である。よし、しかし、夫ならばそれは夫で可し、明日と云つた所が訳も無い、高が一日を経る丈で、その明日まで待てぬ抔《など》と云ひ張れる理屈も無いと、何処までもまだ〳〵夫でも長い物には巻かれろ流儀で、いくらか控へる気にもなる、なるほど〻点頭《うなづ》いた。

第三十三

比律賓から海一つ渡れば台湾、そこで其国の言葉で云へば、はや最も秋の月と云ふべき月も、熱帯と看板打つた比律賓では九月や十月まだ〳〵夏の月である、その夏の夜《よ》の明月が今や漸くさし昇つて綾夫《あやを》の帰路を照らして居た。

帰路、即ち獄屋からの帰路をである。彼れ綾夫は仕方無く典獄の云ふ儘にした。凡そ百円ばかりの釣り銭、それは明日礼那《れな》を受け取る時、序《ついで》ゆゑ受け取る事に遂に定めて、心はなか〳〵礼那に残りながら、一先《ひとまづ》その夜は帰る事にして、やがて獄屋の門を出で、いよ〳〵帰路に就いたのである。気の所為か知らぬが、帰路のその明月、それさへ常より冴えて居る。否、もとより珍らしく晴れわたつても居た。どんよりとも為て居なかつた。その上また心も勇みの有る丈に、其当り前の冴へ方も当り前以上の冴え方にのみ見えた、思へば其夜ほどの明月はまだ見なかつた。わが道を歓迎のため頌揚《しようやう》のため其汚れの無い天の霊光で不浄なる大地まで照らして、銀の敷き瓦を石勝ちの大地の上に敷きつめて呉れられたかの様、凡そ其辺《そこら》に思はれた。

我と我影を逐ふやうに踏み〳〵為《し》て凡そ六七町も歩いた。それ迄は流石まだ獄屋の中での典獄との押し問答が一種の熱を脳裏に残して、その月を嗚呼うるはしいと思つた丈で、それ以上の深い、高い、遠い考へを湧かせ得る迄、脳そのものも冷却するに至らなかつた。やがて六七町も歩いたところで、俄かにぞツと夜気の微涼《びりやう》もその是から冷めやうとする熱の身に戦《ふる》へるばかり浸みそめた。素より、何も寒くは無い。寒くなくて、しかし、胴はふるへた。頸《えり》元《もと》から総毛立つ心もちもした。我知らず綾夫は空を打ち仰いだ。嗚呼、さても清らかな光りである。清らかに美くしく嫣《えん》として笑《え》む色である

「獄屋で見通す色だツたが……」と我知らず綾夫は呟いた。

「吁、獄屋で見通す色だツたな。死ぬまで獄屋で、月、御前を、吁、見とほすか知れなかつた己《おれ》だツたな。今しかし天下晴れた。月、御前にも雲は晴れた。此己《このおれ》にも靄《もや》は無い。自分で自分をどう考へても塵一点も無い、吁、この清い身体《からだ》を、されば、天上の月御前も其美くしい光りを分配して、その清い影を此身に浴びせてくれて、道まで斯う照らしてくれるのか」。

云ひ尽せぬ敬虔の感に綾夫は打たれた。仰いでいよ〳〵

その月を只見つめる、その目には涙はさし含んだ。何の涙かその身にも分からぬ。只泣きたいやうに嬉しくて、そして又泣いても泣き足りぬほど何処と無く悲しくてならぬのである。月、その面は、吁、清い。清い、その面は誰に似た？　可哀《かあい》や、花江《はなえ》に似たのである。月は在る。花江、その花は無い。月は照る。花江、その花は枯れた。うれしくて、悲しくて、清らかで、そしていつそ凍り死んでも仕舞ひたいやうな、吁、その清光の銀浴びる、今その己《おの》が身の上なのである。

さし抜けた道傍の芭蕉葉に碧玉《へきぎよく》の露が泳いで居た。眠さうな蚯蚓《みゝづ》の声が地下で平和を唱《うた》つて居た。蚯蚓、生れながらにして十分には天日を楽《た》のしみ得られぬ身の上である。地下以外に住所《すみか》をば許されぬ。さりとて又一方を見よ。世に跳ね得る螇蚸《ばつた》も有る。借り物の梢ながら高く、涼風のそよぐ葉蔭に天の美禄《びろく》の涼しい甘露を味はつたそして薄絹の帷子《かたびら》ゆたかに着做《きな》した蟬といふものも有る世である。蚯蚓は一生頭が上らぬ。頭を上げて上へ出たが最期、万物の父母とかいふその日光にさへ照り殺される身の上で、それでも心は平和なのか、乱れず騒がずの調子の歌で暗闇の運命を心ゆたかに唱つて居る。見ると無し、聞くと無し、又何をどう思ふとも無し、とかくする内我にもあらず綾夫の足は歩みを止《とゞ》めた。

第三十四

歩みを止めて茫《ぼつ》となつて、さて何を見るとも無し、綾夫《あやを》は道中《みちなか》に佇《たゝず》んだ。佇んだ其道中《そのみちなか》は全くの事綾夫をして無垢から罪悪に我知らず踏み迷ふに至らせた、恐ろしい追ひ分けなのであつた。何気無く向かふを見る、その向かふに動いて居たのは、おや、何でも人である。

透かしてよく見れば女のやうである。先方はこちらを振りかへつて見るらしい。その顔は後ろへ月を受けた事とて綾夫の方からよくは見えぬが、その女の方に取つては綾夫をたしかに認めたらしい。

「まア！」と一声するどく叫んだ。同時に傍へ飛んで来た。「ま、もしあなたは綾夫さん」。声でわかつた、礼那《れな》である。

「むツ」と綾夫は只唸つた。

「もし、あなた、ちえツ、もう貴下《あなた》――貴下は、そんなら御無事なんでしたか、もし貴下。えゝも、憎…憎…にツくい畜生、嘘ばツかりで只固めて」と、其跡は只声放つた。毬の如くに地へころげた。

綾夫は只呆れた。仰天と云つても追つ附かぬ。

「もし、あなた、嘘をあたしは吐《つ》かれました。えゝ、も、どうしたら、吁、くやしい。口惜《くや》しいが、又面目無い。どうしましよ〱。何うしたら死ねましよ、よ!」いよ〱毬と又転んだ。

転げる其肩ぐツと押さへて、「ちツとも分からない、御神さん。何が何だ、どうしたんだ。御前がこゝらに居ると云ふ、それからして已《おれ》に分からぬ。牢に居ると只思つて……」

「抜け出して逃げたんです!」

「抜け出した?」

「死に、です。」

「何だとえツ?」

又肩さきを烈しくこづいて、「さ、こりや容易な訳ぢや無さゝうだ。なぜ、おい、抜け出しなんぞした? 正当に大手をふつて、立派に出られる訳だろが」。

「そんな〱〱事ツ!」と烈しく礼那は頸掉《くびふ》つた。「あたし是でも正気です、気違《きちが》ひぢやありません。御目に掛かつたを幸《さいはひ》にそんなら御咄し丈為ます。畜生め典獄めが全《まる》で嘘を云つたんです。嘘と、その時思やしません、あたし本当と為たんです。典獄が云ふんです、綾夫が金を出してくれる抔《など》と、そんな事まるで嘘だ、自分の金さへ出せや為《し》ず、それには旧悪も有る奴で、そんなこんなも分かつた故どうせ死刑になる分だ、くだらぬ夢のやうな約束を当《あて》にする馬鹿が有るもんか、と」。

「典獄がツ?」と足躍《あしをど》つた。

「初めは嘘と思ひました」。

「初めは嘘と、うむ、なるほど。」

「けれど、さうかとも亦あたし……」

「ちえツ、思つたと云ふのか、おい。」

「思ひました〱。あゝ、それぢや最う金で此身が牢から出る見込は無いと、さア、泣かずに居《を》られますか。泣く、そこへ入つて来たのは婆羅若《バラニヤ》の、あの、獣類《けだもの》です。」

「何で婆羅若が…む…む…なるほど。」

「典獄と婆羅若とが目と目と何か合ひ図です。典獄すツと出て行《ゆ》きました。」

「何で?」

「訳が有つたんです」と礼那《れな》の目尻は切り上がる。

第三十五

「訳が有つたとも〱御咄しにもならない訳が疾うに先方《むかふ》の奴の腹ン中には有つたンです」と礼那《れな》肩ゆるがせ〱た。「こんなあたしのやうな者を、あなた、婆羅若《バラニヤ》の獣類《けだもの》が……」と、その儘又も泣き入つた。

「婆羅若が御前をどうだとな」。

「大抵御察し下さいまし」。

「察してとえ？」

「手遊物《おもちや》にです。」

綾夫《あやを》は流石息が吐《つ》けぬ。礼那は涙に嚙み交ぜて、「まづ戸の錠をおろしました、ええ、婆羅若が。そして、あたしを口説くンです、これ手遊物にならないかと。肱を食《くら》はせる。此奴《こいつ》め！です。情無いが逃げられますまい。跳ねまはるが関《せき》なンでしよ。後で気が付けば麻睡剤《ねむりぐすり》、只まるで何が何やら。目が覚《さ》めれば、婆羅若がまだ居る。口惜《くや》しいか知れぬが堪忍してくれと平あやまりに手の甲擦《す》つて、さア牢からは赦すやうに典獄へ咄してやる、すこしの間待つて居ろと、又逃げないやうにとでしよ、自分が出て後また錠をおろして、どうでしよ、あたしを其儘でしよ。不図聞けば、部屋の外で人の声。門番か誰か、互ひに話しをしてるのです。斯うです『長老も慾張り過ぎる。何百といふ大金を綾夫から典獄に取らせ、その半分を自分がせしめて、その上ならず迚《とて》もの序《ついで》と女をまで手遊物《おもちや》にした』と、聞くその時のあたしの心！　一も嘘、二もいつはり、三も恥辱《はぢ》、四も無念、世界に嘘と恥ぢとで烹《い》られて、もう吁《あ》うぢやぢやけた身となつて、次団太踏んで泣く所へ、何と又戸の外から婆羅若《バラニヤ》の声、『泣いたとて始まるまい。御前の子が家《うち》に居て、死にさうだと云ふ事だ。神妙にしろ、出してやる』と、斯うなンです。子も何も有つたものか、畜生め死んでやるわと中から口は返しましたが、さア気になるわ〳〵。本当か知ら、嘘か知らと、迷ひ、もがき、狂ふ耳元、『酔狂阿魔《すゐきやうあま》め、勝手にしろ。そンなら出してやらねえぞ』と、それが其声の聞き納め、立ち去つて行く靴の音が『馬鹿……ざま……見ろ……やい……馬鹿……阿魔め……』と冷《ひや》かすやうに聞こえるンです。鬼とは其時からのあたしです。いつそ死んでと——考へたが死ぬ道具が無い。頭を壁で叩きつぶせと二つ三つはぶッ付けました」と又一しきり声放つた。「痛くも無い。死ねもしません。い丶や、崎《さき》坊《ばう》が、吁、気になる。死ぬンぢや無かつたまだ今は。よし、死ぬとの一図の覚悟なら、己《うぬ》、この牢をどうしても破つて破れぬ法は無いと……壁の隅、床の横、目を心を気を走らせて——見付かつた床の些しの破れ目《や》、生爪も剝がれろやいと……吁、床はそれでも破れてくれました。身は宙を飛んだンでしよ。家《うち》へと行《ゆ》かうとして、もう些し前のこと、あすこで子傅《こもり》に逢ひました。聞けば崎は飛んでも無いれど、気はしつかりです。『嬉しいわ、そンなら牢へ、よし、もう一度帰らうよ』と、それからが魂のふら〳〵歩き、御目に掛かればあなたです。嘘も皮も剝けました。恥も情も子の可愛《かあい》さも最う脱け殼のあたしです。あなたも何——も——、あなた、死にましたと！　腰が抜けました。けうぞ御達者で！」

吁飛電、吁石火！　礼那そのまゝ身は閃めく。哀れ、如何にも狂である。一散に駆け出した。夢に打たれて夢に衝かれる、綾夫も足は宙へ浮いた。無言！　礼那を追ッ掛ける。女たる礼那、男たる綾夫、その男より女が早い。女に男は追ひ付けぬ。行き詰まつた所は土堤《どて》——の下は川の——水の上——に礼那は身をひらめかして水烟《みづけむり》ぱッと立つ。しかも矢を射る急流、礼那の身は飜転々飜《ほんてんてんほん》、弾き送り送られつ……

第三十六

水を睨めて「ちえツ」とばかり、綾夫は只次団太踏んだ。岸は何もさう高くは無いが、さりとて切ツ立つて居るのである。川はと云へば岩石が縦横にむら立つた。水が川を成して流れるといふよりは、岩が銘々の間から辛《つら》く水を抜けさせる、と、斯う云ふ方がまだ当たる。切り岸から飛び下りて、そも如何《いかん》、危険は無いか？

危険は決して無い処《どこ》ろの沙汰では無い。死ぬ気なら屈竟《くつきやう》の場所でもある。まだ何も死ぬ気で無い身が思ひ切つては飛び込めぬ。

綾夫は、それ故、只口惜《くや》しさうに水を睨《にら》めた。思ひ切つては飛び込めなかつた。怯《きよ》か？　何でもよし、飛び込めぬ。

次団太の末、どかりと為《な》つた。岸の草へと身を落とした。

「駄目だ、とつても救へぬわ！　必死で無ければ上げられぬ、否《いや》、必死でも上げられぬ、上げる前その上げに入つた身がきつと死ぬ。是非に及ばぬ。」

合掌した。瞑《ねむ》つた目から包み切れぬ涙が頬を伝はつた。

「此岸から落ちたもので昔から助かつた例《ためし》が無いと、知つたればこそ吁礼那が覚悟して身を投げたか。早まつた事をと云ひたいが、いや〳〵己《おれ》はさう云はぬ！」

きつとなつて前後見まはし、我と我手を取りしばツて、

「い、や、死ね〳〵、死んだが宜しい。生きて居ると空《そら》の無い国の人間、いはんや孱弱《かよわ》い女の身、なるほど立派ない、覚悟だ。もがいたか、沈んだか、まだ浮き上がるまいか、礼那！　冥途の籍へ入つた耳に、此世からなる地獄の身の、今の此おれ綾夫の言葉が聞こえるか、これよ、聞け」。

涙拭つた。突ツ立つた。

「良人《をつと》はいつが出牢か知れず、最愛の子は死んだと聞く、自分は此綾夫の心尽くしを手の届く近さで受け取れず、悪魔の津涎《よだれ》に身を舐められて、なるほど死ぬとは何うでも其処だ。察した。酌んだ。推察した。これ、礼那、仇《かたき》は取

つてやるぞ、これ。花江《はなえ》の非命《ひめい》の弔ひ合戦、それも有る、是も有る。綾夫五尺の男と生まれて、せめて悪魔の一疋位滅ぼして瞑目せずば、是までの田作《ごまめ》の歯ぎしり、人のため世のためと思ひ念じた矢竹《やたけ》が折れる。いはんや花江の末期の一念、心づくしも水の泡、おのれの怪我の療治を辞《いな》んで、人助けをと胴巻きを投げ出した、その健気《けなげ》な心根を涙で受けてその涙をば更に美玉に結晶させて爛《らん》たる義俠の霊光をば輝かしてもやらうものと、吁、思つたのが画餅《ぐわべい》といふ、是が、この世か、神の世か？　天は下か、地は上か？　昼あらはれるのが月影で、夜中に照るのが日輪か？　おのれ、やれ、覚えてろ！　目を瞑《ねむ》らずに死ねよ、礼那！」

次団太である。否《いな》、踏み鳴らす足である。土もめり込め、砂も飛べ！　阿修羅がこゝに毒気を吹き溜め、いでや婆羅若《バラニヤ》へ掛かるぞよ。

い、や待て〳〵、刃物が無い。寸鉄も身には無い。たと へ婆羅若の寝込みを見ても、素手では思ひ切りよく行かぬ。どう為やうか、刃物の工面！

あたら、否々さうで無い、何の、刃物に及ばうか。歯も有る、手も有る、爪も有る。破邪《はじや》の歯である。降魔《かうま》の手である。悪鬼退治の爪である。よし、素手で参らせろ！

呑み詰めた息吹いた。月は狭霧《さぎり》に曇らぬか。みンり〳〵と腕を揉んだ。意気は据わつた。もう慌てぬ　されば些しも駈け出さぬ。のツし〳〵と足に力、一歩一歩の刻印は悪魔退治の四文字を大地へめり込ませめり込ませ、殺さずば止まらぬ足取り、牢へと更に逆に戻つた。

第三十七

牢の勝手を綾夫は知つた。と、云ふのも情無い、潔白な人間として牢の勝手を知つたとは如何なる上下の転倒か。とにかく牢の勝手をば其綾夫は無実の責めに強ひられた揚げ句、いかにも能く〳〵知るに至つた。門番の居る前をば大手を振つてまづ通る。

「忘れ物が有つて帰つた。一寸《ちよつと》婆羅若《バラニヤ》長老にも逢はうと思ふ。居るンでしよ、まだ長老は」と流石語気や、乱れて居る。

寝惚け眼《まなこ》を引ツこすつて、牢番は綾夫を見て、現金な低頭平身なのである。

「いや、是は御帰んなさい。忘れ物？」

「長老に一寸《ちよいと》云ふ口上が有りますので」。

「長老に？　はア、なるほど。しかし、何御用か存じませんが今もう駄目ですぜ」

「駄目とは？」

「もう、どろんけんですぜ」。

「誰が、えツ長老が?」と、云つたばかりで、綾夫暫らくは切歯《はがみ》である。

門番調子附いて居る。「おかげさまで一同が豊年に有《あ》り附きました。斯う申す私《わたく》しが此のとほり、典獄さんと長老さんとは先刻《さつき》から典獄さんの御部屋でぐい飲みの押さへ無しでさ。そして何だか口論まで始めましたつけ。え、、もう分かつてまさ、分配の一条でさ。それも、しかし、納まつた。酔《え》ひつぶれて大方寝たンでしよ。おきまりですもの、大抵其所です。」

今更驚いても足らぬ咄しである。綾夫は殆ど只呆れた。

「分かつた、それでも何でも宜しいンだ。典獄の部屋に居るンだな」。

「をりますとも、二人とも。駄目ですよ、それですもの」。

「よろしい、それでも」、行き掛けた。

「ぢや御取り次ぎを……」

「いや〳〵〳〵、宜しいとも〳〵、決して夫には。中の勝手は知つて居る。知つて居る、吁、名誉の咄しだぞ、君も折角御機嫌の、可愛《かあい》さうに眠いところだ、取り次ぎには及ばない。」

「よござんすか」。

「宜しいとも。」

「有り難い。御免ください、そンなら何うぞ。」

何のための門番か、犬よりも劣つた人獣《じんぢふ》が、さう云ふ其言葉から半分は夢に溺れて居る。

どきつく胸、わな〻く足、肝は十分据ゑた気でも、綾夫はわが身の浮くを覚えた。様子知つた所の塀越えた。様子知つた所の椽の下から首尾よく中へ這ひ込んだ。思へば断腸に堪へられぬ。牢へ忍び入《い》るとは何事か。盗賊ならぬ盗賊である。道理のための非理である。必死のための卑怯である。物を奪ふ慾のために、吁、忍び入る身では無くて、命を奪ふ慾のために、吁、死に〻入《はい》る身なのである。息を沈めた、否《いな》、呑んだ。わが頰《はふ》に我と感ずる涙の熱湯《にえゆ》の味によつて、吁人を殺す身が泣き〳〵掛かるかと己《おの》れみづから不思議なやうに考へた。顔に掛かる蜘蛛の巣が有る。おのれ、正義を縛る気か? 突き破らば歯も立つまい。

廊下へともぐり出た。燈火《あかり》は無い。忍ぶには屈竟である。綾夫は闇を探つて這つた。二つばかり廊下を折れて、突き当たりが、すはや、それ、悪魔二体が今や今天からの小気味よい宣告を待ち受けて温柔郷《をんじうきやう》裡《り》の夢やはらかい所である。這ひ寄つた。中に燈火《あかり》は付いて居る。鍵孔《かぎあな》から透かして見れば、天助!悪魔は睡《ねむ》つて居る。

第三十八

綾夫は一念手に込めた。息も殺せ、戸の音《ね》も殺せよや。そろりそろり加減して、美事音無く戸を開けた。是も天助か、床には絨毯踏む足の音《ね》もせぬ。

まづ婆羅若《バラニヤ》へと差し寄つた。そして寝貌《ねがほ》をつく〲見はじめた。拳は握りかためて居る、眉間《みけん》砕《く》いて呉れうと計り。

さて其寝貌をつく〲見て、我知らずぞツとした。凄くは無い。それで只ぞツとした。寝貌は如何にも婉《やさ》しいのである。それ故只ぞツとした。

吁、吁、寝貌に悪魔は無い。目が覚めてこそ悪魔になる。睡眠は、覚めての悪魔に反省の余地有らしめるため天が許した数時間の神である。

「悪人ぢや、吁、無いぞ」と綾夫は心裡《しんり》血を絞つた。「睡つて居る此無邪気な神を何でむざ〲殺せるか！」と続けて綾夫は咽せ入つた。すぐ又身を転じて典獄へと差し寄つた。吁、その顔も平和である。

「駄目だ。己《おれ》には殺せぬわい！」と固めた拳をぱつと開いて、胸を拍《う》ち〲、しばらくは只悶えた。「ちえツ、卑怯な！　なぜ悶える、起こせ、いざ、二人共。」

床ははげしく踏み鳴らす。「起きて下さい、長老、典獄、綾夫です、さア起きて！」

二人はすつと飛び立つた。飛び立つて只呆気に取られた恐ろしい綾夫の相好である、否、解せぬ血色《ちつしよく》ないのである。目は釣つた。唇はわなゝいた。釣つた目から電火が飛びさうである。わなゝいた唇から生血がにじみさうである。

「起きなすつた。あ、宜しい。綾夫がまづ白状する。御二方の命貰ひに今此綾夫が忍んで来た。」

「むうツ」と二人は込み上げた。さうして、さながらの金縛り、身動きもしなかつた。

「さ、御慌《おあわ》てなさるな。殺す気で入つて参つた。礼那のために讎《あだ》を打つために。さりながら断念した。寐鳥《ねとり》ならば絞め殺すに訳も無い。そこを、しかし、断念した。さ、御聞きなさい、下に居て！」

二人は立つた儘である。

「よし、其儘でも宜しいわ。憐れむべし吁、彼《か》の礼那、彼《かれ》はあなた方に翻弄されて生《いき》なきがら地獄の攻めを受け、婦人として有るまじき目に逢ひ、遂に覚悟だ、死を決して、そしてとう〲破獄した…」

「いえツ！」と典獄が早堪《はやたま》らぬ。「破獄とな？」

涙の声を振り搾りつゝ、「破獄をも御存じ無い、吁、あなたは吁典獄、あなたは職務を何と見なさる。さりながら最う責めぬ。責める責め言葉より何よりさき、職務をまでさう麁略《そりやく》になされる迄腐敗し切つた典獄あなた、その貴下《あなた》が今只々此わたくしは御いとしい！」

「何、何、何とな……」

「御いとしいと申すのだ。吁、あなたとて悪魔ぢや無い。人である、獣ぢや無い。堕落すればこそ職をも忘れ、道理をも忘れ正理《せいり》をも土足に掛けて踏みにじる。それ御いとしいと云ふのです。典獄、いやさ長老もいざ只一寸御聞きなさい。あなた方が酔《え》ひつぶれて邪悪の迷夢《めいむ》を見て居る間に、礼那は女の身をもつて、破獄して逃げたンです。」

「逃げた、礼那が?」と典獄が。

「されば、しつかり御〔聞〕きなさい」と綾夫は又も身もだえした。

第三十九

「礼那が逃げたと聞いた丈であなたは何と思し召す」と綾夫は殆ど突つ掛かる。畜生、憎い、太い奴。追手を出す。逮捕する。そして窮命《きうめい》させて呉れる。と、只思し召すでしやう。いやさ、典獄、なア長老！　さ、それだから悪魔です。人から化けた妖怪です。聞いたらば何となさる？　真実を聞いたら、何となさる？　どう考へなさる、思し召す？　礼那は死…死んだです！」

無言で二人は只おびえた。

「破獄は為た。死ぬためにです。逃げのびるためで無く、死ぬため破獄したんです。生きのびるためで無く、死ぬため破獄したんです。さア、逃げるため生きるための破獄ならまだ聞こえる。死ぬための破獄とは空前です、絶後でしよ。無残か、無残で無いですか。いやさ、泣かずに聞けますか、在獄すれば死なずにも居られる。死なうとの決心で獄、この獄を破つたとは天地二つと有るべき筋の惨劇か惨劇で無いか、さア、何と思し召す。吁、礼那その者の身に取れば獄より死滅がいゝんです。命のつながる獄屋よりむしろ冥土がいゝんです。終身の懲役を宣告されてさへ死刑かと怖れて居た罪人は枯骨《こつ》に肉の心地になると云ふ。終身の在監でも、吁、吁、命のつながるのはまだ〳〵死ぬより可いと云ふに、それを夫より死ぬ方がと決意する迄に立ち至つた礼那の心のくるしさを御察しは為さらんか」と睨《にら》まへ〳〵詰め寄つた。

やはり二人は無言である。

「天の冥々の意、わたくしの帰り路に礼那を私《わたく》しに出遇はせました。決心の委細まで聞き取らせ、察つせる迄、天はわたくしと礼那とを双方から接近させました。天意、その怖ろしいやうな天意をあなたは如何《いかゞ》御覧になる、いやさ、身のふるへるやうな心持ちで御聞きには為りませんか。わたくしさへ身は縮《すく》んだ。哀れや而《し》かも礼那は死ぬ。咽せかへる涙の瀧津瀬《たきつめ》、急流の向かい牙嚙む間に為垢《むく》のその身を啖《くら》はせて魂魄岩《こんぱくいは》に突《つ》ツ砕《くだ》けて、散る飛沫《しふき》の数知れぬ怨みを雲霧《うんむ》と吹く、その〳〵思ひの一雫を私《わたくし》は涙で買ひました。買つて即ちこゝへ来た。死骸同様酔ひつぶれたあなた方と知る儘に、全くは喜びました。されば、人殺しがうまく出来た、綾夫たる此魔《このま》は喜びました。喜んだのは只暫時《しばし》、只しかもあなた方の寝顔見るまでの間でした。」

舌よりは情が克つ。込み上げる情残らずを滑らかに送り出し得るほど其舌は滑らかでも無かつた。つと綾夫は支《つか》へた。はたと言葉が断絶した。ほどばしる、只、熱涙《ねつるゐ》、手で顔、又も咽せ入つた。

婆羅若《ばらにや》がいくらか図太かつた。立て直して相手に応じて反問を敢てする丈の勇気が有る。

「殺す気か、わし共を？　わしや此典獄をそンなら、今殺すつもりでか？」

「……つもりであつた」

「で、今は？」

「断念した。」

「殺し気をか？」

「無論とも！」胸を叩いて、「悪魔が此処から蟬脱《せんだつ》した。もとより腹讎《ふくしう》の了簡《れうけん》だ。あなた方二疋の寝鳥を一締めにと近寄つた。吁、暗闇であつたなら、もう今頃あなた方の命は無い。夜の闇、心の闇、煩悩の闇、愛情の闇、さま〳〵の黒暗をあゝ只一寸の小蠟燭でもその霊妙なる光明は罪悪以外に蹴散らして、私《わたくし》をして其光明の輝く下からあなた方二疋の寝顔を見とめさせるやうにした。」

「寝顔をとな？」

「寝顔を見れば悪魔で無いと、実、此目には映じました」と涙の、この目を指さした。

第四十

「あなた方の寝顔を見れば、どうでも矢張り人である、やはり〳〵悪魔ぢや無い」と綾夫《あやを》は云ひ〳〵身もだえした。「吁、これ夢見る間の善人か。さらば、吁、何として一生の五十年、それ丈の同じやうな夢見る間にも同じ善人とは為《な》られぬか。と、思ふばかりの一念が只胸さきに込み上げた。」

婆羅若《ばらにや》は見る〳〵蒼ざめはじめた。唇もわなゝいた。典獄、それも同じやうである。

「されば、素《もと》より殺すは易い。寐鳥にひとしいあなた方を一ねぢりにするのは易い。ねぢツて、しかし、殺したものは再びもう取り返せぬ。要するに人間社会そのいはゆる罪人に対する刑法上の死刑といふ事はその実悔悟《くわいご》させる余裕といふものを或る権利ある社会の蛮力《ばんりよく》を以て却ツて破壊するのである。死刑ならば万事伎《き》るだ。活かしてこそ悔悟も有る、賠償も有る、回復も有る。何と思ふ、長老は？

　あなた方を殺した所が花江《はなえ》や礼那《れな》は生き返らぬ。あなた方を殺した所が悪魔を悪魔のまゝで殺すは勇士の行ふ所業で無い。面倒だ。もう〳〵此上つべこべ云へぬ。察しなさい、御二人とも。而も一点の蠟燭は、よし微弱なる光明でも闇の中からあなた方二疋の悪魔の、その夢見る間だけの善人の顔だけを、吁、煥発《くわんぱつ》したでは無いか、これ。蠟燭の告げ知らせる無言の説教、不可言の深遠なる意味を仇《あだ》にわたくしは見過ぐせぬ。悟つた。それ故あなた方を殺さぬと決心した。徳を怨みに報いやうに実《げ》に今やゝ気が付いた。御わかりか、御わかりで無いか、若し！」

　婆羅若が俄かに泣き出《だし》た。どうして〳〵只泣き出したでは云ひ尽くせぬ。嗚咽《をえつ》した、啜り〳〵啜り泣きした。

　さらば何うか。典獄は？

　是は婆羅若ほど啜り泣きもせぬ――咽せも返らぬ。さりながら蒼ざめ切つた。張り切れるやうに目を見張つた。

「む、感じなさつたか、御二人とも！」と綾夫もやはり涙である。何と云ふべき涙か知ら。口惜《くや》し涙では無論無い。情迫つての涙である。情迫つた上の其、吁それでも悪魔にも霊妙なる人道の観念は斯うまで利いたか届いたかとの、その、云はゞ嬉し涙なのである。

「感じなさつたか、御泣きなさる。吁、天まだあなた方をば捨てぬ。わたくしの言葉の通じたと云ふのでは決して無い。天がまだあなた方を捨てず、わたくしの血を絞る一言《げん》一句《く》をあなた方へ浸みさせて下さつたのだ。よし、いよ〳〵殺さなかつたので甲斐有つた。さ、さ、御二人、どうなさる。今更何を逡巡《ためらひ》なさる。それでも争ふ御心根か。いやさ、綾夫を疑ひなさるか。疑はゞ二人と一人、相手にして綾夫ぐらゐ捻ぢ殺さうが絞め殺さうが却つて訳は有りますまい相手にならいつでも為る。負ければ殺されるが関だ。最愛の妻は死ぬ。救はうとした人は死ぬ。身は零落の果てとなる。何の掛念《けねん》も既に無い。どうして或は死ねるかと、今は殆ど自殺の工夫を附けるべき境遇だ。」

　すはや典獄、いよ〳〵利いた。典獄が泣き出した。声放つて泣き出した。思へば悔悟は二悪魔を骨から髄から攻め付けたか。さりとては何と云ふ清潔の愉快の絶頂か。悪魔と思へば無論憎い。悪魔が善化したと見ては善人の只善なるよりいとゞ尊い、愛らしい。綾夫は骨身も且《かつ》鎔《と》けた。さし寄つて二人の肩へ手、吁、それとも二人とも身動きせぬ。逃げやうの争ふのともう其やうな邪念は無い。いざ然らば悔悟の言葉を何うでも切めて一言丈《げんだけ》は口から出させるやうにとばかり、や丶二人を揺《ゆ》り始めた、途端、戸外《おもて》に人の諸声《もろごゑ》、凄まじい騒ぎである。何か？　また火事か？

第四十一

外の人の諸声《しよせい》は、どうして火事どころの沙汰では無かつた。無論火事でもあつた。その上火事より怖ろしい事が…謀反である。

その辺は辺辟《へんぴ》ゆゑまだ呂宋辺《るぞんへん》に騒ぎが既に始まつたと云ふ事を誰とて知りもしなかつたが、実は其呂宋《るぞん》の騒ぎの波が渦を巻いて足許まで俄かに押し寄せたのであつた。数週の前《ぜん》である、アギナルドが兵を起こしたのが。

アギナルドが兵を起こすと同時、呼応して群立《むらだ》つた義軍の徒は烈風に枯れ草を燃す猛火である。あちらへも飛ぶ。こちらへも移る。所在が皆政府へと襲ひ掛かつた。牢で数《す》日《じつ》を闇にされた綾夫に取つての幾日かが手早くも比律賓全島を修羅界と居所変はりさせて仕舞つた、まるでの走馬燈《まはりどうろ》なのであつた。

されば又その時の牢屋の外の諸声は、即ちそれらの兵のであつた。頭人と云ふは外でも無い、貢仙登《ボンシエント》、リサアルと云ふ男で、即ちリサアル博士の兄であつた。

美妙いふ、挿み筆になるが一言《ごん》云ふ必要が有る。右示した貢仙登は此頃美妙が反訳《ほんやく》した小説「血の涙」の著者リサアル博士の義兄にあたる人で、幸ひにして其人は弟《おとゝ》のやうな運命には会はず、アギナルドが兵を挙げたと聞くと共に、己れも一隊の義徒を募つて一軍の将となり、あちこちに転戦したのである。そこで又斯う云ひ出すとなると、然らば貢仙登その人は今日はどうして居るかと誰もすぐ問ひたくなる。それには喜んで御答へもしたい。が、些し明言し得ぬ所が有る。リサアルが殺され、やがて又アギナルドが捕縛され、監禁され、そして又アギナルドは昨年七月四日米国に降伏したとの条件で釈《ゆる》され、今日は米国が頻りに懐柔政策を比律賓人に施してアギナルドをも社会の有力なる地位に据ゑやうと考へて居《を》るのである。アギナルドはおめ〳〵赦されたか、汝と共に戦場に出て屍《かばね》をさらした者に対する義理といふものは何とすると、中には切歯する人々も有り、或ひはアギナルドを暗殺しやうとひしめく者も有る有りさま、米国では保護のため同人を一時米国へかくまはうとさへ評議したが、それもまた今もつてぐづ〳〵で、その内には又一方では島民に鎮撫と共に威圧を施し、現に本年七月四日米国独立記念祭には日本から健屋《かぎや》の連中をさへ招いて同国で大花火を揚げさせ、島民の反抗を鎮圧する一の示威としやうとさへした今日である、ひそかに伝はる便りに因れば、やがて米国が資本主で大きな興業銀行が麻《マ》尼《ニ》刺《ラ》に建ち、そしてアギナルドは其総裁か理事かになり、部下として米国と戦つた将士達の今日窮乏に瀕して居《を》るのを奇貨とし、それらの骨つぽいのを役員に網羅しやうとの計画で、その役員の一人《にん》たるべく、右の貢仙登もまた数へられて居《を》るとか云ふ。是等例のわれ〳〵の愚痴めいた繰り言、聞かせずともの怨みの言葉かも知れぬ。但し是以上は今兎にかくわれ〳〵には云へぬ。只貢仙登の如何なる人物であるかと云ふのを一寸説明する丈の必要として、些しばかり斯くの通りなのである。

外の諸声と共《と》もに牢屋の搆へ内は沸騰した。泣き叫ぶ声。破壊する音、綾夫も典獄も婆羅若《バラニヤ》は一斉に跳ね上がつた。典獄慌てて呼び鈴押した。小使を呼ぶ気である。どうしても通ずる所で無い。「叛徒《はんと》だな」と婆羅若が叫んだ。「又か？」と典獄がすぐ応じた。又かの単純なる一句が如何やうに其常の国状を説明するか知ら！

第四十二

騒ぎのみ聞くと同時、叛徒かと推察し得る婆羅若《バラニヤ》や典獄の腹の中は抑《そもそ》もいよ〳〵叛徒と思ひ知つて、いかほど驚かされたものか。二人の顔の色は無い。而も揃つて無言である。二三度室内をぐる〳〵回ツた。窓へと就《つ》く。打ち見やる外には早剣のきらめき火のひらめき！

綾夫《あやを》も分別まるで附かぬ。突つ立つた限《き》りである。ばた〳〵がら〳〵と云ふ物音、その中には人の足音も交《まぢ》つて居た。その音が今や早綾夫等の居る処まで寄せて来た。がたツぴしやりと戸は跳ねた――跳ね開いた、四五人が込み入つた。

真先《まつさき》にあらはれたのは、吁、牢番、後ろ手に縛られて居る。

「奴等の名を云へ！」護送の兵士が叱咤した。ふるへて暫時《しばし》牢番は只おづ〳〵、やうやくの事で息呑む〳〵、「申します。長老に典獄に、え、と、それから綾夫といふ人！」

声が終るか終らぬ間、つと兵士を掻き分けて現はれて出た人の顔を、何心無くふと見たばかりで綾夫はおやツと驚いた。

「やツ、君か、貢仙登《ポンシエント》！」

「逢ひたかつた、おい、綾夫！」

「君か、叛徒は？　暴動は、吁、君か？」

「おれだ。いやさ、己《おれ》もだ、己も暴動の一人《にん》だ。」

「……の一人とな？」

「一斉の暴動だ。アギナルドが兵挙げた咄嗟《とつさ》、瞬間、一日、二日、諸処《しよ〳〵》で一斉の爆発だ。くはしくは後でいふ。おれは一手を引き受けて、今此牢屋を破壊した。聞け、あの声」と外を指す。

聞けば、なるほど声が為る。いや聞き定めれば、なるほど、分かる。

「牢を壊すぞ、囚徒は出ろ！　出て獄吏を打ち殺せ！　義兵を起こした人が有る。アギナルドが義兵起こした！　出ろ〳〵、逃げろ乱暴しろ！」

綾夫は悶絶しさうな気持ち、「はツら、いよ〳〵然うなつたか。アギナルドとな？　うむ、あの男が。で、又君もその一味で此牢こはしに来たのかな。」

「君救ひ出す気でだ。此一番の奴に聞いた。只もう君は助かつたとは聞いた。さりながら婆羅若が居る。捉《つか》まへて思ふさま罪状を数へ立て、血祭りにする気でだ。」

それと目くばせ、手ぐすね引いて〳〵居た兵士は婆羅若へと躍り掛かる。綾夫は、しかし、身を割り込んだ。「待て！　待つた。すこし待て！」兵士は躊躇した。

「待ツた、すこし、只暫時《しばし》。さ、貰仙登、咄嗟の今だ、くはしくは素より云へぬ。云へぬが、しかし、これら二人……婆羅若と典獄との両人《ふたり》は今どうぞ赦してくれ。頼む、己《おれ》が、此綾夫が」。

「赦せとなツ」と目を据ゑて、「とツても叶はぬ――叶はぬ事。罪の高じた悪魔二疋だ、久しく怨府《えんぷ》となつた奴を……」

「それだが赦してくれと云ふンだ。綾夫の命で買つてくれ。おれは君には親友だ。欺くやうな事をもつて命乞ひをするンぢや無い。今は云へぬ。後《のち》に云ふ。此奴等《こやつら》の罪は今現在おれが十分責め抜いた」。

「君の花江《はなえ》の非命の死も此奴等の御蔭だと君はそも……」

「それも知つた。知つた。それ故罪を責めた。実は殺しに今方来たンだ、後《あと》で云ふくはしくは、罪を悔悟した二人だ」。

「真にか？」

「受け合ふ。」

吁、それなり貰仙登は涙ぐんだ。

典獄と婆羅若とは只床の上に泣き倒《たふれ》て、泣き〳〵而《しか》も綾夫を拝んだ。

○　　○　　○　　○　　○

それなり典獄と婆羅若とは降服の意を示して、貰仙登は綾夫の保証によつて喜んで、爾来《じらい》典獄と婆羅若とを義軍の一味とした。

（をはり）

附言

都合により右までを一段落とし、更に綾夫のその後の奇談を書いて見る。括つて云へば、綾夫はそれから義軍の一将となつてあちこちに転戦し、やがて又米軍を敵とする事となつて、したゝか米軍を苦しめた。その内首領のアギナルドは捕はれたが、綾夫は残兵を率ゐてあちこち逃げまはり、遂に米軍に捕はれ、密室監禁とも云ふべき、昼も闇暗《くらやみ》の牢へ投ぜられたのを、千辛万苦《せんしんばんく》して又その牢を破つて、踪跡《そうせき》を晦《くら》ました、その実、今日とても比律賓の米人に対する反抗心は滅絶せぬ。わざとらしく秘密らしく云ふでも無いが、今現にそのミンダナオ島などは全く米軍には服さぬ。その首領はと云へば、誰云ふとなく、綾夫（別名ルウナ）であると云ふ、而も其ルウナといふ将軍の名は既に死んだものとして米軍には記憶されて居る。斯うなると雲か烟か霧が靄か、よほど訝かしくなつて来る。とにかく是から書いて見た丈でも、頗る変な話しである。願はくは此小説での御なじみ甲斐に更に又読者諸君もつゞけて御読みになられる事を其題左の通り、

比律賓義戦史談の一

さびがたな

一名 綾夫琉那《あやをるうな》の破獄

小説

血の涙

比律賓 博士 リサアル著

日本 山田美妙訳

第一回

十月末の事であツたが、ビノンドの茶五旦那《ちやごだんな》（Don Santi-ago de los Santos, Binondo）が知り人を集めて晩餐御馳走といふことである。当たり前ならば習慣上前から仰山に触れ立てる所であツたが、茶五旦那当日は些しひねツた。紋切り形の大袈裟な広告は為《し》なかツた。点《つ》けて火になる――ぽんと揚《あ》がる――紅《あか》いのや紫のが迸りでる――と云ふ其花火といふ格で、全く微塵《みぢん》も前披露をしなかツた。前々日に為《せ》ぬどころで無い。前日にせぬどころでもまた無い。当日然らば午前にかと、それでも無い。正午にか？ それでも無い。然らば、ぐツと遅くなツて、午後二時頃にでもか？ なか〳〵、それでも無い。午後やうやく三四時の頃であツた、実はやうやくの事で其吹聴が発表された。しかし、

思へばをかしいのであッた。肝心の当人茶五旦那は故さら其花火流儀と支度なさッたのが、何の事か、其花火の烟硝の匂ひがとうにいつか燻《くす》ぶッて、もう世間の鼻の方《はう》へ嗅ぎ付けられて居たのである。命名すべからざる速力で御馳走の噂は疾うに世間へ伝はッたのである。それが、さうして、夕方近い頃となッては最《も》う最う其辺《そこら》中《ぢゆう》がその噂で持ち切ッた。御定まりの熱帯気質《かたぎ》である、然り、特筆すべき比律賓気質である、身をのらくらさせて口を働らかせる連中が車に積んでも運び切れぬ。それら一同が口の端《はた》に泡を吹かせた。こちらでも御馳走の噂である。あちらでも献立《こんだ》ての当てッこである。食ひもせぬ内から鼻のうごめく者、口中の或る一種の分泌作用の奨励される者、その近傍風下《かざした》へ行ッて一夜《や》を明かさうかと謀反気《むはんぎ》を企てる者、その顔の違ッたとほり空想のタイプは多少相違は為《し》たものゝ、帰するところ、其顔の目鼻の在る所には目鼻の在るといふ段に於て人間が人間に一致するとほり、宴会を羨んで恣《ほしいまま》に奔放させる情合ひに於ては如何にも気が揃つて一致した。而も其噂がビノンド附近のみでなかッた。マニイラ最寄りでも亦であッた。いいや、それどころか、マニイラ市内、そこでゞも亦であッた。いやはや、御苦労さま、遠くからもであッた。もつとも、是は無理も無い。

元来茶五旦那は所謂門戸開放家なのであッた。わしの邸の戸は誰にも錠をおろさぬよと、是が旦那のいつでもの宣言なのであッた。来るものは何でも拒まぬよと（金銭は猶のこと！）是が旦那の主義綱領なのであッた。待ッた、すこし附言が有る。門戸は誰にでも開放すると、勿論、旦那は仰やッたが、そこに例外が些し有る。曰く只しかし商業に関する事柄と、すべて一切何でも嶄新奇抜な事柄とだけは大禁物で、それ丈には門戸開放の限りで無いと。

さりながら、噂の連中はそのやうな例外などを思ひもせぬ。只、人の御馳走になる事ならばと頸を伸ばし足を揚げた。「えらいな。思ひ切ッて小気味のいゝ大連の御馳走をなさるかな」。「アンラへだとよ」。「うまさうだな」。「会場は全体何処で？」只実に是であッた。

アンラへ（Calle de Anloague）といふのは其頃大きな家であッた。地震にやられなかッたならば、今でも存在するであらうが、パアシグ河に沿ッて建てられた建て物で、其河の枝《えだ》になッた辺ボコ、デ、ビノンド（Boco de Binondo）と呼ばれるあたりを腰帯のやうに前に控へて、即ちそこらはいつも遠来の出稼ぎ支那人が飲み水を運搬するに当たッての、重な働らき場所なのであッた。川続きは多く云ふ辺迄でも無い。商業も盛んな、まづ目貫きと人の云ふ辺で、勿論そこらと為《な》ると、さながら一種の装飾でゞもあるかのやうに橋と橋とが重なり合ふやうに見えて居るが、しかし一年の中例のとほりの極まツた頃となると、夫だけの橋が役に立たぬと云ふ事になツて、もうはや馬が人を乗せた儘ぢやぶ〳〵徒《かち》わたりして恐悦がりもして、随分背中の御客さまがうと〳〵舟でも漕いで居るとか、又は世運の進歩でも観ずツて居るとかいふ場合ひには毎度だしぬけに肝を冷やさせられる事も有るとか。

さて其茶五旦那の家、いや邸、いやもう些し礼をもツて申せば、まづ館か、何にせよ其階上の大きな部屋が其夜の饗応の室なので、勿論音楽もそこで奏されるといふ手配なので、中央に我は顔の大卓子が十分今日を晴れと飾り立てられて据ゑられてあツた。それから壁はと云ふと、種々さま〴〵絵の具沢山の画が掛けてあツて、天井からは支那製の提灯やら、鳥籠（鳥の居ぬ……）やら、乃至釣り花いけの類が下げられてある。川へ面した方へは庇の間から幾許かの酸漿提灯、それにも一々蠟燭のあかりは入《はい》ツて居るのに、猶また室内の大きな姿見からは一斉に浴びた室内の蠟燭の光りを反射するので、その眩さと云ツたらば一通りで無かツた。松材の台の上に洋琴、是またぬかり無く据ゑられた。

部屋には人も大抵集まツた。いづれも、しかし、国風の事とて男と女とはおのづから別々に固まツた。真先の接待役は茶五旦那の姪にあたる昔の美人で、段々応接に忙殺されて来て、もう何処かで辷り出したいと脱《ぬ》かり無く時機を見料らツて居た所へ、幸なる哉、どこかで瀬戸物のこはれた音がした所から、ほい来た宜しいで身を閃めかして、ともかくも出て行ツたが、不埒な！　それツきり影も形も見せなくなツた。

比律賓の婦人気質は相変はらず更にそれら一同の来客の上に現はれた。それら婦人連は無言である、口の筋をゆがめる者も殆ど無い。なるほど欠伸《あくび》は出したか知れぬ、しかし夫《それ》らしい時に限ツて其出口はちやんと半開きの扇子が匿して居た。反対に男子の方となると中中もツて騒々しい。中で来客の一人、見るからすぐ分《わ》かる教徒《フライアル》の長老姿、髯の真黒で小づくりな男、可なり老《ふ》けた年輩のが一人の若者と頻りにしやべり立てゝ居た。

「どうです、違ひましやう」と、其老《ふ》けたのが若いのに云ツた。「マズリイズとは違ひましやう。西班牙の首府たるマズリイズでの呼吸と野蛮国での工合ひとは非常に相違する事でしやう。」「ですが……」

「まアさ、しばらく」と其老けた男、即ち駄尼曾《だあまそ》が猶重ねた。「是でも我輩はもう此土地で廿年余を暮らしたです。無法な事は云はんつもり、で、さて何と云ふかと云ふに、駄目ですな、もう〳〵人間は迚も〳〵駄目ですな。遊ぶ丈を知る、働らくのは知らん。進むのは知らん、止まる丈を知る。只さうです。西班牙を見た格で野蛮国を見た目には椰子と覇王樹《さぼてん》とを背比《せいくら》べさせて『ほい、こりや、どッちが高いかな』と、まア斯う云ふ丈の事なのです。でしよ？と見えましよ？」

「なるほど」と受けたもの丶、若者の顔色の悪さは無い。急《せ》き込んだらしく一寸は見えた。が、しかし出したとなると案外声は低かツた――寧ろわざとらしく落ち着いた。「さうですかな。嗚呼、全くさうでしやうかなア。」それ丈で煮え切れぬ。

「な、椰子と覇王樹でさ。植物も種による、属科による、それで高いのも、小さいのもおのづから有るのでしよ。覇王樹がどう露を吸ツた所が、椰子の真似は出来ません――でしよ。」「人種が、そんなら、先天的、まづいけないと斯う仰やる？」「争へんでしよ、自然律。」

「自然律！」と若者は声さへ些し甲《かん》帯びた。「全く自然律と云ひ做した丈でそれで可《い》い訳でしやうか。さア、どうでしやうかなア。しかし、些最初一考すべき事が必らずしも無くは無いでしやうか。どうでしやう。まア、私しの考へでは国の植民地政略です、いやさ、もすこし汎い意味に於て其一切の統治法です、それが先その大体から間違ツては居ますまいか知ら。土台から欠点だらけの統治を行ツた、されば椰子だけの組織を許さずに置いて、そしていつ迄も覇王樹だ〳〵と嘲けると云ふのは酷では無いかと……」

「ぷッ」と駄尼曾は吹き出した。「いや大変だ、議論になツた。論より証拠、他人の説も参考です。おい誰か、そこらの君、おい、君、良流葉《らるうは》君。」

良流葉と呼び掛けられたのは来賓のやはり一人で、小腰屈めて駈け寄ツた。

「聞こえたろ、君にも今の、な、吾々の大議論が。な丶野蛮土人がどうだ斯うだと云ふ、その論が。全くだ、なア、君、野蛮土人ほどの厄作《やくざ》は無い。な、凡そ世界の人間でどういふ人間が取るに足らんと云ツて、恐らくは野蛮土人ほどのは、な、無学で文盲でさ、不精《ぶしやう》でそして怠惰者《なまけもの》で……」

良流葉は合ひ槌で、「恩は知らぬ、稼ぎは嫌ふ、借りた物返したためしが無くて……」「嘘《うそ》をつくのを何とも思はず……」「女道楽が出来なければ恥ぢだ抔と云ツて騒ぐ、博奕は打つ、富籤には浮き身をやつす……」

そこまではつるべ打ちに云ひながした。悪口も、しかし、さう長く種が切れずに居ぬ。はたと其儘良流葉がつかへて仕舞ふと、さすが細道の行き止まり、先《せん》さまに塞がれたと云ふ格で、駄尼曾もひよいと黙ツた。なアに、真から黙りたくは無い。どうかと云へば、息継ぎで。

もツとも若者も無言であツた。顔つきはいよ〳〵わるい。うつ向いた。

「なア」と直また駄尼曾が盛り返す。「さうぢやありませんか、君。まア暫時です、暫時よく考へる丈の時間が有れば、吾々の悪口が果して無理か無理で無いか、御分かりになる事ですさ。されば御分かりになるも為《な》る、猶もツとよく御分かりになりますさ。どう？　な、どうせ亡びて仕舞ふ国なればこそ然《さ》ういふ人間共が只棲息して居るのだと。」

毒口が、さて、妙に聞く者からは受けられた。一声に合ひ槌が又響いた。「あツは、落ちは、どうせそンなものだ。」「うツす、何しろ政府がわるいンだ。」「さうさ。官吏が上帝を標榜して罪悪の庇護者となるんだもの。」「いンにや、天子がそも〳〵悪いンだ。」「馬鹿な、天子に何の勢力！　陛下の勢力は今は無い。むしろ有るのは殿下のだ。」「むしろ〳〵さうで無い。寧ろ有るのは閣下のだ。」「ちがひ無い、さうかも知れん。」「閣下即ち陛下だもの、臣権即ち王権だもの。」

将棋倒しに此伝で押して行けば何処が際限となるか知れぬ。いづれもの何れもの言葉が一つとして蜜の中に酸い味を持たぬは無い、それが扨何の前表かを、噫、其時まづ早く心付いたものは無かツたか！

吁、読者諸君！　諸君はいかゞ思し召す。いはゆる欧洲の文明人が東洋の比律賓人に対しては、吁、実にいつでも此やうな考へなのである。

第二回

とにかく宴会に於ての思ひ〳〵の勝手ばなしは先大抵似たり寄ツたりのもので、何れも皆只好きな事を云ひ合ツて居た内にやがて頃合ひを見料らツて主人公役の茶五旦那が例の若者の手を取ツて一同の前にあらはれた。そして紹介かた〴〵の披露である。曰く、此者がやうやう外国から帰りました栗逸友《くりそすとも》、以原《いばら》で、何分ともどうぞ宜しく、と。さて是で披露が済むと共に来賓の耳目の焼点は云ふまでも無く皆只その以原の上に集まツた。いづれも以原を中に取り巻き取り巻いた。見れば立派な若者である。身の長《たけ》は高《たか》い。身のこなしはきりゝとした。比律賓うまれの事とて色は白いといふ迄には行かなかツたが、本国を離れて北緯のずツと進んだ地方に幾年か過ごした事とて、大きにまづ黒い方を離れて、むしろ活き〳〵とした紅《あか》ら顔にさへなツた。

然り、いづれも嗚呼立派な男になツたわいとつく〴〵只打ち見やツた。さりながら然《さ》う思ツて其人を見やるに付けても、其昔、否、数年ばかりの僅かな前からこのかたの其以原の父親の身の上の事をすぐ思ひ出さずには居られなかツた人が、それも亦口にはそれと出さなかツたが、その実随分多いのであツた。以原の父親が、然らば、何とした？　その運命がどう走ツた？　嗚呼、云へば涙となるに過ぎぬ。その父の運命がどう走ツたと云ふ事については現在のその子たる以原が、親子たる間の道理として偖《さて》あるべき筈か筈でないか、其真実を知らぬのである。知らずに、只何の無念といふ心もちも無くて、仏気《ほとけぎ》で宴会にも出たのである。されば、それを知らぬ故にこそさうして出て来たかと夫等が心で只思ひ料るにつけ、浮き〱すべき席上がどうかすると只陰気になツて仕舞ふのであツた。上部《うはべ》は成るほど蠟燭も点《つ》いた。それら思ふ人の心中は同情の涙で只曇ツた。しろ〱と、それ故また、つひ以原の顔を情無さゝうにして見るのも有る。以原も流石不思議に感じた。さりとて神ならぬ身でもある。何の、そこらの陰密なる消息に至ツては推察の為様《しやう》の有るもので無い。無論、只不思議と思ふだけ、故さら無邪気にも平気で居るらしい、その様子が却ツていぢらしかツた。

来賓の一人がつと傍へ差し寄ツた。

「御見忘れですか、以原さん、大きく御為ンなさいましたな。」

なるほど見覚えの有る顔で。

「是はしばらく。御機嫌よろしう。よく、以前、父の所《ところ》へ御遊びに御出でゞしたな、あなたは」と以原も、どうやら覚束無いが、しかし、わづかに記憶も有る。

「さやう〱。よく毎度上がりましたてよ。特別の御懇意を御親父《ごしんぷ》さんからは頂きましたツけが、な……」

そこ迄は云ツたが、急に止《や》めた。止めると共に目は一杯、涙ぐんだとは何うした事！

「いや、失礼！」

また是は何うした事、その儘で其男はつツと身を後ろへ下げて、くるりと踵をめぐらして、群集の中へもぐツて仕舞ツた。何の事かと呆気《あつけ》に取られて、茫然となツた以原の面前、また別の男、前見えた良流葉がつツと来て差し寄ツた。

「以原君、拙者をば？」「あなたをとは？」「御見忘れなさツたか。あツはゝ、さうでないです。なる程、今しがた御咄しをした計りか。けれど、まだ委しく色々御咄しも為《し》ないので、いや只御懐かしいのみとなる。さア、いつでしたかな、一体あなたが此比律賓を御立ちになツたのは？」「七年になりますよ」。「嗚呼、さう為りますかなア、実に。思へば早いもンですなア。七年も外国に御出でなら、もう大抵国の事は御忘れに為ツたでしよ」。「わが国の事ですか」。「えゝ、此比律賓の事をです」。

深い意味の問ひでは無い。しかし、以原の胸には利いた。

「忘れるものですか、何として。国の事〳〵、只実に夫ばかりは一日も胸に消えませんでしたな。しかしです、情無いものですよ、わたくしの方では忘れない、一日も国の事は忘れない、それにも是にも拘はらず、国の方ではいつの間にか外国へ行ツて居るわたくしの事抔は忘れ切ツて仕舞ツたです」。「冗談を……なぜです、しかし」。「情愛の有る便りといふものが在外のわたくしには来ぬのです。さうでしよ。現在わたくしの親父の死んだのをさへ知らずに過ぐして居た程でしよ。な、如何なる訳でいつ死んだと夫等をまるで知りもせず……」

　良流葉は溜め息した。

「はアてな。うむ、なるほど。でも、しかし、電報は？」「どうしてあなた」。「掛からんですか」。「まるで烟です」。「ぢや、あなたは」と割り込んだのは愛くるしい婦人であツた。「電報の届きにくいやうな所にでも……」「そりや北の方には居ました」。「あら、ま、その所為《せゐ》でしたか知ら」と只夫だけで、そこは何と云ツても他人である、その人の親の死んだと云ふ一大事が今や目前の題目となツたと云ふ程の際《きは》でありながら、話しは済んだ気なのである。すぐと続けた、――

「ねえ、あなた、ようございましたのね、さう欧羅巴をあちこち漫遊なさツてね。でも、中で一番どこが御気に入りました？　え、どの国があなたの御気に？」

「どうしても夫は西班牙です」と以原は直と応答した。「何と云ツても西班牙は此比律賓には母国でしよ。行ツて見たわれ〳〵の心持ちも他国とは違ひましよ。しかも、自由といふもの丶有る人民と一目ですぐ見えるのでしよ」。「違ひますか、比律賓の様子とは？」「云ふ迄も無いのです」と見る〳〵涙ぐみもした。

「そして、それは何《ど》うしてね？」

「御聞き下さるか、斯うなのです」と、聞いて貰ふのが最うれしい。「西班牙へ行く前に無論まづ私しも其国の歴史上の事に就いては、さア自身でさう云ふのも憚り有る次第ですが、周密に調べたつもりです。調べた所でどうかと云へば、それは何さま人間銘々わが仏たふとしで、味方身贔負は為たがるもの丶、西班牙の人間と此比律賓の人間と其人種上の系統や程度や組織に至ツては秋毫《いささか》も優劣が有るので無いと云ふ事だけは、まツたくの事、偏頗をまづ除いて云ふとして、十分明言し得るのです。歴史は自然を教へるのです。人種偏頗の観念は決して公明なる歴史の紙の上にしるされては無いのです。な、さうでしよ。それでありながら人間の天賦の権利の不平等は、然らば、何故起るかと云ふに、それは只実に只是から、な、いつ迄も此人世を支配する先入の人種偏頗の観念、只実に是一つから起るので、即ちわれ〳〵比律賓人が御承知のとほり自由をば只々一図束縛されると云ふのも其故に外ならぬのですからな」。

「大変だ。まだ議論だ」。

急に迸つた此声に以原は無論、満座一同その声の方をきツと見た。見ると、さて、誰でも無い、また例の駄尼曾が横槍を入れたので。以原も些し色は変はる、それを一向頓着無い。

「あ、もし、以原君、大学者の前を顧みず、敢て無学者が口を出すでもありませんがな、君、一体その、君が仰やる御議論はそれで君が多年の留学、いやさ漫遊の結果として欧羅巴から御持参に為ツたと云ふ其卓説なンですか。驚きましたな、それ丈の卓説を御持参なさるのに留学の漫遊のと資本が余程いりましたらうにな。いや、どうも子供でも其位な卓説はな……」

顔色は変はつたが、其儘以原は相手にならぬ。苦笑ひに紛らせた。思へば年少気鋭の洋行帰りとしては珍らしい。しかし、衝突が始まりはせぬかとの座中の心配顔を見て取つて、急にその身を引き起こした。

「御免ください、すこし諸君。外《そと》の風にちよつと些し」。

出さうにする。さりながら流石茶五旦那それ丈はや、慌てた。

「以原君、どこへ行く。まだいゝさ、まだ最うすこし」。

「いゝや、些し外の風に」。「いけないよ。苦楽良《くらゝ》が……毱屋《まりや》苦楽良が今すぐ来《く》る」。苦楽良《くらゝ》とは其娘で。

「でしやうが、しかし、どうぞ御免。ぢき来ます」。つと身を閃めかして出て仕舞つた。

吁、読者諸君！ 諸君はいかゞ思し召す。比律賓にも熱血の人、此以原の如き人が有つて、常に悲憤の涙に咽ぶのである。

第参回

以原は云つたとほり外へ出た。

其時候即ち十月末頃の夜の風はさすが熱帯地のマニイラ最寄りでも随分涼しい方になる。人に蒸され、酒に蒸され、烟草に蒸され、いろ〳〵な光《あか》りに蒸され、あまつさへ毒口にさへ蒸されて、散々な目に遇つた身が其涼しい夜風に吹かれたとなると、活き返つたやうな気持ちになつた。

「あゝ久しぶり、幾年ぶりで、懐かしい此故郷の、快い風に吹かれるか。吹かれる心持ちのよさは以前と変はらぬ。また変はつて貰ひたくは無い。変はつて、只、貰ひたいのは、只、土地の形勢だ」。

以原は斯う呟いた。呟いたまゝ彳《たたず》んで、見るとも無し、目を放てば、やはり何もかもさうは変はらぬ。縦横に馬車も駆けまはる。屋根無しの賃車ものろり〳〵歩いて居る。諸国の人も群集する。と思ひながら見て居る内、いつか思はず知らず段々進んで、プラアサ、デ、ビノンド（Plaza de Binondo）といふ辺まで来て仕舞つた。

相変はらず又何も相変はらずであつた。以前と同じ町である。青塗りの家と白塗りの家とが相互ひに入り交つた。白壁も以前と変はらぬ。白壁を物ほしさうに花崗石まがひに塗つた様子など、やはりまた以前と変はらなかつた。変はらぬのは夫のみで無い。見覚えの有る以前のとほりの教会の塔に以前のとほりの時計も有る。支那人の商店はいつもながらの汚れ切つた帳《とばり》を呑気らしく夜風にふら〳〵させて居る。

「変はらない、あゝ些しも」と重ねてまた以原は独語した。「嗚呼すこしも進歩は無い。この分でどうなる。人も云ふか、おれにも夢だ、海外の漫遊も、嗚呼、只夢にしか過ぎぬ」。

溜め息つく〴〵茫然となツた後ろから、「もし君」と云ひながら誰か知らぬが以原の肩に手を掛けた。振りかへる。見れば、宴会の席上で既に馴染になりもした例の良流葉なのである。

「御なつかしいので追つて来ました。なア、御親父《ごしんぷ》さんとは御懇意を願つた縁で、どうぞ宜しく君とも、な」。

しかし、さう云はれると同時、もう又以原の胸の中には親の事もすぐ浮んだ。

「はツ、御互ひさまに何うぞ、な。しかし、あなたは然うすると私しの親父の死んだ始末についても嘸よく御存じでございましやうな」。

目を見張つて、「本当ですか、本当にあなたは御親父《しんぷ》の御死去の始末を、それでは、御承知無いのですな」。

「些しも……です」と共にまた目を見張つた。「肝心の今夜の茶五旦那さへ何とも話しは有りません。知りやうが有りますか」。「それでは死なれた其場所をも?」「え、、も、それとても」。「驚いた。さうですか。はげしいな。だが、しかし」と些ばかりは躊躇もして、「拙者も武人の端くれだ。事実は只飾らず云ふ。牢でゞす」。

「牢?」といぢらしくもまだ夫だけでは十分には飲み込めぬ。「誰が牢で?」「あゝら、分からん。御親父《ごしんぷ》でさ」。「おやぢ? えツ、私しの、あの、親父? えツ、えツ、何を仰やるので? いやさ、あなたは私しの親父を、えツ、御存じなのですか」。

「知つてますさ」と呆れ顔。「良波謁《らふあえる》、以原《いばら》君（Don Rafael Ibrra）、さうなンでしよ」。

「さう。良波謁、以原！」と鸚鵡がへしにすぐ返した。

「そウれ、それです。全体あなた、比律賓で正直者が無難で牢から出るといふ事が有りますか」。「何ですと?」「比律賓ではです、牢から無事出るのは決して決して善人でないと云ふ、あたり前の他の国とは反対な事実の毎度であると云ふ、それ御存じでしやうがな」。「さすれば、正直者なら牢から出られぬ?」「お、さ、さう〳〵」。

まだ、しかし、腑には落ちぬ。「冗談云つては困ります。何ぼ何でも親父が牢死……」「よし。一所に御出でなさい。道々話して上げますから」。

連れ立ツて歩き出した。

「御承知の通り、御親父さんは富豪でしたろ。親友も有る、敵も有る。ところで西班牙の本国を去ツて、絶東の此比律賓辺へ来て居る者に尋常なのは先無いでしよ。目的のためには手段を択ばぬと云ふ、大抵がそれなンでしよ。そいつらと御親父さんが食ひ合つて、さ、堪《たま》るもンですか。教徒には憎まれる、其時から死刑をば冥々に宣告されたンです。覚えて御出でゞしやう、収税吏を。気ちがひじみた奴《やつ》でしたが、ある日往還で子供がからかつたとか云ふ事で、其子供の一人をハリ倒したンですさ。可愛さうに相手は高が子供でしよ。処へ御親父さんが通り合はせたンです。俠気の方《かた》でしたもの、見兼ねたンでしよさ。仲裁にはいつたンです。すると、収税吏のけだ物めが何を此野郎と仲裁人の御親父さんに食つて掛かつたンですさ。すると、御親父さんも承知しないンでしよ。大喧嘩だ。野郎は負けたンです。負けたのは好い気味だが、死にましたろ」。「収税吏がそれが本で?」「さうです」。「そりや事だ」。「ほんと、大事《おほごと》でさ。さ、御親父さんは引致、拘留、是なンでしよ」。「なる……なるほど」。「すると、得たりかしこしだ」。「何が」。「御親父さんの前からの敵どもが一斉に」。「ふん、なるほど」。「柄に柄をすげて御親父さんを誣告でさ」。「何てツて?」「邪教徒だツて」。「畜生め」。「家宅捜索もやられたでしよ。さア、うんと御金の有るのも分かツた。なほ堪らない。どうしても赦さない、と、斯ういふ傾きに為つたンです。医者は、しかし、其収税吏は卒中で死んだンだと云ふンでさ」。「それでも?」「それでも政府は其医者の証言を埋没したンです」。「弁護士は?」「はツ、もう弁護士も立派に弁論しましたさ。無罪を主張したンです。いけない。更に又それから〳〵と有る事無い事つまり御親父さんの不利益になるやうな事柄ばかり提供されるンです。滅茶滅茶です。御親父さんは牢の中で殆ど只発狂です。発狂で、間も無く、狂ひ死になンです」。

気が付けばいつの間にか町の角まで来てしまツた。良流葉はぴたりと黙る。以原は無言になつて仕舞つた。

吁、読者諸君！　諸君はいかゞ思し召す。比律賓に於ける個人の神聖なる権利は、それ、実に此以原の父の如く常に蹂躙されて居るのである。

茶五旦那といふのは世間並みより色の白い方で、小ぶとりの柄《がら》であるところから、年よりは若く見えた。小さいが、後ろの方の出た頭で白髪といふものは一本も見えず、烟草を吸はず、その歯を汚なくさへしなかつたならば天晴好男子には見えたであらう。とにかく富豪である。ラ、パンパンガ（La Pampanga）にも、ラグゥナ、デ、バイ（Lagune da Bay）にもサン、ヂエホ（San Diego）にも莫大な地所が有つて、殊にサン、ヂエホは林泉の趣味に富んで居るとかで、一年に二ケ月間はそこで送ると決まつて居た。支那人と結託して阿片で大儲けしたのが運の始まりで、以後は公けの受け負ひでも何でも手に任せまた手広く何でもござれと打付《ぶつか》つたのが皆当たつて、とう〳〵世間からも富豪とか素封とか許されるやうになツたのである。そして愈富豪となつた所で、何しろ其不断の心がけがえらい。神と政府と、此二つとは仲を好くするに限る、と、只実に此主義なのであつた。

　邸の中には上帝や聖母や基督や乃至いろ〳〵の殉道者などの油絵のやうな物が凄まじく飾り立てられてあつて、蠟燭をそれに向かツて茶五旦那が絶やしたと云ふ事は無く、何事でも其都度其絵の前に拝伏して申し上げる事と為つて居た。まづ斯う神とも仲が好い。

　それから又茶五旦那は政府といつでも同論である。運命に安んずる、否、政権の下に屈従する抔何とも思はぬ。長いものには巻かれろ、賄賂なに、時に由つてはへい宜しう畏まりましたである。かくて、まづ政府とも仲が好い。

　勿論世間からは色々に云つた。彼《か》れのような信心者で無い輩でゞもあつたらうか、或る者共は彼れを評して愚と云つた。彼れのやうな富豪で無い輩でゞもあつたらうか、或る者共は彼れを評して残忍だ酷薄だと云つた。そして又彼れより一切すべて劣つた方の輩でゞもあつたらうか、或る者共は彼れを目して鬼、獣などゝ云つた。

　元は砂糖屋の子で、親父は茶五旦那のまだ学校通ひをして居る頃世を去つて、夫から茶五旦那がすぐ主人となり、やがてドニヤ、ピア（Doña Pia）といふ女を妻にして、茶五旦那も大に妻の家の助けを得て、社会にさし抜けるやうになつた。しかし婚礼後六年の長の間子といふものが出来なかつたと云ふ、それが実際茶五旦那を「慾のための悪人たる憐れむべき一動物」、斯ういふ化け物にしたのである。

　子が無いか、嗚呼そんなら末の楽しみは金だけだと、夫から金の亡者となつたが、さて、しかし、六年の後、子も子、可愛い女の子が生まれたもの丶、勝手なもので癖といふものが附いたのか、金の亡者たる主義や方針は子の無かつた淋しい以前と些しも変はらぬと云ふ事になつた。勿論訳も有つた。全く茶五旦那其人は運命の手玉に取られて和《あ》えたり揉んだり、玩ぶ儘にされた事は為《さ》れたのである。何さまドニヤ、ピアは可愛い児を生んで呉れた――しかし、死ぬためにであツた。其花の莟を此世に出すと共に母親たる其ドニヤピアは肥立ちが悪くて瞑目した。思へば、まるで沙翁の作中の人物彼の「漁夫」である――宝を得たが歌をば無くなした――是である。嗚呼、こんな可愛い者を生みながら、嗚呼、其可愛い味を味はひもせず、嗚呼目を瞑ツて仕舞ツたかと続けざまに「嗚呼」で持ち切る事となツて仕舞ツた茶五旦那其人の身になツて見れば、亡妻を追慕する心といたいけな娘を憐れむ心と勢ひ是非一束ねにして其生まれ児たる娘に注ぎ掛ける事になる。もう舐めても足らぬ、しやぶツても追ツ付かぬ、目を無くす迄になつて其娘を可愛がる事となつた。鞠屋苦楽良《まりやくらら》という名の女が即ちその娘で。

　されば鞠屋は随分甘やかしては育てられた。さりながら矯められずとも柳である。素直に伸びた。母に似て美くしい。まだ這ツて居る頃は誰でも抱きたがる、歩く頃は誰でも手を引きたがる、父親が中々人に憎がられた反動に、是はまた誰にでも愛された。その内、天が趣向を為《し》た。幼馴染の遊び相手としていつか鞠屋をして例の若者以原とは切つても切れぬやうな中よしとしたのである。わが子の仲い丶友だちを其親の憎がる筈が無い。さすがの茶五旦那が以原には惚れ込んだ。幸か不幸か、以原の父たる良波謁《らはえる》もまた鞠屋には惚れ込んだ。熱帯地の比律賓の事とて小児が成年になる年も早い。女も十三四歳でもう一人前の女となる。其頃は修業のため鞠屋はサンタ、カタリイナ（Santa Catalina）の尼寺へ入《はい》ツて、また以原も同じく修業のため親の家を立ち出るとなツた。別かれに際して、全く二人は涙であツた、その涙には親々の心が尚溶かされ、遂に二人を云ひなづけといふ事に、やがて、為《し》た。

　吁、読者諸君！　諸君はいかゞ思し召す。比律賓で富豪として勢力を有するに至らうとするには茶五旦那の心持ちを絶えず持つのを必要とするのである。

第四回

　田の中の一本路、その糸のやうな細いのを伝はツて行くと、サン、ヂェホの墓地といふのが有る。路は細い上に手入れも何も無い。雨が降ればもう田の水の在る部分と其路と見分けが付かなくなツて、一つ日が照ればもう埃《ほこり》が烟のやうに只立ツた。墓地の入り口には木造の門があツて、周囲は半分を石、半分を竹にした囲ひやうの、まづ垣根か、さういふもので囲ツてあツて、そして中には十字架などが散らばツて居た。

十字架の散らばツたのさへ、如何にそこが墓地であツたにもせよ、余り見よいものでも無い。それを扨どうであらう。散らばツたも散らばツた、十字架どころの沙汰で無い物が其墓地には散らばツて居たのである。人骨、これが只実に山になツて！

墓地ならば人骨が、猶のこと、土の上に出て居る訳は無い。しかし、サン、ヂエホ丈はさうでない。人骨がむき出しになツて居るのである。風に吹かれる儘である。雨に打たれる儘である。そこへ衛生問題でも持ち出したならば際限も無い議論の種ともなるであらうが、それら人骨が決して古い物のみでは無かツた。勿論あたらしいのも許多有ツた。忍んでむしろ云ふとするか。腐れ切らずにまだ肉のやうなものが粘液《ぬめり》になツて鎔け付いて居るのさへ有ツた。その粘液《ぬめり》が雨にはまた猶鎔けて、遂には一種のぎら〳〵した、物凄い青光りを発射しながら、雨の其泥水へ交り流れて、やがて田の方へと落ちてさへ行くのであツた。田の肥料には為るか知れぬ。吁、しかし思へば〳〵それとても人間の身なのである。

喜ぶのは草らしい。已れ〳〵の好物の液を味はふ事とて縦横に生ひ茂つた。枝は枝、葉は葉、網を編み、屋根を葺いた。村雨が一しきり掛かツた位で恐らくは場所によツては、其網や屋根をもぐツて敢て下の方へ軽業をして下《お》り得る雫も有るまいか。中からは些しは花も咲いて居た。枝葉の盛んな丈に花とても多くは着きやうも無い。たま〳〵着けば皆小さい。しかも其色までがまた淋しい。いはゆる幽《ゆう》霊花《れいばな》なのである、死人花《しびとばな》なのである、曼珠沙華《まんじゆしやげ》なのである。気のせゐか知らぬが、つく〴〵其花の色を見て居る内には見る〳〵其花びらの蒼ざめたのが如何にも死人の、痩せこけた頬さながらのやうに思はれて、同時に又そよ〳〵吹く風には一種の腥いやうな、酸いやうな、鼻の奥の麻痺するやうな匂ひさえ伝はるのである。気味のわるいと云ふ事を第二としても、五感に受ける不愉快きはまるさま〴〵の刺戟をばそこで扨まツたく平気に受け流して敢て人間で候ふと云ひ切ツて居得るものが有らうか知ら。

有ツたらしい、しかも二人の男が。

二人とも人足体、云ふ迄も無い、その墓地の穴掘りなのであツた。而も其中の一人は極はめて平気なものであツた。掘る手付きさへ暴々しい、未練容赦も無い。なるほど、土は暴らされても痛いとは云ふまい。しかし、よく考へて見た日には、たとひ如何なる人間の身体にもせよ、其土が其懐中にそれを搔き抱き、其土がその目鼻手足をひッたりと掩ひ護ツて居るのである。同情が微塵でも有つたならば、たとひ其土を掘るとしたところが、鍬の下ろし方も、それ或ひは、柔かにしても可《よ》さゝうな所である。どうして、其男はそれどころでは無かツた。腕の強さを自慢か知らぬが、鍬のおろし方の其烈しさ。砂利の無いだけがツちりといふ音こそ為《せ》ぬ、ぼくツ〳〵とさも陰に籠もツたやうな音が其鍬の下ろされる度毎鳴りわたツた。

なるほど、まだ〳〵色々出る。髑髏も出た。肋骨も出た。大腿骨も同じく出た。出た、それをどうするか云ふに、吁、只訳の無いものであツた。髑髏が出れば搔き寄せて、手で拾ひ取ツて、其儘横へと投げやツた。まるで植木屋が小石を扱ふようである。肋骨が出ても同じやうであツた。まるで薪屋が薪を扱ふやうである。

但し他の一人だけはさうでなかツた。新参か、只々気味をわるがツた。顔の色もわるい。吐《つ》く息も且切れた。

「いやだ。よさうよ、おい。何ぼ云ひ付かツた役目でも、おら、いやだ。あンまり此墓は新らしいや。見ろ、死骸が生々《なま〳〵》してら。外《ほか》のに為《し》やう」と顔しかめた。「べらぼうめ、新らしいから、いやだとえ？　生々《なま〳〵》してるから、いやだとえ？　ヘン、そんなら乾からびたンでも掘りてえか。おい、さう〳〵饑餓死《ひいりし》んだ奴ばかりが亡者ぢやねえ。なんぼ此国の人間が税や何かの酷《ひど》い取り立てに食ふものも食はずに居たからツて。」「さうぢやねえが、おら、いやだ。」「どれだツて同じこツた。」「みンな新仏《しんぼとけ》でもあるめえが。」「馬鹿云へ。みンな新仏だ、新仏同様だ。古《ふる》いのは掘り出して、うツちやツて、新らしいのを又その後《あと》へ入れるンだもの。」「本当か。」「本当とも。」「いよ〳〵いやだ。」「馬鹿！　この男の皮をかぶツた女め！　弱虫、よせ。よして、どこかの帳付けにでもなるが可《い》い。是でも、おら、二十日の間こゝで掘ツた、夜《よる》しかも雨の降る晩」。「よせツてへば、気味のわるい。けれども」と其目はきらめいた。「二十日《はつか》の間も掘ツたのか。驚いた。なぜ？」「なぜだか知らねえ。」「知らねえで掘るか。」「云ひ付けられたからよ。」「えツ、誰によ？」「よくほじりたがる野郎だな。聞きてえか」声を潜めた。「坊さんに云ひ付けられたンだ！」

一方はいよ〳〵驚いた。

「驚いた。堀出して、どうするンだ？」「打ツちやるンだ。」「えツ？」「打ツちやるンだよ。」「どこへ？」「川へ。」「死骸を、え？」「あたりめへよ。」「川へ、えツ？」「反吐《へど》でも吐《つ》くやうな声出すなよ。むかつかア。」「話して、いゝ加減むかつかア。」「坊さんは、それ、あの支那人墓地なア、あすこへ持ツて行けと云ふンださ。けれど遠いや。その駄賃呉れるなら可《い》いや。さうでもねえだろ。誰が人、おもしろくもねえ亡者舁《かつ》いて、正直に遠い所を行けるもンか。早い話しが駄賃も出さねえで、あンなに離れた支那人墓地へ行けツてへのからして、もう坊さんの謎なンだ。」「謎とえ?」「水葬にしろツてへ謎よ。」「なるほど。」「察したンだ、おれが。えらかろ。」「骨をしみだから察したンだ。」「なぐるぞ。」

もとより他に聞く者も無い。委細構はず只しやべツた。吁、さうと誰が知る。知らぬゆゑ、吁、以原は今やそこへ来た。彼は父親の死んだ仔細をさへよく知らずに帰国した。茶五旦那の宴の夜はからず始めてそれを聞き知ツた。痛憤と云はうか、悲哀と云はうか。身は烹えた。せめて然らば墓まゐり、只それ実に只々それと涙を辛く押さへ〳〵て、今しも其墓地へとは来たのである、但し老僕一人を連れて。

来て、偖それかと思はれる辺をあちこち見回した。さりながら何うした事か墓らしいそれは見当たらぬ。そこらは例の通りである、穴堀りが骨を堀り出して。

「どうした事かな、奇怪だな。おれは兎もかく、老爺《おやぢ》、貴様は忘れたのか、えツ、墓を。」

「さればですな」と老僕は眉寄せた。

「さればですなぢや無いぢや無いか」と以原は早既にぢれて来た。

「貴様が墓を忘れる抔と……」「忘れる訳は有りませんがな、はて、どうした事ですかな、まるで跡形が無いと云ふ……こりや実に不思議です」と見る〳〵顔に血は上ツた。

「御持ち下さい、聞いて見ます。あツ、もし、穴堀りのかた！　此辺でしたと思ふンですがな、ビザンチン風の十字架の立ツて居た墓は、な、どこでしたな。」

「ビザンチン風の十字架の立ツてた墓?」と穴堀りの一人はすぐ返した。「さうですな」と考へた。しばらく其儘頸ひねツた。「わかりました。思ひ出しました。」

「なるほど」と云ひは云ツたが、それにしては現在その墓の無いと云ふのが飛んでも無い奇怪な沙汰と老僕の目は角立《かどだ》ツた。

穴堀りは極まりわるさうに、我と我耳を引ツ掻いた。

「思ひ出しましたが其十字架はな、実は燃してしまひました。」「燃《も》ツ……燃したア?」「坊さんが燃せと云ひましたンで。」

以原は我を忘れて呻《うな》ツた。溜め息吐《つ》いた。舌うちした。

「おい、穴堀り」とその声は厳である。「はい。」「十字架を燃したのは貴様の了簡で無いとして、そんなら只その墓だ——外ならぬ尊い所と此おれには思はれる墓なのだが、その場所だけで宜しいとする——な。十字架燃した罪は赦すとする——な、その場所だけを教へてくれ。」

さすが柔かには云ツた。呼吸《いき》のはずむのをば我慢に我慢の限りとした。穴堀りはいよ〳〵弱り切ツたらしいのみである。穴を堀る身がそれこそ穴へも入りたい様子、返辞し掛けて躊躇したが、偖いつ迄さうして居られぬのは多く考へる迄でも無い。まして以原の気色《けしき》も凄い。包みもはや為りかねた。

「真実を申します」と声むしろ震へ出した。「まツたく私しは只云ひ付けられた丈なンです。そこ丈を前もツて御承知を……」「前置きはもう入らん。」「へい。」「どうした。」「御墓を御教へ申したところが……」「それで、まアどうした?」「よく御聞き下さいまし。親御さんの御死骸ですな……」「何だと?」「御死骸ですな、御死になすツて、息の絶えた、その御身体《おからだ》……」「死骸の講釈を聞かうかい。」「その御死骸はな、若旦那、もう……もう……此辺《こゝら》に無いンです。」「無い?」「は……はい。」「無い?」「はい。」

むツと云ツて姑らく只以原は無言に口を封ぜられた。さうして居るうち絶叫した。

「気ちがひか、こら、貴様、埋めた死骸が何うして……」「御待ち下さい。ところが其……」「それが無いとな?」「捨てました。」「ひえツ! 捨ツ……てたとな?」「やツぱり其、駄尼曾さんの命令です。さうしろと云ひましたので……」「捨てた?」「はい。」「駄尼曾のえツ、あの駄尼曾の命令で?」「さやうです。」

以原はがた〳〵震へ出した。我知らず手を伸ばして、むづと其穴堀りの腕のあたりを引ツつかんだ。

さりながら、乱暴は是れ為《す》るなと誰が云ふ声とも無し、以原の耳の奥では鳴ツた。穴堀りの腕をこそ引ツつかんだ。引ツつかんで、只それ丈にした丈で。

「御立腹御尤も。ですが、決してわたくしの悪気《わるぎ》では……」「そして、やツぱり水葬か」と再び以原はがた〳〵震へた。

穴堀りはうなづいた。

もう、しかし、以原は何も云はぬ。如何にも鬼の顔となツた。ちえツと舌打ち、思い切ツた様子で穴堀りを突き飛ばして、更におのれは身を飜して、一散にその場から駈け出した。

その姿か? 見る間消えた。跡に只穴堀りのみはさも〳〵間《ま》の抜けたやうな顔。「あツあ、死人に仇《かたき》を打たれたか。手が痛む。明日《あした》から鍬は持てぬ。ヘツ、飯の食ひ上げか!」斯う只呟いた。

吁、読者諸君! 諸君はいかゞ思し召す。比律賓に於ける個人の肉体の神聖は、それ、かくの如く汚辱されるものなのである。

第五回

村では何と無く情無い意味に於ての名物たる多思夫《たしを》(Tasio) といふ老人が教会の前へと歩いて来た。

その来歴を云ふとすれば、同人は中々の哲学者なのであツた。若い内から哲学に凝り切ツて、随分母親にも苦労をさせたが、やがて不図母親のやさしい情《なさけ》の言葉に従ツて、所謂節を枉げてと云ふ格で十分俗化する気になツて、そして俗化するには何よりの好材料たる妻帯といふ事、さういふ係累の羅絆の中へすツかり其身を縛らせて仕舞ツた。ところが、天はどうした事か、どこまでも其多思夫をして哲学者たらしめる了簡であツたらしかツた。一旦意地わるくも其母親を此世からあの世へ奪ツた上、更に引き継いて其妻をさえ此世の人で無くして仕舞ツた。されば、多思夫、まだ若いが鰥夫《やもを》である。また子供では無いが孤児である。母有り妻有りという和楽なる一天地は其わづか一年の夢であツた。憐れむべし、もはや書籍をせめてもの友として、其懊悩を辛うじて消すよりほか無くなツた。さうした所で、扨その書籍はどういふ役に立ツたか知ら。多思夫の益に、もしくは害に、其何れになツたか知ら。

益だか害だかまるで分からぬ！ どこまでも悲観はその度をその書籍の御かげで高めたやうであツた。何をするのもいやである。書物を読むのだけは只なさけ無くなる丈好ましくなツたのである。それ故、生業をも営まぬ。群書堆裏に身を置いて、塩噌飯米の事に頓着せぬ。財産の可なり有ツた儘、黙々として坐食した。その内には財産は美事に尽きた。浮き世の借金の鬼どもが更に又その転んだ児の背へ土足を掛け出した。ます〳〵天地から宇宙から多思夫には悲しくなツた。さう斯うする内、人はいつか綽名をさへ多思夫に附けた。曰く、「馬鹿多思夫！」

扨そこで其多思夫が前示すとほり教会の前に来掛かツたのは或日午後の事であツたが、雷の加はつた嵐を含んだ空合ひで、鉛色《なまりいろ》の空を切り割《さ》いては稲妻が早さかんに閃めいて、そして風も些しは有ツたが、一体に只蒸し暑かツた。見ると其教会の戸の際に男の児が二人立ツて居た。一人は兄で十歳、一人は弟で七歳、どうも物済まぬ顔つきで。

「どうした。家へ帰らないのか。おツかさんが待ツてるだろ。一所に行くか」と多思夫は尋ねた。「家へ？ 帰れないや」と応じたのは兄である、「長老さんがまだ帰ツちやいけないと屹度云ふ。」「でも、御飯も出来たろよ。」「それでも鐘を鳴らすンだもの。」「鐘を？ 教会の塔のをか？」「二人で鳴らす役に当たツた。」「やれ〳〵。それぢや仕方が無いな。教会の命令なら、あ、どうも仕方が無いな。」と歎息と共に舌打ちして、一寸小頸かたむけたが、其儘つツと行き掛けて、「気を付けなよ」と声を残して、そして漸く立ち去ツた。

　雨は急に烈しくなる。打ちこはすやうな雷となる。稲妻は自由自在びり〳〵天を切り割ツた。兄、其名は馬知夫《ばしりを》(Basilio)が弟に向かツて身をふるはせた。「淋しいな。ぢや塔へ上がらうよ。」「仕方が無いな」と弟栗巣品《くりすぴん》(Crispin)もまた応じた。人気《ひとけ》の無い薄暗い塔の中、どこの隙からか閃めき入る稲妻は胸までもゐぐり込む。弟のみか、兄もふるへた。ふるえる其兄へ弟は又ひしと抱き着いた。「淋しいね、兄さん。」「淋しがると猶さみしくなるンだよ。」「蠟燭が消えさうだよ。」「風が吹くんだもの。」「風も教会ぢや意地がわるいね。」「教会ばかりぢや無い。比律賓では、あたし達子供までが此風に斯う吹かれるやうな火と同じだ。」

　檻褸の袖で辛く〳〵蠟燭の火を護ツた。

　辛く〳〵階上へ登り切ツて、兄は例の如く蠟燭を持ツた儘指し出して、そして弟は覚束無い其光りの中から塔の鐘の綱をやうやくの事で探り出す。「引かうか。鳴らさうか」。「よし！」

　引いた。鳴らすつもりでは引いた。さりながら孱弱《かよわ》い腕の力である。よくは鳴らぬ。「おい」と兄が、「しツかり鳴らさないと、又長老から目玉だよ。」「痛いんだもの、此手がさ」と弟は既に鼻声で。兄は、さうかと云ツて、叱りもせぬ。推察し得る丈の事情でも扨有るのか。「でも、成るたけ音を高くとさ。」「その気は気さ」と又鳴らして、「畜生、風の音もひどいので、なほ聞えやしない。ねえ、兄さん。」「何だい。」「家《うち》に居たいやねえ」「……」「ねえ、兄さん、あたし達始終おツかさんの傍《そば》に居たいやねえ、居りや、こんな怖《こは》い所でこんな事を為《し》ないでも……」と又鼻声になり掛けた。

　兄はそれには返事もせぬ。無言、しばらく蠟燭から流れる蠟をぢツと只見つめて居た。

「泥坊だと云はれるンだもの、ねえ、栗《くり》や、あたし達を泥坊だと云ふンだもの。あたしが打《ぶ》たれたツて阿母《おツか》さんが聞いたら……」「でも、兄さん」と弟は受けた、「あたしが取ツたと彼奴等《あいつら》が云ふンだもの。仕方が無い。その御金おツかさんに出して貰はうさ。」「馬鹿、おツかさんに有るもンか。」「無いほど沢山かい。」「勘定も、あゝ、御前は分からないンだなア」と兄の馬知《ばしり》は涙になる。そして続けた、「只、ねえ、おツかさんが夫《それ》と聞いたら、本当に御前が盗んだと思ツて嘸怒《おこ》るかと思ふと……いゝえさ、怒《おこ》るより何より、嘸泣くかと思ふと、あたし……」「泣くの、兄さんからもう？」「泣きやツしない。」「でも、さう云はれて本当にするかね、おツかさんが。あたし盗みもしないのを。」「教会でおツかさんにさう云へば、おツかさんは然《さ》うと思ふだろ。」栗はもう泣き出した。「ぢや、兄さん、御前だけは御帰りよ。」「あたし丈帰れるかね。さうすりや又おツかさんが苦労する、なぜ栗は帰らないかと。」「それぢや帰らなければ又やツぱり阿母《おつか》さんは泣くンだね。」「さうなのさ。」「それぢや泣かせるのは私《あたし》がわるいやね」と、吁、何たる優しい心根か！

「だから御帰り！」と兄は急《せ》かせた。「ぢや、病気《きいく》がわるいのだと云ツて。」「それも苦労するぢや無いか。」「泣くの、また？」

ぬツと人影がそこへ現れた。ぴたり、兄弟只黙る。薄あかりで透かして見ると、黒目鏡を掛けた大男、その教会の世話人で。

「野郎ども！」と先叱ツた。「馬知夫、貴様か、鐘の役は？　畜生、何たる鳴らしざまだ。長老さま大おこりだ。罰金出させると仰やツて居たぞ。うむ、それから栗《くり》、貴様今夜帰ツちやならねえぞ。よしか、金を貴様が吐《は》き出して返さねえ内は一寸《すん》もこゝを出ちやならねえぞ。」

栗は早涙ぐむ。馬知《ばしり》は流石兄である。「でも九時迄に帰るとおツかさんに云ツて来たのだよ。待ツて心配してるもの。九時迄にどうでも帰らないぢや……」「駄目だ。」「でも約束……」「約束でも何でも駄目だ。」「九時過ぎると往来だツて淋しくなるし……」「ふざけるな！」と男はむんづり栗の小腕をつかみ〆めた。はツと馬知《ばしり》が思ふ隙とても無い、男は栗を引ツ立てた。引ツ立てる拍子に平手の一うちは馬知の頬にもぴたりと利いた。と思ふ間、がた〳〵と床に烈しい音をさせて、栗をば引ツ立て、行ツて仕舞ツた。

馬知《ばしり》とて年も行かぬ小児である。そこでどう争ふ方角も無い。呆気《あつけ》に只取られた。あゝ、弟の泣く声が聞こえて来《く》る。床でどたばたいふ音もする。のみか、「泣くと斯うだぞ」といふ声と共にぴしやり〳〵又平手で、頬をか、打ちならす音さへする。弟思ひの馬知《ばしり》の身の居ても立ツても居られぬ心もち！

身をふるはせて咽《む》せ入ツた。「ちツ、どうしたら西班牙は……教会の長老の奴までが斯う……どうしたらこんな、あンな酷《ひど》い目にあたし達此国の人間を……あツ、早く大人になりたいやい！」

そして俄にきツとなツた。宙乗りのやうな浮き足で階段を掠めおりた。聞く、右手の一室内から、吁、弟の泣き声が、聞く兄のその胸もしびれよと断続して伝はツた。「取りやしませんよう、御免なさいよう。さ、おツかさんやア、兄《にい》さんやア！　来て助けて頂戴よウ、栗を〳〵助けてよウ。」

馬知はわが手でわが口をひツしと押さへた。突き上げるわが泣き声を呑み込んだ。しばらく震へて只立ちすくみになツた。また屹と思案した。以前来た階段を逆戻りにして、第二階、その鐘を鳴らす一室に跳ねもどツて、すぐ又その上の第三階へひらめき登ツた。

もはや一心は手先に凝ツた。即決と同時の実行である。鐘に付けてある曳き綱を解き放ツた。二丈余の長さの綱をである。結び目の瘤など手早くあらためた。すぐ軒の腕木に綱その一端をくゝしつけた。窓から外を見れば、雨はいつかやんで、残雲が風に奔りながら月面をしきりに拭《ふ》いて居る。

綱に伝はツて馬知《ばしり》は下へと辷りおりた。影はもう見えぬ。一二分時間後、何か知らぬが急に人声が塔の下で爆発して、銃音《つゝおと》が二発ばかり。

吁、読者諸君！　諸君はいかゞ思し召す。此律賓に於ける可憐なる幼童は、それ、かくの如く教会に於て悲惨を味はふものなのである。

第六回

馬知《ばしり》兄弟の母親は志佐《しさ》といふ名の婦人で、あふれ者を夫《をつと》に持ツた、如何にも不運な身の上なのであツた。夫といふのは御定まりどほり稼ぐのが嫌ひで、なまけるのが好きといふ代物、一年中志佐ばかりがやきもきして活計《くらし》向きの事から子育ての事、何から何まで一手に引き取ツて切り盛《も》りして居る間、夫《をつと》はどうするかと云ふに、ぶらぶら只遊び廻ツて、鶏の蹴合ひでも見て居て、滅多には家へ寄り附かず、たま〳〵帰ればもう狙ふ事が有ればこそで、志佐の着物でも持ち出して行くためであると云ふ、只それが夫婦の繋がりであツたと云ふ、情無い間柄なのであツた。可愛や、それでも志佐は愛想を尽かさぬ。志佐にわが夫《をつと》はやはり神に見えて、そして子供は天使《エンヂエル》に只見えた。即ち志佐の其やさしい心根は却ツて又そのあふれ者を付け込み付け上がらせる丈の、実は情《なさけ》が仇になツたので、志佐の目からそのとほり神に見える其夫《をつと》は、何さま神は神でも、あたり前の神では無く、まづは魔の神なのであツた。

「あゝ星がもう出たか」と志佐は破れ窓の中から外をさし覗いて呟いた。「御きまりの事だが、大がみなりに大風、随分一人で斯うして居ると淋しいものだ。馬知《ばしり》や栗《くり》はまだか知ら。それから又いつもの呑気屋《のんきや》さんはどうしたんだろ。夜、まさか蹴合ひ見物でもあるまいが。ともかく早く支度して置いてやろ。」

云ひさま裏庭へ出て、まづ栗須品《くりすぴん》が好物で日々楽しみにして居る蕃茄《とまと》を二つ三つまんで来た。じわ〳〵とそれを烹ながら、台所から更に又野猪《ゐのしゝ》と家鴨《あひる》との肉、この二品をも持ツて来た。

「御隣りの多思夫爺《たしをぢい》さんが今朝くれた野猪と家鴨だ。是はあのとほり馬知《ばしり》が大好き、帰ツたら嘸喜ぶだろ。教会で何か手間でも取れるのか。是もまたひどく遅い。」

その前から炉に掛けて置いた飯もやうやく出来たと見えて、白ツぽい湯気が吹き出した。「あツ、御飯ももう出来た。旨さうな炊《た》き立ての、而も一粒えりのやうな、国が国だけに、御米だけは立派で恥かしくない、その御飯だ。さ、早く来て食べれば可《い》いに。」

とつおいつ、只飯をあらためたり、家鴨抔の匂ひ嗅いだり、何といふ事も無く、そわ〳〵として居た所へ、おや、帰ツて来たのは夫《をつと》であツた。「やツ、うめえ物がしこたま有る。おや、野猪に家鴨と来たな。えらい。留守居は感心なもんだよな。どれ、おれから聞こし召さうかな。」すぐ夫《それ》へと取ツて掛かツた。「うめえ。うめえが、しかし、おればかり食《く》ふでもねえな。こりやみんな馬知《ばしり》や栗《くり》が大好きだツけな。取ツて置いてやらうかな」と仔細らしく頸など曲げて考へ出した。その様子を見る志佐の心は流石稍只嬉しい。それでも子の事を思ふ所に親だけの脈はまだ有るのか。いや、最初は御前さんは食べずともと差しとめやうとさへ思ツたが、子の事を夫《それ》でも斯う思ツて居るのかと贔負目か知らぬが分かツて見ると、なまじひ止《と》めだてをしなかツたが却ツてよかツたのか知らとも思ふ。

それどころの夫《をつと》では無かツた。見る〳〵旨い物をば平らげた。些しは残して置くだらうと充分買ひかぶツた志佐の目は又はづれて、残ツたのは骨と皿としかなかツた。志佐は妨げるにも妨げ切れぬ。又呆れた。子を思ふのかと一寸只買ひかぶツたのが、吁、さりとては夢であツた、夢も夢、つらい〳〵夢であツた。

その儘ふいと食ひ逃げである。

湧きあがる熱涙、志佐の目からはもう止《と》め切れぬ。さりとて欝憤を訴へる人も無し、声出してもつまらぬ。歯を食ひしばツて、無理にこらへて、更に又いぢらしくも寧ろひよろ〳〵として台所から米を持ツて来て火に掛けた。三枚だけ鰯の干物《ひもの》が有る。

「おツかさん！」といふ声が戸口にした。

はツと殆ど志佐は飛び立ツた。涙の笑顔とは此時の事であツた。やれ嬉しやと胸が又却ツて高鳴りした。「馬知《ばしり》かえ？　栗《くり》かえ？」「早く、さア。」「帰ツたの、二人とも？　おツそいぢや無いぢやないかまツ。」あまりの嬉しさに却ツてぢれた。

「だツても」と外《そと》では返したが、その声は涙ぐんで居る。

母親の耳は斯ういふ刹那には何より鋭い。涙声、おやどうしたンだろと、まづ早く又胸はどきりとした。戸口へと身はひらめいた。見ると、馬知《ばしり》が立ツて居た。いや、その額《ひたひ》が汚《よご》れて居た。

「おや、御前一人かえ、どうしたの、額《ひたひ》、栗は何所《どこ》に、遅いぢやないか、苦労させて、御飯も出来てる」、立て続けである。その間流石馬知も口をさへ挿み得なかツた。その儘部屋へ流れ込む。

「え、栗は？　おや、御前、その額《ひたひ》は、おや〳〵〳〵！　ま、御見せ、燈火《あかり》でよく。泥ぢや無い。ま、どうしたの」とその後《あと》志佐は我知らずぷうツと一声呼吸《いき》を吹いて、呆れて二三歩引き下がツた。

気丈な児とて馬知《ばしり》は泣かぬ。否、むしろもう泣くどころか、無念を母にぶちまけたい。

教会に在ツての始末を咄した。栗は押さへられて居るが、自分馬知《ばしり》だけはすり脱けて逃げて来たと話した。「そしてね、おツかさん、痛いも何も分からなかツたよ。」「痛いも何もツて、その疵が。」「知らなかツたよ、斯う疵が付いたと其時には」。「だツても。」「知らなかツたよ、逃げる一心で。なるほど音は聞こえたさ。」「音？」と志佐は急にふるへた。「鉄砲の音は為た！」「鉄……」と佐志は絶叫した。

「番兵のやうな奴《やつ》に例の伝で撃たれたンだ、今思ふと」。「ひツどいぢや無いか、子供をまア。」「珍らしか無いぢや無いか、え、おツかさん、兵隊は教会の手先につかはれる、教会は兵隊の味方になる、こりやいつでも極まツた事なンだろ。」さりとては、ませて居る。ませては居たが、嘘では無い。いかにも全くそれである。「ひどいぢや無いか、あんまりだ。大事の〳〵、人の子だ。どれ、御見せ、疵口を。あツ、それでも好い塩梅、ほんの〳〵擦《かす》り疵だ。ほんの擦《かす》ツた丈なンで……あゝ、まづ、何とした仕合はせか。けれど、痛かろ。すこし痛い？　本当かい？　すこしだなンて隠さないでも。なに、隠しやしない？　本当かい？　隠さないで本当お云ひ！　おツかさんが苦労するかと思ツて御前は隠《かく》……」涙声である、「孝行の御前だから、隠すか知れない。さうぢや無いツ？　さうかえ？　本当かえ？　泣くなら御泣きともさ、いくら泣いたツて――畜生、教会のやつの耳の抜けるほど泣いて御やり！」

足もそわ〳〵気もそゞろ、身もわな〳〵、舞ひを舞ツて志佐は何所からか酢と木綿の切れとを持ツて来て、手ばしこく疵に宛がつた。扨それは夫でいゝ。まだ気掛かりは一つ有る。栗はさてどうした？　目に見えるなまじひの烟は目に見えぬ火を却ツて連想させた。馬知《ばしり》さへ斯う怪我をした、栗は撃ち殺されたか知らと一図のぼせるやうである。

「栗は教会に居るンだね。たしかにかえ?」「留《と》められたの」。「どうかされや為《し》ないか知ら」。「分からないさ、そりや。」「分かツても分からないでも、さア、相手が教会ぢや是から行ツて聞いた所が歯も立たずと……さうかツて、まだ夕飯も食べずに居るンだらうしね……おツと、栗どころか御前もさうだツけね。御前にも御前の好きな物《もの》をおツかさんが取ツて置いたツけ」とまでは云ひ掛けたが、はたと窮した。聞き咎めぬやうな鈍《どん》でも無い、馬知《ばしり》は急に目を見張ツた。「取ツて置いた、え、おツかさん、何を?」「うまい物だツたがね。」「御呉れな、そンなら。」「けれど無いの。」「なアンだ。うツ、分かツた。又いつもの通りだろ。おとツさんが帰ツて来て、蹴合ひの賭《かけ》に負けた、腹が減ツたと、血眼で台所の塵《ごみ》までさがし出して、そして食べちやツたのだろ。」

中《あ》てられたか! やれ、子にまで然《さ》う当てられるほどの仕儀なのか。志佐は寒気《さむけ》がした。「ねえ、おツかさん」と馬知《ばしり》は続けた、「ねえ、おツかさん、おとツさんが食べたンだ、あたしや可《い》いよ、食べないでも。食べて旨がツておとツさンが悦んだなら、あたしや食べたより猶嬉しい。」「えヽ、も、お前は」と最う堪らぬ、志佐は馬知《ばしり》を抱き〆めた。「有りがたうよ、おツかさん」と馬知は更に泣き出した。「何……何が有り難い?」「抱《だ》いて、斯う貫ツてさ。それで、あたしは斯うだけれど、栗は今頃どうしてるかと思ふとね。」吁、どこまで泣かせるのか! 志佐は咽《む》せ〳〵入《い》ツた。

「泣くンぢや無いよ、おツかさん。」「嬉しくツて泣くンだよ。」「嬉しくツて泣くの?」「さうなのよ。」「ぢや嬉しくツても泣く、悲しければ尚泣く、口惜《くや》しければ尚泣く、どうしてもあたし達は泣き続ける身体《からだ》なんだねえ。」「云ふんぢや無い、そんな事。」「まア、お聞きよ。外《ほか》の国では親よりやさしいといふ教会の長老までが何だか知らないが、あたし達をでも泣かせて呉れるのが名人だからねえ。」

志佐は慰めもなりかねた。いツそ相手にならぬ方がとわざと姑らく無言となる、その無言が実に暫時、やうやく五分時間とは続いたとも思はれぬのに、嗚呼神か、嗚呼仏か、嗚呼何たる罪の無い、純潔無垢の心根か、もう馬知《ばしり》は睡り入ツた。鼾睡《いびき》である。「あら、まア」と志佐は仄《かす》かに云ツた。可愛らしい顔をわが膝へ押し付けた儘の馬知《ばしり》を、寝入ツて重くなツたと押しやるどころか、もう只志佐は舐《な》めても足らぬ。うす淋しい笑顔《えがお》とも〴〵又一しづくほろりとなツた。が、しかしそれが幾何《いくばく》でも無かツた。子供ながらも馬知《ばしり》には教会で遇ツた散々の目で悸気《おぢけ》が付いたのである。すや〳〵と睡ツたと思ふや否や急に総身をふるはせて、火の付くやうに泣き出した。

志佐はそれ丈でもどきりとした。慌て、抱き上げた。「馬知《ばしり》、どうしたの？　これさ、怖《こは》い夢でもかえ？　え、馬知《ばしり》、馬知の、これ、好い児〳〵！」馬知は目を見張ツた。冷汗をさへかいて居る。「あゝ、こはかツた。泣いたかえ、あたし。」「泣いたとも。何の夢を？」「夢？　忘れた。」「今見たのに、それで！」「忘れたの」と又更に身をふるはせた。子供だけにあどけ無い。泣くほどの夢はもう其方退《そつちの》けである。すぐ別に思ひ出した事、その方《ほう》へ気は紛れた。「おツかさん。」「何だえ。」「もう泣かないよ。」「ぢや御寐《おね》。」「あゝ。けれどお聞きよ。若旦那が善い事をして下さるとさ。」「若旦那とは、えツ、誰？」

誰と問ふ迄も実は無い。若旦那といふ尊称でその辺界隈、実に彼の以原の令名は聞こえ渡ツて居たのである。

「ねえ、おツかさん、若旦那が西班牙から学者になツてお帰ンなすツたんだろ。それでね、やツぱり其死んだ阿父《おとつ》さんのとほりに此国の、あたし達比律賓人の事をいろ〳〵思ツて下さるんだと。学校を建てるとさ。」「若旦那が？」「それで只で比律賓人を教へて物がよく分かるやう、さうして西班牙人に犬か猫かのやうにされないやう、立派にして下さるんだと。おとなりの多思夫《たしを》さんも学者だろ。大層若旦那の為《す》る事をたのしみにしてるんだと。あたし達だツて身動きが出来ないンで、いやだけれど、教会へ行くんだろ。」志佐は重くうなづいた。「さうなりや、あたし達だツて其学校で勉強する。それから若旦那はあたし達を可愛がるてへからね、牛をあたし買ツて貰ツて、乳を絞ツて、若旦那にも上げる、それから又栗にも一抔づゝ飲ませてやる。」志佐は無言で泣き出した。「それから、あたし大きくなる。川でおさかなも取る、山で猟もする。さうして若旦那に頼んで地面買ツて貰ふ。地面持ちの教徒《フライアル》はあのとほり威張れるだろ。地面が無くちや肩身が狭いもの、ね、おツかさん。それから其地面へ砂糖を植ゑる。砂糖は儲かるとさ。茶五旦那御覧な、砂糖であンな金持ちになツたんだと。さうして、あたしは阿母《おつか》さんを楽に暮らさせる。栗の方は、多思夫《たしを》さんも褒めるもの、馬尼刺《まにら》へやツて大学へ入《はい》らせて、それからして医者にする、ね、博士に。」

志佐は且聞く、且泣いた。且泣いたが、しかし笑ひながら泣いたのである。さりとては子供は子供、無邪気な心で夢想を恣にする、その夢想が又よく〳〵思へば、たとひ子供の心がけのものにもせよ、世智辛い国の現在の有りさまを煎じ詰めた精である。聞くのは嬉しい。同時に又悲しい。

その内馬知《ばしり》は寝入ツて仕舞ツた。

しかし、志佐は睡る所でない。人生の情無さの内に一滴だけの甘露を子の口の言葉から味はへば、つらさと嬉しさとごたまぜである。それにしても、栗はどうしたか。馬知《ばしり》は目前に在る、もとより安心、栗は泣き仆れては居ぬかと思ふ。暁方を待ちかねた。

さて教会へ行くとなると、素手ではどうも敷居が高い。何そりや長老はわるい顔を為さりやせまいが、教会へ素手ではどうもつらい。裏庭に取ツて置きの葡萄が有る。粒の揃ツたのを幾房か大事にして棚へまだ付けて置いた。今や肝心の場合ひと云ふので、愛を割いて志佐は其葡萄を残らず房で切ツて取ツた。教会へ持ツて行かうと云ふのである。敷居の高くないやうにと、哀れ、其大事にして居たものを見す〱切ツて持参しやうと云ふのである。

馬知《ばしり》を寝こかしにした。その葡萄を美しく籠へ入れ、ひよいと頭の上へ載せて、すり脱けるやうにして、やがて志佐は教会へと行ツた。教会の入り口で胸はもう轟いた。栗の泣き声はせぬか知らと耳はもう引ツ立ツた。庫裏とも云ふべき方へ回ツて、見るとそこには下男が居た。

是も附録の税であると志佐は笑ひ顔をさへ示した。「つまりませンものですが、只今摘みました。お口汚しに長老さまへ」と云ひながら例の籠をさし出せば、「ふん」と鼻であしらツた。あしらひが先斯う冷やかなので、志佐も一寸は二の句が継げなかツた。やうやくの思ひ、「あの、わたし共の栗でございますがね、只今まだ帰りませんがね、まだこちらに居りますのでしやうか知ら」、恐る恐る云ツた。容易には、しかし、返事も無い。重ねた。三度まで重ねた。すると、漸くその三度目であツたが、下男は額に「八《はち》」である。「栗がどうした?」「をりますかと。」「栗、あの泥坊か!」あはれや志佐はぞツとした。「泥坊ならもう逃げた。親の所へ行ツたろと其筋へ訴へた。捕縛方がもう向かツたろ。どうせ親の児だ、なアお神さん、よく出来たもンでねえ。」又あはれ志佐はぎよツとした、而も涙も迸ツた。「まア」と只云ツた丈で、顔を掩ツて泣き出した。「面白くもねえ、困るぜ泣くなンて。銭を取る芝居の愁歎場ぢやねえぜ、おい。出ろ、泣きたくば外へ出ろ、」その下男は立ち掛かツた。「出ろと云ふに」とその下男は云ひさま又足のさきで志佐を突いた。志佐はよろけて地へ仆れた。「面白くもねえ、仰山な。吠えづらが何だい、おい。長老さまの耳に入《はい》るとおれまでがお目玉だ。ゆけ、貧乏土人の吠えづらは、な、長老様は大嫌へだ」と更に突き〱〱出した。

吁、読者諸君！諸君はいかゞ思し召す。比律賓に於ける良民たる婦人は、それ、かくの如く教会に於て侮辱されるものなのである。

第七回

馬知《ばしり》が志佐《しさ》に話したとほりの目的を例の以原《いばら》は抱いて居た。身のまはりを見わたした所で、たしかに相談になるべき人は例の多思馬鹿と云はれる哲学者多思夫老人只この人とより外は思はれぬ。よし親しく面会して意見を聞き取るが上策とやがて以原は茶五旦那の邸の宴会後、幾程も無い頃であツたが、朝早く多思夫老人の許をおとづれた。

老人の住居といふよりは庭といふ方が殆どあたる。其住居は森のやうに繁茂した庭の中に、些しばかり只もぐツて、ほンの膝を容れると云ふ丈けの大きさの見る影も無いやうなものであツた。その代り閑静は無比であツた。馴染み切ツて居る様子で燕があまた飛び交《か》ツて居たが、其燕さへ羽音をも立てまいとして居るかと思はれるばかり、とにかく無言無声無韵の神境と、斯う云ふのが適当であらうとしか思はれぬ。

音なひを云ひ入れたが取り次ぎも居ぬ。すぐ書斎が老人の声である、「かまはずおはいンなさい。聞こえましたか。」「はい」と以原はすぐ応じた。「どなたです」と老人が折り返した。

這入れと云ふのを前に云ツて、名を後《あと》で聞くとは妙である。「以原です」と又すぐ応じたが、腹で以原はつく〴〵思ツた。「どうも最初から脱俗だ。あたり前の虚礼一方の社会だと名を聞いてからどうの斯うのとさへ云ふのに、さすが風変はりの哲学者だけあツて、来たものなら誰でもすぐはいれとは驚いた。」

さう思ふと共に敬意も増した。つゝしんでその書斎へと通ツた。いや、しかし、驚いた書斎である。足の入れやうも殆ど無い。今や生物学の研究中でゞもあツたと見えて、さま〴〵の虫けらやら色々な葉やらで老人は殆どその身を埋没して、更にその上そのあたりにはさまゞの書籍が縦に散り、横にころがり、殆ど算を乱してあツた。が、猶よく見ると、老人今や研究の真最中であツたと見えて、殆ど以原の来たのにも気の付かぬ様子で、目もふらず机で何か書いて居た。心無く邪魔するでも無かツたと以原も俄に心付く。一旦は中へ入《はい》ツたもの丶、すぐそツと足を抜いて更に引き返さうとする所を「もし」と老人は呼びとめた。

「いや、是は、御出でなさい。さア、どうぞ。」以原は些したぢろいた、「御用中御邪魔と存じまして……どうぞ御かまひ無く。あちらで私しは待ツて居ります故。」「あは丶、気になさるな、搆ひません。何もさう大して忙がしいと云ふ訳では。」「さやうですか」ともぢ〴〵した。「わたしが何か御役に立つ事なら、老人よろこんで承はりますがな」と、ずツと此方《こちら》へ向き直ツた。「有り難うございます。是非折り入ツて高説を承らうと存じましてな。しかし……」と机の方を見やツた、「いや、是は大層な御面倒な御しらべを、ハイエログリフヒクス（埃及《エジプト》の絵文字）の御調べ中でございましたかな。」「あツは、さやうです。しかし、調べではありません。」「はア、御しらべてございませんとな?」と以原は大に不思議に感じた。「調べではありません。意見をすこし書いて居るので。」驚いた！ 今の世の中、此世界中、如何なる博言学者でも、吁、誰がハイエログリフヒクスで意見などの文が書ける。ぞツとするほど以原は感じた。「それでは御調べで無くて、文章を御起草で?」「さやうです。容易に人に読めんやうに。」さりとては又何とした返答か！ いかにも気ちがひじみて居る。

「御意見を御書きになツた所が、人に読めないやうでは其の甲斐が……」「いや」と老人は中途で消した、「現代の人間にもとより読んで貰はうと此わたくしは思ひません。」以原は急にぎよツとした。老人はすぐ続けた、「なア、あなた、人間といふものは其時代にはすべて盲でしよ。後世でやうやく憶ふ偉人の説を決して其時代では顧みもせんのでしよ。むしろそれ故、わし抔は説を現世には秘密にして、むしろ遺稿として死後に於て始めて出さうと思ふのですな。」

吁、何とした至言であらう！ 名誉も栄利も真実眼中に置かぬといふ大学者大哲人、只実にそれで無ければ、決してこゝまでの味は云ひ出せぬ。以原は身さへ縮《すく》むやう、「御もツとも」とうなづいた。

「現代の盲に見せた日にはすぐ一大事になりますぞ」と老人は更に切り出した。「な、読ませたなら、きツと没収だ、差しおさへだ、そして焼かれて仕舞ふと云ふ、只それ丈は分かツて居る。な、悠々たる此歳月、その歳月に守らせて、身後《しんご》やうやく見て貰ツた所で、さア見る奴《やつ》も其著者に対する嫉妬の念も消えて居る、やうやく真の真の値といふものをそこでよく見て呉れる、学者の楽しみはそこですな。『あゝ、昔の人も斯う云ふたか。なるほど、昼寝して居なかツたな』と、斯う後世の者が只一言公平にさへ云ツて呉れゝば、それで学者は満足です。いや、しかし、是は余談につひ走ツた。何も、そんな事をあなたは聞かうとて御出でゞも有りますまい。さ、肝心の御用談、それを伺ひましやうかな。」

促されて一礼して、以原はやがて身を進め、持参の書類をさし出した、「委細はそこに書いてございます。つまり国民の智識を進めなければ、やはりどうしても自由といふものは得られぬ訳、それには是迄のやうでなく、何よりもまづ教育の普及、それを第一とするとして、つまり其理想を実現するやうな学校設立の事、と、斯く考へたのでございます。亡父も絶えず申してをりましたが、以原《いばら》貴様は何事でも重大と感じた事が有ツたならば、多思夫先生へ必らず御相談するがよいと、斯う申してもをりました。」

見る〳〵多思夫は涙浮かめた。その儘で只無言で、その書類をつく〴〵見た。「なるほど、御咄しは分かりました。つまり、よく御聞きなさい、あなたもやはり此私しが夢想した空想、それを実現したいと云ふ、只是丈なのですな。「も一度どうぞ」。「な、私の夢想したとほりを、やはり、実現したいと思ふ、それですて。な、私の夢想、つまりは痴人の夢想、な、多思馬鹿《たしばか》の大夢想！」

以原は呆れた、否、むしろ失望した。言葉も出ぬ。

「あなたも此夢想の実現を主張する以上は第二の多思馬鹿と云はれます。あなたが此夢想を主張なさる時は世間滔々たる一般、その揃ツての利口者があなたを馬鹿と云ひますよ。な、何でも世の中の利口な人達は己れ等と一風変はツた人さへ見れば、すぐ馬鹿といふのです。わしも、そこで馬鹿の一人、多思馬鹿と世に云はれるです。云はれるが、しかし、感謝する。わしは満足して居るです。なぜ？　わしが利口と云はれる其時はもうわしの命といふ者が奪はれて仕舞ふ時なのです。さ、ようござるか、命が捨てたかツたら、搆はず利口と云はれるやうに地金をあらはして示すのです。一身を大事にと思ツたなら、馬鹿と云はれてはい、阿房と云はれてはい、何でも夫で無ければ為りませんよ、はア、どうです。なるほど、教育の普及をあなたは企図される。御若いに、感心だ。そこで、此老人の助言を御求めになると云ふ。しからば、老人が好意をもツてあなたへおこたへすべき言葉と云ふのは実に只一つより外無いのです。一つ、それは然らば何？　曰く、老人の助言を求むるなと改めて助言する、と云ふ即ち是なのです」と見る〳〵涙ぐむのである。

大方は其くるしい心中を以原とても推察した。ともすれば虐政に反抗して革命を起こすものが有るか〳〵と鵜の目鷹の目を政府がはの者及び教徒などが只凝らして居る、こはらしい、気味のわるい時代であるぞよとの忠告をば既に老人の言葉にほのめかして居るのかと大抵は推察した。それ故、無言で黙想した。黙想となると同時何がどうと云ふでも無いが、胸一杯には只、只、為《な》る！

「以原さん」と老人は再び言葉を改めた。「今の、助言で無いとわしの云ツたのを第一の助言として、更に改めて第二の助言といふものをわしから別に申しましやう。是れ金科です、玉条です。あなたはじめ其《それ》をさへ御守りならば、遠大の目的は必らず達し得るのです。「なるほど。然らば、どうかそれを……」「むづかしくも無いのです。教徒《フライアル》一派全体の歓心を結ぶのです」。「えツ？」と以原は驚いた。

「すべて宗教の連中、な、ゴベナドシヨ（Gobernadorcillo）にですな、万事を相談するのです。」「是はしたり」と又おどろいた。「むしろ敵とすべき教徒《フライアル》の連中、すべて世のゴベナドシヨ輩と相談をせよと先生は仰やるので？」「たしかにさうと断言です。分かりましたか。分かりませんか。尤もそれらゴベナドシヨ輩と相談をすると云ふのは只相談する意見を問ふて見ると、斯ういふ丈の意味ですぞ。相談をした所が、それに従ふと従はぬとはあなたの御心一つです。」「あツ、なるほど、分かりました。即ちまづ敵の心を探ツた上、究めた上、しかる後、おのが儘にせよ、と、斯うですな。事のすべての準備するまではまづ身を敵の懐中に托して置け、と、斯うですな。なるほど」と以原は考へた、やゝしばらくその儘また黙考した。「さりながら」と急にまた盛り返した、「さりながら先生、事情がさう永くまでゆツくりして居るのを許さんとしたらば如何です。御言葉は一の道理としては御尤も、しかし焦眉の実行となツた時は必らずしも御尤もとは云へぬかと、失礼ながら存じます。過誤、虚偽の仮りの装ひをは無理には必らずしも着せずとも、天職は行ひ得られる事とわたしくは考へますがなア。」「しかし、裸《はだか》真理となツては誰も真理の真の徳を認めさへしませんよ。」

なるほど利いた一句である。しかし以原はまだ怯《ひる》まぬ。怯まぬ其顔色を素より老人は見て取ツた。「わしの方から云ふとすると、あなたは又只空中の楼台を一概に牢固たらしめやうとのみ空想に齷齪して居なさるとしか実に只見えませんがなア。失礼ながら智慧が足らぬ。まだ御若い。丸裸に人をするとして、その心付かぬ間に帯をゆるめて置き、その心付かぬ間に扣鈕をはづして置き、いざといふ時に為ツて、ぽんと手を拍つとなれば、其手の音は一つでも相手は丸剝《まるむ》けに剝《む》けましやう。さも無くて、正面からやれ帯だ、やれ扣鈕だと明らさまに取ツて掛かツて、誰がおめ〳〵其とほり帯も扣鈕も取らせますか。これでも真理ならばどこまでも只むき出しの裸身《はだかみ》で物を自由に為し得ると、されば、あなたは云へますか。」

又々利いた言葉である。しかし、まだ〳〵以原は怯まぬ。「御咄しが大袈裟過ぎますな。道理だけは如何にもさうです。具体的に云ひましやうか。此国の状況で云ふとして、もしこゝに天下に呼号して革命の宣言を発表すると為ツた日には、なるほど、教徒《フライアル》は敵でしやうさ。しかし、政府は……」「政府がどう？」と老人は目を見張ツた。「政府といふ有力者は改革者の味方でしやう」と以原はきツと云ひ切ツた。

「政府か！」と老人は溜め息をさへ且加へた。「駄目な事！」「駄目ですとな？」「駄目の皮、無駄の尻尾《しつぽ》――何の役に！」「立ちませんか？」「盲の政府が何になる。政府はなるほど社会の改善を望むでしよ。しかし青目鏡を掛けて居る。万事電話で間接に聞く。料理で変はツた味を味はふ。教徒《フライアル》といふものに壅塞された囚徒同様の政府が何の働きの出来るもの。天下太平か、なるほど教徒《フライアル》のおかげで然《さ》うだと政府は実に只思ふ。政府の威厳が安全か、なるほど教徒《フライアル》の力でさうだと政府は実に只思ふ。一も教徒、二も教徒、三も四も皆教徒、しかも其教徒が獅子身中の虫であるといふ事に気の付かぬ政府に、吁、何の辛竦なる腕、吁、何の勇健なる力が有りましやうか。今の比律賓の状態は冠を足に穿《は》いて、靴を頭にかぶツて居る。政府たる冠は教徒たる靴の下に在る。政府者は猟犬で、教徒が実に猟夫である。即ち教徒といふ教徒が実に政治の実体で、政府といふものは只その教徒の影法師、只その教徒のピナムブラ、全く今の西班牙国の馬尼剌政府は影法師として只在るだけ、実に只それだけです。それに付いてはあなたですな、欧洲諸国を歴遊なさツてもろ〳〵の文明国の真の状況をも十分したしく御覧にもなりましたろ。比較した丈でわれ〳〵の此比律賓がそれら諸国と如何やうに相違した地位に在るかも亦御究めになツたでしよ。」「いや、究めた事は究めました。さりながら一目で見た所で、却ツてそれら欧洲諸国の方に人民と政府との反目は甚しいやうに見えました」と以原は事も無《な》げである。「はてな」と老人眉顰めた、「人民と政府との反目が欧洲の方にむしろ烈しいと？」「さやうでございます、全くです。議会と内閣との衝突など些しも珍らしい事でも無く、また新聞紙や演説でも……」「それが、然らば、どうだと云ふので？」「いや、それでございますからな、なまじひの文明と云はれるそれら諸国より却ツて此比律賓の方がまだまだ〳〵……」「まだ〳〵どうだと云ふのです？」「まだ可《い》いと云ふのです。」「可《い》い？なぜ、またそれは？」「比律賓では此とほり人民と政府との反目が著しく目に立ちますまい。」「立たぬ、それが、然らば、どう？」「ですもの、よく調和して……」「と、吁、あなたも云はれるか」と老人は大息した。「御見込みは違ひますか知ら」と以原は急にきツとした。「ああ、あなた迄がさうですか」と如何にも失望の気味である、「此比律賓が、それならば、太平である、無事である、円満である、平和であるとあなた迄が思はれるか。いや、それは大ちがひ。さア、なる程比律賓人民から不平の声は出ますまい、いやさ、出たやうに聞こえますまいさ。しかし、それは出ぬので無い——塞がれて居ればこそです。必らずしも立てぬので無い——抑さへられて居ればこそです。声を出す機関の口は聖書と銃剣と硝薬とで十分ふさがれて居ればこそ其声は蟄伏して居るのです。比律賓人は、なるほど泣かぬ。泣けば其泣きやむまで鉄拳で打たれるゆゑ！　比律賓人は、なるほど立たぬ！　立てば其足の折れるまで鉄棒でやられる故！　比律賓人は、なるほど背かぬ、一揆を起こさぬ、謀反《むほん》せぬ！　その支度を怪我にもしたが最期、二葉で早く刈られる故！　此の如きが今の状態、それがあなたの目には見えぬ――と云ふのは外でも無し、あなたは只外面の無理きはまる、平和な顔色だけを見て、そして些しも内部に於ての苦痛といふものを見ぬ故です。外面は笑ツて見せる。内部には血が烹える。外面は笑ツて見せる。内部には膿が熱持つ。これが全く現状です。」ほどばしる涙をおさへて、老人は一息《ひといき》吐《つ》いた、「な、老人が意見を書くとして、血で書いて血で封じ、人の読めぬハイエログリフヒクスを用ゐ、知己を身後の末に求めて、泣いて〳〵只泣いて、現在の今日、この命の有る現身を送ツて、只、仕舞ふとするのは此故で、必らずやしかしやがては一念、必らずや身後の子孫が志を受け継ぐ事と、わづかに心に信ずるのです。その時に至ツて政府が俄かに目を覚ましたところがもう遅蒔、雨のまだ降らぬ内、傘の用意をせぬ以上は悔いて及ばなくなるのです。わたくしは吁、種を蒔く――生えるまでは随分つとめる――生えさせて実を刈るといふ楽しみは後の子孫に貽るのです」と、又涙をかい拭ツた。

以原もさすが歎息した。「それ丈の注意ぐらゐは西班牙政府に於ても今何も必らずしも無いと云ふ訳でもありますまい。文明といふ今日、いつ迄もさう昔の儘を継続しても居られまいと思はれますが。」「いゝや」と老人は妨げた、「そりや違ふ。」「違ひますとな？」「大ちがひ。本心にその気になツたならば、島民に自治制といふものを布く、斯くならなければ為らんでしよ。」「いかにも、な。」「その気ぶりも無い！　帽子から被る改良は靴下の方から抜いて取る！　一夜大尽を貪る官吏！　人民の無智に乗じて、懐中をのみ肥やす者共！　教徒と一つ穴の貉になツて、百姓の膏血をばすゝる〳〵、すゝり抜く。政府財源のためとあらば富籤を奨励しても、国民の僥倖心を煽動しても委細かまはぬ。王命は矯められて、階段はいつでも万里。賄賂となる、共謀となる、蛆と蛆とのたうちまはツて、血膿を互ひにすゝり合ふ！」「あゝ、もし、先生、御言葉の中ですが、さて其とほりの現世でしよ。腐敗したのみの今日でしよ。その本はと云へば御言葉の中でも教徒《フライアル》との御意味でしよ。その教徒《フライアル》ごときに、然らば、先生は先程のやうに、このわたくしをしても頭《あたま》を低《さ》げさせやうと、さ、仰やツたのでございますか。」「さうですとも。」「えツ、先生。」「さうですとも。」「はてな、御聞きちがひでは……」「年取ツても耳はまだ聞こえます。」「はてなとは何がです？」「やはり私しが此社会を改革する気なら、まづ教徒《フライアル》の下《した》に付く気で居なければと、さきほど、仰やツた、その通りに今も仰やるか。」「断じて言葉は変へません。」以原は呆れた、否、また〳〵失望した。「断じてさう云ふのです、以原さん。手短かく別に云ひますよ、曰く、『断られたくば頭下げるな』、な、わかりましたらう。」「断られたくば頭下げるな、あ、なるほど――分かりませんで分かりました。」「窓の外を御見なさい」と更に老人は戸外を指した、「木が有りましよ。」

「有ります。」「痩せて居るが花も咲く実も生《な》るでしよ。」

「なるほど。」

「嵐が急に吹いた時、痩せ肱を無理にあの小枝が突ツ張ツた日にはどうでしやう。」「蕾はもげます」。「蕾がもげたら?」「花は咲きません。」「花が咲かなければ?」「実は生《な》りません。」「実が生《な》らなければ?」「分かりました。」「分かりましたか。」「分かりました。」「実のためには大事の花、花のためには大事の蕾、蕾のためには大事の枝……されば、枝の意地が角立《かどだ》つのと角立たぬのとでどちらにも……」「わかりました。」

それなり、以原は涙ぐむ。

多思夫は庭の木を眺めた。

吁、読者諸君！　諸君はいかゞ思し召す。野蛮と云はれる比律賓人中にも、吁、必らずしも多思夫のやうな哲学者が無いとのみは限らぬのを

第八回

人の忠告を仇に聞くのみが必らずしも其折角の忠告に服従せぬ事となるのでない。忠告をば至当と聞く。聞いても、時と場合ひとに由ツては其忠告に従へぬ。多思夫老人の忠告を以原はいかにも至極と見た。安全の間に事を遂ぐるには如何にも其老人の言ふ所に従ふに上越す事は無いと以原とても思はなくは無い。さりながら安全を求めると云ふよりは燃えるやうな一念をすぐ実現させたいと云ふ方が其場合ひでは只、只克つ。一図これぞと思ひ込む。障碍もあらば踏み砕いても、と、是が以原の心である。昔から一代の惰眠の中、ひとり覚めひとり悟ツて、大呼して世を驚かす説を出した人が若し一身の安全をのみ求めたならば、なるほど鼎鑊にも入れられまい、十字架にも縛られまい。只その人はその時に一般の風潮のみ見て暮らす曲学阿世の徒とちがツて、敢てわが主義のため、わが一念の信のために身を忘れ果てたのである。真理成るほど裸体では人受けがわるいか知れぬ。さりながら既に真理たる以上は化粧も何ももとより要《い》るまい。火か、熱いぞと只、只云ふ。水だ、冷《つ》めたからうと只、只云ふ。いや、一身の安全のた

め主義を躊躇はさせられぬ。

以原は実に斯う思ツた。世わたりの上手から云はせたならば、如何にも愚ではあツたらう。さりながら、好んでその愚に、どうでも、なツた。

老人の忠告に従はぬ。

俄然として抱負を発表した。

普通教育を旨とする模範的の学校を設立して、つとめて文明の新思想を一般の青年男女に伝へやうと、是が以原の差し当たツての考へとて、その旨を乃ち発表した。

未開、野蛮、愚物のみの比律賓ならば、何として、此類の小むづかしい計画の発表に同意賛成を表する者が有らう。しかし、実際さうでなかツた。発表の趣意は一通りならぬ熱心をもツて人民の中に歓迎されたのである。あゝ成るほど出る時には其人が出る。偖は其茶五旦那の娘の婿になると云ふ噂の有る以原といふ若い、洋行帰りの学者の人が人民の目を明けてくれるとて、義学とかいふものを興してくれるのか。比律賓人ですこしでもむづかしい文を書いたり、些しでも政治がゝツた議論でも云ツたりする人間はもうすぐ学問が出来る故さうだと云はれて、教徒《フライアル》に睨みつけられ、あへたり揉んだり碌な目に遇はぬのが御定まりであると云ふ、その是迄が是までなのに、誰も皆懲り切ツて居る今の世に、さりとては人助けの、神さまのやうな人が出て来《く》れば来《く》るものだ。

一同只此声、その同じ声でおなじ噂が喧伝した。そして段々聞けば聞くほど、一般の人民に取ツては驚くやうな事ばかり、茶五旦那其人さへ一方ならぬ肩を入れて以原の其計画を助けるとさへ云ふ事である。婿の身のためを思ふ故、なるほど、其位の事も有るか知れぬとは思ひもするものゝ、しかし、毛虫のやうな駄尼曾長老の手前もありさうなものを、よく憚からず思ひ切ツて、さういふ教育とか何とか云ふ小むづかしい事に茶五旦那が力を入れる事にまでなツたものだとさへ思ひもする、全くの事、茶五旦那とて駄尼曾長老には頭が上がらぬ。茶五旦那の金持ちになツたのも長老と万事結託した御かげだとのみ茶五旦那さへ思ツて居る。然るに、その駄尼曾長老は教育抔大きらひとのいつもの議論である。それで此度の以原の計画ばかりは長老が邪魔を入れなかツたと云ふのも不思議としか思はれぬ。不思議でも何でも事さへ行はれゝば宜しい。しかも、行はれる事になるのである。長老は邪魔を入れるどころか、其学校の設立に同情をも表するのである。以原も安心した。

猛風の吹き捲かうとする前、随分鬢の毛さへ揺かぬ空合ひとなる事は有る。その静かな空合ひに以原は安堵するともなし安堵した。然り、静かな空合ひはその実陰険なる空合ひなのであツた。雲拶れ、雲凸凹して、薄墨をこぼしたやうな、険悪なる空合ひ――それを又比律賓人風に云へば鉛《なまり》色《いろ》の空合ひ、人を毒殺するに足る丈の、怖ろしい空合ひなのであツた。

十年ばかりの夢の間に簞笥となる桐の木に堅い木目は決して望めぬ。さしも教徒の毒の手、魔の腕のしびれ込んだ比律賓に、案外早く歓迎され、案外早く成功させられる事業の裏にいかなる夭折が孕んで居たか、いかなる毒虫が蝕ひ込んで居たかを、吁、吁、以原は思はなかツた。否、思ツた、想像もした。しかし、一身を犠牲としてと、只突ツ掛かり、乗り掛かツた。筆を永引かせる迄も無い、校舎建築とさへ運んで来た。寄附さへ有ツた。人はすべて舌を巻き、目を見張ツた。起工式の日となツた。長老はじめ、以原は無論、土地の有志者皆すべて臨場した。なにしろ空前の盛典らしい。旗はあがる、飾り物は出来る。大声を出して歓呼こそせぬが、人民の一同は踊躍した。

陰険の悪魔の手はこの間ひそかに地下を這ツて居た。

誰もあまり気は付かなかツたが、見すぼらしい姿をした一人の、強さうな若者が式場辺に隠現した。

以原は場中の主なる人である。その故か、群集した教徒の一連は以原に対して礼容至れり尽くせりである。やがて祝賀の式となる。推されて一旦辞退し、重ねて推されて、然らば不肖ながらと挨拶して、さて改まツて以原が身を起して、いざや是から式に掛からうとすると同時、云ふに云はれぬ胸さわぎが其以原の心もちに催したのである。

はツと只躊躇した。見る気も無くてふと見ると、群集の中、例の其見すぼらしい姿の、且強さうな若者が目を怒らして立ツて居た。又以原は何をどうと云ふ事も無く、只、胸さわぎが烈しく為《し》た。

と思ふ間《ま》も有ツた事か！

大雷の音もろとも式場は崩潰した――否、以原の頭上が真先に崩潰すると見る間《ま》、折角の建て物が見る〳〵微塵になりはじめた。混雑は話しにならぬ。押し合ふ。踏み合ふ。泣く。わめく。死人はとにかく、怪我人さへ出来た始末とさへなツた。式も何も、それ故、有ツた沙汰では無い。その儘一切が中止と為ツた。

好運が身にあツたか、以原その身は怪我だけは為なかツたが、とにかく起工といふ手はじめから其様な不吉な事が始まツたと云ツては、何と無く、人の気の落ちて仕舞ふのは分かツて居る。なるほど人も噪ぎ立てた、こんな筈は有る訳が無い、何者かの悪意が引ツからみ付いて居るのであると、一同急に騒ぎ立ツた。不都合な大工と云ふ、石屋の手落ちと云ふ、只さう云ふといふ丈で、何が何やらもうさう為ツて仕舞ふと、烟をつかむやうな事になツて、取りとめの有るでも無い。しばらくは以原も呆れて居た。呆れたと同時腹の中に偖はと思ふ所も有る。憤然として決心すると同時、もう誰にも口を利かぬ。式場外へと立ち出でゝ、更にそれから退いてゆるやかに考へを回らさうと考へた。

そして其儘その場を離れた。まるで夢を見る心もちで、何処から考へていゝかそれさへも分からなく為りもした。とつおいつ、空しく躊躇して居る所へ、足音が烈しく聞こえると共に、追ツ駈けて来た人が有ツた。見ると、おや見覚えの有る男である。いや、何《なん》の何《なん》の、すぐにさへ思ひ出されもする。その男といふのは外でも無い、最前すでに式場のあたりをうろついて居たと以原が見て置いた、その、姿の見すぼらしい、そして身の逞ましい、例の怪しい男であツた。「先生、以原先生」と呼びかけたが、其呼吸《いき》はすこし切れて居る。非常にうろたへた様子だなと以原は一時只思ツたが、しかし、又殆ど同時に意外な事をさへ思ひ出した。其男には猶ほかの見覚えが以原の目に有るのであツた。即ち式場で見たより前まだ以原その身は其男を見た事が有るのである。其日の数日前以原は舟遊びをした事が有ツたが、その時端無くある男から其薄命なる身の上を聞いて大に感動し、つく〴〵教徒の暴横を憤慨した事が有ツた、その時のその或る男が即ち今そこへ目前追ひ掛けて来て「先生」と以原を呼びかけたその、実に、男なのである。さう思ふと、前後にどうやら連絡といふものが有る。どうも通常でないらしい。更に又思ひ出せば、其男は死ぬまでの怨恨を教徒に対して抱いて居て、そのため御尋ね者にさへなツて居たのでもあツた。さらに又さう迄思ひ出して見ると、其男が式場に出没して居たのも無意味の事とも思はれぬやうに又思ひ做されるのでもあツた。好奇心も、それ故、動いた。

「何か御用?」と足をとゞめて、以原は其男にぴたりと向かツた。

「せめて一言丈御耳に入れて置きたいと存じます。人の寿命は分かりません。」頭《あたま》から変な言葉である。「面倒なら聞き流しになさい。御信用の有るも無いも頓着無く只わたくし丈の事を申します」と、いよ〳〵変な言葉である。

「伺ひます」と以原は云ツたが、しかし、見張れる丈目を見張ツた。

「こちらへ」と其男は先へ立ツて、横の小路へと直《すぐ》はいる、以原も無言で引きつゞく。それ是する内、その男の名をもまた以原はやうやく思ひ出したのである。「江利安《えりやす》さんと仰やツたな。」「さやうです」と苦笑した、「大きな声ではわが名も云へぬ日かげ者なのでございます。」「なるほど」と云ツたなりで、又々以原は烟に巻かれた。「なア、以原先生、決して只びツくりなさるな。しかし、わたくしの事を断じて他人に御口外ありませんやうにな。と申した処で、わたくしの一身の事では無い。あなたの御一身の事なンです。私しは自己のために他の口を嵌束するやうな不仁無道は行ひません」、姿には似ぬ、凄ましい気焔である。そして又つゞけた、「なア先生、人間が人間をこはいと思ツてる間は離れ業は出来ません。わたくしはもう人間をこはくも何も無いのです」と、いよ〳〵凄い気焔である。「で、御用は?」「はツきり申します。さア、先生、先生は御肉《み》を剝《へ》ぐやうにすツきり申します。謎めかさず椰子の白《しろ》自分の敵のやつらには馬鹿、盲、腰抜け、と、斯う思はれるやうに為さらなければ、御命が無いですよ。」はて是は何たる言葉! 口は変はるが多思夫のと同じである。以原は殆どぞツとした。「何ですとな?」「いゝや、先生が国家に対する御抱負が、いや大きい」と、横を向いて歎息した。「奇妙な事を仰やるな。」「身外皆敵の御身体《おからだ》です。」「何ですとな?」「風前の燈火です。」「また是は……」「身中に虫もわきかねぬ……」「何が?」「馬鹿になれば分かります、臆病になれば分かります。」「わかりませんな。」「御わかりが無い? 吁、なまじひ智慧が有るからです。何しろあれ丈の機関《からくり》の大仕掛があなたと云ふ、智慧の有る、そしてその智慧で目の却ツて曇ツて居る方《かた》の頭の上《うへ》からがらツぴしやりと来《く》る所なのでした。思ひ出してもぞツとする」、身をふるはせた。以原も何だかぞツとした。「そして以原先生、人を殺さうとて圏套《わな》を掛けた奴は却ツて自分が其圏套にかゝる、是がその当然なのでしやう。」又も以原はぎよツとした。「ところが圏套を掛けた奴は却ツてその身をうまく避けたでしよ。見るに見かねましたなア。しかし、わたくしは我慢した。今姑らく見遁すとした。その圏套の所へその奴を引きずツて行くのをば一先些し我慢して、永い目で見て居やう、神の裁判に任せやうと、斯うまづ胸をさすりました。」

　何さま思ひ当たる事ばかり、怪しく、おそろしく、黒雲に毒蛇が舌をひらめかして居るかの感想がさも掩ひかぶさる如く以原の心には湧いた。もとより其感想の一部分でも口外などゝは思ひも寄らぬ。それながら肝にこたへる丈はつきりといふ程如何にもこたへた。「奇妙な事を仰やるなア」とつく〴〵相手の顔を見て以原は油汗となる。

「御わかりが有ツたでしよ」と江利安の目は殆ど睨《ね》めた。「分かツたやうな、分からぬやうな……」「ですから馬鹿に御なンなさい。」「しかしそれは夫として、一体あなたは、さう申しては失礼ながら、何か尋常以上の学問をでも為さツた方《かた》かとわたくしには……」「あはゝ、智慧の有るかたの目はどうしても然《さ》う馬鹿ですかな。」「わからんと仰やるか。」「分かり抜いた上は先生、智慧者となツて馬鹿になる。な、やはり然《さ》うなのです。いや是は、しかし、くだらない事で御引きとめ申しました。申し上げる丈の事は江利安が申し上げました。又御目に掛かります。さやうなら」とばかりで身を交はした。足の向きを立て直す、と、見る間、その姿は林の中へ見えなくなツた。

吁、読者諸君！　諸君はいかゞ思し召す。圏套はいつでも比律賓に此とほり珍らしく無いのである。

第九回

取り残されて姑《しば》らく只以原は茫然となツたが、いつまで其茫然が続くものでは無い。茫然となツた、たとへば雲霧、その濛たる中を片端からすこし〳〵宛照らし、射、消し、失せさせて、そして漸く透かして何ものかを見えさせるやうな推察の光りも閃めいた。閃めいた、さて、然らば、また、どのやうに以原の心の鏡の面にその光りが映じたか？

一塊の烈々たる憤怒の火災、只それのみとなツて映じた。映じたといふよりは映じたのがすぐ火になツた。深沈いやしくも意中を容易に外面に発表せぬ性質の以原の事とて、それ迄に燃え立たう、閃めき立たうとして居た胸中多様の火焔のふすぼりは只辛く理想の冷水にしめされて、抑へ〳〵〳〵て居たのであツたのが、今や最後最高度といふ迄の酷熱の引導を与へられたと為ツては、もはや抑制し得べくも無い。片はしから燃える火ならば、片はしから消し得る。一斉に爆裂する火薬は其消えるといふのが極度の燃焼と同一刹那である。痛憤の痛憤、と云ツても実は足らぬが、しかし人界それ以上の適当なる其語が無い故己むを得ず姑らく其儘にしてその語を用ゐるとすれば、されば重ねても〳〵痛憤の痛憤、その痛憤に絶大なる妖力を揮ツて心中を攪乱される事となツた。吁、人間！　吁、憐れむべき同胞一千万の比律賓人！　汝等の味はツた酸い、苦いを今や以原も分担した。救済に志した足の踏み初めが既に毒液の撒布で足をさへ奪はれた！

駄尼僧の罪悪が今わかツた！　鬼と名にのみ聞くものを今や活動の現在に於て見た。詩に聞く悪魔魍魎を今や人間の皮をかぶツた、外面のみ慈悲忍辱の輩、その教徒たる人獣に於てしたしく見た。吁、以原といふ此おれさへ既に斯うである。思ひやる、同胞一千万人の是までの、さて搾り搾ツた血の涙の、そも〳〵何千、何万、何万万滴であツたかを！　その血で比律賓の土は肥えた——然り、教徒の腹をして便々たらしめるために！　みづから流したみづからの血で比律賓の可憐民衆はみづから己れを毒害した——然り、彼はわが血をしたたらせて政府公認の富籤を買ひ代へて、おのれの家を滅ぼした。彼はわが血を煎じつめて冥加金の奉納を教徒に迫られて、脂の精から骨の随までも皆教会に絞られた。彼はわが血を蒸餾して、劇烈なるアルコホルに醸造し、その酒気紛々たる壺の中へ百年の身を投げて死んだ。彼は盲にして仕立てられた。彼は文明を壅塞された。彼は日輪のかゞやく世界、その深谷に蹴込まれた。

　吁、マグナカルタの光明の赫たる国も世には在る。ヴエルノンに俠骨の埋まツて居る国も世には有る。比律賓は？吁、この東洋の比律賓国は！

　無念は以原の胸膈内に既に飽和《サチユシート》以上に圧迫されて居たのが、一点の刺戟の燐寸で、いざ燃えよかしと命令されて、爆発せずに居られなかツた。思へば駄尼曾《だあまそ》はわが父の仇である。わが父は汝が殺したのでは無いか。殺した父のその子を汝が又もと迫害するでは無いか。あゝ、天地、吁、晦冥！　剣か？　火か？　革命か？がら〳〵んと鳴りわたる音がした。おゝ、教会の鐘である。然り、駄尼曾がいつもの如く説教するとの知らせである。

　以原はすツと立ち上がツた。腕を叩いた、腕の肉をみり〳〵揉んだ。揉む手の先から生血《なまち》かと思ふやうな、冷汗が浸《し》み出した。次団太蹈んだ。

　教会へと駈け付けた。駈け付けて、あゝ、はしたない事をする気なのかと我と我を疑ツた。階段をのぼりかけて引き返して門外へ二三歩出た。腥い風が吹いて来た。墓場が見る〳〵目に浮かんだ。目に浮かんだその、その目に涙が急に漲《みなぎ》ツた。

　何を泣くとみづから叱ツた。涙を手の甲でこすり拭ツた。その儘つツと会堂内！

　正面に駄尼曾が居た、説教をもう始めて居た。さて何を云ツて居る？　とにかく以原は耳傾けた。

　駄尼曾は弁すら〳〵、「皆さん、それゆゑ、わしは云ふ、ようござるか、蘇西《スエズ》の瀬戸が開通してから、比律賓全国に腐敗の空気は伝はツた。蛆の卵が来ては殖ゑる、毒菌の芽が来ては生える。殆ど咄しにならんです。青年が皆駄目だ。欧洲へ洋行とか何とか云ツて、悉く皆碌な事は土産にしては帰らんて。髯もはえずに大人ぶる。やれ個人の権利がどうの斯うの、やれ奴隷制度は罪悪だのと得手勝手な熱を吹く」と、いつか群集の中に居る以原をそれと認めた様子、冷笑を帯びてわざとらしく以原を尻目にさへ掛けて、「もう〳〵そのやうな世の中の毒虫は皆殺にするが宜しいのだ。牢といふ籠へその毒虫を入れたところが、殺さずに置いてはやはり駄目、早く只閉ぢ込めて羽ばたきのならんやうにして仕舞はんければ、国土安穏とは参らんて。」

　「牢」といふ一言は不可言の電撃を以原の心へぐツと与へた。「牢か？　吁、牢で親は死んだ！」と絶叫した。

それと振りかへる群集を光りの飛び過ぐるが如く貫ぬいて、以原は駄尼曾へつッと寄る、と、見る間、拳を固めて、骨も砕けよとの一念、駄尼曾の横面《よこつら》くらはせた。あッといふ声もろとも駄尼曾はすツくと立つ、立つその胴へ双手を当て丶力の限り押し仆した。

すはや狼籍とむら立つ一同、さりとて人は以原である、あら、はや、はツと只騒いで、さて敢てどうするでも無い、それをきツと以原は見た。

「傍《そば》へ寄るな!」と目を据ゑて、「傍《そば》へ寄ツたら容赦せん。殺されたくば傍へ寄れ。見ろ、是を!」懐剣をいつの間にか、もう抜き放して持ツて居た。そして又いつか手早く足で駄尼曾の頸の附け根をしツかり蹈み〆めた。が、駄尼曾とても争ツた。以原の足へしがみ付いた。跳ね返してと身をもがいた。「じたばたするか、なアんの、おのれが!」と以原は足を引ツぱづして、ひた押しに上から駄尼曾にかぶさツた。見れば只ひらめく双方の手と足とである。と見る間さへ又無かツた。駄尼曾はどうやら斯うやら捻《ね》ぢ……捻ぢ……捻ぢ付けられて、更にしツかと以原の総身で押し付けられた。

以原の声は憤怒《ふんぬ》にふるへた。「思ひ知ツたか、人畜生《にんちくしやう》! 神の罰だ、裁判だ。面《つら》ア見せろ」と駄尼曾の襟首ぐツと〆め上げて、二つ三つゆすぶツた。「以原の心は正直だ、以原の手は堅固だ。覚えたか、やい、駄尼曾! さ、一同の方《かた》、聞きなさい。誰にも親子の情は有る。親が無実の罪を受けて、獄屋で狂ひ死にをしたのを云ふのを聞……聞……聞いた時の児の胸はッ! いかに遠地に在ツたからとて知らせられなかツた児の胸はツ! 帰ツて喜ばうとする、死んだと聞く、その身体《からだ》はもう土の中に在ると教へられた時の児の胸は? 涙を呑んで花を折ツて、そんならば此墓かと尋ねて行ツた時の児の胸は! さりとて其大事な親の墓が、吁、空《から》であるぞと見た時の児の胸は! その死骸は何処へやツた、なに堀り出して川へ流したと聞ツかされた時の児の胸は! 誰でも無い、さうしろと駄尼曾が命じたのだと云はれた時の児の胸は! やいツ、駄尼曾! おンのれはなア〳〵ちツ、人間の皮かぶるか? よくも〳〵死骸にまで大侮辱をば加へたな! はツあ、おれの親は善人だ。誰にでも聞いて見ろ。どこの人でも敢て拒まず、現在、さア駄尼曾貴様さへ親の世話には為ツたろが! 忘れたか、畜生め。忘れて、親を陥れ、とうとう意地め殺して仕舞ツて、墓までも発《あば》いて、死骸にまでも侮辱を加へて、吁、それでもまだ飽き足らず、その児にまで仇となり、ちツ、己れはな〳〵、よくも〳〵此以原にも際どい目を見せたよな。どうしたら腹が癒《い》よ! 国民の未来の運命まで己れは杜絶しやうといふ鬼か、毛物か、化け物か! 以原の腕には神が居る。宣告を下すぞやいッ！」二度三度こづきまはして、はや懐剣を振りあげた、その手にひツしと縋ツたのは、吁、どうしたら可《よ》からうか、あ、彼の鞠屋《まりや》苦楽《くら》良である。「もし、わたしが……以原さま……御願ひで……以原さま……」以原は顔に八の字刻んだ、えみ割れさうな皺寄せた。「ヤツ、あなたは……むン……むン……むツ。」「あなた、どうぞ御勘弁……此鞠屋がその代はり……」「御どき下さい！」「どきませぬ。」「どきませンぬか！」「さ、さ、鞠屋の御ねがひ……御腹は、そりや、なるほど立つ。御もツともとも御道理とも……そこを鞠屋が御勘弁！」

その腕は以原のに絡《から》まツた。絡むわ、もつれるわ、捻ぢ合ふわ！ 逞ましいのと、かよわいのと捻《ね》ぢ、絡《から》み、ほぐれ、よれ、隙を縫ひ縫ひきらめく短刀！

「しまツた！」と泣くかの一声、以原は鞠屋を突き放して、その身も共に後《うし》ろへ飛ぶ。眸子《ひとみ》すわツた。髪逆立ツた。唇を噛みしめて、ぢり〳〵と後《あと》へ退《すさ》ツて、「万事休す」とまた一声、身は閃めく、飛電の如く逃げ出した。

第十回

「鞠屋、気分はすこしもよくならないか。え、こら、困るねえ。どうだね」と鞠屋の枕辺、さし寄ツた例の茶五旦那、その顔の色は蒼ざめた。「ね、そりや御前、若い女の身になツて見れば、びツくりするも無理も無い、何しろ引ツくり返るやうな騒ぎだもの、男の、いやさ、年を取ツた此おれのやうな者でさへ殆ど途胸《とむね》を突く位だ。けれども、どうも仕方が無い。さう云ツちや御前の気に障るか知れないが、以原が乱暴過ぎるンだ。痩せても枯れても長老の駄尼曾を余りと云へば烈し過ぎる目に遇はせたものだ。疵が付かなかツたからまだ〳〵可《い》い。もし怪我でもさせた日には容易な事ぢや、えツ、無かろ。」「あら、さうすると駄尼曾長老は別に疵も、あの、御受けなさらなかツたのでございますか」と冴え返ツたやうになツて、鞠屋は床《とこ》から起き上がツた。「大丈夫だツたのさ。全くい、塩梅だツたのさ、なるほど一旦は気絶した……」「気絶？」と顔の色は変はる。「本当に、そンなら、気絶とまで……」「お、さ、気絶丈はした。しかし、呼吸《いき》も吹き返して、どうやら先好《い》い方た。御前の知ツての通り、今おれ迄が其筋へ召喚された仕儀、それでもおれに何も煩累が及ぶといふのでも、そりや、決してあるのぢやない。さりながら、困難は避けがたく伴なツた。」「困難が避けがたく？」「とツてもだ、避けがたい。どうしても。」

聞かずとも大抵分かる。鞠屋胸は轟いた。

「さ、聞いた所が、さう来《く》るのは当然だと御前だもの思ふだらうが、しかし先弱ツたことは弱ツたな。以原がだ、此儘では済まないンだ。」娘へ向かツて云ふのであるが、余程はら〳〵したらしい。「無理も無いさ、駄尼曾長老の立腹と云ツては一とほりや二通りでは無いのだ。何しろ飛ぶ鳥を落とすほどの方《かた》なンだろ。神のやうに仰がれて居る方《かた》なンだろ。あれ丈の無礼を仕掛けられて、とツても其儘に過ごす筈が無い、こりや当然だろ。」さりとては兎もすれば駄尼曾の肩を持つ口ぶりで、「そこでおれさへ迫られた。迫られたが、どうも只御尤も〳〵と云ふ外に何ともおれには云へんのだ。さアどう迫られたと思ふ。」「以原さんを罪に中てるとでも?」「なかなかそれ所か。」「それ所でございません?」「無いともさ。」「罰金か何か?」「どうして只それ丈で……」「おや、ま、それでは何だか只大変な……」然らば想像もならぬほどの咎めと云ふか。さう来《こ》ぬとも、なるほど、限らぬ。鞠屋はびツしより汗湧かせた。

「困ツたことね、」云ふ声を先へ立てゝ、あわてゝその場へ駈け込んだ一老女、これは以佐辺流伯母《いさべるをば》さんとて、久しい間茶五旦那の家の厄介人で、而も多年鞠屋をも手塩に掛け、さながらの我児の如く護り育てた婦人であツた。あらましの話しは聞いたと見えて、初めから聞き直しもせぬ。

「ねえ、どうしたらいゝでしやう。まだ、委しく、あたし聞きませんが、さうすると、駄尼曾長老は以原さんをどう為《な》さると云ふ……」「以原のみか、われ〳〵をもだ。分からんか」と茶五旦那は睨み付けた。「御ぢれなすツたツて仕方有りませんわ。」「ぢれやしないや、只云ふンだ。」「それで、どういふので?」「万事休すだ。」よほど急《せ》き込むと見えて、茶五旦那の言葉からして先以て要領といふものを得ぬ。「どういふのですよ」と以佐辺流《いさべる》伯母さんは噛み付いた。「斯うだ」と些し落ち着いて、「駄尼曾長老の厳命だ。」「何といふ?」「以原と断然縁切れと!」「縁? 断然? あの以原さんと? 誰……誰と?」「知れたこツた。」「あなたさまと?」「勿論よ。」「ぢや嬢さまとも?」「知れたこツた。」「どツちです?」「両方だ。」「はツら!」と以佐辺流伯母さんは絶叫した。「両方と縁切れとは? そンなら、御嬢さまと以原さんとの御夫婦になると云ふ其縁も?」「第一の目的だ。」「切る?」「断然とだ。」「まア」とばかり、二の句は無い——無くてその儘以佐辺流《いさべる》伯母さんは鞠屋の方をきツと見る、それとまた同時、又云ひ合はせたかの如く茶五旦那も同じやうに鞠屋の方を凄く見た。鞠屋は無論きツとなツた。涙まだ一杯のまゝの目を見張ツた。はち切れてその涙は頰を馳せ下ツた。拭《ふ》かうでも無い。

「で、駄尼曾長老がどういふのです」と以佐辺流伯母さんが盛《も》り返した。「だからよ」と茶五旦那の声は又甲走《かんばし》ツた、「縁切れと云ツたと今云ツたろ。」「縁切ツて、それから?」「寄せ付けるな、敷居も跨がせるなと、斯う云ふンだ。大逆無道の以原の足を一歩でも貴様の家へ入れさせたなら、同罪と貴様を認めるぞと、斯ふ云ふンだ。宗教の神聖を冒涜し、教徒の尊厳を汚辱する奴は死刑に処しても飽き足らぬが、特別の詮議をもツて破門を食はせ、除名とし、追放ぐらゐに止めて置くといふ御意を有りがたく感佩して、きツと命令を遵奉せいと、斯うなンだ。けれどもだ、それぢや全くおれが困る。」「なるほど、御尤もですともさ。折角この一人娘の嬢さんの御婿さんときめたのを……」「うンにや、それをば第二としてもだ。」「第二?すると外に何か……」「五万ペソの金が、こゝでフイだ。」「五万ペソの金が?」「おゝさ、是までに此おれの手から以原の方へ注《つ》ぎ込んでやツた大金がだ、当分取れなくなる訳だ。」驚いた、以佐辺流はぴたりと呆れた。どこ迄も付いて回る根性か。この期《ご》に及んで、娘の婿と云ふよりは金といふ方が気になるか。「けれども、おれだツて抗弁した。」「金がフイになると仰やツて?」「云ツたとも。正当の口上だ。しかし、向かふでは耳をも貸さない。けんもほろゝだ。とう〳〵斯う云ふンだ、『五万ペソが惜しいか、貴様の命が惜しいか考へて見ろ』と、是だ。さア、泣きの涙で仕方が無いと、おれだツて、其五万ペソ丈はあきらめずには居られまい。その代はり、五万ペソを捨てた高い代価で是からわれ〳〵一家の安全を未練なく買はざなるまい。さアどうだ。どうでも以原とは手を切る、来やがツたら立て追ひにする、是でなけりや最う為らない。畜生め、生学問して来やがツて、五万ペソ損させやがる。」

見ると、鞠屋は泣き入ツた。鬼のやうな了簡に、いくらか人らしい気も残るか、茶五旦那はうろたへた。「これさ、又泣く、これ、鞠屋! 泣く事は無いンだ、これ。弱虫だ、なんのこツた。これ、鞠屋、これ、おい、聞け! 御前は、あんな人で無しの生意気の悪党をやれ以原さまの、御婿さまのと思ひ込んで居ればこそ然う悲しくもなるンだろ。さ、無理は無いが、そりや若い。気といふものは大きくしろ。おとツさんが附いてるわ。さ、おとツさんは御前のため好かれかしと只思ふ。悪党の婿が欲しければ、芥捨《ごみす》て場から拾へるぞ。こゝで以原の箔の剝げたが幸ひ、あンなものは諦めろ、な、あきらめて、別のにしろ。よ、別の、ずツと好い御婿さんをおとツさんは見立てゝ置いた。」

鞠屋は聞き耳引ツ立てた。

「まツ、あなた、何でツす!」と以佐辺流《いさべる》伯母さんは殆どおびえた、「何です、あなた、本気ですかよ、ま、あなた。此場で今すぐ外《ほか》の御婿さんを持ち出さずとも宜しいぢや……手袋を取りかへるンぢやあるまいし、そンなら然うと御嬢さんが云へるもンか云へないもンか積もツても知れますわ。」「分かツてるさ、その事は」「知れてるなら仰やらずとも。」「序《ついで》ださ。云はなきやならん。その婿の事を此おれが承諾したといふのを条件で以原の咎がわれ〳〵の一同に丈はやうやう掛からなくなツたンだ。」「あら、まア」と以佐辺流《いさべる》伯母さんは又叫んだ。そして又急《せ》き込んだ、「誰を、そンなら？」「見込み有る若紳士だ。西班牙から今来たばかりといふ人だ。駄尼曾長老の息子分、利那礼《りなれ》須《す》といふ美男子だ。」立てつゞけに云はれて、以佐辺流《いさべる》伯母さんは敗亡《はいまう》した。聞いて居た丈で目が眩んだ。人も人、駄尼曾長老の息子分、以原と仇敵の、そんなら、それが新奇の婿か？　言句は出ぬ。鞠屋はと云へば、是は呆れた。切迫《せつぱ》つまツた事の成り行き、結び目が解けるか、解けぬか。と、思ツて居る間も無い。生憎な時には生憎なもの、その利那礼須《りなれす》は家来を連れて来訪したとの事である。

吁、読者諸君！　読者はいかゞ思し召す。比律賓に於ける富豪の心がけは皆此茶五旦那の如く、襟元にのみ付きたがるのである。

第十一回

電気積消欝積の上に欝積したにもせよ、閃めいて火となり鳴ツて音となるまでは誰もまだ其欝積の程度を知らぬ。以原が駄尼曾をくるしめた、返報を駄尼曾が茶五旦那に持ち込んだ、駄尼曾の息子分が襟元揃へてぬッと茶五旦那を訪問したといふ丈の表向きの事実が進行した間に、怖ろしい裏面の事実は進行、で無くて、奔馳した。書くのも殆ど煩はしいほど、陰険なる陥害手段にはその腕の利いた政府と教徒との結託である。恐ろしい方策が咄嗟に付いた。以原は捕縛と手筈を極められた。何で捕縛？　吁、問ふに及ばぬ。問ひ尋ねたところが分からぬ。罪の審断の結果を公表せぬのは此われ〳〵の比律賓の教徒が政府を欺瞞して行ふ方略の唯一無二の、いつでもの御きまりである。何故か知らぬが、捕縛して仕舞へとの手筈はもう既にひそ〳〵回された。以原が何うしてそれと心付く。人権の蔑視されて居る比律賓とは承知して居ても、其自己の上にその事実がさう手きびしく掩ひ掛からうとも、まツたくの事、知らなかツた。行ツて見ると、茶五旦那の家には利那礼須が来て居た。人の言葉が皆冷《つめ》たかツた。是非無く、その儘帰宿したが、目に残るのは鞠屋の顔、その時の有りさまが如何にも萎《しほ》れかへツて居た事であツた。毒液が根にそゝがれて其花がさう萎《しほ》れたのとも思ひもせぬ。只どうも面白くなくて堪らぬ。居間に閉ぢ籠もツた。つくねんと考へながら、竹の小切れをひねツて居た。

けたゝましい音と共に案内も乞はず駈け込んで来た男が有ツた。其音がまづけたゝましかツた事とて、その人を見るより前以原の胸は轟いた。見ると、例の江利安《えりあす》で。

「江利安君か。驚いた。だしぬけにどうしたのだ。君、この竹は燃えないよ。」「ちツ、そンな事なんぞ！　それどころか、大変です。」「大変とな？」「どうして呑気《のんき》な事を今！　何しろ大変です。証拠書類になりさうな物を残さないやうにして、早く……早く御逃げなさらんぢや……」「逃げる？　どこへ？」「ちツ、どこへでもです。証拠書類が残ツちや大変……」「分からないな、おれには些しも。一体何が何だと云ふのだ。え、おい、説明してくれ、一寸でも。」「大きにそれもさうでしたな。暴動です、一揆です、乱民が今蜂起したのです。」以原は始めてぎよツとした。「暴動が……いつ……どこへ……」「そこ迄はきゝません。誰の云ふ事も分からんです。けれども軍隊さへ出た様子、そこらには抜剣で兵士が駈けまはツて居るのです。」以原はやうやく些しわかツた。「なるほど、さう云へば、今しがたどこかで花火のやうな音が……」「鉄砲ですよ。」「それでどうした。」「ところが其暴動の張本は、さツ、あなただと云ふンです。そして私も一味の者と。」「誰が。」「政府側の方で。」「うむツ」と以原は只唸ツた。「誰がどう陥害したか、誣告したか分かりませんが、政府と教徒とがあなたを其暴動の教唆者と認めて居るのはたしかです。暴動の実に始まるのは何でも今夜だと云ふ事です。何でも宜しい。御逃げなさい。誣告御かまひ無しといふ此国で、まして駄尼曾にはいづれ憎がられて居るあなたが手を束ねて縛される抔と云ふ事は好んで死ぬのと同じです。」云ひ〳〵江利安は只跳ねた。人の深切は有りがたい。さりとて何うして逃げられる？　茶五旦那が斯ういふ時には無実の罪を証明する第一の人となると思ふ――心がはりして居るとは、さすがに、吁、吁、以原は思はぬ。「不都合な、そりや、嫌疑だ。茶五におりや証明させる。」「駄目ですツといへば、あの慾張り！　それよりは外の方へ――まア、馬尼剌へでも高飛びして！　とにかく、時事評論のいろ〳〵の文書をこゝに置く事は悪いです。早く破棄するンです。手伝ひましやう。さ、一所に！」

云ひさま江利安はそこらの抽斗《ひきだし》をもうかまはず抜き出した。以原は争ふ余地も無い。不穏な文書はもとより有る。さらばと共に選り分け出した。

第十二回

江利安には差しとめられたものの、以原はそれに従はぬ。ともかくも云ツて見る丈も云ふ、聞いて見る丈も聞く、其上の又の分別と、それ故江利安には断りもせず、江利安が一生懸命書類を見分けて居る儘にして、身を掠ませて一散走り、茶五旦那方へ駈け付けたのは夜丁度八時頃、つとその茶の間へ入《はい》つて見ると丁度時分《じぶん》どきであツた事とて、食卓を取りかこんで家内中が揃ツて居た。否々、家内中のみで無い。婿の候補者として指定される利那礼須《りなれす》が而もその卓前に一所である。鞠屋か？　これは離れて居た、洋琴の前に坐した儘。以原の顔は蒼ざめた。蒼ざめたその顔を一目見る利那礼須の顔も蒼ざめた。

　戸の音、足の音、おやと振りかへツた目前に、すはや以原かと仰天した一同の中からはや咄嗟、洋琴を離れた鞠屋の身は以原の前へ飛び寄ツた。「まツ、あなたツ！」只叫んだ。叫んだと云ふだけで、そのまゝ誰も言句は無い、刹那、豆を熬《い》る銃声が表の方で乱発した。

「謀反《むほん》！　謀反！」と魂消《たまぎ》る人声！　「いよ〳〵か！」と以原は只叫んだ。一座はすべて群立《むらだ》ツた。「戸を閉《し》めろ！」「玻璃《がらす》が割れた！」「玉が来《く》る！」夏と冬とを一つにして、一座からの出放題がおのおのの耳へ絡《から》んで来た。もう何を云ふ間も無くなツた。茶五旦那に一言をと志して来た以原の見込みも、もう夫迄と今は為《な》る。是非に及ばぬと決心して、以原は心を鬼にした。腹の中で只一心、「許して下さい、鞠屋どの、改まツた挨拶もせず、今は御目にかゝりませぬ。」腹で云ツて目で見せた。戸外へ飛び出した。

耳も貫《ぬ》ける物の音！　人の叫ぶ、凄い声！　火も見える、火炎も見える、血も見える。死骸だか――仆れて居る。逃げる人か、黒い影が捏《こ》ねかへし、打ち当たる。

　一散に宿へ駈けもどる。駈け戻る刹那、その些し前までは江利安がぢれて居た。血眼で以原を探した。分からんか、ちツ、駄目かと血の交りさうな唾を吐いて、身をひらめかして江利安はその儘暗闇の方へ身を走らせた、それと殆ど入れ違ツて、以原は辛く駈け戻ツた。おや江利安どこへ行ツたと見まはすか見まはさぬ時間の一刹那、どや〳〵と家の前後に兵士が掩ひかゝツて来た。

「開《あ》けろ〳〵、この戸を、こら！」権柄づけの声柄で大抵それと中でも知ツた。「開《あ》けんか。開《あ》けんなら、押し破る。」みり〳〵と戸は鳴ツた。以原は右に走り、左に走ツて、室内で旋転した。短銃を手につかんだ。飛び出さうと窓へ手だけは掛けた。思ひ直した。戸口へと馳せ寄ツた。みり〳〵きいツと戸は苦痛らしい音《ね》を立てた。又以原は躊躇した。みツちりといふ音と共に戸は開《あ》いて、二三の兵士が込み入ツた。

「居た、これだ」と只一声、兵士は以原の腕をつかむ。振り払ひかけて躊躇して、以原はきツと相手を見た。下士官がつと前へ現れた。「王命で捕縛する！」「なぜだ」と以原は身を退《すさ》ツた。下士官は詰め寄ツた、「審問の席でわかる。」

争ツても無駄と以原は見た。「承知した。」「さ、同行。」「承知した。」「神妙だ。さらば君の名誉のため、縄だけは打たぬとする。」「感謝する。」その儘外へ引ツ立てられた。

暗闇から江利安は始終の様子を伺ツた。胸の血は湧く、手はうづく。が、其血の出し様も、また其手のためしやうも、差し当たり、どうも無い。とつおいつ只もがいた。とかくする内以原を連れて、一隊はすぐ引き上げた。あゝ是何たる天幸か、よし証拠物を押収もまだ為《さ》れぬといふ、是こそ天の加護である。

身を掠ませて忍び戻ツた。火の燃えさうな目の晃めき、いきなり油壺をさがし出して、一面そこらへ油を蒔く。油壺捨てる間《ま》さへ無い――燐寸、燐寸、身もだえで燐寸を擦《す》る。火は猛然と燃え立ツた。

第十三回

鞠屋はほとんど食事もせぬ。臥床をも離れぬ。いつも好きな洋琴《ぴあの》へも向かはぬ。親しむのは何かと云へば、吁、只枕だけとなツた。慰めればすぐ只泣く。慰めぬ間の方が却ツて涙の途切《とぎ》れとなる、さらば慰めたくても慰められぬと誰も彼も匙を投げた。以佐辺流《いさべる》伯母さんをも寄せ付けぬ。紛らせやうかと立ち寄れば、どうぞよして下さいと云ふ。

伯母さんが出て行ツた後《あと》、鞠屋はず□〳〵臥床を立ちはなれて、戸へ錠をさへおろした。その儘火のやうな溜め息一つ、ほろりとなる一雫。細いその指でその雫を掻きはらひ〳〵、「無駄だわ、いくら拭《ふ》いたところが、出なくなる涙ぢや無し、吁、いツそ出る丈出るがよい。出て、そして死ねるものならば、思ふさまもツと出す」としばらくそのまゝ堰き上げた。「斯うならずとも済む事なのを、誰も本当にあたしの心を察してくれる者は無し……吁、人間、女親の無いものは斯うも泣きたくなるものか！」

壁に掛ツたその母親の油絵が動くやうに見えて来た、鞠屋はずツと差し寄ツた。仰向《あふむ》いて、「あゝ、おツかさん、あなたの児が今斯う泣いてをりますのよ。なぜ早く死んで下すツた。油絵で見るよりほか御顔といふものは見た事無し、御声と云ツては尚の事！　以佐辺流《いさべる》の言葉癖が一寸死んだあなたのに似て居ると御父《おとう》さまはじめ仰やる丈、只その以佐辺流《いさべる》が此あたしには懐かしくて〳〵、いつも目をつぶツては、以佐辺流が何か云ふのを聞いて、あゝ阿母《おつか》さんがあンな事云ツて居らツしやると本当に只それを切めてもの心の伽にして、十何年の今日《けふ》が日迄暮らしてはをりました。なぜ死んで下すツた？　死にたくて御死にとは、そりや、何も思やしませんが、油絵になツてしまツて、よその他人の声などを然うか〳〵と思はせるやうに、なぜあなたは、為《し》て下すツた？　おツかさん、もし、そこのおツかさん、娘が泣けば一所に泣く、と、さう云ふやうな御身分で無いやうに、さア、娘がこのとほりあなたの前で泣いて居ても、あなたは声一つ御掛け下さらないと云ふ、そンな油絵のやうな物に、なぜ〳〵御為ンなすツたの、よう。おとう様の強慾、このあたしと以原さんとの中は割《さ》く、割くも割く、以原さんは絞罪にさへなりますとか？　さア、さういふ時、あなたが切めて生きてさへ居て下すツたなら、まさか〳〵あなたの娘にこンな血を絞るやうな思ひも御為《さ》せなさりやしませんでしよ。いつそ一所に、あたしをも御腹の中で、連れて行ツて下さツたら可《よ》かツたと、吁、あたしは怨みます。」

　繰り言とは知る。知ツて口説いた。情無い、画はどこ迄も画だけである。声一つ洩れて来ぬ。いや、伝はる声が有る。声のみか、音《ね》も伝はる。利那礼須を招待しての祝宴とかゞ邸の内に在るとのことで、その笑ひさゞめく声、音楽の鳴り響く音《ね》、それや是やは聞こえもした。「あゝ、人の気も知らぬ。祝宴とは何の事！　せめて鞠屋一寸でも顔を利那礼須さんへ出せと幾度も云はれたが、誰が人！　此あたしが！　あゝ、どうしたら可《よ》からうか。」

　蒼ざめた月の光り、昼よりも明かるい、涼しさうな色が、すぐ前の窓へさして居た。鞠屋はそれと心づいて、すぐ窓を明けて見た。星さへも影を却ツて潜めた、あゝ、美くしい夜である。艶のうるはしい葡萄の葉が際立ツて白銀のその光りを浴びて、香りの露が這ツて居る。「泣くものが有る、笑ふものが有る」と更に鞠屋は呟いた。「吁、絞罪になる人は今夜の此月が見をさめか。いつか一度は誰も死ぬのか。先《さき》のことは何でも楽しみらしいのか。寐入り死ぬなら寐入り死ぬか。」

　その涙はもう乾いた。戸を明けた。ふら〳〵と鞠屋は外へと出た。何処へ行くとも無し、裏庭の方から町へと出た。

　町はもう静かである。横へ切れると川、その川へと鞠屋は出た。やをら川の岸へと立ツて。仰いで冷やかに空を見た。あゝ、鏡のやうな月である。つと涙がさしぐんだ。

　手から指環を取りはづした。櫛をも取りはづした。簪をも取りはづした。それら幾品かを一つに手に持ツて、ちやら〳〵些しゆすふツて、更にその儘姑らくは泣き入ツた。もう顔を上げても涙を拭はうとするでも無い。懐中から手巾《ハンケチ》取り出す、その指環などを包む、そして道ばたの石の上にそツと置いて、更に川岸へふら〳〵とさまよひ寄ツた、冷やかに水面を見た。

おや！　小舟が有ツた！　しかも二つの黒い人影！　はツと思ふ、ぞツとする——足は止まツた。見る間《ま》、黒いその人影の一つは舟を離れて一寸消えて、そして残る一つの影が鞠屋の方へ寄ツて来た。又ぞツとして鞠屋は身をばすくめたが、同時に其隈無い影の下から其人の顔を見た。

「はツ……まア」と只叫んだ。「おツ、あなたは」と向かふも云ツた。「まア、あなた、以原さま。」「鞠屋さんか。」「以原さま。」言葉は暫時只それだけ。

「人ちがひかと思ふほど、あたしや、まア、夢ぢや無いかと、あゝもし以原さま、明日《あす》は刑に御掛かりと云ふ、そのあなたが何《ど》うして茲《こゝ》へ。」「何事も皆天です。」「どうして御逃げに……」「破獄しました。」「まア、よく。」「江利安といふ者の尽力でやうやく今逃げてすぐ茲へ。」「ぢや、あの、今見えたやうな最う一人《ひとり》の、あの御方。」「さうです。あれに助けられたので。」「そして、又何として、こゝらへ逃げて……あの、危くはございませんか。」「危いとも〳〵、それは云ふ迄でも無いものゝ、しかし……しかし……です」とばかりで折《ひし》げるほど以原は鞠屋の手を取ツた。「しかしです、鞠屋さん、此手の人に只一言——一言おわかれ云ひたさに。」「えゝ、も、あたし、どうしましよ。」「此手の人に永のおわかれ……」「永《なが》の？」「これ迄の縁といふ御あきらめを乞ふために……」「そンなら、あの、永《なが》の……縁切りと……」「断然と申します。」

鞠屋はふるへた。取られた手振りほどいて、以原の腕にしがみ付いた。「もし、あなた、それぢやあンまり……人にそンなら泣き死ねよと……」「さツ、さうお分かりが無いですか？」「分からないと？」「以原を安堵させて下さい。」突き放した。「つれないと思ふなら、思ツても厭ひませぬ。今の若さのあなたの身を私し一人のためにとて、埋もれはさせたくない。おわかりの無いやうなあなたと私しは思ひませんでしたが……」

冴え返ツて鞠屋はきツとなる。「あ、もし、そんなら分かりました。分かりましたと申したなら、堪忍して下さるか。」「堪忍とは……ちツ、またそンな！」「分かりました〳〵。あたしにも一人の父、その父の安堵するやうに、その父の云ふ事を……」「ほツ、あなたは、吁、神さま。」鞠屋は急《せ》き上げ〳〵た、「育てられた恩だけは、一旦その顔を立てゝ、返すこと、致して後《のち》……」「後《のち》？」と以原は聞き咎めた。

「後《のち》ですか？　あゝ、後《のち》の事では何でも闇でございます。どうするか分かりません。ともかく、ま、そんならあなた、一刻も早くお逃げなさるのが……」「さう〳〵〳〵。」手を取ツて、握り〳〵、握り合ツた。吁、よく骨は砕けなかツた。

以原は舟へと飛び乗ツた。中に最う江利安が、「早く、さ、先生！」舟を流れへ突き出した。

第十四回

矢のやうに一直線、以原と江利安との舟は流れを辷ツて殆ど飛んだ。

「夢だな、江利安、おれの頸が斯うつながツて居るとはどうだ。牢で、もう明日《あす》の今頃は脈管に鼓動の無い身と思ツて居たのが、吁、お前に又も又も助けられたとは。」「天でさ、運でさ、斯うなツちやア」と江利安の語は只鋭い。「是からマンダユヨン（Mandaluyong）の私の友だちの家にまづ〳〵隠れる事となさツて、それから高飛びをする丈で。おツと、かれ是バアシグ（川の名）だ。岸に、あら、騎兵が居る。合ひ図の笛を何だか吹く。」言葉を切ツて透かし眺めて、「うむ、もう先生、只ぢや駄目です。騎兵が居る。舟底へ隠れなさい。早く！　ぐづ〳〵するとむづかしい。さ、斯う筶をかぶせるです、ようございますか、調べに来られても其つもりで、な、滅多に動いちやいけません。それ、今から段々舟足《ふなあし》を早めるだ。」

力任せにまた〳〵漕いだ。わざとらしく騎兵の彳《たたず》むその岸の方へ却ツて寄せて、大きな咳をさへ聞かせた。

「待て！」と騎兵は呼びとめた。呼びとめたが、その企《たく》みの咳で却ツて疑ふどころで無い。「何処から来た？」と問ひ掛けた。「馬尼刺からです。」「乗せてくれと云ツたものは無かツたか？」「人ですか、荷ですか、そして途中でゞすか。」「うん。」「一つも、何もありません。」「よし。そんなら行け！　滅多に人を乗せるな。罪人が今逃げたンだ。さうと見たら捉まへろ。褒美が出る。」「なるほど。どんな人体です？」「若い男だ。学者風だ。西班牙語をうまくつかふ。そして長いコオトを着た。」「承知しました」と空わらひ、如何にも無理な空笑ひを調子よく交ぜもした。もう宜しい。一つ丈は虎口を逃れた。さア急げ！

更に舟は二の矢と飛ぶ。月はやうやく薄れて来て、もう暁方に近くもなツて、熱帯特有の美くしい桃色が空全体を薄くぼかして、月をもし白玉と見立てたならば、其うるみの有る白玉は淡紅の絖の帳に釣り下げられたかに見えた。「夜が明けた。いや、敵の目も明けた」と江利安は舌打ちした。「巡邏船です、あすこに居るのは。まづいな、こりや、あの前を通るのか――と云ツて他に行く道も無しと、仕方が無い、度胸でやるか。」云ツたその語もまだ終らぬ――続けて今度は鋭い舌打ち、「つかまツたぞ！　いや、大事だ！」「つかまツとな」、潜んだ儘で以原は応じた。「大丈夫、怪しい！　こりやどうでも苦肉策！　全力をこゝではは出す。出して、そしてタリム（島の名Talim）へと突ツぱしる。」

力を籠めて櫂操ツた。日は早出た。吁、巡邏船は追ツて来る。「畜生、来やがる。だが先生、漕げますか、あなた」と江利安は声をふるはせた。「漕げるかとな？」「聞くンです。」「なぜさ？」「「駄目です、もう迚も二人が二人は助かりません。私が身を投げますさ。」「身を？　君が？」「もぐツて、とにかく逃げて見ます。」「さうして、おれは？」「敵が私しへと取ツてのみ掛かる、その間にあなたは漕いで逃げる……」「いけない。」「いけない？」「一所に死ぬ。」「いけない。」「いけない。思ふさま暴れた上……」「いけない。こちらに武器が無い……」

ぴユツといふ玉の音が面前の水へ来て鳴ツた。「それ、御覧なさい」と江利安はもう叫んだ。手早くもう襯衣《しやつ》を脱ぐ、脱いで手に纏めたか纏めぬ間、その襯衣をぴユツと云ツて玉が又来てさらツて行ツた。はツと思ふ、その間《ま》も無い、どぼんといふ、あゝら水音！　「お気を付けて……」と声を残して、江利安は水へと沈んだ。さア仕方が、吁、無いか。已むを得ぬと決心して、以原は其儘身動きせぬ。岸ではわツと大呼した。つるべ掛けて水を射た。もぐり行く江利安の方向は空の反射で水に見えた。しかも皆その方へ気を取られて、一心その方をのみきツと見て、筒口を揃へて、又々待ツた。さう来《く》ると思ふゆゑ、江利安はもとより然うした。頃合ひを見て、はるかの離れたあたりからぬツと頭を水から出した。それと岸ではつるべで撃ツた。頭はすぐもぐツた。

なるほど、辛くも、そのやうな間に於て危い隙を以原は得た。折角の好意、さらば無にせぬ。水草のしげる間にいつか舟をもぐらせた。

＊　＊　＊　＊　＊

半時間ほどの後、江利安のもぐり切りになツた所まで岸の兵は舟を出して、そこら隈無くあらためた。あらためた結果、その辺の一部分の水がこと〴〵く血に染まツて居たのが知れた。斯くて江利安は浮かばぬ！

大団円

その後鞠屋は泣きつゞけた。誰が慰め得べくも無い。日を置いて一日二日、事件がくはしく新聞紙に段々あらはれて来るに及んで、きツと不思議や涙をとめた。

それと無く伺ひ知ツて、茶五旦那をはじめとして駄尼曾長老までが喜んだ。ともかく様子を探れと云ふので、駄尼曾が猫撫声で鞠屋の部屋へ赴いた。

なるほど鞠屋は泣いて居ぬ。目は勿論脹れて居た。涙は、しかし、乾いて居た。占めたわい、もう以原の事をばあきらめて仕舞ツたぞと、吁、駄尼曾は悦んだ。「鞠屋や、気分は大きに可《い》いか。早くどうかよく為ツて、早くお前のおとう様はじめ、此わしにも安心をさせて呉れ。な、どうぞ安心を」と頸をすぼめて声細めた。安心をとは何をであらう。よろしいわ、安心させるなと云はうとも、安心の上に安心させると鞠屋の腹は既に据わツた。

「畏りました」と鞠屋は答へた、「わたくしも一切をもうあきらめて仕舞ひました。」一切をとは気に掛かる。長老の身になれば、すぐ探らずには居られなかツた。「一切を、いかにもな。いくら思ツて居たところが、もう以原は撃たれて死んだと、そのとほり新聞にも出て居るものを、な、あきらめまいとした所があきらめられずには居られんさ。」「まツたくでございます。」「ほツ、全くと全く云ふか。」「まツたくたしかに……」「うむ、お前が云ふ。さりとては鳴呼見上げた。」「それ故、長老さま、よくお聞き遊ばして下さいませ。只今からわたくしは尼寺へ入《はい》ります。」「尼寺へ？」と只ふるへた。「尼寺へでございます。」「心得ぬ事をお前は云ふ。」「いえ、お聞き下さいませ。以原は既に死にました。」「うむ、死んだ。」「もし、生きて居ましたなら、わたくしが以原と夫婦に為りでもすれば、父の迷惑、又以原その人の難儀にも、さア、却ツて双方の足手まとひに為るばかりでございます故、いツそ思ひを思ひで殺して、わたくしも利那礼須さまと御縁を繋ぐ丈はつないで、生きながら死ぬ気なのでございました。」長老は又ふるへた。「何の事か、以原さまは無残にもお撃たれに為ツたと云ふ、さうなツた上は仮令此儘わたくしがあなたの御子息利那礼須様と縁結ばなくなツたとしても、どこからも御怨みは、さア、もし、掛かりは致しますまい。行く所はそれ故もう是からは尼寺でございます。さ、もう二度と云ツて下さるな。鞠屋の覚悟でございます。」

駄尼曾は歎息した。声放ツて泣き出した！　鞠屋は却ツてもう泣かぬ。うるはしい目の中から只純潔の霊光がきらきらとのみ燦めいた。

斯くて泥は乾いても汚なく、水は乾いても思ひ切りよく形骸一片も留めなかツた。

以原の訃音を伝へ聞いて、多思夫老人は嗟嘆した。嗟嘆の末、にツこり笑ツて、絶食の様子でいつか死んだ。

馬知夫兄弟の母の志佐は、あはれ、狂ひ死にの身となツた。その死体を抱いたまゝ、馬知夫は只泣いた。何ものとも知れず一人の骨逞しい男がそこへ忽然あらはれた。「おれは二日も食はぬ上、疵までも受けて居る。死ぬ。いや、死ねずとも、斯うして死ぬ。お前、名は何と云ふ？　うむ、馬知とな。よし、馬知夫、そンなら、死んだおれの死骸をばお前がどうぞ焼いてくれ！　懐中におれは金を持つ。天が恵む。この金をお前が取れ！」

　斯くてその男は身を倒した。そして、静かに目をねふツて、「あゝ行く末を見ずに死ぬ！　この国のやがての後の光明を見ずにおれは死ぬ。その代はり、馬知夫、お前たち是から生ひさきの永い子供たちが其光明の是からの世のうらゝかな日に暖まれ！　暖まるその日そのうらゝかな日を見ずに死んだ闇夜だけの命の前人を、嗚呼、どうか忘れるなよ！」

　斯くてその男は永久の睡眠を為し遂げた。嗚呼、誰か其人は？　嗚呼、誰か其人は？

『嗚呼、自分は種だけを蒔く。
他人はその実を刈ツてくれ！』

比律賓義戦史談のうち
さびがたな

第一

アギナルドが比律賓国に於て反旗を揚げ、暴虐なる西班牙《すぺいん》政府の主権の下から比律賓《ひりつぴん》も兎にかく一時は脱離した、その前後の事実は既に大抵の人が知つて居る事と思はれる儘、今委しく茲では云はぬ事として、只今の部下の将軍の中《うち》に綾夫琉那《あやをるうな》といふ一武将（実に武将として立派な人）が有つたと云ふ事を一寸この譚《ものがたり》のはじめに云ふ必要が有る。

　綾夫琉那もアギナルドと同じく、年は若かつたが、兵を用ゐる術に於てはアギナルドより優つたればとて劣らなかつた。殊にその天性謙遜の美徳に富んで居たところから、他《た》の将士から属される望みと云つては統領のアギナルドより或ひは上に立ち超えた。勿論その綾夫琉那は今の此世に最う現存して居るものと為つて居ぬ。たしかに死んだものと為つて居る。米国の主権の下に今日の如く比律賓が強圧されて仕舞つて、志士のうち苟しくも米国に降伏するといふのを甘んぜぬ連中は大抵本国を飛び出《だし》て、知らぬ他国に亡命の客《かく》となつて居る今日《こんにち》、それら亡命の志士達に云はせても、綾夫琉那は既に此世の人で無いと云ふ。然らば何うして死んだかと云ふに、それに対する夫等志士達の答へもまた頗るをかしいのである。曰く「毒殺されたのである」と。曰く、「刺し殺されたのである」と。さりながら又その毒殺の何のと云ふ、その殺されたといふ事実に就いても濛たる秘密が実に綾夫琉那其人の運命を掩ふて居る。濛《まう》たる秘密とは何であらうか。アギナルドに掛かつて居る嫌疑即ちそれである。今アギナルドは現存する。而もわれ〳〵も其履歴をさへ一書籍に記草した縁故も有る。何を好んで、その嫌疑を事々しく云ひたがらう、さりながら嫌疑は嫌疑で、有りの儘に書くのがまたわれ〳〵の義務である。さて、然うとして、それを有りの儘に云へば何うか。曰く綾夫琉那その人をば実にアギナルド其人がある人の手を用ゐて暗殺したのである、と、斯くの如きものである。綾夫琉那はアギナルドの部下、股肱と云ふべき将軍であつたのを、何ゆゑアギナルドが暗殺させたのかと、誰も斯うなれば、すぐ尋ねる。すると又其嫌疑的風説は次ぎのやうに云ひ做すのである。曰く「アギナルドはわが部下に人望むしろ己れを凌駕する綾夫琉那の有るのを妬み出し、それがそも〳〵の暗殺の本《もと》で、一夜ひそかにある人を綾夫琉那の許に遣はし一太刀を与へさせるが失敗し、さらに紐をその頸へ巻き附けてやうやく殺し切ることにしたのである」と。然らばその死骸をばどうしたと更に問ふ。すると、又其嫌疑的風説の又次のやうに云ひ做《な》すのである。曰く、「その死骸は重錘《おもり》を附けて、川へ投げ込んで仕舞つたのである」と。

もう斯うなると、その先の事は分からぬと云ふ事になる。よしや其上を穿《うが》たうとしたにもせよ、只骨が折れるのみである。仕方無く誰も彼も、乃ち、やうやく此辺まで聞いた所で、「なるほど」と辛《から》く挨拶する事になる。さうして、綾夫琉那はとにかく死んだものとされた。そこで、さう死んだとすると、又只惜しまれる感のみが誰にも湧く。

アギナルドは米兵に捕虜とされ、遂に降伏させられて、去年七月四日其幽獄から釈放された限《ぎ》り、今も飛ばす鳴かすとなつて仕舞つた。アギナルドの捕虜とされた後《のち》、残兵を糾合して、一心米軍に抗して居たマルバルといふ将軍も是また米軍に城を陥されて遂にまた降伏させられて仕舞つた。吁、もし綾夫琉那が居たならばとは今猶暗涙に咽《むせ》ぶ志士のより〳〵只囁く所なのである。もし綾夫琉那さへ居たならば、よしやアギナルドが米軍に捕はれても、比律賓が今日の如く全く米国といふ偽善者に主権を奪ひ取られて仕舞つて、永久浮かむ瀬も無い様な絶望な境遇に陥りはせまいものをと又云ふ人もより〳〵有る。死んだ児の年勘定とは思ふに是をでも云ふのであらう。然り、及ばぬ愚痴でもある。さりながら、もしさう愚痴を云つて居る面前へ、もし綾夫琉那が出て来たならば何うする。そのやうな馬鹿々々しい事は無い？　しかし、有つたらば何うする。さア、有つたらば妙である。妙でも、有つたらば仕方が無い。警報はしきりに今も猶比律賓の不穏なのを、その実、伝へる。米国はしきりに又その不穏の警報を打ち消して居る。今年、忘れもせぬ此七月四日米国独立記念祭をマニイラで行なつた時、儀式を盛大にするため（その実、土民を威圧するため）いろ〳〵大袈裟な催しが同地で行はれた際、現在日本からは花火打上げ方を引き受けて——金にさへなる事ならば、鉄血政界《てつけつせいりやく》の提灯持《ちやうちんもち》でも何でもよろしい！　——鍵屋の連中がマニイラに出張さへしたもの丶、一方その他の方面に於ては比律賓群島中の一大島、ミンダナオ地方には依然たる土民の抵抗が今猶米軍に向かつて盛んに継続されて居るのである。世界の他国がそれを知らぬと思ふのは大間違ひ、その実右は事実である。今から思へばアギナルドはまだ〳〵口火のやうにしか見えぬ。本物の大きな燃え立ちはまだ〳〵盛んであるといふ、そのミンダナオ其地方に於て、然らば誰が大将として軍隊を統率し、そのやうな大胆な事を行なつて居るかと云へば、嗚呼そも〳〵是何の怪報か、その大将といふのは何ぞ料らん、死んだ殺されたとのみ思はれて居る綾夫琉那実にその人であるとの噂である！

第二

驚いても驚き足らぬ一怪報が比律賓国ミンダナオ島出張中の米国〇〇軍隊所属中佐合利越《がふりゑ》の許へ軍事探偵によつて持参された結果、俄かに令が伝へられて、深夜一時といふ頃、参謀屯孫《とむすん》をはじめとして二三の将官会議が忽ち幕中に開かれた。

合利越は声をひそめた。

「繰り返して再び云ひます。此ミンダナオ島の敵軍の首領はどうしても死んだと思ふ綾夫琉那《あやをるうな》です。なるほど、諸君も御承知の如く、此ミンダナオの敵情は以前アギナルド等の暴れまはつた呂宋辺《るすんへん》とは大きに違ふ—なア、アギナルドは御承知の如く神女聖母《しんによせいぼ》と聖徒との図《づ》を護符としてアンチングアンチングと命名し、それを部下の愚民に配付して一致結合の元気を固めたのが、此度《このたび》の此島のは然でなく、なるほどまだ〳〵アンチングアンチングを大事さうに持つて居るのも有る事は有るもの丶、大抵は回々教主義《ふいふいけうしゆぎ》で、すべてがマホメツト流義で行《ゆ》かうとの様子、どうしてもアギナルドとは畠が違ふと斯うまづ思はれて居ましたのが、な、過日来段々持参される探偵報告によつてよく〴〵考へて見ると、また混み入つた所が分かつても来たのです。なるほど、此ミンダナオ島はもと〴〵回々教徒で埋ツて居る、それから故さら其宗教上の信念をば基督主義《きりすとしゆぎ》に換へて仕舞はず、もとの儘を保存させて自由にさせて置いて、只それを其儘利用して、旗色をも一寸われ〴〵にも変へて見せ、その実やはりアギナルドの残党が逃げ込んで来て、事を成して居るのであると、やうやく今《い》ま分かつたのです。委しくは此の報告書にありますが、今まで本官は要領のみを云ひます。一項から六項に至るまで其の認識標準といふのが記されてありますが、即ち第一、此の島の敵軍の首領は中肉中身長《ちうにくちうぜい》で仏語に通じて居るといふ事、第二堡塁の築造法が仏蘭西政府の士官学校教育を受けたらしい物質を有する事、第三武人でありながら詩文の才の有る事、第四いつの時が落馬して足を痛め、その後は馬の乗り方に兎角《とかく》足の用ゐやうの不平均を示す事、第五新嘉坡《しんがぽーる》、香港《ほんこん》から更に進んで日本の地理に熟通して《を》居る事、第六リサアル博士やイラリオ、ピラアル学士とも相知て居た形跡の有る事、凡そ是等で、更に前六項を心に飲んで置いて、その写真を見るとなると、全く以前死んだといふ、いや、殺されたと云ふ綾夫流那が其儘といふ事に思はれて来るのです。さう思ふと、段々思ひ出《だし》たる事も有るのです」。

一同の顔色には見る〴〵「成るほど」といふ様子を如何にも明らかに浮かべたのである。

「さりながら今日の場合《ばあ》ひは予察の綿密ならんよりは実行の迅速ならんを尊ぶのでしやう」と合利越中佐は頸さし出した。「よしや真の綾夫流那でなくてもよろしい、もし逮捕することさへ叶ふものなら逮捕して見ても宜しいでしよ」。

「無論」と聞く一人がうなづいた、

「な、試みに？　でも宜しいでしよ」。

「無論、無論」と皆応じた。

「もし違つたならば違つたとして、釈放するとも何うともする。逮捕出来る機会さへ有つたならば有無云はせず逮捕とする、是がまづ至当《したう》でしやう」。

「逮捕する好機会《かうきくわい》が、然らば、有ると仰やるのか」と、其聞く一人が挿《はさ》まつた。

「有るのです」と微笑した。

第　三

合利越《がぶりゑ》中佐はすぐに続けた。

「毘倫岸《びるんがん》といふ山が是から十哩《まいる》ほど北にありますでし

よ。その山の辺《ほとり》を、此程とか、視察する要務が有つて、綾《あや》夫流那《をるうな》が部下三四名とほんの微服《びふく》で巡行したのです。ところが不図《ふと》圏套《わな》に掛かつた。圏套といふのは外でも無い、例の、諸君の御存じの、獣を捕る掛け圏套です。天か運か、圏套にあまりよく引つ掛かり、〆《し》め木で足を挫かれた上、切れて血さへ出たのです。ところで、もう歩けぬ仕方無く土民の家へ舁ぎ込まれて、今その治療中なのです。偵知したのは其村の者で、その通り当隊へ密告しました故、責任を打ちかぶせて其者をば其儘拘留《こういん》する事にしたのがつひ今から一時間ほど前の事で、こゝで咄嗟の手配《てくばり》をしたならば、捕獲は訳も無いのです。幸ひまだ時日も経過せず、今夜是から急行すれば、明日朝はその場へ臨める次第、昼間ならば捕獲上の手都合も甚だ可し、な、逃《の》がす事は無いでしやう。

「驚きましたな」と一人が只。

「真ならば何処までも命強《いのちづよ》い奴ですな」と一人がまた。

「いゝや真か真まで無いかは」と中佐は早く打ち消した。「そりや殆んど何うでも可いのです。疑はしくさへあれば直《すぐ》捕へる、東洋の蛮人には、なア、いつも夫で至当でしよ」

「うふツ」、「くすツ」と他《た》も笑つた。

流石話しが早い。是でもう打ち合はせは直《すぐ》附いた。密告者がいかなる者であつたか、その密告に信が置けるか何うかを念のため下級の士官の方から上官の人に向かつて、敢て返答し得るのでも無かつた。すぐ君、お前貴様行《ゆ》けと指名の命令が下された。

大尉甲、少尉乙、軍曹丙、兵士二十人、是丈の人がすぐ掛つた。

揃ふと同時、即刻出発との事であつた。即刻も即刻、出発しはじめたのがまだ漸く一時四十分頃、即ち機密の打ち合はせの抑《そもそ》もの初まりから漸く三十分時間、凡そ夫位だけしか費やされなかつたと云ふ程の迅速なる行動がまづ執られた。なるほど、咄嗟な手配《てくばり》だけに咄嗟な相談も運ばれたか。さりとては兎もかく早い。

もとより無言の進行である、甲大尉をはじめとして、一同怪我にも口をば利かず、幸ひの闇夜《あんや》、星の光るのが些し邪魔だと思ふばかりの心もちで、急ぎ足らしくない急ぎ足、抜き足のやうな一種の駈け足、息を呑んで進行した。平均して一時間四哩といふ速力で殆ど駈けた。三時となり、四時となり、もう九哩まで走つた。見わたす前面には崑崙岸の山が脈をうねらせて居《を》るのが最う見える。否《いな》、只脈のうねりが見えるのみで無い、木立ちの様子、所禿《ところはげ》のした角《かど》の有りさま迄もよく分かつた。

一同は胸はや躍つた。行く路傍には渓流、それもぢやぶ

〳〵躍ツて流れる。気は立つた。口にこそ誰も出さぬが、一同すべて心の中ではつひ先年フヲンストン将軍が詭謀《きぼう》でアギナルドを生擒《いけどり》した時の事を思ひ出さぬものは無い。すぐ又それから其やがて綾夫琉那を逮捕する事になる、その数時間後を幻の如く夢想する。写真で見た丈の琉那其の人の面影が早既に髣髴《はうふつ》として路傍の大木、その隆起の瘤などの有るあたりに隠現《いんげん》するやうになる。

路の横からひよッくり一人《にん》の少女が出た。

おやと云ふ声と共に乙少尉はすぐその少女へと走せ寄つた。

「待て、聞くことが有る」。覚束無《おぼつかな》い、稽古最中のタガログ語で。

第　四

見る〳〵小女色を変へた。

「い、や、心配するな、娘さん」と乙少尉がすぐ続けた。「綾夫琉那《あやをるーな》将軍閣下に今われ〳〵は薬を届けに来た。戦争の公事は公事、慰問の私情は私情、今われ〳〵は礼を以て薬を御届けに来た訳だ。」

少女きツと目を見張つた。

「頼む、御前にまづ遇つたのが幸《さいわい》だ、な、案内を今頼む。」

斯う些しばかりの言葉を列《ならべ》て居る間に、いつか最う二十名の一隊は全く少女を包囲した。

さりながら少女は只無言。

「これ娘さん、分かつたか。タガログ語で云つたつもりだが、分かつたか、話しの意味が？」

それでも矢張《やつぱ》り黙つて居た。

「まるで分からんとも思はれん。とにかく最些《もすこ》し念のため云ふとする。な、綾夫琉那将軍の負傷の事実は既にわれ〳〵も聞き及んだ。しかも、此辺《こゝら》に居られると云ふ事もまた既に聞き定めた。」

卒如《そつじよ》少女は涙ぐむ。

「さりながら突然では将軍が嘸《さぞ》おそろかれやうと実は苦心して居つた。幸ひ比律賓人たる娘さん、今こゝで御前に遇ふ。さらば、いつその事案内ついで、われ〳〵の来意をもまた将軍に通じて貰ひたい。不好《いや》か。」

間歇熱でもふるいた如く少女は烈しく震慄《しんりつ》した。

乙少尉腹の中は決して居る。必らずしもその少女の案内を故《わざ》とらしく要しやうとも素より最う思ふのでは無かつた。最早その少女の様子によつて目ざす綾夫琉那がすぐ眼前、張りわたしたやうな網の中へ引つ掛かつて居るものであるとは推し抜いて仕舞つて居た。

思へば僥倖といふものは刹那に決まるが、奇禍といふものもまた刹那は決まる。斯う手ばしこく乙少尉が少女を捉へて、もう大かた真実の秘密の奥へ探り当て得た刹那は、或ひは運好くさへ行つたならば、綾夫琉那その人にも大利益の時間であつたかも知れなかつた。

少女の姉といふのが蔭から其場の様子を見たのである。茲に至つて便利のため姉妹《きやうだい》の少女の名も云はなければならぬが、姉は百合葉《ゆりいば》、妹《いもと》は江守菜《えもりいな》、二人とも素より骨逞ましく、容色は醜といふのでも無かつたが、とにかく色は黒かつた。

妹と一所に魚《うを》を捕るつもりで、何心無く百合葉は其処此処江守菜を尋ねまはつた揚げ句、今や、其場へ来たのであつた。云ふまでも無く土地は熱帯、草は盛んに生ひ茂る。山近い地方抔となつては昨日切り開いた一筋路も今日は最う全く只雑草に埋《うづま》つて仕舞ふと云ふのが些しも珍らしく無い事とて、それ故今夫等米国士官が江守菜を取つて押さへて彼是云つて居た其場の様子を其雑草の間を分け〳〵頗る巧みに傍《そば》まで忍び寄り、とくと聞き取り聞き定めるといふ丈の事をするには此上も無い便宜が有つた。とにかく人声に百合葉は忍び寄つた。熟れた事とて女の身でもそれ程の草の中を分けて自由に通行すると云ふ事には他国人の夢にも思はぬほどの巧者が有つたので、それで又さういふ場合ひには却つてまだ熟《な》れぬ米国兵がそれと心付く筈も無かつた。

そして、草の間から透かして見、更に双方の応答を聞くと共に飛び上がるほど仰天した。その筈である、綾夫琉那は而も、わが、実に、少女姉妹のその家に忍んで居る、いかにも、米兵の云ふとほりの御尋ね者なのであつたものを。

第五

姉の百合葉《ゆりいば》は総毛立つた。

「大変だ。米兵《やんきい》に嗅《か》がれたか。どうしたら…えツ、さ、早く帰ツて綾夫琉那《あやをるーな》さまに知らせして…さア、しかし、江《え》守菜《もりいな》がおいそれと承知して、米兵《やんきい》を案内するか知ら。こりや只あたし丈ひとり、早く〳〵此処から抜けて帰つて、さうだ、早く御逃がし申さないじや…」

息はつまつた。眼は眩んだ。だく〳〵と汗は湧いた。汗、この汗は目口《めくち》に入る。掻い払つて切歯《はぎしり》して、今更のやうに抜き足さし足、つひ又気に為つて振りかへり抔して、もとより草むらの中とて、なる程、何も見えは為ぬ。虫が居やうが踏みつぶせ。蔓《つる》が絡まうがもぐり抜け切れ。

夢中で一散《さん》にくゞり抜けた。

小山が有る。凡そ只の土堤ぐらゐの。

這つて上《あが》つた。また而も這つて歩いた。否、歩いたので無く、それでも早足で這つた。その小山を下れば幾許《いくばく》も無くてわが家《いへ》である。さア、もう少しと気は只急ぐ。

やうやく下り道となりかけた。

はツ、大変！

綾夫琉那が居た。百合葉が山を越したばかりの目の下、その小山の半腹に杖に縋つて綾夫琉那が居た。

我を忘れて転ぶが如く百合葉はその傍へひらめき寄つた。

後《うしろ》を指して、「大…大変！　米兵《やんきい》が〴〵！」

あまりの驚きに、綾夫琉那はよろけた。声は出ぬ！、

「何だつてこんな所《とこ》にあなた！、逃げなくちや、早く…手、手が回ツたンですよツ。」

「来たのか。」

「来たどころぢや無いンです。今江守菜が捉まつて…」

「どうした。」

「どうでも宜《よう》ござんす、そンな事。早くですよ、逃げなくちや。」

その儘綾夫琉那を引き立てた、むしろ引き摺《ず》つた。

「あ、痛…」

「我慢なさい。川へ、さア。川舟で、越して逃げるより外…さア家《うち》の舟が有りますもの。漕ぎます、あたし。」

ます〳〵ぐん〳〵引き立てた。痛いが、綾夫琉那も引き立てられた。

はや夢中である。夢中、即ち無言となる。

聞けば後ろに人声である。

「来たな米兵《やんきい》。」

「はツ、どうしよツ。駈けられますか、川まで。」

「とツても無い?」

「どうしよ。さ、どうしようなツ」。百合葉その身は左右に動揺した。

「よろしいよ。麦畠—その麦畠へ隠れるよ。任せるよ、運は只御前に。何とでも後を只。」

痛みをも忘れて綾夫琉那はその身を閃《いか》めかした。麦畠へところげ込む。百合葉只おやツと思ふ。百合葉只はツと思ふ。思つた丈でどうも為らぬ。茫となる。小刻みの刻み足、只足のみが上下した。

米兵《べいへい》が、はや最う来た。

「跛《びつこ》の男は見なかつたか。」

我知らず百合葉智慧が出た。

「見えました。」

「見えた?、どうした。」

「どうしたとは?、」

第六

「どうしたとは斯《か》うなンだ」とその米兵《べいへい》もすこぶる慌てた。慌てたゆゑ、さア、もう混み入つたことは話せぬ。すこしは、なるほど、タガアログ語をも用ゐ得る事は用ゐ得た、その米兵ではあつたもの丶、斯う咄嗟の間となると、なか〳〵何うして覚束無い外国語で盛んにしやべれるもので無い。

それと百合葉《ゆりいば》は見て取つた。よし、向かふに云はせるも宜しからうが、結句こちらで先早く陣取りをしたのが宜しいと素早くも考へた。

「跛《びつこ》の男ならば、あたし見ました」と、盛んに手真似を交ぜながら「年頃は三十ほどの、中肉の、中身長《ちうぜい》の、それから口鬚の有る、目の涼やかに、大きい、顔の四角張つた…」

「さう〳〵」と小をどりして、「その通り。あ丶感謝！ あ丶、令嬢《れいぢやう》！ まつたく其とほりの人物、さ、それを令嬢は見…見…いやさ、御覧になつたのか。」

亜米利加気質《かたぎ》はすぐ斯う出た。「令嬢」と仰やつた。「見」をすぐ「御覧」と云ひ変へた。

「はア。」

一句でぴたりと押さへとゞめて、苦しいが咄嗟の瞬間、それから云はうとする言葉を百合葉は腹で考へる。

「はア乎《か》。よし、なるほど、どんな姿で、それから何方《どちら》へ行《ゆ》きました。」

「あたり前の姿です。」

「あたり前とは？」

「軍服姿」

「どんな？」

「茶色亜麻《りんねん》の背広のやうな。」

「よろしい。いよ〳〵それだ。」

早もう追ひ付いてむら〳〵と十四五人の米兵《べいへい》が又そこへ群がつた。

「令嬢！ それから？」

「それから、何が何なンです。」

「なるほど、是は恐れ入つた。それから其軍服姿でどうして何方《どつち》へ行《ゆき》ました？」

「その男がですか。」

「さう、さうです」と稍焦燥《ぢれ》た。

「歩いてあつちへ行《ゆ》きました」と、川でない、その反対の方面、烟草畠の方を指した。

「歩いてね？」と眉をひそめて、「歩けましたか？」

「足が有ります。」

「いや、さうぢや無い。よく歩いたかと聞くンです。」

「よく歩いたか、わるく歩いたか、わたくしには其歩き方のよしあし迄は分かりません。」

「い、や、いや〳〵、さうでも無い。達者《たつしや》に歩いたかと聞くンです。」

「その茶色亜麻《りんねん》がですか。」

「ぷツ」と米兵も笑はせられた。「それですよツ。」

「えゝ、もう達者でしたとも。」

「何…何ですツて？」

「達者でしたとも。さツさと歩いて…どころか駈けて、一足飛びに駆け出して。」

「いえツ」と絶叫した。

第七

「一足飛びに駆け出して、その男が行きましたか、あの烟草畠の方へ」と米兵《べいへい》は鸚鵡《あうむ》返しに。「いつ頃、それで？」

「も、すこし前、さうですね」と故さら百合葉《ゆりいば》は引きのばす。「さア、二十分も前でしたか。」

「はてな」

頸をひねつてそれなり黙つて、やがて其米兵《べいへい》は仲間同士と何だか只盛んに〳〵しやべり出した。百合葉には英語は分からぬ。さりながら様子で見れば、百合葉の云ふ所を真実とは為《し》たらしい。しやべり合ふ、頸《くび》をもまた皆ひねる、その間には此方《こちら》すなはち百合葉の方を眼《まなこ》するどくじろ〳〵見た。

さりながら百合葉も今更手段に只窮した見す〳〵その傍《かたはら》の麦畠には綾夫琉那《あやをるうな》がもぐツて居るのである。あ、脱《ぬ》かつた、押し問答してゐる間《ま》に、麦畑の中を潜り縫つて綾夫琉那だけ川の方へ一刻も早く逃げてくれるやうにと打ち合はせをして置けば可かつたつけと只思ふ。思ふといふ丈で何《ど》うにもならぬ。見ると、いよ〳〵危険は迫る。

米兵《べいへい》も然るもの、どうせ匂ひを嗅いて追つて来たほどのものである、百合葉の陳述を嘘とのみは思ひもせぬが、さりとて念晴《ねんば》らしといふ気も有る。

八九人はばら〳〵と烟草畠へ馳せ寄つた馳せ寄るよと見る間も無い、おの〳〵些しづゝ、間を離れた所へ一斉に火を放つた。

その時間はと云へば、是から炎天《えんてん》の烈しさの加はると云ふところの其実に入り口なのである、朝霧《あさぎり》は疾《とう》のむかし蒸発し尽してその烟草畠は忽ちの内に乾き切つて、更に或ひは降つて来てくれる午前の豪雨を待たうと云ふところである、放たれた火をさながら待ち設けて居たかの如く畠は一度に火となツた。渦を思ふさま巻かせられるといふ様子で炎と烟《けむり》と入り乱れた、凄まじい輪をころがした。

「あら、まツ、火を！」

百合葉の叫んだのは是だけであつた。其忙《せは》しい間ながら、それでも些しは胸の中で考へをまだ付ける丈の余裕といふものが実は有つた。なぜ?、火が烟草畠であツた故。麦畠には全く綾夫琉那が隠れて居る。もし火が麦畠であつたならば、百合葉は狂乱も為しかねぬ。さりながら其時の火は烟草畠であつた。燃えたところがそれ故、まだ宜しい。

さりながら、風が憎い！

烟草畠は麦畠の風上に当たつて居た。風は何うかと云へば只烈しい。煽《あぶ》りを食はせ〳〵て麦畠も炎になるのが幾程《いかほど》も無いとは見えた。

さア、綾夫琉那はやはり其儘焼き殺されなければ為らぬのか。

中にもぐつて居る者の心中はどのやうか。それ思ふと、百合葉しばらくの安堵はほんの夢で、畠より自分の身が燃えるやうである。綾夫琉那は火の掛かつたのを知つて居るか。それとも知らぬか。知つたならば、飛び出すか、それとも飛び出さぬか。出なければ焼け死ぬ。出れば、さア、殺される、出なくも捉《つか》まる。今更声をどう掛けたところが始まらぬ。始まらぬと云つて黙つて只見て居られやうか。敵は人間のみでない、火もまたやはり敵である。

第八

火は、しかし、誰をでも容赦せぬ。

綾夫琉那《あやをるーな》を苦しめやうとの目的で米兵《べいへい》が煙草畠に放つた火はやはり米兵に向つても其熱を浴びせずには、素より、居ぬ。何しろ二町四方ばかりの煙草畠が一斉に燃え立つた事とて、さらでも烈しかつた風が猶強くなつた。啻《たゞ》に強くなつたのみで無い。それ迄は方向《むき》が極まつて吹いて居たのが、俄かに無茶苦茶に吹き暴《あ》れる事と為りさへした。無茶苦茶に吹き暴れたと云ふのは裏から云へば米兵をもやはり暴れて悩ますといふのであつた。

米兵もその風に烈しく吹かれた、否、その火にまた吹かれた。一寸さきも人間には見えぬ。その煙草畠の燃え方が不思議にまた烈しかつた。乾《から》びて居た丈の訳でか。

さうでは無かつた。

その数日前《すじつぜん》、村の者が米兵を苦しめてやらうとの目的で実は揮発油を喞筒《ぽんぷ》でその烟草畠へと振りかけて置いたのであつた。天か運か、裏畠《うらばたけ》にはまだ掛けて無かつた。しかし、その烟草畠へもその油をかけた事は掛けたが、まだ火を付けるまでの必要を感ぜなかつたのでもあらう、つひ只その儘にして打ち捨てゝ置いた訳であつた。

それを米兵は知らなかつた。

揮発油の臭気は既に幾日か酷烈なる日光を食つて居ること、て、さう甚しくさへ無かつたのに、また其辺《そこら》戦地の事、また熱帯地のこと、何と無く臭気の鼻を侵すといふ位の事は些しも珍らしくないと云ふうへ、更にまたその上鹿を逐ふ猟師山を見ずで、一概に綾夫琉那といふ獲物を〳〵とのみ夢中になつた事とて、その臭気を感じて、火を付けては無らぬと心付く者は米兵の中に全く一人《にん》も無かつたのである。

それへ、然う放火した。堪るものでは無い。火は怒号《どがう》した。怒号した上を風が煽つた火も狂した。風も狂した。熱帯地の事とて煙草の幹もなか〳〵太い。その太いのを火の燃えた儘吹き折つて吹き飛ばした。まして乾《から》び切つてその儘煙草のその幹も附いて居る煙草の陳《ひね》の葉、その他国人抔《など》は夢想もならぬほど厚くて且幅広に大きいのが得たり畏しでひら〳〵燃えて、而も千切れて、ぐる〳〵まはりし、ひらめき飛んだ。

煙もあたり前の煙では無い。煙草のであつた。脂《やに》も油も一所に燃えての凄まじい煙であつた。辛《から》い！　目は開けぬ。呼吸《いき》は吐《つ》けぬ。而も昏迷《めまい》する。咳は出る。洟《はな》は出る。涙は出る。焦熱地獄《せふねつぢごく》の責めである。

米兵は只煩悶した。

たとへば其目前に綾夫琉那その人が大手をひろげて飛び出したところが殆ど何うなるもので無い。云はゞ琉那は只其の場を逃れ去る事が十分出来るぞよと天にその煙草に乗り移られて、今教へられるやうなものである。

百合葉《ゆりいば》は只呆れた。只呆れてそこらを眺めた。好《よ》い気味、米兵は転げまはつた。其処へ行つてはその土地の者である、流石百合葉は却つて困らぬ。煙草畠に大火事の有るのは比律賓では珍らしく無い。下手に回ると、窒息して人は死ぬ。それ丈自然経験も有る。煙草畠の火事の時、只その煙に咽《む》せぬ工夫、それが第一と百合葉は知つて居た。

すなはち百合葉は地へ這つた。

第九

煙はどう盛んに渦を巻くとしても、大地に一面密接するものでは無いと百合葉《ゆりいば》は知つて居た。仮令《たとへ》煙は漲つても地上二三尺位の間だけは、この煙は人が窒息するほどまで濃くは無いと心得て居た。それ故、這ツた。地を舐めるやうに顔を殆ど地へ附けた。なるほど咽せぬ。のみならず、目も見える。一時は涙か目かと云ふほどの涙が只流れ出したがその涙も、さう這つてからは、さうは出ぬ。

さて、しかし、どうしたものか。今の場合ひは全く人事どころで無い。まご〳〵すれば自分が死ぬ。

頸《くび》を擡《もた》げて見ることは叶はぬ。只それ故斯う如彼《あゝ》と想像する。想像で考へれば、また夫丈《それだけ》実際を見得ぬ丈只苦労のみむら立ち来る。火は麦畑へ掛かりはせぬかと只思ふ。掛かつたのが九分らしい。ところで、然《しか》らば、綾夫琉那《あやをるーな》は何うか。

早く気が付いて逃げ出したか、米兵の方がまづ然う弱ツて混雑のみして居るのを綾夫琉那は早く覚《さと》り知ツて、早く麦畠を抜け出したか。それとも、まだ抜け出さぬか。傍目《はため》からは訳無く分かる事であるかを、その難局に衝《あた》つた綾夫琉那は却つて——否、なまじひ麦畠へもぐツて居る綾夫琉那は却つて——即ち一時は身を隠してくれた丈の恩有る麦畠がなまじひ又その代はり事局《じきよく》の変化や形勢の動揺をば注意から閉塞するやうなものになつて却つて——綾夫琉那はまだ〳〵麦畑にぢツと潜んで居はせぬか。

どちらとも思はれる。それ丈どうして可いか分からぬ。思ひ切ツて絶叫して注意をその麦畠の中へ与へて見やうかとも思ふ。いやそれは安大事《やすだいじ》、なまじひ智慧の無い米兵にわるい智慧を付《つけ》るやうなものである。

焼けぬが、百合葉その身は焦熱《せふねつ》である。思慮に窮して我を忘れて。恐怖も何も有つたものでは、全く、無い。跳ねまはつても追つ附かぬやうな猛火の中。あるひは急もすれば茫然として足を止《とゞ》めて佇《たゝず》みもする。

「気を附けろ！」と云ふらしい火の煽りが、また、さう為《す》るその百合葉に吹ツ掛かる。熱い。居《を》られぬ、斯うしては、もう。思慮は思慮に——いろ〳〵紛出する思慮と思慮とぎし〳〵押しに押し附けられた末、押し出されて遂に一つの思慮が突き出すやうに迸つた。

「よし、麦畑へもぐり込め」

他は最う大混乱、百合葉を拘束する者も無かつた。全くは決死の勇、百合葉は麦畑へと竄入《ざんにふ》した、焼け草の無い方へ逃げたのでは無かつた。焼け草の中へ逃げたのであつた。想像は実践に敵はぬ。麦畑の中を外から憶測するよりも、なるほど、もぐり込んで探つた方が何《ど》の道何事も確かである。

思へば一念は斯うまで覿面《てきめん》、神霊の加護でも有るかの如く、斯うまで旨く通ずるものか。

麦畑の中に何様《いかさま》綾夫琉那が動いて居た。

見紛つても仕方は無い。一寸は探し当たりやうも、実は、無い。それがすぐ見当たつた。

「ほツ、はツ、ほツ！」

百合葉は綾夫琉那の名を呼び掛ける気ではあつた。あつたが、しかし、口から出ぬ。出たのは只此「ほツ」であつた、「はツ」であつた、また「ほツ」であつた、苦労と安心と恐怖との一度に煮詰め煎じつまつた、咽喉《のど》の裂けさうな叫びであつた。

駈け寄らうとした。畜生、麦が邪魔をする。掻き分ける。一刻前まで綾夫琉那を隠してくれた可愛《かあ》い麦、今その一刻後は早く近寄らうとするのを邪魔だてする気の利かぬ麦の奴！　掻き分ける手を切るなら、切れ。早く〱〱〱

第十

百合葉《ゆりいば》やうやく縋り着いた。

「綾夫琉那《あやをるーな》さま、御承知ですか。火ですよ〱、米兵《ヤンキイ》の掛けた火ですよ。此麦畠へも最うぢき付く。御承知ですか」。

綾夫琉那の背広の服、その裾まはりをしつかり押さへて、百合葉は斯う只息を切る。それまでは綾夫琉那に於ても、その人を誰と知ることは出来なかつた、それが今や、ゝ声がらで漸くそれと確かに知れた。

「やツ、よく、ま、あなたが……」

「いえさ、うれしうございます。此畠へ御入りになつたのは今度さいはひ、此中を潜りさへすれば、川へ近路…あツ、不思議な天の助けです。早く、あたしと……」

「路が、しかし……」

絶望をあり〱示した綾夫琉那の声。百合葉焦燥《ぢれ》た。

「可いンです。あたしの家《うち》の畠です。地理はあたしが知ツてます。さ、斯う早く、もし、早く」。

綾夫琉那の腕を腕で絡んで、「痛いでしよ、御足がね。仕方有りませんわ、たとひ是ぎりこぢらかして蹇《びつこ》になつても。川をさへ越しさへすりや……」

蹇になつても可いとは非道《ひど》い。非道いが、場合ひが場合ひ、綾夫琉那は嬉しい。

「どこまであなたに助けられるか。いや、しかし、あなたの危険は？」

「何です、ま、そンな事。こゝ早く、さツ、何でも」。

とばかりで綾夫琉那を引きずつた。昼間とは云ひながら、その実暗夜もおなじ事である。麦畠の中へもぐツた事とて、やはり左右、もしくは西東の方角も付くものでは無い。まるで霧中を辿るのであつた。迷はぬと云ふのがむしろ不思議で、迷ふのが当然としか思はれぬ。

それを、しかし、百合葉は殆ど不思議なやうに迷はなかつた。その時はそれを何故と問ひ明《あき》らめるやうな余裕と云ふものはまた素《もと》より綾夫琉那に有るので無い、只それ丈その導くまゝに只任せた。

くゞり〳〵只潜つた。姑らくの間と云ふものは米兵《べいへい》のがや〳〵云ひ罵る声が全く後ろで聞こえて居た。が、やがてそれが消えた。もう疑ふべくも無い、敵から遠ざかつたのである。

「綾夫琉那さま、もういくらか御安心、もう大抵は大丈夫です。四町位はたしかに最う何でも逃げて来たンです。さア、もう些しで川ですは。川にはいつでも家《うち》の舟が――田舟《たぶね》のやうな舟ですが――人二人丈なら乗れますわ――その舟へ乗りさへすれば、目に掛かる訳は有りません、水草が川一杯生《を》い茂つて居ますもの、それから、あたし漕ぎますよ。御安心なすつて、ね、向ふ川岸《がし》へさへ渡れば、一寸《ちよいと》した隠《かく》れ所《が》も有りますもの。」

あちこち拾つて忙がしく述べ立てたが、要点はよく尽くした。争ふも争はぬも其場合ひ殆ど無い。却つて碌な挨拶はその綾夫琉那から出も、また、為ぬ。うなづいた。うなづいて又頸をふつた。諾と否との両様を一度に揃へてあらはして、それで何が何やら又その結着する処と云ふのは矢張り諾といふのに外ならなかつた。

逃げて最う此処まで来れば大抵誰でも安心する。ましてや川に舟も有ると云ふ、さすればまだ〳〵幸運はあながちその身を見捨てないのであると、ひそかに綾夫琉那は喜んだ、それが実は夢で有つた。なるほど、川に舟は有つた。いざ乗らうと近寄ると同時、「はルら」といふ叫び声、同時大手を広げて籔陰《やぶかげ》からばら〴〵と現はれたのは、嗚呼、米兵《べいへい》、しかも八九人。綾夫琉那はつたと足は止まつた。百合葉は「あらツ」とばかり、嗚呼、もう一も二も無いのか。

第十一

なるほど、最う一も二も全く無い。何しろ綾夫琉那《あやをるーな》は一人身である。防禦の武器の有無を云ふより何より、既に足の利かぬ身体《からだ》である。敵は八九人、何と相手の仕様も無い。

運の尽きぞと最《も》う只綾夫琉那は見て仕舞つた。敵を見るや否や我知らずはたと足を止《とゞ》めたのが最う敵と正面から向ひ合つて、人間として、男子として、比律賓義軍の一将として行つた所為《しわざ》といふ所為のその実に最後と見た。決心も一も二も無かつた。

どつかりと地上に座つた。「駄目だ！　縛れ！」是だけである。それ丈で情《なさけ》も迫る。絶望の余《あまり》の一種の笑顔、と、見る間、笑顔のみで無く、「あはゝゝ」と吹き出した。

吹き出したのも絶望の極致であつた。聞く米兵《べいへい》の一同にも、それ故、をかしいどころの沙汰で無い。しかも、怯《ひる》んだ。しかも、只躊躇した。しかも、只ぞツとした。

左右無くは手を出せぬ。

只おツ取り巻いた。

おツ取り巻いたもおツ取り巻いた、只無言でゝあつた――無言で而も急き込んでゝ無い、ゆるり〳〵とおツ取り巻いたのである。その実、戸棚の隅《すみ》へ鼠を追ひつめて、その鼠に此方《こちら》をきツと睨んで向かつて見られたのと全《まる》で只同じやうな心もちに為つたのである。斯うなると最う人間、弥次馬に先へ立つて怪我など為たくないと誰も云ひ合はせぬが一致する。

綾夫琉那も敵を睨まへた。「駄目だ！　縛れ！」の最初の一言《ごん》だけは勢ひで只云ひ得たのである。敵がそれからじいわり落ち着いたとなると、勢ひが又却つて摧《くぢ》けた。もうなか〳〵言句《ごんく》も出ぬ。しかも殆ど息も吐《つ》けぬ。

前に見えた乙少尉が静かに一同の中を割つて、前面にあらはれた。

「已《や》むを得んです、綾夫琉那君！　御無念は御察し申す。さりながら何も運命、希《こひねがは》くは御あきらめを！」

覚束無《おぼつかな》いが、意味は通ずる例の少尉のタガログ語で、礼《れい》誼《ぎ》はとにかくまづ述べた。

「あはゝツ」と綾夫琉那はまた、笑ふ気では無かつたがつひ笑つた。「何も運命、いや如何《いか》にも御尤《ごもつと》も。争ひません、未練らしくは。さ、いづれへでも御同道……」

仏語《ふつご》六分の英語四分、タガログは少しは交つたごたまぜの一種の奇妙な言葉で、しかし又、それでも淀み無く流暢にまづ応じた。人情は偖《さて》妙なもの、ごたまぜではありながらも、英語を交ぜられたとなつて見ると、米人《べいじん》の身に取つては何処《どこ》やら嬉しいところも有る。

「御丁寧な、敬服しました。交戦の間柄、已むを得ん事は何処でも、只已むを得んと為ましてな。」

とばかりで差し寄つた。改めて直立して帽子にも手を掛けて、正式に一礼する、それには綾夫琉那もまた応じた。立たうとした。しかし立てぬ。身を些《すこ》ばかり踠《もが》いたまま、又あはゝゝと妙に笑つて頭《かしら》を低《さ》げて礼を返し、ふツと気が付いたやうな様子で、慌たゞしげに後ろを振りかへつた其目の色は妙に凄い。

後ろには茫然と百合葉《ゆりいば》が立つて居た。

第十二

綾夫琉那《あやをるーな》はもとより覚悟した。運尽きた故、十が九まで逃げられさうも為《なか》つた処で逃げる事も遂に叶はず、捕虜になる事になつたと計り、只さう兎にかく考へた。しかし、只気になるのは婦人の身たる百合葉《ゆりいば》で流行物《はやりもの》の米兵《べいへい》の乱暴狼籍《らうぜき》、あるひは其百合葉にも避け難い、辛い目を見せは為ぬかと流石その必死の際ながら、一図にそれが気になつた。振りかへる。見ると百合葉は何さま居た、居たとも居た、わが身のすぐ後ろに居た。

　さア何うしやうとはツと為る。運命がさう谷《きは》まるとも思はなかつた、まさか〳〵。打ち合はせも、それ故、無い。はて何うかして最う今となつては其百合葉といふ女の身だけは安らかに只帰らせたいと、只それをのみ一図《いちづ》となる。

　咄嗟には、しかし、どうも為《な》らぬ。が思ひは言葉以上となつた。ふり返つて、なるほど、百合葉を見ることは見た。見た血が只脳天《なうてん》へ衝き上がる。どう分別の立てやうも無い。只、百合葉を、それ故、睨《みつ》めた。が、綾夫琉那がさう思ふほど世話の焼ける女でその百合葉は無かつたのである。珍らしく思慮が有る。行き止まりの谷で窮し切つて、ゆるい一方の抜け穴を、否、いづれかと云へば胡麻化して隠れる丈の横穴を既にはや其百合葉は咄嗟の間にも考へた。

　思案も早い、身のこなしもまた早い。考へが附くと同時、ひらりとその身を乙少尉のすぐ傍《そば》へ擦《す》り附けるほど押し寄せた。

「あたし助けて頂戴よ、いえ、あたしを褒めて頂戴よ。あたしと妹《いもと》との手柄はよく御分かりなんでしやう、ね、あなた。」

　乙少尉には此言葉が全く寝耳に水である拍子の抜けた顔をした。「何？」と噛みしめた。

「云はないぢや分かりませんか。ぢれツたい。妹…あたしの妹の江守菜《えもりいな》にうまい所で御遇ひでしてよ。」

　うまい所で遇つたらうとは何さま旨い。所より其口が幾段うまいか殆ど知れぬ。

「うまいとな？　何が？　妹《いもと》に遇つたとな？　われ〳〵が？」と云ひながらも肚の中《うち》では如何にも不思議にのみ思つた。草むらの間から其百合葉が透《す》き見をして、江守菜が押さへられるのを十分よく知つた事とは流石少尉は思ひも寄らぬ。さりながら言葉の様子で、その江守菜を少尉等が押さへたのを其百合葉が知つて居るのも知れたところで扨は姉妹が前からの打ち合はせでもした事も有つたので、とにかく裏切りと云ふ迄で無いとしても、綾夫琉那のその前に潜んで居る位を米軍《べいぐん》に密告するやうな内心ももと〳〵有つたのでもあらうと心から唯心で迎へて、わるくなく聞き做《な》した。

　されば此やうな一寸《ちよつと》した、先入《せんにふ》の考へと云ふほど事実の真相の判断に当たつて妨げとなるものは殆ど他《た》に類は無い。さりとては仕方が無い、その考へに只訳無く少尉は捉へられたので。

言葉もそれ故丁寧に、「何か此件について令嬢はいろ〳〵御承知でもあるのですか。」

「いえ、別にさう深くも。」

深く知つたとなまじひ云はず、さう深くもと言葉を濁した、それ丈どうしても相手に取れば乗り込まずには居られなかつた。

「何か大《おほひ》に御存じでか?」と今度は更に買ひ上げた。

「え、、只此方をば私の家《うち》でつひ今まで囲《かく》まつて置いたンです」と吁《あゝ》さりとては思ひ切つて!

第十三

乙少尉なほ其上を買ひ上げずには居《を》られなかつた。

「ほツ、令嬢の御家《おいへ》でな、此綾夫琉那《あやをるーな》氏を御かくまひに為つたとな。

では今まで、今日が日まで御囲《おかこ》まひなのでしたか。」呆れたやうな語気《かたりき》である。

「逃げ込んで来たからです。逃げ込んで御出でになつてまさかさうも素気《すげ》無く出来ず、それ故御かくまひ申したのです」と驚くほど落ち着いて、「けれども、御かくまひ申したに附《つい》ても家中《うちぢやう》でもごた〳〵計りで、母は不好《いや》だと申しますし、父も不好は不好なもの、、後々《のち〳〵》の難儀にでも為りはせぬかと只ぐづ〳〵して居まして!」

いつの間にか身の周囲《まわり》を甲大尉や丙軍曹や皆大かた取り巻いて、更に大尉がつと寄り出た。しかし大尉にタガアログ語はすこしも云へぬ。英語で少尉に打ち合はせた。

打ち合はせを少尉は飲み込んだ。

「すると、令嬢、あなたが瀬帆花《せほばな》氏なんですな。」

「さやうです。瀬帆花の娘です。」

「分かりました、いかにも好《よ》く。素《もと》より貴女がたに対しても是ツきりで御目に掛からん訳は無いですが、とにかく今日は是だけとして、もう宜しいです、あなた丈は、とにかく御帰りになつてもな。さア、しかし、御帰りになると云つた処が、御婦人の御一人身のことでもある、兵士一人《にん》だけを警備として御附け申すことに致します。特別に御ことわり致しますが、さういふ取り計らいと云ふのはな、全く此隊の大尉閣下の特別の御見料《おみはか》らひに由る事で、本筋を云ふとすれば、ともかく貴女をもまづ一旦本隊へ御連れ申し、親御さんたち御一家《ごいつけ》へも然るべき審問を施《ほど》さなければ、済まされぬ事なのです。な、只御考へになつてもな、それが至当と必らずや思《おぼ》し召される事でしやう。」

「さやうです」と微笑《したう》した。

「それと云ひながら吾々亜米利加合衆国《あめりかがつしうこく》政府の十分人道を重んじて、成るべく一般人民の自由を侵害せんやうにと云ふ、御承知の如き昔からの方針を本《もと》とするに由つて、譬へば此あなたに於ての場合ひの如きも到底《つまり》成るべく寛大にと出来る丈為やうと云ふ、その訳なのですぞ、な、全く」。

恐ろしく混み入る言葉を百合葉《ゆりいば》は目を見張つた。恐ろしくまた勿体付けるぞと百合葉は屹《きつ》とした。恐ろしくまた人《じん》道沙汰《だうざた》をしら〴〵しく云ひ立てるぞと百合葉は儼とした。

「で、送らせて下さいますの？」

「さやうです。」

と、聞く、もう早胸は只一杯！

嗚呼、さて此手で〳〵米軍は土民《どみん》を段々籠絡するのかとひしと胸にも思ひ当《あ》たる。でも、扨も、云へば扨《さて》うまく云ふ。人道を重んずるも凄まじい。自由を思ふもよく出来た。それならば人の国を人の自由を踏み付けても奪はうとするのは何とした？

とばかり、如何にも〳〵涙は出たが、口惜《くや》しさに身は烹えた。烹《に》えた、しかし、又それながらもそれを其儘そこでは扨《さて》どうも現はせぬ。現はすも訳も無い。現はすがいつそ快い。現はすのが結句《けつく》胸晴れる。さりながら又其其辺《そこら》を其処は我慢しなければ又為らぬ。なぜ？　綾夫琉那その人のためである。琉那その人を活かすも殺すも、その時の自分その百合葉の返辞一つ、答弁一つ、応接一つ、機転一つ、只々凡そ夫等に由る。と思へばこそ心ならぬ事をさへ、綾夫琉那の聞く前、苦しさといふ苦しさ忍んで、敢てわざと云ひも述べ、心有つて裏切りして綾夫琉那を虜《とりこ》とさせたかの如く云ひ做《な》したやうな訳でもあると、又さう思ふ、歯ぎしりする、泣き声の迸《ほとばし》るのを空笑《そらわら》ひに紛らした。

第十四

「御念の入《い》つた事に只……有りがたう存じます。では兵士の方を御附け下さつて私《わたくし》を宿まで御おくりに……」と無理に〳〵笑みをも示して、百合葉《ゆりいば》は会釈した。

乙少尉顔また鎔《とろ》けた。

「レデイに対する礼法は米軍は何処が何処までも……」

「あ、有りがたうございます」。

口では礼、腹では涙。傍《そば》で嘸《さぞ》や綾夫琉那《あやをるーな》が聞いて、どれほど口惜《くや》しく思ふかと、嗚呼、只心身只悩乱《なふらん》、でも、恐ろしいほど気丈である、裏と表と別にした——取り乱してはなか〳〵見せぬ。

立ち去るいよ〳〵の際《きは》となつた。

さア、綾夫琉那との別れである。どう云つて暇乞ひしたものか。何と云つて別れたものか。嘸もう綾夫琉那は自分その百合葉を憎《につ》くい女郎《めらう》と夫こそ身が自由になるものならば、武者ぶり附きも為たい位に——い、や、さう思ふ丈がまだ手ぬるい——睨み殺しても飽き足らぬと嘸思つて御出でゞあらうと、さすが其処は女の身、きツちりと道理の分別は附けながら、たぢろいて又思ひ迷つて、もう堪《こら》へ切れなくなる。弾かれるやうに涙が出る。

堪《たま》らぬ、我慢為《な》らぬ。窮すれば智慧も出る。よし、早言《はやこと》のタガアログ語で、せめては意中の髄《ずゐ》の髄を……

刻《きざ》み言葉！　打ち交《ま》ぜ言葉！　早言葉！　ことさら入り乱れさせた四道路《しどろ》の言葉——タガアログ語で——

「堪忍《かに》して、どうぞ綾夫琉那さん。心ならぬ事を表面《うはべ》だけ、通じますか此真心。通じませんか此真心。見得も有る。跋《ばつ》も有る。表面《うはべ》はこの冷たい水。腹の中《うち》は血の涙。はやまらず率《ひ》かれて御出でなさいまし。敵を斯う欺した以上、また私《あたし》があなたの牢屋へどうにでもして近よります。」

見れば綾夫琉那は、おや！　涙！　いや、涙ぐんだその顔を横の方へと只背《そむ》けた。

うれしい、心が通じたか、分かつたか、飲み込んで下さつたかと又涙は衝《つ》きあがる。顔をおさへた。歯ぎしりした。一生に二度と無い苦しみ、熱鉄《ねつてつ》の〆《し》め金で熱油《にえあぶら》だら〱と〆められる心もち。はツ、ほツ、ひイつと声放つた。

しかし、都合は如何にもよかつた。早言《はやこと》でのそのタガアログ語が乙少尉にも流石分からぬ。他には猶《なほ》。一同は綾夫琉那を除くのほか、木偶《ぼくぐう》にしか過ぎなかつた。是ならば上首尾と、際どい所で辛《から》く只覚束無いやうな安心、袴の裾を一寸さばいて、百合葉は更にふりかへつて、いざ分れの挨拶をと思ひ付く途端も途端、あつ取り紛れて忘れて居たこと、いや、忘れたと云ふでも無いが、全く只紛《まぎ》れて居たこと、妹江守菜《えもりな》の身の上を不意にまた思ひ出す。

「あ、さうでした」と我知らず甲走つた声で只叫んだ。

「さうでした、妹の事、妹は、あなたどうしたでしよ。あなた方が御つかまへで、それから後？」

聞きそこなつたか、少尉は無言。

「え、もし、少尉さま、もし妹は？　御つかまへでしたろ、先程あなた方が。つかまへて、それからすぐ私《あたし》の方へあなた方は御出でなんでしやう。」

「あ、その事ですか、うむ、なるほど。御妹御《おいもとご》は如何にも然《さ》う然《さ》う……御妹御もまたやはり御宅まで疾《と》くに早。」

「あら、御送り下すつて？」

「兵士一人で送らせました」と最早澄ました顔である。

第十五

綾夫琉那《あやをるーな》ははや捕虜として本隊の所在まで十哩《まいる》の所を護送される事となつた、護送されると為つたもの丶、何の取り調べが有つたと云ふでも無い。すぐ馬を宛てがはれた。なるほど、米兵が馬を宛てがつて呉れたと云ふ、それは琉那の足の不自由なのを思ひやりて呉れたのかと一寸《ちよいと》は思はれもしたもの丶、実はそのやうな事情でも無かつた。とにかく長居《ながゐ》の危険な土地とその辺を米軍では只認めた。背に腹は代へられぬ、馬一疋を捕虜にあてがふのを惜しんで土民軍の来襲でも受けては取つて返しの為らぬ事と算当づくなかなか細かく直《すぐ》そのやうに馬となる、疾駆《しつく》となる、前にその十哩を進んで来たより猶早く、何時間といふほどでも無く、その夜まだ宵の口に本隊へと立ち戻つた。

立ち戻つたところで調べも無い。

番兵凡そ三名ほど只附けられたと云ふ丈で、凡そ二時間ばかりでもあつたか、綾夫琉那は只捨て置かれた。手工合ひが些《すこ》しも分からぬ。優待されるのでは無論無い。さりとて酷遇《こくぐう》されたのでも無いらしい。さらば、生けみ殺しみといふ類《たぐひ》、いはゆる蛇の生殺しかも或ひは知れぬ。何れとも確《しか》とした事は只何が何やら些しも分からなくなつたと云ふ丈で、なるほど又さま〲の物思ひは洗ひざらひこも〲湧いて起こらなくは無かつたもの丶、夫とてもやはり何をどうと云つて捉まへる主題といふのが有れば格別、それも有るやうな無いやうな、只さういふ丈の有り様なので、何も只まとまらぬ二時間は只の夢、話しにならぬ現《うつゝ》と過ぎた。

やがてやうやく別の兵士が軍曹《ぐんさう》に附いて其処へ来たが、いづれも夫等は米兵《べいへい》で無く、見るからが腹が立つ、同胞の比律賓人共《ども》で。様子からまづはや変はつて居た。来て、いかめしく無言である。そして二人《にん》は相揃つて稍姑《ややしばら》く厳重にぢツと琉那を見おろした。

「君が琉那か」。

程立つてやうやく其軍曹の口から出た言葉と云ふ言葉は実に只是であつた。

琉那は、しかし、挨拶せぬ。

「聞こえんか、おい、こら。問ひ掛けるに聞こえんか。」

まさか是では黙つて居《を》られぬ。さりながら売り言葉に買ひ言葉は斯《か》うなると已《や》むを得ぬ。

「分かつてるだろがな」。

「式によつて一応問ふのだ。」

「よし、いかにも琉那だ。」

「こつちへ来い。」

箇《かん》も箇、只それ丈、是丈で早その軍曹は身をひるがへして先へ立てば、兵士はすぐ琉那の後《うしろ》の方へと身を移して、つまりもう前後から宜しくうまく警衛した。

争つた所が始まらぬ。その儘琉那も後に付いた。真暗な廊下のやうな所を右左り幾つか折れ曲がつて、やがて行《ゆ》き当たつた処には怪しげな梯子《はしご》が有つた、その梯子の前で足をとゞめて、軍曹はきつと振りかへる。

「上へ上がれ」と命令した。

「此階子《はしご》を？」

軍曹は只うなづいた。承知するも為ぬも無い、又争ふべくも無い、その儘琉那は梯子を上がつて、いよ〳〵上がり切つたところで、なるほど上は部屋らしいが、まるで只暗くて見えぬ。流石、それゆゑ、入りかねて、やゝ躊躇する後ろから、又共に上〔が〕つて来た軍曹が物も云はず琉那の腰を力強くぐつと押す、同時にばたりと戸は〆まる、錠をでも下《おろ》す音かがツちりと只聞えた。

第十六

綾夫琉那《あやをるーな》は殆ど只呆れた。ほとんど只訳《わけ》が分からぬ。戸の閉まる音、錠の下りる響き、それ等で只辛くして、手も無く其所《そこ》が牢であつたと僅《はつ》かに悟るだけは悟つた。

悟つたとしてもまだ解《げ》せぬ。牢とはそも〳〵何の沙汰か。調べも無くて牢とは何うか。呆れて全く物も云へぬ。ましてや身の周囲《まはり》は只暗い。透かして見えるやうな闇《くらやみ》で無く、その部屋に火の影一つも無い事とて我と我手先の色さへ見えぬ。

牢と思つたものゝ、また然うで無いかとも一旦は迷ひもした。何、馬鹿々々しい、人を欺《だま》かして窂へ入れずとも済む事と、一旦は思ひもした、まだ、牢へ入れるならば牢へ入れるとしても兎に角いかに米兵《べいへい》でも一応のその云ひわたし位は是非とも有る筈とまで、又更に思ひ迷ひもした。

前もつて牢と承知して居たものならば、牢と知つて入つたところで、よしんば其所が暗いにもせよ、その場に自分より外別の人が居ぬとすれば、飛び立つてもすぐ其牢の中を掻い探るなり何なりして広いとか狭いとか、また乃至《ないし》しつかり出来て居るとかしつかり出来て居ぬとか、凡そゝこらの点について、暗雲《やみくも》に狂気の如く究めやうとせずには誰にしても必らず居ぬ。琉那のは、しかし、さうで無い。前もつて牢と承知して居なかつた。牢といふ決着の場所どころか、その決着の場所の前たる取り調べの席ぐらゐとしか、その実、その梯子《はしご》を上り切るまでは実に思ひもしなかつた。否、強ゐて云へば、それでも無い。その梯子を上り切つて、いよ〳〵中へ突き入れられると云ふ迄は牢とさへまだ思ひもしなかつた。

茫然とも、それ故、為《な》る。何が何やら、それ故、迷ふ。たとへば其処《そこ》におのれの外、誰一人《にん》居ぬとしても、どう手探りをするの何かと、凡そまだ其処までに行く丈の落ち着いた考へ抔といふものが直《すぐ》何として浮ばうか。

で、只呆れた。我と我身をどうする気も無いが、べたりに床に尻餅ついた。尻餅をついたより、足？　投げ出したま丶である手？　ぶら下げたま丶である。呼吸《いき》？　正味の半分ぐらゐを盗んで吸つたり吐いたりする丈である。響《ひゞき》であるか何とか知らぬが、わが目の中で金光りがきら〳〵した。頭は二三層倍にも大きくなつたやうな気がした。只呼吸《いき》のみが中《うち》へと迫つた。くら〳〵と目は眩《まは》つた。

「おや、立つて居たのでは無かつたつけ、坐つて居たのだツけ」とその、目が眩つたと気が付いた時、またわが身が足投げ出して居るのに辛《から》くして気が付いた。

我と我身の挙動《ふるまい》の認識が斯うやうやく出来たところで、さア、一度にむら立つた無念やら、腹立ちやら、絶望やら、種々雑多何とゞれを分界も区別も為りかねるやうな心もちが一度に渦を巻き立てた。

「すはや、人を、欺いたか。欺かぬとしても、さりとは卑劣な。一旦呑み込ませ、得心させても何も故障は有るまいに、油断させて只訳も無く、取りしらべも無く……うむ、すりや斯うして只押し籠《こ》めて、どうやら斯うやら殺す気だな。おんのれ、やれ、畜…畜生、さりとては、嗚呼、さりとては此おれも畜生を買ひかぶつたか、おのれ、やれ。」

声は立てぬ。只斯う腹で罵つた。口の裡《うち》丈に押し殺し圧迫して、舌で扱《こ》く〳〵罵つた。我手を我手《わがて》で引んねぢつた。痛い。痛いとは承知で引んねぢつた。引んねぢる時その引んねぢられる方の手をば、その手がわが手でありながらも、猶やはり敵、その米人といふ敵の手と、我慢して見做して、そして引んねぢつた、怨みの極度、身を痛めても、それでも胸をば透かしたい。

第十七

綾夫琉那《あやをるーな》は筋も道も殆ど無い。只狂つた。狂ひながらさながら檻へ入れられたばかりの虎、右だ左だ前だ後ろだと何処を当てと定めるのでも無く、その部屋の四方八方、その根よさ、やみくもに手探《てさぐり》して、這ひまはり、縋りまはツて、只同じやうな事を幾度と無く繰りかへした。

さうしたところで結果はどうか。何も無かつた。絶望といふ事だけが結局得られた丈である。只如何にもその場所が手堅い。石か知らん、敲《たゝ》きか知らん、何でも只さう思はれるやうな堅い物でその壁が出来て居た。手あたりで考へると堅い上に些しばかりざら〴〵する。ざら〴〵する。然らば花崗石《みかげいし》のやうなものか。花崗石ならば如何にも硬い。煉瓦ならばどうか知らぬが、花崗石であつたとすると、とても只の遣り方でどうそれが為《な》りやうも無い。

どうそれが為りやうも無いとは何事か。

どうといふ其語を我と我身で殆ど我知らず云ひ出して、我知らず綾夫琉那はぞつとした。我知らずがた〴〵と身をふるはせた。どうとは何の意味であらう。

何の意味か、人は知らぬ。然《しか》ば自分は？　さ、それも何うかである。自分も知つたやうな、知らぬやうな、如何にも変な工合ひである。

前後まで纏まるやうな、纏まらぬやうな、自分で自分の考へる事に些しも辻褄《つじつま》の合はぬやうな、合ふやうな、其どちらとも付かぬ動揺《どうよう》不定《ふてい》の考へが――否、考へとまでも殆ど云へぬ、無念といふのがむしろ当たる――然り、さういふ無念が乱雲《らんうん》のやうに只蒸した。蒸したが、しかし、また其《その》蒸した中に何処やら其乱雲は一定の方向をもおのづから指さしたやうである。乱《み》だれて居《を》ると云ふもの〻、それ然う乱れて居るのは雪その物の形《かた》ちだけであつたので、乃ちまた其《その》方向といふものは中々乱れて居るどころの沙汰では無かつたと、只その綾夫琉那自身その者にのみは感ぜられた。心の中《うち》の乱れたり、あゝの斯《か》うのと只思ひ乱れ思ひ迷ふ其《その》うやむやの雲、それは如何にも頽《すた》れもした、積もりもした、消えたり現はれたり色々になりもした。但しさう色々には為りは為ながらも、しかし猶その乱れたならば乱れたなり、頽れ掛けたならば頽れたなりで其儘只やはり或る方の向きに向かツて進み行《ゆ》かう、流れ行かう、馳せ行かうとする丈の方針と云ふものばかりは殆ど一定不変なのであつた。しからば、其乱れたと云ふのは如何なる事か、乃《ない》至《し》また其指した方向といふのは如何なる方か。嗚呼、多く云ふまでも無い。

破獄《はごく》の二字それであつた！

如何にも只二字だけで云ひ尽くす丈の破獄、只実にそれをのみと綾夫琉那はきつと考へた。なるほど然う考へを固めるまでに即ち思ひ乱れ抜いた。思ひ乱れ抜いた結局いよ〳〵それと向きを決めた。いよ〳〵其牢と云ふものに投げ込まれたと心付いた迄の間といふものは怪我にも意地にも痩せ我慢にもそのやうな破獄などゝいふ、やう後ろめたく思はれるやうな（綾夫琉那のその時の語を借りて云へば）卑劣じみた事抔を敢てその自分綾夫琉那の身が行なはうの何のと云ふやうな考へは実に微塵一点も思ひ浮かべるどころで無かつた。運尽きて捕はれる事と為つたのは是非も無いとしたところで、扨それならば夫はそれとして米軍の側に於ても相当の礼儀といふものを立《たて》て、然るべき取り調べならば取りしらべ、意見を一応は聞くならば聞く、と、凡そ何う少なく見つもつても、その位な作法を立つる位な事は必らず為る事でもあらうかと大きに高く買ひかぶつた、それが扨《さて》いざとなると、全《まる》で話しにも為らぬとなつた、只

我にも只それ一つ、それでがらりと心が変はられずに居られるかと我と我身に呟いた

第十八

「可《よ》ウし、破つて見せるわい」、一言《ごんか》斯う綾夫琉那《あやをるーな》は呟いた。

「蛆虫《うじむし》どもが、己れ馬鹿！　綾夫琉那とも云はれる此おれを当り前の一筋縄で行《ゆ》けるものと見居《みを》つたか」と更に綾夫琉那は呟いた。

「厳重な獄屋ゆゑ、是ならば破れも為まいと米兵《ヤンキイ》め思つたればこそ斯ういふやうな所へ押し込んで、もう是ならば大丈夫である、日の目も見えぬやうな密室の監禁ゆゑ、たとひ破らうとしたところが、力より何よりもまづ精神を喪《も》失《しつ》して、やがて遂にはぐた〳〵に為つて仕舞ふと、斯う思つたればこそ、即ち然《さ》う人を見くびつたればこそ故さら此様な所を選び出して、乃公《ないこう》の投げ込み場所と決めたのだか。可ウし、見そこなつたか、蛆虫ども、綾夫琉那には血といふものが有る、五体の脈 管《みやく、わん》を絶えず流れて、意気一たび煽つたとなるや否や、蒸発して、烟《けむ》りなどもそンな弱々しいもので無い、直ちに火といふものに燃える。此腕ぶしには骨が有る。可ウし、破つて見せるわい」と更に又も呟つた。

「卑劣にも陰険手段《いんけんしゆだん》で此のおれを逮捕した。己《おれ》といふ者のみで無い。アギナルドさへ既にあのとほり、千歳の末に至るまで米国史上の一大汚点として残るやうな卑劣手段で遂に捕縛といふことにした。いや、しかし、それでも可い。この己に対するに、若しそれ相応の礼といふもの、それを当然の道によつて用ゐたならば、仮令《たとへ》斯う自由を奪はれた身となつたとしたところが、必らずしも不快には感ぜまい。何の事か、此牢獄、暴力を用ゐて只圧服する、野獣を鉄欄《てつらん》の中に拘束する、と、斯ういふのみでは無いか。何か知らぬが、磐石べくり、敲きずくめ、光線も碌に透さぬらしい、さて是でも敵の一人《にん》、少なくも将帥と知れて居《を》るもの、それへ対して可いといふ、その心根の卑劣なのに、今に至つて愛想が尽きた破れまいと思ふゆゑ、つまり此処へ押し込んだか。面白い、破つてやる。石で固め、鉄で籠めたら、綾夫琉那といふ野獣でも、さすが逃げられは為《す》まいとな、さア、さう思つたればこそ密室監禁とまで骨を折つて始めてそこで好い気になる。可し、目覚《めざ》ましを呉れてやる。」

重ね〳〵斯う呟いた。素より気は立つたが、情理脈絡《じやうりみやくらく》は無茶苦茶でなくなつた。このやうな処に入れたかと只憤慨したその些し前の間は既に前にも記したとほり、殆ど狂《きやう》

に近くもあつた。しかし、其狂の熱はおのづから冷却した。冷却したと云ふよりは最高度の熱にのぼり切つた。

あたり前の牢獄ならば、それを破つて逃げると云ふ事が却つて恥辱であると綾夫琉那は思つた。この位ならば逃げられまいと其やうな石ずくめのやうな所へ押し込んでそして小癪にもそれら米人《ヤンキイ》が大得意に為つて居るのかと只思ふと、もう其鼻面をば命を賭けても擦《こす》らずには居られなくなる気が為た。入れられた牢、うまく遣られた捕獲只々それ丈の事ならば、まだ然う気から火は燃えぬ。見ろ、このやうな堅固な牢屋と而も然るべき身分の者に十分の侮辱《ぶちよく》を加へて、欺くやうにして、入れたのでも無く、叩ツ込んだのか、吁、そしてわざ〴〵然ういふ目に此綾夫琉那は遇つたのかと、只思ひ〳〵進めるほど最う実に矢も楯も無く、どうにでもして隙《すき》を探つて美《み》ん事《こと》抜け出して一泡吹かせてやりたいと、即ち、もう一つのしつかりした一念の指《ゆびさ》す針の向きが決まると共に、心中の極度の熱は何処までも却つて白熱の冷やかな光りとなつた。腕が有る、意気が有る、堅忍《けんにん》の何処までもとの質《たち》が有る、されば即ち落ち着いた。人の出来ぬと云ふ事、なほ一つ腕を扱《こ》けと為る。意地は却つて跳ねて反る。吐《つ》く呼吸《いき》も真《しん》に〳〵押し殺して擦《こす》つて吐《つ》くとなつた。

第十九

いよ〳〵破獄と決して見ると、我ながら綾夫琉那《あやをるーな》はわれと我胸《わがむね》の最う只轟くのを感じた。胸の轟くなどが何でも無い。心が騒げばこそ轟くのだ。と、いつもならば只思ふ。何の深い意味のものと、其いつもならば、思ひもせぬ。が、その時は然うで無い。もう中々無意味の物とその胸の轟くのをさへも既に早思ひ做《な》せぬ。

「辻占《つじうら》では無いか」と呟いた。そして、「うむ」と云つた儘《まゝ》其中《うち》から微笑した。「辻占では無いか知ら、たしかに旨く破れるとの、其辻占では無いか知ら、此、斯う烈しく胸の轟くのは。虫が知らせて、胸がまづ幸先《さいさき》が宜しいぞよと告げ知らせて呉れて、斯《か》う轟く――では無いか、さうだらう。いや、さうであらうが無からうが何でもかんでも、然うで可い、さうと為る、然うして置くとする。さ、そこで此胸が斯う轟く、轟いて未来の運命が笑ひ顔を示して居るぞと窃かにおれに告ぐると為る。いゝや、どうしても然うであると仮定する。仮定するとして、さ、どうか。」身はふるへた。

仮定ならば何《ど》うも斯《か》うも恐らくは有つたものでも無い。無いのを有るやうに只見做《みな》した。強《し》ひてゞも当《あ》てといふもの、目的といふもの、頼りといふもの、縋り付く綱といふもの、凡そ只そのやうな物を只持たなければ気が澄まぬ。その気の澄む澄まぬの可し否しをば考へて居るといふ程迄に心は余裕を持《も》つたので無い。仮定にもせよ何にもせよ、只縋り付いて便りにして一寸でも片時でも安心のやうなものに只々縋り着きたかつた。

其、やうなものに、それ故、其とほり只縋つた、つまり夫がその時の綾夫琉那には唯一の信頼すべき、其独創の宗教である。万能《まんのう》無上の神である。目は既に或る意味に於ての盲《もう》であつて、その盲が盲の中から只其やうなもの丈は認め得て、及び腰のやうに只縋つた。

あはれ、其いつもならば何事とも思ひもされぬやうな其只の胸の轟き迄が一つの心の綱となつた。縋つた。縋つた以上、さア放さぬ。どこまでも其綱を伝はつて〳〵先へと行《ゆ》く。伝はつて先とは何処か。好《よ》い辻占、それである。好い辻占であるであらうと、其あたりで決めた丈の、何かわからぬ茫漠たる目的、只そこへと気は急《せ》いた。

はや最うぢツとして居られぬ。

辻占を事実たらしめたい。万事よろしく旨くしたい。差し出されてある好運のその翼の端へつかまりたい。さうするには何う為るのか？　よく室内を究める、それ！

足の方が、はや最う早い、逸早《いちはや》く心の――決定を足が聞き取つた。足からまづ先へ力が入つた。足がすぐ踏み立つた。

綾夫琉那その身はすウつと立つた。おや、しかし、頭がつかへた。手をあげて探つて見る。驚いた、上には天井が有る。否、上に天井の有るのは何も不思議なことでも無い。当り前である。さりながら其時や、始めて分かつた事実がやはり天井の事を云ふとして些《すこし》ばかり珍らしい。天井が低いのである。度はづれに低いのである。綾夫琉那その身《み》の長《たけ》は低いといふ程でも無いが、高いのでも無い。それであつて、上は支へた、幸ひにひどく頭を上げなかつた故、頭をひどく打たなかつた、はてな、斯《か》う低い天井で、あつたのによく、しかし入つた時、頭をまづ打たなかつたものだつたと些《ちと》ばかり不思議になる。更に探つて試みた。低いところのみで無く、高いところも有りはせぬか、有るならば入つた時には其高い所へ丁度よく身を置き合はせて、それ故、偶然にも幸ひにその頭が上へ支へるといふ事に為らなかつたのでもあらうかと、更に疑念が数のみ殖ゑる。殖ゑるが、決せずには居《を》られぬ。更に又寄り道するやうでもあるが、また両手を挙げて見た。そして探りまはして見た。

第二十

探りまはして見たものゝ、扨《さて》さうすれば然《さ》うするほど不思議ばかりが殖ゑて来るとは何の事か些しも解せぬ。

探りまはして見たところで、天井は成るほど低い。しかし、何処も此処もその高さは一様なのである。否、高さと云つては悪いか知れぬ。然らば、反対に云つて、低さか。低さならば低さとして、その低さが、しかし、やはり何処も此処も一様なのである、平面《たいら》なのである、凸凹《たかひく》といふものが無いのである。

「妙だな」、と綾夫琉那は頸《くび》をひねつた。

探り落としでもあるかとも思つた。「探り落としかも知れぬでよ。平面《たいら》の天井を闇暗《くらやみ》で手さぐりに探つたところが、決して残らずの平面《たいら》を残らず満遍無く行きわたつて探り得ると云ふのは殆ど覚束無い事だ。いや、大きに然うなのだ。つひ一寸は然うとは思へぬが、よく考へて見ると、実に然うだ。いや我ながら馬鹿なもの、そこへ気が付かなかつたかな。」

急に天晴《あつぱれ》利口になつた。をかしくなつた。ぷつと只呟き出した。そして、如何にも利口になつたと我ながら又笑ひながら只思つた。真に利口になつたのか。

又探りまはして見た。しかし、どうも思つたやうで無い。思つたやうとは何の事か。天井の平面、その何処かゞ低い、何処かゞ高いのであらうと実に思つた、その夫で。しかし、どうやら然うでない。探りまはして見ても〳〵平面は何処までも平面で、全くそのやうに利口になつて考へた人の利口の考へが当たつたやうに思はれぬ。外れたか。外れたとは不思議である。どうも外れる訳は無さうである。あつても無くても外れたのは外れたのである。

「なぜだらう」と呟いた。

「どうして、そンなら、こんな風にべた一面斯う低い天井の下で現に今まで頭が支へずに居たのか知ら。不思議だ。今までは頭が支へなくて、そして今急に立つとなると、不思議にも只支へる。天井が高くなつたり低くなつたり色々に為るのか知ら。馬鹿！　そんな筈が何うして有る。無い。無いとすると、さア何故だろ。」

いよ〳〵分からぬ。急に襟元からぞつとした。なぜぞつとしたか、其、さうなつた自分綾夫琉那にさへ其訳《そのわけ》は分からぬが、しかし、とにかくぞつとした。魔物が居さうに思はれる。

がつくりとして倒れさうになつた。おやと思つた。しかし、倒れぬ。身がぐらついた丈である。ぐらついた処で考へると、何うやら其座り心即ち居心に前覚えの有るやうな心もちが又為れた。

目を瞑《つぶ》つて考へた。

もとより暗闇《くらやみ》である。目を開《あ》いて居たところが。瞑つて居たのと変はらぬやうにしか思はれぬが、それでも不思議なもので、やはりぢつと考へ込むとなると、目を開いて居ては些しも考へが纏まりさうに思はれぬ。

「なるほど、心理学者は茲を云ふのだ」と更に綾夫琉那は呟いた。

心理学者に何《ど》う云つた？　どうでも搆はぬ。とにかく然《さ》う目を瞑つて、闇理《あんり》の闇想《あんさう》といふものをやがて綾夫琉那は続け出《だし》た。すると、不思議や目が見え出した。肉体の目が見え出したのでない。心霊の目が見え出したのである。幻想か？　実想か？　とにかくよく見え出した。絶望せよと命ぜられた。

即ちそこで始めて分かつた。自分その綾夫琉那がその密室へ入れられてから、其頭が支へた時立ち上つた時と云ふ時まで（実によく〳〵考へて見ると）立ち上がつたといふ事は実はまるで無いのであつた。無い、それ故にこそ其やがてぐらついて倒れさうに為つた時倒れもせず、そして其座り心がどうやら前覚えの有るやうな心もちに思はれたのでも、只あつた。

第二十一

「はツ、やれ、何の事だらう」と今更歎息しても殆ど足らぬ、綾夫琉那《あやをるーな》は半ばまた呆れた。

「なるほど、益《ます》〳〵なるほどだ。吁《あ》、どうしたらば斯う迄も〳〵心といふものは心を欺くものか知ら。心の奥に心が有る。心同士また食ひ合ふ。また互ひに欺き合ふ。なるほど、思ひ出して見れば然うだ。この室へ押し入れられて、さア、この己がそれつきり立ち上がると云ふ事は為なかつたつけ。」

深くいよ〳〵只呆れた。思へば綾夫琉那は流石である、さすがよく其所まで思ひ出す事を得た。彼は如何にもそのとほり、其牢へ押し入れられてから後《のち》といふものは実のところ全く只立ち上がるどころでは無いのであつた。最初そこへ押し入れられた、実に只その時までは如何にも立つて歩いて居た。が、いざと押し入れられたと共に、一種それは〳〵非常な凄味、それが忽ち身を摑んだ。何しろ案内知らぬ室である。何の危険が有るか分からぬ。又只そればかりで無い。さう突然押し入れられたと云ふ、それが土台訳が分《わか》らぬ。はツと思ふ。おやと思ふ。身はよろける。戸は閉まる。と云ふ内に万事が終つて、寂寞《せきばく》と黒暗《こくあん》とが静やかに只その後に残つたのみであつたと云ふ、凡そ只其やうな、精神に与へられた打撃といふ打撃の実に只此上も無いといふほどのものを然うしたゝか授けられたのであつたものを、既に最うその時に身を立ち上がらせて居るといふ程の元気が活動し得たのでは無いのである。只全く平張《へたば》つたのである。平張つて、いつと無く、又その自分が心付きもせぬ内に、いつか〳〵只其平張つた有りさまから段々立ち上がり出したのである。又、然る後、始めて所謂《いはゆる》「立ち上がる」といふ真の意味、即ち直立といふ姿に立ち上がり得たのである。その時が即ち前見えた、始めて天井にその頭の支へたといふ、実にその時なのである。

「心理学者はよく云つたな」と、段々綾夫琉那は落ち着いた。何処までも斯うなつて、段々度胸の有るのが見えた「なるほど地獄だ、迷宮だ。嗚呼《あゝ》、して見ると寝て居たか。いゝや、平張つて只居たか。」

出さぬ気の溜め息がほツと出た。寒気がした。と思ふ間すぐ又くわツと熱が出た。何もせわしくする気は無い、が、呼吸《いき》がおのづから急に忙《せは》しくなりもした。まるで話し見たやうな変化である。

しかし、それらの暗黒の秘密がさう只思ひ掛けぬやうにおのづから解決されたのがいか程綾夫琉那の精神に活気を添へたか知れなかつた。何と無く心が時めいた。又心臓は鼓動した。最う思ひ切つては立ち上がらぬ。例のとほり(と、今更急にさう思ふ)身を屈めて半ば這つた。きツと其辺《そこら》見回した。相変はらず暗い。暗いが、おや、一ヶ所只薄ぼんやり只茫と白く見《みえ》る所が有る。

されば、それ認めた時の心臓の轟きは夫迄に類が無い。闇中《あんちう》の光りとは比喩《たとへ》にも嬉しい事に云ふ。その白いのは夫である。光りである。色では無い。色か。暗闇に色は見えぬ。どうでも光りなのである。光りならば、穴であらう。穴! 穴! 穴ならば、或ひは其処から! 其処から何うする? さア、そこから脱け出せる!

這ひ寄つた。珍らしい始めての挙動、暗中《あんなか》を飛ぶやうに這ひ寄つた。もはやなれて来た、嗚呼、いろ〳〵な真似が出来る!

第二十二

這ひ寄つて、殆ど慌てふためいて、きつと綾夫琉那《あやをるーな》は目をそのぼんやりした部分に差し寄せたが、扨《さて》しかし然《さ》う急に差し寄せたとなると、妙に只何も見えぬ。

素《もと》よりそれは当然なのである。適当な距離が見る目的と目の視力の度と相保たれなければ何も見えるもので無いのは多く云ふ迄も無い。また其理ぐらゐ心得ぬ綾夫琉那でも、と〳〵無かつた。窮すれば慌てゝ智識を埋没するとは、されば、実に此辺《こゝら》である。理を知つて、その理に準《じゆん》拠《きよ》しなかつた。飢えたものは食を択《えら》ばぬ格、一図只それを志した処、吁、流石思慮有る人間でも、それでも猶斯うまで為るものか、全く只擦り付けるほど目を其部分へ押し寄せたのである。

しかしすぐまた、是は慌て過ぎたと気は付いた。我ながら、吁、はした無さ過ぎたと、みづから已《おの》れを心で叱つた。やがて、目を此度は用心してずるりと些し、またずるりと些し、次第々々に些しづゝ後ろへと引き下げた。

その甲斐は果たして有つた。適当な距離であるぞと心付いたといふ辺《へん》が即ちそのよく見える距離なのである。光りが果たしてよく見えた。そして一目でその何うであるかも又分かつた。

その光りは窓の隙間のであつた！

吁、されば窓が有る！

窓の隙間からの光り、これを裏から云ふとすれば、窓に戸の類が有つて、其戸がしつくりよく窓の側辺《そくへん》と密接吻合《ふんがふ》せぬ訳になる。即ちそれを又押し詰めれば、光りの然う差し込む丈の隙間が戸と窓の側辺との間に在るのである。隙間か！　吁、隙間か！　それ丈の隙間が只、実にたつたもう些し、たつた其何十倍といふ丈の大きさにさへ開いて呉れさへする事ならば、身は其処からもぐり出せる訳である。もぐり出せるか、吁、もぐり出せるか、其所から？　さア、潜り出せるやうに為て、出来ぬものか知ら。

その時の嬉しさは無上であつた。もとより永続する喜悦では無かつたが、只堪らぬ程にうれしかつた。さツても妙至極な処が見付かつたと思ふ、もう、その、取るにも足らぬやうな、墓無いやうな、微弱な隙間の光りが舐められるならば舐めたいほど懐かしかつた、否、嬉しかつた、否、恋ひしかつた、可愛《かあい》かつた。

すつと小指を当てゝ見た。

なるほど確かに光りである、その小指の尖端にうつすり外界の自由世界の光明の面影は、いよ〱、なるほど印《いん》象《しやう》されるのである。

堪まらず更に目に差し寄せた。此度《こんど》は其つもりで目を寄せた。前ほどには失敗せぬ。横さまに「一」の字を引く光線ならば好都合なものの、さうで無く生憎竪《たて》さまの「｜」を引く光線であツたことゝて、人間の天賦の、横に切れた目で見ては大に見るのに難《かた》い方であつたが、どうしても其処が一心の一心その煎じ詰め切つた所《ところ》である。見るに苦面《つら》からうとも頓着せぬ。顔を斜めにして、さて覗いた。よし、〆めた、外が見える！　地面が有る。草が有る。石塊《いしころ》がころげて居る。

「ほツ、なるほど」と殆ど叫んだ。声こそは押し殺したが、絶叫といふ程の力有る意味で只叫んだ。「なアるほど、今気が付いた。外は最う昼なのだ。はツ、いつか夜が明けて居るのだ。いや何うも何たる仕合はせか、なるほど夜が明けたればこそ斯《か》う外から光りが中へも差す、そして中が暗闇であればこそ其外が此窓の外にあると分かる。はて、扨《さて》、して見ればこの部屋になまじひ燈光《あかり》の無い方が却つて外が何処にあるかと察し知るべき便宜《たより》になる。さア、暗かツたのが却つて便宜《べんぎ》か。なアんの事だ。」をかしくもなる、又勇む気もちになる。

第二十三

「苦労するものでは無い、これだから世の中の事、何が仕合はせに為るか知れぬ」と綾夫琉那《あやをるーな》は殆ど口へ洩らして、もう洩らした丈また胸の中《うち》その勇みの加はつたのは一《ひと》入《しほ》どころでは無かつた。「うツぷ、暗かつた部屋が有り難かツた。して見れば、此部屋の中の闇は却つておれ此綾夫琉那様のためには光明の自由世界を天晴指導してくれる、忝《かたじけな》い闇であつたのだ。その闇は最初憎んだ、怨んだ、つれなかつた。憎み、怨み、つれなかつた其物が一旦豁然《かつぜん》として悟るとなつて見れば、又此上も無い、忝い物になつて来る。思へば〳〵、嗚呼、実に、まつたく世は総べて是だ。有りがたい、結構きはまる、嗚呼、闇――い、や闇どの、闇様だ。」

その場に押し詰められなければ其情《そのじやう》は出ぬ。全く綾夫琉那の此時の心もち、其闇のやうな、はかない物をも転げまはつても飽き足らぬほど嬉しがり又忝かつた情の極致は綾夫琉那その自分で無ければ十分味はひ尽くす事が為らぬ。むしろ、刹那は殆んど狂《きやう》した。狂したが、心のしつかりして居た丈その狂が絶望の狂とならず、多望の狂とのみなつた。大抵の者ならば愁殺されるやうな闇が却つて気象のしつかりしたものには光明としてはたらいた。闇で光つた、闇が闇のまゝ、前途の光りといふものを見せた。

綾夫琉那の元気は非常になつた。

又さらに差し覗いた。胸は只どき〳〵する。気がはずみ過ぎて、今度は最うまた外がよくさへ見えぬやうにも為る。為らぬ是ではと唇を噛み締めた。さて愈《いよ〳〵》また見定めた。鉄の横棒が、嗚呼、見えた。一、二、三、四、五本見えた。棒は横だけに箝《は》まつて居るらしい。横のより外は見えぬ。それとも、しかし、縦のも有るか。有るか知れぬ、よし、有つても、目の透かし見る丈の範囲に現はれて居ぬ縦棒ならば、迚も見える訳は無い。又見える訳であらうが無からうが夫を今見究めて居るほどの心の余裕といふものは中々まだ無いのであるものを。

「よし、縦棒が有つたとすれば有つたで可い。搆ふものか。見えぬもの、今考へたとて始まらない。今は只無い、と、思ひ定めて置く。と、して置けば気丈夫《きじやうぶ》だ。」

絶望中の安心とは実に此時のことである。分からぬは分からぬとして置いて、分からぬなりで無理に只安心を命の水とした。仕方が無いや、今日は今日の事とする、明日は明日の日が照るだらう、と、其流儀の安心を無理に為《し》た。

如何にも然う急にかく安心のやうな思ひをした。すると又不思議である、急に空腹を感じて来た。まるで話しのやうである、如何にも殆ど埒が無い。安心した、すぐ腹が減つたである。落ち着いた、さア何か食ひたいである。

胃の中でぐう〳〵云つた。胃も悶えて食を〳〵とのたうち回つて居るらしい、胸さきの辺《あたり》が妙に痛んだ。

「畜生、食事もさせぬのか！」

はやもう口へ此語が出た。其語が口に出るとなると、忌々しいといふ神経の激昂《げきこう》が加はつた。俄かに電流でも加はつたかの如く、音ならばびうんと響いたかと思はれるやうに頭痛が急に攻め掛かつた。頭痛といふ一つの病気が脳の中で駈けつくらを始めたやうに為つて来た。右の顳顬《こめかみ》でもびんとする。左の顳顬でもびんとする。さうかと思ふ間、脳天の真中でもびんとする。あちらでもびん〳〵、こちらでもびん〳〵、其びん〳〵の度毎に其頭痛の勢力範囲は拡張《くわくてう》の上に拡張《くわくちやう》させられて、たちまち頭脳《づのう》一杯、その頭蓋骨《とうがいこつ》の内部全体はびん〳〵の占領となつて来た。如何ほどの炭素の量が脳中に溜まつたか知れぬ。吐き口を求めて、大砲のやうな欠《あくび》も出はじめた。

人《ひと》鬼《おに》

まへおき

曰《いは》く、堕胎《だゝい》、曰く、子おろし！　名を聞いただけでも怖《おそ》ろしく且《かつ》凄《すご》い。怖ろしいが、しかし真に怖ろしいと思ふものは少ない。凄いが、しかし実に凄いと思ふものは数へるほどである。他国の人はいざ知らず、わが此《この》日本人の大多数はすべてこれを怖ろしいと思はぬ。日本人の多数は怖ろしいと思はぬゆゑに、これを容易なものとする。誰は子をおろした、かれも堕胎した。上手にさへ行へば母親の身体《からだ》にさはらぬ。いたづらに安々《やすく》と生んで、人の口を殖《ふ》やすばかりが能《のう》で無い。かせぎの有る人たち、せめて都の人たちならばいざ知らず、その日暮らしの、かせぎの乏しいわれ〱田舎者の身に取ツては子の出来るほど恐ろしい事は無い。子の出来るわりに金銭は取れぬ。「子は三界《がい》の首枷《くびかせ》」とはよく云《い》ツた。子の有るゆゑに生計《くらし》がむづかしくなる。子の有るゆゑに身のふり方が付かなくなる。有りあまる身の人に取ツてこそ子はたのしみなものでもあらう。その日に逐《お》はれる身に取ツては子ほど厄介《やくかい》なものは無い。出来たか、宿ツたか、仕方が無い。出来たならおろすばかり、宿ツたなら流すばかり、その方が子にも却《かへ》ツて不便《ふびん》でない。うまれて物心の付いたものは容易に殺せぬ。殺せば悲しませる。それよりもほんの水子《みづこ》、白いも黒いも甘いも辛いもまるで知らぬ内に殺してしまへば、当人に苦痛も無ければ、悲歎も無い。空々寂々《くう〱じやく〱》で出来、空々寂々で死ぬ。業物《わざもの》で水を切らうが、火を切らうが、水も火も痛いとは思はぬ。空々寂々で死なせるのは業物で水や火を切るのである。殺されても、痛いとも悲しいとも思はぬ。さらば却ツてあはれで無い、無残でない。同じ生《な》ツた木の実でも踏みつぶされて芽の出ぬのも有る。そして腐ツてしまツたところが、誰を怨まうやうも無い。「背に腹は代へられぬ」。子が有ツての親で無い。親有ツての子である。親の身が行《ゆ》き立ちさうも無いに、子を育てるどころでは無い。殺す、それも是非に及ばぬ。

あゝ、読者は如何《いか》やうに聞かれるか、これがわれ〱同胞四千万人中のその一大部分の人の声である。法律が有るの警察が有るのと、そのやうな弁護や分疏《ぶんそ》は聞きたくない。法律も有るであらう。警察も有るであらう。しかし、その法律も警察もさしたる利き目は無い。われ〱は日本の如何なる地方、いかなる社会に、この一種の殺人の大罪が白昼更《さら》に怪しまれずに公行《こうかう》するかを一々指摘するのは易《やす》い。皆《みな》しらべた。しかし今云ふに忍びぬ。かれら此殺人の大罪を犯すやからは実に是非も無いといふのを心やりとして、真にそれが如何ほどの大罪であるかを知らぬのである。かれらの悪事は悪に慣れて悪と知らぬ悪事である。すなはちかれらの悪事はまづ無意識の悪事と云ツても宜しい。悪事は憎い。その人をば徒《いたづ》らに憎まれぬ。それら人民をして天理をさう自由に侮辱し、蹂躙《じうりん》するに至らしめたのは扨《さて》そも〳〵誰の咎《とが》か。子が悪いのは監督者たる親の咎である。人民のわるいのは監督者たる有司《いうし》の咎では無いか。救済や慈善や、義捐《ぎえん》や、それらをわれ〳〵は社交上の装飾的言語とは思はぬ。

しかり、有司もわるからう。それよりも猶《なほ》わるい、云はゞ悪い段に於《おい》て罪の深いのが有る。何か。滔々《とう〳〵》たる世上一般の宗教家である。

堕胎の事実をかれらは知らぬか、知るか。知らぬならば宗教を空《くう》に人に売る盲者《まうじや》である。知るなら、それを等閑《とうかん》に見る人間外のものである。しかし、われ〳〵は之《これ》を宗教家に向かツて咎めぬ。咎める甲斐《かひ》が有るまいと思ふ。さりとて有司に向かツても咎めぬ。これも咎める甲斐が有るまいと思ふ。

われ〳〵は曾《かつ》てある地方で重職の官吏に身を列する人に逢ツた時、その支配下《した》の人民中に堕胎の風習がはなはだしく、ほとんど公然これを行ふものが多いのを聞き、また見もして只《たゞ》おどろき、何ゆゑに権力を持ツて居《ゐ》る監督者はこれを不問に附するのかと聞いた。

しかるにその答へが凄《すさ》まじい。

曰く、いかにも困る。しかし此地方で堕胎は一般の風習でこれを公然たる手続きで、それ〴〵刑に行ふとなれば県下の人民ほとんど全体を刑に処さなければ為《な》らぬ。それ故《ゆゑ》、痛し痒《かゆ》しで、見て見ぬふりをする、と。

あゝ、これが権力を具《そな》へて民に臨む人の、真面目に云ひあらはし得る口上か。

たしかに彼《か》れ官吏は真面目にさう云ひ現《あらは》した。われ〳〵は呆《あき》れた。彼を常識の有るものと見たのがわれ〳〵の不明であツたと悔悟した。常識の無い――それ故われ〳〵は彼を目して下等動物にも劣ると云ふ――それら蛆虫《うじむし》にも劣る、人道を知らぬ魔者《まもの》に向かツて、理非《りひ》の説明をするのも無益である。その儘《まゝ》われ〳〵の口は鎖《とざ》された――鎖された、実に無限の痛恨のうちに。

ひるがへツて思へば、人道のために血をそゝぐべき彼等宗教家、人道のために精《せい》を涸《か》らすべき彼等宗教家さへこの人道の大問題に対して一瞥《べつ》をも与へず、ひとり紫を着、緋《ひ》をはふり、ひとり肉食《にくじき》し、ひとり妻帯し、ひとり子（耳にしみるか、「子」といふ此特別の名詞は？）をまうけ、そして社会の他の一部分にはその可愛《かはゆ》い子を非命に殺す悪魔が満々《まん〱》たるのを（知ツてか、知らずにか）知らず顔に過ぐして、俗世界の腥《なまぐ》さに舌つゞみを打つ彼等宗教の大智識《だいちしき》、上人《しようにん》、長老、牧師の連中のみの世の中である。俗人よりいくらか気高かるべき宗教家さへ既《すで》にさう不深切《ふしんせつ》な世の中である。何《なん》で渺《べう》たる一の官吏を責められやう。宗教家の冷淡に比べれば、政府や官吏の方にまだ罪は無い。法律に堕胎の刑律を設けてあるのが実は不思議な位である。それでも法律に堕胎罪を数へてあるのを見て、後世の人は明治の法律は完全であツたと欺かれやう。

攻撃するのみがわれ〱の能でない。有りの儘を有りの儘に述べただけで、誰でも、もし人間の血が有ツたならば、われ〱の云ふ所の無理で無いのは会得《ゑとく》出来やう。如何大慈大悲《いかにだいじだいひ》の宗教家諸君。

人間ほど自由の利かぬ鳥獣《とりけもの》にさへ子を愛する天性は有る。猛悪《まうあく》と人に云はれる鷲でも、おそろしいと人に云はれる虎でもその子を殺すものは無い。産む時にはつゝしんで生む。生んでからは謹しんで育てる。決しておろす抔《など》の悪事はせぬ。

人はこれらより多くの自由を持つ、それだけ彼等の罪悪は恐ろしく、毒々しい。はづかしいからの、困るからのといふ口実の下《もと》に其子《その》をどし〱おろす。われ〱は「人《ひと》」といふものは無残なもので無いと教へられた。「人道」の「人情」のと、すべて「人《じん》」の字をかぶツた言葉さへ博愛の意味満々たるもの、やうに教へられて、またさう覚えて居る。

しかし、人が人を殺す。人、しかも、わが児《こ》を殺す。不能力に対して絶大な打撃を加へる。人道が是《これ》で立つか。

さらば、わが小説の主人公たる阿妲己《おだき》、こゝに槍玉《やりだま》にあげるのは気の毒ながら、罪を悔いて後《のち》の功徳《くどく》と思ツて、心しづかに観念して、な。

＊　＊　＊　＊　＊　＊　＊　＊　＊　＊　＊　＊

（一）

「阿妲己《おだき》、そりや分からないと云《い》ふもンだ、あんまり。子早《こばや》いにも程が有る。前《せん》の時から今度《こんだ》で幾月《いくつき》だと思ふ、え。鼠《ねずみ》や鶏ぢやあるまいし、さ、あんまり馬鹿々々しくツて咄《はな》しにもならない。それと云ふのが、あんまり御前《おまへ》が身性《みじやう》がわるいからだ。ぢや無いと思ふか、え。え、返答は出来やしまい。此前《このまへ》の子の時にはどうしたと思ふ、え。よしんば家《うち》の貸し間を貸して置いてやツたとしても、あんな阿毘《あび》のやうな、顔ばかりのツぺりした銀流しにいつの間にか手遊物《おもちや》にされてしまツて、さ、親へは内証《ないしよ》々で、馬鹿々しい、それで隠しおほせると思ツて、さ、とう〳〵孕《はら》ませられて、それで肝心の男はどうだツてへと、帆かけ舟の御さらばぢや無いか。つかまへて倒《さか》さにふるツた所が鼻血よりほか出ないものを、どうもならず、それで血の出るやうな思ひをして大枚《だいまい》いくらといふ金をこさへて、その児《こ》を人に呉《く》れた仕儀《しぎ》ぢやないか。ちツとは御前だツても、ね、あたしに対しても気の毒の「気」の字ぐらゐに思ツて、身を謹しんだが宜《よ》からうぢやないか。え、阿妲己、さ、何《なん》と思ふ、え。尤《もつと》もと思ふか、え。無理と思ふか、え」。

　云ふその人は五十がらみの老女であツた。角張《かくば》ツた額《ひたひ》に金壺《かなつぼ》まなこ、物を云ふたび目に立つのは抜けあとの著しい上下《うへした》の歯で、その中から下の糸切り歯が思ひ切ツて乗り出した様子は何《なん》となく利剣《りけん》を一本植ゑ込んだやうで、見るからが恐ろしい。油も用ゐぬゆゑ、毛羽立《けばだ》ツた、塩がちの胡《ご》麻塩《ましほ》あたまはほとんど凄涼《せいりやう》たる枯れ野そのまゝ、奪衣婆《だつえば》の生きた見本は是《これ》であると何処《どこ》へ行ツても云へさうな。

　阿妲己といふのは老女の娘か。どことなく顔だちが似かよツても見えるので思へば、何《いづ》れ血筋の者でもあらうか。とにかく只《たゞ》無言である。しかし只の無言では無い。云ひ尽くせず、述べ切れぬ思ひが張り切れるのでもあらう、うつ向いたその目は一杯露を宿して、ともすればほろ〳〵落ちる雫《しづく》さへ有る。

「黙ツてばかり居《ゐ》たツて訳がわからないぢや無いか」と、老女の声はやゝ甲《かん》ばしツた。「おツかさんの云ふのが丸《まる》で無理だと云ふのか、え、おい。散々《さん〴〵》疵物《きずもの》になツてしまツて、女がそれで立つと思ふか、え。まだしも村長さんの処《とこ》で器量《きりやう》のぞみだればこそ御前を嫁にと望んでくれる、それが渡りに舟、あり難いとも何とも云ひやうが無いぢやないか。先方《さき》ぢや御前がよもやさう今のやうに腹の中に凝《かた》まりを持ツてるとも思やしない。仏さまで御前をと云ふんだろ。それも何《なん》だてへと、阿毘の子を御前が孕んだ時、あたしが一生懸命になツてそツと取り上げ、うるさい世間の目《め》口《くち》をうまく免《のが》れて、さツ呉れてしまツたればこそ御前も、さ、よく御聞き、疵者だと評判もされず、さ、初心《うぶ》な娘と世間に思はれてるンだろ。それはまあ誰の御かげだと思ふ。え。おい、さ、何《なん》とか返事を為《し》ないか、ね、人にばかり口を利《き》かせて、さ。さ、一言《ごん》も有るまいが。一言も無けりや御前だツてそれ丈《だけ》の了簡《れうけん》に為《な》らない法は有るまい。さ、たツた一人のあたしに苦労をかける、恥をかゝせる、それで御前は済むと思ふか、え。え、どうだ、よ、どうだツてへば、さ」。

語気は迫り〳〵来《きた》ツた。云はゞ嚙《か》みつくかの塩梅《あんばい》、老女その眼さへきら〳〵と異光《いくわう》を放ツた。

見れば阿妲己の身は只ふるへ出した。涙は如何《いか》ほどかと坐《そゞ》ろに思ひやられるばかりの袖《そで》での、顔の掩《おほ》ひ方、ひツしと力を入れて、おし当て丶居る。

「済まないとは思ふとも。けれど、けれども………」

「けれども、何《なん》なの」。

「けれども、阿母《おつか》さん、そりや酷《ひど》いわ、あんまり。拵《こしら》へたのは悪かツたらうけれども、出来た子にちツとも咎《とが》は……」

「御ふざけでないよ」と、中途でつぶした。「咎の無いことが有るもんか。土台《どだい》くツつき合ひの所《とこ》へ宿ツて来るてへのが因果な奴なんだ」。

ちよツと老女は黙ツて見た、阿妲己が何を云ふかと答へを待つ様子で。しかし、相手はまた無言であツた。

「父《てゝ》無しツ子に生まれるだけの人間だからさう云ふ処《ところ》へ生まれるやうに為《な》ツたんだ。初めから因果な奴なんだ。どうせ大きく為ツたところが碌《ろく》な事が有るもんか、また碌なものに為れるもんか。阿妲己！」と、その声は一段凛《りん》とした。

「御前はわが身が可愛《かはゆ》いか、子が可愛いか、どツちだと思ふ、え。え、どツち。さ、御前と子と、さ、どツちが、さ。又黙《だあ》まツて、さ、え、阿妲己。あたしや御前の身のためを思ふんだよ。『大の虫を活《い》かして小の虫を殺せ』てへ事も有るだろ。是が、御前、生まれない内だから、そんな事を御前のやうに云ツてるだらう、もし生まれると為ツて、さ、斯《か》うだツたら何《ど》うだ、え。難産で、どうにも斯うにも仕様が無くなツたらば、さ。その時、子を殺さなけりや産が済まないと為ツたら何うする、え。打ツちやツて置くか、え。『大の虫を活かして小の虫を殺せ』はその時の事だろ。目方くらべなら子より親だろ。その思ひをしたら、今早くおろしてしまふ位何《なん》でも無からうぢやないか。それには、御前、どうせ父無しツ子に生まれて来るやうな餓鬼《がき》だものを。どんな鬼だか知れやしまい、え、親の命取りでもする鬼の、さ、餓鬼さ。」

身もだえするばかりになツて阿妲己は急《せ》きあげた。

「と云はれて、それぢや御前は私を憎いと思ふか、え。余計な事を云ふ親だと思ふか、え。御前の行く末の為《た》めを〳〵と思ツてる此親を、さ、わるい親だと思ふのか、え。」

銀びかりでもすると形容されさうな目を光らせて、老女は阿妲己を見ると云ふより、むしろ睨《にら》まへた。

双方の無言がや丶しばらく。

「ちよツ！」とするどい舌うちさへ早既《はやすで》に老女の口から洩《も》れはじめた。

「どツ、どうしたんだ、ね、阿妲己。ぢや、御前は御前の情を張りとほすんだ、ね。」

また姑《しば》らく睨まへた。

「生《な》さない中は斯うも思ひやりが無いもんか、ねえ。是ほど三方《ばう》四方《はう》のためを思ふ親の心を塵《ちり》ツ端《ぱ》ほども察《さつ》しやうとは為《し》ず、さ、手前勝手の強情ばかりを張りとほさうと—はツあ、他人てへものは怖いもんでございますよ。わかりましたよ、吃驚《びツくり》しましたよ。ちえツ、人の餓鬼なんぞ育てるもンぢや………ン、何《なん》のこツたい、うぬ一人で大きくなツたかい、恩知らずの慾《よく》知らずめ。」

がた、ぴたり、手あらく煙管《きせる》で火鉢を叩《た》いた。

「おツかさん。」

「………………」

「おツかさん」。

「知らないよツ。畜《ちツ》……生《しよ》ツ！」

「そんなに怒ツたツて、阿母さん、あたし何も只、只、阿母さんの云ふ事を聞かないてへのぢや……」と、その儘《まゝ》で泣き沈む。

上目で老女はぢろりと睨めて、猶《なほ》やはり無言である。

「おツかさん」

「………………」

「只あたしが云ふ事を聞かないと云ツて怒ツちやいけないンだよ。そりや藁《わら》の上から拾ひ上げられて私《あたし》やおツかさんの恩には為ツたんですよ。それを決して無にしやしないとも」。

「うまい、ね、口が」と冷笑する。

「ね、ね、けれども宿ツて来たものに咎は無し……」

「おや、又？」と目を見張る。

「いえ、ね、咎が有ツたとした所《ところ》が、何《なん》にも知らないものを、どうも可哀《かあい》さうに………」

「御黙りよ。可哀さう？ 可哀さうな所《とこ》が何処に有る、え。餓鬼ぢや無いか、親の不為《ふため》になるやうな。御前といふ親が一生安楽に行《い》ける、その邪魔をする鬼、鬼餓鬼ぢや無いか。それも、さ、生まれてしまツて、泣くとか笑ふとか為ツたら、無いものにして仕舞ふのも何《ど》うやら不愍《ふびん》てへとこも有るだろ、可哀さうてへ所《とこ》も有るだろ。まだ肚《はら》の中、五月《いつゝき》や六月《むつき》、ろくに固まりもしないもの、まだ人間とも思へやしない。何《なん》だか動いて居《い》るやうな物としか思はれやしないだろ、可哀さうも糸瓜《へちま》も有るもんか、ね。御まけに、さ、子は授かりものだ。幾人《いくにん》出来たところが、運がわるけりや皆《みんな》死ぬだろ。よしんば一人や二人を流したからツて、それだけの運が有りや又出来るだろ。生《なま》わかい身体《からだ》だもの、是から片付いて、出来ない事が有るもんか。片付いて出来た子なら、そりや申し分の無い立派な子だろ。肩身のせまい日陰ものぢや無からう。さ、どうだ、え。え、さうぢや無いか。早いはなしが、あたしで覚えが有る。この土地で三人や五人子をおろさない者は有りやしまい。子をおろすのが珍らしくもあるまい。また然《さ》うぢや無いか、たしかな見当《みあ》ても付かない内に子ばかり出来られたツて堪《たま》るもンぢやない。だろ。そんなら拵へないが可《い》いてへけれど、そりや無理さ。現在この私《あたし》で覚えが有る、若い年頃、水《みづ》の出花《でばな》てへ時分、男の一人や二人、まツたくの所《ところ》は拵へずに居られるもんぢやない。そりや拵へないものも有るだらうさ。けれど、そんな人間は人が相手にしない馬鹿か、すべたか、そこらの内だ。あたり前の顔だちをした当たり前の女を男が構はずに置くものか。東京とか、御やしきとか、馬鹿がたい処《とこ》はどうだか知らないが、田舎なぞに何《ど》うして〳〵嫁に行くまで男を知らなかツたてへものは有りやしない。有りや、いづれ馬鹿か、不具《かたわ》か、不器量《ふきりやう》だ。あたしだツて、今こそこんな皺《しわ》くちや婆《ばゞあ》になツたが、是でも若い内は有ツた、さ。ね、ちツとは男にやい〳〵云はれもした、さ。何《なに》も隠したツて仕方が無いから云ふが、さうして随分男ぐるひもした、さ。若いものだもの、仕方が無いや。仕方が無い、と、さ、思ひやりが有ればこそ此前御前が孕んだ時にもわるく目に稜《かど》立てゝ小言も云はなかツた。御前、おツかさんは夫《それ》程御前の身について察しやりが有るんだよ。どう聞く、え。何《なん》と聞くえ。出来たものは仕方が無い。だから小言は云はないとする。その代はり、こゝで切り代へて身を固めやうてへ肝心な所《とこ》を外しちやならない。さうだろ。ところへ持ツて来てどうだろ、村長さんの息子さんが御前を貰《もら》ひたいと。願ツても無いぢやないか。あのとほり地面も金も有る人ン所《とこ》へ行《い》く御前は仕あはせ者ぢやないか。どんな風吹《かざふ》き烏《がらす》と云ひかはしたか知らないが、どうせ親にもわたりを付けないで子なンぞ拵へる男に碌なもの、有る筈《はず》は無い。そんなものに未練を残さずと、さツぱりと諦《あき》らめて、さ、澄ました顔で村長さん所《とこ》へ乗り込めば一も二も無いんぢやないか。それで御前は一生安楽、また私《あたし》も安心、こんな好《い》い事は又と有りやしない。どうだ、分かツたか、い。」

最初あらはした見脈《けんまく》とは打つて変はツた言葉つき、よし理を非に曲げるにもせよ、威《おど》して後《のち》になだめる流儀、老功《らうこう》さすがと思ひやられた。

猶やはり阿姐己は無言であツた。

（二）

正面から相対《あひたい》すれば、母の云ふ所もどうやら尤らしくも有るやうに思はれる。なる程子をおろすのは村に珍らしくない。はやりが多いだけ堕《おろ》す名人も有ると云ふ。して見れば、堕してもらふとした所がさして苦痛も有るまいとは思はれる。されば、それで苦痛は有るまい。が、さて堕すといふ事の罪の深さはどうか。

何か知らぬが、どうも、どうしても罪深さうである、力を入れても云へぬやうな、その、おろすと云ふ事は。見す〳〵それだけの命を受けて生まれ出やうとするものを、闇から闇へと葬るのは扨《さて》無理でなからうか、重い罪で無からうか。

無理をし、重い罪をしたものには何《いづ》れそれだけの報いが無ければ為《な》らぬ。神さまは何《なん》でも善《い》い事をした人に好《い》いおもひをさせ、わるい事をした者に悪いおもひを為《さ》せると誰でも云ふ。それは嘘でもあるまい。それを嘘でないとしたらば、此村の人はどうか。

なるほど村の人は子を平気でおろす。おろしたのをも見た、話しにも聞いた。平気でさう子をおろす此村の人がどんな罰《ばち》を中《あ》てられたか、神さまから。

中てられたやうでも無い、誰も彼れも罰を。子をおろした報いで、それから又子が出来ても子育てが無いかと云へば、さうでも無い。活計《くらし》むきでもよく為《な》つてから、この子だけはと目ざして育てたのは、十分よく育つのが出来て、とう〳〵訳も無くその子が大きくなり、立派な掛かり子《ご》にも為《な》ツたのは幾《いく》らも有る。罰が中たツてさうなる訳は無い。して見れば堕したからとて、何も神さまが腹を立つといふ程の事でも無いか。どうしても然《さ》うとより外思はれない。そんなら構はずおろすか。さ、それが、さて……

なるほど堕すにむづかしくも有るまいが、さて然う極《き》めて堕す―流す―闇から闇へとやる―折角《せつかく》宿ツて来たものを無理に殺す―殺す、どうも、その、「殺す」と云ふのが気には為《な》る。

どう気になるのか、自分ながらわからぬ。が、何《なん》と無く只気になる。どうやら、折角生きて居るものをやみ〳〵殺すのが如何《いか》にも恐ろしいやうで、また何《ど》うしてもその子が可哀《かあい》さうなやうで、それで只気になる。

前後無茶苦茶ながら阿妲己の胸に出《で》つ入《い》りつしたのは凡《およ》そ是等《これら》の思案であツた。あはれ、既に母親の云ふ事を全くの無理非道でもないとさへ見た。どうやら子は可愛《かはゆ》いやうである。然《しか》り、「やう」と云ふだけ位な心もちでもある。生まれて其処《そこ》に生声《うぶごゑ》を立て、手足を動かしでもしたのを見た時の子の様《さま》を見たゞけの心もちは流石《さすが》まだ生まれぬ前には十分催さぬのである、されば十分には、よし前に経験は些《すこ》し有ツても。催すだけの支度《したく》だけは自然に心中に出来て居る。只何《なん》と無く子は可愛いと思ふ、その鍔元《つばもと》、もしくは切刃《せつぱ》のところまで其《その》考へは彷徨《うろつき》かけて居るが、さて又きツかりと一つの固い所に決着するまでにならぬ。何か知らぬが母親の云ふことが尤もらしいとも思はれる。よく思ふと尤もらしいのが段々手強《てづよ》くなツて、只「もつとも」と云ふだけは聞こえるやうになる。繰り返すやうであるが、子は可愛い。—と、聞く。—に、違ひ無い。が、違ひ無いと決めるまでの味はまだ全く知らぬのである。知らぬ。それ故《ゆゑ》また然程《さほど》でないか知れぬとも思はれる。

よし然程であツたにもしろ、又考へなければならない事が有る。如何にも子は授かりもの、一人をおろしたからとて、後が消えるといふ法は無い。神さまがそれを気に入らぬならば何《ど》うか知れぬ。が、さうでも無い。現在おろしたところが罰が中たツてそれから子種の無くなつてしまツた人ばかりでは無い—どころか、大抵の人は皆いく度《たび》もおろして、そして身体も大丈夫なら、また後からいくらも出来る。東の家《うち》の新八《しんぱち》さんも一人子《ひとりご》であゝ立派になつて居る。一人子と云ツてもほんの初めからの一粒種では無い。数多い中からおろし残された、その一人子で、それで身体も丈夫なら、気だてもよく稼ぎ人で、身代《しんだい》は肥《ふと》るばかり、世間でもうらやむ身の上となツて居る。神さまの罰は何処にあたツたか。

さう思ツて見ると、おろすのも無理では無いのかも知れぬ。茶碗に一杯だけの御膳で命をつなぐ人も有れば、五杯で生きて居る人も有る。五杯の処を二杯にしたとて死にはせぬ。神さまが怒りもせぬ。五人生まれるところを二人にしたとて、なるほど罰はあたるまい、神さまは怒りもすまい。考へて見れば、自分の身体は自分の勝手になる丈の物だ。生きやうと思へば生きられる、死なうと思へば死ねる。誰に邪魔される法も無い。飲み食ひもそのとほり、子をこしらへるのも其とほり、さ、子をおろすのも下《おろ》さぬのも、なるほど銘々《めい〳〵》の勝手でいゝか。わるいか。悪い訳は無さゝうである。—無さゝうでは無い、たしかに悪い訳は無い。おろした所が親は死にもせぬ、誰が小言を云ふでも無し、そして堕してどんな徳が有るかと云へば、物入りも少なくなる。子が二人有ツて一円かゝるものならば、一人なら五十銭で足りる。一円かせぐ骨折りの代はりに五十銭だけの骨折りで済む。なるほど、さうなれば身は楽になる。くるしんで此世に誰も生きて居たくは無い。誰しも楽にして居たい。子が沢山《たくさん》になれば是非その楽は減る。減らすまいと思ツても減る。わが生《な》した子、その子の有るために親の楽が減る。して見れば、子は親の仇敵《かたき》では無いか。仇敵といふほどで無いとしても、たしかに親の邪魔物か。なるほど、「子は三界《がい》の首枷《くびかせ》」、それは然うだ。親有ツての子、なるほど、子有ツての親でない。鬼子母神《きしもじん》では無いが、千人の子が有ツたとする。それでも掛かり子は一人であらう。ましてや多い中には屑《くづ》が有る。なまじひ有られていよ〳〵親のくるしみとなる、それこそ敵《かたき》同士の鬼ツ子も出る。一人一人に親はよく仕付《しつ》けたいと思ふ。多ければ手は回らぬ。手がまはらなければ、悪くなる。悪くなツて親の仇敵となツたところで、さて其処には親子の情が絡《から》むので、その子をどうする事もならぬ。親の方で怒る、叱《しか》る位はいつか飛び越して、あべこべに子の方から親の首へ縄をかけるかも知れない。

つく〴〵思ツて見れば、安楽をするのが人間の願ひである。安楽になりたいばかりに苦しみもする。安楽になれる見込みが無いのに、くるしむ馬鹿は無い。うまい物を食べ、いゝ着物を着やうとすればこそ、いろ〳〵な仕事をしてくるしみもする。つまり楽しむために苦しむ。ところが、子はどうか。第一に産むとなツて親はくるしむ。それは夫でいゝとして、さて育てゝ行《ゆ》くのに骨が折れて、親は長く是非ともくるしむ。やう〳〵育て上げた処で、子は一人で大きくなツた気になツて、親にやさしくもせぬのが有る。ひどいのは親をさま〴〵苦しめるのも有る。さうすると、親はくるしみの種を育てるために前から散々くるしんで掛かツたのでは無いか。やツたものは戻るとの道理が本当ならば、一旦《たん》くるしめばくるしんだ丈の礼が来なければならない。が、是非来るときまツては居ない。来もしやう。来ないかも知れない。来ないだけならまだ可《い》い。又も〳〵重荷に小付《こづ》けのくるしみを否《いや》といふほど浴びせられるか知れない。

どう考へても、どの道子は親の仇敵としか思へぬ。仇敵で無いのは、どちらかと云へば掘り出し物である。いツそ不思議《ふしぎ》な位である。

自分の安楽のためには、如何《いか》さま子を思はないのが可《よ》さゝうに思はれる。どうしても然うらしい。ましてや是ばかりは授かり物、欲しいと思ツて思ふやうに行《い》かず、いやだと思ツて考へるとほりにならない。云はゞ、何《なん》と無く只不《ふ》たしかなものである。不たしかな、そんなものを当てにする、大さわぎすると云ふのは馬鹿ぢやないか。

子をおろしたからツてどんな罪のむくいが来るとも極《き》まらない世の中に真面目くさツて居るばかりが能《のう》でもないか。どうしても然うらしい。なるほど、子は可愛《かはゆ》からう、可愛い。何処をどうと云ふ事も無く可愛いでもあらう。可愛いが、しかし、可愛いといふ丈で見す〳〵親のくるしみになるものではある。その可愛味《かあいみ》とくるしみの苦しさとを目方にかけたらどんなものか。可愛味の方が勝ツてくるしみをも厭《いと》はぬか。それは其人の好き〴〵では無いか。可愛くはあツても苦しみに代へられぬとして、その可愛味を見切ツてしまふのが本当に無理か。無理では無さゝうでは無いか。君を思ふも身を思へばこそ。自分といふものを別にして、まるで勘定の外《ほか》にして、世の中に何《なん》の糸瓜も有ツたものでは無からう。目が無ければ色は見えぬ。それ故、盲《めくら》には色は無い。耳が無ければ声は聞こえぬ。それ故、聾《つんぼ》には声は無い。目も無し、耳も無し、鼻も無し、口も無し、身の中《うち》の何もかも一切無いとしたらば何《ど》うか。何《なん》の事も無い。何の事も無いといふのは何のおもしろい事、快いことも無いのである。見えてこそ花は美しい。聞こえてこそ歌はおもしろい。見えず、聞こえずなら、花も歌も何《なん》でも無い、有ツたところが役に立たぬ、有ツたところが無いにひとしい、それ故やはり無いのである。

命有ツての身体である。身体あツてのほかの一切の物である。自分有ツてのほかの物一切である。自分の身が立ち行《ゆ》かぬに決して他の何も有ツたものでは無い。とすれば、親に対しての子はどうか。

かう思ふと、どうでも斯うでも「親有ツての子」と云ひたくなる、是非さういふやうになる、是非さう云はなければ為《な》らなくなる。この身体は子の出来るやうに出来て居るゆゑ子が出来た。出来たのは子の所為《せゐ》でもない、身体の所為である。心？　心は、さ、どうか。

是非子をこしらへやうとばかり心が思ふのでは無い。授かりものでいつか授かる。さすれば心にも咎は無いか。有るか。さ、無さゝうではないか。

かう思ツて来ると、子は勝手に出来たものとしか云へぬ。子の出来るやうにした故、出来たと云ふか知らないが、出来るやうになツて居ればこそ出来たのであらう。やうにしたのとなツて居たのとその関係の重さはどツちか。なツて居た、その方では無いか。なぜ。いくら「やうにした」とても「なツて居」なければ「やうに」ならないでは無いか。「やうになる」気が有ればこそ「やうになる」のでは無いか。して見れば「為《す》る」よりも「為《な》る」方がわるいでは無いか、もしよしあしを云ふとすれば。

罪のむくいは悪い方へ来る。子がさう悪いとすれば、わるい丈の罰を受けるのは子に取ツての当然であらう。ましてや子で親が行《ゆ》き立たなくもなる。さすれば、どうしても子がわるい。宿らせたから宿ツたといふか。宿らせやうとしたところが、宿る気が無ければ宿るまい。やどる気は無かツたとしても宿るだけの支度が出来て居たればこそ宿ツたのであらう。燃える種が無ければ火は燃えない。子はさういふ支度をして置いて、それから宿ツた。宿ツたのは子の勝手である。かならず宿ると親は思ツて居たのでも無い。親がさうなのに、子が勝手にやどる、さすれば何《ど》うされやうが、その身の運命は自分が招いたのでは無いか。どうしても然うらしい。

されぱこそ堕しても神さまも罰をあてないのであらうか。親に取ツて子は只の授かりもの、子について云へは生まれやうと思ツて生まれる、親は、子が出来たとても、実は拒みきれないものを拒めなかツたのであらう。拒む気であツても或《ある》ひは出来るかも知れない。さうとすれば宿ツてかたまりとなる、その子の方が無理でないか、押しつけでないか。

おしつけや無理をする相手ならば、それに刃向《はむか》ふだけの事を一方が為《し》ても仕方は有るまい。その為《す》るのは是非も無いのであらう。

折角天から授かツたものを、自分勝手で人間が生かすの殺すのといふのは道理なものか、道理でないものか、それさへも一寸《ちよいと》わからない。天か、神さまか、何《なん》でもそこらが授けてくれたものを自由にすると云ふ事を悪いと云へばわるいと云へる、悪くないと云へば悪くないと云へる。人間には皆髪の毛が有る。のばせば何処までも伸びる。髪の毛は伸びるだけを知ツて、もしその髪の毛に心が有るものなれば、髪の毛は天に云ひ付けられた掟《おきて》を守ツて、伸びるだけ伸びるのであらう。

ところで人は之《これ》を切る。切るうへを通り越して剃《そ》り落とすのさへ有る。また生えれば又剃り落とすのさへ有る。これを切るのが罪か。剃り落とすのが罪か。まして幾度《いくたび》も〳〵生えれば〳〵直《すぐ》切るのは罪か。

どうも是は罪とは云へさうも無い。しかし天の心に背くのがもし罪といふものならば、髪の毛を切るのも罪であらう。髪の毛に心が有れば、切られゝば泣くまでの心もちでもあらう。その心もちを推察してやらないでよろしいか。その心もちを推察してやらなければ無慈悲《むじひ》でないか、さ、それ故、罪では無いか。

髪の毛は伸びるだけ伸びやうとする、それを切るのは既に無理、力をもツて無理にするのである。その、無理に、余儀《よぎ》なく、その伸びやうとするものを切るのは当然に云へば罪であらう。

しかし、世間の人は髪の毛を切るのを罪としない。切ることの罪であるか無いかも気に止めない。だれも切る、彼も切る、切る、つまり髪の毛の伸びやうとの心を無理に挫《くぢ》く、それで些しも罰は無い、咎は受けない。誰も怪しまない。無慈悲とは云はない。

如何《いか》さま髪の毛は切ツてもさして可哀《かあい》さうにも見えない。髪の毛を切るのと人を切るのとどちらが見るにつらいと云へば、誰も人を切るのがつらいと云ふ。

しかし、切る味はおなじでないか、切る理窟《りくつ》は双方おなじでないか、天の儘をそこなふのは同じでないか、自分の勝手について他のものに無理な事をする道理は同じでないか。云ふまでもない。

　なぜ人はそれを然う思はないのか。人ごろしを悪いといふ坊さんは有るが、髪を切るのは悪いといふ坊さんは無い。なぜだらう。

　推察が十分付かない、只それ故であらう。鳥獣《とりけもの》ならば、切る、あゝ痛からうと人は思ふ、その推察は付く。髪の毛ならばさう思へない。切られて髪の毛が痛いと思ふか思はないか、それは分からない。分からないと決めてしまツたからには或ひは痛いかと思ひまはす、同情とかいふ心の一つのはたらきが最早《もはや》無い。無い、それ故痛からうと酌《く》み取らない。痛からうと思はないのは到底《つまり》痛くなからうと思ふと同じことになる。痛くなからうと思ふ―のを（訳も無く、早合点《はやがてん》したやうに）痛くないとたしかにきめてしまふ。で、切ツて平気で居る。あはれむものも無い。しかし、人間は髪の毛でない。髪の毛の真の心がどうしてわかる。人間には「だらう」である、わからない儘故事《こじ》つけた取りきめだけのものである。

人を殺すのも髪の毛を切るのも理《り》は同じで無いか。

　髪の毛に当てはめた理窟はその儘人間にも当てはまるであらう。人ごろしを悪いといふ、子おろしを悪いといふ、それは只その人ごろしや子おろしが髪切りなどより仰山《ぎやうさん》らしいからでは無いか。泥鰌《どぢやう》を割《さ》くのも牛を打ち殺すのも殺す味は違はない。しかし、人は泥鰌を割くのをばいツそ却《かへ》ツて牛を打ち殺すのより平気で見る。牛を打ち殺すのも人を切り殺すのも殺す味は変はらないであらう。しかし、人は牛を打ち殺すのをばいツそ却ツて人を切り殺すのより平気で見る。泥鰌にしろ、牛にしろ、殺される不運は全体あはれでは無いか。しかし、人はそれを哀《あは》れと思はないで無いか。なぜ哀れと思はないか。手前勝手に生き物に上等だの下等だのといふ隔てを付けて、自分より遠くはなれ、かはツた物になるに従ツて、段々と憐れんでやる気が薄くなるのでないか。言ひつめれば手前勝手では無いか、自分のためばかり思ふのでは無いか。生き物はどれでも同じ恵みを天に受けて居ると、人間は云ふ。その口の下から自分に近いのと遠いのとに因《よ》ツて隔てをする、それこそ天の心に背くのでは無いか。かう云ひつめれば、人間は自分で説教して自分で罪を犯して居るでは無いか。仕方無さに（蔭では腕づくの）法律をこしらへるのでないか。して見れば、法律でさし止めてある事も愚にも付かない。法律であらうが何《なん》であらうが、潜《もぐ》りのがれさへすればそれで可《い》いでは無いか。

　思ひの儘にしたところが何《なん》の罰もあたりもせず、好きの儘にしたところが法律をくゞりさへすれば何《なん》でも無いとすれば、何《なん》の宗門の教へを守る法も無ければ、何《なん》の法律の掟にしたがふ訳も無いでは無いか。破れば破り徳、くゞれば潜《くゞ》り徳でもあらう。

　まして此土地の警察は法律を生かして用ゐる事に就《つ》いても盲である。現在おのが支配したに彼方《あちら》でも此方《こちら》でも子をおろすもの許《ばか》りなのを、つんと澄まして見て見ないふりをする。うはさか知らないが、諜者《てふしや》とかいふ者でさへその女房に子おろしをさせて居るのが有るとも云ふ。警察の不行《ふゆ》き届《とゞき》とでも云ツたら可《よ》からうか。いかにも不行きとゞきでも有らう。が、警察の者とても法律は知ツて居る。法律の力でどうも為《な》らないと思ひ切り、見あきらめて居るからでもあらう。法律の力でも防ぎ切れず、人の力でもとめきれぬと云ふのは到底その防げず、とめられずで、それで可《い》い訳が有るからでは無いか。無理をしなければ水は倒《さか》さに流れまい。水は高い方から低い方へとばかり流れる、その低い方へ流れるのは当たり前の事で、当たり前の事は尤もな事なのであらう。法律でもとめきれない子おろしはとめきれない丈の、あたり前の道理が有るからであらう、水が低い方へ流れるのと同じく、無理なところは些しも無いのであらう。」

　思ひ入り、思ひしづみ、思ひまよひ、思ひ乱れゝば、どうしても帰《き》する所は子おろしは些しも不法でないとしか思はれなくなツた。阿妲己は人なみに可《か》なり、むしろ婦人としては多く書物をも読んだ。法律は道徳を保護するもので、法律で禁ずるところは道徳の害となるものに限ると心得た。しかし、このやうに思ひ迷ツて見ると、何《なん》の何処までが法律やら道徳やらわからなくなツた。その分からなく為《な》ツたのは誰に質《たゞ》したらば分かるであらう。さ、誰にといふ事さへも思ひ付けぬ。

　詮《せん》じて云へば只「迷ふ」である。迷ふその中《うち》に只一つたしからしく思はれるものが有る。その物にさへ縋《すが》り着き、その物をさへ取り守ツたらば何の事も無く可《よ》さゝうに思はれる。しかし、その物とても、実に迷ひに迷ひ抜いた窮迫の余、饑《う》ゑた人が食をえらばぬ流儀で、手に当たツた儘を是さいはひと引《ひ》ツ摑《つか》んだのと同じことで、そのものが真に果たしてわが身のためになるもの、吾身の利益になるものか、その辺は猶たしかで無い。

　追はれて走るものは道をえらまぬ。その縋るべきもの、たしか、不たしかを究める猶予は急《せ》き切ツた心が許さぬのである。それを一条の血路と思ふ。行《ゆ》きあたツて袋になるか、それとも解脱《げだつ》の楽境《らくきやう》に赴き得られるか、それを問ふ隙《ひま》さへも無い。さま〴〵な魔神は百面をそなへ、百相をつくツて、あらはれ出たのである。高足《たかあし》を踏んで大わらひするものも有る。ぬすみ足で冷笑《あざわら》ふのも有る。蒼《あを》ざめた顔に銀色の毛をかぶツたのも有る。真紅《しんく》の舌で鼻づらを舐《な》めるのも有る。それで皆さきへ立ツて導く。導くのは深切《しんせつ》ぶりである。したがひ後《おく》れゝば、手を引いてくれさへする。それも大した世話ぶりである。行《ゆ》き暮れては鬼の宿にもとまりかねぬ。路《みち》をさへ既にえらむので無い。ましてやその魔神どもの深切ぶりや世話ぶりはどう思ツてもわが味方である。縋る気、たよる気でなくても、やはり縋りたよらずには居られぬ。迫り来《きた》ツて望むところは只心の平和を得たいとの一念のみである。心の平和を得るためならば殆《ほとん》ど如何《いか》なる荊棘《ばら》でも踏みかねぬ、ほとんど如何なる猛火でも蹴散《けち》らしかねぬ。心にすでにその、十が九までの傾きが有る、指が触れても直《すぐ》にまるで傾いてしまふ。その傾く鍔元まで哀れ阿妲己はひとりみづからさまよひ迫ツたのである。身のまはりは皆煩悩である、修羅《しゆら》である、不徳である。草には無道《ぶだう》の花が咲く。木には背徳の枝がさかえる。水は透《す》きとほツて濁ツて居る。土は見たのみで臭気が鼻を貫く。見るかぎりの鳥獣《てうじう》には生きながら皆蛆《うじ》がわいて、うようよして居る。

で、一方の血路とは何か。実はいはれ無く只せがみ求める安心の手段とは何か。

魔神の教へるそれのみである。

曰く、出来たものは仕方が無い。曰く、毒を食《く》はゞ皿まで。曰く、その時勝負。曰く、我《が》で押しとほせ。それから引きつゞいて魔神はそれらをいろ〳〵な事に敷衍《ふえん》しても云ふ。曰く、凡夫《ぼんぷ》さかんにして神たゝり無し。曰く、何ごともおのれ一人の世の中。曰く、悪事はつかまらぬ丈行へ。曰く、何《なん》でもいきほひで克《か》つ。曰く、何でもかでも唯我独尊。

これらを引きくるめて一つにして考へ、直《たゞ》ちに阿妲己の現在の境遇にあてはめれば、ても、妙な、おもしろい(!)考へとなる。曰く、法律も道徳も無い。天が有るの、天理が有るのとそれは当てにならぬ。曰く、何でもしたい放題《はうだい》にするが徳。

法律も無い。故に子はおろしてもかまはぬ。道徳も無い。故に子はおろしてもかまはぬ。天も天理もあてにならぬ。故に子はおろしてもかまはぬ。何でもしたい放題にするが徳。故に子はおろしてもかまはぬ。

くり返し、また他《た》の方面から考へても、人間の目的は快楽只一つである。快楽の無い人間は天をも低いとし、地をも薄いとする。天を高く仰ぎ、地を厚く見、上に頭のつかへる心もちがしず、下に足を踏みはづす心もちが為《し》ず、ゆツくりと楽しく送ツてこそ今日生きて居る値うちが始めてわかる。で、なければ、値うちがわからぬ、無い。値うちが無ければ無である、空である。無や空では存在《ぞんざい》の甲斐《かひ》も無ければ、また何《なん》で存在するかの目的もわからない。ひとり只そこに快楽といふものが有る。快楽で人は立つ、生き得る。絶望は終《つひ》に人を殺す、裏から云へば、快楽は人を生かすのである。人は生きて居るのが何よりの願ひである。その生きて居られるのは快楽の御かげを頼む、只一ツでは無いか。さらば快楽は実に尊い。快楽は命をつなぐ飯ならぬ飯である。快楽は身をあたゝめる血ならぬ血である。骨でもある。肉でもある。さらば其飯たり、血たり、骨たり、肉たる快楽を決しておろそかには出来ぬ。そのためには他の忍べるだけのものを忍んで犠牲《いけにへ》としても決してさしつかへまい。天は人に快楽を与へてある。それをよく、厚く、自由に、大切に用ゐるのは人のはたらきである、すなはち名誉である。既にさうならば、快楽を一図《づ》と目がける、すなはち利己を一図と目がける、そして此世を安らかに過ごす、なるほどそれが徳かも知れない。さうとした日には子はどうか、子、今身ごもツて居る子はどうか。

子は快楽の敵である。

思ひ入り、思い迷ツた末、何《なん》となく思ひさだまツた様になツた。思ひさだまると云ふのが必らずしも善道に定まツたのか、それとも悪道に定まツたのかそれは分からぬ。只さだまツた。快楽のために何をでも容赦するなと定まツた。二つの快楽が有ツて、どちらを取るかと云はれゝば、快楽の量《かさ》の多いのを取るのがまさると定まツた。これを煎《せん》じつめれば、何ごとも自分一人のためであると定まツた。これをいよ〳〵煎じつめれば、おのれ一人の利益のためには親でも、兄弟でも、親類でも食ひころし、噛《かぢ》りたふしてもかまはぬと定まツた。いはんやわが腹にやどツた子など、わがどう自由にしても差《さ》し支《つか》へないとさだまツた。出来るなら出来ろ、宿るなら宿れ、只殺す分《ぶん》の事、と、斯う定まツた。

あゝ、阿妲己は終に大悟徹底《だいごてつてい》した！？

思ひに蝕《く》はれて今までは時を打つ時計の音は勿論《もちろん》、刻む針のそれさへも聞こえなかツたが、思ひ迷ツて終に思ひさだまり（その言葉を借りて云へば）、豁然《くわつぜん》として大悟を得たとなると、魂は落ち付く所にきつかり落ち付いて、はや刻む針の音もする。今更《いまさら》のやうにうす暗く思はれ出した有り明けを明かるくして、仰いで時間を見ると二時半であツた。

楫《かぢ》が一たび回転しては心はいろ〳〵にはたらいて、蒸し暑いほどの身のぬくみを覚えて来た。仰《あふ》むけに夜具の中に寝たのみである。何をどうといふ事も無くて、何かわからぬ溜《た》め息が出た。いつかわが右の手はみづからわがあたゝかく柔い腹の上へと行《い》つた。おもむろに撫《な》で、撫でゝも見る。

あはれ、その皮一重《ひとへ》の下に神ならぬ身の何も知らぬ、それで又清浄《しやうぐ》さながら神のやうな胎児は眠《ねぶ》ツて居るのである。

鳩尾《みづおち》から下腹《したはら》へかけて、わがものながら触《さは》れば扨めづらしいやうな柔かい肌、その中にあたゝかく胎児は眠《ねぶ》ツて居る、それも最《も》う幾日《いくか》でもあるまい。もはや程無く胎をば離れる。離れる、しかし生きてゞ無く、死んでゞ。

思へばもう幾日の命でも無い。死んで出ぬまでも、殺されかねぬ運命にはきツかり掴まれて居るのである。胎内に胞衣《えな》をもかぶつて居るであらう。乳を吸ひ呑《の》んでも居るであらう。身を保護するための胞衣でもあらうし、命をつないで育つための乳でもあらう。しかし「死」の運命は既にふり下《くだ》ツて来るのでは無いか。その時胞衣が何《なに》になる、乳が何になる。何になるか知らぬ憐れさには大事に胞衣を引きかぶり、大事に乳を呑んで居るでもあらう。で、帰するところは「死」のみである。白刃《はくじん》が頭上にきらめくとも知らず、その下では平和の眠《ねぶ》りをたのしんで居るのである。手きびしく云へば幾日でもない命である。幾時間でもない息の根である。それとも知らず、おのづから授けられた胞衣をかぶり、おのづから与へられた乳を吸ツて、やがて天《てん》日《じつ》を外界《げかい》に拝する、無上の大喜悦《だいきえつ》の日を待ツて居るのである。待つその日は死ぬ日である。大喜悦のその日は大悲惨のその日である。あはれ、胎児は悲惨を知らぬ。悲惨をも喜悦と思ふ—思ふ、そして楽しんで居る。この上の無残は世に有るか。その乳を吸ふのは死ぬために吸ふのでないか。いツそ早く死ねば、殺されもせまい。なまじひ生きて居ればこそ殺される、生きて居るのは殺されるためにである。殺されるために生きて居る、その生きて居る甲斐は何処にある。零《れい》を求め、空《くう》を取るがために実《じつ》をあつめ、精《せい》を凝らすのである。十をもツて零に代へるのである。有《う》をもツて無に代へるのである。これほどの不法が他に有るか。不法、しかも不能力者に向かツて与へられる不法である。不法、その不法は惨《いた》ましさのかぎり、悲しさのかぎり、如何《いか》な事しても見ゆるし、見のがし得られぬ不法では無いか。法律は何《なん》のためか。宗教は何のためか。道徳は何のためか。この不法を法律も宗教も道徳も見のがすか。よし、見のがすならば見のがせ。さらば此世界は野蛮、残忍、天の光明は一点もかゞやかぬ暗黒の世界である。さらば此世界は汚穢《をくわい》、醜陋《しうろう》、神の命令は一言《ごん》も行はれぬ臭悪《しうあく》の世界である。暗黒や臭悪を聖者《しやうじや》は救ふといふ。今この暗黒や臭悪を救ふ聖者は無いか。いつまでも、いつの時代までも、太古の半人半獣の時代から、人面獣心の時代から、千、二千、三、五、七千年の末までも猶人間は獣類と伍《ご》をともにするか。いや、云ひそこなツた、獣類では無い。獣類でも子をば堕さぬ。獣類より猶、猶おとる—劣るその程度の知れぬ人間を、いざと蹶起《けつき》して救ツてやる聖者は無いか。

阿妲己は胎児を腹の上からそろ〳〵撫でゝ、やがて撫でるのにすこしづゝ力が入ツて来て、むしろ押すやうにもして見た。指のさきに感ずる固まり〔の〕やうなもの、それは頸《くび》であるか、胴であるか、それとも又足であるか。いづれでも宜しいが、とにかく押せば些しづゝうごめく。中では身もだえするのであらう。然《しか》り、身もだえせずにも居られまい。

さはる其指は胎児の仇敵《かたき》である。安らかに眠《ねぶ》れと撫でいたはツてくれる指では無い、指、母親の、慈母の、実子に対する指では無い。指、悪魔が弱いものに対する指である。指、もし生きて生まれゝばわが身を突きゑぐりもしかねぬ指である。何《なん》ぞ知らん、その指の繊維細胞は胎児の繊維細胞と同一のものである。何ぞ知らん、その指の中の血球は胎児の血球と同一のものである。同一であツて、同一が同一の仇《あだ》となる。水が水を乾かすのである。火が火を消すのである。

子のためにはわが命をでも捨てるのが親たるものゝ常といふに、親阿妲己はその子に対しての仇敵である。子の仇敵は却ツて子を仇敵と見る。仇敵よばゝりを二つくらべたならば、どちらが理か、どちらが無理か。

「おや、動《いご》いて居るよ」と、阿妲己は口の内でつぶやいた。「ぴん〳〵して生きてるよ、何《なん》にも知らないで。さ、わかるかい、かう撫でられて、中では。わかる？　うム、のび〳〵となるよ、まあ。好《い》いのかえ、心もちが。もつともどうせ長い命ぢやない、今の内だ、母親に撫でられて好《い》い心もちに伸び〳〵するのも。するだけ為《な》るさ、のび〳〵と。だけれども因果だねえ、御前。やどらずとも好《い》いに、さ、宿ツて来て。死にゝ宿ツて来たのだ、まるで。勿論どうせ闇から闇、花が白いか、雪が紅《あか》いかも知らないで闇がよひをするのなら、何も怨むところも無からう、さ。

「これ、ねえ、どうだい、斯う突くと痛い？　ちゞまるぢやないか、急に。縮まツても何《なん》でもいゝ、よゝ御聞き。直《ぢき》に死んでしまふ御前にせめて因果を含めてあげやうか。

「ね、御前は総領《そうりやう》ぢや無いんだよ。総領は、勘定すればもう三歳《みつツ》になるよ。御前よりは二ツ上の兄《あに》さんだよ。けれどもまだ御前と違ツて、ともかく生み落とされたんだよ。あたしに取ツては初産《うひざん》で、随分御産はくるしかツたけれども、どうか斯うか生み落として、ともかくも此世の人間にして出してやつたの。けれども人に知れては見ツともないと云ふんで、親知らずでそれから何処へか呉れてやツてしまツた。それから大きくなツたか、それとも死んだか、そりや分からない。くれて遣《や》ツた、むかふの人も何処か遠国《ゑんごく》へ引《ゆ》き越してしまツたから、何《なん》の事も知れなくなツた。ところでまた今年になツて御前が出来た。出来られて見れば憎くも無い。殺したり、手放したりするのは惜しいやうな気もする。けれども、仕方が無いんだから、ね。

「段々考へて見ると、御前を生めば、あたしの身の立ち行《ゆ》きが悪くなる、の。ね、それだから仕方が無い。さうかと云ツて、御前だツてまだ闇の中のもの、痛いも痒《かゆ》いも碌には知らず、この明かるい世の中をも見ず、何だか只空々《くう〳〵》寂々《じやく〳〵》で居るのだろ。なまじひ何も知らないだけが却ツて可《い》いだろ、よしんば殺されてしまツたからツて—ね、さう悲しくも、つらくも有るまい。あたしの方から思へば、なる程御前といふ子が生きて腹の中に居るとは思ふ。が、只居るだけとしかまだ思はれない、ね。よく〳〵考へればあたしと御前とは親子だけれど、またよく〳〵考へれば、親子だけの、そんな深い、なつかしい心もちはまだ無いんだ、ね。有ると云ひたいが、本当は無いんだ、ね。そりや憎いとは思はない。けれど、さう可愛《かはゆ》いとも思へない、ね、まだ。只何《なん》だか生きて居るものが腹の中に在る、出れば子といふものになる、と、かう思ふだけなんだ、ね。それもまた時と場合ひとに因るのよ。これが是非御前を産まなければ身のあかりが立たないとか、御前と身二ツにならなければちやんと何所《どこ》かの妻籍《さいせき》に直れないとか云ふ時と場合ひならば、なる程御前を大事に、いたはりもしやう、さ。けれども、それは「背に腹は代へられない」からだろ。「君を思ふも身を思ふ」からだろ。どちかと云ふと御前を可愛《かはゆ》いより身を可愛いと思ふからだろ。どうしても、御前有ツての私《あたし》でなくツて、私《あたし》あツての御前だろ。その私《あたし》が如何《いか》にも困るといふ時に決して私《あたし》のほかの、さ、どんな、どのやうなものにでも構ツて居られやしまい。それだればこそ世間でむかしから親はいろ〳〵にして見るでは無いか。第一が、おろしてしまふ。第二が産みは産んでも親知らずで人にくれてしまふ。けれど、理窟から云ふと、人にくれるのは寧《いつ》そ却ツておろすのより罪だわ。どうせ他人の手にかゝツて、子が憂き目を見ない訳はあるまい。産んで、生かして置いてくれて、他人にくれられるのは、さ、どうだえ、憂き目を見るために然《さ》うされたのでは無いかえ。さうだろ。して見れば、他人にくれられて憂き目を見るよりは、子に取ツてはいツそ早く藁の上で殺されてしまツた方が優《ま》しでは無いか。言ひつめれば、親が子を他人にやるのは子に憂き目を見せるために遣るので、子に対して親は実はこの上も無い無慈悲にあたるのだろ。なるほど、他人にやるのは殺すのとは違ふ、そりや其子は生きて居られるだろ、命は取りつないで行《ゆ》かれるだろが、生きて居るだけの楽しみや、命を取りつないで行《ゆ》くだけの本当の嬉しさが其くれられた子に有るだらうか、まツたく。

「決して有るまい。どうせ、他人、云ひかへれば、敵、仇《あだ》、どうせ好《い》い目は見せられまい、いくら優しいからツて、本当の親のとほりに他人は為《な》るまい。して見れば、その子はつらい思ひをし、悲しい味を覚え、なさけ無い事を知るために他人に呉《く》〔れ〕られたのでは無いか。して見れば、子のくるしむやうにと親が為《し》たのでは無いか。命が十《とを》有らうが、二十有らうが何《なん》の有りがたくもあるまい——いツそ無い方がいゝ位だろ。すると親の慈悲とか云ふのもその正味《しやうみ》は慈悲でなくツて無慈悲だろ。

「殺すよりも生かして置く方がいくらか慈悲だと一寸《ちよいと》は思へるが、それが是非さうとも云ひ切れない、ね。生かして置かれても、苦しまされるのは殺されるのより強面《つら》いだろ。つらい思ひを子にさせないのが親の本当の慈悲といふものならば、わが子を人にくれる親はわが子を手づから殺す親より無慈悲だろ。いツそ此子を生かして憂き目を見せる位なら、親の手で殺して安楽にしてやツた方が却ツていゝと真実おもふのが本当の親らしい心ではないか。子の憂き目をどうかして救ツてやりたいと思ツて、救ひやうが無い。殺してしまふより外に何《なん》にも救ひやうが無いとなツたところで、さ、一思《ひとおも》ひに殺してしまふのと、ぐづ〳〵殺さず生かして置くのと、子に取ツてどちらが苦しからうか。生かして置かれる方が苦しいだろ。すると、親が生かしてくれたのは到底子がくるしむためにだろ。親が生かさうと願ツたのは到底子をくるしませてやらうと願ツたのだろ。さふいふ理窟にどうしても為《な》るだろ。子をくるしませてやると願ふのが本当に慈悲の有る親のする事か。かう押して来ると、子をくるしませて親はうれしがると云ふ事になる。慈悲と云ツたのは全くの無慈悲となる。却ツて無慈悲と云ツたのが慈悲となる。どうしても然《さ》うでは無いか。

「さ、この私《あたし》は慈悲になるか、無慈悲になるか。慈悲だの、無慈悲だのと、そんな人間社会の目安のよくわからない言葉で云はずとも宜しい。親は子を可愛《かはゆ》がるものとして、さて子をくるしませないやうに、それなら骨を折る、気を揉《も》む——、と、なれば、さ、一も二も無く

親は子を殺すにかぎる

と、斯うなるでは無いか。

「どうしても親は子を殺すにかぎる、大抵の場合ひには。殺すにも及ばない場合ひとは何《なん》だらうか。ほかでも無く、かうさ、

「生まれた子に十分うまれた丈の幸ひな思ひをさせて育て、行《ゆ》くだけの力を親が持つ、只さういふ場合ひには何も親が好んで子を殺すにも及ばない。また殺せば、それこそ正真《しやうじん》の不道理となる。只さういふ場合ひに限ツて、親は

かならずその子を十分心して育てなければならない。

「まづさうでは無いか。親として子を生んだからは子に悲しみやくるしみをさせるのは親の道にはじめから外れて居る。育てる力のまだ無い時に早く子に出来られたとか、又はどうしても育てられない場合ひに容赦無く子に出来られたとかいふ時には親は出来るだけの考へを尽くし、また思案を凝らして出来るだけその子が悲しい目、つらい思ひを為《し》ないやうにと為《し》なければならないだろ。ところで、出来るだけその子に悲しい目や、つらい思ひをさせないには何《ど》うしたらば宜《よ》からうか、勿論、まだ立派に育てる力が親に無いなどの場合ひで。

それは外でも無い、また多く考へるまでも無い。只一つ。何。

無我夢中の内に殺してしまふ、

只是である。殺す、それが此上も無い慈悲、この上も無い尤もな道理だろ。さ、只殺すと聞けば恐ろしく聞こえもしやうけれども、さうでない。その殺すのは子にくるしみを為《さ》せないために殺すのだろ。くるしみを為《さ》せまいと思ツても、親が意気地《いくぢ》無しか力無しで、どうしても苦しみをさせる様に立ち至らなければ為《な》らない場合ひが無いとは云へまい。その時かまはず子にくるしませ放題くるしませるか。くるしませて親はそれを見て居るか、よし平気でないとしても、仕方が無いとして見て居るか。さすれば親は子に対する本当の慈愛の心を持ツて居るのではあるまい。子のくるしむのを親は構はないのだろ。そして、子は何故《なぜ》さうくるしむかと云へば、親の不心得からだろ。親がつまらぬ目先の愛におぼれて、本当の愛を知らず、わざ〳〵生かして浮き世の苦患《くげん》を思ふさま見せてくれる、その親の不心得からだろ。さ、不心得と云ツても宜かろ、よし不心得で無いとしても子の苦しみは確かに不心得から受ける丈の量《かさ》であるだろ。さ、親がさういふ不心得で子に見す〳〵苦しみをさせるこそ此うへも無くいぢらしいだろ、罪だろ。

「西洋の何かの小説で見たが、かう云ふ事が有ツたツけ。一人の男が一人の女を愛して、何《なん》でもその心を迎へよろこばせて、自分の妻《さい》にしやうと思ツて、いろ〳〵に骨を折ツた。しかし女は男に対してすこしも気が無い。男が山ほどに思ふのを女は砂粒ほどにも思はない。とう〳〵女から男に向かツて、きツぱり跳《は》ねつける事になツたが、その跳ねつけ方が余程《よほど》奇妙だツた。男が女にむかツて、私《わたくし》はあなたを愛し〳〵切る、それ故あなたの心の済まないやうには決して為《し》ない、何《なん》でもあなたが満足に満足するやうにと勉めてあげる、是ほどの信実を酌《く》み取ツてくれたなら、うんと承知して、妻になツてくれても宜《よ》さゝうなものでは無いか、と、まづそれだけ聞けば如何《いか》にもふるへついても可《よ》さゝうな優しい男の言葉であツたが、女はその言葉に乗らなかツた。男の言葉を虚言《うそ》と見、実行は覚束無《おぼつかな》いと見てか。さうでは無かツた。男の言葉は明きらかに十分本心を表白したものと女は信じた。それで何故その言葉に従はなかツたか。さ、そこが考へ物である。

「男は女を愛して何《なん》でも女が満足に満足するやうに為《す》ると云ツた、それは本心からでもあらう。しかし、其処が考へ物である。女が満足に満足するのは何《ど》うしたらば満足するか、何を、又は如何《いか》やうな事を望むのか。それは一言《ごん》で尽くせるさ、女はその男と夫婦にならないのを以ツて満足の満足とするのである。さうすると、男が真に女を愛して女に満足の好《い》いおもひをさせるためにはその女と夫婦とならないに限る。是まで夫婦にならうと思ツた、その念を捨て、まるで赤の他人に対する心もちになツてしまふのが、即《すなは》ち男が女に対して真実に愛を表するわけである。手みじかに之を云へば、女をして女の思ふ男と夫婦にならせ、一日でもその心がたのしくあるやうにするのが、つまり真にその男がその女を愛する訳なのである。ところがもし然《さ》うでなく、無理に女の心を曲げさせ、女を自分の妻とした上に於《おい》て、なるほどいろ〳〵その機嫌を取ツて、尽くせるだけ尽くすとなる、それは、公平に云へば、やはり女を真に愛するのでは無くて、つまり男は男自身を愛する、即ち自身の情欲を満足させるに止《とゞ》まるだけであらう。すなはち自分を愛するために女を愛するといふ、その、女を愛すると云ふのは到底男の自分の愛のために女を犠牲《いけにへ》にしたのであらう。このたぐひの愛ならば女はこれを受けても些しも有りがたくない。

「子に対しての親の愛もまた此道理と同じではないか。真に子を愛するならば、些しも子をくるしめたくないと思はなければならない。ところが、許されぬ境遇の下《もと》に在《あ》る時にはよしやす〳〵とわが子を生み落として此世の人とならせ、天日《てんじつ》を拝ませる事になツても、その子には容赦なく苦痛を与へるのである。いぢめる気でなくても、いぢめる事には為《な》る。さいなむ気でなくても、さいなむ事には為《な》る。そのいぢめる、さいなむに対して、一片《ぺん》同情の推察、つまり思ひやりをしないのが果たして実にわが子を可愛《かはゆ》がる親の道だらうか。どうしても道でない。さすれば、どうか。

育てられぬ場合ひ、親は子を殺すに限る

どうしても此《この》をさまりとなる。

「つまり殺すのは子にくるしみをさせないためである。人はこれを無慈悲といふか。せまく見たらば、さうも云へやう。ひろく見たらばさうでない。無慈悲がすなはち有慈《うじ》悲《ひ》である。慈悲ならぬ慈悲である。人ごろしは無上の仁で

ある。子おろしは無上の博愛である。」

阿妲己の考へは迷《めい》を出で、悟《ご》に入《い》り、悟を出で、又迷のやうな、悟のやうな、また迷悟いづれとも付かぬやうな処へさまよひ〳〵入《い》ツた。さまよひ入ツた結局の観念は何《なん》とも確《しか》として象《かたち》をそなへたものとして認められず、何か只雲のやうな、烟《けぶり》のやうな、茫然《ばうぜん》として、そのくせ其茫然として居るといふ事だけはしツかりともはツきりとも為《し》たところに。

阿妲己はいよ〳〵大悟徹底した！！

無下《むげ》に阿妲己を侮ツてはならず、また無下にいやしみ憎んではならぬ。かれ阿妲己は虚中に実を求め、不安心の精から安心の髄《ずゐ》を蒸留し出し、それを一面の真理と見とめたものである。その観察にまた考への足らなかツたところは有らう。阿妲己はそれにまだ心づかなかツた、云はゞ憐れむべき怪物である。世の中の煩悩といふ煩悩に煩悶《はんもん》するものが阿妲己でないのは殆ど無い。

虫が知らせるとでもいふのか、むく〳〵と胎児は動く様子である。動いていくらか腹の皮を持ち上げた、その手か足か何か阿妲己の手さきへ感ずるものが隆起した。あはれ皮一重をへだてゝ、その何かは阿妲己たる母親の手さきに触れたのである、手さき、親のでは無い、その実もはや敵たる悪魔の。

どうしたことか、しきりに〳〵動いて、隆起はすこしも量《かさ》を減らさぬ。しツとりと阿妲己はその隆起をさすが幾度《いくたび》も撫で、見た。撫で〳〵する間《あひだ》、おのづから朦朧《もうろう》とわが眼中に浮かぶのは胎児の姿であツた。むら〳〵と肥えふとツた身体、ぱツちりとした美くしい目、可愛《かはゆ》らしい口元、さえたやうな啼《な》き声、それらが一途《いちど》に想像から事実らしい事実を生んで、そこらに只髣髴《はうふつ》。

鼻に入《い》る一種の臭気！　阿妲己はぞツとした。

思ひ定めれば、何《なん》のつまらぬ、その臭気は洋燈《らんぷ》の油烟《ゆえん》のであツた。いつか次第に燃えのぼツた洋燈の心《しん》、やうやく油烟がさかんに立ツたのであツた。火屋《ほや》は既に大かた薫《くす》ぶツた—薫ぶツた、しかし、黒くでは無く—薫ぶツた、まだ黒くまでは為《な》らず、やゝ薫ぶツた一種の茶がゝツた色に—色、茶がゝツた色でもある、しかし又、あら、腐《くさ》れ血のやうな色でもある。

血、腐れ血、と思ふと、阿妲己は何《なん》となくぞツとした。髪の毛が抜け上がる気もちがした。抜けあがツた根元から血がぢく〳〵にじみ出す気もちがした。

胎児の姿は猶眼前に朦朧と—目で見る、その見るさきに先にと所を移し〳〵て居る。

襖《ふすま》には枯れ野の芒《すゝき》が模様になツて居る。その襖に端無《はしな》く眼を移すと、胎児の朦朧の姿もまた其処《そこ》へと行《い》ツて居る。

芒の間から顔を出すやうである。出したその顔でにたりと淋《さみ》しく笑ふやうである――と、見る間《ま》、目をいからして、はツたと此方を睨《ね》め見るやうでもある。又ぞツとして、又他《よ》所《そ》へ目を移せば、そこの芒の蔭にいつか胎児の姿も行《い》ツて居る。

今度の胎児は死んで居る有りさまである。肉は血にじんで紫ばんで居る。唇は口惜《くや》しげに結ばれて居る。

ぞツとした上に又ぞツとした。襟元《えりもと》から水を打たれるとは此時の心もちか。はやもう堪《たま》らぬ。芒は見まい。しツかりと目を閉ぢた。閉ぢると同時、しツ！　児《こ》の姿はあり〳〵とまた目の中へさへ来てあらはれて居る。目の玉を抉《ゑぐ》らぬ以上は迚《とて》も見ぬ訳には行《い》かぬ。

見る？　見ぬ？　いづれとも無い、只やはり、見える、見る。見れば胎児の身は早《はや》腐ツた。腹が石榴《ざくろ》のやうにゑみ裂《さ》けて、黒血《くろち》がしたゝりに為《な》ツて流れて居る間を出つ入《い》りつ蠢《うご》めいて居るのは蛆であツた。蛆は満足の大満足に舌づゝみでも打ツて居るか、鎌首《かまくび》をもたげるのも有る、尾を巻きあげるのも有る、蛇のやうにうねるのも有る。

油烟の臭気は猶鼻をうがつ。焦げくさいやうな、あの、それ、火葬場《やきば》のやうな。

がた〳〵と胴ぶるひがした。寒さにでも打たれたのか。何《なん》の、頭《かしら》は火のやうに炎《ほて》る。いつか目は茫《ばう》となツて、そこら只雲霧《くもきり》の中に包まれたやうに為《な》ツた。

時も時、またも近所の屋根に猫の遠音《とほね》、物あはれに声を長く引く、さては猫が妻を呼ぶ。猫は如彼《あゝ》して、やがて子を生む、やがて育てる。猫は、あゝ、あれら猫はと一図にまた思ひ入ると、うらやましいやうな、馬鹿げたやうな、あはれなやうな、つまらぬやうな、また取り乱れた心もちのみがする。

それでも猶膿《う》みくされた胎児の姿は目から消えぬ。黒血《くろち》にまじツて真紅《しんく》の血も出る、やがて青膿《あをうみ》もぢく〳〵出る、その中を蛆はたのしげに泳いで居る。鼻の孔《あな》からも出つ入りつする。目睫《まぶた》をも食ひ開《ひら》きなどする。目の玉に食ひ込みもする。揃《そろ》ツて口中から押し出しても来る。さうされる胎児は平気であツた、もツとも当たり前、死んだのであるものを。生命《いのち》の取りやり、修羅の咬《か》み合ひの戦場でも大地《だいち》は平気で不動不揺《ふどうふえう》、人の踏むまゝ死ぬまゝにして居る。蛆に食はれ、もてあそばれる胎児は戦場の大地そのまゝであツた。蛆を腐《くさ》いとも思はぬ、うるさいとも思はぬ、咬まれて痛いとも思はぬ、はアやれ、末は骨になるまでの事と澄ましても居るやうである。

走馬燈《まはりどうらう》になツて考へと想像とが阿妲己の眼前をまはり過ぎたのは凡《およそ》是等の、白いも黒いも一所《しよ》のものであツた。只何《なん》となく凄《すご》い心もちである。が、又何《なん》となく、さう凄いと思ふのが馬鹿々々しいやうな心もちでもある。

自分ではわかるまいが、その目は釣り上がツた。その顔色は蒼ざめた。その唇は紫色になツた。髪のおくれ毛は蛇のやうにのたくり下がツた。思ひやれば、その髪のさきからやはり生血《なまち》がした〔〻〕りさうであツた。手も無く、はや阿妲己は鬼であツた、人間では無かツた、どうして獣類でもなかツた、只妖魔《えうま》であツた、羅刹《らせつ》であツた、夜叉《やしや》であツた、外道《げだう》であツた。

「あ、いやだ。思ふまい、そんな先の、果ての事を。どうせ死ねば誰でも皆《みんな》蛆だ、青膿だ。はツあ、見ぬものは清し、思はぬものは美くしい。馬鹿、何《なん》だツてコンな、さ、いろいろな事を思ふんだらう、酔興《すゐきよう》に！」

又扱《こつ》くやうな舌うちと共に、またぶる〱と身は震へた。障子《しやうじ》の穴に吹き込む風が地獄へ引き入れるやうな声を立て〻、そして時計は一刻一刻と命をけづる音を聞かせる。五分時間前《ふんじかんまへ》の阿妲己は死んだ、煩悩煩悶のうちに。五分時間後《ご》の阿妲己は死にか〻ツて居る、同じく煩悩煩悶のうちに。また五分時間、時計は命を刻み取る。また五分時間、阿妲己はもがきくるしむ。やがて又五分、又五分、容赦無く命はそれだけづ〻、鋸切《のこぎりび》きに引き切られて、切り口の痛みはます〱熾《も》えるやうになツて、炎は無いがそのくるしい猛火の中《うち》に阿妲己はもがき苦しむのである、されば、その苦しみのはじめがやうやく始まツたのである。

何《なん》の真如《しんによ》を月は照らすか、戸の隙間《すきま》から魂魄《こんぱく》の切れはしのやうな蒼ざめた光りをそツと障子に忍ばせても居る。

（三）

「阿妲己、さ、薬が出来たから御あがり。どうだい、気分は。すこしは頭痛は取れたかい。」

床の中に居る阿妲己の側《そば》へ寄ツて、何か煎薬《せんやく》をさしつけて居るのは母親の阿三途《おさづ》であツた。阿妲己はあたりまへの身体でないのであツた。それが、わが娘と思ふと、いくらか苦労になツたらしい、その様子は阿三途の顔にあらはれても居る、阿三途、子をおろしてしまへと鬼のやうな事をわが子に云ツた母親阿三途の。

「頭痛、大変よくなツたよ、思ツたより早く」。阿妲己は左へ横にした身体をや〻右へ傾けながら。

「さう、よかツたね。い〻塩梅だ。それてへながら無理が無かツたから、さ。あ〻、い〻塩梅だ。けれども、しツかり御しよ、血が高《かう》じでもするといけないから。」

「大丈分《だいぢやうぶ》ですよ、この分なら。本当に阿母さんの云ふとほり全《まる》で無理が無かツたんですから、ねえ。」

「さう、本当」。

「大《おほ》安心」と、にツこりした。

釣り込まれてか阿三途もにツこりした。

「本当に好《い》い塩梅だツちや無い。おろし薬を使はないで堕《お》りるなんて、そんな旨《うま》い事は滅多に有りやしない。大抵身体にさはらないとは云ふけれども、それでも薬を使ツておろすのと只何《なん》と無く堕りたのと一ツ咄《はな》しになりやしない。ぢや、昨夜《ゆふべ》から御腹《おなか》が痛くなり出したんだね、昨夜、あけ方近くから」。

「さうなの。けれどもそんなに苦しくもなかツたの。何《なん》でも四時すこし過ぎ頃から御腹がしく／＼痛み出して、段々強く痛くなり、とう／＼我慢し切れず、阿母さんを呼んだの」。

「だが不思議だねえ。」

「へえ？」

「よく自然と堕りたぢやないか。まるで誂《あつら》へ向きぢや無いか。けれども、ね」と、眉《まゆ》をしわめて、「どうして然《さ》う訳無く堕りたんだらう。何かわるい食べ物でも食べたか知らん、それとも何か軽はずみでもして何処へか打《ぶ》ツ付けたんぢやないか、御腹を」。

阿妲己はかぶりをふツた。

「無い？　妙《めう》……」と後《しり》あがりに云ツて、「………だアわねえ。さうすると、いよ／＼以《も》ツて好《い》い塩梅だ。只何だか訳がわからなく、不思議な位にいゝ塩梅だ。阿妲己、ま、御聞き」。

きツちりと阿三途は座りなほして、烟草《たばこ》を一ぷく、また一ぷく、二服とも只一吸ひに吸ひ切ツて、自分で吸ひながら自分の吸ひ切るのを待ち遠しさうに慌てふためいた様子で火玉をはたいて、やがてまた口中《こうちゆう》に溜めてあツた烟《けぶり》をぷうと一度に吹き出した。

「昨日もあたし、ね、阿妲己、本当《ほんと》に苦労して居たんだよ。あたまから御前は堕すのがいやだと駄々をこねるだろ。村長さんの方へは好《い》い加減な挨拶《あいさつ》をして置いたんだろ、只御前がいやだと云ツて居たとばツかりでは済ませられず、さ、本当《ほんと》に好《い》い苦労をいくら為《し》たか。それでも御前が、どうかかうか堕すのを承知するとなツた、まあ安心、あしたは朝早く一件（血あらし婆《ばあ》さんさ）を頼んで来て、と、思ツて居た、只それだけで事が片付いちやツたとは妙ぢやないか。それも、さ、御前が軽はずみでもしてなら何でも無いが、さうでも無く、まるツきり御前は大人しくして居て、それで一も二も無く堕りてくれたてへんだもの、こんな結構な事は有りやしない。本当《ほんと》にさ、堕りてくれたんだ、ね、ねえ、堕りて下すツたんだ、よく気を利かして堕りて御くんなすツたんだ」。

さりとては寧《むし》ろにく／＼しい云ひ方である。前々日の阿妲己ならば、心わるくこれを聞いたでもあらう。が、今は却ツて興有ることにさへ聞いた程である。

「おほツ、まあさう云へば、そんなもんですよ。」

「だが、それだけ御前に運が有るんだよ、運が、さ、天からちやんと御前に具《そな》はツて居るんだよ。え、なぜ？　なぜぢや無いやね。いやがりいやがツたものが、薬も飲まず、ひどく苦しみもせず堕りるやうになツて、さ、その堕りたのは御前の出世のはじめだろ。村長さんの御子息さんの御内方《おうちかた》になる元なんだろ。こんな結構な事は無いぢやないか。さ、それを結構だと思ふと、堕りた子が剛気《がうぎ》に気の利いた、親孝行のものだツたと、さあ、思はれるぢや無いか、本当に。いツそ思ひ切りのいゝ子ぢやないか、父《てゝ》無し子、日かげものと一生云はれないやうにと手早く自分から堕りてしまふなんて、気も利いてるぢやないか。」

褒《ほ》めるのか冷かすのか、これは。しかし、阿妲己には早《はや》ことゞ〳〵く快くのみ聞きなされた。

「なに、只まはり合はせが可《よ》かツたんだよ。全くのところ、私《あたし》だツて、どうか堕りてくれろとそれこそ手加減なんぞしたんぢやなし、さ、只どうかして堕りるやうに為《な》ツたんだもの此分なら血の道も出やしますまい。」

「本当《ほんと》に、まア、ねえ」と、阿三途は投げるやうな、がツかりしたやうな声がらで、「一時は詰まらなく苦労をしたもんさ、ね。それにしても、まだ産婆《おばあ》さんに頼まないでもよかツた。頼めば、人の口だ、どう面倒に、どううるさく為《な》るか知れないから、ね。ところで、と、それぢや、何《なん》だ、あの阿妲己や………」

前後に誰も居ぬ、と知りながら又よく〳〵振りかへり見まはして、

「それぢや、私《あたし》ね、赤ン坊《ぼ》をば窃《そつ》と始末してしまふよ。」

黙ツて阿妲己はうなづいた。

「裏の山の竹藪《たけやぶ》の近所に埋めてしまやア宜《よ》からう。藪と茶畠《ちやばたけ》との間、あすこらが宜からう。」

「何処でも知れないやうにさへすりや………」

「けれど、さ、まるツきり処もわからないやうに埋めてもしまはれまい、まさか」。

「なぜ」と、その意味をさとりかねた顔。

その顔を阿三途はぢツと見た。「さうぢやないか、阿妲己。処もわからないやうにまさか埋めも—さ、埋めて埋められない事は無いけれども……気になるね、それぢやすこし」。

とばかりで薄さみしい、陰気きはまる微笑を見せた。

「気に？」と、阿妲己が吾《われ》知らずや、目を見張る、その目は何《なん》と無く凄かツた。死霊《しりやう》がもし祟《たゝ》るものならば、何かその祟りは早《はや》すでに其目つきにあらはれたかとさへ思は

れる。さて、しかし、何《なん》で凄いか知れぬ。知れぬが凄い。白眼《しろめ》の恐ろしく勝ツて、眸子《ひとみ》の異様にすわツた様子、さて何処に魔力が有るか知らぬが、何《なん》と無く阿三途の胸にはその凄味《すごみ》がびり〳〵と浸《し》みた。

「こはい目つきを……いやな、何《なん》だ、ね。おツ否《いや》」と、身ぶるひした。

「目つき？　あたしのツ？」と、云ふその口の下から無残や、阿妲己は又我《われ》知らず目をすゑた。ぢツと据《す》ゑた、それを又ぢツとよく見ずとも宜《よ》さゝうなものを、さて見る気もなくて篤《とく》と見れば、目元には蜘蛛《くも》の巣のやうな紅筋《あかすぢ》が一杯で、その白眼は実に名のみの白眼で、やゝ黄ばんだやうな、青ずんだやうな、名のつけやうの無い色となツて居る。どうしても生き生きした人の色では無い。そうして死人の目の玉も見たことは無いが、もし死人のを見た時には多分このやうなものでは無いかと只総気立《そうけだ》つまで見做《みな》された。

「あたしの目つきが……こはい、さう怖いの？」

更に阿妲己はきツとなツて聞く、それだけ又意地わるくも目つきは猶凄くなる。たまらず阿三途は目を閉ぢた。

「およしツてば、ね、そんなに猶……気ちがひじみたやうな、魔のさしたやうな、何《なん》、何《なん》だねえ。でなくツたツて気味《きみ》が……うゥぷ！」

「気味がわるいの、阿母さん？　笑はれもしないね、あんまり馬鹿々々しい事ばかり云ツてゝ、さ。いつもの阿母さんにも似合はない。そんな事云ツてると、それこそ何《なん》だよ、その、あの此児に取ツつかれもしかねやしない」。

「いやッ、またッ！」と阿三途は絶叫した。

絶叫したその顔は？　さ、その顔は阿妲己を此度《このたび》はいよ〳〵戦慄《せんりつ》させた。さも無くても絵に画《か》いた鬼婆《おにばゞ》その儘の阿三途、今この刹那《せつな》の体《てい》と云ツたらば無い。額の大皺《おほしは》が深まさりする。例の乗り出した歯がきらめく、白髪《しらが》は利刀《りたう》の色を動かす、目は窪《くぼ》んで冷笑するやうに輝き出す、そして口もしばらく利けぬ。利けぬまゝ利きたいと急《あせ》ると見えて、唇を只うごかす、その動かすのが震はせるやうにさへ見えて、しかもその唇さへ死人色《しびといろ》となツて居る。

「何《なん》……何《なに》さ、おツかさん。」

「いや、否《いや》ぢやないか、御前はじめ。御前、御前はじめからさあ、御前から………」

「何を、さ」。

「何をツて、はツあ、あゝツ」と溜め息を一度に洩らして「何をツて、人《ひと》、縁起でもない、宜《い》い加減に御為《おし》な。ぞツとすらあね、そんな事云はれると。人《ひと》、いやアな！」

「そんな事？」と又目をすゑた。

「そらッ……ギヤ（否《いや》）だよッ、ちッ、また、そんな目。」

「目え?」

阿妲己その声から凄い。いはんや「目え」と長くさへ引いた。引くと共に見張る。また例の凄い目つきとなる。見張ると共に身をさへ浮かせて、われ知らず鎌首を擡《もた》げて、われ知らず、しツ!　舌をすこし吐いた。

現在の凄味はその実想像のよりはなはだしい。阿妲己の目つきを真先《まつさき》として、その薄さみしい声の引ツ張り方、その鎌首、その吐き出した舌、それら皆一つとして凄みに凄みを添へぬのは無い。しかも何処やら阿三途にそれを凄いの、怖《おそ》ろしいのと心で早く迎へ取ツて見る傾きも有る。凄みは十分の上の十分、恐ろしさは限りのうへの限り、身は又総毛立ツた。

はや既に阿三途の身はがた〳〵ぶるひである。

「どうしたんだねツ、気ちがひじみた真似ばツかりして、さ、今日に限ツて、御前は。そんな、をかしな目をしないでさ。取ツつかれるなんてへから、さ。本当《ほんと》にぞツとしちまはあ。何《なん》、なアんで取ツ付くことが………」と、屹《きツ》となツて、「しやツ、なあんの、ふよ〳〵した水《みづ》ツ子《こ》が、なあんの取ツつくなんて、そんな事が有ツて御たまりこぼしが……ンぬ、何《な》あんのッ!」

附《つ》け景気《げいき》のやうな無理な元気が鼓舞された。さすが子を殺すといふだけ阿三途は恐れおのゝく中《なか》にも無法な剛愎《がうふく》なところが有る。鼓舞した元気と共に、実はその元気の消えぬ間《ま》をと期してゞもあらう、つと立ち上がツた。

「ぢや、私《おいら》行《い》ツて来る」。

その云ひ方は如何《いか》にも暴《あら》い、まるで取ツて抛《な》げつけるやうに。が、その暴いのもまた一つの附け景気でゞもあツたので。

「行《い》く?　ぢや埋めに?」

阿妲己その挨拶の語は箇きはまる。が、「埋めに」の一語、その実只の三音、それに籠《こ》もツた無量の重みはづツしりとも云ふべき位に阿三途の猛悪《まうあく》な耳にもひゞいた。

如何にもさうである。埋めに行《ゆ》くのである。あいとか応とか一言《ごん》に只答へて、それで済むだけの事である。が、また何処と無く怖ろしい。返事が出ぬ。

上部《うはべ》には見えぬが、胸に大雷のはだめく心もちがした。立つその足もとも揺《ゆる》ぐ塩梅、身は胴と腰とねぢれ離れでもするかのやう。

産蓐《さんじよく》の片隅、掻《か》い巻《ま》きの下にあるのは襤褸《ぼろ》きれの丸いかたまりで、その中は問はずとも最《も》う知れて居る、憐れむべき胎児の死骸であツた。

手さぐりに阿三途はその固まりを引き出した。何《なん》のぬくみか、薄気味わるくもまだ生《なま》あたゝかい。またぞツとした。ぞツとして又見るとも無しに阿妲己を見れば、ちツ、その凄い〳〵顔！　産後の事とて蒼白く血の気のまるで絶えはてたやうな顔の色、怨霊《をんりやう》のからまるやうな髪のおくれ毛、紫ばんだ唇、凄いといふ凄い風情を取り揃へた上に取り揃へて、やゝくぼんだ目をぎらつかせて、例の如く、それも眸子をすゑるやうにして、ぢツと阿三途の手許《てもと》を見て居た。

思ひはかれば、此時の阿妲己の胸中はどうか。

襤褸の包み、その中は我子である。わが腹にやどツた子である。子、どうにか斯うにか考へを煎じ〳〵つめて、どうにか斯うにか親に取ツて憎いもの、親の出世の邪魔になるもの、親の仇敵《かたき》にあたるものと思ひなすに至ツた子である。子、親は出来ろと頼みもせぬのに、おのれの勝手で無理おしつけに出来た子である。子、どうしても思ひ捨てゝしまはなければ、親の立つ目の無い子である。これを引きくるめて云へば、取るにも足らず、愛するにも足らず、いツそ其の上を通り越して、親から正当公平（?!）に云はせれば、にくむべき、いとふべき、顧るにも足らぬ、塵《ごみ》よりつまらぬ、虫より役に立たぬ、そして毒より害になる子といふ、その名のみうるはしい夜叉、悪魔、羅刹、身中《しんぢゆう》の虫、それである。

今その虫はおのづからその命を落とした。骸《から》のみが残る。残るその骸はその儘にすれば、いよ〳〵難儀《なんぎ》を親にかける、おそろしいものである。親に縄目《なはめ》をかけるものである。間ちがへば親を牢死《らうし》させかねぬものである。悪魔、外道、その悪魔外道を産んだ、そのものが何かと云へば親である。親、つまり子といふ悪魔に対しての名である。毒には毒、悪魔には悪魔、親もそれゆゑ子の悪魔に対して悪魔となツた。なツた、なツてしまツた、しまツて是からも末ながくやはり同じく。よし、そんなら子、悪魔、わざはひの根の今が刈り時、さ、埋めてやる。

阿妲己は一図に只かう思ツた。思ふ、それ故気も急《せ》くやうである。かれ是して居るうち、人にでも見られたなら一大事とも思ふ。今更のやうに親を急かせたいやうな気にもなる。

急かせるやうな気にもなる―が、急かせたくない気にもなるやうな。なるやうなでは無くて、たしかになる。急かせかツて、さて急かせたくない。なぜ。

なぜかよく自分ながらわからぬ。

が、どうかして今一度……との念が有る。今一度？　今一度、されば只ちよツと一目《め》、ほんのわづかの一目《ひとめ》……一目……を何《ど》うする。

一目、只一目見たい、子を！

何《なん》のために一目見たいか、自分にはそれもまたよく分からぬ。が、何が無し、只見たい。

決して未練がましく思ふのでは無いが、これを限りに埋めてしまふ、それ故今がわが子との別《わ》かれである。別かれは何《なん》となくつらくもあり、惜しくもある。それ故か、もう一目見たい。

決して未練がましく思ふのでは無いが、生まれ出たその死骸はわが子である。死骸とならぬ前、いや、生まれ出ぬ前は壮健《すこやか》に胎内で生きて、おのづから育ツて居たのであツた、その頃の事をせめて今をわかれの死に顔でも最《も》う一目見て、とツくり思ひ出して見もしたい。

決して未練がましく思ふのでは無いが、生まれ出たその死骸は一服の毒薬を盛られたのでも無ければ、軽はずみをされたのでも無い。只何が無しつく〴〵いろ〳〵思ひまはされて、次第に疎《うと》ましく思ひなされて、そして中でそれと知ツたか感じたか、あすとも云はず其夜すぐに悶《もだ》え出して、つひに魂魄を絶やして仕舞ツて、やがて世の風に当たツた次第、せめて是をわかれと云ふ今の間際《まぎは》にとツくり死骸にその向きをも話し、とツくり因果をも含めてやりたいと思ふにつけては、やはり最う一目見て、心のこりの無いやうにしたい。

いづれにしても決して未練がましいのでは無い。が、とにかく見たい。十分とツくり見てしまツたなら、土に埋めやうが、水に流さうが—水に流す、それは只の咄しとしたところが—とにかく思ひ切りは悪くない。

阿妲己は一図に只かう思ツた、只かう思ひ迷ツた、只かう思ひ入ツた。その思ひ迷ひ、思ひ入る間《あひだ》に（決して未練がましいのではあるまいが！）何処となく、只のこりをしい、離れにくいとの心が凄《すさ》まじく催したのは事実であツた。

その心は何《なん》の心か。

未練がましくは無いが、わが子との最後のわかれに対して、只のこり惜しい、はなれにくい—わが子、その癖、その子をば仇《あだ》として見た邪魔物の。わが子に対してさう思ふ、その人を誰かと云へば親であツた。子を仇敵《かたき》と見る親であツた。さらばその心は世にいふ「おや心《ごゝろ》」か、やはり。慈愛の代名詞とも云ふべき、世にいふ「おや心」か、やはり。

殺して置いて、そして別かれにくいといふ、さういふ慈愛がやはり有るか。よし殺さずとも、殺すまでの心に十分為《な》ツた、さういふ慈愛がやはり有るか。

これを浅ましいと云はうか、いぢらしいと云はうか、酷《むご》たらしいと云はうか、見るに忍びぬと云はうか、あらゆる残忍深刻な言葉で形容し切らなければ十分な処を尽くし得ぬのが実に今の阿妲己の境遇では無いか。

「すこし御待ちよ、おツかさん！」

声もろとも阿妲己の手は包みにと掛かツた。

「すこし御待ちよ、おツかさん。今あたし、ちよ………ちよいと、あの………」

「何さ、ちよいと？」と阿三途の目は怒《いか》ツた。

「ちよいと一目さ」。

「一目？」

「見てからさツ！」

ぎツちりと云ひ放ツた。

語気いかにもぎツちりした、さも〳〵思ひ入ツた体《てい》で。

目さへ又異様にひかる。

阿三途は毒を吹ツかけられたやうになツた。阿妲己の声の重みは盤石《ばんじやく》を胸板にであツた。けたゝましくこそ為《な》らなかツたが、訳のわからぬ意外な様子に、阿三途は仰天《ぎやうてん》の気味、肝のつぶれる気味、胸ひやりとする気味、又ぞツと恐気立《こはげだ》ツ気味。

「見………見てからツ？　見てツ？　これをかい、包みをかいツ」と刻み込む。

答へより早《はや》阿妲己の手は包みへと取りかゝツた。

「御待《おま》………」

「いツよ！　おツかさん。御放し！　見る！」

引ツたくツて解きかゝる。

「見ン………見て。御前どうするの」。

「見るだけさツ」。

包みは早《はや》解けた。転がり出さぬばかりまざ〳〵と現れたのは死骸、鬼とも云へる、神とも云へる、修羅とも云へる、地蔵とも云へる、人間の心を百にも千切《ちぎ》る永眠の子の身体であツた。

「出たぢやないか。ちツ、気味のわるい。気……気が違ツたかい、えツ、阿ッ妲己！」

とばかりで阿三途は早手《はや》を付けも得《え》せぬ。

無言！　阿妲己は子を、抱きあげたでは無く、取り上げた、取り上げたでは無く、つかみあげた、むんづりと摑みあげた、きツかりと摑みあげた。

見る〳〵変はる〳〵相好《さうがう》！

眼中は一面の血！

で、顔はさながらの死人、むしろ紫がゝツて蒼い。いつの間にか烈《はげ》しく食ひしばりでもしたか、歯ぐきから流れ出る生血《なまち》、血はあふれて顎《あご》へと糸を引いて行く。

目は釣り上がツた。双《さう》の眉はをり〳〵びり〳〵動いて電火が走ツた。つかみ上げた子をきツと見る、その一目《ひとめ》の力は如何《いか》ほどか。もしその力が突きとほるものならば、たしかに鉄壁も堪まるまい。有りさまは刹那である。その刹那の心もちは何《ど》うか。

子は既に死人《しびと》いろになツて居る。生まれたばかりの肌の色とて、やゝ黒ずんだやうな唐紅色《たうべにいろ》なのが、更に血の気を失ツてやうやく紅味《あかみ》が薄くなり、生白いやうな、紫ばんだやうな、名の付けやうも無い、それを仮《か》りに名づけて云へば、死人色《しびといろ》である。皺だらけの額口《ひたひぐち》、こびり付いたやうな生毛《うぶげ》、目はほとんど瞑《ねぶ》ツて居たが、もしその睫《まぶた》がそこでくわツと開くとなツたらば、如何なる怨恨の意味をきらめかすであらうか。その眠《ねぶ》ツた、すなはち死んだ顔は如何にも罪無さゝうである、いかにも平和らしくある。しかし、その罪無さゝう、平和らしい、その所まで至り得たのは云ひ尽くせぬ苦痛を味《あぢは》ひ、云ひ尽くせぬ残忍を施され、云ひ尽くせぬ無念を含ませられたからである。憐れむべし、世に、生まれるといふまでにまだ為《な》らず、それで早既《はや》に浮き世の残忍、刻薄を極度の極度といふまでの所、すなはち「死」といふ最後の点までしたゝか身にふりかぶツて、そして訴へるにその所も無く、救ひを乞ふにその所も無く、終《つひ》に無念を飲み、無念を味はひ、無念を満腹ならしめて、つひに無念の中《うち》に埋没されたのである。その埋没は永劫《えうごふ》出る見込みも無い埋没である。永劫出る見込みの無い埋没に至らせた、その人は誰、母である。無念攻めにわが子をしたのは誰、母である。母、子に取ツては仇敵《かたき》の中《うち》の仇敵たる母である。

死んだ児はその身の不運を悲しんだか、どうか。それは想像のかぎりでも無ければ、また想像するに忍びもせぬ。が、只その死に顔は平和である。死に顔に濁世《ぢよくせ》の修羅の妄執《まうしふ》一切の色は残らぬ。胎児に劣等の一切の慾は無かツた。その高潔なおもぶきは無邪気な死にがほに現れた。胎児に劣等の愛は無かツた。その神聖なおもぶきは天真の死にがほにあらはれた。胎児は虐遇《ぎやくぐう》の極《きよく》、生物の最大目的たる生存を害せられた、その苦痛に対しては無限の苦痛を感じたでもあらう。が、その苦痛の痕跡は微塵《みぢん》も心に残らなかツたのである。心に残らぬ、故に顔にもあらはれ残らなかツたのである。苦痛で胎児の生命は消えた。その苦痛は、しかし、無垢《むく》の胎児には無心の苦痛であツた、無意味の苦痛であツた。熱くない烈火の責め、つめたくない冷水の責めであツた。一言《ごん》では云へぬが胎児の「自然」と「天真」とは一切の形体《けいたい》の苦しみや心霊の悩みをまるで感ぜず、悲惨であるが、平和な往生をしたのであツた、地獄往生であるが、極楽往生をしたのであツた。これを押しつゝんで云へば、「風が疎竹《そちく》にわたツて、その疎竹は風の跡を残さぬ」のであツた。苦を楽と見たのであツた。それ故、胎児には苦と楽とおなじものになツたのであツた。

胎児はそれで平和ならぬ内に平和を得て往生したのであ

る。誕生が生物の最大目的の一。とすれば往生もまた最大目的の一である。かれ胎児は誕生と往生とを一所にした。その誕生は平和では無かツた。しかし、意味に於ては平和であツた。その往生も平和では無かツた。しかし、これも意味に於ては平和であツた。胎児は一分一厘の切り口も無かツた。それ故、切り口のなほる所も無かツた。胎児は秋《しう》毫《がう》の非理《ひり》もしなかツた。それ故、非理のふたゝび攻め来《きた》りやうもなかツた。その境遇は哀れであツたらう。天はその哀れをつぐなツてやるだけの事をした。天はこれを一方の胎児につぐなツてやツた、その賠償の負担を誰に命ずるか。云ふまでもない、その母にである、母および母に関《くわん》聯《れん》したものにである。

話しは前へもどるが、子の死骸を引ツつかんだ阿妲己は前云ふ如く、きツと見込んだ。その目つきは傍目《はため》の阿三途から見ても如何なる物をも突き抜く力ありさうに思はれた。力ありさうに思はれた丈、凄味も一方《ひとかた》ならずみとめられた。阿三途、その身は感じと共に一時の麻痺《まひ》を覚えた。一の考へも無ければ二の思案も無い。考への極《き》はまり切ツた所が即ち考への「無」となツた。その目は見開かれた儘であツた。その口は明け放された儘であツた。で、身うごきもせぬ。

阿妲己は自分を誰がどう見て居るか居ぬか、その辺の頓《とん》着《ぢやく》は一切もう無いのであツた。裸身《はだかみ》のまゝの子をむんづり引ツつかんで、引ツつかんで、それも死んだ鳥をでも扱ふやうに頸筋《くびすぢ》をきツと締め持ツて、その儘子の身体を宙づるしにした。

つるされる機会《はずみ》に子の顔が阿妲己の身にでも触れて、そして目のあたりを擦《す》られたのでもあらうか、それとも他《た》にいはれが有ツたのでも有らうか、宙づるしになツた所できツと見ると、おや！　その目はぱツかりと開《あ》いてあツた。目、しかし血一杯の目であツた、目か血の池かと見紛《みまが》ふばかり紅《あか》かツた。

その黒目は左右双方から寄ツて居た、つまり八方にらみと見えるやうに。此方が見る、その此方をきツと向かふも見かへすやうに見えた。その目は動きもせぬ、ゆるぎもせぬ。その所為《せゐ》か、力を籠め、思ひをかためて此方を見るやうに見えた。力、その籠めたのは何《なん》の力か。憤怒《ふんど》怨恨のかぎりの限りの力では無いか。思ひ、その固めたのは何の思ひか。無念痛憤のかぎりの限りの思ひでは無いか。むら〳〵と衝《つ》きのぼるばかりに此時阿妲己の胸に何《なん》の念か催した。

何。見るに忍びぬ念！　とても久しくは見て居られぬおもひ！

きやツと一声、阿妲己は手を放す。子は夜具の上へと落ちて、あを向けに倒れて、そしてその目は？

目は依然ぱツかり開いて、天井を睨《ね》めて居た。「ちツ、否《いや》だツ！」と阿妲己は絶叫した。「目、目なんぞ開いて、生きてるやうに。畜生！　否だツ！」

生きてるやうに、と、思ふ。思ふと共に、それが、しかし、死んだのであると思ふ。死んだのであると思ふと共に、殺したのであると思ふ。

何の魔力《まりき》かに五体は攫まれるやうになツた。骨と肉とはなれ〳〵に為《な》りはせぬか。筋も血も煮えかへツてとろけは為《せ》ぬか。目は茫《ばう》とした。

茫となる眼中に子は変幻万化《へんげんばんくわ》しはじめた。啼かぬその啼き声も立てるやうな。開《ひら》かぬその口も開《ひら》くやうな。動かぬその目も動くやうな。顔は毒を帯びて居る。口は牙《きば》を張ツて居る。目は睨《にら》みを帯びて居る。子の現身《げんしん》の精は既に無い。精の精は阿妲己の心を足がゝりとし、舞台として、跳ねつ、躍《をど》りつ、よれつ、もつれつしはじめた。

悩乱は此時の思ひである。

目、その目で嘸《さぞ》やさぞ憎いと睨《にら》めて居るであらう、嘸やさぞ怨めしいと睨めて居るであらうと思へば〳〵、其無言が有言《うごん》よりも恐ろしく、その不活動が活動より気味わるい。

無念に閉ぢ切れぬ幼児《おさなご》の目は扨いつになツたらば閉ぢられるであらうか。いつ、生き返らなければであらう。生きかへツてこそ、その死ぬにもやうやく閉ぢる、意味に於ても、形式に於ても。さも無ければ迚も閉ぢぬ。

あゝ閉ぢぬやうにしてしまツた、その罪は何《なん》として償《つぐな》へやうか。為《な》し得ぬ、為《な》しあたはぬと云ふ絶望のみの結果に対して、何《なん》の賠償が出来得るであらうか。

出来得ぬ、すなはち絶望。絶望は煩悶を永久無窮ならしめるだけである。精神の有らんかぎり、知覚の存する間《あひだ》は附きつまつはりつ、取りころす迄《まで》もと祟るのである。阿妲己はそろ〳〵死地に入《い》りはじめた。死地とは云ふものゝ、あたりまへの死地より猶つらい。あたり前の死地ならば「死」只それで何事も終る。阿妲己はそろ〳〵芽ぐみ出す悔悟の念の千本針《ぼんばり》の矢鱈《やたら》づきにいよ〳〵精血《せいけつ》をにじませ、しぼり出されるのである。

阿妲己自分には知れぬが、形相《ぎやうさう》は凄《すさ》ましく変はツた。さも無くても一種の凄《すご》みの有るのが産婦の顔である。それが半《なか》ば狂乱に近づいたのである。その心は煮えかへると云はうか、迸《ほとばし》り立つと云はうか、硬いもやはらかいも一つ油鍋に入れてぢり〳〵痛めつけるのと同じである。その心はその儘その顔の鏡に映らずに居ぬ。何所からとも無く、身を責める念が雲霞《うんか》の如くむらがり立つ。どれをどうと云ふ事も無い。それだけ応接に目口《めくち》も開《あ》けぬ。境遇は一切渾沌《こんとん》となツた。臭《しう》、悪《あく》、穢《くわい》、陋《ろう》が入り乱れて〳〵目を閉ぢ、鼻をふさぐのであツた。

苦痛も極端は平和である。今の阿妲己は苦痛の極度極端に達した、それと同時に目も眩《くら》む、魂は五体を脱《ぬ》け去るかの有り様になツて、何《なん》となく昏迷《こんめい》の境《さかひ》へと入《い》ツて、すなはちそれだけは平和であツた。只何もかも茫となる。目は無《む》色《しよく》を見はじめ、耳は無声《むせい》を聞きはじめて、心は何となくうと〳〵となツた。うと〳〵となる、それは睡《ねぶ》いのでか。さ、何かわからぬ。只うと〳〵となツた。

＊　＊　＊　＊　＊

一時《じ》寂寞《せきばく》、忽《たちま》ちその寂寞を破ツて、裂けるやうな阿三途の声が鳴りひゞいた。

「これツ、さ、阿妲己！　どツしたんだよツ、阿妲己！　これツ、あれツ、目、目を引き付けたツ、ちツ、さ、阿妲己！　阿妲己、しツかりと何故《なぜ》……ちツ、引き付けたツ！」

血があがツたとでも云ふのであらうか、阿妲己は如何《いか》にも気絶したのであツた。

胎児の死骸はつひに阿三途の手によツて、見込みどほり裏の竹藪の一部分に葬られてしまツた。埋めた土は沈黙を守ツて、その傍《そば》を通る人を呼びとめて、恐ろしい罪悪の結晶が下に埋没して居ると告げもしなかツた。ましてや土地の警察は相変はらずの主義である。阿三途母子《おやこ》の恐ろしい犯罪も土俗の一と平気に見なされて、雲は掛かツた儘に晴れ、水は濁ツたまゝに澄んだ。思へば達眼《たつがん》の人の無い世である。これを、その見えぬのに見る者は一人も無い。見えぬのに見る者が無いどころか、見えたものを見ぬとする世の中である、おろしたものを堕したのでないとする世の中である。こゝを千里眼又は順風耳《じゆんぷうじ》に見せもし、聞かせもしたらば何《ど》うか。見えるのは嘸《さぞ》累々たる赤児《あかご》の幽魂の形《かた》ちで、聞こえるものは嘸呱々《こゝ》たる緑児《みどりご》の声であらう。いたいけな亡者《まうじや》は空気に満ちて居るであらう。人道は溷濁《こんだく》に身を沈めて啼泣《ていきふ》して居るであらう。人といふ一種の鬼はそれで平気で居るのであらう。

阿三途が望んだとほり、阿妲己が心をひるがへしたとほり、それから幾日《いくか》といふ日数《ひかず》も無くて、阿妲己は村長何某《なにがし》の子、涅槃次《ねはんじ》の許《もと》へいよ〳〵新婦として嫁に行ツた。

罪悪の執念ぶかい形見とも見るべき蒼白い顔の色、痩《や》せ落ちた頬の肉、あツぱれ是から人の妻女として子を生むといふ婦人の本分を尽くすに足りるべき資格は殆ど認められぬ様《さま》であツた。うつくしいのは、しかし、美くしい。器量望みにさへされた程はある。愛くるしい二皮目《ふたかはま》ぶたが、肉の痩せを加へたゞけ猶その曲折の趣きがよく、評価すれば、それだけでも千金である。すこしぐらゐの醜婦《しうふ》でも病みやつれた時は風情が有るとは「中《あ》たらずといへども遠からず」の言葉らしい。とにかく産後のやつれ方は只何《なん》となく阿妲己の様子に品致《ひんち》を添へた。木地《きぢ》がまづ悪くない。それだけ瘦《やつ》れての品致もまた一入《ひとしほ》まさツた。たとへれば雨を含んだ何かの花か、花、梨の花でゞもあらうか、さみしいが、その淋しいだけ、品致はいとゞ加はるらしい。頭痛がするとて顳顬《こめかみ》はいつでも奇功紙《きこうし》を絶やした事が無い、その奇功紙も色は薄紅《うすべに》の艶《えん》をきはめた。丁寧にきツぱり四角に切りなして、大きくもなく小さくも無く、程よく貼ツた様子の趣きの有る、しかも其薄紅色は際立ツて白い肉の色と映り合ツて薄紅の方も冴えれば肉の方も引ツ立ツた。つく〴〵思ふと意味有りげな奇功紙でもあツた。頭痛がするとて貼られた、その頭痛の元は何か。阿妲己の秘密を知るものは知る。恐ろしい悪念の結果の頭痛とは事々《ことぐ》しく云ふまでも無い。単純に云へば、婦人の持病、皮肉に云へば死んだ子の怨念、そのために貼る奇功紙は到底死んだ紀念《きねん》の貼り紙である。わるい事は出来ぬものか、わるい事は思へぬものか、奇功紙が早く既に悪事悪心の紀念を示して、身体《しんたい》の鮮肉《せんにく》の上に一種の碑《ひ》とさへ為《な》ツて居る。

あまりに頭痛が烈しくなる事も有る、その時には奇功紙で間に合はぬとて、鉢巻きをさへする程であツた。その鉢まきも艶きはまる。有り合はせの何か知らぬが、桃色の縮《ちり》緬《めん》で、その桃色が薄色《うすいろ》だけ、蒼白い顔の色は一入のうるはしさを加へて透きとほるかとさへ見做された。

これら悩みやつれた有りさまを見ては、そのいぢらしい計《ばか》りの美くしさに女でも殆ど惚《ほ》れ〴〵するほどであツた。まして恋ひ焦がれて貰ふまでになツた涅槃次の身に取ツては一と云ツて二と無い、玉ならばそれこそ「無価《むけ》の宝珠《はうじゆ》」と見えた。見えた―のみである。只さう見るのみである。それを妻としての快《こゝろよ》さ、たのしさは塵ほども無いのであツた。

思へば愍《あは》れなのは涅槃次であツた。阿妲己の心が如何《いか》やうなものかも知らず、只の絶世の美人、只の無垢の処女とのみ思ひなして、人知れず恋ひにまづあこがれ、終《つひ》に心を親にまで打ち明かして其同情を得るに至り、正当の手つゞきを経て迎へ取ツたのである。如何《いか》にも手続きは正当であツた、涅槃次の方から見れば。しかし、その正当らしい手続きが成り立つ前、既にその正当なのをも不正当たらしめる、即ち無理不道理たらしめる原因があらかじめ阿妲己の方に在ツたのである。改めて仰山に云ふ迄も無く、阿妲己は或る者と野合して既に児を孕んで居たのであツた。或る者が何か問ひ正す必要も無い。また阿妲己はその頃（涅槃次から妻にと望まれた時）既に其ある者と心まで絶縁して居た、それも事々しく云ふにも及ばぬ。その男と絶縁はして居た。しかし、腹の子と絶縁しては居なかツた。阿妲己も生まれながらの妖魔でない、親として子の如何《いか》ほど愛すべきかは知ツて居た。が、他の妖魔に誘はれた。その妖魔、すなはち母親の阿三途であツた。またその妖魔に力を添へる第二の妖魔も有ツた。その第二の妖魔、すなはち土地の風習であツた。堕胎《だい》の流行する土地に阿妲己は生まれて、その一種の殺人罪をしば〳〵見馴《な》れしば〳〵聞き馴れて、それを何事とも思はぬほどにおのづから、いつか知らず〳〵の間《あひだ》に為《な》り来《きた》ツたのであツた。妖魔は是に止《とゞ》まらず、第三のもまた有ツた。むしろ阿妲己をして魔道に陥らしめるためには第一の勢力を有したのは其第三のと云ツても宜しい。その第三の妖魔、すなはちなまじひの阿妲己の学問であツた。阿妲己は道徳の念の腐れ切ツた母親の感化を受けるとも無しいつか受けて、そして道徳の念の腐れ切ツた社会の感化を受けるとも無しいつか受けて、十分の腐敗、十分の悖徳《はいとく》に十分の要素をそなへた。なまじひの学問はつまり此腐敗悖徳の保護《はうご》たるに過ぎなくなツた。何事にも利器たる学問は牽強分疏《げんきやうぶんそ》の口実を自由自在に供給してくれる事になツた。一を明きらかにして十を昏《くら》くする事に為《な》ツた。之を筆にするのも忌まはしいが、心が腐れ、魂が萎《な》えた此阿妲己といふ一種の精神病者は背徳の防禦《ばうぎよ》として、懐妊避妊を自在にする法を書物で学んだ。その書物はその身が医者でも無いのに、医者が見るほどの物にまで苦心して手をのばして探し求めて、通読したのであツた。

かうなると、容赦は斯《か》くの如き人物に向かツて加へられるものでも無からう。これら背徳の悪魔は学問の智識を乱《らん》行《ぎやう》の補佐に応用するに至るのであツた。これら背徳の妖魔は婦人の最大目的の一たる懐妊を学問について究めるよりも、むしろ先《まづ》避妊といふ残忍暴戻《ばうれい》の方法を書典《しよてん》について学び出すのであツた。何《なん》のために避妊の方法を目的として先《まづ》しらべるか。忍んで之をあばかうか。あらかじめ避妊の方法を知ツて居やうと志すのは一も二も無く乱行を恣《ほしいま》にしやうとの心が有るからでは無いか。阿妲己を別物として、われ〳〵は茲《こゝ》に筆の雫《しづく》のとばしりを及ぼさなければならぬ所が有る。ほかでも無い、然るべき教育を受ける或る婦人の一部の社会に此避妊方法を深く研究して怠らぬのが有る。勿論それらは処女である。処女であるゆゑ、猶研究して怠らぬのである。

決して堕胎の風習が法令のあつく行《ゆ》きわたらぬ片田舎にのみ行はれると云ふな。法令の行きわたるべきところ、監督の目のたしかに届くべき繁華の土地にも実はその風習の思想がともすれば暗流を成して、場合ひの許すかぎりは之を実行しやうと思ふものが多いといふ。これを咎めぬのはこれを知らぬからであらう。知らぬか。知らぬならば殆ど無神経にひとしいのである。それとも、知ツて居てもか。知ツて居てもならば、人道の擁護を思はぬ悪魔の仲間である。人口の過剰を経済学者は痛心する。が、痛心の極《きよく》人口の節減を説くのは此上も無い非理である。人口は天の賜ふまゝにこれを抑圧せず、それに応ずべき供給を道理と学術との力に因ツて工夫すべきが人間の道では無いか。そも〳〵それら監督者はそれら経済学者の一家の説を金科玉条として、つとめて人口過剰を救ふがために、ことさら自ら求めて妖となり、魔となり、また一つには法令の真髄を実行して、どし〳〵罪人を出《い》だすに忍びぬとのいはゆる宋《そう》襄《じやう》の仁からこれを徒らに掩蔽《あんご》するのであらうか。非理にくみするは非理の巨魁《きよくわい》に伴ふ従犯《じゆうはん》である。監督者のその心がけや其所業は心の底から非理に与《くみ》してゞもあるまい。が、一時の苟安《かうあん》を偸《ぬす》んで人道の蹂躪《じうりん》を黙許する罪は其悪意の有無によツて決して打ち消されまい。

　よろこんで可《い》いか、悲しんで可《い》いか、物質的文明はいづれの国でも日一日と進む。機械は生民《せいみん》の産業を次第に奪《た》ふ。細民《さいみん》の生計の困難がすなはち始まる。しかし、人は他を活《い》かすために自分を殺す事を敢てせぬ。他を活かすために自分を殺す、公益をはかるためにわが身を損ふ、凡そ是等の事を敢てするのは決して〳〵普通でない。百人のうち、千人のうち、数へて殆ど一人《にん》も無い。まれには有る。有ればその人は義人である、志士である、聖者《しやうじや》である。義人や志士や聖者のみならば、人生に修羅も煩悩も有るまい。が、さう行《ゆ》かぬ。義人や志士や聖者は少ない――むしろ手強《てづよ》く云へば珠数の玉の数取《かずと》りにも足らぬ。それ故人の多くは決して他を活かすために自分を殺さぬ。既に他を活かすために自分を殺さぬといふ、これを一言《ごん》でも尽くせる「薄情」、その心をもツて社会に立つ以上はおのづから我身のみ善かれかしになるは当然である。我身のみ善かれかしと思ふのを心の元のかためとすれば、なる程わが身の困る時には子を捨てゝも、殺しても差しつかへないであらう。今日の社会は此故に一般の堕胎をいはれ無く見のがすか。さらば社会そのものも頭から人道を蔑視して、そのいはゆる下等の禽獣と伍を同じくして殆ど恥ぢぬのである。法律は見得《みえ》にこしらへた丈のものである。風俗の壊乱がすこぶる甚しくて、堕胎がはなはだ多いのは欧州中でも仏国か。その真偽は措いて問はぬとしても、人口の年々減少する傾きの有るのはその国の統計調査について見てもわかる。亡国が必らずしも金財の慾からのみでない。さらば、国の力を減らし、次第におのれの国を衰滅に近づかせたくば、思ひ切ツて堕胎するがよろしい。さらば一家の生計も嘸《さぞ》かし楽になるであらう。一国の富《と》みも嘸かし殖《ふ》ゑるであらう。

夫婦は思ふさまの私慾にのみ耽《ふけ》ることが出来やう。それで澄まして楽天を謳歌《おうか》すれば、それが理想の黄金世界でもあらう。

手近くは阿妲己がその黄金世界の人でもあらう。阿妲己は殆んど無意識ながら、又云はゞ強迫と誘惑とを受けたものながら、とにかく倫理の罪人ではあツた。その心もちは嘸よからう。重荷が下りれば肩が張らぬ。敵《かたき》たる児、その重荷を無何有《むかう》の郷《さと》におろし葬《はうぶ》ツて、嘸や阿妲己は身が軽《かろ》くなツたであらう。

然り、阿妲己の身は軽《かろ》くなツた。しかし、心には二倍の重みが加はツた。一升づゝ二壺にあツた水が一壺に二升入ツたのであツた。

阿妲己は涅槃次と夫婦にこそは為《な》ツた。が、夫婦のかための目的は何かと云ふ事をおのづから沈思せずには居られなかツた。

一言《ごん》にして尽くせる、天理に従ツて子を設けて、おのれが生まれて来た丈の返済の義務を果たす、それが夫婦のかための目的である、と。

其処だけは流石《さすが》阿妲己もいくらか学問の御かげ、直《たゞ》ちにそれと思ひ知る。思ひ知ると共に、前に自分の行ツた事を回想し、その標準に照らして可否を決めて見ずには居られぬ。

昼の間《ま》とても物おもひは絶えぬ。よろづの声も色も耳に入《い》らぬ、目に映らぬ。まして夜となれば物思ひは一入である。夜も昼もその物思ひのみで囲まれる。どうしても自《おのづか》ら陰気になる。人と口を利くのも否《いや》になる。やがては返事をするのも否になる。笑ひ顔を出す種も無い。人が顎をはづしても此方は何《なん》でも無い。

傍《はた》から見れば、如何《いか》にも阿妲己は鬱《ふさ》いで居たのであツた。傍の一般の者は兎《と》もかくも、それと連れ添ふべき夫の涅槃次に取ツては、その鬱ぐのを見るのが如何にも心ぐるしい。涅槃次は殆ど命を賭《か》けるまでに阿妲己を妻《つま》にと望んだのであツた。で、妻にする丈の望みは叶《かな》ツた。望みは叶ツたところで、相手に妻だけの面白みは微塵《みぢん》も無い。

何を云ひかけて見ても、どうして見せて見ても阿妲己は鬱ぎ切ツて居る。めづらしさうに世間ばなしをしても挨拶は消えるやうである。阿妲己の心になか〳〵他の人と快くさはやかに興じ合ふ余裕が無いのであると涅槃次が察しやうも無い。それを一図に無垢の処女と買ひかぶる。その面白みの無いのもそれ故と買ひかぶる。買ひかぶる、すなはちそれ故相手がやがて人馴れるに至ツたらば、おのづから浮き〳〵もし、楽しげになるでもあらうと贔負目《ひいきめ》に見てしまふ、察してしまふ。結局は尽くすだけの手を尽くしてと計《ばか》り、只機嫌を取らうとのみ勉める事になる。さうされるだけ、阿妲己に取ツては鬱陶《うつたう》しく、煩らはしく、いやでいやで堪まらなくなる。初めは涅槃次のをり〳〵の挙動が否《いや》であツた。その否な挙動は阿妲己が相手をいとふ心の深まさりするだけ猶、猶、猶いやになツて来る。いよ〳〵高じて来ていよ〳〵涅槃次には察し切れぬ。いよ〳〵手を代へ、品を換へ、その手も品も尽くせる丈のかぎりを尽くす事となる。さう為《す》るだけ阿妲己はいとゞ夫をうとましく思ひなす。結局は時機さへ有れば衝突となるより外は無い。食膳に二人揃ツて列《つら》なツてもその心はすこしも一所でない。夜は夫婦ところを換へておの〳〵別の部屋に寝る。朝起きて顔を見合はせれば、阿妲己はまづ不快の色をのみ示す。いかに気を練《ね》らす心でも何《なん》でも涅槃次に於て終《つひ》には我慢のしきれるものでは無い。

花紅《はなくれなゐ》に柳緑《やなぎみどり》といふ一年のうちの最上の春の時候、さはやかに歌ふ鳥の声を聞くだけでも人の気の浮き立つものを、相変はらず阿妲己はみづから求めての獄裏《ごくり》の人であツた。食事が済むや否《いな》や、ほとんど身を翻《ひるが》へさぬばかりにして、わが居間へと退いてしまふ。涅槃次の不満は溜まり切ツた。

襖ざはりもや、荒く、つと涅槃次は阿妲己の居間へ入ツて来た。

「阿妲己、え、阿妲己」。

とばかりで、いくらか瀬踏《せぶ》み半分との見得《みえ》で、ちよツと一先《ひとまづ》言葉を切ツた。が、何《なん》の返事も無い。

でなくても業《ごふ》の煮え出して居たのが、急に一入さかんになツた。声からもう暴《あら》い。

「阿妲己、おい、阿妲己、これ、何《なん》でだまツて……」

云ひさまどさりと音をさせて、阿妲己の前、膝突き合はせる程の所へすわツて、一目《ひとめ》するどくきツと見た。

「返事しないのか、なぜ」。

声聞くだけでも阿妲己は殆ど身ぶるひである。何をどう憎いといふでも無し、何をどう疎ましいと云ふでも無いが、口を利くのも実はほと〳〵否《いや》であツた。

ぢろり只一目、それが鋭くきツと見られたのに対しての挨拶であツた。たゞぢろり只一目、相手の顔をさも冷やかに見たのみで。

涅槃次業はます〳〵いよ〳〵煮える。

「黙ツてるんだ、これ、なツぜ。人が入ツて来たのに挨拶も会釈もせず、それで口を利いても只だんまり、何《なん》の事《こツ》た、え、そりや。」

珍らしく烈しい云ひ方、それだけ情は迫ツたのである。しかし又云ツてしまツて、はツ、烈し過ぎたと心に思ふ、いくらか悔いる、直《すぐ》取りつくろふ気味になる。

「よ、阿妲己、なぜさ黙ツて。をかしいな。気分でもわるいのか」。

さりとは所謂「辞《じ》を卑《ひく》うする」であツた。さて答へぬ訳には行《い》かぬ。しかし、その答へは喧嘩《けんくわ》の花への添へ枝であツた。

「いゝぢやありませんか、何《なん》でも」。

言ひなぐツて、つんとして横を向いて、直《すぐ》にまた夫の顔を見返して、又更に横をと向いた。どう見ても憎々しい。

「無いかと、え、可《い》いぢやないかと、え」と、むしろ呆《あき》れた気味でもある。「いゝ？　いゝとは何《なん》のこツた、そりや。うんにや、さ、可《い》いぢやないかと云ツたツて、此方《こツち》は何《ど》うだと聞くんぢやないか」と、その目つきは早《はや》うらめしげであツた。

蹴《け》はらふとでも云ひさうな様子の尻目にかけて、阿妲己は早《はや》もうぢれ出し気味。

「いゝんですよツ。」

「可《い》い？」と、いよ〲呆れ〲気味で、「可《い》い？　可《い》いと云ツて仕舞へばそれツきりだ。人が折角深切に聞くものを、何《なん》、何《なん》のこツた、そりや。」

「…………」

「へえ、ま、やツぱり黙ツてる。おどろいたね。御前、なるほど然《さ》うだ、癇《かん》が起こツたね、癇が。」

「いゝんですよツ。」

「ほい、又か。おどろいたね。御前、なるほど…………」

「よして下さいツてば！」

「いえツ！」

蹴《け》なぐられて、只涅槃次は驚いた。何が無し只訳がわからぬ。業は煮え立つのみである。みづから水を差し、火を加減して、やう〲その煮え立ちを爆発し、蒸発する所まで至らせぬやうにした。

が、爆発の力はよし上から掩ひおさへられても傍《わき》から噴き出さずには居ぬ。ありの儘の火の姿で噴き出しはせず、或は湯気の形《かた》ちとなるかも知れぬ。とにかく爆烈するだけの力は隙《すき》をさがしても潜《もぐ》り出る。不快と怨恨との色は額に青筋となツてびり〲と現れた。

「よせ？　聞くのを廃《よ》せ？　何《なん》の口だ、そ、そりや。」

「…………」

「人が折角聞くのを、深切に…………何《なん》、何《なん》と思ツて突慳《つッけん》貪《どん》に…………むム、阿妲己ツ」と、その声は甲走《かんばし》ツた。

「知ら…………知りませんよツ。いゝんです、何《なん》でも。あたし、あたしや死……死にたいんです。さ、どうして死なうかと思ツ…………思ツてるんです。」

「死《し》ン？」

「い、やいツ、死ぬからツ！」と、睨《ね》めつけた。

睨めつけたその形相《ぎやうさう》！　いつの間に食ひ切ツたのか、

唇を。血は唇から珠をころがすやうに出《いで》て、だら〳〵顎へと伝はる、それを拭《ぬぐ》ふ体《てい》も無い。かてゝ加へて乱れかゝツた鬢《びん》のおくれ毛、紅梅の頬のあたりに烏蛇《からすへび》をのたくらせた、その蛇の末、尾ともいふべき端の方はぎう〳〵といふ音と共に露《む》き出した白歯《しらは》の間にくはへられた。

五体のすくむばかり得《え》も知られぬ魔気に打たれて、涅槃次は又只仰天した。「いゝやいツ、死ぬからツ！」、その声は耳へ深い刻印。声は消えても刻印の名残りの音は聞えぬ、只耳の底に凄《すさ》まじく鳴る。その鳴るのを只聞く、仰天に只つかまれる、身は立ちすくみに為《な》ツてしまツた。

立ちすくみ、それも暫時であツた。むら〳〵と涅槃次の胸にこみあげる、いよ〳〵といふ憤怒《ふんぬ》の念、無念の思ひ、身はさながら油鍋で炒《い》りつけられて、吾を忘れて手は震へ出した。刹那、その手は阿妲己の肩さきへ―あたる、衝《つ》く、衝きあたる。

阿妲己は仰反《のけぞ》ツた。

仰反る。毬《まり》のやうに飜転《ほんてん》する身体。宙を差す足！　ちらりと白い脛《はぎ》！　ぱツと紅《あか》い長襦袢《ながじゆばん》！　紅白の飛火《ひくわ》がひらめく早さ、また気味わるさ。時間は刹那、刹那は無想《むさう》、その刹那無想の間《あひだ》、たちまち突《つ》と阿妲己の身は起《た》ち上がる。同時にきやツと魂《たま》ぎる声。声もろとも身は飛電《ひでん》と飛んで隔ての障子へ当たる、たふす、踏みくだく、廊下へと出た。

涅槃次は追ひすがツた。袂《たもと》をおさへる。ふり払ふ。びりツといふ音もろとも、袂は千切《ちぎ》れて涅槃次の手へ。

袂が手に残ツたと涅槃次が心付いた頃は阿妲己の身は早《はや》廊下を出《で》はづれて、椽側《えんがは》から庭へと―庭へ、飛び石の上へと―飛び石の、その向かふには泉水《せんすゐ》もある、井戸も有る。

しツ！　井戸！　泉水！　涅槃次の目はまづ触れた井戸、泉水は早く涅槃次の心に、すはや自殺の場所との観念を叩《たゝ》き付けた。

阿妲己の身は飛ぶ。涅槃次のも亦《また》。追ひすがツた、稍《やゝ》。むんづりと帯際《おびぎは》を手で。及ばぬ。

ごぼ、どぼウんと井戸の水音！　同時、何とも知れぬ叫び声が涅槃次の口から。

涅槃次はほとんど井戸側《がは》へ飛び付いた。さしのぞく。すはや〳〵一大事！

落ちた人の影も無い。

動揺沸きかへる水の有りさま、水からして狂乱して居る。受け取ツてやツた、身を投げたから飲んでやツた、飲んでもう底へ沈めてやツたと、もし云ふものならば、云ふらしい。

涅槃次は吾を忘れてまた絶叫した。如何《いか》なる声を発したか、如何なる言葉を放ツたか、後々《のち〳〵》に至ツても思ひ出せなかツたが、とにかく声のかぎりに叫んだ。咄嗟《とつさ》、さ、どうしたらばとの念。その念は燃えるどころでない、燃えて破裂するばかりであツた。精神の命令を手も足も身体も一切忘れて、その刹那は別々にはたらいた。手は井戸がはへしがみ付く。しがみついて離す、またしがみ付く。足は井戸ばたで跳ねあがる。跳ねあがツては四道路《しどろ》に踏む。すべて、身体は有る、涅槃次といふ名のつく身体は有る。が、何の働きも為《な》し遂げぬ、その妙な身体が「何も為《な》し遂げぬ」といふ事を為《な》しとげるために乱れさわぎ狂ひはねる。つゞいて飛び込みかけもした。つツと手を出して引きとめる恐怖の魔神―に、又止められて、止められゝば、また身が在るにも在られず跳ね狂ふ、まるで鉤《はり》にかゝツた魚《うを》であツた。

　かくは記すが、その真の時間はほんの瞬時であツた。涅槃次の絶叫は跳ね飛ばすやうに家人《かじん》を蹶起《けつき》させて、蹶起させられた其家人は瞬時また井戸ばたへと駈《か》け付けた。

「若旦《わかだん》……何《なん》……何《ど》う」。

　此声か語かわからぬ波動が一斉に鳴り立ツた。涅槃次は口よりは手、手真似を只！

井戸を指す、突き刺すやうに！

覗《のぞ》く。

身体、やれ、足が逆さに二本。

「人だ！」「足だ！」「着物だ、若御新造《わかごしんぞ》の」。「若御新造の足だ！」「着物の足だ！」

見る間《ま》井戸ばたは沸き立ツた。身体を受けた時沸き立ツた井戸の水は沸き立ちを今は人に譲ツて、おのれはおもむろに静まらうと支度とり〴〵、やゝ柔かく波紋を寄せて居る。

　綱となる、くりおろすとなる、千差万別《しやばんべつ》のやかましい罵《のゝし》り声となる。とかくして阿妲己の身体は濡《ぬ》れ鼠《ねずみ》になツて引き上げられた。袂にたまり切ツた水がいつもの釣瓶《つるべ》とは違ツて妙なやはらかい中へ掬《すく》ひ取られたが、おや是は何の事だ直洩《すぐも》れるのかと云はぬばかりに早くもう引き上げられて水面を離れる時からどう〳〵と笊漏《ざるも》りにして、その漏れ残ツたのは井戸側《がは》までとう〳〵運び出されて、気の利かぬ様子で最早のろのろと流れ出した。

　阿妲己は全く気絶して居た。

＊　＊　＊　＊　＊

　その後《ご》十日間ばかりは阿妲己は全く蓐中《ぢよくちゆう》の人であツた。命づよかツたか、手当てが早かツたか、息を吹き返して、死ぬ事だけは免かれた。が、落ちた時につよく頭脳を打ツた、その振盪《しんたう》で精神はまるで異《い》なものになツた。

　何事も大抵わすれてしまツた。理非の分別もほとんど弁ぜぬやうに為《な》ツた。しかし運命は何《ど》うやら執念《しふね》くいぢらしく取り掛かるやうである。わすれて可《い》いことは却ツて忘れぬ。その忘れて可いことは一つとして精神を悩乱する物事で無いのは無い、それらをばきツかり記憶《きおく》に残してあツて、更に他の紛れるべき考への無いだけに、ひとり其忘れて宜《よ》かるべき物事をのみ繰り返し〳〵て思ひ、思ひ、思ひつゞけ、その極《きよく》は悩乱となる。身体を引き裂きもする。髪を掻《か》きむしりもする。声を放ツて笑ツて直《すぐ》とその下から泣く。どうしても狂人と見る外は無かツた。そも〳〵只の狂人か。

一刻も危険で目を放せぬと云ふので、附き添ひの女中も二人までにされた。が、いづれも尻込みして、強《し》ひてと云へば暇を取る。薄情か、それとも当然か、涅槃次は早《はや》ふり向いても見ぬ。看護する人と云ツては只その生家《さと》の母親、例の阿三途のみであツた。阿三途もはじめは呼ばれて、眉をひそめて否《いや》がツたが、是非来てくれと云はれては、何処までも揺頭《かぶり》をふりとほせず、しぶ〳〵ものでほんのやむを得ぬ義務だけに来た。

来て、傍《そば》について居るといふだけであツた。生《な》さぬ中は是ほど薄情になるものか。阿三途は狂人めいた阿妲己を今は死ねがしの目で睨《にら》めた。よしや阿妲己が死んだにもしろ、自分と涅槃次との間の関係は消滅するものでもなし、つまり娘を片付けたといふのを手蔓《てづる》に一生食はせて貰ツて貰へぬ事は無いと、只はや思ひなしてしまツた。阿三途に取ツては阿妲己はわが身の一生の食《く》ひ扶持《ぶち》を得るその材料に使ひなされたのであツた。その手蔓の付いた以上は既に阿妲己が居ぬとても差し支へ無く思はれるのである。慾を忘れて真の真随から阿妲己の身を思ふ心は微塵も無い、それだけ看護に力の入《い》らぬのも無論の事で、むしろ給料だけの慾で看護の任もあたツたものより猶ひやゝかな所が有ツた。病人は普通の病者とちがツて、神経のなやみが元での病人である。その気を引き立て、力を付けてやるのが何よりの看護でもあるのに、その方の注意は全《まる》で無かツた。有ツた、気が付いて居なくは無い。しかし、敢てつとめても、それこそ眠《ねぶ》る目も眠らずにとの真の誠心《まごゝろ》はすこしも無かツた。私慾のほかに何も無い。思へばさうされる阿妲己がもと〳〵私慾のほか、利己のほか、何も目に入れなかツた。私慾の高じた我意の結果、つひに精神の悩乱を起こして、何《なん》ぞ料《はか》らんまた私慾の怪物にさいなまれるのである。やむを得ぬと云はうか、是非に及ばぬと云はうか、たゞ〳〵天の好配剤と云はうか、説明の語も無ければ、弁護の辞もまた有るのでない。

「阿妲己、毎日々々どうしたんだ、ね。いけないぢや無いか、しツかりしないぢや。何《なに》が何《なん》で御前は鬱《ふさ》いでばツかり居るんだろ。つまらない事ばツかり云ツて居て、とう〳〵終尾《しまひ》に涅槃次さんに愛想《あいそ》でも尽かされたら何《ど》うする、え。大概《たいがい》に御為《おし》よ、人《ひと》、馬鹿に！」

　さりとては手あらい言葉である。病人も病人、脳病の患者に頭ごなしの理窟づめ、云はゞ火傷《やけど》を鑢《やすり》でこするのである。その理窟は正面から見たなら如何《いか》さま尤もでもあらう。尤もでもあらうが毒々しい。薬を薬のまゝ子にやらず、薬飴《くすりあめ》にして服《の》ませるが親、とりわけて母親の情《じやう》でもあらうものを。

　答へは無くて阿妲己は只々泣く。

涙は見ても同情は無い。むしろ其涙に対しては冷笑が出るくらゐである。

「えひゝ、また泣くか。よく降《ふ》りたがる空合《そらあ》ひだ。傘も腐ツちまふ。いゝね、いゝ加減が何《なん》でも。気が違ふよ、そんな事して居て。気ちがひを涅槃次さんは女房《にようぼ》にしちや居られないから、ね。」

　とばかり更に開きなほツた。

「どうしたら可《い》いツてへんだい、阿妲己。この五六日御前はよツぽど変だよ。気ちがひに為《な》りたいかえ。えゝ気ちがひに—気ちがひに為りたいか、よツ」。

　猶阿妲己は答へも無い。答へは無くて面《おもて》をもたげた。顔掩ツて居た袖をめくり取るやうに掻《か》い離して、その儘只ぢツとばかり阿三途の顔を見入《みい》り、見入ツた。

　涙一杯の目、見る〳〵その涙のあふれるのを扠拭はうとするのでも無い。その儘やはりぢツと見入ツてしばらくは目瞬《まばたき》もせぬ。おのづから逆立つ柳の眉。見る〳〵引きしまる花の唇。今紅《あか》かツたと思ツた顔色が忽ちの内に蒼くなる。眸子《ひとみ》もすはツた。

　何処とも無く身に迫るやうな一種の魔気。腥《なまぐさ》くなツたか、空気までも。

　思ひ出すとも無し思ひ出されたのは堕胎した時、その子を埋めやうとする前、阿妲己が見せた物狂《ものぐる》はしい様子であツた。それを思ひ出すとなる、阿三途は俄《にはか》に総毛《そうけ》立《だ》つ心もちがした。にはかに総毛立つとなる、阿三途は忽ちまたその時の阿妲己の物すごい目つきを思ひ出した。また総毛々立つ。身ぶるひした。

「おツかさん、どうしたら可《よ》からうか、ね、私《あたし》。あたし、どうしたら可《い》いだろか、ね、阿母さん。」

　やうやくにして漏れた阿妲己の此声に宛《さ》も引きずるとでも云ふやうな、さも力の無いやうな、聞いたばかりで身も魂も滅入《めい》ツてしまふやうな、まるで亡者《まうじや》の声である。

　阿三途は胸どきツとした。挨拶は出ぬ。

「ねえ、どうしやうか、ねえ、おツかさん。あの子が、あら……御覧よ、あすこを」。

　天井の方を指さした。

指さゝれても阿三途は見たくでも無い。が、我知らず又見もする。しかし、何《なん》の事も天井には無い。

「何さ。天井に何がさ。」

「居るぢやないか、見えないか、え。あの子が、あたしの御腹《おなか》から出たあの子があすこに彼様《あん》な顔して」。

「又《また》あ！」と叱《しか》り飛ばした。「御よしよ、始まツた、又。大好きだツちやない、気味のわるい事を。天井に子供が居てたまるもんか」。

「嘘《うそ》、居るぢやないか、あら」。

「御よしよ、くツだらない。」

「でも居るんだもの。」

「何処にさ」。

気味わるく為《さ》せられるとも知らず、打ち消し半分根問《ねど》ひした。

「そら、三《みい》、四《よう》、五《いつ》、ね、あツちから五枚目の天井の板の真中《まんなか》に」。

「真中に何が、さ」。

「おりたあの子が、さ。御覧なね、よく。木目《もくめ》のところにさ。そら、くるしさうに顔を蹙《しか》めてるだろ、目でこツちをも見てるだろ。」

是は為《し》たり、虚《うそ》でも無い。

なるほど五枚目の天井板の真中に如輪《じよりん》といふ程でもないが、とにかく入り乱れた木目が有る。その木目が、只見ては何《なん》のことも無い。が、それかと思ツてぢツと見込むと、如何《いか》にも物の形ちらしく見えて来る。物の形ちらしいと思ふ内に赤子の顔らしくなツて来る、いかさま堕《お》りた、阿妲己の子の顔らしく見えて来る。さうと思ふ内にその顔が動き出すやうに見えて来る。またさうと思ふ内に、目をいからして此方を睨《ね》めつけるやうになツて来る、あざ笑ふやうに見えて来る、食ひ付きさうになつて来る。

更にきツかりよく認められるのは何《なに》さま顔を蹙めてくるしがツて居るやうな様子である。阿三途は又も総毛立ツた。それでも猶見る。見るまゝに姿は動き出すやうにも見える。その目も光るやうに見える。その儘阿三途は口も利けぬ、最初の擬勢《ぎせい》にも似ず。

「ね、居るだらう、見えるだらう」。

無残や阿妲己は攻め押すやうにいとゞ引き入れられるやうな声がらで云ツた。その声も気味わるい。茫となツて目の眩《くら》む心もち、額口《ひたひぐち》から冷汗は早《はや》びツしより、阿三途はがた〳〵ぶるひした。

「つまらない事御云ひでないよ、また。何をいふかと思や聞きたくも無い、薄ツ気味《きび》のわるい……………」

「薄ツ気味《きび》が？」とまた目を据ゑた。「うはゝゝ、薄ツ気味《きび》がわるいと、さ、ま。いやアな阿母さんだよ、まツ。あんな可愛《かあい》らしいものを、さあ。あんな可愛らしいあの子、さ、私の子、ね、まだ生きて天井へのツかツて笑ツてるんだよ。あら、御出《おい》で〳〵をして居るよ」。

「これさ！」と手あらく阿妲己をこづいて、阿三途は息もせはしくなツた。「どツしたんだ、ね、阿妲己、馬鹿々しい。木目ぢやないか、ありや天井の。何をそんな寐惚《ねぼ》けたことを………そんな事云ツて気でもちがふと………」

「一口《ひとくち》まぜにおツかさんは気が違ふ〳〵ツて………それこそ、おツほん、どうしたんだねだ。わツは、ど、ど、どうの何《ど》うしたんだねだ。御覧な、可愛らしいぢやないか、天井で、あら、あんなに笑ツて、さ。笑ツて、かう笑ツて、さ。うひひゝゝ」。

笑ふその気味わるさ。阿三途ほと〳〵身がすくむ。言句《ごんく》今は迫ツた。

「笑ツて、さ、い、子だこと。笑ツて、さ、可愛い、ねえ。おや！　おウや、おや、おや。あら、ま、どうしたんだろ。あんな、あんな怖い顔になツたよ、あら。あら、いやな赤い舌を………あツ、舌をぺろりと………あ、否《いや》だ。否だ、あら、あら、抜け出して下りて来るよ、どうしやう、あら。いけない、来ちや、そんな顔して。そんな顔………いやだツてへば、あゝら、あら。嘗《な》め………舌で………否だ、あゝ、いやだツ。御免よ、さ、堪忍《かに》して御くれよ、よ、よ、堪忍して。いやだ、嘗めちや………ちツ、堪忍して！　仕方が無いから堕したんだよ、よ、よ、おろしたんだよ。堪忍………いやだツ、舌ツ！」

頚を伸ばし、頚を縮《ちぢ》め、さながら何ものにかそのあたりを舐《な》められるかの様子、右に左に身をもがいて、声のかぎりに呼び叫ぶ、泣きくるふ。

阿三途只おそろしさに只身は縮《すく》んでしまツた。

家庭夜話

五銭の麻

勤倹といふこと、口では成るほど何《なん》とでも云《い》へる。実行といふ事が全く容易でない。それにしても何より其本《そのもと》はと云へば只誰《たゞ》でもその人の精力只一つ、こゝでは家庭向《むき》のものとして其《その》一つを書いて見る。あらかじめ御断りして置くが、此《この》話したる、元々われ〳〵が作つたものでなく、事実は英国ワイト島にあつたものなので、今姑《しば》らく日本の事に改めて見た丈《だけ》なのである。

　御祖母《おばあ》さんの賀《が》の祝ひと云ふので、家中《うちぢう》は中々の騒ぎ、客が明日は大勢来ると云ふ、その支度《したく》に忙がしがツて居《を》る母親の処へ、嘘《うそ》も無く一円の金を紙に包んで差し出《いだ》したのは阿玉《おたま》といふ十二ばかりの娘であつた。『どうぞ是《これ》を御祖母さんへ上げて、是は私《あたし》が拵《こさ》へた御金《おかね》なの』と、寧《むし》ろ母親には藪《やぶ》から棒とも云ふべき娘の詞《ことば》に、さすが驚きもし、不審もする、『どうした御金なの』と先《まづ》尋ねた。

『あたしが独《ひとり》で拵へて、ひとりで溜《た》めたの』。『御前がひとりで溜めたンだつて、妙ね。さうかと云つて御小使《おこづかひ》は御前が毎日遣《つか》ひ残りをあたしへ預けて置《おい》た位だし、その御金が是と云ふ訳でも無さゝうだし、妙ね、本当に妙ね』。

『妙々つていやな阿母《おつか》さんね、私《あたし》だつて其気ンなつて溜めれば溜まるわ。溜めたのよ、本当に』。『どうして』。『五銭の麻から』。『え、何《なん》だつて』と母親はいよいよ不審顔になる。

『五銭の麻からよ。五銭まづ麻を買つて、その麻で釣りの糸を綯《な》つたの。その釣りの糸を釣り針屋へ持つて行つたところが十二銭に売れたの。ね、それから其十二銭で又麻を買つて、また綯つて、また釣り針屋へ持つて行つたらば三十銭になつてよ。それから又その卅《(さんじつ)》銭で麻を買つて、また綯つて、また釣り針屋へ持つて行つたらば、今度は七十銭になつたの』。

　はや既《すで》に驚き〳〵聞いて居た母親は茲《こゝ》に至つて、声放たずには居られなくなつた。

『ま、大層な事を工夫したのねえ。本《もと》が五銭で、十二銭、三十銭、七十銭、殖《ふゑ》れば猶殖《なほふ》ゑる、さうして又その上をかえ』。『さうなの。その次ぎとなつたら一円七十銭！』。『あらまア』。『その七十銭は是からの資本《もとで》に取つて置いて、その一円だけをお祖母さんのに』。『ま、それが是？』と、彼れ母親は今更《いまさら》の如く紙包を取り上げる、同時娘の顔を見る、同時その目は涙一杯。声放つて、『ちえツ、好《い》い子！』

当意即妙

何《なん》でも他人に向つては深切《しんせつ》を尽くさなければ為《な》らぬと云《い》つて居た人が有つた。それを生一本《きいつぽん》でさう云《いふ》ならば、如何《いか》にも宜《よ》かつたが、その人のは然《さ》うでなく、訳が分かつても分からなくても、先何《まつなん》でも早飲み込みに飲み込んで、そこで当意即妙の智慧《ちゑ》を出すのであるとの主張であつた。当意即妙、さ、それが実は当《あて》に為《な》らぬ。当意は当意でも、扨《さて》それが即妙であるかどうか夫《それ》だけはまだ何《なん》とも云へぬ。即妙、すなはち早速《さつそく》間に合つて、いかにも宜しかつたと云ふのならば宜しいが、その即妙が随分即不妙《そくふめう》で、案外まるで何《なん》の役に立たぬとも云へぬ。いや、立たなかつたのが其《その》実多かつたといふ噂《うはさ》である。が、当人は何《なん》とも思はぬ。偶《たま》には当意即妙が如何にもよく行はれる事がなるほど有る。燈油《ともしあぶら》をどうかして畳の上へ溢《こぼ》した時、先生すぐと当意即妙で、飲みかけて居たコツプの水を油の上へ颯《さつ》とこぼす。すると油は、いかにも、直《すぐ》に浮き上がつて、水と油との液体同士の軽業《かるわざ》が始まつて、油は水の上へと潜《もぐ》り出す、水は油を辷《すべ》らせ上げてわが上へ玉になつて浮かせる、つまり水と油と双方の手工合《てぐあひ》のキツカケが旨《うま》く合つて、そこで先生直《たゞ》ちに雑巾《ざふきん》か何かで水を油もろとも拭《ぬぐ》ひ取つてしまつたところで、何《なに》さま油は巧《たくみ》に拭取《ぬぐひと》られたのでもあつた。

此《この》やうな当意即妙ばかり絶えず出来るものならば、全くその先生は智者でもあらう、頓智家《（とんちか）》でもあらう。が、さうは行かぬのであつた。しかし、何事をでも先生は当意即妙で済まし込む。腹が減つて来た。当意即妙で膳立《ぜんだ》てとなる。眠《ねむ》たくなつて来た。当意即妙で臥床《ねどこ》となる。湯が沸いた。当意即妙で茶を入れる。当意即妙は段々出過ぎて、どうやら価値《ねうち》が段々下落するやうにさへ為《な》つて、或《あるひ》は又どうかすると、往来中《なか》で当意即妙見も知らぬ人に御早《おはや》うを云つたり、曲り角を自転車で急に曲りかけて、犬と知らずに何やら動物と思つて警戒の掛け声を出した事も有つた。

その人の本心には当意即妙をもつて智者の唯《ゐ》一の資格とした。すべてをその方から観察した。太閤秀吉《たいかふひでよし》もその呼吸の頓智で出世したもの、一休《きう》和尚《をせう》もその伝で名僧となつたものと斯《か》う只《たゞ》考へた。それ故《ゆゑ》、その人から云はせれば、早速《さ》をうまく云ふとか、跋《ばつ》をよく合はせるとか云ふ事は何《なん》でも宜しいといふのであつた。機転も斯うなつて害が決して無いものか知《し》ら。いや、そこで面白い事が有つた。

（つゞき）

ところで其人当意即妙を土台の主義として他人には深切を尽くさうとの心がけであつた。ある日鉄道馬車へ乗る、すると自分の隣席には四十恰好《がつかう》と見られる婦人が居た。その婦人が、而《しか》も些《すこ》しばかり身を片寄せて、無言ではあるが席を開いて、『こゝへ御掛けなさい』との意味を仄《ほの》めかした所で、その男云ふ迄《まで》も無く忝《かたじけな》く感じた。忝く感ずると共に相替はらずの深切主義が出ずには済まされぬ。見ると其婦人は額《ひたへ》に八の字、その顔も蒼《あを》ざめて居る塩梅《あんばい》、何《なん》でも病身らしい処で、或ひはそれ医者通ひでゞもあるかと、それが当意即妙か、只思つた。当意即妙、それ故、前にも云つた通り、跋を合はせるとでも云ふ事を、例の病で為《せ》ずには居られなかつた。

『御病気ですか、何か。御気分でもおわるいので』と透《す》かさず最《も》う切り込んだ。

此問ひは云ふ迄も無く婦人、殊に初対面の婦人抔《など》に対しての問ひとすれば、最早拙《もはやせつ》きはまるものであつた。気分が悪いかと問はれたとすると、それを婦人の身になつて考へるとすれば、何《いづ》れ一日でも見える外見に（即ち到底《たうてい》は容貌《かほつき》に）気分が悪いとの趣きがさもあり〳〵現れて居たのであらうと自《みづ》から思ひ当たられもすると共に、己れの顔附きの上に附いて、そのやうな鑑定をされる迄扨は蒼しよぼれてゞも居るのかと直《すぐ》また思ひもする。何《いづ》れ好《い》い心持ちは為《せ》ぬのであつた。

で、生返事をする。一方は猶《なほ》切り込む。

『御病気ですか、御困りですな。流行《はや》りますな、大分この頃病気が。病気では誰も、その、全く、実に困りますからな』。

と、迄、引つ張り〳〵云はゞ、頗《すこぶ》る継ぐ語に窮《きう》しもしながら、『困ります、全く。時候が悪いと何《ど》うしても、な。長引かせた日には何《ど》うせ碌《ろく》な事は……』

口を端無《はしな》く些し辷つて、咄嗟《とつさ》、押へて、『いや、其《その》あれです、治りさへすれば、何、困りやしませんが、治らないと、その何《ど》うも困りますのでな。そりや勿論《もちろん》云ふ迄も無いですが、え、斯うと、御病気は一体何《なん》で』。

婦人は何《なん》とか答へたが、車の響きで其実よくは聞き取れぬのでもあつたものを、又早呑込《はやのみこ》みに呑み込んで、

『ですな、なる程、御困りですな』。

婦人、これ亦中々《またなか〳〵》者《もの》であつた。手厳しく口が悪い。

『麁忽家《そゝつかしや》の早呑み込みは胸さきが込み上ぐるやうでしてね、人込みの処などには随分……』。

『なる程如何にも』と忝く受け取つて、

『咽喉《のど》へ刺《とげ》でも御立てなすつたので』。

『はア、世辞《せじ》を生嚙《なまが》みにしましたので』。

『セジを、御好きなんですか、なるほど。御尤《ごもつと》も、セジは生嚙みですと、得てよく咽喉に刺が……』。

『それから』と婦人は微笑した。『その上、歯にも障《さは》りますわ』。

『さやう〳〵、刺ですからよく歯の間へ挟《はさ》……』

『いゝえ、歯が浮きますの！』。

嗚呼《あゝ》彼は是でもまだ感ぜぬのであつた。が、誰にでも聞きたいのは此類《るゐ》の人が世に多いか少ないかと云ふ一点、一日の世を見わたせば一人や二人此類の人は見る。

居ねむり

午後八時となる。太一《たいち》は最《も》う来る時刻と自分はいつもの事とて心待ちに待つ間《ま》も無く足音がする、同時彼は自分の書斎へ入つて来て、机の前で一礼する。が、一目《いちもく》しても知れるのは何《ど》やら非常に疲れたらしい趣きが何《なん》と無くその様子に現れて居た事であつた。

太一は自分の近所の某工場《ぼうこうば》の職工で、一日の苦役の後《のち》、その篤志から若いに似合はず一生懸命に英書を自分に習ひに来るのである。其《その》篤志を愛する、と云《い》ふよりは寧《むし》ろ自分は敬した。学資を親から受けて居てさへ堕落したがる世の多くの中《うち》、さりとは殊勝なと思ふにつけて、いくらか此《この》人に人並だけの目を開けてやる事をもし得るものならば、多少自分が覚えて居《を》る丈《だけ》を然《しか》るべく人に分配して、それだけの功徳を世に施すものと実は思ふ。月謝目的でない故《ゆゑ》、篤志の其人を一人《ひとり》と限る。彼も感激したらしく、よく欠かさず通つて来るのであつた。

此夜《よ》さうして机に向かつた。自分は講義に取り掛かつた。それが稍《やゝ》二十分間ほど、是《これ》はいかに太一は居睡《ゐねむ》りしはじめた。

叱《しか》つたならば恥かしがるであらうと思ふ故、叱りもならぬ。わざと講義の声に力を入れて見る。彼はハツとしたらしく屹《きつ》となる。やゝ姑《しば》らく又眠る。さりとて此方《こちら》に於《おい》て立腹して、講義を中止するであらうか。それは只何《たゞなん》と無く忍びぬ。煙管《きせる》の音を灰吹《はいふ》きに響かせて見る。又きツと為《な》る。又眠り出す。嗚呼《あゝ》大切な一日一時一刻の時間、それを彼は斯《か》うして仇《あだ》にするか。自分の講義が空《くう》に只聞こえて只空に消えてしまふのは先可《まづよ》しとして、大切な時間、青年の貴重の一時一刻を師の面前の坐睡《ゐねむり》に消して、彼太一は夫《それ》だけの自ら招いた損害の賠償を扨《さて》誰に求めるであらうか。

と思ふと全く不愍《ふびん》になつて来た。

彼は本心講義を聴きながら居睡りする事の、相手方たる師その者の心に不快を与へるものと決して知らなくは無いのである。はツとなり、きツと為《な》る都度《つど》、その居睡りを暁《さと》られはせぬかと、又その時は電火も及ばぬ速度の閃《ひらめ》きをその目から此方へ放つ、それ丈で只考へたのみでも其心の決して其居ねむりを可《よ》いと思つて居ぬのも知れる。さらば彼には邪心は無い。それ責める、乃至《ないし》此方がそれを不快として、彼にいくらかの憎《にく》みの目を注ぐ抔《など》と云ふ事を、若《も》し自分が為《す》るものならば、全くそれは自分が悪い。よし怒るまい。よし憎むまい。勿論《もちろん》、また疎むまい。

とばかり又講義を継続する。

いぢらしや彼に掩《おほ》ひかゝる睡魔はいよいよ力を逞《たく》ましくする。

彼太一の居睡りはます〱甚しくなつた、睡魔の妖力《えうりよく》が凄《すさ》まじくなると共に目はやうやく閉ぢ、やゝ開き、又閉じ掛け、また閉ぢ行くと云ふやうに為《な》つた、嗚呼、自分の此講義は只空になるために自分の此口から今斯う出る、出る、出る丈なのである。思へば馬鹿げて居る。いはんや彼その本人には已れが何を聞いて居るものやら夫全く分かりも為《す》まい。いつそ講義を中止とするか。中止として、早く家へ帰つて快く寝《しん》に就けと、斯う云ひ附けやうかとも思ふ。

と思ふ、只それ丈であつた。さて思つたとほりを直《たゞ》ちに実行してこの旨彼に命令すると云ふ事は又自分に取つて敢てするに忍びぬのであつた。講義中止と聞かせる時、いかほど彼が恥ぢるであらうか気の毒の念を如何《いか》ほど催すであらうか。小児《せうに》ならば兎《と》も角《かく》も、人並み廿歳《はたち》以上の大人たる彼をして、只の咄嗟《とつさ》にさういふ激烈なる感動を只の此方の感情一つから与へると云ふ事、扨いぢらしくなからうか、抔とのみ思はれる。いぢらしいと思ふのは或《ある》ひは宋襄《そうぢやう》の仁でもあらう。よし、それにしろ。そのための自分の未練、なほいくらか彼に恥かしく思はせぬやうにする丈するとの未練の念は迚《とて》も押へることのならぬものであつた。

　おもむろに漸《やうや》く尋ねた。

「大分睡さうですね。労働で疲れるでしやう、嘸《さぞ》。どうです、是丈にしましやう。」

　問ふでも無く、断言するでも無く云つた。彼は扱しかしどうした事か無言で只うつむいた。

　果たして偖《さて》は恥ぢたのでもあらうか。しばらくは此方も無言。

　稍あツて彼のまづ切り出した言葉は「済みません、御免下さい」の一句で、更《さら》にそれから続かせた言葉の趣きを味《あぢは》へば、同情の感に堪へられぬものであつた。

「教へていたゞきに上がつて、全く済みません、決してこんな居ねむり抔をする気は—只、つひ此身体《からだ》が其、どうも何《なん》なので、それでつひ……」

　とばかりで低頭さへするのである。

　様子有りげな挨拶には立ち入つて聞きたくも為《な》るのである。

「どうかしたのですか、身体が。」

「別にどうも為《し》たンではありませんが、つひ其、些《すこ》し……」

とばかりで云ひ淀《よど》む。

「身体が悪いのなら無論早くやめなければ、とにかく今夜は此儘《まゝ》で止《よ》すとして、ね、さうしたら可《い》いでしやう。」

　太一は点頭《うなづ》いた。が、敢ておい夫と云ひ得ぬらしいのであつた。

「当り前ならば斯う疲れると云ふ事は有りませんのです。毎日平均の労働をさへして居るものならば何もそんなに、けれど、どうも今日は又まつたくの所意外に身体をはたらかせたものでして、それでつひ存じながら此通りに。それもです、殆《ほと》んど日課外の仕事のためなのです。」

「日課外の仕事とは？」

「明日の準備、あした石山伯《いしやまはく》が巡検に御出《い》でになると云ふので、その準備をするためにです。」


「石山伯が巡検に来ると云つたからとて何もさう大した準備をする必要も無いのでしやう。あなた方は労働者と云つたところが工場に取つては大切な職工、その職工が日課外の事をさせられたと云ふのは一寸《ちよつと》分かりませんな。日課外の事と云ふのは抑《そもそ》もまた何《なん》なのです。そして日課外の事ならば日課外の事として、それ丈働いた丈を出してゞもくれるのですか。」

「どう致して」と太一は屹となつた、又冷笑をさへ浮かめた。「大掃除を突然為《さ》せられたのです。石山伯が巡検に御出でゆゑ、汚なくつては万事いけない故、銘々《めい〱》居残りして大掃除をし、取片《とりかた》〔付《づ》〕けをしろとの命令なのです。」

「そんなに汚なく、見苦しいのですか。」

「塵《ごみ》だらけは塵だらけです。不断掃除をさへすればさうでも無いのですが、係り員がいつでも早く帰りたがるので、不断は掃除などにさう手を出しませんのです。ですから、臨場されるとなると大きに慌てる、それは火の附くやうになるのです。」

その一言《ごん》でも分かるのは係り員その者共の平素からの横着の程度であつた。

「巡検される故大掃除して、そして奇麗《きれい》にして見せると云ふ必要が有るのでしやうか」と太一は自分に向かつて、殆ど詰《なじ》るかの語気に為《な》つた。「巡検されるゆゑ、奇麗にして見せなければ為《な》らないと云ふのならば平生は手も無く怠慢であつたと云ふ訳になるのでしやう。平生は汽笛を待ちこがれて帰ることにのみ急《せ》く、いざと為《な》ると、一度に職工を牛馬のやうに使つて、それも務めの一つだと斯う只権柄《けんぺい》づくなのです。」

とばかりで、嗚呼、彼は涙ぐんだのであつた。

「それに附けても学問ですね。いけませんね、学問が無くては一生是ですね。親が有つたら誰だつて、さう只無法に使はれるやうに為《な》らせられやしませんやねえ、洋服を着て居《を》る役員だとて、幾《いく》らか只私共《わたしくども》より学問が出来ると云ふ丈なので、それでうまく攀着《つき》きさへすれば足本《あしもと》から鳥の立つ、さういふ無理をば、手も無くわれ〱職工の方へ被《かぶ》せて仕舞《しま》へるのです。学問ですね、実に学問、けれども只さう愚痴《ぐち》ばかり溢《こぼ》して居もせぬ親や、よその者を羨《うらや》むといふのは卑怯《ひきやう》ですし、と、思つて勉強もする気に為《な》りながら、又、さうして思ひの外身体を使はせられたとなると、つひ疲れと云ふものが意気地《いくぢ》無くも出ると見えます。」

とばかりで、彼は低首《うなだ》れた。

嗚呼、彼は粒々《りう〱》の汗を一日流して、休む暇《ひま》を勉強に費さうとして、その哀れむべき必死の余力といふものをば、怠慢で且《かつ》放任また何《なん》の同情も無い役員の頤使《いし》の下《もと》に早く既《すで》に喰《くら》ひ尽くされてしまつた、そしていざと云ふ時に空しく煩《はん》悶《もん》させられるのみなのである。役員の一連は殆ど其《それ》を何《なん》とも見ぬ。職工は貧、それ故銭のためにも稼ぐ、その銭はその一生の発達を早くその犠牲に食つてしまふ、その実は敵《かたき》なのである。

（完）

一刹那

一

長火鉢を中にして差し向ひになつて居る夫婦、二人とも苦労有り〳〵とした顔つきで、夫剛造《がうざう》は火鉢の前といふのに火にあたりもせず、がつしりと深く腕を組んで眉を寄せ、妻の阿勝《おかつ》も火にあたらず、是《これ》は懐《ふところ》手《で》で、顎《あご》を襟《えり》へ埋《うづ》めて居た。

『どうも困つたな、あれの病気には、無論気欝《きうつ》には違ひないが、何を云《い》つてもしつかりした返事を為《し》ずさ、只《たゞ》ふさぎ切つて如彼《あゝ》痩《や》せてばかりしまふ。年頃が年頃だから、何か男についてのわづらひとでも云ふのかとも思ふが、それとても確《たしか》では無しさ、本当に困つてしまふ。』

　剛造は斯《か》う云ひ切つて一まづ黙つた。やゝ姑《しば》らくは阿勝の方から何《なん》の挨拶《あいさつ》も無い。胸中にわだかまる、容易ならぬ物思ひが否応の返事を出させるどころか、いつそ立て切つて居るのでもあらう、その下を向いての眉の顰《ひそ》みも大抵は夫に譲らぬ。

『ね、阿勝、どうしやうかね。どうしやうかねと云つた所が何《ど》うと云ふ思案も無いが、それかと云つて何《なん》だか一日ましに痩せおとろへるやうなのを見ては親の身として気が気でないさ。さうだろ。』

『さうですとも』

『で、どうしやう。』

『さあ。』

と、云つたばかり眉の顰みは一層甚しくなつた。只無言。夫もどうか斯うか同じく釣り込まれて無言になつた。

　隔ての襖《ふすま》がするりと開いて、顔さし出したのは中働《なかばた》らきの阿寸義《おすぎ》であつた。

『御免くださいまし。あの、是非申し上げたい事がございますので、つか〳〵上がりました。宜しうございましやうか、入りましても。』

　小声で云ふ。その云ふにも何処《どこ》へか気を兼ねる様子で後《うしろ》など振り向いた。

『用？　何』と、振りかへつて、『かまはない、さ。用なら入つて云ふさ』と剛造が、
　すべり込んで末座《まつざ》にひかへて、些《すこ》し前こゞみになつて片手をつかへた。

『早速でございますが、あの阿娘《おぢやう》さまでございますね、阿《お》嬢《ぢやう》さまの御病気の訳がどうやら分かりましたやうでござい

ますの。』

『わかつた？』と剛造は目を見張つた。

『どうやら分かりましたやうで御座いますが、ね………御免くださいまし』と、又更《さら》に辷《すべ》り出た。『有り体《てい》に申し上げますが、やつぱり其何《そのなん》でございますよ、その、あの、思つてる方が御有りなのでして……』

『ふむ。やつぱりか。』

『まづたしかに左様《さやう》でございますよ。ところが、その相手の方が相手の方でございますからね、どうも其《その》、御はなし申すのも御咄《はな》しにくいやうで………』

『相手が相手？　ふむ、わるい奴で〻も………』

『さあ、わるいか悪くないか私《わたくし》は存じませんが、あの歌形《うたかた》さんの御子息《おむすこ》さんで……』

『歌形の？　歌形円《うたかたまどか》か。えツ、歌形？』

た〻みかけて剛造はほとんど叫ぶばかりに云つた。驚いた体《てい》はたしかである。阿勝は？　これも烟草《たばこ》詰めさうにした手を休めた。

『嬢が、あの歌形をか、円をか。えツ、歌形をツ？』と、又も〱繰り返して、

『こまツたね、そりや』と、眉は、眉は……眉はいよ〱顰んだ。『おどろいたね、飛んでもないものに思ひを掛けたもんだね、人も有らうに選《よ》りに選《よ》つてさ、歌形なんぞに。』

さうであらう、さうであると返事をせぬかと、宛《さな》がら促がすかの如く剛造は阿勝をきつと見た。

『本当《ほんと》か知《し》ら』と、阿勝も応じた。『本当《ほんたう》なら、大変ですわねえ、まあ、外のものぢや無い、歌形ですからねえ、本当《ほんたう》でしやうか。え、ね、寸義や、お前どツから聞いたんだね、しつかり、とつくり、はつきり、すつかり………』

自然に出た面白い語のまはし方、あたり前なら誰でも一寸《ちよつと》吹き出す。が、今は誰一人なか〱そんな気楽なものは無かつた。

『裏から表から』と、阿寸義が開き直つた。『いろ〱にして御口裏《おくちうら》を引いた揚《あ》げ句、とう〱あの方ならと御嬢さまがたしかに仰《おつしや》つたのでございます。それから其御口に乗るやうにし、御味方になつたやうにして、歌形さんを褒《ほ》めて見たり何かしましたが、どうしても然《さ》うなのでございます。私も存じてをります通り、こちらさまと歌形さんとはあの通りの御不和《ごふわ》に為《な》つてしまつた今日此頃《このごろ》、いくら御嬢さまが歌形さまを御思ひ遊ばしたところが、どうなるものでも無し、誰に其事を打ち明ける事もならず、それ是で御病気にも御為《な》りになつたので御座《ござ》いましやうよ。御医者さまの仰やるとほり、只気欝とかで、その外別に御病気は御有りなので無いので御座いますから、全くその御物思ひ一

つが今のあの御様子の元なのでございますよ。困りましたねえ。』

いかにも困つた。剛造も阿勝も一時《じ》は言句《ごんく》も出なくなつた。原因はともかくも、意見が違ひ、利害が衝突して、彼円の父角之助《かくのすけ》と一時は双方つかみ合ひをせぬ計《ばか》りの喧嘩《けんくわ》となり、傍《そば》に居た人に中裁《ちうさい》されて、やうやう怪我《けが》をもさせなかつた位の是までの成り行きであつた。さいはひに剛造この身が社長に気に入られてあつただけ、角之助を悪し様《あざま》に社長に焚《た》き付けた、その鼓吹《こすい》が終《つひ》に功を奏して、見事角之助を会社から放逐させるに至つた、この恨みを彼方《かなた》に於《おい》て忘れるものでなければ、又その心わるさを此方《こなた》に於て忘れるものでも無い。喧嘩では此方《こちら》が勝利であつた。が、勝利が決して前日の悪感情を打ち消すものでない。もはや二人の間がらは呉越《ごえつ》である。往来で行きあつた処が、埃《ほこり》の蹴《け》立《た》てやう一つで又も争論になりかねぬ。それであるのに、その息子に心を寄せるとは何《なん》の事か。

夫婦その口には出さなかつたが。同時にこの同一の考へである。困る、如何《いか》にも困る。外《ほ》かの相手ならば兎《と》も角《かく》も、今は仇《あだ》とも敵《かたき》とも云ふべき間がらの者に対して、如何に何とて此方《こちら》から言葉を切つて、御子息《ごしそく》さんと娘と夫婦にさせて下さいと云へるものか、云へぬものか、実に意地でも、人間なみの見識でも。

『困つたね、驚いたね』と、剛造は繰り返した。『また、しかし、嬢も嬢だ、家《うち》とあいつと如何《いか》やうな関係であるか知らなくも無くつて、それで好んであんな円なんぞをと望むとは、駄目だ、そりや。』

断乎《だんこ》と云ひ放つた。阿勝は何《なん》と思つたか、返事もせぬ。一座寂《せき》とした。

『阿勝、さうぢやないか、えツ、阿勝、外のものなら格別、選《え》りに選《え》つて敵同士と縁組みするなんて迚《とて》も承知は出来ないぢやないか。』

『さあ、困りましたねえ。』

『困つた、実に。ちツ、仕方の無い嬢だなツ、親の心を子知らずで、あんまり勝手過ぎる、それぢや親を親とも思はないんだ。我儘《わがまゝ》も大概《たいがい》に………人《ひと》ツ、親が手を突いてあんな奴にあやまらなけりや為《な》らないやうにと仕向けるやうなもんだ。馬鹿々々しい。よし、私《わたし》や嬢に云ひ聞かせる。』

その相好《さうがう》はすこし変はつた。

『ま、しかし、あなた』と阿勝が。『そりや御尤《もつと》もですがね、只一概に頭からさうぴし〳〵と彼《あれ》にも真逆《まさか》。と云ふのが病気が病気………』

『さ、それだてよ』と、溜《た》め息になる。

『一人娘の事ですしね、いやだ、いけないわとばツかりで闇雲《やみくも》と気落ちをさせて、万一《もしも》の事でも有《あつ》たら大変ですしね。』

『さ、それだてよ。』

『それには不断《ふだん》から女に似合はず勝ち気の子ですからねえ。』

『説得しても聞くまいか。』

『さ、寸義どうだらう。』

口は暴《あら》いが二人とも見る〳〵当惑の色を浮かべた。何が無し只、只、只一人子といふ一条が直《すぐ》心に附きまつはツて、只、只心弱くもなるのであつた。

寸義も実は返事に困つた。先方の喜ぶ返事ならば、為《し》ばえも有る。が、さうでない。それだけ返事するのも強面《つら》い。

『ね、寸義、嬢の事はよく知つてるお前だ、お前は、さ、何《なん》と思ふ』と、剛造が早《はや》うながす。

『あたくしが申し上げるまでも無く、旦那《だんな》さまや奥さまが御承知の事と思ひますが………』

『さうでないよ、お前は第一嬢の気に入りでもあるだらう。私たちには打ち明けない事でも嬢は御前になら打ち明けるよ、お前の思ふ所だけを包まず云つてくれたがいゝ。』

猶《なほ》しばらくは、困つたといふ顔つきで寸義は主人夫婦を只等分に見くらべて居た。

又も〳〵促がされて、いつまで黙つてのみも居《を》られぬ。

『それぢや申し上げますが、是はあたくし一人の心で斯うかと思ふ処を申し上げる丈《だけ》なんでございますよ。まづどうも、あの何《なん》でございますね、阿嬢さまは迚もちつとや其辺《そこら》の御説得ぐらゐで円さんの事を御思ひ切りになるとは、さ、私《わたくし》には思はれませんので。』

『ふウむ』と剛造いかにも不快な顔。

阿勝は？　黙つて、おなじく不快な様子。

『真底《しんそこ》あの方の事を御思ひなんでございますから、どうも。いやな事を申し上げたくは御座いませんが、あんまり御無理に御責め遊ばして、却《かへ》つて飛んでも無い事にでも為《な》つては大変と存じます。』

『さう為《な》りさうかな』と、剛造は涙ぐんだ。

切なさゝうな其胸中はその涙でも察せられて、寸義も堪へられぬほど強面い。

夫婦しばらく只顔を見合はせて居た。

『困つた事に為《な》つたなあ、どうしたら可《よ》からうかな。駄目かな、説得しても。寸義の云ふ事だから嘘《うそ》でもあるまいしと、えゝと、こりや実に当惑したな。阿勝どうしやう。』

『困りましたね』とばかり又太息《といき》で、『駄目でしやうかね、説得しても。どうにか好《い》い塩梅《あんばい》に……　駄目でしやうかね。』

『さあ、駄目かも知れないよ、病気にまでなる程だものを』

と、また是も大息《たいそく》した。が、急にきつと成つた。

『うん、寸義、よし、もう可《い》い、御前は下がつても、大抵は分かつたから……分かつた、よし。』

大抵は分かつた、よく分かつたと其言葉さへ早乱《はや》れて居る。寸義も心の中《うち》では可笑《をか》しい。

寸義は引きさがる。剛造は声をひそめた。

『阿勝、やむを得ないなあ。もう斯うなつちや金より外どうも為《な》るまい。御前も知つてるとほり、さ、これつきりの咄しのあれだろ、一件だろ、会社の帳尻《ちやうじり》を胡麻化《ごまくわ》して五千といふ金を円の親父に負担させて、つまり会社に損害賠償をさせたろ。その金の祟《たゝ》りが今来てるのだ。むかうでは乃公《おれ》の所為《せゐ》だとも知るまいが、そりや気の付くやうに乃公は為《し》て置かないが、しかしそれが祟りを為《な》して居るのかも知れない。幾度《いくたび》も云ふやうだが、人も有らうに選《え》りに選《え》つて、その当の相手の子を命にかけてもと嬢が騒ぐと云ふのも余《よ》つぽど不思議だ。つく〴〵さう思ひ出したな。今乃公は。これも一種の後悔だな。』

『一種の』とは未練らしい、まだやゝ卑怯《ひけふ》な評言ではあるが、とにかく剛造は思ひ当たる処にひツたと思ひあたつたのであつた。何《なに》さまそれで円の父も会社を退けられたのでもあらう、その因《いん》が腐れ縁の果《くわ》となり、病みわづらうまでの妄執となつて、糸が只もつれ絡《から》んでしまつたのでもあらう。

阿勝もなるほどゝ思ひ当つたらしい。

『ですが、そりや当人がぼんやりして居たからで…… 尤も、まあ、その金は此方《こつち》の物になつて、それから段々こつちの懐中《ふところ》も肥《こ》えて来たんですからねえ。』

『ねえ、さうだろ。すると、さ、どうしたもんだろ。今、円の家《うち》は貧乏でよわり切つてるだろ。こゝで五千といふ、纏《まとま》つた大金を出さないでも、千かそこら耳を揃《そろ》へて何も云はず列《なら》べてやれば、うんと夫《それ》が胸にしみるだろ。誰だつて脊《せ》に腹は代へられないや。殊には先も敵《かたき》と思ひ切つて居る此乃公からその金が出たとなると、さ、その感じ方は一通りでないからな。さうだろ。さすれば一も二も無しだ、喜んで円を婿によこすだろ。人情だもの、そりや是非さう為《な》るさ。さうすりや此処《こゝ》で千かそこらの金で此家《うち》の土台もぎつちり固くなるんだろ、打つちやつて置きや嬢が腐れ縁にくされ込まれて、それこそ死ぬか知れやしない。嬢に死なれた日にや実《み》も蓋《ふた》も有つたものぢやない。さうだろ。すりや千円で、やすいもんだ。折角《せつかく》是まで肥《ふと》つた此身代《しんだい》を、むざ〳〵一人つ子までも無くなして、無茶苦茶にするでもない。此所《こゝ》ん所は盲慾《めくらよく》にはまらず、まアさ、千円で円を買ふんだな。買ひ取るんだな。あきらめが悪けりや、嬢の病気の薬礼《やくれい》と思や可《い》いや。ね、な、それが夫こそは安全の策だぜ。ね、千円の金が出せない身分ぢや無しさ、此間《こなひだ》差しおさへで儲《まう》けた奴をそつくり其儘無いものにする気なら夫で可《い》いんだ。だろ、さ、乃公はさう決した。嬢だからつて気に入つた亭主が持てる。また円は喧嘩した奴の子ではあるが大人しくつて見処《みどこ》の有る男だ、嬢の婿に実は、そりや悪くは無い。ましてあのとほり技術に掛けては中々の評判者《もの》だからな。さ、おれは然《さ》う決した。』

　尤もでないやうなのが、扨《さて》尤もなやうな、妙な議論が滔々《とう〳〵》と述べられる。阿勝もしんみりと聞く。

二

『あ、、雁吉《がんきち》寒いのに御苦労御苦労。しかし、思つたより大層《たいそう》早く帰れたね。』

　南部銅の火鉢を押しやりながら斯う云つたのは剛造で、それに対座した、雁吉といふのは五十恰好《かつかう》のでつぷりした男であつた。

『いかい手間取れましてございます。そんなに長く掛かるつもりでもございませんでしたが。』

『それでと、どうだつたね、先方の様子は。』

『はい。』

　男は直《すぐ》とは答へぬ。慌てたやうに巻き烟草を吸ひ付けて、烟《けぶり》のしみる目をしばた丶いた。

『どうも御咄しにも為《な》りません』と、その声からが先《まづ》弱つて居る。

『咄しに為《な》らない？　はアて、何《なん》、何《なん》と云ふのかな、先方では。案外な事でも云ふのか。』

『さやうでございます、只頑固一方、驚きました、実に。御つかひを承つた甲斐《かひ》が無いやうでございますが、私《わし》の手際には中々どうも……』

　剛造はや気色ばんだ。

『手際に行かないツ？　聞かないツ、云ふ事を？』

『さやうで。まるで頭から跳《は》ね附ける次第で。ともかくも御咄し申します。私《わたし》が参つて、主人《あるじ》に面会し、旦那さまの仰やりつけのとほり、第一、円さんを婿にいたゞきたいと云ふ事、第二、ついては失礼ながら、もし御手許《てもと》の御都合も有る事ならば、御相談次第如何やうにもする、と、此二点に分けて十分やは〳〵行《や》つて見ました。が、返事を致さないのですな。』

『むかうが？』

『です。是は不承知と先《まづ》早く察しました故、更に他《た》の方面から事情を述べました。御嬢さまが円さんと一所《いつしよ》にならなければ命までも抛《なげう》たれかねないとの趣きをも述べ、人助けの功徳とも思召《おぼしめ》し此縁談を聞き入れていたゞきたいと付け加へました、猶すこしは立ち入つても云ひました。今まで剛造さんの方と如何やうな御関係であるかよく私《わたくし》は存じませんが、とにかく剛造さんからも宜しく御願ひ申す次第、今までの事は今までの事として、どうか今後は奇麗に、美くしく御交際を御願ひ申したい、と、まづ此《か》やうに云ひましたのです。』

『なるほど。さうすると？』

『や、姑く黙つて居ました、やつぱり。で、終《おしまひ》に何を云ふかと思へば斯うです、さ、旦那さま、十分御心を御さだめのうへ御聞き取りを願ひます。斯うです、『もう云つて下さるな、剛造さんと私《わたくし》とは敵《かたき》同士です。只此一言《ごん》で縁談を私が承知するかせぬか、わかるでしやう。猶深く云ふは面倒です。とつと、御かへり下さい、』それツきりです。驚きましたな、私《わたくし》も実に。頑固一徹とは聞きましたが、よもやあれ程とも。で、押しかへしましたさ。御嬢さまが御可愛《おかあい》さうであると云ふ事を御察し下さらんかと云ふ所まで、それこそ口も酸《す》くしてゞす。でも、駄目です。まるで駄目なんです。』

や、あらい襖の音がして、つか〳〵と入つて来たのは阿勝であつた。すわるや否や、息を切つて、

『ちよいと、今聞いたがね、何《なん》だつて、あの、円の親父が、角之助が縁談を不承知だつて？　不承知？　どう不承知、え？』

『さ、奥さま、それを只今申し上げやうとして居《を》りますところで』と、雁吉は早冷汗《はやれいかん》をぬぐひ出した。

『どうも、その、御咄しにならない先方の勢ひなんです。まるつきり此方《こちら》の云ふのを頭ごなしです。』

『何《なん》てツて？』

『それは』と剛造が口をはさんだ。『もう乃公が聞いたから可《い》い。』

『でも……』

『でもぢやない、御前には後で噺《はな》すから。なるほど、さう云ふ勢ひで、まるつきり此方《こつち》の申し込みに耳を貸さないんだな。』

『さやうで御座います。それから私《あたくし》も随分理非を述べて、さ、争ふといふ程でもありませんが、説得にいろ〳〵骨を折つて見ました。が、やはり』と、強く〳〵かぶりをふつて、『駄目なんです。気の早いまゝにすれば、あの時腕力沙汰《ざた》にでも為《なつ》たかも知《しれ》やしません、腕が実に唸《うな》りました。で、いつまで経つても何の見込みも有りませんのでしやう。実は馬鹿々々しくて堪《たま》りませんが、指をくはへて、何の土産《みやげ》も無く帰るより外仕方が有りませんのでしやう。』

『それで帰つたんだな、なある程』と、剛造はうなづいた。

『わかつた、一切わかつた。ところで、驚き入る角之助の勢ひだが、一寸考へて見ると早既《はやも》う先方に何か好《い》い縁談の口でも有つて、それを外すまいと思つて、馬鹿にさう手強《てづよ》く此方《こちら》のを突つぱねたんぢやないか知ら。』

『その事です』と雁吉は乗り出した。『そりや何《ど》うか知れませんな。』

『なあ。』

『私《わたくし》もさうかと思ひます。御承知のとほり今むかふは貧乏でしやう。だのに金にも動かず、意地を立てとほさうと云ふのですもの。』

『さう、実にさうだ。』

とばかりで剛造は考へ込んだ、やゝ姑らく、その考へ込んだ間《あひだ》は怨みがましいやうな、愚痴《ぐち》めいたやうな繰り言《くりごと》が阿勝と雁吉との間《あひだ》に交はされて居た。

剛造は沈思瞑目《めいもく》、かすかながら溜め息さへ漏らした、友を売り、人をくるしめる一種の精神病者でも子の愛は何処まで深いかわからぬ、子が生きるか死ぬかの瀬戸際にやり詰められては如何《どん》な事しても子を救はうとの念が燃えさかつて居《を》るのである、只、只、只。

一の決心は付いた。その目はくわつと見開かれた。態度はきつと改まつた。

『阿勝、雁吉、おれが脱落《ぬかつ》た、雁吉を……つかひの者をやつたのが悪かつた。勝負は面《めん》と面《めん》くらべだ。こりや乃公が行くべきだつた。』

阿勝と雁吉とは打ち揃つて無言で剛造の顔を見つめた。

『最初から早く乃公が行く事にすりや可《よ》かつた。が、今そんな事を云つてたつて始まらない。おれが行つて面と面ぶつかつて、場合ひに因つては、我子のためだ、下から出て頼むやうにしても……さうすりや何《ど》んな頑固だツて折れない訳は無い。それに限る。阿勝わかつたか。雁吉、さうだろ。』

『御尤もでございます。旦那さまが直《ぢき》に御はなしになる事なら、そりや余人《よにん》が参るより幾らよろしいか分りません。けれど、御出でなさり悪《にく》いでしやうな。』

苦い顔して、『まつたく強面いさ。けれど、子には代へられない。そして又もう中直《なかなほ》りしても好《い》い時分だ。何事も子のためと諦《あきら》める。跨《また》ぎたくない敷き居をも跨がう。阿勝、わかつたか。』

剛造すぐにも飛び出す気《け》ぶりとなつた。身もだえをさえ為《す》る様子。さすが阿勝もなにさま尤もと考えた。

『行きにくい所を、ぢやあなたが……』

『やむを得まい。』

『さうですねえ』と、只しかしまだ生煮えの返事ではあつた。

『しかし、まづ改まつて行くんだ、何か手土産でも………うん、さうだ、明日《あした》葡萄酒《ぶだうしゆ》が来るな。』

『昨日競売になつた、あれですか。さやう、明日《あす》は悉皆《しつかい》………』と、雁吉が何気なく。

『明日《あした》だツけな。今日だと可《い》いんだが………待ち遠《まどほ》だな。しかし、と、どうせ持つて行くんだ、ちツとは気張ツてやらなければ………では葡萄酒、あれが丁度好《い》い。別段こ、で銭を出して買ふのでもなし………ぢや、明日《あした》とするか、さうだ、さう為《し》やう。』

一分一秒でも時に取つては一大事の元となると扨剛造は思ひ付かなかつたか。明日《あす》行くと云ふ事にしたその延引は、何《なん》ぞはからん、わが最愛の娘を殺してしまふ元となつた――と、後で心付いたのは無論である。

三

この夜《よる》夫婦は娘の枕もとにかたまつて、明日《あす》は円の家へ行つて、婚礼の約束の成り立つやうに取りきめるとの旨を娘に咄した。咄しはいつでも宜《い》い。が、一刻も早く知らせれば一刻も早く娘が快《よ》くなるであらう、気も大《おほい》に引き立つであらうとばかり、親心、それを急いだのは無理でもない。が、急いだ丈わるかつた――と、それも後で心付いたとは無残である。

此後《ご》は人手を待たず、一騎うちの勝負のつもりで剛造は例の葡萄酒半打《だーす》を土産として車に積み込んで、自身角之助かたへと向かつた、思ひ切つて。

車で急がせて行く間《あひだ》がそも〱苦痛のはじまりであつた。先方へ行つたところで何《なん》と云はれるか、斯《か》と云はれるかと、いろ〱想像すればする程、咄しがもつれて面倒になる趣きが髣髴《はうふつ》として目前にさへ浮かぶ。そして咄しは如何ほど縺《もつ》れるとしても、つひに必らずそれを整理しなければ為《な》らぬ――と云ふのは希望でもあり、又目的でもある、その希望が必ず叶《かな》ひ、目的が必ず遂げられるか何《ど》うかは其実疑問の疑問である。十が九までは危ぶみを持つ、それだけ心細さは一とほりでない。一歩踏みあやまつたらば何《ど》うか。さ、その時は娘の命である、最愛の花の命である。

何《なん》の報いかは知らぬが、剛造はや既《すで》にした丶か精神の苦悩を味はひはじめた。それでもい丶、やがて希望が叶ひ、目的が遂げらる丶ならば。

何事か、天は横を向いて居た。

車を横づけにした角之助かたの門口《かどぐち》、標札の名を見たばかりでも、その名が目をいからして睨《ね》めるやうにさへ見えた。何《なん》と無し、只首を縮《すく》めて格子戸《かうしど》を、開けやうとして、さて中を覗《のぞ》くと、これは何、玄関の真正面に角樽《つのだる》が三つばかり。

角樽と見る間《ま》、剛造の胸中に鳴りはためくのは乱鼓《らんこ》であつた。同時、身もすくむ。格子は開けたが、息がはずむ。立ち往生の体《てい》であつた。

袴《はかま》を着《は》いた二十年《はたち》ばかりの若者が格子の音と共にあらはれた。只見《とみ》る、身装《みなり》は着かへて居るのらしく改まつて居る。胸は又も乱鼓となる。

手を支《つか》へて若者は相手からの言葉を待つたが、それどころでない一方は姑らく立ちすくみの儘であつた、その希有《けう》の様子に見る〳〵不審の色を浮かべた。客の身なりをじろ〴〵見る。

『つかん事を伺《うかゞ》ふやうですが』と、剛造やう〳〵思ひ切つた。『何か御取り込みでも御有りなので………』

おのが名をも云はず、何事かを嘲《あざ》けるやうな顔の色、若者は早《はや》手を支へぬ、反《そ》り身《み》になつた。

『はい、御祝ひの事が有りますので。あなた様は？』

『はツ、私《わたくし》』とばかり、むしろ寒気《さむけ》がした。『赤松剛造といふもので――しかし、その、御取り込みとは？』

『赤松さまです、な。』

『はい、赤松。御取り込みとは？』

『御取り込みですか、今夜当家に御めでたい事が有りますので――若旦那に御嫁御《およめご》さまが御出でになりますので………』

ちツ、暴雨急電！　剛造ほとんどその電撃を食つた。有る骨なら割れたか、有る血なら乾いたか、目が有るか、身が有るか、心が有るか、さて吾《われ》、自身、おのれ、わが身が其処《そこ》に在るか、居るか、立つか、動くか！

＊　＊　＊　＊　＊　＊　＊　＊　＊　＊

＊　＊　＊　＊　＊　＊　＊　＊　＊　＊

痛憤の涙一杯で値《ね》にもかまはず、自宅《うち》へと車を飛ばす。妻子に無念を一時《じ》に早く分けやうとてか！　帰れば妻も、子も待ちもうけて居る。

待ちまうけて居たか、ちえツ、待ち設けて。さ、事実を有りの儘に云ひ得《え》るか。

得ぬ！

右左から責めたづねる。剛造くるしみは地獄そのまゝ、である。其尋ね責める人は牛頭《ごづ》でなし、馬頭《めづ》でなし、青鬼でなし、赤鬼でなし、はツ、やれ、最愛の〳〵妻と、子と、その、而《しか》も二人である。

あはれ、骨肉が今剛造には鬼であつた、尋ね責める段、そのくるしみを与へる段に於て。

＊　＊　＊　＊　＊　＊　＊　＊　＊　＊

＊　＊　＊　＊　＊　＊　＊　＊　＊　＊

しかし、事実は述べられる。述べるその一言一言《ごん》は娘の命の鉋《かんな》であつた。云ひ尽くせぬ絶望が終《つひ》に娘をこの儘土中《どちう》の人とならせる事にしてしまうた。

《をはり》

理想の夫

女権拡張とか何《なん》とか只《たゞ》やかましく云《い》ひ立てたのは既《すで》に昔の夢となつた。今でもむしろ空論よりは実行となり、女性《によしやう》の方にも只見得《みえ》のみの修学でなくなられたのは何よりの事である。妙なもので、その割りには是《これ》ぞと云ふべき出版、つまり女性に就《つ》いての新刊の書籍雑誌は実際多くも見当《みあた》らぬ。何故《なにゆゑ》か。

吾々は今其《その》訳を云はぬ。とにかく是から此《この》紙面に於《おい》て手当り放題、筆の向き次第、（一切の意味においての）婦人問題について書いて見る。女性諸君の御気に或《ある》ひは障るのが有るか知れぬ、御気に入るのも或ひはまた。何《どう》でもよし、まづ今日は標題のやうなものに附いて、すこし裏から云つて見やうと思ふ。よろしうございますか裏からですよ。

何が婦人の理想の夫かと云ふのを真面目に表面から云つて仕舞《しま》へば実に興が無い。が、何《なん》だか知らぬが、只斯《か》う云ふのを然《しか》りとしたらば何《ど》うか知ら。

理想の夫とは第一、毎夕《まいゆふ》、もしくは毎週、もしくは毎月《げつ》、給料を受け取つて帰るや否や、すぐそれを紙入《かみいれ》と共に妻女《さいぢよ》その人に渡してしまふもの。

第二、食事外《ぐわい》は食ひ物、すなはち間物《あひだもの》の菓子、果物、いり豆、焼き藷《いも》の類《たぐひ》の費用を一日の必要品の経費予算へひそかに組み込んでしまつた妻女その人の済《すま》した報告を「なるほど」と甘んじて聞き入れるもの。

第三、櫛《くし》かんざし乃至《ないし》着物が兎角《とかく》妻女その人の親里《おやざと》から仕贈られたが、それは妻女の身に附く物に限つた丈《だけ》なので、主人公その人には何《ど》うした事やら滅多に配当が至り回らぬと云ふ事実、それに対して如何《いか》にも平気で居《を》るもの。

第四、妻女血の道とか云ふ事で朝十時頃迄寐《までね》て居て、主人公は些《すこ》しも悪い顔をせずわが床《とこ》も自分で畳んで、膳立《ぜんだ》ても独《ひと》りでするといふもの。

第五　但《たゞ》し、右やうな場合ひ、妻女の血の道は毎度の事で、そのくせ食事抔《など》には変はりが無いと云ふので、主人公に取つては極はめて安心して居《を》られると云ふ、実に博愛同情的の病気である事。

妻君のその次ぎ即《すなは》ち第六の理想の夫と云ふのは曰《いは》く、

第六、妻女その人の親里若《も》しくは親戚のものから迷惑は度々夫の家《うち》へ持ち込まれても、それは何事も天命と、さう云ふ時丈は極めて楽天的に観じて居てくれるもの。

第七、妻女その人が折角《せつかく》学校で習ひ覚えたことを無駄にするのは天物《てんぶつ》を暴殄《ばうてん》（と、是は恐ろしく六《むつ》かしい言葉だが、妻女その人の平素得意にする漢語とか云ふもの故その儘《まゝ》を一寸《ちよつと》借用して云へば、然《さ》うなので）するに均《ひと》しいものと夫どのが思つてくれて、万事その心得で妻女に対して居てくれるもの。

此故に、これを例にして云へば、学校で習つたピヤノやオルガン乃至ヴアイオリンは夫が必らず供給してくれて、それを残らずならば結構だが、それが出来ぬとしても切《せ》めて一品《しな》ぐらゐは屹度《きつと》調へてくれる気もなくてくれるもの。

第八、夫婦間《なか》に秘密無しといふ事をよく聞くと、他《た》から夫その人の宛て名で来た手紙でも一切妻女その人にも亦《また》一覧させてくれるもの。但し親展書でも何《なん》でも。

第九、妻女その人の面前は愚か、その他の場合ひ亦猶《なほ》の事、近処《きんじよ》の若い女、ことに娘と夢にも怪我《けが》にも忘れても決して〳〵こそ〳〵話しをせぬもの。

第十、夫婦掛け向かひで下女抔《など》を置かぬなら兎《と》に角《かく》、もし一人でも置くとすれば、臥《ね》るから起きる迄、食ふから飲むまで成るべく妻君の手の助かるやうな下女に限つて置かうと云ふ事を心から思つて居てくれるもの。

第十一、またその下女が目見《めみ》えに来た時その選択の権は一切妻女その人に所有させてくれて、そして妻女がその主義方針として成《な》るべくの醜婦《しうふ》をと選定したところで、決してどうの斯うのと云はぬもの。

以上西の国のある人の書き流しの大意を焼き直したもので、余人はこれらを読んで如何なる感想を起こされたかと云ふ一点を実はこつそり伺《うかゞ》ひたい。以上の条々の精神を引き括《くゝ》つて一口に云ふとすれば、夫は妻たるおのれよりほか外《そと》の女に心を移すなといふので、それに附《つい》ては一切の権力をおのれに残らず預けてしまへ、是である。更《さら》に云ひつめれば、夫は横見もするな、妻は勝手のしたい放題《はうだい》でよろしいぞよ、是である。

要するに是は女尊男卑の西の今日の状態を極端に写したものに過ぎぬ。が、此やうなる実を今日の日本の現況に合はせて見たところでどうか。人に因《よ》つては色々な返答を与へるであらうが、お世辞無く云つたところで、中々思ひ当たられる所の有る事共で無くは無い。

杵《きね》の音

十歳《とを》ばかりになる女の児《こ》、千綴《はぎ〳〵》の身の装《なり》、立ち帰つたと云《い》ふのも九尺《しやく》二間《けん》の裏長屋で中では今でも二分心《ぶしん》の手洋燈《らんぷ》の薄暗い光りを便りに母親は手内職か何かをして居る、その直傍《すぐそば》には七歳《なゝつ》ばかりの男の児、それも当たり前ならば何《なん》でも無いが、見るからがいぢらしい程痩《や》せおとろへたのが哀れに凄《すご》く窪《くぼ》んだ目で、何を見るとも無し、只坐《たゞすわ》つて居たが、女の児即《すなは》ちわが、其《その》姉の帰つて来たのを見ると均《ひと》しく、子供ながらも宛然《さながら》勢ひ込むといふ工合《ぐあひ》に呼吸《いき》から先《まづ》はづませた、『餅《あんも》だろ、姉《ねえ》や。ね、搗《つ》いてるんだろ、餅を』と其儘《まゝ》で語は切れたが、感余る、情迫る、只欲しい、口に入れたい、貰《もら》ひたいと云ふのみの一念に寧《むし》ろ涙ぐんだのでもあつた。

『搗いてるの』と姉は返した。『ね、そら、ね、よく聞こえらアねあの音。阿母《おつか》さん嘘吐《うそつ》いて、さうぢやないつて云つたつて、たしかだわ、あのとほり搗いてるのだわ、ぺんたらむ〳〵つて、だつて、私《あたい》今行つて見て来たんだもの、たしかだわ。家中《うちぢう》でみんな一所《いつしよ》にさわいで、大さわぎして搗いてるのよ。』

『そら〳〵、そウら、阿母さん』と弟が、

『搗いて幾《いく》枚ねへ最《も》う出来て、それから又御そなへもね……』

と、迄《まで》は勢《いきほひ》よく云つた。が、夫《それ》だけでぐつと詰まつた。のみならず、顔色もまた変はつた。

『御備《そな》へも出来てるの、姉さん。沢山《たくさん》かえ、え、御備へも幾個《いくつ》もかえ。幾個も、あの、御備へもかえ。出来て、さうして列《なら》べてあるの。』

『列べてある。』

『それから。』

『食べて居るの。』

『食べてるの、もう、すぐ、今からもう』刻み込む弟の目は晃《ひら》めいた。

『御備へは沢山並べてあつて、御祝ひだいと、皆《みんな》が食べてるのよ餡《あん》を附けて。』

『餡？　食べてる？』とばかりで弟は涙ぐむ。

『病《や》まひだよ』と母がやうやう、『食べ物とさへ云へば御前は。だから然《さ》う痩せもする、又そんな咄《はな》しをこんな者の前で為《す》ることも無い。断はつてあるぢやないか阿母さんが決して余所《よそ》の餅《あんも》の事なんぞこんな脾疳《ひかん》見たやうな児に聞かせるンぢやないと。』

『食べさせないの、そんなら阿母さん、喜《きい》やあたしに餅《あんも》をば毒だからて。』

『毒だと誰が』と母は焦燥気味《ぢれぎみ》、『搗けないからさ、まだ家《うち》で。会社をば斯《か》う廃《や》められるし、ね、物は高し、そりや最《も》う長《なが》の病気でいつどうなるか知れないこの児だもの、食べさせられるものなら、早くも搗いてさ……』と、その声も早《はや》うるんだ。

『ぢや阿母さん、こら』と、娘は袂《たもと》から取り出た、お備へを二つまで。

『どうしたの、それ。』

『持つて来たの。持つて、いゝえ、盗《と》、盗つて来たの。』

見る間《ま》母は蒼《あを》ざめた。涙一杯の目で睨《にら》むがごとく娘を見る。

『喜が食べたがる。可哀《かわい》さうだもの。あたい、阿母さんとう〳〵泥坊《どろばう》になつたのよ。』

母は只々歯がみした。

『あたしが食べたいで泥坊したンぢやない。喜、さ、御前、さ、お食べ！』

一片の餅《もち》、その実獄米《ごくまい》に変はるべきものでは無いか。境遇にくるしめられる餓鬼《がき》はその獄米に合掌《がつしやう》した。盗《たう》によつての善根で十歳《とを》の女の児は献身の善に満足した。知らず此心は将来何《なん》になる。

社会の外象《ぐわいしやう》の偽善は無垢《むく》のものを圧迫して、いつか大《だい》悪《あく》にならしめて、そして偽善の社会は其大悪に刑だ罰だとのみ騒ぐ。嗚呼《あゝ》、死刑を廃せずして説く博愛はその実一の偏愛たるに過ぎぬものを。

露《ろ》人《じん》の夢

本紙此《この》数日の「露国対清国《ろこくたいせいこく》」と題する評論を読まれた読者は只《たゞ》その文を読まれた丈《だけ》で不可説不可言《ふかせつふかげん》の感懐を催された事と思ふ。とにかく露国といふ名、露人《ろじん》といふ称、それを只一つ聞いた丈で、われ〳〵も亦何《またなん》と無く頭脳にもよほす一種の感が有る。その感しかし、一口には云《い》へぬ。やがて其《その》内発売する自分の新作小説「漁隊の遠征」といふのでその感の一部分をば洩《も》らしては置いたが、しかし又「露国対清国」を読むと共に、又些《すこ》しその補ひ見たやうな事を繰《く》り言《ごと》めかして云ひたくなる。

乞ふ、読者、露人のうちの或《あ》る者が今日壮語する左《さ》の意味をよく味はひたまへ。壮語と、実に、われ〳〵は云ふ、放言とは云ひ飛ばしたい。が、われ〳〵には何《ど》うしても思ひ切つてさう無頓着《むとんぢやく》に云へぬのである。他《た》の英、仏の耳の早い者共は既《すで》に是等《これら》を自分たちの説のやうにして国民に警告しはじめた。その壮語としては斯《か》う、曰《いは》く「鷲《わし》の翅《つばさ》は未来の百年を経過すると共に蒼天を拍《う》ち星斗《せいとう》を簸《はた》く、今の世界の絵図の色別《わ》けはやがて昇る日を待つ冬の夜《よる》しばらくの小雪に過ぎぬ。むかしからして混血の人間に大人物の有るのは争はれぬ。われら露人は全体においては半分の欧羅巴《ヨーロッパ》、半分の亜細亜《アジア》の混血児である、欧亜両大陸の混血児、もしくは混淆《こんかう》習慣の蒙古近傍《もうこきんばう》、支那の北寄りからそも〳〵如何《いか》なる人物が出たとするか。鉄木真《テムジン》もそれでないか。帖木児《タメルラン》もそれでないか。ましてや人口は今日の露国の形勢非常な割りで増加する。しかし医術も病院もまだ〳〵大不完全なのである。それでその割りは甚しい。何百といふ年を積まずとも、受け合つて露人は億を越す。しかるに露国の領土の広さはどうか。現在の広さ丈でも今直《たゞ》ちに非常な大衆を包容してもびくともせぬ。驚くなよ、魂消《たまげ》るなよ、世界の他《た》の瘦《や》せ肱《ひぢ》を張る小国でも、されば大衆と云つた丈では分かるまいゆゑ、云つても聞かせやう。な、耳ほぢつて聞けよ、よく。よしか、大衆と云つたとて、決して一億や二億では無いぞ。見ろ、それ、さう聞いた丈でもう早腰《はやごし》を抜かすか、承はれや謹しんで。可《よ》しか、億も億、なみ〳〵の億ではない。何、支那《しな》が二億だと、いやさ、三億四億だと。おツほん鷲の国はそんなものぢやない。最《もつ》とだともさ、まだ〳〵上だともさ。いゝや、どうして五億どころか。まづ絵図を見てにしろ、一平方里に人は何人入《い》れられるものか、暗記して居《を》るかよ、滔々《たうく》たる政治家とかいふ諸君はそれら人口配布の定律を。借問《しやもん》すだね、恐れながら質問したいね、御即答は出来るかね。いけないよ、マルサス抔《など》を引き出しては。云はうか、われわれ露国の天機だが、さ、怒鳴《どな》らうか、それとも小声で云はうか。

彼れ露人はまた続けて、「よしかな。未来の何百年といふ年を重ねぬ内に全露人は鼠算《ねづみざん》に殖《ふ》ゑる。そして、今日の領土だけでもゆつくりと大層《たいそう》な人数《にんず》は養へるのだからな。大層な人数だよ、念ばらしに聞きたいかな、聞きたくば目覚まし一つ献じやうか。曰はく八億万人さ。よしか、八億万人だよ、8の下へ0が八つ附くのだよ。二億足せば十億さ。いや、足さないとしたところで、これさ、そこらで聞いて居《を》る何処《どこ》かの国の人よく聞きたまへ。幾人《いくにん》居《を》るかな、君の国の人数は？　何一千万人？　うツす、資本《もとで》がまづ以《もつ》てそれだけか。未来百年の間《あひだ》に、よし、十倍したところが、あはれ一億万人、ところで十倍はむづかしい。しからば一人が一人で食ひ合ふとして、やツぱり露人には征服されるかな。

「勢力すなはち勝利といふのは文明に進めば進むほど真理になるのだろ。勢力は何か。やつぱり人だ、人数《ひとかず》だ。統一といふ事さへ行はれゝば動かすとしても千人も一人《にん》もおなしだよ。それで勢力はそれだけ有るのだよ。支那か？

云ふまでも無い、われわれ露人は半欧半亜、蒙古の血は胞衣《えな》の中《うち》から吸つて居《を》る、支那に露人が化せられやすいと同時に露人も支那を化し易いな、いやがては化し得られるな、受け合つて、化す——と云ふのは何か。支那の或地方も鷲の旗を用ゐるといふ事さ。わかつたか。

「領土の統一は領土の連続といふ事を忘れてはならないよ。一時《じ》は武力で飛びはなれた所の領地をも支配し得られやうさ。いつ迄《まで》それが長持ちしやうか。英も米をそれで失つた。西班牙《スペイン》も諸所の属地をそれで失つた。思ひ切つてわれら露人が予言しやうか、今にやがて濠洲《がうしう》も亜弗利加《アフリカ》もまるで英から背いてしまふ。

「露国の領土は天が天然につなげて置いてくれた。欧亜両大陸にわたつての何万里それが未来に大きく活動し出したなら、小国どもは何《ど》うするか。聞け、鯨《くじら》の尾の一はたきは漁舟《ぎよしう》百艘《そう》の微塵《みぢん》だからな。」

彼れ露人は国産のヴヲツガ酒《さけ》をちび／＼飲みにして、なほまだ此以上まで大言を進めるのである。しかし、いゝ加減として、此筆はこれで止める。これらそも／＼露人の空想の夢と只聞きながしてしまへやうか。

（をはり）

漁隊の遠征

（上）

明治三十五年十月下旬、山陰である重要な地として近頃は人にその名を知られて来た某地方、その片田舎に高麗進《こますゝむ》と名のる紳士が飄然《へうぜん》としてあらはれた。

まツたく飄然としてあらはれたと云《い》ふより外は無いのであツた、なるほど十年ほど前あたり、村には高麗なにがしと云ふ湾泊者《わんぱくもの》も居た、それをば村人も知ツて居る。しかし、その今そこに現れた紳士——如何《いか》にも八字髯《じひげ》いかめしい紳士風の男、その人が其《その》時の湾泊者の後身であらうとは、さて然《さ》う名のり掛けられたと為《な》ツても、ほとんど然うかと思はれぬのであツた。その頃の湾泊者は親から勘当《かんだう》さへされたのでもあツた。その頃の湾泊者は白眼《しろめ》よりほか村人に呉《く》れられなかツたのでもあツた。

その湾泊者が見るから仰山《ぎやうさん》な風采《ふうさい》に成り変はツて、微笑で村にあらはれたのであツた。勿論《もちろん》それだけならば誰もまだ甚しくは驚かなかツたのでもあらう、高麗進の出現と共に村長那羅何某《ならなにがし》の証明とも云ふべきもの、それさへ添へられたのであツたものを。

一言《ごん》で云へば、村人は只聳動《たゞしようどう》された。

村で重立《おもだ》ツたものはと云ふに、もとより寒村のことでもあり、多数を挙げる訳には行《ゆ》かぬが、それも八人ほどは居た。その八人が突然那羅村長の宅《たく》へ招集されて、ほとんど生まれてから始めてとも云ふべき、驚くべくまた羨むべき物がたりを聞かせられたのであツた。それは別人についてゞも無い、その以前の湾泊者その人についてゞあツた。

那羅村長が八人に知らせた物がたりの大要（尤《もつと》も物がたりその物その儘《まゝ》が初めから大要の所説ではあツたが）を云へば、その、以前の湾泊者高麗何某は村人のよく知ツて居るとほり一時忽然《こつぜん》村から姿を隠してしまひ、それに付いては是《これ》までの品行が品行、どうせ碌《ろく》な目には遇《あ》はず、非業《ひごふ》な牢死《らうし》を遂げた位が関の山であらうと村人一般にも現在の其日に至るまで思ひ做《な》されたのみであツたが、その実は大ちがひで、まツたく心に深く感ずる所が有り、思ひ切ツてある所へと出奔し——と、云ツた丈《だけ》では興も乏しい——出奔も出奔、ある所もある所、その行《ゆ》く先はと云ふに、近いながらも実は外国、すなはち朝鮮で、その慶尚道《けいしやうたい》あたりで漁夫《れふし》となり、一口や二口では咄《はな》し切れぬほどの苦辛をした末、やうやく成功の緒《いとぐち》までたどり着き、それと同時に村人に相談をこゝろみる事情も有り、さいはひに故郷へかざる錦とやらで、今や帰り来《きた》ツたのである、と、これであツた。

それからまた村長は物がたりを押しすゝめて、斯《か》うも云ツた。曰《いは》く、それゆゑ、高麗進は村人のうち、その主な人たちに村長かたまでの来会を願ひ、したしく本人が御目どほりしたうへ、いろ〱熟談をも遂げたく、それに就《つ》いては何とぞ万障《ばんしやう》御繰《おく》り合はせの上、明日午后《みやうにちごゞ》六時を期して、それらの人人があらためて又村長かたへ集会していたゞきたい、と、斯うその進が述べ、むしろ、願ひのぞんだ、と。

浦島の子の昔ばなしでは無いが、吹き流されでも為《し》なければ外国などの土を踏まうとも思はれぬ村人一同、その中からいかに今日《こんにち》の時世《じせい》とは云ひながらも、思ひ切ツて飛び出しも飛び出した、朝鮮あたりまで——あの、それ、画《ゑ》にかいた龍宮の在《あ》るあすこあたりへでもあらうが——よくも〱飛び出したと只村人は舌を捲《ま》いた。もちろん当たり前ならば只舌を捲いた丈でもあツたらう、只驚いた丈でもあツたらう。目のさめるやうな風采に変はツて帰ツてさへ来たとか聞く、その目前の、成功の証拠を今や示される事となツては吃驚《きつきやう》のうへ更《さら》に畏敬の情、それも附加されたのである。

とにかく斯うして、その次《つ》ぎの日は約の如く村長かたへの集会となツた。狭い土地の事とて、前日からその日に掛けて村内すべてその噂《うはさ》ばかりで、招かれもせぬに押しかけやうとあせり立ツた者どもゝ沢山《たくさん》あツたが、とにかく総代とも云ふばかりに目ざし限られた者がおのれのみの名誉の独占《ひとりじ》めの気組みでやうやく揣《はや》るその一同を差しとめ、そしていよ〳〵その日その刻限となツて、村長かたへ集まツたのは新任波三《にいたふなみざふ》といふものを頭《かしら》として、すべて八名の村人であツた。云ふまでも無く、その全体は漁夫《れふし》の身で。

二間《ふたま》つゞきに打ち抜いた客室へ、今日は漁夫《れふし》の身ながらも特別の優待を受けることゝ見えて、八人一同が通されたところで、さて其場に居ならんだ人々の顔を見わたして、一同は身が縮《すく》んだ。

村長の客ゆゑさうでもあらうが、何《なん》の議員さんとか云ふその人も居る。村の学者先生も居る。郵便局長さんも居る。医者さまも居る。土地の顔役どのも居る。つまり村中の生粋《きつすゐ》といふ生粋はこと〴〵く皆揃《そろ》ツて居た。

村中《むらぢゆう》の生粋、その中へ割り込まされたと思へば早《はや》すでに有り難くてたまらぬ。何が無し、一同は只低頭した。いつもとは全く変はツてにこやかな村長が—いや、いつもは些《すこ》し権柄《けんぺい》づけであツた村長が、打ツて変はツて愛嬌《あいけう》たツぷりになツた、その人が—何か仰山に云ひながら殆《ほと》んど一同を立ち迎へるばかりにして、「さア、御一同、御丁寧過ぎては今日は窮屈。只どうか簡略に」と、さても砕ければよくも砕けるもの別人かと思はれるやうな、身にしみるやうな挨拶《あいさつ》、それがそも〳〵の序開《じよびら》きで、また何が無し、頭から嬉しく忝《かたじけな》い心もちにされたのである。

中で一人漁夫《にんれふし》どもには見馴《みな》れぬ人が居た。

見馴れぬとは云ひながらも、一目ですぐそれと知られるのであツた。その人すなはち外でもない、例の高麗の、以前の湾泊でもあらう、然う、そのものである。年月《としつき》を経て大人びもした、老《ふ》けもした。顔だちの何処《どこ》やらに残る、以前の湾泊者のおもかげが見れば見るほど知れるのである。

年ごろは二十七八、さもなければ三十あたりか、黒み切ツた顔のうへに早くもよほした額口《ひたひぐち》の深い皺《しわ》、とにかく年頃の本当の所よりは老けさへした、それ丈でも、なるほど苦しい世を—世のその波を—世のその荒波、高波、瀬、渦、灘《なだ》、沖をくゞり、もぐり、乗ツ切り、突ツ切ツたとは見える。なアるほど、朝鮮へ行ツたか、あの顔で—この身体《からだ》で。なアるほど、櫓《ろ》を押したか、あの手で—その腕で。

一同は只一図《づ》、只はツと、只むら〳〵と、只茫《ばう》となるやうに只思ツた。世に擦《す》れぬ無邪気は「見る」「すぐ驚く」只これであツた。

「直《すぐ》御紹介申しますがな、皆さん」と那羅村長はいかにも手早く口を切ツた。「この、こゝに御出《おい》での御人《ごじん》、な、皆さん、この御人が、その、あの、高麗さんで…その、あの、高麗進さんで」。

と、只、妙にどぎまぎした。

で、只、にこ〳〵とのみ笑ツた。

一同は無言であツた。たゞ呆気《あつけ》に取られて居た。うんともすんとも云はなかツた。むしろ、ぽツかり口を開《あ》いて、只高麗の、顔ともつかず、服装《みなり》とも付かず、只けろりかんと見つめて居た。

まづ微笑を洩《も》らしたのは高麗であツた。そして、また軽《かろ》く一礼した。

「村長さんの御紹介をいたゞいて、実《じつ》もツて痛み入ります。まツたく私《わたくし》は只今村長さんの仰《おほ》せられたとほり高麗進、その以前は乱暴者湾泊者といふ名で通りものになツて、随分みなさまへも御厄介《やくかい》を掛けました、その、その時の小僧《こぞう》です。」

来会の者共いづれも既《すで》にさうとは知ツて居る。それで尚《なほ》斯う改まツて名のられると為《な》ると、妙にぎツくりする心もちさへした。背門《せど》でわが家《や》の鶏を追ひかけたとかで、われ竹《だけ》で一《ひと》うち其進の脳天へくらはせた覚えの現在有る波三その人は現に其処《そこ》に居る。

「とにかく私も居たゝまれず此《この》村から夜逃げをしました。と云ツて、さして行《ゆ》くべき所も無いその時の私の身の上でしやう。いや、もう、御咄しにならぬほどの困難にもやゝ、すこし打ち克《か》ちました。が、どうやら斯うやら其困難にもやゝ、すこし打ち克《か》ちました。是からとの見込みもやうやく付く。ところで斯う帰ツて御目に掛かるやうに為《な》ツた次第です。いづれ、そのために御招き申した程、はじめから委《くわ》しく御はなしも致しますが、その前まづもツて、末《すゑ》の締《し》め括《く》りとも云ふべき所を一応御はなししたいと存じます。」

語は一寸《ちよつと》こゝで切れた。神妙な聴衆はいかにも無言で聞いて居る。

高麗は微温湯《ぬるまゆ》に舌をうるほした。

「とにかく非常な艱難《かんなん》に遇ひながら私は朝鮮へ行《ゆ》きましたが、もと〳〵最初から行く気でもなく、妙な事から妙な気になツて、よし来たおツ走《ぱし》れと、斯ういふ事に為《な》ツたのです。行《い》ツて見て驚きました―されば、朝鮮慶尚道《けいしやうたい》あたりの沖合ひへ行ツて見ておどろいたのです―疾《と》くにもう其《そ》所《こ》へ行ツて勝手次第に魚《うを》を捕ツて立派に金をまうけて居る此《この》、われ〳〵日本人《にほんじん》の漁師《れうし》がびツくりするほど沢山なのです。いかゞです、皆さん、しかも夫《それ》から年々その漁夫《れふし》の数が殖《ふ》ゑる―と云ふのは年々日本から五人行《ゆ》き十人行き、段〔々〕に朝鮮へ切り込んで行《い》く漁夫《れふし》がそれこそ一雨ごとに殖ゑるといふ勢ひなのですからな。わたくしも書物は好きで読みました。いゝや、書物と云ツたところが、面倒くさい、ぐづ〳〵したのは嫌ひですが、何《なん》でも只えらさうな、強さうな英雄ばなしの書物は大の好物でしたな。そンな物を読むたびごとに、われ〳〵日本人は島国の人間で居ながら、海と来たらば全《まる》での意気地無《いくぢな》しであると云ふ事がつく〴〵思ひ当たられて、腕も手も疼《うづ》きましたな。で、日本人は咄しにならないと思ツて居ましたな。どうでしやう、それが朝鮮へ行《い》ツて、その実際を見たところで仰天《ぎやうてん》もしましたさ、凄《すさ》まじく嬉しくもなりましたさ、今云ふとほり年々朝鮮の海へおし寄せる漁夫《れふし》の数が只殖ゑるばかりなのです。そして又おし寄せるのが決して〳〵朝鮮でとまツてしまふのでは有りませんからな。されば、それから先へも伸《の》すのです、ぢり〳〵と只《ひた》押しに押して行《ゆ》くのです。一旦《たん》朝鮮でかせぎ、またも〳〵慾《よく》が出て西比利亜《しべりあ》の海、そこらまで押して行《ゆ》くのです。そして、捕り放題《はうだい》、つかまへ次第、向かふの国の者にも売れば、日本へも積みおくツて売る―早く云へば、朝鮮や露西亜《ろしあ》にある、すなはち転げて落ちて居る金、いゝや、流れて泳いで居る金を手あたり次第に引ツつかむのでしやう…………」

聴衆の肩は早怒《はやいか》ツて来た。

「もちろん捕り放題でかまはないのですからな。所によツては成るほど禁猟区域と云ツて、いはゆる殺生禁断の場所ですな、さういふ所も無くは無い、が、それらは数へるにも足らぬ数なのです。ところでゞす、そこに又おもしろい事が有るのです、さうやツて知らず〳〵の内に日本人の一人《にん》としてそれらの漁夫《れふし》の一人、日本人の一部としてそれら漁夫《れふし》たちの一同が到底《つまり》いつか〳〵日本国の領分を切りひろげて行《ゆ》くのですな。な、よく御考へなさい、それまでは日本の是までの領内の魚《うを》だけしか捕ツて居なかツた、それが手を伸ばし足をひろげ、全くのこと、外国領内の魚《うを》をまで捕るやうになる、それを売ツてまうけた金は、さ、何処へやるものですか、いづれも皆日本その本国へと送り届ける、さうして外国のものを自由にわが物にして、まうけて、そしてわが本国を肥《こ》やすと共におのれの懐中も無論肥えるのでしやう。ましてや外国の海は広い。魚《うを》の数は無尽蔵。どうしたところが、どう暴《あら》く捕ツたところが種切れになる訳は有りませんでしやう。しかるを、此せまい日本だけの事で御覧なさい。皆さんもよく御存じの、あの、―まづ譬《たと》へて云はゞ―鮑《あはび》ですな、その鮑が何処の海にか居ると云ふので、おれも我もと聞き伝へて押し出すでしやう。なるほど、沢山居る。なるほど、よく捕れる。と云ツたところで、決してそれが長く続きませんからな。いいや、長く続けたいのです。な、長く取りつゞけたいのでしやう、誰とても。

「しかし、さう行《ゆ》きませんでしやう。

「よしや、いくら多く鮑が居たとしても、その巣が何百里つゞいて居るものですか。何百里はおろかなこと、何十里つゞいて居るものですか。どうして〳〵何十里どころか、何里つゞいて居るものですか。取るのは烈《はげ》しくて、本《もと》の量《かさ》はいくらでも無い。たちまちのうち、実に何年と立たぬうち、必らず取り尽くしてしまふのです。游泳《いうえい》不定、すなはち流動不定の魚属に対してのみ此亡状《ばうじやう》は存在するのではありません。いや、つひ言葉が些しむづかしくもなりましたが、とにかく山林の濫伐《らんばつ》、すなはち山の立ち木の無茶苦茶の伐《き》り取り、すなはち陸《をか》のうへの、ひとつの所に定まツて居るところのもの、それらに対しても、それゆゑ、相応の保護を政府、この御上《おかみ》、その手で行なツて貰《もら》はなければ為《な》りませんのでしやう。御上がすなはち止《や》むを得ず、便宜向かふ何年間とか何《なん》とか禁猟、すなはち禁断の命令を発することになるのです。

「さうして、禁断となると同時、困るのは折角《せつかく》そこで夫までうまい汁を吸ツて居た漁夫《れふし》でしやう。うまい汁を吸ツて居る時分から必らずいくらか贅沢《ぜいたく》にも慣れて来る、その癖がさて急には直らず、くるしまぎれそろ〳〵悪事に志して来る。あるひは他人の猟区を犯して、血を流し合ふやうなことにもなる、結局は破産、殺傷、入牢《じゆらう》、さればそれからまだ〳〵いろ〳〵賊《ぞく》ともなる、堕胎《だたい》ともなる、放火ともなる、酒ともなる、博奕《ばくえき》ともなる――さ、云ひ尽くせません。

「それと云ふのがもと〳〵狭い所に只あがき、只もがき、只食ひ合ひ、只蹴合《けあ》ふからです。

「よく御聞き下さい、世の中はさう狭いものでないといふことを。よく御考へ下さい、世の中の海には何処でも金といふ魚《さかな》が泳いで居るといふことを……」

どツと高わらひの声が一座の中《うち》から破裂すると同時、進も共に吹き出した。

はやくも聴衆のうちには感《かん》じ入《い》ツて頸《くび》かたむけたものがあまた出来た。

聴衆のうちには胡坐《あぐら》を急に立て膝にしたのも出来た。

聴衆のうちには火を点《つ》けやうとしたまゝ点けもせず、その儘烟管《きせる》を握りつめたのも出来た。

「狭いところに友食《ともぐ》ひして苦しみ、友倒《ともだふ》れして悩む、これほど気の利かぬはなしは無い、それを偖《さて》、やれ世は進んだの何《なん》のと云ツたところで、やツぱり多くは然うして友《とも》つぶれに弱ツて居る今日ではありませんか。

「わたくしも学問はよく知りませんが、われ〳〵の先祖、むかしの日本人と云ふものは随分大海《だいかい》が平気で、どこまでも飛び出したと云ふ事は聞いて居ます。いかに固まり主義、縮《すく》み主義の縛《ばく》の縄で徳川が日本人を縛ツてしまツたからとて、この明治の今日、腕づくの世の中になツてもやはり其とほり外国へは一足でも踏み出したくないとのみ思ふ人間が有るやうでは誠に〱情無いのです。御承知の台湾、あれから海一筋わたると比律賓《ひりつぴん》、その島残らずでは一千万人も人が居ますが、そこへわれ〱の先祖の日本人は三百年のむかし既に日本この本土を去ツて木《こ》の葉舟《はぶね》を風に飛ばせて、皆行《い》ツて威張《ゐば》ツて居たのです、只それ丈を云ふのでは詰まりません。私は取りわけ、漁夫《れふし》たるあなたがたに向かツて、特別に聞いていたゞかうと思ふ事を一ツ是から云ひたいのです。」

進の声は甲《かん》ばしツた、張りを加へた。その目は異光をきらめかした。その唇はわなゝいた。

「日本で云へば足利天下の末、この日本は戦争で沸き立ちました。その中から日本よりは外国をと遠い所へ目をつけて南支那《しな》から印度《いんど》あたり、又は比律賓へ展《の》しわたツた武士どもが沢山でした。その頃、久留島《くるしま》、大島などゝ名のる一族は大抵もうすこし、今一息で比律賓に於《お》いての西班牙《すぺいん》軍を追ひ払ふといふ所までにさへ為《な》りました。が、さてその時です、その時彼等《ら》大島等《ら》が連れて行《い》ツた日本人はそも〱何ものであツたかと云ふに、さア、皆さん　どうぞしツかり御聞きください、その大抵は

「漁夫《れふし》です、あなたがた、さればわれ〱と全く同じ身のうへのもの、すなはち荒波を枕として鼻唄《はなうた》を海豚《いるか》の遠《とほ》吠《ぼ》えに合はせるわが、この神国の漁夫《れふし》です」。

進、その末の一語「漁夫《れふし》です」には故《こと》さら一《ひと》きは力を入れた。

力を入れてさう云ひなぐツて、そのまゝ一寸言葉を切ツてさて一同の様子を見れば、明きらかに又知れるのでもある、絶大の感動が一同に与へられたのも。

一同は寂《せき》とした。

一同の眉は釣ツた。

その多くの鉄拳《かなこぶし》はわれとわが膝頭にしがみ付いた。

すべて一同は片唾《かたづ》を呑《の》んだ。

進、その顔も火になツた。

「御世辞《おせじ》ではありませんよ、皆さん、皆さん。決して〱冗談ではありませんよ、皆さん。元亀天正《げんきてんしやう》のすさまじい時代、千里万里《まんり》の風を帆に孕《はら》ませて、大鳥のやうに大海を飛び、比律賓へ押しわたツたもの、其多くは漁夫《れふし》なのでしたよ。其所へ行《い》ツては流石《さすが》に伊予、土佐あたりの四国者《もの》、または

一ツはなれた紀州もの、さらに西では薩摩あたりの九州者、それら海辺《かいへん》のもの共が到底その飛び出しには究竟《くつきやう》、持ツて来い、打ツて付けなのでしたからな。御はなしは些し横ですが、今ならべた方《はう》でなく、また日本の北寄りの国のもの共は又只北へと向かひましたからな—北へ、さア、いかゞです、第一が朝鮮へ、第二が露西亜、すなはち西比利亜へ—さア、われ〳〵の先祖は皆その足跡《あしあと》を付けたのですよ、実に。ところが、それも亦《また》、その多くもまたやはりあなた方のやうな漁夫《れふし》、皆それなのです。海上は彼等の住まひ、波音は彼等の鳴り物、不知火《しらぬひ》は彼等の燈光《あかり》、陸《をか》とちがツた一面茫たり漠たる大畳《おほだゝみ》の何億万々畳《まん〳〵でふ》、その上を只すべる丈、辷《すべ》れば走る、腹は減る、力は出る、のし上がれば餌食《あじき》を見付ける、小癪《こしやく》を云へば踏みにじる、すべて皆それなのです……」

俄然《がぜん》拍手が爆裂した。実に愛敬《あいきやう》でも追従《つゐしやう》でもなく、一同は只血をさわがせて、総毛立《そうけだ》つほどになる—涙ぐんだのさへも有る。

「よく御聞き下さいよ、皆さん。只しかし、こゝは只いたづらに昔咄《むかしばな》しをのみして、古人の勇ましかツた事実を余所事《よそごと》に云ツて居るのみの席ではありませんのです。只わたくしは皆さんに向かツて、われ〳〵の先祖の大胆なのを御聞かせ申して、少なくも先祖の其志を継ぐ丈のことをどうか三百年後のわれ〳〵も為《な》し遂げるやうにしたいと、只かう思ふばかりなのです。全くの事、斯う云ふ咄し、先祖の偉業、すなはち盛んなる行跡《ぎやうせき》、それをよく〳〵後世のわれ〳〵も早く、又絶えず子供のうちから聞かせられて居る事ならば、十人が十人迄《まで》でなくとも、よしその三人でも四人でもそのため大《おほい》に気を奨《はげ》まされて、よし己《おれ》も一つと云ふ気になるものが沢山出ることでもあらうと思はれもします。何と、それが如何《いかゞ》でしやうか、学校の教科書は無論の事、然《しか》るべき書物となツて、出来る丈の力を筆に籠《こ》めて、それらの勇ましい事実を人の耳に入れやうとしたものはと云へば、嗚呼《あゝ》、実に殆んど無かツたのです。露西亜の胡索《こさつ》克《く》の児《こ》はその生まれたばかり、守《も》り歌《うた》として聞かされるのが軍歌です。馬が仆《たふ》れたならばその馬を身の楯《たて》にして敵を撃てと教へられるのです。そして又おのれが倒《たふ》れたならば、仲間の兵に楯となツて身は弾避《たまよ》けとなれと教へられるのです。ところで、しかし、日本人は？　先祖が海外へ展《の》し出した非常の偉業をほとんど隠して、嗚呼子供にも教へないのです。」

「然《さ》よ、学校は頓《とん》ともう……」

此一声《ひとこゑ》は聴衆のうち、その誰からともなく迸《ほとばし》る、それと共に極はめて愛敬の有る微笑が進の顔にほのめきもした。

「いかにも学校はつまりません。杓子定規《しやくしぢやうぎ》の仁義道徳、はア、やれ、われ〳〵も学校の門をくゞツた間《あひだ》は罰則に触れどほしの鼻つまみ者であツたのです。」

一同は無邪気に只高わらひした。

「あなたがたをして『学校は頓ともう…』の一歎声《たんせい》をその折りが有るや否やたゞちにそのやうに漏らさせるやうにするのは抑《そもそ》も扠何人《さてなんびと》の咎《とが》でしやうか。いやさ、何、そのやうな事は何うでもよろしいのです。さらば、私《わたく》しはひるがへツて本題に立ち戻ること、しますと」とばかり淋《さみ》しげにまた微笑を示した。

が、何故か、あゝ、進の眼には涙が見えた。

「いつ死ぬか知れぬのが人の命、いつ潰《つぶ》れるか知れぬのが家の命、いつ亡びるか知れぬのが国の命、決してその達《たつ》者《しや》な時、決してその繁昌《はんじやう》の時、決してその隆盛の時に何《なん》のたしかな未来、すなはち行《ゆ》く末の受け合ひが出来るものでしやうかな、さうでしやうが、皆さん、あなた方漁夫《れふし》の身の上、いゝやわれ〳〵漁夫《れふし》の身の上を危いものと世間の一般は云ふ。板子《いたご》一枚下は地獄と世間の一般は云ふ。命をつなぐため漁猟《ぎよれふ》に乗り出す舟その舟は或《ある》ひは命を波に呑ませるために訳もなく顛覆《てんぷく》する舟その舟であると世間の一般は云ふ。云ひながら、しかし、天はすべてに平等、すなはち依怙《えこ》無く贔負《ひいき》無く、陸《をか》の上でも汽車で死ぬやら転んで死ぬやら、さういろ〳〵な死に方をいろ〳〵拵《こし》らへてあると云ふのをば、扨訳も無く知りさうなものと思はれながら、又しかし知らないで過ごして居るのです。むづかしい事を私は云ひますまい。またむづかしい事をわたくしは知りもしません。が、身も、家も、乃至《ないし》国も些しでも油断すれば亡びると云ふ事をどうか何人でも考へつゞけて居るやうにと、只斯うのみ思ふのです。

「さう思ふにつけても、頼もしく且《かつ》たふといのは彼等日本の外へ踏み出して、無我夢中の只一念、かれらその人もみづから己《おの》れを知らぬ内にいつか自国、すなはち日本帝国の領地を切りひろげて行く彼等漁夫《れふし》の身の上です。

「彼等は無言です。政治家ほど口を叩《たゝ》きません。しかし、その無言の内に帝国の権力を外国へ伸ばして行《ゆ》くのです。

「また彼等は無慾です。ある社会の人々のやうに勲章を求めません、位階をせがみません、肩書きを騒ぎません。漁夫なるおのれの境涯に満足して高歌放吟を怒濤《どたう》と応答させるのみです。

「かれらは其おのれの事業が帝国の未来に如何なる絶大なる利益となツて帰るべきかは殆ど思はぬのです。それをのみ思へば必らず慾のみが出る。かれらは己れの分だけを尽くすのを知る。光風霽月《くわうふうせいげつ》、その他《た》を問ひもせず、知りもしません。

「人間には知り人《びと》に褒められるのが満足の限りです、現《げん》世《ぜ》の煩悩世界においては。錦を着て見せたがるのもその故《ゆゑ》です。桂《かつら》に住まツて見せたがるのも其故です。豈《あに》知らんや、人は褒めずとも一向かまはぬとして、国のため同胞のため道を開き、手蔓《てづる》を付けてやるため、国をはなれて天涯の異郷に放浪し、故郷《こきやう》からは一切忘《わすれ》られて、それで心には満足していさゝかも世をも怨《うら》まず、人をも咎めず、後の人の助かるやうにと種を蒔《ま》いてやツて、そしておのれは三尺の磯やかた、海草の床《とこ》に貝殻の屋根、喜憂を共にするホオムの一同、心相ゆるす一両名の友人、只それらと誠心《まごゝろ》を比べ合はせて、実におもしろく此世をおくる、実にかれら漁夫《れふし》の身は無言の弁者です、無剣の勇士です、いゝや無冠の帝王です。」

進…ながれる涙―掻《か》いぬぐツて、

「この涙は情迫ツた上のうれし涙です。漁夫《れふし》の心の大満足を敬慕した極《きよく》の感涙です、されば人に向かツて誇り得るほどの涙です！」

涙さしぐませた、また一同も。

一座しばらく寂《せき》とした。

「御聞きください、皆さん、さういふ漁夫《れふし》の身になるのは人間として名誉ではありませんか、いや、もし名誉といふのが耳ざはりならば満足の満足、愉快の愉快…ではありませんか、何と皆さん。

「私は、自分といふとをかしいやうですが、只実に、今云ツたその心をもツて、出奔後の今日に至りました。思ひ見よ、日本男児の未来に発達すべき大手腕を。むかしは比律賓に伸びやうとして鎖港《さかう》主義の政府に妨げられ、むかしは朝鮮から西比利亜に及び行《ゆ》かうとして圧迫一図《づ》の政治に止《と》められ、いきほひは只ひとりこの狭い日本にのみ咽《む》せ返ツて、さてまだ〳〵十分に噴き出し得もせぬところで、何《なん》ぞ知らんや豈おもはんや、われ〳〵の一類たる漁夫《れふし》がさすがまだ〳〵三百年前の意気を貯へて居て、誰に勧められもせず只気を引き立て、風にもたれ、波に乗り、今は朝鮮の海に浮かび、やゝ東薩加《かむちやつか》へも犯しかゝると為《な》ツた、その功績、すなはち手柄《てがら》は何《なん》の位階、何の勲章、また何の、何色の綬《じゆ》をもツて表彰することが出来ましやうか。しかも、彼等はそれら俗世界の鍍金《めつき》を求めやうともせず、しかも彼等はそれら俗世界の栄爵《えいしやく》に焦がれて椅子《いず》を争ひ、投票を貪《むさぼ》らうともせず、別にそれを大功と思ひもせず、そしてその大功を世に残す、その心根の清らかさ、その事業の気高さに対しては、なるほど、彼等が彼等より真理においてはるかに下なる俗界の栄誉を、よし受けたところが嬉しくもなく、すなはち心にも止めぬと云ふのも元より怪しむに足らぬのです。いかゞです、皆さん、皆さんの御仲間の漁師《れふし》の一部は既に今申すとほり朝鮮から露領《ろりやう》に掛けて、それ丈の力をおし進めて居るのです。しかもその仕方に一分一厘も残酷なところの無い、それ実に千万の褒め詞《ことば》でも実に褒め切れぬのです。

「よく〳〵御考へなさい、彼等がさうして外国へその手を伸ばし、その利益を（しかも正当なる労力をもツて）わが手に収めるのは実にその意味においては真に〳〵立派な、最上無比なる帝国主義で、同時にまた残虐のまるで無いところの大威力の征服です。

「さ、むづかし過ぎましたかな、言葉がすこし。云ひ代へれば、それが本当の文明の戦争で、そしてそれがその戦争の立派な勝利です。

「御聞きください、皆さん、世の中には、こゝに一ツ、わたくしが馬鹿と名づける、実に妙なものが有ります。」

と、進は冷笑した。

「兵力をもツて他国を奪ふ、それも受けた恥辱にむくいるとか何《なん》とか云ふならばまだ格別、たゞ――武力を玩《もてあそ》んで他国をうばふといふ事、すなはちそれです。

「よろしうございますか、兵力で人の国を奪ふ、すなはち戦争をして人の国を奪ふと云ふこと、実にこれほど浅ましく、なさけ無く、又おろかな事は有りますまい。その国の人民の承知せぬ法律を無理に守らせ、その国の人民の低《さ》げたがらぬ頸を強《し》ひておのが旗に向かツて低げさせ、只の暴力、すなはち腕づく、すなはち鉄で、すなはち火で、血で、死骸で、殺人で、白昼また列国の環《くわん》視《し》の前、大胆に、いゝや、恥知らずに乱暴なまゝに振る舞ふと云ふ事、その時だけは或ひはそれでも済みは為《し》ましやう、受け合ツてそれが永久の征服といふものになる訳は無い――と、云ふのを、しかし、世の多くは皆思はぬのです。

「わたくしの云ふ帝国主義、たとへば今御はなしゝたやうな、朝鮮へ乗り出したり、又は東薩加《かむさつか》へ乗り出したりする漁夫《れふし》の行ふ所業は実に一点の残酷も無く、一士官の勲章のために百人の士卒の血をつひやすやうな非義非道もなく、まことに道理によツて道理の利益をわが手に取るといふ、実に（たとへて云はゞ）仁人の帝国主義です。

「と云ツて、わたくしは皆さんに向かツて、空《くう》ばかりを云ひますまい。とにかく、手近い一つの統計、その簡略なところを御聞かせ申します。よろしうございますか。

「これは最も新らしい統計ですが、今年だけで云ふところで朝鮮慶尚道《けいしやうたい》――今御はなしゝたとほり私の行《い》ツた地方ですな――その南に向かツたところは皆海で、さてその辺で今現に漁猟を行なツて居る日本人は凡《およ》そ四百五十余人は居ます。それで凡《およそ》一百艘《そう》、それだけの舟をば持ツて居ます。

「四百五十人に一百艘、それだけでは只わづかとしか思へますまい。が、それでも、実に一ケ月平均、それら漁夫《れふし》の稼ぎ高は凡そ一万三千余円です。」

一同はいかにも驚いたらしい顔をした。

「そこで其資本はいくらかと云ふに、凡そ二千五百円、只わづかそれだけです。

「雨風の危険もなるほど有る。しかし、一万三千円を取り上げる、その資本はと云へば、いかゞです、只わづか二千五百円ばかりとは！

「すなはち一万円以上はどう転んでも利益です。一万円、嗚呼とにかく一ケ月一万円、それが只四百何人、まだ五百人には足らぬ漁夫《れふし》、その腕から生む国の利益です。」

「待ちなさい！」と聴衆、そのうちの一人《にん》が早《はや》すでに身もだえして、「なんぼ？　一万円？　四百人？　まづ五百人と見つもりツて、なるほど、一人前が二十円！　ふウむ、はアて、なアるほど！　二十円が一人前、すると私《わし》どもの家《うち》の惣勢《そうぜい》で、五人居るによツて、斯うと、二五の、ひやツ！　百円かいな！」

とばかりで眉は伸び〳〵した。

進は微笑、手をふツた。

「待ツてください、しばらく。」

「本真《ほんま》にか？」と、さて、尚、しかし。

「真実です」と力を入れた。「それでゞすな、皆さん、その魚《うを》は決して売れ先に困るなどゝいふ事は無いのです。積み送りに舟の自由が利く。露西亜へも売る。朝鮮へも売る。云ふまでもなく日本へも送ります。

「決して御おどろきなさるな、皆さん。われ〳〵が捕ツたそれらの魚《うを》をば此中の皆さんのうち、目で御覧になツたことも有り、また口で御味《あぢは》ひになツたことも有る、さういふ方が有るのです。

「決して御おどろきなさるな、皆さん。あなた方の中で大阪へ御越しになツた方も多分ある、九州へ御越しになツた方も必らずある、それら方々《かた〴〵》は或ひはそれを見、または味はひもなさツたのです。

「われ〳〵が捕ツた魚《うを》は皆そこらへも回るのです。

「よろしうございますか、鱧《はも》ですな、京阪地の名物として名高い鱧ですな、あれ皆、その多くはわれ〳〵が捕ツて送り来《きた》したもの、決して〳〵皆日本産ではなく、朝鮮の海のものです。生のまゝ先《まづ》神戸へおくり、神戸から大阪、それから京都、又は奈良、乃至あるひは名古屋へまでも時としては散らされるのです。

「例として云ふべきはまだ〳〵〳〵。鱧に似た魚《うを》、すなはち鰻《うなぎ》、これまた一入《ひとしほ》おどろくべきものです。鰻は東京人の好物、その好物はまたやはり朝鮮のです。朝鮮の慶尚《けいしやう》道《たい》、全羅道《てるらたい》、右両道《りやうだう》の間《あひだ》を流れる岳陽江《がくやうかう》、その河口《かはぐち》で捕る鰻がすなはちそれで、まづ大阪へと送られ、さらに大阪商人の手を経て、京都は無論、名古屋へも入り、浜松へも入り、静岡へも入り、さらに押し進んで、東京へも入《い》るのです。東京で江戸まへのうなぎなど、云ふ。何《なん》の〳〵、決して〳〵。その主なのは外国のです、朝鮮のです、江戸前でなくて朝鮮まへです、東京人は居すわッた儘朝鮮の鰻の、その蒲焼《かばやき》を味はふのです。」

一座たゞ息を呑む。

「鯛《たひ》も亦さうです。これは鰻とちがツて生のまゝ甚しく遠くへは送りませんが、しかし其多くは塩漬けにして九州へおくるので、実に九州の多くの人は矢張《やは》りまた居すわッた儘、朝鮮産の鯛を食ふのです。

「さて、しかし、その鰻も皆日本の漁夫《れふし》が捕るのです。その鱧も皆日本の漁夫《れふし》が捕るのです。その鯛も皆日本の漁夫《れふし》が捕るのです。決して〳〵〳〵本国の朝鮮人の手を煩はすのではありません。あるひは彼等朝鮮人を手先にこそは用ゐもします、決してその指揮命令の下に日本の漁夫《れふし》が立つのではありません。まして況《いは》んや支那人に！　また、まして況んや露西亜人に！　これら平和の戦争の方面において、未来のわれわれ日本人の勁敵《けいてき》たるべきものは無法の膨脹力《ぼうちようりよく》を有する彼等スラヴォニツク人種、すなはち露西亜人たるは今から予言しても、実に今から印紙を貼ツて受け合ツても差しつかへないのです。然り、露西亜人がですよ、皆さん、北の大国民たる露西亜人がですよ、その露西亜人でわれ〳〵日本人の大敵になるのですよ。よろしうございますか、皆さん、北の大国、億万の人口を持つ露西亜人がですよ。

「いや、しかし、こゝは政治をいふ席ではありません故、私もその訳をくはしくは云ひますまい。只、どうか然う思ツて下さるやうにのみ願ひます。しかし、今も云ひました、それは平和の戦争においてなのですよ。云ひ換《か》へれば、職業上または商売上の駈け引きにおいて、つまり彼《か》の強大なるべき露西亜人が、実に是から真実の文明に進み入るべき彼等露西亜人がわれ〳〵日本帝国の人民に取ツて容易ならぬ大敵となるのですよ。皆さん、よく〳〵〳〵察して御聞き下さい。露西亜人は刀や鉄砲の上においてわれ〳〵の敵ではありますまい、必らずしも。また必らず敵としたくないと吾々は心から望むのですよ。しかしながら、その他《た》の戦争、すなはち職業上商売上の戦争においては、何《なん》にせよ柄《がら》のそれだけ有るあの国、容易な相手ではなくなりますよ。

「皆さん、もツと突き進んでわたくしも実は云ひたい、が、今はとにかく是だけにしなければ為《な》らぬといふ、この私に苦しい所が実に有る、それ丈をどうかよく御察しください。とにかく、それ故です、それ故、日本人が日本人の力を十分朝鮮に植ゑ込んでしまふといふのが、これ、じッつに一日も早くと急がなければ為《な》らぬ事でしやう。」

進は此時さながらの烈火である。

「豈知らんや、日本の漁夫《れふし》がすでにその準備を付け、すでにその実行に就いて居るではありませんか。

「豈知らんや、さうして彼等日本の漁夫《れふし》は其おのれの方面においての露西亜人の力を打ち砕き、打ちやぶり、よくたゝかひ、よく破ツて居るではありませんか。

「豈知らんや、岳陽江にすこし戦陣を張り出した露西亜の漁夫《れふし》の一隊をば駆逐したではありませんか、然り、実に日本の漁夫《れふし》が！

「豈知らんや、彼等日本の漁夫《ぎよふ》はその露国の漁夫《ぎよふ》の跡を逐《お》ツて東薩加《かむちやつか》の海まで侵入しやうと志すではありませんか。

「豈知らんや、彼等日本の漁夫《ぎよふ》は清廉な思想、質素な生計、堅忍《けんにん》の心性、突進の大勇、沙浜《すなはま》よろしい、岩角かまはぬ、東薩加《かむちやつか》の海辺《かいへん》その何処にでもテントを張ツて、一挺《ちやう》の三味線《さみせん》に一樽《そん》の酒、その遊ぶ時は故国の謡《うた》をうたひ興じて、塵《ちり》の世の妄想《まうざう》を心に描かず、そして毎朝はやく起きると共に、はるかに先仰《まづあふ》ぐ東の空、その空の旭日《あさひ》の影を、嗚呼、実におのが故郷そのもの、姿と見て、潮水《しほみづ》に口と手とを清めて、礼拝《れいはい》を遂げるよりほか更に余念も無いではありませんか。

「かれらの張ツたテント、その尖《さき》にはかならず〳〵日の丸の旗がひらめくのです！」

同時、進は実にこゝに至ツて涙一杯の目になツた！

一同、聴く一同、また〳〵実に涙となツた。

すべて、涙、あゝ尊厳の極《きよく》、高貴のかぎり、美玉とも霊液とも比《たと》へ得られぬ涙である。

進は実に声ふるはせた。

「よく御聞きください、日の丸の旗はまづわれ〳〵の一類たる漁夫《れふし》の手によツてそのとほり朝鮮の海辺を掠《かす》めて、すでに露領の東薩加《かむちやつか》にまでひらめいて居るのですよ。

「さてそれを日本の如何なる政治家が奨励してさうさせたのでしやうか。

「さてそれを日本の如何なる文筆の士が叱咤《しつた》してさうさせたのでしやうか。

「いや、いや、いや。

「政治家の力では無かツたのです。『様《ざま》を見ろ〔！〕』です、文筆の士の力でもなかツたのです。それ、実に、かれら只の漁夫《れふし》、政治家や文筆の士からは無教育の、只のあらくれ者とのみ見なされて、殆んどその歯牙《しが》にも掛けられぬ、かれら、いゝや、われ〳〵漁夫《れふし》、只その力に因《よ》ツたのです。いかゞです、皆さん！

「かれら漁夫《れふし》はわれ〳〵の一天万乗《てんばんじよう》の　天皇陛下の御支配外《ぐわい》の他国、慈愛なるその御膝下《みひざもと》をはなれて、事ごとに御袖《おそで》の蔭《かげ》の保護、直接に一滴の、その御涙《おんなみだ》を受けるには遠過ぎたところに在る、云はゞ、ほとんど孤児です、親無し子です。しかし、尊影は胴巻きに護《まも》りたてまつツて、一年の一日、十一月の三日にはその磯辺のテントの中《なか》にうや〳〵しく飾りたてまつツて、礼拝《らいはい》を行ふ―と、いふ丈をもツて満足する丈の、その、遠くはなれた異国において、しかもわが思ふが儘、腕ぶしの続くかぎり、たゝかふわ〔！〕あらそふわ！　突撃するわ！　大山《おほやま》をくづす高波、高波を狭霧《さぎり》に吹き飛ばせる大風《おほかぜ》、それと闘ふ、人ともまたたゝかふ、その、さて、腕ぶしは何《ど》うか―あゝ二尺の腕ぶし、その、さて、身体は何うか―あゝ五尺の血と骨、その、さて、元は何うか―あゝ、只、只、只一つの魂、それ一つ！」

進は躍《をど》りつ、舞ひつした。

「一言《ごん》で云へば、云ひ尽くせぬと云ふ、それ丈をもツて云ひ尽くしたと云ふのみです。

「皆さん、これが日本人の元気ですよ。

「日本人は斯うして他国へ出て、不思議に強くなりますよ。

「法律のほとんど無いところに行《い》ツて、嗚呼、実に日本人は心の法律の保護に力を付けられて、黙々《もく〳〵》の間《あひだ》、無言の中《うち》に道理有る、仁義なる帝国主義の実行者となツて、進む！　進む！　実に進む！　赫《かゞや》く旭日の影をおしすゝめ、きらめかし、そしてその土地をも暖め、その国をも養ふのです。

「天性です、それが日本人の！

「明治までの間《あひだ》、南方比律賓へ伸びかけて伸びそこなツた日本人の潜勢力《せんせいりよく》は噴き出す一方の口を求めて、さう朝鮮から露西亜まで及ぶのですよ。

「多数の勢力、すなはち大勢の力、その一つに寄り集まツた力の限りも無く恐ろしいと云ふ事実に対しては証拠を挙げるのも直《すぐ》のことです。今御はなしする慶尚道《けいしようたい》、もしくは東薩加《かむちやつか》の一部には既に日本人の住宅が食ひ込み〳〵出来ました。日本人の一部落、日本村とでも名づけるべき所は向かふ何年と立たぬ内にかならず出来ると云ふことは今はやく断言しても決して違ふまいとも思はれるところで、さて其辺の土地に対して、それから又自然々々日本人が及ぼして行《ゆ》く感化といふものは、目にこそ際立《きはだ》ツては見えぬものゝ、それは非常なのですからな。

「日本の国語、すなはちわれ〳〵の国言葉が段々はびこるのです。

「日本の風俗習慣などが段々またはびこるのです。

「日本の唱歌が段々空気にしみわたツて、いとゞ日本語のはびこり方を助けるのです。

「日本の料理が段々はやり進むのです。

「それら目に見、耳に聞き、口に味はふもの抔《など》から自然自然に感化を受けて、かれらその本の主人たるべき国民もやうやく日本の趣味になる、すなはち日本風になるのです。苦々しいが、西比利亜地方その内地には日本からの醜《しう》業婦《げふふ》がそれら日本風の一切をだん〳〵はびこらせてさへ行《ゆ》くのです。例として云へば、そのとほりです。ましてや漁夫《れふし》たる多数の軍隊、平和の戦争においての精兵、それら且たゝかひ、且勝ち、占領したところは年々に殖ゑる後詰《ごづ》め〳〵で、ひた押しに只心太《ところてん》のやうに押しすゝむ、まツたく際限は無いのです。

「いかゞです、皆さん、斯うして外国の骨に入り、肉に食ひ込み、その土地をも肥やしながら精分《せいぶん》は吸ひ取るも吸ひ取る、こと〴〵く故国すなはち此日本帝国の滋養分となツて、そして向かふ二十年五十年、乃至百年百五十年に至るとなツては、さて如何《いかゞ》、その外国はその実日本か外国かまツたく分からなく為《な》るのです。

「日本か外国かわからなくなるのです、外国か日本か分からなくなるのではありませんよ、さて。で、しかる時、その土地は？　事実においては日本のです。

「しかも、その国の人民は決してさうして彼等漁夫《れふし》の権力の下になるとしても、怨みなげく訳などは無いのです。漁夫《れふし》は、さうして其土地に仮り小屋をこしらへて、その海の産物をば取るとして、わが手さきには朝鮮人、もしくは露西亜人をもかならず交ぜ加へてやツて、相当な報酬は必らずそれ〴〵に与へてもやる、そして、その上日本人の勢力が殖ゑ加はると為《な》ツて日本の巡査も必要になり、日本の金銀貨も立派に通用し、日本の一切の物がそのまゝ是非とも入《い》るとなツて、さてそのうへ何《なん》として日本人一切を拒めるものですか、また何として日本人を怨みもしくは憎めるものですか。なるほど、多少は心もちの違ひから喧嘩《けんくわ》ぐらゐは有りましやう。が、それらは顧《かへりみ》るにも足りますまい。

「御はなしはや、長くも為《な》りますが、しかし、また差し当たり適当と思はれるまゝ、わたくしの苗字《めうじ》に付いてもまた些し御はなし為《し》なければ為《な》りません。御承知の如く、わたくしの苗字は高麗、その高麗はいかゞです、そも〳〵朝鮮国の一部の地方、すなはちむかし三韓と云はれ、新羅《しらぎ》、任那《みまな》とならべ称せられた他《た》の一国、その国の名とおなじではありませんか。な、学校へ御出《おい》でになツた方は御承知でしやう、日本歴史にさう出て居ましやう。」

聴衆のうち、その年わかの者どもは総《す》べて一同うなづき〳〵相応じた。

「さて、その高麗といふ名ですな、その名を私の家でむかしから苗字とした、その子細はどうであるか、それは全く私にもわかりません。が、いろ〳〵の書物に載ツて居るところから段々推して考へれば、どうやらわたくしの先祖もあるひは今の朝鮮人のその本《もと》、すなはち高麗人《こまじん》で、それが此大日本に移住、すなはち移り住み、やがて帰化、すなはち全くの日本人と為《な》るに及んで、むかしを忘れぬためとて故国の名の高麗をその苗字にしたものらしいのです。

「只ならば此やうに私もこじつけません。朝鮮人の帰化人が実に此大日本国には沢山有ツて、しかもそれがいづれも大むかしからであるとの事はたしかに歴史といふものが証拠立《た》てゝ居るのですからな。」

聴衆の目はきらめいた。

「よしや私が朝鮮人の末孫《ばつそん》であるといふ断定は曖昧《あいまい》ゆゑ、決してしかとは云ひ得ぬことゝしても、実に朝鮮人が日本に帰化し、まツたくの日本人となツてしまひ、又その血を日本の土人にも交ぜたのはたしかですからな。

「なるほど、それは朝鮮人のみでなく、隋、唐、宋あたりの支那人の血もなか〳〵日本の土人のと交《まじ》る、一方はまた呂宋《るそん》をはじめとして今日の一切の比律賓、彼のミンダナオ島あたりのとも互ひに交り合ツた、それらは証拠も十分挙げられるほどなので、それといふのがもと〳〵此大日本の地勢が北から南へ只長く、寒帯から熱帯までほとんどわたり、交通すなはち行きかよひの第一の便宜たる海の水といふものを自由自在に持ち、それと同時に漫々《まん〳〵》たる大海中に一つの堤防とも云ふべき形《かた》ちになツて居て、自然また他国から漂着して来るものを多くよく逃がさず受け取るといふ天然の好都合が有ツたゆゑなのです。

「で、日本のわれ〳〵の先祖はそれゆゑ外へ飛び出すのもよく飛び出しました。が、また流れ寄るのもよく流れ寄らせました。はやく神功《じんごう》皇后が三韓征伐と御こゝろざしになツたのも、やがて行《ゆ》けば三韓といふ国がたしかに有ると御承知になツて居たればこそで、さう思《おぼ》しめしを固めさせ奉るやうにしたのは其飛び出しや流れ寄り、それらもの共がつまりその本なのでしやう。」

その声はやゝ沈んで且おもい。聴衆は粛《しゆく》とした。

進、その声の調子もきはめて厳《げん》に〳〵なツた。

「つら〳〵按《あん》ずるに、この大日本帝国に対してはじめて入貢《にふこう》したのは任那といふ国でした。

「くどいやうですが、その任那といふのは三韓といふ国の一国ともされた国で、すなはち今の朝鮮国の一部分です。よろしうございますか、皆さん、大事のことゆゑ、よく御聞き留めになツて下さい。

「その任那といふのは扨朝鮮の、どの辺であツたかと云ふに、それがです」

と、進は微笑した、―

「わたくしの出奔したさき、すなはち、さき程も御はなしゝた朝鮮の慶尚道《けいしやうたい》、その西南《にしみなみ》に寄ツた所でした。

「よろしうございますか、慶尚道《けいしやうたい》、しかもその西南―と云ふと、その場所は大日本の九州の西の部分と向かひ合ツたところです、対馬あたりのすぐ向かふです、日本からは一番近いところなのです。

「任那、その国が他《た》の国より先に第一となツて、大日本帝国に交通を開いたのは云ふまでもなく、その地理の御かげで、その場所が殊に他《た》よりは大日本帝国に近くあツたといふ、その一点にも因ツたのでしやう。」

「御言葉の中《なか》ですがな」と、口をさしはさんだのは那羅村長であツた。

「高麗さん、思ひあたる所が私《わし》にも有ります。甚しくは御邪魔しません、一言《ごん》だけ云はせて下さらんか。」

「御思ひあたりになる所が?」と進は打ちかへした。「なるほど。しからば、どうぞ仰《おつし》やツて。」

那羅は特許を得て、にツこりした。

「思ひあたる所が有るのです。わし共に伝はる先代の記録にもこの辺、この舞鶴もよりから、やゝはなれて若狭《わかさ》地方へ掛けてゞすな、その辺へ掛けて、むかしから朝鮮の漂流民が来たといふ事がたび〳〵有ツたやうに書いてあります。」

一同は目を円《まる》くして村長の顔を見つめた。

「ごもツとも」と、進は微笑《びせう》で。

「その漂流の朝鮮人は大抵慶尚道《けいしやうどう》とか―な、ケクシヤクタイとか仰やツたな―その辺、その地方、そこらのであツたさうで。」

「まツたくです、仰やるとほりです。漂流と密接の関係ある潮流、それについての委細は今云ひますまい。しかし、そのやうに此辺へも朝鮮人が漂着したとの事実を村長あなたが古書に徴《ちよう》して御みとめに為《な》ツたと云ふ事は今のわたくしの弁論に対して十分有力なる味方ともなるべきものです。」

顔あかめて村長はうなづいた。

「ところで、前に戻りますよ、皆さん。今御はなしゝたやうな訳、三韓のうちまづ任那人がこの大日本へと来た、それが実に崇神《すじん》天皇の六十五年、すなはち神武《じんむ》天皇紀元の六百二十八年、今から大略《たいりやく》二千年まへ、凡《およそ》その辺でした」。

「二千年!」

一同は気をそろへたやうな声低いながらもすべて皆から繰りかへした。

「崇神天皇のつぎが垂仁《すゐにん》天皇、その三年、即《すなは》ち神武天皇紀元の六百三十四年、前の任那の入朝からわづか七年目で、新羅、すなはち三韓の一、その王子の天日槍《あめのひほこ》といふ人が帰化しました。

「もツともその前年に任那人は一旦帰国した、それから考へると、大かたそれが国へ帰ツてした土産《みやげ》ばなしに心をしたゝか動かされて、さらに他《た》の国、すなはち新羅、その王子が帰化する事になツたのでしやう。

「それから久しく打ち絶えました。真に打ち絶えたのでもないが、記録に只書きおとしてそのまゝに為《な》ツて居るものやら分かりませんが、とにかく先《ま》づ打ち絶えたとして、つぎに神武紀元の七百十九年、御門《みかど》は垂仁天皇、そしてその八十八年、新羅から清彦《きよひこ》とか云ふものが来て、宝物《はうもつ》を献上しました。この清彦は前の天日槍の曾孫《そうそん》とか、何でもそのやうな話しです。さて、しかし、それから仲哀《ちゆうあい》天皇の九年、神武紀元の八百六十年、その年がまた実に大切な年なので、すなはち其年の冬になツて、実に彼《か》の神功皇后が三韓を御攻めになツて、めでたく凱旋《がいせん》あそばされたのでしやう。

「その後《のち》は大抵の人が御承知のとほり、先方三韓から絶えず此大日本に向かツての御機嫌うかゞひとなり、いろ〳〵な品をも献じ、さま〴〵な職人をもまゐらせ、俄《には》かに此国が開《ひら》ける事になツたのでしやう。

「ところで、三韓にもその相互ひ同士絶えず戦争が有り、そこへは大日本からも兵をおくツて助けるべきは助け、さうして又紀元九百三十六年となる、すなはち皇后が三韓から御還幸《おかんかう》になツてから凡そ七十年ほど過ぎるところで、実に際立て云ふべき事、すなはちその年、応神《おうじん》天皇の七年、三韓が打ち揃ツて御機嫌うかゞひに来るといふ事に為《な》ツて、即ち事実に於いて

「三韓は全く大日本帝国の領地となつたのです。よろしうございますか、皆さん。

「実はこのやうな事何もあたらしさうに云ふほど珍らしい話しではありません。しかし、多くの日本人はそれを只むかし話しのやうに今日では只聞き流す丈で、つく〴〵その時の事を心に深く思ふといふ事もせぬ、それや是やで又わたくしは際立てゝことさら茲《こゝ》に斯う煩らはしいまでに云ふのです。御察しください、どうか皆さん。

「神功皇后の御手柄《おてがら》により、つひに一旦は三韓が日本帝国のものとまでなツた時代も扨、嗚呼、あツたのか〳〵〳〵と思ふと共に、二千年後の今日に至るまで東洋の乱れの本《もと》となりかねぬ朝鮮が気の毒にもまだあのやうな有りさまで

あるといふ有りさまを見ては此われ〳〵日本帝国の人民は扨云ふに云はれぬ、まツたくの所掻きむしりたいやうな心もちにならずには居られますまい。」

感がその極《きよく》に達したか、進その顔はむしろ蒼《あを》ざめた。その唇は、しかも、ふるへた。

一同、それまた只無限の感慨に打たれ切ツた。

「よく覚えて居てください、その年は応神天皇の七年ですよ、その年は。

「よく覚えて居てください、その年は日本がまるで朝鮮を領地とした年ですよ、その年は。

「さて敢《あへ》て聞きたくもなるのです、かほどまで大切な年、是非日本人として覚えて置かなければならぬ程のその年を、さて、いかなる学校の教科書にきツかり際立て丶、われ〳〵の子供の脳髄に刻印として打ち込むやうに、十分しツかり書いてありますか！」

進はこ丶に至ツて言句が塡塞《てんそく》したらしく、や丶身をもだえさせて無言になツた。

やがて烈しく卓《たく》を打つ。

「無い！　ほとんど無い！」

同時、冷笑した。

「よろしいです、それは夫で。」

また冷笑を二つ三つ重ねた。

「それからは帝国と三韓との交通は全く数しげくなりました。それと共に移住の交換となりました。

「移住の交換、つまりこちらの人民も朝鮮へ行ツて住まふと共に、朝鮮の人民もまた盛んにこちらへ来ました。あへてわたくしは盛んになりましたと繰り、繰り、繰りかへして云ひます。まツたく両国人民の混血方法、いはゆるアマルガメェシヨン、すはなち双方の血の交ぜ合はせは此頃からさかんに此大日本に行はれたのです、まツたく。」

一同はまるで目を見張ツた。

「それと共に支那人もまた交りに来ました。しかし、支那人の事については今くはしく云ひますまい。とにかく帰化人の数は年々殖ゑまさる、五人十人の細かいところは殆んど分からぬくらゐ、天智天皇の四年ごろには早《はや》すでに百済《くだら》の帰化人を一まとめにして今の近江へ住ませるに至り、またその八年ごろには又同じく百済人七百人ほどを近江へおくり、やがて持統天皇の朱鳥《しゆてう》二年（紀元一千三百五十年）となツては高麗、新羅の人民を常陸、下総、武蔵の三国へさへ分けました。い丶や、それから、まだ〳〵〳〵。

「そのつぎの五年には百済人を甲斐へ移しました。

「そのつぎの六年には又一組みの新羅人を下野へ移しました。

「そのつぎの七年となる。また帰化する百済人、またそれを武蔵と下野と、その辺へ移しました。

「年移ツて紀元一千三百七十六年、すなはち元正《ぐわんしやう》天皇の霊亀《れいき》二年となツて、又も一組みの高麗人を武蔵へ移し、そのため郡《こほり》を別に立てゝ、高麗郡《こまごほり》とさへ名づけました。高麗郡の名は今日までも残る、その、さて、郡の名がつまりわたくしの姓なのです。」

その声にも力が入ツた。聴衆は愕《がく》とした。

何をどうと云ふこともなく、一同は只、只、只進の顔をきツと見つめて、只その歯の根に力を入れた。

「と、まづ此くらゐにして置きます。わたくしの苗字がさういふ所に因縁《いんえん》の有る、それだけで私は只はや何《なん》となく朝鮮に対して、云ふに云はれぬ心もちがすると共に、中《なか》むかしから日本の勢力が国内にのみ蟠《わだか》まツてしまツて、つひにその、それほどまで関係の深かツた朝鮮とこのわが帝国との間《あひだ》がはなはだしく離れてしまツた事について、只何《なん》となく涙がさしぐむのです。

「さう思ふにつけ、また比律賓のことも亦この胸に衝《つ》きのぼるのです。比律賓について此席ではくはしく云ふ必要も有りませんが、只しかし、あなた方に御聞かせ申したいのは比律賓の片田舎へ行ツて見たところで、まるで日本の本国に居るやうな心もちのするとの一条で、丁度朝鮮でわれ〳〵が注連《しめ》かざりを見て、云ふに云はれぬ心もちになるのと同じことなのです………」

と、進はまた涙ぐんだ。

「一時仁川《にんせん》で汽船のボオイになツて、わたくしも比律賓へ行《い》ツた事も有ります。その片田舎の百姓家《ひやくしやうや》は形《かた》ちから造り方からまるで〳〵日本と同じです。その百姓家の構への様子もまた全くの日本風です。藁《わら》ぶき若しくは萱葺《かやぶ》きの様子、自然木《じねんぼく》の門、門前の溝へわたした板橋、蔓草のしげツた垣、垣の中からさし抜けて見える芭蕉や棕櫚《しゆろ》、欄杆《らんかん》もさながら日本風の掃き出し二階、常食にする米の飯、その上にまたまるで日本人と変はらぬ顔だち、言葉の訛《なま》りに九州と四国との音のよく〳〵聞こえるなど、只わたくしの腸《はらわた》は千切《ちぎ》れました。これは只問題外、比律賓だけの咄しです。朝鮮の土民の家について、その松飾りや注連縄《しめなは》を見ては全く只血がさわぐのです。何《なん》ぞ知らん、松かざりや注連縄は日本帝国の上古の遺風と日本では云ふ。それがそのとほり今日の朝鮮にさへ有るのです。彼等朝鮮人、かれら慶尚道《けいしやうたい》あたりの漁民が只々何《なん》をも知らぬながら、われ〳〵が村をかまへた浜辺の新年に輪かざりや注連縄をしたのを見て、あゝ同俗の国なるかなと、只それを見惚《みと》れるばかりになツて、よろこんだ有りさまは実に斯う御はなしする今、思ひ出しても〳〵無限の情に只わたくしは烹《に》られるやうになるのです。そも〳〵日本の上古に、いかなる訳で朝鮮のとおなじやうな注連かざりを用ゐて居たものか、その次第は多く云ふまでもありますまい。しかも、今日の朝鮮人がわれ〳〵のそれらの飾りを見て、また一種云ふべからざる心もちになるのも、さア、その機微―ちよツと口をは云ひ尽くせぬ或る意味は、よしや朧《おぼろ》げにもせよ、これまで御はなしゝた丈で定めて御分《わか》りになられたことゝ、実はわたくしは思ふのです。

「未来に膨脹すべき精力をわれ〳〵日本人が持つといふことの事実として、やゝ挿《はさ》みことばながら、しかし思ひ付いたまゝ、また些し云ひたいことが有るのです。やはり、われ〳〵漁夫《れふし》のうへに関係したこと、どうか宜しく御聞き取りをねがひます。

「われ〳〵日本人民が遠征を企てる元気に富むといふことを、只空《くう》にのみ聞けば、あるひは嘘《うそ》らしく思はれるか知れず、また自負のはなはだしい説と聞かれるか知りませんが、しかし、決してさうでないのです。うす〳〵は皆さんも御案内でしやう、われ〳〵日本人の同胞は漫々たる太平洋をさへ飛び越して、一方はまた亜米利加《あめりか》其他《た》へまで平和な打撃を段々浴びせかけて居ましやう。

「その結果はどうかと云へば、それら日本人の襲撃に対する応戦の条件として、さていろ〳〵の難件《なんけん》を彼れにおいても計画し出したのです。われ〳〵からの移民、すなはち出かせぎ人足にそろ〳〵彼れから難題が持ちかけられるらしく為《な》ツたのも敢て怪しむべきところは無いのでしやう。しかし、これは只の出かせぎ人足、われ〳〵の今こゝに主としていふ漁夫《れふし》そのものではないのです。一方、あたり前の出かせぎ人がさう外国に威をふるふと共に、われ〳〵の一類たる漁夫《れふし》も無論はなはだしい事をおこなツて居るのです。かれら漁夫《れふし》は決して取るべき利の有る外国の土地を小癪な妨害の下に見捨てるやうな弱虫ではありません。

「よろしうございますか、皆さん、日本から太平洋を飛び越して、一散《さん》に向かふ岸、土地のその名はコロムビア、その辺へまで押しわたツて居る漁夫《れふし》も有る、それがこと〴〵く皆日本人なのですよ。

「遠いところの事とて、肝心の本国たる日本ではそれを何《なん》とも見ぬらしいです、また故《こと》さらそれらに注目もせぬらしいです。何《なん》ぞはからん―いゝや、幾度《いくたび》も何ぞはからんをのみ口癖に云ふやうですが―実に何ぞはからんです、それら日本人の漁夫《れふし》は実にそのコロムビヤにおいて鮭を捕り、それを売ツたところで、一年およそ十二三万円を得て居るのです。な、十二三万円！」

十以上の万と聞かされて、一同は只々いとゞ驚いた。息も吐《つ》かぬ。

「その鮭は塩引きにもなる、また缶づめにもなる、さうして世界へちらばります。云ふまでもなし、本国のこの日本へも逆寄《さかよ》せになツて、その、さうして得た鮭は市場《いちば》へ押してあらはれる、それを偖決して打ち捨てゝは置かれぬのです。その、是からやがて一年一年目口に入《い》るばかりに逆寄せになツて来る鮭などをばいづれ然るべき経世の人士、すなはち政府《おかみ》のかたなどが、更に手くばりをいろ〳〵付けて、また輸出品として外国へも出し、相当な利益を国へ与へるやうにされもしましやう。が、それは其局の人のすべき仕事、われ〳〵漁夫《れふし》のあへて関する所ではなく、只われ〳〵漁夫《れふし》においては力のかぎり働らいて、只目に見えぬうちの利をつもり積もらせて、国のためにさへすれば夫で済む、さ、日本の一男子として身のつとめはそれで全く済むのです。

「世界の国々は競争はその是からいよ〳〵甚しくなるのがほとんど目に見えるのですからな。

「修羅《しゆら》の戦争は第二として、いくたびも私の云ツた平和の戦争がまツたく烈しくなるのですからな。

「御聞き及びでもございましやう、今の米国にモルガンといふ大事業家が居ます。そのモルガンは此ごろに至ツてその絶大なる怪腕をさし伸べて、そろ〳〵是からおのが米国と、また彼《か》の英国と、その双方の船、それを只おのれ一人《にん》の手に引ツつかみ、すなはち船を一手のものとし、商業の戦場における全世界の海上の権力を握りつめやうとするのです、さ、決して空談ではなく。

「これに対して、英国は只おびえました、いや寧《むし》ろ怖《おそ》れをのゝきました。

「しかし、またそれ相応の手段をかためて、いはゆる応戦、すなはち敵対する、と、せずには、其英国とて、居られぬではありませんか。

「で、今は実にです、実に只英国は大さわぎです。米が克つか、英が克つか、それは是からの見物《みもの》として、さて、これら世界の有りさまから推《お》して考へると、やがて是からの未来、是からの何年かの後《のち》においては全く実に彼の太平洋、それが世界のすさまじい戦場になるのです。

「今のところはまだです、全く。そのまだといふ所、実にその内が大切です。時機、されば、一つ只まちがへば手から辷り、手から摺《す》り抜け、逃げたがる時機なのです。ひろく云ツたところで今のところ、世界の国々の戦場は太西洋、そこで今のところで只三国、すなはち英、米、独、これだけの間《あひだ》での角逐《かくちく》です。

「が、それがです、それがもう〳〵決して〳〵今後長くではないのです。

「夢の間《ま》にやがて年は移り行く。局面はかならず変はる。受け合ツて場面は変はるのです。どう? どこへ?

「太平洋にです！

「太平洋にですよ、実に太平洋にですよ。太平洋、直接には米国と関係の有るその太平洋にですよ。間接ながらも、しかしわが帝国と露国との間《あひだ》に重大なる関係となるべきその太平洋にですよ！

「さて、そこです、その乱戦の間《あひだ》に立ツて、よく、実に、いさみ立つまで、心づよくなるまでわが日本帝国のために腕とも脛《すね》ともなるべきは実に勇壮快活なる、大胆なる、忍耐の、虚栄を求めぬわれ〳〵漁夫《れふし》、実に只それなのです。よろしうございますか、皆さん、実に只この日本の漁夫《れふし》、な………」

と、進は一つ指を折ツた、—

「そも〳〵茲にわたくしの口をして尚十分思ふさま心の底を吐き出させる事が叶《かな》ふものならば、もツと〳〵押し進め、突ツ込んで〳〵云ふのです、実に云ひたいのです。

「御察しを願ひます、この以上を、今のところで、わたくしは口外することの叶はぬのを。

「よろしうございますか、皆さん。どうぞ〳〵御察しください。むかしからの今までが只今御はなしゝたとほり、その未来百年の後《のち》を見込んで、あらかじめわれ〳〵漁夫《れふし》が卒先《そつせん》して帝国のため尽くさなければ為《な》らぬ今日これからの事業、又その方面は………」

と、進は意味有りげに微笑した。

微笑、しかも涙を含んでの、一種奇妙な微笑であツた。

以上、進が故郷の漁夫《れふし》を集めて、語句はやゝ拙ながらも、十分の熱心をば籠め〳〵て、説き示したところであツた。

今さらのやうな感動は明きらかに一同にも与へられて、さすがその一同も海には特別な馴染《なじ》みも有るだけ、山国《やまぐに》ののが聞くよりは一入の感にも打たれ、今や眼前にその外国の砂浜や磯館《いそやかた》がほのめき現はれるやうにさへ為《な》ツた。

さすがに海はそれらの得意である。しかも、その海に得意であツた、それらの先祖の漁夫は一方において漁猟者たると共に一方においては海賊となり、風雲を叱咤する航海者となりもしたのかと只さう一図にむかしを目前に忍びもする、魂も飛ぶばかりになる。

それほどの者どもを先祖に持つわれ〳〵漁夫《れふし》が何《なん》の〳〵、さて思へば、只一生を一村のせまくるしい間《あひだ》に朽ちさせて、わづかばかりの生計《くらし》のくるしみに年中を辛《から》くもおくると云ふこと、そこに心づかなかツたとは云ひながら、さて〳〵意気地無い限りでもある。

何《なん》の風が恐ろしからう。何の波が怖からう。乗り出す時はいつをでも娑婆《しやば》との別かれと覚悟を定めて、その覚悟、毎日のその覚悟に腕から魂から熟《な》れてしまツて、いかにも沖中《おきなか》の真暗闇《まつくらやみ》に海坊主をでも挫《ひし》いで呉れる。なにさまそれ丈の度胸を持ツたものならば、千里伸《の》さうが、万里《まんり》飛ばうが、いかにも然う〳〵、出来のよい大海原《おほうなばら》のあを畳を只辷ツて行《ゆ》くだけの事である。

もとより田畠《たはた》をつくるのではなし、漁夫《れふし》の身の上は是非とも一ケ所一村にこびり付いて居る訳のものでもない—居れば困るといふ事を観念して居なければならぬ。

得《え》たりや応《おう》で鮑の巣に攻めかゝる。二三年立つか立たぬ間《ま》に種無しにする。

どうかしては鯨《くぢら》も来て村もうるほふ。それとてもいつ来るものやら、前からは分からず、また決まツて来るとばかりは云ひ切れぬ。

時をきめてわたり歩く鰹《かつを》でもむかしと今と浜辺によツては捕れた所が捕れなくなツた所になツたのも有る。

海の瀬もいろ〳〵変はる、地震などで海の底に狂ひが来て、右へ流れた瀬が左へ流れるやうになツて、そしてさう瀬が変はるため、以前には捕れた魚《うを》も捕れなくなツてしまふ抔の事は見もし、また聞《きゝ》もする。

なるほど、遠くへ飛び出すには漁夫《れふし》が何よりであるか知れぬでもあらう。なるほど。昔の、さう外国へ打ち入ツた武士どもはすべて漁夫《れふし》を手さきに使ツたか。なるほど、使はれてもよろしい。役に立つ、きツと。陸《をか》で鼻《はな》ツ張《ば》りばかり強く、水では些しも役に立たぬ鶏　男《にはとりをとこ》は漁夫《れふし》の中《うち》に全くのところ薬にしたくも無い。

と、只一同は思ひほこる。それら、その人は口においては訥《とつ》である。その口に洩れぬ丈の潜熱《せんねつ》はやみくもに只胸の中《なか》に火焔《くわえん》を吹いた。

そろ〳〵一人《にん》が感歎《かんたん》の語気を洩らすと共に、素《き》一本只見《み》得《え》も飾りも無い一同がもろ声《ごゑ》になツて、歎賞《たんしやう》の意を表《へう》し出すと共に、いきほひ又それほどの外国まで進が飛び出した、その手つゞきのどうであツたかも付いて、深く問ひたづねには居られなくなツた。誰がどう口を切るともなし、如何なる風の吹きまはしから進が朝鮮へまづ渡ツたか、その子細をも聞かせてと却《かへ》ツてまた求めても掛かる、その求めをまた進においても待ツても居た。しばらく休息とて席を去り、やゝ二十分ほど時を過ぐして、更にまた演壇にあらはれた再度の進は論客《ろんかく》でなくて、むしろ講談師となツた。彼れが過去をそれから述べ立てた、その曲折はむしろ彼の口からでないやうに書いた方に趣きも有る。

われ〳〵の是からの書きかたも、すべて、それ故、その趣意に拠る。

《下》

「夢見たやうよ、本当《ほんと》に、進さん、しみ〴〵嬉しくツて〳〵、あたしやもう何からさきへ云ツていゝやら。でもねえ、それでも可《よ》くツてねえ、御達者で。あなたさへ御達者なら、あたしや何様《どんな》になツたところが―もう、今夜かぎり死んだツても―本当《ほんと》にツ、今《こん》……今夜かぎりでもツ！」

女はおろ〳〵涙である。

女、その色はやゝ黒いが、目鼻だち共にとゝのツて、とにかく美人といふ丈の評には洩れぬ。反《そ》りかへるやうな大きな鴨脚《いてふ》まげ、目のさめるやうな大形の着物、三尺も有らうと思はれる長羅宇《ながらう》の煙管《きせる》を片手に持てあそびながら、片手は肱《ひぢ》まであらはにして円形《まるがた》のチヤブ台にもたせかけて、そのうへ又その身体はむしろくの字形《な》りになツて居る様子、それだけを云ツた丈で、いづれ当たり前の人間とは思はれぬ。

多く云ふまでもなし、その女は日本の一名物として浅ましい評判を世界に取ツた醜業婦の一人《にん》で、今その進といふ男と対坐して居るところは朝鮮国、慶尚道《けいしやうたい》の一部、熊竦《こもら》と呼ばれる一漁村にある、銘酒屋《めいしゆや》やうの家、その離れ座敷《ざし》きとも云ふべき一間《ひとま》であツた。

「びツくりしたでしやうね、進さん、あたしがこんな所へ来て、こんな身の上に為《な》ツて居るといふ事を御聞きなさツた時にはね。さぞ又、さうして御腹《おはら》をもね……あたしや、それであなたが怒ツてしまツて、たとひ私《あたし》があゝやツて御呼び申しても迚《とて》も来ちや下さるまい、と、斯う実は思ツて居たのですよ、まツたくの事、さうなのよ。それだのに、まア、よくまアねえ」と、忍ぶが如く涙を拭《ふ》いて、

「呼んで置きながら御顔を見ると、穴へでも入りたくなツて、生きてる空《そら》は無いやうに―さア、無いやうになると承知して居ながら、それでやツぱり我慢が出来ず、とう〳〵斯うして御呼び申したのでね。でも、まア、来てくだすツて、どんなに私うれしいが……」とばかりで語は絶えた。

進は尚只無言であツた。

何《なん》とか云ツてもらひたいのが女の胸の内であツた。進の無言を見ると共に、はやいろ〳〵な苦労ともなる、邪推ともなる。あらはせるものならば、身もだえをも為《し》て見せたい。が、今のとこ〔ろ〕、只はら〳〵のみ思ふ。わが思ふ男、とにかく呼び手紙に応じてはる〴〵の道を来もした男、なるほど立腹もあらうが、またしかし此方《こちら》の胸の中《うち》をいくらか推察してもくれるであらうと思ふにつけ、なまじひ端無《はしたな》い身もだえ抔を見せて、いとゞ心をわるくさせるでもないとばかり、その相手を只あやぶみ、只おもひ、只

や、又おそれる所も有り、つとめて〳〵只ぢッと心を、また身と共におし据ゑて、今か返辞《へんじ》はとのみ待ツて居た。

「よろこんでくれると云ふ、その一言《ごん》で全く私は満足したよ、阿国《おくに》さん。もとよりさういふ立派な心底《しんてい》と思ツたればこそ、おいそれと手紙へも乗ツて、斯うはる〴〵来た訳さ。腹を立つの、怨むのと決してそんな事は最《も》う……」

「最う」の一言《ごん》は阿国の胸に浸《し》みたらしい。言葉なかばへ早く割り込む、――

「最う？　ぢや、今ぢや最うなのですのね。最う―だから今までは腹を立てゝさぞ……」

「いやさ、阿国さん、さう言葉尻《ことばじり》を――」

「いゝの、よくツてよ。そりや御怒《おおこ》んなさるのも御尤もなんだもの。ね、訳を知らなければ、あたしにした所が怒るのよ。あたしや怨みやしませんわ、ね、あなたにそれで怒られたからツて」と又涙ぐんだまゝ下を向く。

何《なん》と無し、進の腹はきり〳〵と痛みを覚えた。

「つまらない、止《よ》しましやうよ、そんな事の云ひ合ひは。何《なん》しろ、わたくしには忝い、な、阿国さん、心に掛けて呼んでくれて、そして世辞でも軽薄でもない、まツたく阿国さんをば男まさりの人と思ツた。とにかく、手紙で見てもあらかた察せられもしたが、しかし、こゝで差《さ》し支《つか》へさへなければ、もッと其くはしい所を、さ、今こゝで直《すぐ》にも、な」。

「さ、さう思ツたればこそ御呼び申しもしたのでね。それにね、その前ちよいと云ツて置きますがね、此所《こゝ》は全くあたしの家《うち》なんで、気兼《きが》ねと云ふものは全で有りませんのよ。掻いつまんで云へば」と、親指で、「これは今西比利亜へ行ツて居ますの。まだ二月ばかりは帰りますまい……」

「その、これと云ふのは何かね、一体」。

「さア」。

とは云ツたが、さすが阿国もぐツと詰まツた。

「いやさ、悪気で聞くのぢやないが」と、進はむしろ気の毒げに、「しかし、聞かずに済むでもなし……」

「まツたく。云はずには済まず―あたしや夫だから穴へでも……」

「何も、しかし、云ひにくい事は。」

「云ひますよ、だから。けれどもね、斯ういふ身の上に為《な》ツて、あなたにさう云ふ事をおめ〳〵と云ふやうに為《な》らうとも、ね、前には真逆《まさか》思はなくツてよ。ね、こんな捨《す》て鉢《ばち》の身体にならうとも前にはねえ―前には今頃はあなたとあたしとの間《あひだ》に子供の一人や二人は出来てと思ツて居たものを――ね、堪忍《かに》して頂戴《ちやうだい》よ。ね、訳を咄しますからね、よく。

「面倒ですから、あらましを云ひますよ。

「自分と云ふとをかしいやうですけれども、あたしの家《うち》は村でもまづそんなに悪い方でも無かツたのでしやう。ところを阿父《おとつ》さんが詰まらない石炭山などの事に欺《だま》されて、とうとうあの通り身代限《しんだいかぎ》りになツて、それから私も奉公に出ることになツて、長崎へ酌婦《しやくふ》に売られたのでしやう。

「その時あいにくあなたは何処へか行ツて居て何《なん》の御はなしする事も出来ず、それでそのまゝ長崎へ来ると、すぐ無理やりに釜山《ふさん》へ連れて来られ、まづそのとほりになツて来て見ると、酌婦、なるほど、外国人相手の地獄なのでしやう。

「金轡《かなぐつわ》といふもので縛られて、まツたく身動きは為《な》らないのでしやう。

「今なら何《なん》とでも意地を張りましやうさ。その時は子供同様、どう手強《てづよ》くすることも出来ず、とう〳〵身を堕《おと》してしまひましたでしやう。

「はじめの内は身を切られるよりつらく、泣くより外は無いのでしやう。けれどもねえ、阿神《おかみ》さんや何かゞよく勦《いた》はツてくれるので—さア、人間といふものは意地の有るやうで、又無いやうなもンですね—抱へ主の人たちがよく大事にしてくれるので、つひ人情にも絡まツてね………」

「抱へ主が大事にするとえ？　酌婦を、あの、大切にするのか」。

「びツくりするでしやう。」

「ふゥむ、なるほど意外だ。」

「あたしはじめ思ひの外でしたわ。ねえ、酌婦といふ名《みやう》目《もく》で、御客を取らせると云ふのですもの、いづれ日本でいふ女郎など、まア彼《あ》れ、でなければ彼れよりひどい目に逢ふと思はれるでしやう。

「無論だとも。日本では誰一人まアさういふやうに思はないものは無い」。

「ところが大ちがひ。中には酷《ひど》いのも有りましやうさ。けれども多くは最う極々《ごく〳〵》気楽にして居るのです。その筈《はず》でしやう、どうせ外国へ女の一人身で飛び出した連中《れんぢゆう》でしやう、なまじツかの厚皮《あつかは》な男よりいくら厚皮だか知らないに決まツて居ましやう。」

「もちろん、大きに」。

「それに又稼ぎ人だといふ権利が有りましやう。」

「なるほど。」

「立て女形《をやま》でしやう、どうしても。」

「うツふ」。

「ふてれば、困るのは直《すぐ》と抱へ主でしやう。」

「いかにも然うだ」。

「抱へ主が機嫌を取るのも尤もでしやう。それで、威張ツて居るのでしやう。」

「聞いて見れば、なるほど、好《よ》くしたものだ。して見るとよくいろ〳〵話しに聞く、やれシヤトルだの、マニィラだの、シンガポォルだのと、さう云ふ所に居るといふ日本の地獄女はどれも大抵さういふやうかな。」

「でしやうともさ、同じでしやうとも。只私《あたし》や此国の事を土台にして云ひますが、さういふ風に女の権利が強いのよ。もちろん然う女に威張らせる丈の事は、ねえ、それだけの得を付けても貰ふからでしやう、女から抱へ主が」。

「ちがひ無い。」

「その上、御客とする相手とするのは雲助《くもすけ》見たやうな奴《やつ》ばかりでしやう。どうせ外国へ来て地獄を買ひに来る連中でしやう、積もツても知れましやう。また何《ど》うせあたしたちの家業が家業、とても喧《やか》ましい法律ずくめでは行《い》かないのでしやう、また法律も碌に無いやう〔な〕所で営業して居るのでしやう。御客の方から法律を踏みはづして来るのを私たちの方では寧《いつ》そゝの上に出て、法律を踏み躙《にじ》ツてかゝるのでしやう。ですもの、容赦も何も有ツたものぢやありますまい。」

「強く、さう押しとほせるのか」。

「御茶の粉《こ》ですとも」。

阿国の言葉は斯うまで冷やかな〔の〕であツた。

つく〲その顔を見つめて、つく〲又進は嗟嘆《さたん》にもなツた。境遇は人を斯うまで変は〔ら〕せるものかと思ふ。村に居た時あどけなかツた一《いつ》の処女たる天真の美は曝《さ》らされた風によツて斯うまで変はるものかと思ふ。

思ふ──しかし、只変はるものかとのみ思ふ。その変はり方が悪にであツたか、美にであツたか、それを問ひ、また識別判断するまでの逞《たく》ましい力はその時さすがその脳裏にあらはれ得なかツた。

で、只進はおどろいてのみ聞いた、只ほとんど仰天してのみ聞いた。

「で、釜山で稼いで居るうちに抱へ主夫婦は人からの怨みで毒害されてしまツて、それに又身寄りといふものも無いもンでしたから、そツくり其跡釜《あとがま》をば私が引き受けてしまツてちよいとまア金持ち──と云ふと大層ですが──些しぐらゐの金も有るやうに為《な》ツたのでしやう。まツたくの所、あたしだツて人間の皮ぐらゐは被《かぶ》ツて居るのですもの、そりや嘘でも何《なん》でも有りません、あなたの事を忘れた日は有りませんわ。ああ、よもや酌婦になツて阿国が外国に居やうとは思ひなさるまい、あゝよもや地獄になツて阿国が朝鮮で業《ごふ》をさらして居やうとは思ひなさるまい。阿国は何処へ行《い》ツてしまツたのか、云ひ交はした事をまるで反古《ほぐ》にして、大かた金《かね》しばりにでもされて、いゝ所へ勝手に行《い》ツてしまツたのであらうか抔と、さぞ〲思ひ出し、思ひうらんで御出《おい》でなさる事とは思ツて居ましたのよ。

「けれども、ねえ、よく聞いてください、進さん、人はどうだか、あたしは斯うなのでしたよ、ねえ、さう捨て鉢のやうな身体になツたと、自分で自分の浅ましいところがつく〲思ひ知られるとなると、又、どうせ迚も仕方が無い、と、まツたく、只、さう考へてしまひましたわ。あたし、此阿国という人間は天然に疵《きず》だらけの身体になツて、とう〲終《しま》ひには其疵の小口《こぐち》から大割れに割れる丈のもの、と、斯う決まツて居る運命のものだと、まツたく心で覚悟してしまひましたのよ」。

その語は暴い。が、涙ぐんでは居た。

「それでも親の事を忘れたのではありませんの。そも〲の初めですわ、釜山へ身が落ち着いた時、手紙をやツても見ましたわ。それがですよ、釜山へ来たといふのも全で夢で、そして又手紙を親の所へ出したといふのもその夢がやう〲現《うつゝ》になツたと云ふだけの時にですわ」。

「何だツて、どう、何が夢?」

進、さながら勿怪《もつけ》な顔。

阿国は笑ひもせぬ。

「どれも、何も、夢なの!」

込み上げるか、無量の感慨、火のやうな溜《た》め息一つ。熬《い》られる思ひか、扱《こづ》くやうな舌うちさへ………

「聞いてくださいよ」と、また一しづくほろりと為《な》ツて、そして其涙を拭かうとするでもなく、落ちた膝の上の雫《しづく》をさも〲眺め入る様子で、そのまゝ只うつ向くと共に、また引きつゞくのは同じやうな雫の二つ三《み》つであツた。

「馬鹿ですねえ、進さん、女といふものは斯う只埒《らち》も何もなくなツてしまツて。気ちがひじみてましやう、ね、気ちがひじみて……」また、溜め息で、

「気ちがひにも為《な》りますわ。」

進、あへて返事も為《な》し得ぬ。

ウヰス〔ケ〕イの洋盃《コップ》、それまでは中身を注《つ》いだまゝにしてあツたのを、こゝに至ツて手あらくゞツと取り上げて、一度にきゆうと雫ものこさず、顔にも似合はぬ、その、実に阿国は呑《の》み干してしまツたのであツた。

進、その眼《め》は空になツた洋盃と阿国の顔とを等分に只見くらべて居る。

「気ちがひにも為《な》りましやうさ、女といふ女が受けるといふ丈の恥ぢを思ふ存分掻かせられたのですもの。御はなしゝますよ、やツぱり捨て鉢で——いゝえ、罪ほろぼしに」と、さみしく笑ツた。

進は只うつ向く。

「長崎に居た時、もう私の身体に瑕《ひゞ》は付いたのです。御

客といふのは露西亜人が一人に、朝鮮人が二人、それでね、一所に御膳《ごぜん》を食べるからと云ツて、あたしを海岸、のうすぐらい横町の、をかしい宿へ連れ込みましてね、さうして、それからと云ふものは御はなしになりませんの。」

それ丈でさすが口籠《くちご》もツた。

大かたはその意味を進も推《すゐ》した。が、あへて偖推したとの色を示しもせぬ、いや、示すに忍びなかツた。

「…ね、御わかりでしやう、分かるでしやう、その後《あと》はさう委《くわ》しく云はないでも。」

しかし進、分かツたとも確答はできぬのであツた。

「御分かりにならないかも知れません。さア、いくら斯ういふ、今のやうな厚皮の身の上に成り下がツてしまツても、その時の事は斯う〳〵だと洗ひざらひくはしくは私でも云へませんの……」

また差しうつむいて口籠もツた。

さりながら、全でまたその時の消息を只相手かたの𩯭味な推定にのみ任せ切ツてしまふのといふのも残念なやうな気もされたのである。推察してもらひたい。推察し得《え》るらしいまでほのめかす。そして、相手は推察したらしくもあり、又さうらしくなくもあるところで、尚さらまた人性《じんせい》の情《じやう》として、この度は其しツかりした所を明白に知りたいとのみあせり出すに至ツたのでもある。

なほ、しかし、進は返事に窮して居た。

二三分間の無言の後《のち》、いよ〳〵阿国は只の伏し目勝ちで、この度は早《はや》その声さえ細く、きはめて低く、ほとんど口の中《うち》とも云ふやうに為《な》ツた。

「そして、ね、魔酔《ますゐ》されましたの。」

その声は低い。しかし、進は聳動された。

「……魔酔されましてね……そして、もう身体にまるでの瑕《ひゞ》！」

おし殺したやうな声がらである。おし詰めて無理に噴かせる最高度の熱炎のやうな声がらである。

ほとんど進は寒けを覚えた。

語はまた絶えた。

寂寞《じやくまく》は室《しつ》を封鎖した。

溜め息になツた進の声、「あツ、もう止《よ》してどうか―もう聞くまでも無く分かりました―分かツた、嗚呼。で、それからは？」

「ですから、捨て鉢！」

進は無言であツた。

封を一旦切ツた以上は陰性の潜熱、その熱度は面《おもて》も向け得られぬほど凄まじくなツた。薄気味のわるい一種の冷笑さへ阿国のその顔にあらはれた―その顔、しかも涙は只、なほ潸然《さんぜん》たるその顔にあらはれたのである。

阿国、その目はむしろ釣ツた。

阿国、その唇は微動した。

唇のみでない、頸筋のあたりもびリ〱ふるへた。

進を見るその目つきは殆ど早睨《はやにら》みが如くである。

進、只、息を飲んだ。

ぐツと引ツかけるウヰスケイ、阿国はさも〱熱そうな息をほォツと吹いて、

「で、あなたへ立てる私の操《みさほ》は、さ、粉《こな》！　さ、微塵《みぢん》！　芽はもがれて滅茶《めちゃ》でしやう。

「取りかへしのなるものならば、どう泣いても取りかへしたい、どう泣いても、どう叫《わめ》いても、どう、どのやうに泣きわめいても、泣き死ぬまでに泣きわめいても。

「取りかへしは付かないのでしやう、もう。

「それからの二三日は死人《しびと》でした。たゞ咽せかへる丈の息の通ツて居る死人《しにん》でした。

「涙がすこゥし止《や》む。すると、目先へはあなたが只恐ろしい顔をして見るのでしやう。

「あたしの胸の中《なか》で、何かゞわたしの胸板を中《なか》の方からごし〱突き、みり〱扱いて、「さア、阿国、自分の力が叶はないといふ限りのところで自分を人の自由にされて、それを自分の咎では無いと、只自分のほかの者の罪にしてしまふと云ふ事は自分が自分の身体といふものを大事にして行《い》く上から云ツて、たしかに大事にした丈の道を尽くしたものと恥かしくなくて云へるか、云へぬか」

「と、斯う只—只きざみ〱攻められるのです。

「仮りそめにもせよ、末の約束をした上は此身体とても私一人の自由の身体では無いでしやう。無い—まツたくあなたへも半分は任せた身体でしやう。

「で、自分がそのものに疵を付けて、自分だけか我慢してしまふと云ツて、それで私があなたへ対しての道理は立ちますか。

「立ちますまい！」

「立ちますまい、と、さう自分の身に自身《じぶん》で裁判を云ひわたす私は一人で判事さんと罪人との二人持ちなのでしやう。さア、その終尾《しまひ》はどうでしやう。

「身体半分だけを許したあなた、その人に向かツて、又それを取り戻す御わびもするそれ丈の事をして、あたしは私で自分で自分に死刑を云ひわたさなければ為《な》りますまい。

「進さん、どうぞとツくり聞いて頂戴よ。

「で、斯うして御呼び申したのは夫だけの御わび、夫だけの償ひ丈を私がこゝであなたへ尽くした上、私は私で自《じ》身《ぶん》で自分にそれ相応の罰といふものを云ひ付ける事にした、その、まツたく、訳なのですわ。

「で、御願ひ申すと云ふのは外でもありません。以前のあなたと私との御約束は何から何まであなたの御口から取り消すと私に処刑をしてくださるやうにと云ふ、まツたくの所それなのです。」

進の顔の色は変はツた。

「それから、是は尚、云ひにくいのです。云ひにくいのですけれども―けれども、もう然う覚悟をもした揚げ句、又わるければ悪いで、只死んでしまふ、と云う丈のはなし―私は一旦付いた此瑕《きず》だらけの身体をば此まゝその男、その、あたしを然う勝手にしてしまツた朝鮮人へ投げ出してしまふことにして、このとほりその男と二人で斯う世帯を張ると云ふ事を只どうかあなたの一口から「よろしい。承知した」と斯う云ツていたゞくやうに為《な》りたい、と、実に只一図に思ひ決めたのですよ。」

豁然《くわつぜん》として阿国は目を見開いて、明鏡が真面《まとも》に影を射るかのやうに厳として進を見た。「厳とした」とわれ〱は云ふ。その語あるひは不当かも知れぬ。が、それまでに云ふまでの凄まじい色に今やその眼《まなこ》はなツたのである。

その顔に血の気も無い。

進は只何《なん》の縄にか縛られるやうに殆ど化石のやうになツた。敢て見ることを得ぬ、仰いでも。

「ね、それで進さん」と、阿国は早《はや》もう単騎突撃、「さうしたところで、又なほ一つ苦しい〱ところを又御はなしするのですよ。

「心からではないものゝ、自分が陥《お》ちた咎、犯した罪、そのつぐなひとして私は心を自分で殺し、自分で是からは自分の国のなつかしい日本、その国から、又その人たちから遠ざかツて、知らない人ばかりの余所《よそ》のちがツた国を是から一生の牢屋《らうや》と見るにつけて、前にも申すとほり其償ひとして、しんみりした事をあなたへ申し上げますのよ。

阿国は容《かたち》をあらためた。

「それから今でも私が亭主として居るのは其朝鮮人で、名は中々えらい、李琦明《りきめい》と云ふのですよ。今はあたしの亭主です、只、あたしは悪くばかりは云ひません。あたしは只朝鮮人李琦明といふものゝ女房といふ格で、そして半分は心を故郷の日本に残して居る、訳のわからぬ者といふ格で、どちら付かずの思ふ存分を云ひますよ。」

これら数言《すげん》は阿国まツたくさも〱意味有りげに云ツた。その気《け》ぶりに感じたか、進その身も只何《なん》となく改まらずには居られなかツた。

「李琦明は此朝鮮のものとは云ひながら、まツたくの所は西比利亜生まれの西比利亜育ちでしたのよ。どうか、もしよく調べ探ツたなら、分かるかも知れませんが、顔立ちが何所やら露西亜人に似て居るところで思ふと、露西亜種を引いて居るか知れませんの。」

「でも、それなら些しは欧羅巴人《えうろつぱじん》らしくも見えるところが有りさうなもの、さう見えるのか」。

「そりや然うぢやありません。全くのところ露西亜人は半分の欧羅巴人、半分の亜細亜《あじあ》人と云ツても差し支へ無いほどなのよ。西へ寄ツた方はまだ〳〵然うでもありますまいさ。西比利亜あたりから此朝鮮へ近くなツた所の露西亜人はどうしても交り種と云ツてもよろしいのよ。ですが、その交り種がまツたく恐ろしくツてよ。」

むしろ咄しの主題が意外な方面に傾いた塩梅《あんばい》、進は只茫とした。

「あたしは何も知りませんさ。知りませんけれども、露西亜人にはそのこのかた幾何《いくら》も逢ツて、様子をも見、またその話しをも聞いて、いゝ加減な本国の日本の人たちより余程《よつぽど》いろ〳〵知ツて居ますわ」と、その末は只微笑で。

進、只その胸は鼓動した。

「聞き事《ごと》だ、それは。」

「云ひますよ、段々。それでね、あたしの亭主の李琦明はさういふ露西亜種の血筋を引いて居るうへに、生まれから育ちから西比利亜境《ざかひ》のもので、どうしても、それ故、朝鮮人の皮をかぶツた露西亜人で、また自分からして露西亜種といふことを自慢のやうにして居るのです。」

進は屹《きつ》とした。

「露西亜種といふのを自慢する。ふゥむ、そりやいよ〳〵聞き事だ。自慢といふことは他人にさう自慢して、その他人がそれをよく聞いてくれるとか、よく思ツて呉れるとか云ふ場合ひでない上は決して誰も好き好んですることぢやあるまいな。」

「さうでしやう。」

「して見ると、その、御前の亭主どのが露西亜種だと云ツて他人―と、云ツたところで、その他人は一切朝鮮人だが―それら他人に吹聴《ふいちやう》したがると云ふには何《いづ》れそれ丈の訳が有ればだらうな。」

「さうでしやうよ」。

「さア、其訳と云ふのは斯うだらう―おれは露西亜種だと吹聴するのは何れさう吹聴するのを外の朝鮮人が好《い》い心もちで聞けばこそだらう。」

「さうでしやうよ、まづ」。

「ふゥむ、朝鮮人一同が露西亜種だと聞くのをむしろ好《い》い心もちで喜ぶ、と？　ふゥむ、さうすれば朝鮮人の多くは露西亜を只可《い》いと思ふのだな。」

進は寧ろつとめて冷やかに且静《しづ》やかに云ひ做したつもりではあツた。が、その声はやゝ顫《ふる》へた。

「そこなのですよ」と、阿国その息はまた忙《せは》しい。「そこがです、そこが肝心の所なの。」

「肝心？　どう肝心？」

「一口には云へませんの。何しろ、これ丈の事はよく〳〵あなたがたも考へなければ為《な》らないのですよ、欧羅巴の外《ほか》の国々の人たちより只本当に露西亜人ばかりは一番朝鮮人には親しみ易いのですわ」。

「朝鮮人は英人よりも、仏人よりも露西亜人には親しみやすい？」

阿国はうなづいた。

「独逸人よりも米人よりも？」

阿国は又うなづいた。

異様な色は見る〳〵進の顔つきに浮かんだのである。

「すると、朝鮮人は日本人には？」

「さア、あなたは何《ど》う御考へなさるの？」

「さればな……」

「日本人と朝鮮人とは大分《だいぶ》むかしから交り合ツて居るとかいふ事でしやう。それゆゑ、双方あたり前の時には互ひに心もちが好《よ》し、中の好《よ》さのも外のどの国とも比べられませんともさ。けれども、その代はり嫉《ねた》み心《こゝろ》の起りたがるのも御互ひ同士また強いのよ。」

進は又や、不快な顔。

「けれども、その嫉み心《ごゝろ》の起こりたがる丈、双方うまくさへ折り合ひを付ければ、その、又したしくなるのも一とほりぢやありませんのよ。」

進は無言でうなづいた。

「只朝鮮人が露西亜人にしたしみ易いと云ふのは日本人を別物としての話しで、日本人を取りはづして云ふならば、世界中の人間で一番朝鮮人にしたしむ事のできるのは全くのところ支那人の外には露西亜人ですわ。」

進はしんみりとなる——

進はまた且うなづきもした。

「露西亜人は今云ツたとほり欧羅巴半分、亜細亜半分の人間でしやう。ましてや昔から支那や朝鮮と攻めつ攻められつどうしても一切の物事の上について、その外の欧羅巴人よりは支那人や朝鮮人に近づくことの出来やすいやうに為《な》ツて居るのでしやう」。

進はいよ〳〵うなづいた。

「して見れば、朝鮮人と中をよくする、その比《くら》べツことなツたなら、いづれ一方は日本、一方は露西亜でしやう。朝鮮をよく助けてやるのも、又朝鮮の事に付いて……ね、謎は分かりましたでしやう……」

さみしげに進はまた微笑した。

「何《なん》しろ、それですからね」と、阿国は実に身を入《い》り込ませた。

「それですからね、ね、ね、その、さういふ、さうしたやうな、ね、その訳合ひなのですからね…………………………露西亜だツて朝鮮を助けやうとそれは〳〵思ツて居るのですわ。ところで、只大抵の露西亜人……いえ、なに、さう云はなくても分かりますよ、もすこし委しくあちこちから御はなし申しさへすれば。」

何が何やら進に取ツては更に分からぬ阿国の口上とは為《な》ツた。それながら、又深くおし進めて、直《たゞ》ちに問ひきはめることも出来ぬ。やがては分かるとの阿国のその口上には扨また反問の口をぴツたり塞《ふさ》がれたのでもあツた。

「只ね、あたしの今の亭主の琦明なぞ、西比利亜臭《くさ》い一方の人間だけ、いろ〳〵今の世のあたらしい生きた世の中の学問に掛けては中々あたり前の朝鮮人がその足下《あしもと》へも及ぶのぢやありません。

「露西亜語も行《や》りますよ。北支那の片言《かたこと》もやりますよ。そして又一年ましに日本人が入ツて来るだけ日本語もすこしは行りますよ。何しろ露西亜語の書《ほん》はずん〳〵読めるので、あたり前の朝鮮人よりは物識《ものし》りで、只さういふところ丈が今まだ外の朝鮮人に嫌はれる気味も有るのですよ。けれども、物知りとしては頭を下げられて居ますの。」

何《なん》と無し、ひり〳〵と進の胸を突きゐぐるやうな心もちは茲に至ツてすこぶる〳〵烈しくなツた。

なるほど、何も今只さう聞いた丈で何もどうでは無い。何も朝鮮が全然露西亜の権力の下《もと》になツてしまうと聞いたのでも無い。何も朝鮮に於ける日本人がやがて駆逐されてしまふと聞いたのでも無い。何も朝鮮に於ける日本の勢力が滅尽《めつじん》してしまふと聞いたのでも無い。

只しかし、西比利亜育ちの、才気有る韓人が他の同胞からは忌まれ〳〵ながらも、又おのづから頭を低《さ》げられるやうに為《な》ツて居るといふ事実が何《どう》やら容易ならぬ意味の有ること、又ふかく注目しなければ為《な》らぬことであるらしく、只妙に、奇に、不思議に、只あやしく、只変に思ひ〳〵〳〵至られるのであツた。

その儘しばらく阿国は黙ツて居たのである。

進もまた黙ツて居たのである。

「進さん」といふ阿国の言葉つきは如何にもよく落ち着いたが、そのくせ甚しく陰気なのであツた。

「御わかりでしやう、大抵。もうその上を私には云へませんのですよ、全く。さうして、又さう云う続き合ひからでもありましやう、私の琦明の一番中のいゝものはと云へば、肝心の朝鮮人ではなくて、露西亜人なのですわ。いつでも、それゆゑ、この私の店へさへ露西亜人の御客は絶えませんわ。御酒を飲むでしやう。うたひ出すのは北風の冷《ひや》りとした味もしさうな露西亜歌《うた》でしやう。どうかすると、胡索克の軍歌でしやう。どうかすると、熊の骨をゑぐツて拵へたとか云ふ妙な笛を出して、さも悲しさうに吹くのでしやう。北風でも吹く時、その声を聞く心もちは、さア、あたし何《なん》と云ツたら可《い》いでしやうか。

「此辺の村にまだ大して沢山の日本人は来て居ますまい。どうかすると、遊漁《いうれふ》とか云ツて来る西比利亜人が有るのですよ。その西比利亜人をばいつでも私の所《とこ》の琦明が案内して、近所を見物させるのでしやう。海の珍らしい国に生まれた故その珍らしい海を見たいものだとか云ツて、その西比利亜人はよく此辺《こゝら》の海へ遊びに出掛けるのですよ。

「琦明などが案内して、浜辺に立ツて、はるか向かふの、水と天と接《つ》くあたりを指して、あの辺が日本ですよと指し示すと、『さうか、あの辺が日本か。嗚呼、露西亜とは訳も無い隣り国の、あれが日本か。なるほど、訳も無い隣り国の、あれが日本だな』と、その西比利亜人はいつでも〳〵何《なん》だか只感心して、つく〴〵日本の方を見て居ますのよ」。

いよ〳〵出《い》でゝ、いよ〳〵妙な、訳の分かツたやうな、又分からぬやうな阿国の云ひまはし方には、そも〳〵所謂《いはゆる》鬼気とかいふものが身に迫るとでも云ふべきか、進は惣気立《そうげだ》つ心もちがした。

阿国を見れば、嗚呼、渺《べう》たる一婦人、しかも異域に在ツての賤業婦、それで只何事を深く、急に思ツてか、一杯に涙ぐんで居た。

「進さん、今まで御はなしゝた、その上の細かい事は只あなたが此辺に足を駐《とゞ》めて、よく〳〵よく御考へなされば、すツかりよく分かる事なのよ。

「で、またあなたと私との縁ですね、それが今のやうな訳で繋《つな》がらなく為《な》ツたに付けて、あたしは只あたしの志しから今だけの事を御はなしゝて、せめてあなたを此土地で立派な人にしてあげたいのですよ。

「御分かりになツて?

「負けぬ気性のあなたと云ふことを私は知ツてゝよ。自分の身をどうしても、人助けをする気象のあなたと云ふことを私は知ツてゝよ。

「暴風《しけ》に尻込みする村の人に唾《つばき》を吹ツ掛けて、一人で波へ飛び込み、一旦さらはれた村の娘を助けたあなたと云ふことを私は知ツてゝよ。

「その娘にあなたが気が有ツて、助けたのだと村の人が悪口を云ツて、そして其悪口をば何処を吹く風と聞きながして居たあなたと云ふことを私は知ツてゝよ。

「その娘が命を救はれたうれしさに、あなたに悪い智慧《ちゑ》を付け、余所へ嫁《かた》づくのが否《いや》さに、あなたの手に縋《すが》り、あなたは村のものから袋叩きにされて海へ投《ほふ》り込まれ、そして私は酌婦に売られてしまツた、その因縁の有るあなたと云ふことを私は知ツてゝよ。

「侠気《をとこぎ》の有る方とあなたを云ひましやうか知《し》ら。

「人情の深い方とあなたを云ひましやうか知ら。

「恋ひの敵《かたき》といふ嫉妬半分の打《ぶ》ち打擲《ちやうちやく》をば痛いとも思はず我慢し切ツたあなたと云ひましやうか知ら。

「その揚げ句、手取り足取り胴揚げにされ、わい〳〵云ツて舁《かつ》がれ又引き擦《ず》られ、蹴られ、踏まれ、逃げ込まうとする家《うち》には戸を閉められ、とう〳〵身体も利かなくなり、とゞの詰まりは海へどぼんと投げ込まれてしまツたと云ふ、余程《よつぽど》人には憎がられ者のあなたと云ひましやうか知ら。」

と、まで云ひ進めたところで、さすが情が迫ツたか、阿国は声にうるみを帯びた。そして、又言葉もやゝ絶える。

進は無言で瞑目《めいもく》した。

「何しろ、さうして又あなたは散々くるしまされた上、やうやくの事で這《は》ひ上がツたところで、いたづら者は逃げてしまツた、それを、扨、あなたが追ひつめて、したゝか怨みを復《かへ》すかと思へば、またさうでなく、あなたは其儘声も出さず、出したか知りませんが涙も見せず、ふいと土地から居なくなツて、さて何《なん》と又思ひも掛けぬ、この他国、朝鮮といふ外国へいつの間にか来てしまツて、それが又不思議な縁も縁、神仏《かみほとけ》の引き合はせも引き合はせ、御出での場所が私の耳へさへ入るやうに為《な》ツたと云ふ、まア何《なん》と、どう述べ立て云ひ立てたら、云ひ尽くせる事でしやうか知ら。

「いくら捨て鉢になツた身体でも心までは未《まだ》ですわ。とても御目にかゝれぬものならば格別、おなじ他国の土を踏んで居る身のうへと為《な》ツて居ると気が付いて、私が何《なん》でだまツて居られましやう。御わびする丈の事を御わびしないで、私の道は立ちますまい。」

や、涙は進の、実に進その目から！

阿国も只せき入《い》ツた。

「阿国さん、よく分かツた。」

但し、その声もろとも、その両手はさながら拝むばかりになる。

「わかツた、阿国さん。呼んで下さツた手紙の心もなほ分かツた。よし！ 阿国さんは云ひ交はした誠、それをば反古にして、しかし、又よく守ツたのだ。ね、又、立てやうとした操、それをば破ツたものゝ、しかし、その精神では立てたのだ。よく分かツた〳〵。あらためて是から進の口から奇麗《きれい》さツぱりその琦明さんへ御前を引きわたすとして、すこしも意存の有るどころかと此進は断言する。」

盛りかへして阿国は堰《せ》き上げた。

「その代はりですよ、進さん、それゆゑ又なほの事ですよ、進さん、どうしても茲であたしが力の出来る丈あなたへ尽くすことゝしませんでは………」

「もう十分、今までので。」

「いえ、ま、待ツてくださいよ。ね、もすこし云はせて、ね、此胸が—でなければ痞《つか》へ切ツてしまひさうな。もすこし云はせて、ね、大事の〳〵事を。あたしやもう然う長たらしく沢山は云ひませんわ。只、ね、すこしばかりね。琦明が私によく毎《いつ》でも云ツて聞かせた事をね、進さん。」

進の態度は冴《さ》えかへツた。

「これから御聞かせ申すのは皆《みんな》琦明の云ツたとほりを其儘あらましなのですよ。よろしくツて、琦明の云ツたの、あらましですよ。

「斯う云ふのよ——

「『今に露西亜が大変な国になる。何しろ、その人数《ひとかず》は今に百年と立たない内、大層な量《かさ》に殖ゑる。どの位になるか、又その訳は?

「『今のところで露西亜の人数は一億三四千万しか無い。けれども、是までの数とその殖ゑ工合《ぐあ》ひとを調べて、その割り合ひをそのまゝ此後《のち》とても踏めるものとすれば、どうしても是から五十年も経《た》てば、大丈夫今のその倍、つまり三億万には為《な》る。

「『露西亜の是までの人の殖ゑ方は百年の間に三倍半の割り合ひで、その割り合ひで勘定すると、丁度今云ツたとほりになる。

「『ところが世界中、露西亜のやうな、さういふ割り合ひに人の殖ゑる国は一つも無い。

「『なるほど、亜米利加では露西亜よりもツと早い割り合ひで人は殖ゑる。けれども、その国の人が然う沢山子を産んでそのため然う人が殖ゑるのでは無くて、全く只他国から引き越して来て亜米利加に住む人の数が年々多くなツたといふのが本当の所なので、やはり亜米利加の人の殖ゑかたは露西亜のより劣ツて居るのである。

「『露西亜のは然うでない。時候も場所も露西亜は只一方に偏《かた》よる。それだけ余所から行《い》く人は少ない、まツたく数へるほどでもない。それで今いふやうな割り合ひで殖ゑる。まツたくのところ、露西亜のは真実人民が殖ゑるのである。

「『もツとも幾らか他国を奪ツたがため、露西亜の人数もなるほど当たり前より殖ゑた。けれど、数へ立てるほどの高《たか》ではない。

「『それならば、露西亜に死人《しにん》は少ないかと云ふに、さうでない。露西亜で病院はまだ行《ゆ》きわたらず、露西亜で医者はまだ少ない。それだけ死人は多い。

「『死人が多いにも拘《かゝ》はらず、その殖ゑるは今云ふとほりである。今後医者も殖ゑ、病院も行《ゆ》きわたるやうに為《な》ツたならばどうか。多く云ふにも及ぶまい。

「『近頃に至ツて学者たちが段々しらべ考へたところで、どうしても余所を支配する丈の力を持たうとするには矢張り人数で無ければ為《な》らぬとの事である。いくら強くても、いくら気が揃ツても、やツぱり多勢《たせい》に無勢《ぶせい》の比べツこならば、どうしても無勢の負けになる。

「『さうしたところで、露西亜はまたその国の坪数《つぼかず》が広い。決して沢山の人を容《い》れて支《つか》へを見せぬ。八億万、それ丈の人をばたしかに容れられる。

「『殖ゑる力が有る上に、殖ゑて差しつかへ無い丈の坪数を持つ。その末はどれほど怖ろしくなるか。

「『なるほど露西亜には内乱めいた事が絶えぬ。露西亜の人種は雑多なものが交る。けれども、その内乱めいた事は人種の違ひがその本《もと》であると云ふよりは、政治のうへに手を出し口を挿みたがる、否《いや》いけぬと云ふ争ひから始まる丈のもので、この後《のち》何十年か経ツて、それらの圧制を人民が受けなくなツた暁には全く露西亜に内乱が無くなるので、いよ〳〵其時から露西亜が世界手あたり次第その大きな鷲《わし》の爪を引ツ掛け出す時となる』。

「いかゞ、さ、どうでしやう、あなた、琦明が露西亜について云ふ大体は是ですわ。」

一段落だけ付けたところで、阿国は稍《やゝ》蒼ざめた顔が又いちじるしく紅熱《こうねつ》した。

進は只身の縮むやうにのみ……

しかし、幾度《いくたび》もうなづいた。

「あゝ、驚き入ツた。必らずしもわれ〳〵は他国の盛んになるのを羨みも、妬みもせぬ。しかし、只他国がもし然うなるに至ツたらばと只その末の成り行きをひろく彼此《あちこち》に思ひ寄せると、さア、実に、進、この胸が！」と、進は腕で胸をおさへた。

阿国は語を継いだ。

「琦明の云ふとほりが本当《ほんと》かどうか琦明だけのを聞いた丈では私はじめ疑ひもしました。が、直《ぢか》にその露西亜人、その国を離れて、この辺へさまよひ来て居るそれら露西亜人に聞いて見ると、大かた皆《みンな》おなじやうに云ふのです。」

「しかし、いくら露西亜がさう大きく為《な》らうとしたところが、他《た》に強国も無くは無い。その強国が決してそれを只黙ツてばかりは……」

「いけませんの」と阿国は打ち消した。

「余所の国が露西亜をおし付けるのは只の五十年か百年

だけの事で、それとても露西亜の国内に殖ゑる人数をどう防ぐことは為《な》らないでしやう。」

進はさすがぐツと詰まツた。

「露西亜人の眼《め》に今は大かた余所の強い国などゝ、そんなものはありません」。

「なぜ、英や、仏は」

「英や仏は最う疾《と》くに只その精一杯まで育ち切ツた国でしやう。ね、是からは老衰だけと、斯う露西亜人は云ふのですわ。露西亜はまだ〳〵開けない国、つまり大人にまだならない国、身体《からだ》ばかりは大きくても只まだ子供同様の国、是から育ツてが大男、そして大食ひも屹度《きつと》為《す》る、その時にその餌食となるのは誰、何、どの国、どの人民か、と、斯う露西亜人は云ふのですよ。」

進はうつむいた。

「毛色の違ツた人をまるで段々教門の力で蕩《とろ》かして、打ツて一つの団子とするのが露西亜の腕前だぞよと露西亜人は云ふのですよ。

「今のところで、露西亜人は欧羅巴人につらく当たツても、亜細亜人には決してつらく当たらず、半亜細亜の西比利亜をやがては全での露西亜と変はらせてしまふまでは、なるべく優しく亜細亜人と附き合はう、いゝえ、附き合ツて、そろ〳〵何《ど》をでも露西亜風にかぶれさせて、やがて一切はその上の事と、斯う露西亜人は云ふのですよ。」

進は只目を見張ツた。

「交り種の人間は昔から偉いことをするのです、と。交り種で生まれた児に英雄とか豪傑とかいふものが多いのは昔から大かた分かツたことです、と。

「早いはなしが親類同士の間《あひだ》の子は馬鹿か不具《かたわ》が多いものです、と。

「赤の他人、夫婦双方の大本《おほもと》が一切よく〳〵違ふ、つまりさうしてその子は交り種となる、それらが偉いことをするやうになるのです、と。

「むかしから一国を震動させ、世界を顚覆させるほどの、大きな事をしたものに今云ツたやうな例に外れたのは大抵無いのです、と。」

進はむしろ不思議さうな顔をあげた。

「それで、露西亜人がどうだと云ふのかな?」

「露西亜人は是までより大抵交り種なのです、と。」

「露西亜人が交り種?　まツたくか、それは」。

「まツたくですとも。半分は亜細亜、半分は欧羅巴、その交り種の大かたが大かたの露西亜人です、と。露西亜人が辛抱《しんばう》づよい一点張りなのは其本《もと》の欧羅巴人の血が支那、朝鮮などの亜細亜人のと交り合ツて出来たものです、と。可《か》なり鈍い方のスラヴヲニックとか何《なん》とかいふ人間の血と支那や朝鮮やそれら亜細亜人の血と交り合ツて、さうして然う辛抱づよいのに為《な》ツたのですと。辛抱となツたら、どうか知れませんが、とにかく向かふ見ずの、威勢のいゝ、あたし達日本人の、一風変はツた気質も日本が昔から坐《すわ》ツて居て、多くの外国の血を受けた段が全く支那や朝鮮の内地の人間とちがツて居た所為《せゐ》です、と。」

「誰が云ツた、さう?」進は急に。

「露西亜人が。」

「…………………」

「ね、今の一切は理窟《りくつ》づめだけの咄しなのよ、しかも露西亜人や、また琦明や、さういふ連中が云ふだけの咄しなのよ。ようございますか、進さん、けれども〳〵私や―なるほど何も知りませんけれども―あたしにも何《ど》うやら又さう聞けば、なるほど、思はれますの。なる程と思ふ、思ツて、そして其『なるほど』どほりに、さア、もし、なツたものならば―さア、あなたは其先を何う御思ひなさいます。」

一気たちまち詰問の語気、その語気の鋒鋩《きつさき》は、しかし、さすが進の胸に手痛く、深く浸みもした。詰問の語気、それは素より長くもなかツた、甚しく強くもなかツた。が、長いの強いのと云ふ形容や何かは無いとしても、只その一言一句丈で十分相手かたの心をして十分苦痛なる想像を荒れまはらせると云ふのには寧ろ余り過ぎると云ふほどの、余情満々たる語気であツた。

「進さん、すぐとの御返辞は侠気のあなたの事、なほ出せますまい。その御出しなさらないと云ふのは只御出しなさる事が出来ないのでは無くて、思ひ切ツて御出しなさるのが全く心ぐるしい、その訳でゞしやう。

「心ぐるしいでしやうとも。出されて聞かせられても心ぐるしいのよ―聞かせられない前からさへ又やツぱり心ぐるしいのですもの。」

ことさら婉曲《ゑんきよく》に〳〵、殆どうねりくねらせて、阿国は妙に云ふのであツた。婉曲にさう云はれて、進においても亦その言外の意味をさとり得たやうな、又得ぬやうな―と、云ツて又いづれかと云へば、悟り得たといふ方が当たツて居るらしく思はれる様な変妙な感動を只茫然と与へられたのである。

進は阿国の許《もと》を辞し去ツて、おのれが定めた宿へと帰ツたが、目《ま》どろみも為《な》らぬ。阿国の許を辞し去るにあたツて、寸志と云ツて阿国が一包みの金をさし出した、それを固く辞退したもの丶、遂《つひ》に強《し》ひられて受け納めるに至ツた。それだけでさへ千万《せんまん》の感懐の湧《わ》くのみであるところを、なほその上今さら阿国その人を仰《あふ》ぎ見ずには居られぬまでの取

りはからひを重ね〳〵阿国から受けたのでもある。

すなはち、それは外でも無く、阿国が口入れと為《な》ツて、進をして海辺《かいへん》の事業を営み得させるやう手蔓を付けてくれるとの事であツた。その口入れで、東太郎《とうたらう》とかいふ日本漁夫《れふし》の許に雇ひ入れて貰ふやう取り料《はか》らツてくれるとの事であツた。ほとんど進には夢のやうな心もちもする。あはれ、自分につらかツた故郷の多数に引き代へて、只此一人《ひとり》、一婦人たる阿国のみがやはり又おのれ進をよく見て而《そ》してよく知ツてくれた唯《たゞ》の〳〵一人かと思へば、只敬慕の念のみが厚くなる、それと共に阿国のいろ〳〵の物がたりの、その言外の真意を察し酌《く》んで、せめては阿国その人をよろこばせる丈の目的を遂げるためとして、天晴《あつぱ》れ一つ仕上げる丈仕上げなければと、まこと猛然《まうねん》、只実にさう思ひ立ツた。

阿国から聞いたところを繰り返し思ひめぐらすと共に、あり〳〵目前に浮かぶばかり、さながら活動して示されるばかりに感ぜられるのは未来何《なん》々年かの後《のち》の東洋の天地においての活劇の様《さま》であツた。

願はくはそれを空想にしたいものとは思ふ。思ふが、只さう思ふ丈に止《とゞ》まる丈のものと又思ひなされもする丈つらい。あはれ、只これ進この身一個の迷ひであるか。世の一般は太平を夢想する。太平の夢想に謳歌《をうか》して、文明といふ名で人事一般を代表させて、平和会議の議決も今日明日《けふあす》から実行されるとのみ、極はめて楽天的か大悟《だいご》をそれら世の一般は皆《みな》、皆抱く。可《よ》し、それらが達眼《たつがん》か。そこまでにまだ思ひなし得ぬ進この身が凡俗か。杞人は天が墜《お》ちはせぬかと漫然たる取り越し苦労に心神《しんしん》を煩はして、跼蹐《きよくせき》をのみ事とするとか。進、この身も亦杞人か。

空想に怖れるのは愚人である。杞人は元より愚人であらう。人間誰一人として愚物であれかしと自身からは願ふまい。しかし、進、この身だけは何《ど》うあツても、今日《こんにち》のところ、否《いな》、自分の今生《こんじやう》、一生涯は寧ろ杞人そのものになるのを望む。つまらぬ空想に煩悶《はんもん》して、それ見ろ、決してその想像どほりに為《な》らなかツたと他日、未来、死後何年の才子連中《れんぢゆう》に冷笑されて、すなはち進は不具眼《ふぐがん》の杞人であツたと云はれるやうに為《な》ることを得るものならば、取りも直さずその杞憂は死んでも心たのしくて居られるべき種《たね》の杞憂である。杞憂との冷評、愚昧《ぐまい》との罵詈《ばり》、それ却ツて、実は嬉しい。むしろ、進は其冷評や罵詈を受けるほどの愚物とされても、杞憂では無かツた事を進といふ男が以前には嗚呼云ツたかと後の世の人に感歎されるやうな具眼者になりたくない。

具眼者《ぐがんしや》と云ツて世から褒められるのは人間の名誉でもあらう。その賛評《さんぴよう》をよろこんで聞いて、みづから己れを慰め、みづから己れを偉人と考へるのは矢張《やは》りこれ只おのれ一身の愉快を楽しむ、一の劣情の徒でないか。

　孝子だと褒められるのは多くの場合ひ、親の悪名《あくみやう》を出すことになる。親が寒中に笋《たけのこ》を食べたいと無理を云ツた、その無理をつゝしんで子の孟宗《まうそう》は叶へとほさせたと云ツて、人から孟宗は孝子だと褒められて、もし孟宗がよろこぶものならば、気の毒ながらその孟宗はやはりおのれの名誉をたのしむを知ツて、おのれの名誉のあらはれると同時に親の悪徳のあらはれるのを痛歎せぬ、これ只一つの見得《みえ》坊《ばう》に過ぎぬ。と云はなければならぬ。底の深い川は無言で流れ、容量の浅い川《みづ》は狂奔する。真の孝子の孟宗ならばその孝を無言の中《うち》に只おこなふ。おもひ知る、おもひ知る、真の〳〵大勇は動乱に際していよ〳〵〳〵動かず、真の〳〵大量は喧囂《けんがう》にあたツていよ〳〵〳〵黙《もく》を守る。具眼者と後世に云はれる賛評を、受けるその身は心ぐるしく受けると承知し覚悟して、さて思ひ切ツて志しを立てゝ、とにかく少なくも帝国の一男子としての身のつとめ、進は進だけの腕に任せて、よし、さらば奮ひ立て！

　進は一念只このやうに思ツた。それら迷濛《めいもう》たるさま〴〵の情緒はもとより片言隻句《へんげんせきく》で尽くされるものでもない。とにかく献身の勇気の有る一男子としての進の一念は人界《にんがい》のあやしい名聞《みやうもん》や栄利のほか、只一つのある物に向かツて注いだ。あるもの、つまり「世のためまづおのれが尽くす。」

　話しに聞く山田長政《やまだながまさ》や呂宋助左衛門《るそんすけざゑもん》の事蹟が早速《さそく》の手本を示し顔に、その沸き立ツた脳中に躍り立ツて幻の影を見せはじめた。勢力の拡張が何もかならずしも血を流し合ツて無理に他国を奪ふといふ一法のみでは無いと只おのづから思ひしみられた。然り、只おのづからと格段にわれ〳〵は断ツてこゝにそれを云ふ。

　進は何も列国の興亡史に通じた男でもなかツた。文明の思想によツて解釈せられた至仁至慈《しじんしじ》の帝国主義はいかなるものかと知ツて居るほどの政法学者でもなかツた。只、彼は只おのづから知ツた。多くの場合ひ、学問は人を盲《まう》にし、愚にし、残忍にし、兇暴《きようばう》にする。学問といふ利器を教へるものが先《まづ》もツて権勢の徒、利慾の党である以上は学問は到底兇暴、残忍の味方となる方にむしろ、比較的多く役に立つ。その利器を深く心にやしなはなかツた進は却ツて天の霊を直接に天の手からその心に受け取ツた。いやしくも帝国の男子と生まれた以上、一身をこゝに心づいた事に尽くすのが実に只何よりの快楽とのみ思ふ。口にも筆にも云ひ尽くせぬ意気が虹《にじ》を吹き、烟《けぶり》を吐き、斗牛《とぎう》を衝いた。

そして伉儷《かうれい》百年の交際においては絶縁の証拠として、他人となり切ることの断言として進は阿国と握手した、握手、正当に阿国を韓人の愛婦《あいふ》と認めるための握手！

　そして進はそのまゝ其地に住まツた。

　彼のその後《ご》の阿国に対する態度は無量の意味の有る他人同士の間柄とも云ふべきものに為《な》ツた。阿国の身に取ツては、誰に訓戒されるでもなく、おのづから只良心の指示する所に従ツて、陰に陽に進の庇護《ひご》となるのみに為《な》ツて、それとても何《なん》の一厘《りん》一毫《がう》の報酬をそれがため受けやうと心に望んだのでもない誠に義俠《ぎけふ》的の庇護ではあツた。

　さりながら機《をり》が無ければ、嚢《ふくろ》に錐《きり》はよし有ツても、その有るといふ事も人には知られぬ。天は進をして鋒鋩《ほうばう》をあらはさせる丈の機会を吝《をし》まなかツたか、意外にも意外な機会を進に与へて、程なく進をしてその利器を村人に認めさせるやうにした。

　十二月といへば程無く寒の節にもなる。山里より暖いとは云ふものゝ、とにかく両三日の朝霜の白さにも寒気のおもかげをやうやく浮かめて、磯やかたの軒につるした、何か知らぬがとにかく海草《うみくさ》、その襤褸《ぼろ》ともいふばかり見すぼらしく乾《ひ》からびて、しかもそれを手遊物《おもちゃ》にしがほの浜風に絶えず〳〵吹き鳴らされる様子を見れば、只それ丈でも心もちからもう寒くなる。

　両三日は風がつよく、波も暴く、沖合ひに白泡《しらあは》さへころげて見えて、雪もよひの空は夕ぐれに至ツて灰色に金茶を薄く掛け、そのやゝ眩《まばゆ》いやうなのが利刀《りたう》のきらめきのやうにさへ思はれて、誰一人浜辺に出るものも無い。

　まして沖には猶《なほ》の事。

　怪しくも、只しかし一艘の小舟がその両三日いつも夕ぐれとなるのを合ひ図のやうに何所《いづこ》からともなく立ちあらはれて只右ひだりへ漂ツて居た。

　今日十二月の十五日、その夕ぐれも亦相変はらずであツた。さりとて村の者は怪しみもせぬ、気にも留めぬ。朝から吹きあたる大風に漁村一斉戸を鎖《さ》し固めて、炉の辺《へん》に寄りこぞり御定まりの勝負事、何《なん》の浮き世の浪風《なみかぜ》をも知らずに、大かたは余念も無かツた中に、只一人その仲間にも入《い》らず、人知れず窃《ひそ》やかにその砂浜の船の中に身を忍ばせて居たのは進であツた。

　砂浜の船、すなはち漁猟の隙《ひま》とて、苫《とま》をかけたまゝ引き揚げて置かれた丈のもので、もとより中に人は居ぬ。何思ツてか、進のみが只一人その中に匿《かく》れて居た。沖からやうやく暮れはじめて、海上もやゝ茫となり、漁村のあちこちはるかに燈火《あかり》の影など探し出されるやうに為《な》ツた頃合ひを見はからツて、やがて其苫を掻き分けて、ぬツくりと身を進はあらはしたのである。

砂浜へ下り立つと共に、偸《ぬす》み見るやうに前後左右を見まはした。

誰も居ぬ。

にツこり笑ツた。

右ひだりに身を二三度ゆすツて、幅広の胴締《どうじ》めの帯をもゆすぶり〳〵引《ひ》き緊《し》めた。

引き緊めて、足蹈《ふ》み鳴らし、ぷウと一つ息を吐いて、さて稍頸をちゞめ、上目づかひの目を放ツて、きツと見やる真向かふの沖の方《かた》には例の漁船が浮かんで居た。

猶よくも〳〵注意戒心する様子で、しばらく只身うごきもせず突ツ立ツたまゝであツたが、やうやく心が決したと見えて、小走りに船の傍《そば》へと駈け戻ツて、ほとんど苫の中をさし覗《のぞ》くばかりにして

「よし！　出てもいゝ！」

声は低かツたが、力は籠もツた。打ち合はせが素より有ツたには相違無い、見る間《ま》苫の間《あひだ》からほとんど一斉立ちあらはれた四五人、皆《みな》すべて漁師体《れふしてい》のものであツた。顔だちから見た丈では日本人か韓人か、乃至双方の入り交りかすこしも分からぬうへ、その服装も日韓両様の交ぜ合はせで、いづれとも決し得られぬ。

進は只腮《あご》でしやくる。皆その意を領した体《てい》、さらにその苫の有る小舟に取ツて掛かツて、見る〳〵海へと押し出した。

大粒な雪がやゝ加はツて、冷たさと共に力も殖ゑた風が波をさへ怒号させた。

一同は舟に飛び乗る—と共に、櫂《かい》となる、櫓となる—舟は波を衝いて昂低《かうてい》しながら海へと出た。

そのまゝ舟は箭《や》を射るごとく突進した。狙ひかためて、向かひ進む先は沖中《おきなか》の漁船であツた。

漁船までは十町あまりも有ツたらしい。が、進の船は瞬く間《ま》その漁船へと迫りかける。

何ゆゑか、漁船は逃げ出す様子。

それと掛け声、進の船は突進した、追究した。逃げる方も全力を以《もつ》てゞらしい。が、逐《お》ふのも全力を以てゞあツた。追ひ及ぶ。咄嗟《とつさ》、鉤索《つぎなは》が漁船の小縁《こべり》へと掛かる、進は一同と共に身をひらめかして、相手の船へと躍り込んだ。

何《なん》とも分からぬ二声三声の、暴々《あら〳〵》しい罵り声が舟の中で交換されて、さも搏撃《はくげき》が船中ではじまツたらしく、その舟全体が不規律に乱れて揺れた。

その筈でもある。

進は舟へ飛び入ると共に、きツと中を見まはせば、中には只二人《にん》の韓人が居たが、さてその韓人の一人《にん》は韓服《かんぷく》の上に厚い毛皮のある、外国風の外套《ぐわいたう》を着た男で、すなはち

彼の李琦明なのであツた。

しかも、琦明の身の前には海図の草稿らしい紙があツて、しかもその時琦明は鉛筆をもツてその海図に何か書き入れをして居る所であツたのである。

飛び入るや否や、進はその海図を引ツたくツた。

ぎやツと叫ぶと共に琦明はその図を奪はうとする、その手先を捩《ね》ぢ上げると共に横面《よこづら》をしたゝか鉄拳で食らはせる、それと殆ど同時、進と一所に乗り込んで来た二三人は琦明をぐツと取ツておさへて、又いくらかの乱拳、見る間《ま》ぐる〳〵巻きにした。

今一人《ひとり》の韓人は元より土地で見馴れぬもの、その身に韓服こそは着けて居たが、顔だちが何《なん》となく腹からの朝鮮人ではないらしかツた。

が、只その男は呆気に取られた気味、不意の騒動、どう手を出す思案もなく、その癖、顔はさながらの土気色《つちけいろ》、むしろ只縮《すく》んだ。

しかし、押し付けられて、それも縄！

「逆賊！　思ひ知ツたかやいツ！」

さも怨みに堪へぬらしい声、進は二人を睨《ね》め付けて只この一句、奪ひ取ツた海図をきツと見る。仲間の一両名もさし覗く。そして、よく見れば、いかにも〳〵委しい海図、精密に度が盛《も》ツてあツて、水底《すゐてい》の深さが根《こん》よく写し出されて、そして所々書き入れた文字《もんじ》は総《す》べてその辺、その海辺《かいへん》の地名であツた。

いかに大体が架空談の小説であるとしても、われ〳〵は此辺の叙事は其書き進める深さも大かた此辺ぐらゐ、云はゞ稍茫漠《ばうばく》として読者にも隔靴《かくくわ》の感が有る位のところで、とにかく止《とゞ》めるのを穏《おだやか》と考へるまゝ、以上進が琦明の海図を奪ツたといふ丈をもツて細密の叙事の終りとする。

そして琦明はしたゝか進等にくるしめられ、やうやく命を助けてやると云はれた。他《た》の一人《にん》も亦そのとほり、這《は》ふ〳〵の体《てい》で上陸して、どこへか逃げて行ツてしまツた。

進が海図を奪ツたといふ事がその後何《のちなん》となく村中一般に知れわたツて、只何が無し、えらい人、つよい人との評が高く、それがそも〳〵其出世のはじまりで、たちまちに勢力を得、いつか〳〵漁夫《れふし》の統領《とうりやう》ともなツて、それから又力を尽くして日本からも漁夫《れふし》を招くことにして、いくらかの土産ばなしも出来るに至ツたところから、久しぶりに故郷へ帰ツて来たのが即ち此小説の書き出しにした所である。

彼は文明正道の帝国主義を外国に普及させるのを理想とする。彼は一方の千島《ちしま》に磐石《ばんじやく》の雄鎮《ゆうちん》たるべき郡司《ぐんじ》大尉をはるかに同志の友として仰《あふ》いで居る。彼は朝鮮沿岸は無論、それから北の方をも大日本帝国の漁隊の権力の下《もと》に風《ふう》靡《び》させやうと、それを其理想として居る。

ひそかに思ふ、有為なるわが帝国の青年諸君の中、第二の進ともなツて、文明的平和の戦争によツて、博愛的帝国主義の先導者たる偉人となり、わが帝国の威を域外に宣揚される人、その人はまた必らずしもわれ〳〵の此帝国に決して乏しかるまいと。われ〳〵は情迫る、筆しかし、縮ませなければ為らぬ。満腔の熱、たゞ此一冊に封じたのである。

兎《うさぎ》

（上）

一昨年《さくねん》の新年には牛の事を書いたが、去年は何も書かず、そこで本年《ことし》は又年にしたがつて兎の事でも書いて見る。

清水《しみず》のちよろ〳〵流れる傍《そば》、画《ゑ》にかいたような木賊《とくさ》が程よく生えて居るあたりに二疋《ひき》の白兎が居た。あつらえたなりの寒月が氷を一面中空《ちうくう》に掛けて、余光をばその寒さうな清水へと揉《も》みほぐさせて、目に見るかぎりは清絶の極意を示した。いずれも背中をば丸々とさせて居た。背中の丸いといふ事、ある程度までは丸いその物を愛らしく見せる。すくんで居る鼠《ねずみ》でも背中が丸いとなれば愛らしい。殺生をして居る反舌鳥《もず》でも背中が丸いとなれば憎くない。ましてや、兎、それは可愛《かあい》らしい。

甲（と、茲《こゝ》では仮にその一疋を名づくる）と随分愚痴《ぐち》つぽい、まずは厭世《えんせい》的の兎であつた。

「われ〳〵程つまらぬものは有るまいな。運賦《うんぷ》天賦と云ひ消《けし》てしまへばそれ迄《まで》だが、なぜ斯《か》う弱い身の上に生まれさせられたのかな。形体《なり》と云《い》へば一尺すこし、いくらか大きくても二尺ぐらい、犬でもわれ〳〵より大きいからな。よし小さくても人間といふ保護者を得て、家畜とか云はれて居るものならば、なるほど一生奴隷で苦しい処もすこしは有らうが、さう何も危険を感じてばかり居ないからな。湾泊《わんぱく》が石を取る。主人が叱《しか》つてくれる。長松《ちやうまつ》が棒を持つ。叔父さんが小言云つてくれる。それで此顎《このあご》はと云へば人間が賄《まかな》つてくれる。

「われ〳〵は扨《さて》どうだ。うす淋《さび》しい山や林の中が住処《すみか》だろ。よしんば如何《いか》なる危難がわつて大口開《あ》いて飛掛かつて来たにもしろ誰一人、いゝや、誰一疋助けてくれやしないだろ。誰どころか、味方一疋実に無い。なるほど仲間兎は居もしよう。居たつて役に立たないだろ、御本尊さまから先《まつ》もつて似たり寄つたりの意気地《いくぢ》無しの弱虫だろ。ほかのものを助けるどころか。われ勝ちに、されば、只々《たゞ〳〵》逃げるのだ。さすれば三界《がい》味方無しだ、無しと云つても違ふまい。天地は広いさ、大きいさ、高いさ、乃至《ないし》厚いさ。弱い身のわれ〳〵に取つてはこの広いのも実は狭い、大きいのも小さい、高いのも低い、厚いのも薄い。ところで力の無い生まれと云ふのだ。見たまへ人間でもさうだとさ。何《なん》とか云つたつけよ、うん、武力、蛮力、暴力さ。」

「あは、幾色《いくいろ》も有るな。」

「あは、、有つてもその実一つだ。勝つて成功すれば武力と云はれ、負けて失敗すれば蛮力、暴力と云はれる丈《だけ》、全くはおなじものだとさ。」

「そりや人間の説でだろ。」

「聞くまでも無い。すべて自由に理を附けるのが人間の人間、悪魔の悪魔といふぢやないか。人間、されば野蛮の残酷のといふ文字《もんじ》をば字引きの化粧に加へて置く丈の人間の説でだよ。ね、動物非虐待どころか、毎度われ〳〵を目がけて銃火を浴びせる、然《しか》り彼等の刑法とかいふものには不能力に対して能力を加へるのを罪悪と認めるとか済まして書き載せて置きながら、それで然《さ》ういふ事をするとさへ云ふ、その、実におそろしい人間の説でだよ。しかし、真理だ。とにかく力が無くては駄目の世だ。ところで、われ〳〵はどうか。無力だろ、弱いだろ、小枝を噛《か》み切る歯は有る。犬の咽喉《のど》をも噛めぬてよ。天意はどこで平等か。

（中）

厭世の兎はなほ続けて、

「天意はどこで平等かよ。一拳《けん》馬の背首《せくび》を摧《くだ》く虎といふものをも置く。一声《せい》山を鳴らし動かす獅子といふものをも出《いだ》す。ところで兎には何をでも皆を吝《を》しむ。

「肉でも不味《まづ》く生まれさせてくれたならまだ〳〵苦労は少なからう。われ〳〵の肉は旨《うま》いと他《た》に褒《ほ》められる。褒められると云ふのは肉を狙はれるのだ。褒められるといふのは殺さうと云ふためにだ。すなはち兎は褒められるため命をたゞちに危《あやふ》くするのだ。おれが天なら、いやさ、真に慈愛のあまねくあるといふ天ならばだ、命のあやふいといふ招ぎの種ともなるやうな旨い肉といふものを先以《まづもつ》て与へて置かないがな。またそれでも可《よ》しとしたところで、さうならばさうで、その肉を守る、すなはち大切な命を防ぐといふ丈の、えらい力、それをも一所《しよ》に呉《く》れて置くべきだ――ぢやないが。早いはなしが。美くしい小娘に大金を持たせて夜道をひとりで歩かせると云ふ事と思つたらば何《ど》うか、顔は美くしい、しかし力は無い小娘、そこで大金を持つて居る、そこで夜道をひとりで行く、さ、是《これ》ほどあぶない事はあるまい、慈悲のある親が、どうだ、それでも構はず小娘をさうして独《ひとり》身《み》で手放してやるだらうか。有るまい。有るまいともさ、有らばその親は罪人と云つてもよかろ。しからば何《ど》うだ、われ〳〵兎は。うまい肉といふもの、つまり小娘の美色、小娘の大金といふものを先もつて持つ。ところで、それを防ぎ守るといふものをも持たせられぬ。天の慈悲はどこに有る。

「われ〳〵の肉がいくら旨いと云つたからで、われ〳〵兎がそれを旨がつて食べやしまい。何《なん》でもさうだろ。いくら好《い》い美人でも、その美色は他《た》の人を喜ばせるものでこそあれ、自分その美人に取つては何《なん》でもあるまい、いくら大した才子でも、その才気は世のためになるものでこそあれ、自分その才子に取つては何《なん》でもあるまい。自分の美色や大才をたゞちに自分の栄華や幸福の種にしやうといふのは土台それゆゑ間ちがひだろ。美人ならば嗚呼《あゝ》この美色は人を喜ばしめるためにだ、自分のよろこぶべきものでは無いと思つてしまふ、才子ならば嗚呼この奇才は人のために働らかせるべきものだ、自分の玩弄物《おもちゃ》にするべきものでは無いと観じてしまふ。それが美人や才子の心掛けとすべきものだろ。ところで、われわれ兎もこのやうに思ふ丈は思ふとする。しかし、これでも何《なん》でも、肉の旨いのがなまじひ有るため却《かへ》つて身が危くなるといふのは酷ぢやないか。なるほど美人はその艶色《えんしよく》のために死ぬ。才子はその奇才のためにほろびる。しかし、そのために生物の最大目的たる生存といふものを害されるといふものは、天は薬めかしてその実は毒をくれたのぢやないか。」

いよ〳〵出《い》でゝいよ〳〵斯う、厭世の兎は一図《づ》に放言するのであつた。あはれむべし、彼れ厭世の兎に多少は捨《すて》身《み》の意気も有るが、只捨身たるこの一事実を大苦痛とまだまだ見て居る丈なのであつた。彼れ厭世の兎は捨身の大苦痛がすなはち自得《じとく》の大愉快たる事といふ処までまだ〳〵思ひ至れぬのであつた。彼れは堂にのぼつては居る。しかし、まだ奥には届かぬ。これに対して残る一疋の兎がさて何《なん》と云ふであらうか。

（下）

「お前の愚痴はわれら呑気《のんき》な兎社会のものヽ口から出るとすれば、人間に聞かれても恥かしいぞ」と、是が残る一疋の、さて思ひの外な返事であつた。「なぜだと？　口がしこいお前の愚痴、成《な》るほど、乃公《おれ》にはお前ほどよく舌が回らぬが、とにかく可《か》なりな処までお前は天理を呑込《のみこ》んで居て、そして肝心の処となつて、やつぱり天を怨む。つまり愚痴を溢《こぼ》すと云ふのは無理だな。」

「無理と云ふのか、おれの云ふのが。」

「それは煩悩の犬の口上だな、われ〳〵から見れば心霊においての下等動物たる人間の口上だな。」

「あはヽ、お前は人間を下等動物といふか。」

「それ丈は断言する、人間がわれ〳〵兎を下等動物といふのは先もつて人間よりほかえらいものは無いと考へて唯《ゆゐ》我《が》の偏見から動物の最上なるものと自分たちを見て、それからすべておのれの外をば下等だ抔《など》と云つて居《を》るので、早いはなしが盲《めくら》が器を評するのだ。それに酬《むく》いてわれ〳〵から云ふとすれば、されば、今云ふとほり人間も下等動物だ。な、その下等動物の人間の云ふやうな口上を一つの恥づべき愚痴としてお前は真面目で云ふのだ。」

「でも、天がわれ〳〵兎には不公平で…」

「だから悪いと云ふのだ、人をわるいといふのが何よりの悪人、人をいはれなく攻めるのが何よりの臆病者《おくびやうもの》。と、云ふ事はお前も知つてるだろ、なるほど強い獅子も居《を》る。しかし、その獅子も一《ひと》うちに命となる鉄砲といふものも有る。天がもし真に獅子より依估《えこ》なり偏頗《へんぱ》ならば、玉のとほらぬやうな皮でも被《き》せてくれるべきで、獅子から云はせれば、それも立派な誤詫《ごたく》となる。けれども、それは矢張《やは》り愚痴だな。人が自分を憎むとするか。自分がまだ〳〵不徳《ふとく》だと思ひさへすりや可《い》いぢやないか。人が自分の肉を食ひたがるか、仕儀《しぎ》によつては食はせてもいヽぢやないか。」

「食はせてもか？」と一方は眼をいとゞいとゞ円《まる》くした。

「食はせて、いくらか自分のほかの者の心を楽しませ、乃至その者の滋養にでもなれば、天がそれ丈の肉を自分にくれた、それ丈の意を答へて、それ丈を無駄にせずに済むのぢやないか。そこだてよ、な、身を殺して仁を成す。」

一方の兎もなるほどヽ思つたらしく、頸《くび》を低《た》れ、耳を傾《かた》げてつく〴〵聞き惚《ほ》れた。折《を》りも折り、轟然《がうぜん》一発の銃《つゝ》の音、二疋は、嗚呼、毒弾《どくだん》の目的《まと》たしかになつた。

月はその義俠《ぎけふ》の鮮血をその清浄なる白い毛の上に際立たせやうとてか、いとゞ照りまさる、その凍るばかりの白銀の光りを浴びて、踊躍《ようやく》して兎の死体《しがい》のところへ駆けつけて来たのは人間といふ一の悪魔であつた。

兎もとより捨身《しやしん》の善をと志す。殺されても決して悲しむまい。われ〳〵筆を取つても決して兎のためには泣かぬ、いな、むしろ、其健気《そのけなげ》なる最期に対して笑顔をも見せてやらう、さりながら其笑顔にも、その目には一杯の涙の有るといふ事は云《いは》なければ為《な》らぬ。知らず、兎を撃つた人間は兎のために涙ぐむものゝ有るのを切《せ》めてエートムほどにでも思ふであらうか。

それとも思はぬか。

思はぬならば、その実〳〵、義俠で一生を棒に振つた兎そのものより永久悟入《ごにふ》の見込みの無い妖魔《えうま》として、実に〳〵憐れむべきは撃つた人間そのものでないか。嗚呼兎には斯うなつて瞑目《めいもく》の後《のち》の賛辞を贈り得る。人間には贈れぬ。さすれば妖魔たるその人間も憐れである。憎むべきところも無い。

（をはり）

貧の霊光

是只一寸《これたゞちよつと》見た丈《だけ》の話に過ぎぬ。話はむしろ平凡、何《なん》でも無い。さりながら其《その》子、こゝに一寸書く少年の心根を考へれば、彼はたしかに神とも云《い》へる。

秩父《ちゝぶ》おろしに擦り赤められた西の色も早《はや》一様《やう》の墨色に変はつてしまつた、人どほりの少ない偏僻《へんぴ》な往還に其只人気《ひとけ》の無いといふ丈で何が無し寒さうにのみ見えて了《しま》ふ。道普請《みちぶしん》につゞいて片側の溝《どぶ》の縁《へり》どほりを石で拵《こし》らへるといふ工事が此頃著手中《このごろちやくしゆちう》で丸石があまた積重《つみかさね》てある前には御定まりの通行注意の榜示杭《ばうじぐひ》が立てゝあつた、其下には洋燈《らんぷ》の薄あかりが風に瞬《まばた》き〳〵ひらめいて居る。

突如その光《ひか》りは消えた。

何処《どこ》にも街燈一つ出して居ぬ。石は而《しか》も黒石《くろいし》のことゝて、一旦光《ひか》りが消えるとなると、最早夜目《もはやよめ》、形は見えぬ。危険を注意するとての光《あか》り、いづれ風に逢ふ位は知れても居やうに、もと〳〵其消えぬやうにと予《あらかじ》めまづ為《し》て置かなかつたと云ふ御定まりの世の中の無責任を、扨誰《さて》とて又咎《とが》めるものも無い、早いはなしが此類《たぐひ》の無責任は世に有り内《うち》の極《き》まりと云ふので。

けたゝましく足音を響かせて、わが家と云ふのも名ばかりな荒屋《あばらや》へ駈《か》け込むばかりにして帰つて来たのは十一二になる男の子で、上がるや否や火鉢の前、転がつて居た燐寸《まつち》の箱を物も云はず取り上げた。

が、きつと母親に見付かつた。

「燐寸持つて行《い》つてどうするのだよ、此餓鬼《がき》や又いたづらしやうと思つて、此風の吹くのに、火悪戯《いたづら》なンぞして、捕まつたらどうする。また無代《ただ》で持つて来られる燐寸ぢやない。一つ幾何《いくら》てへんだ。無駄に費《つか》はれてたまるものか」。

引《ひ》ツ奪《たく》らうとする。

身を反《そ》らして空《くう》を打たせて、「いたづらにするンぢやない。」

「馬鹿を……何《なん》で燐寸が戸外《そと》の入《い》り用に……」

「なるから為《す》るンだ」。

「ふざけるな。」

追ひ縋《すが》る。その手を払ふ。子は、しかしどつかと座つた。

「云つたつて分かるまいと思つたから云はなかつた。本当《ほんた》う、ね、阿母《おつか》ア、おいら是から人助けするンだ。」

「人助けエー」冷笑《あざわら》つて母は舌を出したのであつた。

「誰に聞いて来た、そんな高慢。」

「昨夜《ゆふべ》の学校でだ。」

「それで、どういふんだ」と、又冷笑《あざわらひ》。

「光《あか》りが消えたらう、風で。ね、風が強いから消えたろ、道普請の光《あか》りが。」

「あたり前の事を。」

「消えたが、誰も付ける者は無いし消えたツ切りの暗闇だろ。」

「ふざけるな、幾度《いくだび》も〳〵当り前だ〳〵尽《づ》くしで。どうした、それから。」

「だから、さ、聞きなよ阿母《おつかあ》、可哀《かあい》さうぢやないか人が。ね、往来を通る人が可哀さうぢや無いか、もし、さ、蹴《け》つまづきでもすると。」

是ばかりでその声は稍《や》ゝうるんだのであつた。

何事の感懐が烈《はげ》しく胸に浸《し》みたのでもあつたらうか、その母親は直《たゞ》ちに応じて愚《ぐう》とも云はぬ。のみならず、吁《あ》ゝ、その母親がその儘《まゝ》涙ぐんだのでもあつた。

「燐寸を、お前、それぢや其……」

「光《あか》りを是れから付けてやる。」

「それに燐寸を持つて行かうと云ふんだね。」

「人助けだろ、え、阿母。」

母は只の無言であつた。

「たつた一本の燐寸で幾人《いくにん》の人助けになるか知れやしまい。ね、一本の燐寸だよ、人助けと云ふ事なら一函《はこ》つかつても結句可《よ》かろ。」

嗚呼《ああ》、貧児《ひんじ》この最末《さいまつ》の一言《ごん》は希有《けう》の大慈善心の結晶であつた。知らず、貧児の此《この》結晶の一稜角《れうかく》はいかなる光輝《くわうき》を発射するか。

（をはり）

天女の声

（上）

日鉄《につてつ》線の汽車に乗つて上野へと志す中ほど赤羽《あかばね》から乗込んだ一人の紳士、一目《め》でもそれと分る、銃一挺《てう》に獲物袋《えものぶくろ》、その袋の網の間《あひだ》を洩《も》れて見える羽毛《はね》の色で中の鳥も大かた分かる、つまり山鷸《やましぎ》が二羽ほどに鶫《てうま》か四羽ほど、獲物は只《たゞ》まづ夫《それ》だけであつた。

その紳士と向かひ合つて座つて居た是《これ》もまた一人の紳士、前の紳士が乗込んだのみの当座は只無言でぢろ〳〵其《その》獲物袋を眺めて居たが、それも亦《また》好む道と見えて、つひに先《ま》づ言葉を掛けはじめた。

「御楽しみでしたな、大分うまさうな物を。どの辺へ御出掛けでしたかな。」

好きな道の事を云《い》はれるのは其人に取つては無論嬉しい。前の紳士はにつこりした。云ふまでも無し、獲物袋をその儘《まゝ》客車《かくしや》内へ持込んだのは是見てくれ、誰か同好の咄《はな》し相手は無いものかと夫を口へ出して云ひたい処を僅《わづか》に堪《こら》へて形《かた》にして見せたと云ふ丈《だけ》なのである。

「はい、秩父もよりへ行かうと思つて、其処《そこ》まで至らず、やうやく僅か近郊で些《ちと》ばかり撃つて来ましたので」と是が一方の紳士の挨拶《あいさつ》であつた。

「おたのしみでしたな、大分旨《うま》さうなものを」と前の紳士は又重ねた。旨さうな物を〳〵と幾度《いくたび》も重ねる——よく〳〵口の事を云ひたがる紳士である。

「はい、あまりよく撃てませんで。もつとも今些《すこ》し大物も有りましたが、それらは皆小包みにして友人などへ贈り出しました。こゝに持つとりますのは、云はゞ、ほんの初《はつ》穂《ほ》とも云ふべきもので。」

「なるほど」と第二の紳士は応じは応じたものの、扨《さて》その初穂といふ言葉をやゝ心得かねた様子であつた。

「なるほど」と如何《いか》にも只無意味な挨拶。「最初にお捕りに為《な》つた者ですか夫等《それら》は。」

「と云ふ訳でもありませんがな……」とばかりで口籠《くちご》もりもした。

（下）

　腰掛けの一方此方《こなた》には六十ばかりの老女に伴はれた十《とを》ばかりの令嬢が瞬《まばた》きもせずそれら紳士と鳥とを見詰め見くらべても居た。その令嬢が心に何《なん》と思つて居たものか、紳士は知るべき筈《はず》は無い。相変らず夫からは獲物ばなしの興に入《い》つた。やゝ姑《しば》らくは鴨がどうだの鷸がどうだのと到底《つまり》は銃猟家《じうれふか》が顔を合せさへすれば必らず云ひ合ふと極《きま》り切ツたやうな事を云ひ合つたその末は必らず自慢ばなしとなる。

　前の紳士が、「近在のへんには此度《こんど》はまづ獲物の多い方でした。却《かへ》つて些し離れた処となると、此頃《このごろ》は又却つて天《てん》狗連《ぐれん》が押し出しますのでな、却つて又鳥を逐《おつ》て仕舞《しまひ》ます。」

「いかにも。では大分沢山《たくさん》御取りで？」

「数は取れました。あはゝ、いや然《しか》しその多数は大抵猟師の手に由《よ》つてです。大《おほ》きに、それをな、われ〳〵一個の手で捕れたやうに云ひ触らしたいは云ひ触らしたいですがな、あはゝゝ。」

「よく有りますな、さう云ふのが。そして怱《たちま》ちどうかの機会《はずみ》で馬脚を現はすのが。」

「捕れた丈の数残らずを斯《か》う提《さ》げて持つて来れば随分見得《みえ》には為《な》りますて。」

　他《た》の紳士は唯《たゞ》微笑した。「どういふ訳でそれ丈を今御持ち帰りになるのですかな、その初穂とか今仰《おつし》やつて。」

「いや何」とばかりで其声はやゝ沈んだ。「母が楽しみにして待つて居ますので。」

「親御《おやご》さんが？」

「鳥、殊に山鷸と鶫とが大好物で――而《しか》もこれらは最初の一二発で首尾よく捕れたものゆゑ、又ほかならず格段なるものと思はれましてな、それで是だけは小包で出さず自身斯う持ち帰るのです。」

「さやうですか。いや、なるほど」と第二の紳士は態度や、粛《しゆく》とした。

嗚呼《あゝ》読者は此最初の紳士を何《なん》の辞《じ》をもて評されるであうか。その云ふ処によつて評〔す〕れば、彼はたしかに孝《かう》子《し》である。母の好物といふ故《ゆゑ》、それをば初穂として自身手にして持ち帰ると云ふ、それ、少《すくな》くも孟宗《まうそう》や王祥《わうせう》に近からう。其志しや嘉《よ》みすべきであらう。しかし、孝その事をするための其紳士の手段はと云へば、無能力たる鳥に対して銃殺といふ残虐の限りを尽《つく》したものである。撃つたその鳥にも母は有らう。乃至《ないし》子も有らう。おのれの身が己《おの》れの母に孝を尽くすがため他《た》の母子をして泣きの涙を絞らせると云ふのである。すなはち彼《か》れ紳士はやはり目的のためには手段を択《えら》まなかつたのである、否《いな》、おのれが孝子たらんとするものには自己以外の生類《せいるゐ》に血涙《けつるゐ》を絞らせても委細かまはぬと云ふのである。そもそも真の孝とは是か。

前に示したその令嬢はこれら委細を聞いて居たが、やがて見る〳〵涙ぐんだのである。涙ぐんだその目はむしろ其孝を誇る紳士を睨《にら》めたのである。その令嬢は母に向かつた。

「おつかさんが嬉しがるからつて、鳥を殺したンですと。阿母《おつか》さんは嬉しがつても、鳥のその阿母さんは嘸《さぞ》泣くンでしやうね。」

「何《なん》です」とばかり其母は微笑と共に娘を睨めた。

「嬉しがつてその鳥を食べる阿母さんが有るのかねえ。」

＊　＊　＊　＊　＊　＊　＊

無残や紳士は赤面させられてしまつたのである。

（をはり）

潤《うるふ》野《の》炭山《たんざん》の一惨事

「駄目だ、おとつさん、今より聞いて、見て、又この書き付けまで斯《か》う持つて来た。私《あたし》が云《い》はない事か、おとつさん、炭山《たんざん》なんぞへ大切《だいじ》な子、おとつさんには二男、私には弟《をとゝ》、切つても切れない肉縁《にくえん》のものを、幾《いく》ら金子《かね》になるからつて、決して〳〵遣《や》るものぢやないと、私があれ程云つて止めたものを、いゝや大丈夫、あたり前の山ぢや無し、農商務省持《もち》といふ政府持《おかみもち》の炭山だものあぶない事が有《ある》もンかと御前《おまへ》が強情張通《はりとほ》して、あの潤野炭山《うるふのたんざん》へ仁助《にすけ》（弟の名）をば遣《やつ》たんだろ。え、阿父《おとつ》さん、御前がよ、御前が誰《たれ》よりも政府《おかみ》は大丈夫だと乗り地《のぢ》になつて、仁助をば遣つたんだろ。え、おい、何《なん》とか云はないか黙つて只《たゞ》目ばかりぱちくり、何《なん》の事、どうしたよ、阿父さん」。

親父の子、すなはち仁助の兄一太郎は只号《わめ》いた。父親は只呆気《あつけ》に取られる。

「潤野が、仁助が、何を、どうだつて？」

「ちツ、まアだ落ち著《つ》いて、落ち著いて居るどころの咄《はな》しかい。聞きなさい。待てよ、耳が遠かつたな、怒鳴《どな》るからそのつもりで。よしかね、潤野炭山が焼けて、人足《にんそく》はみインな死んだとよ。」

「死んだとえツ？」ときよツとして「仁助もか。ぢやあるまい。」

「皆ごろしだツてへのに、分からない。」

「皆ごろし？、ぢや仁助も？」

「諄《くど》いや、死んだンだ。」

「クドイ、その人も死んだのか。」

「ちよツ、忌々《いま〳〵》しい耳だなア、死んだンだよツ、仁助も一所《しよ》に。それが只で無い。さア、政府《おかみ》が私《わたし》や怨みだ、どうしても怨みだ〳〵。此《この》（本月《ほんげつ》）十七日だ、炭山で瓦斯《ぐわす》が燃え出したのが、さうしたら、役人は坑口《あなぐち》をすぐに塞《ふさ》いでしまつた、よしかおとつさん、あくる日十八日本当に又きつちり塞いでしまつて、おい、こら、おとつさん中に居た六十四人の人足をば其儘《そのまゝ》蒸し殺してしまつたンだ。口を塞がなけりや火が消えない。火が消えなけりや山の石炭はみんな燃えてしまつて、どうだ、政府《おかみ》の大損になるからだとよ！、石炭の燃えるよりは人間を助け出さず、蒸し殺しにしたンだとよ。これが、是《これ》がその始末がきだ、報告書といふものだ、只斯う、あぶなくなる心配が有る故《ゆゑ》さうしたので、死体を捜したが分からない、と、只、斯う書いてある丈《だけ》なンだ。魂消《たまげ》たか、おどろいたか、いやさ、肝《きも》はつぶれないか、おとつさん」と、一太郎その後《あと》は声放つて泣き出した。

前記の日に前記の事実は全くその潤野炭山に在つて、山の吏員《りゐん》も右のやうに密閉を施し、遂《つひ》に六十四名は非業《ひごふ》に死んだのである。今只事実を斯う物語り体《てい》に書いて置く。

ベネジユラのカステロ

(上)

ちと堅苦しい物がたりではあるが、此頃《このごろ》たちまち世界にその名をあまねく知られるに至つた南米ベネジユラの大統領カステロについての一小話《せうわ》を取りつまんで一つ記して見る。今その国ベネジユラは英独二ケ国を敵として戦はうとの意気只《たゞ》すさまじく、此数週《すしう》のロイテル電報に見えるとほり、大分干戈《かんくわ》を交へて居《を》るらしい。その戦争の本《もと》は云《い》へば、やはり只此弱肉強食時代の流行、強国が弱国を自由にしやうとするのに対して、弱国が窮鼠《きうそ》の勇を起こしたといふそれである。かへり見れば数年《すねん》の前、南阿《なんあ》においてはクルウゲルを首脳として、南洋においてはアギナルドを巨《きよ》魁《くわい》として、弱小の自由を強大の土足に掛けられる鬱憤《うつぷん》に堪へかねて、国《こく》を挙げて干戈を執《と》り、弱小が強大に対抗して、そして情無くも只むざ〳〵と屈従させられ□現在の事実さへ有る今日である。ベネジユラの事もとより怪しみにも足らぬ。斯《か》くてわれ〳〵が口癖に云ふとほりの、二十世紀、即《すなは》ち獣類《じうるゐ》の呑噬《どんぜい》時代の活劇は只一日一月一年を経《へ》る毎にその種類を殖《ふ》やし行くのみであると云ふ、それら愚痴《ぐち》を今只こゝで云つて居《を》るでもない、要するにカステロ是《これ》また一の偉丈夫《ゐでうふ》であると云ふ事を云ひたいのである。彼は今現に衆《しう》に推されてベネジユラ政府の大統領である。そしてその年齢はと云へば、やはり只それを聞く人は驚くのみである。

大統領、その称鳴《せうめい》を聞く丈《だけ》では百人が百人まで年長者むしろ云はば年老者《ねんらうしや》を一概《がい》に只聯想《れんさう》する。博士や局長と聞かされて、人が直《たゞ》ちに青春の男子よりは寧《むし》ろ二毛《まう》の老人を聯想するのと同じことで、大統領と聞くや否や人の直ちに想《おも》ふところは白髪《はくはつ》まぢりの鬢《びん》や髪の毛、皺《しは》だらけの頬《ほゝ》や額《ひたひ》、大抵はまづそれらである。

カステロは然《そ》うでない。

今年やうやう卅《（さんじふ）》四歳の方《かた》で今より数年の前はや既《すで》にやはり元帥として、大統領として、世界にその名を轟《とゞろ》かした、即ち彼《か》れアギナルドさへ現在有る。ひとり今をのみ云ふ迄《まで》でも無い。鵯越《ひよどりごゑ》を逆落《さかおと》しにした時、九郎義経その年は幾何《いくつ》であつたか。彼は壇浦《だんのうら》で平家を全滅した時まだ〳〵三十に為《な》らなかつたのである。歴山《れきざん》のあれほどの遠征もその三十前後までの間《あひだ》に大《おほ》かた為遂《しと》げられたのである。

カステロもその類《るゐ》であつた。

彼の年齢は今年実に四十歳、すなはち其《その》ベネジユラ共和国の大統領の椅子《いす》に凭《よ》りかかつた初めを云へば、やはり又実に只の三十代であつたのである。あたり前の人間として当《あた》り前の経歴が有つた丈では誰も三十代の青年をして大統領の椅子をば占めさせぬ。然《しか》り、彼にはまた普通人の一寸《ちよつと》思ひ付かぬ事蹟《じせき》も有つたのである。

（中）

カステロが二十一二歳の時といふ、此頃日本でも流行する福引きのやうな事で何程か知らぬが、大金が纏《まと》まつてその手にはからず入つた事が有つた。その頃また丁度土地の警察権がどうした事やら甚しく微弱で、一向すべての市政の上に対して安寧の保障などゝいふ事が望めなかつた際の事とて、纏まつた金などを家《うち》に置くと云ふ事の他《た》に知られる其危険はほとんど多く云ふ迄も無いほどであつた。やがてカステロが其金の支払ひを受け、いそ〳〵自宅へ帰つて来たのを見るや否や、その家の持ち主であつてよく〳〵予《か》ねてから深切《しんせつ》にカステロの世話を焼いてくれる隣家の老人何某《なにがし》といふのが殆《ほとん》ど息を切らぬばかりにして、けたゝましく入つて来た。

しかし、その様子にはやゝ不釣り合ひに、その、夫《それ》から云ひ出した言葉、その声は際立つて只低かつた。

「カステロさん、受け取りましたな、とうとう結構な大金を、全《まつ》たく運の好《よ》い人は違つたものだと、今婆《ばゞあ》とも咄《はな》して居た処《とこ》ろでさ。取《とれ》るか、取れぬか、十分に当《あて》には為《な》らないと思つて居たものが、どうでしやう、全々《まる〱》取れたとは家鴨《あひる》が玉子を孵《かへ》す事でも無ければ、乃至《ないし》煮豆から蔓《つる》の出る事でも無ければ、そんな、こんな旨《うま》い事は有りやしない。なア、全く運、あゝ運のいゝ人は違つたものだ。運や機会は後《うしろ》の禿《は》げてる頭だと云ふが、御前《おまへ》さんには禿《はげ》どころか、まるツきり髪の毛の生えた——生えたも生えた、手に絡《から》げられるほど房々《ふさ〱》と生えた長いのゝ生えた頭だつたンだ、なア、さうでは無いか、どちらからでも捉《つか》まへて引《ひ》ツつかまへる事が出来るンだからな。何しろ運が好《い》い。運の好《よ》さゝうな人だと私《わし》は不断御前を見て居たンだて」。

相手には一言《ごん》をさへ挿《さしはさ》むべき余地を与へず、さすが其処《そこ》が老人気質《としよりかたぎ》とて一図《づ》たゞおのれの云ひたい限りを言尽《いひつ》くした。云はれる儘《まゝ》只黙してカステロも聞いて居たが、やがて兎《と》にかく一段落らしい処となつたのでおもむろに稍《やゝ》微笑した。

「おぢさんは素早いな、とうに最《も》う知り切つて居るンだな、評判で聞いたのか」。

「と、聞くなンぞと、はアて、野暮くさく、わざとらしく澄ますのか、小僧の癖に、あはゝゝゝ」と高く笑つて、「ひつくりかへるやうな評判だ、どうして私《わし》が聞き落す。よしんば幾《いく》ら耳が遠くツても」。

「で、何か用なのか」。

「用？」とやゝ冷笑《あざわら》ふらしく目を据ゑて、「わるく際立ツて聞くぢやないか。見込んで借りにでも来たやうに、さも〱、聞くぢやないか。さうぢや無い。借りに来たどころか、さうぢや無い。お前のためを思ツて、よしかな、気を付けてやらうと思ツて来たんだ。若いものは何《ど》うしても気が付かない。折角《せつかく》のその金さへ滅茶《めちや》にして仕舞《しま》ひかねないからな。気を付けるのは老人《としより》の役だ。な、よしか、分かつたろ。早いはなしは御前が今日その大金を取つたのは可《い》い。なるほど運がよろしいのだ。たゞ、しかし、其処だてよ、その御前が取つたといふその金は御前の身のまつたく敵《かたき》になる奴だからな。いゝや待ちなさい。黙つて聞け。なるほど、余所《よそ》の若者のやうに御前はその金を色気や食ひ気に使ひ果たしては仕舞《しまふ》まい。それで、それが敵になると、今、私《わし》が云ふんぢやない。その事は御前は大丈夫だ。敵といふのは外に有るんだ。気が付《つい》て居《ゐる》か。まだ付《つく》まい、聞けよ、それは泥坊《どろばう》だ！」

その額に寄る皺のいとゞ深まさりする辺《へん》にその眉は高く釣り上がつたのでもある。その息もやゝはずむ。

「わかつたか、泥坊だ。御前の手に大金の入つたと云ふ事がまつたくあんまり世の中に鳴りわたり過ぎちやつた。ところで無政府のやうな此国《こゝ》だ、泥坊はもう御前に目を付《つけ》たんだ」と流石《さすが》その目もきらめいた。

（下）の一

老人はなほ続けた。

「馬方《うまかた》どもからして高咄《たかばな》しで、今夜御前の処へ借りに行つて、貸さなければ腕づくでも取つて来ると、斯《か》うさへ云つて居たからな。」

「その金をか」とカステロは只冷やかに微笑した。

「落ち着いて居る所ぢや無いぞ、こら。若い者は夫だから困る。さう気が長いから困る。今もうやがて夜ぢや無いか。まして御前の所は一軒家見たやうな所、のか〳〵と好《い》い気になつて、其金を持つて居《を》ると云ふのは全《まる》で只その泥坊にどうぞ取つて下さいと云ふやうなものだ。それでも可《い》い、只取られるといふ丈なら。御前だつて人間だから、慾《よく》といふものも有るだろ。折角運が好《よ》くて手に入《い》つた金を、どうして只、へヱ宜しうございます、御取《おと》ンなさいと云ふものか。云ふまいが、屹度《きつと》。さすれば何《いづ》れ腕づく、どたばた騒ぎ位には為《な》る。ところで怪我《けが》でもする。仕儀《しぎ》に因《よ》つちや殺されかねない。それ御前は怖いとは思はないのか、え、こらカステロ、いや最う若い者つてへ者はなア。」

一図老人は嗟嘆《さたん》した。

聞く毎《ごと》にカステロは無言で只うなづくのであつた。点頭《うなづい》て而《そ》して只相《あひ》も変はらぬ微笑を浮かばせるのみであつた。

とかくする内老人の語も切れる。

「分かつた、おぢさん、よく分かつた。だがね、安心しなさいよ、大丈夫さういふ事なら疾《と》くに最う承知して居るからな。」

「承知とは、どう承知……」

「くれてやる丈の事だ。」

「呉《く》れてやる？」と目を見張つて、「呉れてとは何を何《な》に？　金をその泥坊にか、ぢやあるまい。命をか。でもあるまい。何をだ。どれをだ。どつちをだ。」

「くすツ、毎《いつ》もながら虚惚《とぼ》けるおぢさんだ。両天秤《れうてんびん》掛けて聞くのも可《い》い。あわて方、込《こ》み入《い》り方が面白い。されば、金と命と何方《どつち》をおれが呉れてやると、お前おぢさんは思ふか」

「ふざけるな」とばかり老人情《らうじんぜう》只迫る、涙ぐむ。

「大丈夫だよ、おぢさん。命が惜しいか、金が惜しいか、どつちかな。命を可愛《かあい》がるなら、金さへ憎めば夫で可《い》い。金を可愛がるなら、命さへ憎めばそれで可い。さ、どつちを憎まうかな。」

涙ぐんだまゝで老人は苦笑した。

「おれは今辻々へ貼り紙して来たんだ。」

貼り紙、その語があまり意表《いへう》なので、また老人は屹《きつ》とした。

「貼り紙とは何《なん》の事」

「斯う云ふのだ」、と咳《せき》ばらひ、「籤《くじ》の当《あた》り金全額、右ど。。うせ泡沫銭《あぶくぜに》につきその資格有る人に御望み次第今夜さし上げる事。資格といふはカステロから腕づくで奪ひ得る人只御《ご》一名に限る。尤《もつと》も御望みの方は御随意の武器何《なん》でも御持参の事。それに対してカステロは誓つてシヤツ一枚ズボン一著《ちやく》、身にその他《た》の何をも持たずその人と応接のうへ御わたし申す事。右のとほり、どうだ、おぢさん、さう書き付けて出したのだ」と許《ばか》りで只澄ました。

（下）の二

しかし老人殆ど信ぜぬ。

「本当か、さうぢやあるまい。そりや嘘《うそ》だろ。強盗ばやりの此世の中に何《なん》ぼ馬鹿でも、そんな大袈裟《おほげさ》な。こちらから名のり掛けて、腕づくで来い、そして取れるなら取つて見ろ、耳を揃《そろ》へて呉れてやるなンぞと――さ、そんな事云つて堪《たま》るか堪らないか。馬鹿にするなよ、老人《としより》を。本当の事を云へ、本当に。」

「堪まるも堪まらないも無い」とカステロは尚《なほ》やはり冷やかなのである。「おぢさんお前どう思ふ。まづさう云つて己《お》れが出した貼り紙を見て、さ、命がけで来る泥坊が有ると思ふか、無いと思ふか。もし有るとしたならば、幾人《いくにん》位が来ると思ふ。あらましお前は察《さつ》せるか。」

「来る泥坊が有るか無いかと？　来ずに居るか、見す〳〵金の有るのを知つて。」

「むかしの人は正直だ」とカステロは冷笑した。「来るか知らないが、来ぬかも亦《また》知れまいが。果たして来ると受け合へるか。」

老人は黙した。

「来るか来ぬか知れもせぬものを只騒ぐのみが能《のう》ぢやあるまい」。

「待て、しかし、それは違ふ。どつちか知れないものならば、双方どつちにも前以《まへもつ》ての用意をして置かなけりや為《な》るまいが。」

「双方に向くのを用意してあるのだ、それだから。来たらば呉れてやる丈だ。来なければやらない丈だ。いやも、只それつきり」。

云ひなぐられて、老人さながら蹴飛《けと》ばされ気味でもある。

「はてな、さう云はれて仕舞ふと、何《なん》と云つて可《い》いか分からなくなるやうだが、はてな、どう云ふ積《つも》りだつたか。どう己《おれ》は云ふつもりだつたかな」。

間の抜けた顔つきで考へ込む。カステロは猶《なほ》微笑。

「心配しなさんな、おぢさん。仮りに泥坊どもがいくらも押し掛けて来るとする。よろしいか、聞きたまへ。さうすれば仮令《たとへ》どんな腕づくでも猶おれの手から金は奪へないからな」。

「なぜ」。

「来た奴同士の競争となる。御互ひの食ひ合ひとなる。虎同士の喧嘩《けんくわ》となつて、高見《たかみ》で見物の猟師の利益に却《かへ》つて為《な》つて仕舞ふからな。また己《おれ》がその場に居て、双方に甘《うま》く気を持たせ、食ひ合ふやうに為《さ》せずに置かうか。見事、それは手の内だ」。

「なアるほど」と老人頸《くび》や、傾けた。

「しかし、大抵は泥坊ども却つて一人《にん》も来なからうからなア。気味がわるいさ。貼り紙を出す位だ、どんな企図《たくみ》が有るか知れぬと、そりや却つて気を揉《も》んで、なか〳〵思ひ切つては来られないからな。」

「なアるほど」と老人頸を向け直した。

「またそこで図太《づぶと》く押しかけて来て、よしどうしても立ち去らないといふやうな、怖《おそ》ろしい奴が有るとする。さすれば猶おもしろい。その奴には何《いづ》れ必らず骨といふものが有るのだろ。骨が有るなら資格有りだ。今夜今日《こんにち》その金を只おれが呉れてやつて、決してその金は無駄にならない。その金を貰《もら》つた丈の事をその奴がきつと己《おれ》に尽《つく》す。」

もう老人語句も出ぬ。只涙ぐむ。只カステロの顔を見詰める。只感に〳〵堪へた。

＊　＊　＊　＊　＊　＊

果たしてその夜何人《よなにびと》もカステロの寓所《ぐうしよ》を訪《と》はなかつた。しかもその夜カステロは門戸《もんこ》をすべて開放《あけはな》して、只一人書斎に端座《たんざ》しておもむろに聖書を読んで居たのであつた。

（をはり）

凡例

編集校訂方針

一、本文の配列は、原則としてジャンルごとに、発表順に従って収録した。

二、底本には原則として単行本（初版）を用いるが、粗悪な組版の単行本の場合や、単行本未収録のものは、新聞、雑誌などの初出本文によった。

三、底本の口絵、挿画については、必要に応じて採録することにした。

四、本文校訂にあたっては、明らかな誤記、誤植、衍字と認められるものは訂正した。

五、校訂上の注記や、底本と初出本文との主な異同については、作品解題の末尾に記載した。

本文表記

一、漢字は、原則として現在通行の字体に改め、常用漢字表・人名用漢字別表に新字体があるものについては、その字体を用いた。ただし、現在通行の字体と異なる場合でも、一部の固有名詞や、表記の多様性を生かす必要があると考えられる場合には、底本の字体を残したものがある。また、底本の字体が現在通行の字体の場合は、そのまま残した。

（例）ム、廿、儘、升、篇、皃、裡、歹、歿、聯、黐、龍、燈、烟、稗、駈、兎、兔、聟、覩、欝、腮、麺、糺、鏁、鏞、輿など。

二、仮名遣いは、原則として底本の表記に従い、底本のカタカナ表記などはそのまま残した。ただし、明らかに濁点を必要とする場合は補った。また、当時の慣用や著者独特の表記（当て字を含む）により漢字表記や送り仮名にばらつきがあるものは、多様な表記を残した。

（例）不思議／不思儀、子細／仔細、兎角／兔角／兎角、扨／扨、違／違い／違ひ

三、変体仮名や合字などは、現在通行の仮名字体に改めた。ただし、小字の「ッ」や「ォ」などのカタカナは底本に従った。

四、振り仮名は、現代の読者にとって読解困難と思われるもののみ残して他は省いた。また、底本に振り仮名が付されていない場合でも、読みやすさを考慮し、（　）内に歴史的仮名遣いで補った箇所がある。

五、句読点（白ゴマ点を含む）、リーダー（……）、ダッシュ（——）などの表記記号は、底本の様態を残した。ただし、句読点のない本文は、読み易さを考えて適宜字間を空け、また行末で省かれている句読点はこれを補い、「？」や「！」の後には空白を補う、などの処置を施した。

六、反復記号は、原則として底本の表記に従ったが、漢字の反復記号は「々」、平仮名の反復記号は「ゝ」、カタカナの反復記号

は「、」で統一した。

七、本文の傍点や圏点、外国の人名地名などの傍線は底本の様態を残した。

八、段落は、一字下げでない場合もそのまま底本の様態を残した。また、底本の文末の空白や、段落末尾の「」」や、会話末の「」。」などもそのまま残した。

九、脱字、脱文と見なされる場合は、初出本文などと照合の上で、適切な語句を〔　〕の中に補った。

十、山田美妙の作品中には、今日の人権意識に鑑みて不適切な表現が見られる場合がある。しかし、山田美妙の業績を歴史的事実として伝えることが第一義と判断し、本著作集では、原文のまま収録することとした。

解題

本巻は、「小説七」として、一九〇二（明治三十五）年二月から一九〇三（明治三十六）年十二月までの小説を収録した。本来は、前巻に継続させ、一九〇二（明治三十五）年九月以降に発表された小説を収めるべきであるが、この時期美妙が非常なる関心を持って精力的に執筆したフィリピン革命に関する諸作をまとめて収録するために、「義軍の宣言（アギナルドオの演説）」、『政治小説桃色絹　比律賓義戦史談のうち』を本巻に移し、また一九〇三（明治三十六）年度についても、「虐政治下の比律賓　政治小説羽ぬけ鳥」、「小説血の涙」、「比律賓義戦史談のうち　さびがたな」を優先して収録した。従って目次はフィリピン関係の作品である「義軍の宣言（アギナルドオの演説）」から「比律賓義戦史談のうち　さびがたな」までを年次順にならべ、『人鬼』からは、一九〇二（明治三十五）年十月以降の作品を、一九〇三（明治三十六）年一月まで年次順に掲げた。変則的な掲載形式であるが、大方のご理解を乞いたい。本文校訂および解題は、中川が「義軍の宣言（アギナルドオの演説）」～「比律賓独立戦話あぎなるど」、および「首持参のアギナルド」～「比律賓義戦史談のうち　さびがたな」までを、それ以外を福井がそれぞれ担当した。

解題は、初出、底本、校訂、本文異同のほか、改題およびこれらに関する事項で必要と認められるものについて記した。作品標題は、ゴシックで記し、（ ）内に本巻の頁数を示してある。

【本文校訂上の注記】では、本著作集本文と、その下に底本本文を置き、↑によって校訂したことを示し、その根拠を略記した。

【初出との主な異同】では、主要な箇所に限って摘記し、本著作集本文と、その下に初出本文を置き、↑によって改稿されたことを示した。

なお、【本文校訂上の注記】【初出との主な異同】の行頭の数字は本著作集の頁数を、上・下は上段・下段を、その下の数字は行数を示す。また「／」は本文中の改行箇所を、〔 〕内は校訂者の注記を示す。

義軍の宣言（アギナルドオの演説）（3頁）

一九〇二（明治三十五）年二月十六日発行の山田美妙著の『言文一致文例　四』（内外出版協会）のために執筆され、収められた。本文は一段組、五号明朝体活字。

一九〇一（明治三十四）年七月十五日発行の『言文一致文例　壱』に始まって、美妙は四冊の『言文一致文例』を内外出版協会から上梓した（詳しくは、本著作集第九巻を参照）。手紙文や役所への届、日記、雑文など日常に必要な多岐にわたる文書文例を提示しているが、この「四」では「すべての雑文」として、この「義軍の宣言（アギナルドオの演説）」を冒頭に置いた。

奥付の記載は以下の通り。明治三十五年二月十三日印刷／明治三十五年二月十六日発行／定価金弐拾五銭／編輯者　木下祥真　東京市神田区南甲賀町八番地／発行者　山縣操　東京市神田区南甲賀町八番地／印刷者　熊田宣遜　東京市神田区錦町三丁目廿五番地／印刷所　熊田活版所　東京市神田区錦町三丁目廿五番地／発行所　内外出版協会　東京市神田区南甲賀町八番地。紙装、A6判、九十二頁。国会図書館本は、十四日印刷、十七日発行と訂正している。

【本文校訂上の注記】

4上16　膺懲《ようちよう》↑膺懲　振り仮名を補う。
下7　華盛頓《ワシントン》↑華盛頓　同前。
9上5　吁《ああ》↑吁　同前。
上22　扨《さて》↑扨　同前。
10下12　沐猴《もつこう》↑沐猴　同前。

政治小説 桃色絹 比律賓義戦史談のうち（11頁）

一九〇二（明治三十五）年八月十一日に青木嵩山堂から刊行された。本文は一段組、五号明朝体活字、総ルビ。署名は「美妙」。本扉の表記は「山田美妙筆／小説も丶いろきぬ」。口絵二点あり（収録図版は国立国会図書館蔵本による）。奥付の記載は以下の通り。明治卅五年八月五日印刷／同明治卅五年八月十一日発行／著作者　山田武太郎／発行兼印刷者　東京市日本橋区通一丁目十七番地　青木恒三郎／印刷所　大阪市西区新町北通一丁目六十五番屋敷　嵩山堂印刷部　電話西七八二番／発行所　大阪市東区心斎橋筋博

労町角　青木嵩山堂　電話特東二五〇番／発行所　東京市日本橋区通壱丁目角　青木嵩山堂　電話特本局七八九番／売捌所　伊勢四日市市片堅町　嵩山堂支店。紙装、A5判、百五十八頁。
なお、「はしがき」は本著作集第十巻に収録する。

【本文校訂上の注記】

11下8　何たる↑何るた　誤植として改める。

18上6　おそるべき↑おそるべさ　同前。

22下14　短銃《ぴすとる》　22上19の「拳銃」にはカタカナで「ピストル」と振り仮名が振られているが、書き分けがあるものとして、底本のままとする。

28上17　アヒナルドオ　他の例に合わせて右傍線を付す。

38上11　別《わ》かれた↑別《わか》かれた　振り仮名の誤りを改める。

44上15　底本一字下げになっていないが、他の例に合わせて一字下げる。

57下10　吉事の方を〔の〕み思ふ↑吉事の方をみ思ふ　直前の「成功の側をのみ見」に合わせて、脱字として「の」を補う。

58下19　その名をも知らず、↑その名をも知らず。　白ゴマ点を一般の読点に改める。

59下11　ピラアル↑ピアアル　誤植として改める。

比律賓独立戦話あぎなるど（60頁）

前編は一九〇二（明治三十五）年九月十一日、後編は一九〇二（明治三十五）年九月三十日に、内外出版協会から刊行される。本著作集では前後編に分けて各々で収録せず、『比律賓独立戦話あぎなるど』としてまとめた。前編、後編とも一段組、五号明朝体活字、パラルビ。B6判。また冒頭の自序、献辞、まえがきは本来は第十巻に収録すべきであるが本作品の全体像を示すために、本巻に収録する。

奥付の記載は以下の通り。前編　明治三十五年九月八日印刷／明治三十五年九月十一日発行／定価金参拾銭／著作者　山田美妙／発行者　山縣操　東京市神田区南甲賀町八番地／印刷者　佐橋義雄　東京市牛込区市ヶ谷加賀町一丁目十二番地／印刷所　株式会社秀英舎第一工場　東京市牛込区市ヶ谷加賀町一丁目十二番地／発行所　東京市神田区南甲賀町八番地　内外出版協会　電話　本局参千弐百四拾六番。背クロス装、本文は二百十九頁。本扉に「山田美妙筆／あぎなるど／東京　内外出版協会」とある。自序のあとに山縣悌三郎への献辞、自身の「まへおき」がある。本来は本著作集第十巻に収めるべきものであるが、本書の全体像を明確にするため、特に本巻に収録した。同様の理由から「おくがき」、「附録比律賓の殉難志士」、「要目索引」も本巻に収めた。「EMILIO AGUINALDO.」とキャプションを入れたエミリオ・アギナルドの肖像写真が口絵となっている。また百十九頁上6の「リサアルは冷笑しました。」と　次行の「『撃て、そんなら」の間に、百十八頁下段にある「博士ホセー、リサァルの処刑」の写真が底本では挿入され、見開き一頁の挿画となっている。頁数ノンブル無し。これら収録図版は国文学研究資料館蔵本による。後編　明治三十五年九月十七日印刷／明治三十五年九月三十日発行／定価金参拾銭／著作者　山田美妙／発行者　山縣操　東京市神田区南甲賀町八番地／印刷者　佐橋義雄　東京市牛込区市ヶ谷加賀町一丁目十二番地／印刷所　株式会社秀英舎第一工場　東京市牛込区市ヶ谷加賀町一丁目十二番地／発行所　東京市神田区南甲賀町八番地　内外出版協会　電話　本局参千弐百四拾六番。背クロス装、B6判、底本では頁数は前編から引き継がれ、二百二十一頁から始まり、「拾二」と章番号が付されている。本文は三百八十六頁で終了、本扉無し。「おくがき」がその後に置かれるが、其の頁にノンブルは無し。次々頁から「附録」として「比律賓の殉難志士」が始まり、頁数は一から始まり、二〇までである。その次頁から「要目索引」として二段組みで、ストーリーの展開が「主題」と称されて列記され、前後編の本文頁数が各「主題」文の下に索引として付されている。この「要目索引」の頁数は一から一〇。解題のあと、本巻末に「参考」として掲載する。百四十二頁上14の「れば、早」と「まり過ぎた、」の間に、百四十二頁下段にある「香港に着したるアギナルドの一行」の写真が底本では挿入され、見開き一頁の挿画となっている。頁数ノンブル無し。写真下部には「(1) アギナルド (2) グレゴォリオ・デル・ピラァル (3) マリアノ・ラネェオス (7) ピトォ・ベラルミィノ (8) アントニオ・モンテネグロ」と人物名が紹介されているが、写真の人物の胸部上方にそれぞれ番号が算用数字で打たれている。右上部には「マリアノ・ポンセ」の単独肖像写真が、集合写真に重ねられている。また百六十九頁上20の「長所特色とも云」と「ふべきところである。」の間に、同頁下段にある「革命政府の大統領としてのアギナルドの披露式」の写真が、底本では次頁に挿入されている。これら収録図版は国文学研究資料館蔵本による。頁数ノンブル無し。なお、後編の国会図書館蔵本は印刷十月一日、発行十月四日に、手書きで改められている。

【本文校訂上の注記】

61上17　海牙《ハーグ》 ↑ 海牙　振り仮名を補う。
下1　呑噬《とんぜい》 ↑ 呑噬　同前。
62下2　指嗾《しそう》 ↑ 指嗾　同前。
63下7　とか云ッた ↑ とか云ッた　「ツ」の右の圏点を補う。
65上7　鐚《びた》 ↑ 鐚　振り仮名を補う。
83上15　行なッても ↑ 行ッなても　誤植として改める。
84上1　フヒリッピン ↑ フヒリッピン　他の例に合わせて傍線の位置を改める。
88下1　くれなければ ↑ くれななければ　衍字として「な」を削る。
下17　まだ来もせぬ時機を ↑ まだ来もせね時機を　誤植として改める。
90上1　ボニファシオ ↑ ボニファシオ　他の例に合わせて傍線を補う。

90下11『二言は無い。』↑『二言は無い。」　前の『に対応させて』に改める。

92下9　ボニファシオ↑ボニファシヲ　誤植として改める。

109上14『………』　底本二字下げにするが、他の『』部に合わせる。

113上12『兵を挙げる抔と、それは…↑兵を挙げる抔と、それは…　後の』に対応させて『を補う。

116下8　かならず西班牙へ…』↑かならず西班牙へ…」　前の『に対応させて』に改める。

下10　叱咤↑叱咤　現在通行の字体に改める。以下同じ。

117下1　鋭くなッて居ました。　この文末には上17『に対応する』を補うことが必要と思われるが、117下3、下4、下20、下22、118上4、上9、上11、上14、上15、上17、上18、下18、下20、119上1、上12、上15、下2のそれぞれの箇所には同様に『に対応する』が打たれていない。このジヨセフヒンの相当の長さにわたる語りの部分には、特別の意味をその表記に持たせたものと解釈して、底本のままに残す。

125下13　フヒリッピン↑フヒリツピン　ここまでの例に照らし、「ヒ」を「ヒ」に改める。なお、以下「フヒリツピン」と「フヒリッピン」の混用が認められるが、フヒリッピンに統一する。

126上6　こひねがはくは　この箇所は本来一字下げるべきと思われるが、筆者の意思が示された言辞なので、地の文とは違うものと解釈して底本のままとする。

139下1〜2　つむじまがり↑つむじまがりり　衍字として「り」を削る。

140下4　アギナルド↑アギナルト　誤植として改める。

141上16　口約のみに止めたこと。』↑口約のみに止めたこと。」　前の『に対応させて』に改める。

142下21〜22　アントニィオ、モンテネグロ↑アントニィオ、モンテネグロ　他の人名の例に合わせて、読点にも傍線を付す。

143上16　マニィラ↑マニィラ　他の例に合わせて傍線の位置を改める。

下9　ど〔う持〕ちつゞけやう↑ど□□ちつゞけやう　脱字として「う持」を補う。

144上14　呂宋《ルソン》↑呂宋　振り仮名を補う。

下7　リベラ↑リベラ　他の例に合わせて傍線の位置を改める。

151上7　比律賓↑比律賓　同前。

下1　華盛頓《ワシントン》↑華盛頓　振り仮名を補う。

152下12　檄文宣言は御覧でしたか。↑檄文宣言ほ御覧でしたか。　誤植として改める。

154上4～5　さうさへ〔す〕れば十分です ↑ さうさへ□れば十分です　脱字として「す」を補う。

158上11　ニカラグア運河 ↑ ニカラグア運何　誤植として改める。

164下15　姑《（しば）》↑ 姑　振り仮名を補う。

166下18　羽檄《（うげき）》↑ 羽檄　同前。

167上17～18　それら全車の轍を蹈むな。』↑ それら全車の轍を蹈むな　前の『に対応させて』を補う。

170上2　徇《（ふ）》↑ 徇　振り仮名を補う。

174下13　実行したのである。↑〔句点ナシ〕　文脈により句点を補う。

177上6　情け無い。↑〔句点ナシ〕　同前。

上15　以色列《（イスラエル）》↑ 以色列　振り仮名を補う。また国名に付されるべき左傍線を補う。

上17　ヘエスティングス ↑ ヘエスチィングス　他の例に合わせて、誤植として改める。

179下3　通じなかッた。↑ 通じなッかた。　誤植として改める。

180下2　西班牙の屈伏となッて ↑『西班牙の屈伏となッて　衍字として『を削る。

181下18～19　欵待してくれた。↑〔句点ナシ〕　文脈により句点を補う。底本は「くれた」で改行。

182下8～9　翌年（一千九百〇一年＝明治三十四年）↑ 翌年（一千九百〇一年＝明治三十四年　前の（に対応させて）を補う。

184下11　シモン、ヴヰラ ↑ シモンヴヰラ　他の例に合わせて、読点を補う。189上13～14も同じ。

185上13　タル、プラシイドォ ↑ タルプラシイドォ　同前。

186下10　セホオヴヒア ↑ セホオヴォア　他の例に合わせて、誤植として改める。187下1セホオヴァアも同じ。

下19　搏撃《（はくげき）》↑ 搏撃　振り仮名を補う。

190上1　亟《（きょく）》↑ 亟　同前。

193下21　慰藉 ↑ 慰籍　誤植として改める。

194下13　集めなほ ↑ 集めな、ほ　衍字として、読点を削る。

旗か命か（197頁）

一九〇二（明治三十五）年十二月三～五日、「日出国新聞」第四九八六～四九八八号に「小話旗か命か（一）」「～（三）」の題で掲載。署名は「美妙」。本文は総ルビ。（二）の末尾に「（つぎでをはる）」、（三）の末尾に「（をはる）」とあり。ただし、本巻では前者は省略した。

【本文校訂上の注記】

198上11　砂烟《すなけぶり》↑ 砂烟《すなけふり》　濁点を補う。

198上13　揚がつた。／旗、↑ 揚がつた／旗、　行末のため省かれた句点を補う。

下2　乃《すなは》ち ↑ 乃《〔〕は》ち　脱字として「すな」を補う。

下3　一方を□ば捨て丶　↑　一方を□ば《ば□》捨て丶　一字判読不能。底本「を」のルビはその意味もわからないため削る。

下8　先登《せんとう》　↑　先登《もんとう》　誤植としてを改める。

199上22　胴骨《どうほね》　↑　胴骨《ど□ほね》　脱字として「う」を補う。

下1　音を聞く、其壮快　↑　音を聞く／其壮快　行末のため省かれた読点を補う。

200上20　倒《たふ》れぬ　↑　倒《たほ》れぬ　以下の「倒」字の振り仮名に合わせて、誤植として改める。

下19　止《とゞ》める　↑　止《と□》める　201上3の「止める」の振り仮名に合わせて、脱字として「ゞ」を補う。

201上21　泣き声で、「無念　↑　泣き声で、無念　後の　」に対応させて　「を補う。

下3　口だけで云ふ、聞け　↑　口だけで云ふ／聞け　行末のため省かれた読点を補う。

下7　貴様の目に　↑　貴様のに目《め》　誤植として改める。

下11　博愛の　↑　「博愛の　前後に「」があり、この箇所の「に対応する」はないためこれを削る。

202上22　〔無〕心の旗は　↑　□心《むしん》の旗は　振り仮名により、脱字として「無」を補う。

下17　吾々　↑　吾／吾　行をまたぐため開いた踊り字を戻す。

下18　必要も無い。／（一行空き）　↑　必要も無い／（一行空き）　行末のため省かれた句点を補う。

203上2　屈せぬ。彼等は　↑　屈せぬ／彼等は　同前。

首持参のアギナルド（203頁）

一九〇三（明治三十六）年一月七日、十〜十一日、十三〜十四日の『人民』に「小談　首持参のアギナルド」の標題で連載。署名は「飛影」。七日「(上)」、十日「(中)」、十一日「(下の一)」、十三日「(下の二)」、十四日「(下の三)」の五回の連載であった。本文は総ルビ。

【本文校訂上の注記】

206上16　正〔金〕　↑　正（□）　脱字として「金」を補う。次行では「賞金」となっているが、どちらの表記も底本のまとする。

208下17　「身形《てがた》」は、他の箇所では「手形《てがた》」となっているが、底本のまま、どちらの表記も残す。

比律賓の亡命青年（211頁）

一九〇三（明治三十六）年一月三十一日、二月二日の『人民』に「比律賓の亡命青年」の標題で連載。署名は「飛影」。一月三十一日「(上)」、二月二日「(下)」の二回。本文は総ルビ。

虐政下の比律賓　小説羽ぬけ鳥（213頁）

一九〇三（明治三十六）年九月十八〜九月二十四日、二十六〜十月八日、十月十〜十四日、十月十七日、十月十九〜二十二日、

十月二十四～十一月三日、十一月五日の「日出国新聞」第五二六七～五二八六、五二八八～五二九二、五二九五～五二九九、五三〇一～五三一二号に全四十二回連載される。署名は「美妙」。本文は総ルビ。同紙九月十一日から十六日まで「新小説羽抜鳥予告」が連日掲載される。これは本著作集第十巻に収録する。また九月十七日の第五二六六号一面に、連載予告が打たれる。「虐政下の比律賓／小説羽《は》ぬけ鳥《どり》／美妙／右は愈々明十八日より本紙第／四面に連載可致候」。十八日の「第一」回には「まへおき」に執筆の経緯が書かれ、最終回の「第四十二」には「附言」として、「さびがたな」の著者自身の連載予告がある（後述）。

【本文校訂上の注記】

214上10　身柄 ↑ 身柄　現在通行の字体に改める。
下4　土地柄 ↑ 土地柄　同前。
218上15～16　隠したツて始まらない。↑ 隠したつツて始まらない。　誤植として改める。
下3　手柄 ↑ 手柄　現在通行の字体に改める。218下4も同じ。
220上12「それで今度の ↑ 「それで今度の　後の」に対応させて「に改める。
222上7　崎坊《さきばう》 ↑ 崎坊《さきうば》　誤植として改める。
226上15　結構 ↑ 結搆　現在通行の字体に改める。
下15　礼那 ↑ 礼神　誤植として改める。
227下19「怒るンです。」↑『怒るンです。』　他の例に合わせて「」に改める。
下20「それから身上が左り前か。」↑『それから身上が左り前か。』　同前。
下21「まア、それが順でしやう。」↑『まア、それが順でしやう』　同前。
下22「おツと、そンなら夫からは足掻いて今度は富籤か。」↑『おツと、そンなら夫からは足掻いて今度は富籤か。』　同前。
228上1「あら、ま、御察しのとほりです。」↑『あら、ま、御察しのとほりです。』　同前。
上2「路は誰もおんなしだ。それから次は逐電か。」↑『路は誰もおんなしだ。それから次は逐電か。』　同前。
上3～10「いやですよ、本当にまア。……斯うなンです。」↑『いやですよ、本当にまア。……斯うなンです。』　同前。
上4　流れて来たンです。〔句点ナシ〕　句点を補う。
229上2　聞かない方が可いンです。↑ 聞かない方い可いンです。　誤植として改める。
232上21　彼《あ》れ ↑ 彼《あれ》れ　衍字として振り仮名の「れ」を削る。
233上6　おつかちやん ↑ おつからやん　誤植として改める。
233下21　吃驚《びつく》り ↑ 吃驚《びつくり》り　衍字として振り仮名の「り」を削る。
238上15～16　寛大と云つて可からうか ↑ 寛大と云つて可から

らか　誤植として改める。
上17　分《わ》からぬ ↑ 分《わか》からぬ　衍字として振り仮名の「か」を削る。
242下22　綾夫 ↑ 絞夫　誤植として改める。
243上9　とほりと計り。↑ とはりと計り。　同前。
上13〜14　え、花江？」は花江といふのは妻である。↑ え、花江は？」花江といふのは妻である。　同前。
245下1　変《か》はれました、↑ 変《かは》はれました、　衍字として振り仮名の「は」を削る。
246上9　御案内さへする気です。↑ 御案内さ　へ　する気です。　不要な一字空きを、誤植として改める。
上10「そンなら行かう。」↑「そンなら行かう。　前の「に対応させて」を補う。
248上10　叱咤 ↑ 叱咜　現在通行の字体に改める。271下11も同じ。
249上12〜13　おい？」／うなづいた ↑ おい？」／うなづいた　他の例に合わせて改行後の一字下げを行う。
251上10　手を合《あ》〔は〕せた。↑ 手を合《あ》□せた。　脱字として「は」を補う。
下13　戒馬《じよんば》 ↑ 戒馬《じよば》　誤植として改める。
252上20　田舎気質 ↑ 田含気質　同前。
254上16　綾夫 ↑ 綾失　同前。
255下7　礼那《れな》 ↑ 礼那《れいな》　同前。
256上3〜4　「行…行ツてらツしゃいまし」↑ 行…行ツてらツしゃいまし」　後の」に対応させて「を補う。
262上8　目が覚《さ》めれば ↑ 目が覚《さめ》めれば　衍字として振り仮名の「め」を削る。
267上12　「されば、しつかり御《き》□きなさい」↑「されば、しつかり御〔聞〕きなさい」　一字判読不能。「御」の振り仮名が判読できない文字に付されるべきものであると判断し、「聞」を補う。
269下16〜17　声放つて泣き出した。↑ 声放つて無き出した。　誤植として改める。
271下11〜12　叱咤した。／ふるへて ↑ 叱咤した。／ふるへて　他の例に合わせて改行後の一字下げを行う。
272上7　出て獄吏を打ち殺せ！↑ 出て獄吏を打ち殺せー　誤植として改める。

小説血の涙（273頁）

一九〇三（明治三十六）年十月三日に内外出版協会から刊行される。一段組、五号明朝体活字、パラルビ。本扉に「比律賓りさある博士著／小説血の涙　山田美妙訳／東京　内外出版協会」とある。巻頭に「此小説ノリ、メ、タンヘレのはしがきとして著者リサアルが巻頭に題し、汎くわが此比律賓国に告げる」として、ホセ・リサールの「一言」と題する巻頭言があり、続けて美妙の山縣悌三郎への献辞「デヂケシオ」が明治三十六年九月八日付にて付される。これらは本著作集第十巻に収録する。奥付の記載は以下の通り。明治三十六年九月三十日印刷／明治三十六年十月三日発行／血の涙　定価金参拾銭／著作者　山田美妙／発行者　山縣操　東京市神田区南甲賀町八番地／印刷者　青木弘　東京市牛込区市ヶ谷加賀町一丁目十三番地／印刷所　株式会社秀英舎第一工場　東京市加賀町一丁目十三番地／発行所　東京市神田区南甲賀町八番地　内外出版協会　電話　本局参千弐百四拾六番。紙装、四六版、一六二頁。なお、底本とした立命館大学図書館蔵本には発行日を「七日」に手書きにて訂正している。原著の“Noli me tangere.”は一八八七年三月にスペイン語にて、ベルリンの Berliner Buchdrnckerei-Actien-Gesellschaft から出版された。英訳は“Friars and Filipinos.”としてフランク・アーネスト・ガネット（Frank Ernest Gannett）の訳で、一九〇〇年十二月にニューヨークの The St. James Press から出版された。美妙がこれらを参照したかについては未詳。

【本文校訂上の注記】

276上4　見えましよ ← 見ぇましよ　誤植として改める。
　下21　黙りたく ← 黙りたく　同前。
283下18　六年の長の間 ← 六年の長の問　同前。
296上15　おツかさん ← おかツさん　同前。
306下16　仕舞ふ ← 仕舜ふ　同前。
312上10〜11　ご勘弁！」／　その腕は ← ご勘弁！」／その腕は　他の例に合わせて、改行後の一字下げを行う。
318下3　鞠屋はず□〈　底本では「ず」のあと一字欠。「ゐ」「ん」などが考えられるが、ここではそのまま、欠字とした。なお、国会図書館蔵本も同じくこの箇所は欠字。

比律賓義戦史談のうち　さびがたな（324頁）

一九〇三（明治三十六）年十一月七〜十一日、十四から十六日、十八〜二十三日、二十五から三十日、十二月二から四日の「日出国新聞」第五三一四〜五三一八、五三二一から五三二三、五三二五〜五三三六、五三三八〜五三四〇号に全二十三回連載される。標題、署名は「比律賓義戦史談のうち／さびがたな　びめう」。「日出国新聞」明治三十六年十一月五日の第五三一二号に以下の予告記事が掲載される。「明日より掲ぐべき新小説／山田美妙斎主人の艸せられし小説『羽ぬけ鳥』は読者諸君の喝采に送られつ、愈々本日を以て完結を告げたり、引続きて明日より第四面に掲載すべき新小説は／比律賓義戦史談の一／さびがたな／一名綾夫琉那の破獄／右は主人用意の作、巧緻の想、之を行ふに精錬の筆を以てす、況んや其事績の壮烈能く懦夫をして起たしむるものあるに於てをや、本社は近来の大文字として之を読者諸君に推薦す」。翌六日の五三一三号一面に「新小説さびがたな　都合に／拠り一両日中より掲載す」の告知があり、七日の五三一四号一面に「第四面を見よ／前号の紙上に予告せし如く／新小説さびがたな／は愈々本日より第四面に掲載し始めたり」の広告が掲げられている。

【本文校訂上の注記】

328上15「驚きましたな」と一人が只。↑「驚きましたなと一人が只。　前の「に対応させて」を補う。

329上17「い、や、心配するな、娘さんと」乙少尉が↑「いいや、心配するな、娘さん」と乙少尉が　前の「に対応させて」の位置を誤植として改める。

下16 不好《いや》か」↑不好《いや》か　前の「に対応させて」を補う。

331下1 漕ぎます、あたし。」↑漕ぎます、あたし。　同前。

下3～4 引き立てられた。／はや夢中である。↑引き立てられた。／はや夢中である。　他の例に合わせて改行後の一字下げを行う。

332下9～10 それだ。」／早もう↑それだ。」／早もう　同前。

339下7 間柄↑間抦　現在通行の字体に改める。

345上9 上〔が〕つて↑上　つて　脱字として「が」を補う。

346下5～6 身を痛めても、↑身を痛めて、も　句点の位置を誤植として改める。

349上18 もとの質《たち》が有る、↑もとの質《たち》が有る□　脱字として読点を補う。

351上11「妙だな」、と↑「妙だな、と　前の「に対応させて」を補う。

上13「闇暗」は他の箇所では「暗闇」となっている。しかし、同じ振り仮名「くらやみ」を振っているので、あえて底本のままに残す。

人鬼（357頁）

一九〇二（明治三十五）年十月一日、青木嵩山堂より刊行。紙装、菊判、本文一五五頁。五号明朝体活字、総ルビ。外題「小説人鬼」、内題「小説人鬼」。表紙の署名は「山田美妙著」、内題次行の署名は「美妙著」。本文の前に「はしがき」、「さしゑに題して」、鏑木清方による口絵（木版多色刷）、本文の後に「おくがき」がある（「はしがき」「さしゑに題して」「おくがき」は本著作集第十巻に収録）。奥付の記載は以下の通り。明治卅五年九月廿四日印刷／仝卅五年十月一日発行／著作者　山田武太郎／発行兼印刷者　東京市日本橋区通一丁目十七番地　青木恒三郎／印刷所　大阪市西区新町北通一丁目六十五番屋敷　嵩山堂印刷部　電話西七八二番／発行所　大阪市東区心斎橋筋博労町角　青木嵩山堂　電話特東二五〇番／発行所　東京市日本橋区通壹丁目角　青木嵩山堂　電話特本局七八九番／売捌所　伊勢四日市市竪町　嵩山堂支店／定価金四十銭。

なお、早稲田大学図書館本間文庫には本作の自筆原稿が所蔵されている（文庫14　A0052　1～2）。第一冊八十六丁（うち十二丁目裏、十三丁目表は書き損じ）、第二冊八十二丁。一丁二十四行の罫線入り用紙に墨書、朱の書き入れあり。「まへおき」、小説本文、「はしがき」、「さしゑに題して」の順に収め、「まへおき」と小説本文の原稿表丁左上には、「1」から「164」まで通し番号を付す。ただし、通し番号「144」から「160」まで（本巻398頁下22「睨めつけたその形相！」から、403頁下17「御三途はがた（〳〵ぶるひした）」まで）の十七丁は欠。総ルビで、末尾には「明治卅五年八月廿二日校了」と朱書、活字の大きさについての指示も朱で書き入れられており、印刷直前の完成稿かそれに近い段階のものと思われる。校訂に当たって、本文を改める場合は、原則としてこの原稿によった。

【本文校訂上の注記】

358下7　それ〴〵 ↑ それ〳〵　濁点を補う。

下22〜359上1　耳にしみるか ↑ 耳ににしみるか　衍字として「に」を削る。

359下8　阿妲妃《おだき》 ↑ 阿妲妃《おだき》　殷の妲己による命名であること、「妲」の音は「シャ」であることから、誤植として改める。以下同じ。

下9　功徳《くどく》 ↑ 功徳《くど□》　脱字として「く」を補う。

下18　あるまいし ↑ あるまいまいし　衍字として「まい」を削る。

360下2　一杯 ↑ 一抔《ばい》　振り仮名により誤植として改める。

361上3　見ればゞ ↑ 見れは　濁点を補う。

363上12　構はずに ↑ 搆はずに　現在通行の字体に改める。以下同じ。

上13　馬鹿がたい処《とこ》 ↑ 馬鹿がたい処《□こ》　脱字として「と」を補う。

364上5　何か知らぬが ↑ 何か知らぬか　濁点を補う。

365下12　一円かゝる ↑ 一円か／かる　行をまたぐため開いた踊り字を戻す。

366上9〜10　願ひである。安楽に ↑ 願ひである／安楽に　行末のため省かれた句点を補う。

367上5　耳も無し、鼻も無し ↑ 耳も無し／鼻も無し　行末のため省かれた読点を補う。

369下12　人間は云ふ。その口の下から ↑ 人間は云ふ／その口の下から　行末のため省かれた句点を補う。

下13　隔てをする、それこそ ↑ 隔てをする／それこそ　行末のため省かれた読点を補う。

下21〜22　何でも無いとすれば、何の ↑ 何でも無いとすれば／何の　同前。

370下3　しかし、このやうに ↑ しかし／このやうに　同前。

371上21〜22　皿まで ↑ 血《さら》まで　振り仮名により誤植として改める。

下1　引きつゞいて ↑ 引きつ／づいて　行をまたぐため開いた踊り字を戻す。

371下2　曰く、凡夫 ↑ 曰く／凡夫　行末のため省かれた読点を補う。

下6　引きくるめて ↑ 引さくるめて　誤植として改め

る。
372下3　兄弟でも、親類でも↑兄弟でも／親類でも　行末のため省かれた読点を補う。
下6　宿るなら宿れ、只↑宿るなら宿れ／只　同前。
下8　大悟徹底《だいごてつてい》↑大悟徹底《だいごでつてい》　誤植として改める。
373上1　眠《ねぶ》ツて↑眠《ねふ》ツて　振り仮名の濁点を補う。原稿の振り仮名も「ねふ」であるが、従わない。以下同じ。
上18　授けられた↑援《さづ》けられた　振り仮名により誤植として改める。
下6　実をあつめ、精を↑実をあつめ／精を　行末のため省かれた読点を補う。
下19　半人半獣の時代から、人面獣神の↑半人半獣の時代から／人面獣神の　同前。
374上5　固まり〔の〕やうな↑固まりやうな　脱字として「の」を補う。
上6　頸であるか、胴であるか↑頸であるか／胴であるか　行末のため省かれた読点を補う。
上21～22　くらべたならば、どちらが↑くらべたならば／どちらが　同前。
下6　伸び〳〵するのも↑伸び／伸びするのも　行をまたぐため開いた踊り字を戻す。
375下10　理窟↑理屈　他の例に合わせて改める。
下15　して見れば、他人に↑して見れば／他人に　行末のため省かれた読点を補う。
376上6　呉〔れ〕られた↑呉《く》られた　脱字として「れ」を補う。原稿も「呉《く》られた」であるが、従わない。
下9～10　慈悲だの、無慈悲だのと↑慈悲だの／無慈悲だのと　行末のために省かれた読点を補う。
377下10　いぢらしいだろ、罪だろ↑いぢらしいだろ／罪だろ　同前。
378下13　そのいぢめる、さいなむに↑そのいぢめる／さいなむに　同前。
379上6　烟《けぶり》↑烟《けふり》　振り仮名の濁点を補う。原稿の振り仮名も「けふり」であるが、従わない。
380下15　不動不揺、人の↑不動不揺／人の　行末のため省かれた読点を補う。
381上5　した〔ゝ〕りさう↑したりさう　脱字として「ゝ」を補う。
上15　立てゝ、そして↑立てゝ／そして　行末のため省かれた読点を補う。
382下11　云ツて居た↑居《い》ツて居《ゐ》た　振り仮名により誤植として改める。
下19　結構↑結構　現在通行の字体に改める。以下同じ。
383上17～18　全くのところ、私だツて↑全くのところ／私だツて　行末のため省かれた読点を補う。
下21　祟《たゝ》る↑祟《たゝ》る　振り仮名により誤植として改める。

383下22「祟り」も同じ。

384上10~11　一杯 ↑ 一抔《ばい》　振り仮名により誤植として改める。

上15　総気立《そうけだ》つ　「総毛立つ」の誤りかとも考えられるが、原稿も「総気立つ」に作るので、ままとする。

下7　鬼婆《おにばゞ》 ↑ 鬼婆《おにばゝ》　振り仮名の濁点を補う。

385上13　総毛立ツた。／　はや ↑ 総毛立ツた／　はや　行末のため省かれた句点を補う。原稿は読点だが、従わない。

386上2　凄い〱顔 ↑ 凄い／凄い顔　行をまたぐため開いた踊り字を戻す。

上11~12　邪魔になるもの、親の ↑ 邪魔になるもの／親の　行末のため省かれた読点を補う。

上16　云へば、取るにも ↑ 云へば／取るにも　同前。

下18~19　今一度、されば ↑ 今一度／されば　同前。

387上8　壮健《すこやか》 ↑ 壮健《すこ□か》　脱字として「や」を補う。

上13~14　思ひまはされて、次第に ↑ 思ひまはされて／次第に　行末のため省かれた読点を補う。

下9~10　わかれに対して、只のこり惜しい ↑ わかれに対して／只のこり惜しい　同前。

下14　おや心《ごゝろ》 ↑ おや心《こゝろ》　振り仮名の濁点を補う。

389上4~5　紫ばんだやうな、名の ↑ 紫ばんだやうな／名の　行末のため省かれた読点を補う。

上7　瞑《ねぶ》ツて ↑ 瞑《ねふ》ツて　振り仮名の濁点を補う。原稿のふりがなも「ねふ」であるが、従わない。

下6　おもぶき ↑ おもふき　濁点を補う。原稿も「ふ」であるが、従わない。以下同じ。

下9　害せられた、その ↑ 害せられた／その　行末のため省かれた読点を補う。

下20~21　それ故、胎児には ↑ それ故／胎児には　同前。

390上6　それ故、切り口の ↑ それ故／切り口の　同前。

上7　しなかツた。それ故 ↑ しなかツた／それ故　行末のため省かれた句点を補う。

391上5~6　しかし、死んだのである ↑ しかし／死んだのである　行末のため省かれた読点を補う。

上13~14　張ツて居る。目は ↑ 張ツて居る／目は　行末のため省かれた句点を補う。

392上8　睡《ねぶ》い ↑ 睡《ねふ》い　振り仮名の濁点を補う。原稿の振り仮名も「ねふ」であるが、従わない。

下14~15　ひるがへしたとほり、それから ↑ ひるがへしたとほり／それから　行末のため省かれた読点を補う。

393上8　奇功紙《きこうし》 ↑ 奇功紙《きかうし》　他の例に合わせて改める。

下2　蒼白い ↑ 蒼色《あをじろ》い　振り仮名により誤植として改める。

393下5　惚れ〴〵 ↑ 惚れ〱　濁点を補う。

394上8　しば〱聞き馴れて ↑ しばし／ば聞き馴れて　行

をまたぐため開いた踊り字を戻す。
下14　ほかでも無い、然るべき↑ほかでも無い／然るべき
行末のため省かれた読点を補う。
395上6　抑圧せず、それに↑抑圧せず／それに　同前。
上12　掩蔽《あんご》　振り仮名は「ゑんぺい」とあるべきであるが、原稿により、ままとする。
下7　殺さぬといふ、これを↑殺さぬといふ／これを
行末のため省かれた読点を補う。
396上8　葬《ほうぶ》ツて↑葬《ほうふ》ツて　振り仮名の濁点を補う。原稿の振り仮名も「ほうふ」であるが、従わない。
399上17　宙を差す足！↑宙を差す足！」　対応する「がないため」を削る。
下11〜12　叫び声↑叩《さけ》び声　振り仮名により誤植として改める。
400下9　掬い取られたが↑掬い取られれが　誤植として改める。
402上22　涙一杯↑涙一杯《なみだいつぱい》　振り仮名により誤植として改める。

家庭夜話（405頁）

一九〇二（明治三十五）年十二月七、十五、二十日、「日出国新聞」第四九九〇、四九九八、五〇〇三号に掲載。「家庭夜話」の総題のもと、七日（四九九〇号）に「五銭の麻」、十五日、二十日（四九九八、五〇〇三号）に「当意即妙」と、二編の小品が載る。二十日掲載分の小題は「当意即妙（つゞき）」。署名は七日掲載分にのみ「美妙」とあり。本文は総ルビ。本巻では、十五日掲載分と二十日掲載分の間に二行分の空白を設けた。

【本文校訂上の注記】

405下12　卅《（さんじつ）》銭　振り仮名を補う。
406上12　早速↑速早《さ□そく》　振り仮名により誤植として改める。
下15　一休和尚《きうをせう》↑一休和尚《き□をせう》　脱字として「う」を補う。
407下8　頗《すこぶ》る↑頗《す□ぶ》る　脱字として「こ」を補う。
下22　刺《とげ》↑刺《とげ》　振り仮名により誤植として改める。408上3も同じ。

居ねむり（408頁）

一九〇二（明治三十五）年十二月十〜十二日、「日出国新聞」第四九九三〜四九九五号に、「小話居ねむり」の題で掲載。十一日（四九九四号）、十二日（四九九五号）掲載分の題下に「（つゞき）」とあり。署名は「美妙」。本文は総ルビ。十日（四九九三号）掲載分末尾に「（つゞく）」、十一日掲載分末尾に「（つぎでをはる）」、十二日掲載分末尾に「（完）」とあり。ただし、本巻では前二者は省略し、代わりに二行分の空白を設けて各掲載分の切れ目を示した。

【本文校訂上の注記】

409下2〜3　遑ましくする。↑〔句点ナシ〕　文脈により句

点を補う。

411上3　取片《とりかた》〔付《づ》〕け ↑ 取片《とり□た》け《づ》　脱字として振り仮名「か」を補う。また、振り仮名により脱字として「付」を補う。

下16　見ぬ。職工は　見ぬ／職工は　行末のため省かれた句点を補う。

一刹那（412頁）

一九〇二（明治三十五）年十二月十五日発行の「文芸界」第十一号の小説欄に掲載。署名は「山田美妙」。本文は五号明朝体活字、総ルビ。久保田金仙の挿絵一点あり。本文末尾に「（をはり）」とあり。

【本文校訂上の注記】

415上18～19　打ち明ける　よ　「明ける」と「よ」の間、底本通り一字空白とする。

417下11　『手際に ↑ 手際に　後の　』に対応させて　『を補う。

419下3　見つめた。↑ 見つめた。』　対応する　『がないため』を削る。

421上9　儘であつた、その ↑ 儘であつた／その　行末のため省かれた読点を補う。

上18～19　御取り込みとは？』／『赤松さまです ↑ 御取り込みとは？／『赤松さまです　前の　『に対応させて　』を補う。

理想の夫（422頁）

一九〇二（明治三十五）年十二月二十一、二十二日、「日出国新聞」第五〇〇四、五〇〇五号に掲載。署名は「美妙」。本文は総ルビ。二十一日（五〇〇五号）掲載分題下に「（つぎ）」（つゞく）」、二十二日（五〇〇四号）掲載分末尾に「（つゞく）」（つゞき）の誤植）とあり。ただし、本巻ではともに省略し、代わりに二行分の空白を設けて両日の切れ目を示した。

【本文校訂上の注記】

423下10　結構 ↑ 結搆　現在通行の字体に改める。

杵の音（424頁）

一九〇二（明治三十五）年十二月二十五日、「日出国新聞」第五〇〇八号に「〔小話〕杵の音」の題で掲載。署名は「美妙」。本文は総ルビ。

【本文校訂上の注記】

424下14～15　餅を』と ↑ 餅をと』　』の位置を改める。

425下5～6　この児だもの、食べさせられる ↑ この児だもの／食べさせられる　行末のため省かれた読点を補う。

下7　うるんだ。↑ うるんだ。』　対応する　『がないため』を削る。

425下19　一片 ↑ 一斤《ぺん》　振り仮名により誤植として改める。

露人の夢（426頁）

一九〇二（明治三十五）年十二月二十八、二十九日、「日出国新聞」第五〇一一、五〇一二号に「小話露人の夢」の題で掲載。署名は二十八日（五〇一一号）掲載分にのみ「美妙」とあり。本文は総ルビ。二十八日掲載分末尾に「（つゞく）」、二十九日（五〇一二号）掲載分末尾に「（をはり）」とあり。ただし、本巻では前者を省略し、代わりに二行分の空白を設けて両日の切れ目を示した。

【本文校訂上の注記】

426下6　此《この》数日　→　此《こ□》数日《すうじつ》　脱字として「の」を補う。

下12　置いたが、しかし　→　置いたが／しかし　行末のため省かれた読点を補う。

下18　云へぬのである。他の　→　云へぬのである／他の　行末のため省かれた句点を補う。

下20　翅《つばさ》　→　翅《つば□》　脱字として「さ」を補う。

427上19　上だともさ。いゝや　→　上だともさ／いゝや　行末のため省かれた句点を補う。

下8〜9　養へるのだからな。大層な　→　養へるのだからな／大層な　同前。

下9〜10　聞きたいかな、聞きたくば　→　聞きたいかな／聞きたくば　行末のため省かれた読点を補う。

428上9　西班牙《スペイン》　→　西班牙《スペイイン》　衍字として「イ」を削る。

漁隊の遠征（428頁）

一九〇三（明治三十六）年一月一日、青木嵩山堂より刊行。紙装、菊判、本文一五五頁。五号明朝体活字、総ルビ。外題「漁隊の遠征」、内題「小説漁隊の遠征」。本文の前に「はしがき」、水野年方による口絵（木版多色刷）がある（「はしがき」は本著作集第十巻に収録）。奥付の記載は以下の通り。明治卅五年十二月二十日印刷／仝卅六年一月一日発行／著作者　山田武太郎／発行兼印刷者　東京市日本橋区通一丁目拾七番地　青木恒三郎／印刷所　大阪市西区新町北通一丁目六十五番屋敷　嵩山堂印刷部　電話西七八二番／発行所　大阪市東区心斎橋筋博労町角　青木嵩山堂　電話特東二五〇番／発行所　東京市日本橋区通一丁目角　青木嵩山堂　電話特本局七八九番／売捌所　伊勢四日市市竪町　嵩山堂支店／定価金四拾銭。

【本文校訂上の注記】

428下13　湾泊　現在の用字と異なるが、美妙著『日本大辞書』（明治二十五〜二十六年）の「わん・ぱく」の項に「〔湾泊〕ワッパ。」とあるのによりままとする。以下同じ。

430上6　揣《はや》る　「揣」は〃はかる〃等の意で〃はやる〃意はなく不審であるが、『日本大辞書』の「はやル」の項に「〔揣る〕自ラ急キ込ム。＝アセル。」とあるのによりままとする。

上10　つゞき　→　つゝき　濁点を補う。

下13　早くもよほした　→　早くもるほした　誤植として改

める。
431下21〜22　段〔々〕に ← 段《だんく》に　振り仮名により脱字として「々」を補う。
433下12　感じ入ツて ← 出《かん》じ入ツて　振り仮名により誤植として改める。
434上6　比律賓《ひりつぴん》 ← 比律賓《ひりひぴん》　誤植として改める。
436上17　一枚下 ← 一板下《まいした》　同前。
437下5　西比利亜 ← 亜比利亜　同前。
下7　まだ〳〵 ← まだ／まだ　行をまたぐため開いた踊り字を戻す。
440下19　柄 ← 抦　現在通行の字体に改める。
441下5　ひらめくのです!」 ← ひらめくのです!　ここで地の文にもどるので」を補う。
下6　涙一杯 ← 涙一抔《なみだいつぱい》　振り仮名により誤植として改める。
下19　様を見ろ〔!〕 ← 様を見ろ□　文脈により脱字として「!」を補う。
442上1　い丶や ← い／いや　行をまたぐため開いた踊り字を戻す。
上11〜12　た丶かふわ〔!〕 ← た丶かふわ□　続く「あらそふわ!　突撃するわ!」に合わせて、脱字として「!」を補う。
下15　柬薩加《かむちやつか》 ← 柬薩加《かむ□やつか》　脱字として「ち」を補う。

443下8　それ〴〵に ← それそ／れに　濁点を補い、行をまたぐため開いた踊り字を戻す。
444上14　居るのですからな。」 ← 居るのですからな。　ここで地の文にもどるので」を補う。
下2　ほどなので ← ほどなどで　誤植として改める。
下22　よろしうございますか ← よろしいございますか　同前。
下22〜445上1　よく御聞き留めに ← よ丶御聞き留めに　同前。
445下17　御はなし丶た ← 御はなし／した　行をまたぐため開いた踊り字を戻す。
446上9　した丶か ← した／たか　同前。
下19　御手柄 ← 御手抦　現在通行の字体に改める。
447上1　見ては ← 見てば　誤植として改める。
448下5　構へ ← 搆へ　現在通行の字体に改める。
449上11　われ〳〵 ← われわ／れ　行をまたぐため開いた踊り字を戻す。
451下12　叱咤 ← 叱咜　現在通行の字体に改める。
452上1　真暗闇《まつくらやみ》 ← 夏暗闇《まつくらやみ》　振り仮名により誤植として改める。
上18　聞《き丶》もする ← 聞《き□》もする　脱字として「丶」を補う。
453下17　今のとこ〔ろ〕 ← 今のとこ□　脱字として「ろ」を補う。

454上7　言葉なかば ↑ 言葉ながば　誤植として改める。
455上18～19　勦《いた》はツて ↑ 剿《いた》はツて　振り仮名により誤植として改める。「いたはる」に「勦」字を当てる例は古辞書に既に見え、『日本大辞書』もこの字を当てる。
456上15　無いやう〔な〕所で ↑ 無いやう所で　脱字として「な」を補う。
上22　冷やかな〔の〕であツた ↑ 冷やかなであツた　脱字として「の」を補う。
下2　変は〔ら〕せる ↑ 変はせる　脱字として「ら」を補う。
457上6　つく〴〵 ↑ つくづ／く　行をまたぐため開いた踊り字を戻す。
下11　ウヰス〔ケ〕イ ↑ ウヰスイ　脱字として「ケ」を補う。
458下22　潸然《さんぜん》 ↑ 潜然《さんぜん》　振り仮名により誤植として改める。『日本大辞書』「さん・ぜん」の項にも「〔潸然〕サメザメト（涙ヲ流シ、泣クナド）。」とあり。
459上6　ウヰスケイ ↑ ウチスケイ　誤植として改める。
462上11　米人よりも?」 ↑ 米人よりも」?　同前。
上19　中の好《よ》さのも　不自然な形であるが、ままとする。
上19　どの国とも ↑ との国とも　濁点を補う。
464上21　惣気立《そうげだ》つ　「総毛立つ」の誤りとも考えられるが、本巻384上15の例も踏まえ、ままとする。
465上8　揚げ句 ↑ 揚け句　濁点を補う。
470上16　目前 ↑ 目然《もくぜん》　振り仮名により誤植として改める。
471上4　食べたい ↑ 食べるい　誤植として改める。
下22　烟《けぶり》 ↑ 烟《けふり》　振り仮名の濁点を補う。
473下5　櫂《かい》 ↑ 櫂《□い》　脱字として「か」を補う。
下17　搏撃《はくげき》 ↑ 摶撃《はくげき》　振り仮名により誤植として改める。
474上19　睨《ね》め付けて ↑ 覗《ね》め付けて　同前。

兎（475頁）

一九〇三（明治三十六）年一月一、五、六日、「日出国新聞」第五〇一三、五〇一五、五〇一六号に「兎（上）〔（中）、（下）〕」の題で掲載。署名は「美妙」。本文は総ルビ。六日（五〇一六号）掲載分末尾に「（をはり）」とあり。

【本文校訂上の注記】

476上16　只々《たゞ〳〵》 ↑ 只々《たゝ〳〵》　振り仮名の濁点を補う。
477上16　構はず ↑ 搆はず　現在通行の字体に改める。
478上14　天を怨む。 ↑ 天を怨む□　脱字として句点を補う。
479上6～7　悪魔であつた。／兎 ↑ 悪魔であつた／兎　行末のため省かれた句点を補う。

貧の霊光（479頁）

一九〇三（明治三十六）年一月四日、「人民」第二八五四号に「小談 貧の霊光」の題で掲載。署名は「飛影」。本文は総ルビ。末尾に「（をはり）」とあり。

【本文校訂上の注記】

479下9　秩父《ちゝぶ》↑秩父《ちゞぶ》　誤植として改める。

下13　著手中《ちやくしゆちう》↑著手中《ちやくし□ちう》　脱字として「ゆ」を補う。

481上3　結句↑詰句《けつく》　振り仮名により誤植として改める。

天女の声（481頁）

一九〇三（明治三十六）年一月十八、十九日、「人民」第二八六八、二八六九号に「小談天女の声（上）〔（下）〕」の題で掲載。署名は「飛影」。本文は総ルビ。十九日（二八六九号）掲載分末尾に「（をはり）」とあり。本巻では二行分の空白を設け、両日の区切りを示した。

【本文校訂上の注記】

481下8　赤羽《あかばね》↑赤羽《あかば□》　脱字として「ね」を補う。

482下1　居た。その↑居た／その　行末のため省かれた句点を補う。

483上8　評〔す〕れば↑評《へう》れば　脱字として「す」を補う。

潤野炭山の一惨事（484頁）

一九〇三（明治三十六）年一月二十三日、「人民」第二八七三号に「小談潤野炭山の一惨事」の題で掲載。署名は「飛影」。本文は総ルビ。

【本文校訂上の注記】

484上14　遣《やつ》んだろ。え、↑遣《やつ》んだろ／え、　行末のため省かれた句点を補う。

ベネジユラのカステロ（485頁）

一九〇三（明治三十六）年一月二十七～三十日、「人民」第二八七七～二八八〇号に「ベネジユラのカステロ（上）〔（中）、（下）の一、（下）の二〕」の題で掲載。署名は「飛影」。本文は総ルビ。（下）の二末尾に「（をはり）」とあり。

【本文校訂上の注記】

489上20　大袈裟《おほげさ》↑大袈裟《お□げさ》　脱字として「ほ」を補う。

参考

『比律賓独立戦話　あぎなるど』

要目索引

山田美妙集　第7巻　（全12巻）

二〇一八年七月三十一日　初版発行

編　者　『山田美妙集』編集委員会

発行者　片　岡　敦

印刷製本　亜細亜印刷株式会社

発行所　606-8204 京都市左京区田中下柳町八番地
株式会社 臨　川　書　店
電話（〇七五）七二一—七一一一
郵便振替　〇一〇七〇—二—八〇〇

落丁本・乱丁本はお取替えいたします
定価はカバーに表示してあります

ISBN978-4-653-04137-5 C0393
〔ISBN978-4-653-04130-6 C0393　セット〕